Dragon Seed

용의 자손

초판 1쇄 인쇄 2010년 12월 13일
초판 1쇄 발행 2010년 12월 20일

지은이　　펄 S. 벅
옮긴이　　이선혜
펴낸곳　　도서출판 길산
교열·교정　황인순
표지그림　제이플러스애드
편집디자인　홍명숙
마케팅·관리　송유미

ADD 경기도 고양시 덕양구 행주내동 170-6
TEL 031.973.1513 | FAX 031.978.3571
E-mail keelsan@hanmail.net | http://www.keelsan.com
ISBN 978-89-91291-24-9 03820

값 15,000원

DRAGON SEED

Copyright ⓒ 1944 by Pearl S. Buck.
Copyright ⓒ renewed 1971 by Pearl S. Buck.
All rights reserved

Korean translation copyright ⓒ 2006 by Keelsan Books
Korean translation rights arranged with Harold Ober Associates Incorporated New York, NY
through EYA(Eric Yang Agency), Seoul

이 한국판 저작권은 EYA(Eric Yang Agency)를 통한
Harold Ober Associates Incorporated사와의 독점계약으로 한국어 판권을
'도서출판 길산' 이 소유합니다.
저작권법에 의하여 한국 내에서 보호를 받는 저작물이므로 무단전재와 복제를 금합니다.

●파본은 구입처나 본사에서 교환해 드립니다.

용의 자손

펄 S. 벅 지음 | 이선혜 옮김

길산

차 례

Ⅰ 평화로운 생명의 땅 • 7

Ⅱ 죽음의 그림자 • 94

Ⅲ 희망을 부르는 붉은 명주실 • 212

Ⅳ 소리 없는 전쟁 • 314

Ⅴ 운명적인 사랑 • 417

Ⅵ 대지를 적시는 단비 • 475

I
평화로운 생명의 땅

 링탄은 고개를 들었다. 물이 무릎까지 차는 논에서 일을 하고 있던 그의 귓가에 아내의 날카롭고 우렁찬 목소리가 들려왔기 때문이다. 새참을 먹을 때도, 낮잠을 잘 때도 아닌데 무슨 일로 난데없이 자신을 부른단 말인가? 먼발치로는 논의 한쪽 구석에서 물 위로 허리를 굽히고 일을 하고 있는 두 아들의 모습이 보였다. 그들은 마치 한 몸이라도 된 듯 동시에 오른팔을 나란히 내밀면서 모를 심고 있었다.

 "얘들아!" 링탄이 부르는 소리에 두 아들은 나란히 몸을 일으켰다.
 "어머니가 부르는 소리 들었니?"
 건장한 체격의 두 아들은 귀를 기울였고, 그는 두 아들을 볼 때마다 대견스러워서 가슴이 울렁거릴 지경이었다. 두 사람은 모두 장가를 갔고, 장남인 라오타에게는 아들이 둘 있는데 둘째는 이제 한 달된 아기이었다. 둘째 아들인 라오얼은 결혼한 지 넉 달이 되었는데 아직 아기가 들어서지 않아서 며느리가 걱정을 하기 시작한 터였다. 링탄에게는 라오타와 라오얼 외에도 막내아들 라오산이 있었다. 라오산은 지금 물소와 함께 골짜기를 에워싸고 있는 풀이 무성한 산기슭 어딘가를 걷고 있으리라. 그리고 라오산을 태운 물소는 나지막하고 둥그스름한 언덕에서 풀을 뜯고 있으리라. 링탄 부부에게는 딸도 둘 있는데 한 명은 아직 출가를 하지 않은 상태였다. 큰딸은 성안에서 가게를 운영하는 상인의 아들과 결혼을 했는데, 링탄의 집 뒤편으로는 도시를 둘러싼 성벽이 또렷하게 보였다.

이제 링탄의 귀에는 잘못 들었다고 하기에는 너무나 또렷하게 아내의 목소리가 들렸다. 그녀는 논의 건너편에서 링탄을 향해 고함을 지르고 있었다.

"영감, 어디 있어요? 아니, 이 영감이 귀가 먹었나, 아니면 꿀 먹은 벙어리가 됐나!"

"어머니예요!" 라오타가 큰 소리로 말했다. 세 사람은 얼굴을 마주 보면서 활짝 웃었고, 링탄은 왼손에 들고 있던 모 한 묶음을 물에 내려놓으며 말했다.

"아직도 해가 중천에 떠 있는데 일손을 놓는 건 돈을 내다버리는 것과 같다. 너희들은 하던 일을 계속해라."

"걱정하지 마세요." 장남 라오타가 대답했다.

그리고 두 아들은 다시 허리를 굽힌 채 일을 하기 시작했다. 민첩한 손놀림으로 미지근한 흙탕물 속에 새파란 모를 심는 동안 두 사람의 발은 비옥한 진흙 속에 빠져들었고, 햇살은 두 사람의 등 위로 내리쬐고 있었다. 그들의 맨살을 드러낸 등은 햇볕을 받아 구릿빛으로 그을어 있었다. 라오타와 라오얼은 대오리를 엮어 만든 챙이 넓은 모자를 눌러쓴 채 대화를 나누었다.

채 한 살도 터울이 나지 않는 두 사람은 기억할 수 있는 한 아주 오래전부터 둘도 없는 친구였다. 그들은 언제나 서로에게 모든 것을 털어놓았으며 각자 결혼을 한 뒤에도 두 사람 사이는 조금도 멀어지지 않았다. 그들은 아버지가 부르셨을 때, 마침 자신들의 아내에 대해서 이야기하고 있던 참이었고, 아버지가 어머니 쪽으로 걸어간 뒤 하던 이야기를 계속했다. 라오타와 라오얼은 아직 혈기왕성한 젊은이다 보니, 자신들의 몸과 먹고 마시는 음식, 그리고 밤낮으로 일어나는 모든 일들이 경탄의 대상이고, 대화의 주제였다. 그들의 머릿속에서 세상은 골짜기를 둘러싸고 있는 푸르른 언덕에서 끝이 났고, 그 세상 안에는 언젠가 자신들이 물려받게 될 아버지의 땅이 있었다. 그리고 세상의 중심은 자신들이 살고 있는 링씨 부락이라고 믿었다. 지금 그 안에서 살고 있는 사람들은 물론이고 그곳에서 생을 마감한 사람들까지 수백 년의 세월이 흐르는 동안 모두 일가를 이루고 있었다. 그들에게 도시는 추수한 곡식과 채소를 내다파는 장터에 불과했다. 이것이 그들이 도시에 대해 아는 전부였으며 더 이상은 아무런 관심도 없었다. 그러나 두 사람의 바로 뒤에 태어난 누이가 도시에서 조그마한 상점을 경영하는 남자와 혼인을 한 뒤부터, 라오타와 라오얼은 매부를 찾아가보지 못하는 자신들을 이따금 나무라곤 했다. 하지만 농사일로 늘 바빴기에 두 사람은 마음과는 달리 매부를 만나러 갈 기회가 거의 없었다.

두 사람은 쉴 새 없이 이야기를 나누고 있었지만 논바닥에 모를 찔러 꽂는 동작은 조금도 흐트러짐 없이 민첩하기만 했다. 그들의 뒤로는 텅 빈 논이 펼쳐져 있었고, 앞으로는 꼿꼿하게 심겨진 파릇파릇한 모가 가지런히 줄을 짓고 있었다.

"남자가 여자의 몸에 뿌린 씨가 언제쯤 뿌리를 내리는지 알 수 있어?" 라오얼이 형에게 물었다.

"아니, 그냥 무턱대고 씨를 뿌리는 거야." 라오타는 소리 내어 웃으며 대답했다. "그러니까 몇 번이고 반복해서 씨를 뿌려야 해. 이렇게 밝은 태양 아래에서 모를 심는 것과는 전혀 딴판이지. 왜? 제수씨가 잠자리를 피하기라도 해?"

"처음에는 그랬어. 하지만 지금은 아니야." 라오얼이 대답했다.

"한 사흘 동안만 제수씨를 그냥 놔둬. 그런 다음 처음 씨를 뿌리는 기분으로 하는 거야." 라오타는 동생에게 이렇게 말한 뒤, 경험이 풍부한 연장자가 손아랫사람에게 이야기하듯 말을 이었다. "남자는 씨를 뿌리기 전에 땅을 비옥하게 만들어야 해. 바꿔 말하면, 함부로 씨를 뿌려서는 안 된다는 뜻이야. 사전에 모든 준비를 갖추어야 해. 땅이 완전히 준비가 되었을 때 씨를 뿌려야 하는 거지. 바람에 잡초가 흩날리는 것처럼 함부로 씨를 뿌려서는 안 돼. 땅 속 깊숙이 씨를 심어야 하는 거야. 이렇게ㅡ. 이렇게ㅡ. 그리고 이렇게."

라오타는 '이렇게'라는 말을 할 때마다 실오라기 하나 걸치지 않은 구릿빛 팔을 진흙 속에 꽂으면서 모를 단단히 심었다.

라오얼은 형의 말을 귀담아듣더니 "나는 참을성이 없어."라고 겸연쩍은 듯 말했다.

"그럼 아직 아이가 없는 건 네 잘못이야." 형은 이렇게 말을 받으면서 사랑하는 동생을 장난스런 눈빛으로 바라보았다. 그의 입가에 환한 미소가 떠올랐다. "결혼한 지 1년만 지나면 애엄마보다는 아들을 더 바라게 될 거야."

"집사람은 벌써 안달을 해." 라오얼이 말했다. "매번 달거리가 시작될 때면 얼마나 악담을 하는지 몰라."

두 사람은 젊고 성미가 불같은 라오얼의 아내를 떠올리면서 소리내어 웃었다. 라오타의 아내는 통통한 체격에 말수가 적었으며 성미가 급하긴 했지만 남몰래 화를 삭일 줄 알았다. 그러나 서쪽에서 휘몰아치는 바람 같은 라오얼의 아내는 가는 곳마다 휘젓고 다녔다. 라오얼은 그런 그녀를 처음 본 순간부터 사랑했다.

라오타 역시 아내를 사랑했다. 그러나 그 자신도 인정하듯 마음을 다 빼앗긴 것은 아니었다. 그는 다른 나이 많은 사람들이 하품을 하고 기지개를 켜면서 읍내에 있는 찻집이나 작은 사찰 앞에 있는 광장을 모두 떠난 뒤에도 잠자리에 들지 않고 기다릴 수 있었다. 그리고 집에 돌아왔을 때 아버지가 아직 주무시지 않는다면 집 앞에 있는 타작마당에 서서 아버지와 두런두런 이야기를 나눌 수도 있었다. 그는 아내를 사랑하는 일에 결코 조바심을 내지 않았다. 일찍 잠자리에 든 아내는 침대에 누워서 곤히 자고 있을 것이고 그는 언제든지 아내 곁에 눕기만 하면 그만이었다.

그러나 라오얼의 아내는 한시도 가만히 있지 못했으며 장난기가 많아서 그는 아내가 안전하게 자신의 곁으로 돌아오기까지 어디에 있었는지를 알지 못했다. 그는 매일 밤, 자신을 주시하고 있는 다른 남자들의 시선과 아내가 있는 곳을 알고 싶은 욕망 사이에서 심한 갈등을 느꼈다. 남자들은 라오얼이 가장 먼저 무리를 떠나면 당장이라도 웃음을 터뜨릴 것처럼 보였다. 라오얼은 아내를 부를 때 긴 본명 대신 옥玉이라고 불렀다. "옥!" 그는 방 안에 들어서면서 늘 이렇게 외쳤다. 아내는 이따금 침실에 있기도 했지만 그렇지 않은 경우가 더 많았다. 그는 집 안에서건 밖에서건 같은 장소에서 아내를 두 번 찾는 일이 거의 없었으며 그녀가 침대에 누워서 그를 기다리는 일은 단 한 번도 없었다. 그는 아내가 자신을 사랑하는지 알고 싶었지만 아내가 비웃을까 두려워서 차마 묻지를 못했다. 그녀는 화를 낼 때와 마찬가지로 언제나 즉흥적이고 거침없이 웃음을 터뜨렸다. 라오얼은 입을 굳게 다문 채, 아내가 지금 이 순간에 집 안 어디에 있을지를 곰곰이 생각해보았다. 그녀는 오늘 아침 논에 나와서 모내기를 도왔지만 점심 식사 후에는 집에 있겠다고 했었다.

"잠을 자야겠어요." 옥은 이렇게 말하더니 침대에 누웠고, 남편이 보는 앞에서 잠이 들었다. 라오얼은 아내 곁에 눕고 싶었지만 차마 그럴 수가 없었다. 아직 모내기가 끝나지도 않았는데 대낮부터 아내와 함께 잠자리에 든다면 아버지가 꾸중하실 것이 분명했기 때문이다. 라오얼은 광대뼈가 튀어나온, 어린애처럼 예쁘장하게 생긴 아내를 자게 내버려둔 채 방을 나섰다. 아내는 얼마나 오랫동안 잠을 잤을까? 그리고 깨어난 뒤에는 무엇을 했을까? 라오얼은 아직도 중천에 떠 있는 해를 힐끗 바라보았다. 그러고서 그는 한숨을 쉬었고, 다시 모를 심었다.

··· 랭탄은 해마다 여름이 되면 안뜰에 발을 치는데, 지금 그 발 아래에서 낯선 남자와 이야기를 나누고 있었다. 남자는 산동山東 비단과 모시를 파는 행상이었다. 그와 같은 부류의 행상들은 봄이 되면

남쪽으로 이동하면서 남부 지방 사람들에게 지고 온 물건을 팔았으며, 초여름이 되면 북부 지방에서 볼 수 없는, 남부 지방에서 생산한 고운 비단을 가지고서 왔던 길을 거슬러 올라갔다. 이제 남자가 북부 지방에서 지고 온 물건 중에 남은 것은 몇 필 안 되는 거친 모시가 전부였다. 그는 농가의 아낙네가 아니고서는 이런 물건을 사지 않을 것임을 알았기에 성안을 벗어나서 시골 마을을 돌아다니고 있었다. 그러다가 그는 다른 농가들보다 큰 링탄의 집 문 앞에 곱상한 젊은 여자가 한가로이 서성대고 있는 것을 보고는 그 앞에서 걸음을 멈추었다.

여자를 지켜보고 있는 사람은 아무도 없는 듯했지만 사실은 그렇지가 않았다. 남자가 다가가서 말을 붙이려는 순간, 시어머니인 링사오가 대문 밖으로 나오더니 날카로운 목소리로 말했다.

"여자한테 할 말이 있거든 내 둘째 며느리 말고 나한테 하시오."

"그렇지 않아도 시어머니가 어디 계신지 여쭤보려던 참이었습니다." 행상은 서둘러 이렇게 대답했다. 그는 한눈에 링사오가 집안의 실권을 쥐고 있는 강한 시어머니임을 알아차렸다. "저는 북쪽에 있는 고향으로 돌아가는 길입니다. 마침 여름옷을 만들기에 좋은 모시가 몇 필 남았는데, 마을 사람들이 이 댁 마님만큼 물건을 볼 줄 아는 사람이 없다고 하더군요."

"물건이나 내놓고 그 혀는 좀 집어넣으시게." 링사오가 말했다.

행상은 링사오의 말에 공손하게 웃으면서 서둘러 물건을 꺼냈고, 잠시 후, 두 사람은 한 치의 양보도 없이 모시 값을 흥정하기 시작했다.

"거저 드리는 거나 마찬가집니다." 행상은 마침내 이렇게 말했다. "올 여름에 북쪽에서 전쟁이 시작된다니까 싸게 드리는 겁니다."

링사오는 뜻밖의 말에 들고 있던 모시를 떨어뜨렸다.

"무슨 전쟁 말이오?"

"우리랑은 상관없는 전쟁이에요. 동쪽 바다 섬나라에 사는 난쟁이 같은 놈들 때문에 생기는 전쟁이죠. 그놈들은 언제나 싸움질을 좋아한답니다."

"놈들이 여기까지 올까요?" 링사오가 물었다.

"그거야 아무도 모르죠." 행상이 대답했다.

링사오는 행상의 대답을 듣고는 문 앞으로 가서 남편을 불렀다.

이렇게 해서 링탄은 지금 안뜰에서 탁자를 사이에 두고 앉아 행상의 이야기를 듣게 되었다. 그의 발에 차가운 돌바닥이 느껴졌다. 겨울에는 햇볕을 받아 따뜻하고, 여름에는 시원한 링탄의 집 안뜰은 언제나 기분 좋은 장소였다. 조상들 중 누군가 뜰 한가운데에 자그마한 못을 파고 화분에 연(蓮)을 심어두었는데, 지금 그 화분에는 연꽃 여섯 송이가 탐스럽게 피어 있었다. 새빨간 연꽃 속으로 노란 고갱이가 보였다. 링탄네 가족은 여름이면 뜰에 탁자를 내놓았으며, 지붕 아래 친 발이 빗물을 막아주었기 때문에 비가 오는 날에도 이곳에서 식사를 했다. 링탄은 탁자를 앞에 두고서 행상과 마주 앉아 있었고, 그의 아내는 두 사람에게 차를 따라준 뒤 한쪽에 놓여 있는 기다란 의자에 앉아 신발을 만들고 있었다. 바닥이 제법 두꺼웠지만 그녀는 기다란 쇠바늘로 능숙하게 바느질을 했다. 바늘이 천에 꽂혀서 빠져나오지 않을 때면 그녀는 하얗고 튼튼한 이로 삼실을 꿰 놓은 바늘을 물고서 당겼다. 링탄은 이런 모습을 볼 때면 자신의 이가 빠개지는 것 같아서 언제나 눈을 돌렸다. 그러나 그는 왜 이런 기분이 드는지 알 수 없었기에 아내에게 한 번도 이 사실을 말하지 않았다.

"동쪽 바다에 사는 난쟁이 놈들이 우리나라 사람을 죽였단 말입니까?" 링탄이 행상에게 물었다.

"북부 지방에서 남녀노소를 가릴 것 없이 사람들을 닥치는 대로 죽이고 있습니다." 행상이 대답했다.

그리고서 그는 잔을 들어 차를 마신 뒤 자리에서 일어서며 말했다. "내일 안에 펑푸에 도착하려면 그만 일어서야겠습니다." 그는 여느 행상과 마찬가지로 평범한 모습이었으며, 그의 말은 이곳저곳을 떠돌면서 여러 차례 되풀이되는 동안 모난 데가 없이 둥글게 다듬어져 있었다.

링탄은 꼼짝 않고 앉아서 혼잣말로 중얼거렸다. "장차 어떻게 될런지?"

그러나 특별히 누군가를 향해 물은 것이 아니었기에 아무도 그의 질문에 대답하지 않았다. 행상은 등에 짐을 지더니 고개를 숙여서 인사하고는 대문 밖으로 나갔고, 링탄은 아내와 함께 뜰에 앉아 있었다. 그는 아내가 여전히 바느질을 하는 동안 자리에 앉은 채 자신의 집을 둘러보았다. 외벽은 오래된 벽돌로 쌓여 있었고, 나지막한 지붕에는 기와가 얹혀 있었다. 그리고 집 안은 나무 기둥 사이에 벽돌을 한 줄로 쌓은 뒤 흙을 바르고, 그 위에 하얗게 석회를 칠해서 만든 벽돌로 칸칸이 나뉘어져 있었다. 바로 이 집에서 조상들은 한평생을 살다가 눈을 감았으며 링탄은 외아들로 태어났고, 바로 이 집에서 그의 세 아들과 손자가 살고 있었다.

고요하고 뜨거운 오후였다. 연꽃의 고갱이는 가늘게 흔들리고 있었고, 링탄은 적막을 뚫고 들려오는 손자의 울음소리를 들었다. 링사오는 반사적으로 자리에서 일어나 집 안으로 들어갔다. 혼자 남은 링탄은 자리에 앉아서 자신은 남부럽지 않게 살고 있다고 생각했다. 그는 운 좋게도 대도시 가까이에 땅을 갖고 있었다. 게다가 그의 땅은 구릉지의 아래쪽으로 흐르는 큰 강 유역에 자리 잡고 있어서 아무리 가뭄이 들어도 그 언덕에서는 물이 흘러내려왔다. 링탄은 자신에게 없는 것 중에서 더 갖기를 바라는 것이 아무것도 없었으며, 부유하지도 가난하지도 않았다. 그리고 그의 자식 중에 유일하게 세상을 떠난 한 아이는 딸이었다. 그는 단 한 번도 병을 앓은 적이 없으며 쉰여섯이 된 지금도 젊었을 때와 다름없이 날렵하고 건강했다. 아내가 아직도 임신을 할 수만 있다면 그는 예전과 마찬가지로 자식을 낳을 수 있을 터였다. 마을의 한 노파는 자신이 소개해주겠다며 첩을 들이라고 링탄을 볼 때마다 성가시게 굴었지만 그에게는 그럴 마음이 조금도 없었다.

"제겐 이미 아들들이 있습니다." 링탄은 어제도 탐욕스런 노파에게 이렇게 말했다.

"요즘 같은 때는 아무리 아들을 많이 낳아도 모자라요. 전쟁 통에 총이랑 서양 무기들이 넘쳐날 텐데 누가 아들이 많다고 할 수 있겠소?" 노파는 이렇게 대꾸했다.

그러나 링탄은 노파의 말을 대수롭지 않게 웃어넘겼다. 그의 아내는 더 이상 아이를 못 낳는 것을 제외하고는 전과 다름없이 좋은 여자였으며, 그는 자신을 속속들이 알고 있는 아내를 예전보다 더 편안하게 대할 수 있었다. 그는 아내에게 불만이 없었기에 젊은 여자를 집안에 들여서 처음부터 다시 시작할 생각이 전혀 없었다. 게다가 첩이 대문 안에 들어서는 순간, 평화는 집 밖으로 쓸려나가기 마련이었다.

링탄은 탁자를 손으로 내려치더니 잔에 남은 차를 단숨에 들이키고는 자리에서 일어나 허리에 매고 있는, 푸른 천으로 만든 길고 가느다란 끈을 질끈 조였다.

"그만 일하러 가야겠군!" 링탄은 큰 소리로 외쳤지만 아무도 대답하지 않았다. 하기는 자신의 말을 들은 사람은 모두 여자들뿐이니 누군가 대답을 하리라고 기대도 하지 않았다. 그는 묵묵히 집을 나섰다.

논에 도착한 링탄은 자신이 모를 심던 자리에서 두 아들이 일을 거의 다 마친 모습을 보고는 매우 흐뭇했다. 해가 지기 전까지 한 시간만 더 일하면 모내기를 끝낼 수 있을 것 같았다. 나머지 논에는 이미 모를 다 심었으니 이곳만 마무리하면 그의 가족은 또 한 해 동안 양식 걱정을 안 해도 되리라. 링탄은 다시 허리를 굽혔고, 누런 물 위에 비친 흐릿한 자신의 얼굴을 보았다. 그의 여윈 얼굴에서 각진 턱이 유난히 도드라져 보였다. 그는 각진 턱에 줄을 단단하게 고정시킬 수 있는 덕분에 모자가 벗겨지는 일 없이 언제든지 편안하게 쓸 수 있었다. 마을에는 턱이 둥글어서 모자의 줄을 이로 물고 있어야 하는 사람들도 있었지만 링탄은 그럴 필요가 없었다. 그는 이를 드러내지 않고 품위 있게 입을 다물고 있을 수 있었으며 그의 팔촌처럼 멍하니 입을 벌리고 있을 필요가 없었다. 그의 팔촌은 좋은 사람이었고, 성벽에 붙어 있는 치안판사의 포고문을 읽을 수 있을 만큼 배운 것도 있는 사람이었다.

그러나 링탄은 까막눈이었다. 그는 여태껏 살아오면서 글을 읽어야 할 필요성을 느낀 적이 없었다. 그는 모든 소문은 언제고 들려오기 마련이라고 입버릇처럼 말했다. 그것이 좋은 소문이라면 빨리 들려올 테고, 나쁜 소식이라면 늦게 들을수록 좋은 법이라는 게 그의 지론이었다. 그는 자식들 역시 학교에 보내지 않았으며 여태껏 자신의 이 같은 결정을 후회한 적도 없었다. 종종 도시에서 공부하는 젊은 남녀 학생들이 마을을 찾아와서 이제 남녀를 불문하고 모두가 글을 읽고 쓸 줄 알아야 한다고 아무리 설교를 해도 그의 생각에는 변함이 없었다. 링탄은 학생들의 창백한 얼굴을 보면서 그들이 하는 말을 믿어야 할 이유가 아무것도 없다고 생각하면서 자신만의 생활방식을 고집했다.

링탄은 일을 마칠 때까지 두 아들에게 한 마디도 건네지 않았고, 두 아들 역시 아버지에게 아무 말도 하지 않았다. 이윽고 그들은 마지막 모 한 포기를 논바닥에 찔러 꽂으면서 한곳에서 만났다. 그러고서 세 사람은 허리를 쭉 편 뒤 모자를 뒤로 젖혀서 등 위에 매달려 있게 했다.

"어머니가 무슨 일로 아버지를 찾으신 거죠?" 라오타가 물었다.

"북쪽 지방에서 온 행상이 우리 집에 들렀는데 전쟁 이야기를 하더구나." 링탄이 대답했다. 그는 벌써 한 시간째 행상으로부터 들은 이야기를 생각하고 있던 터라 이제는 이 문제가 대수롭지 않게 여겨졌다. 북쪽 지방은 그가 사는 마을에서 멀리 떨어진 곳이었다. 링탄은 갈색 물 위로 가지런히 늘어서 있는 초록빛 모를 예리한 눈으로 바라보았다. 모가 드리우고 있는 그림자는 곧게 뻗은 검은 선을 그리고 있었다. 두 아들은 링탄과 마찬가지로 한 치의 흔들림도 없이 오른손을 놀렸다. 링탄은 허리띠의 끝으로 얼굴을 닦으면서 둘째 아들에게 말했다.

"팔종형제한테 가서 돼지고기를 좀 사 오너라. 오늘 저녁에는 돼지고기랑 양배추를 먹자꾸나."

"제가 대신 가겠습니다." 큰아들이 장난스런 얼굴로 말했다.

링탄은 두 아들을 바라보다가 라오얼의 얼굴이 새빨개진 것을 알아채고는 이렇게 물었다. "둘이서 또 무슨 꿍꿍이셈을 꾸미고 있는 게냐?" 라오타는 소리 내어 웃기만 할 뿐 아무 말도 하지 않았고, 라오얼은 바보처럼 이를 드러낸 채 미소를 지었다. 링탄은 아직도 어린애 같은 두 아들의 모습을 보면서 빙그레 웃었다.

"괘씸하긴 하지만 비밀은 너희 둘이서만 간직해라." 링탄은 껄껄 웃으면서 말했다. "너희 둘이 무슨 일을 꾸미는지는 모르지만 나는 상관없다."

링탄은 만족스런 마음으로 집을 향해 걸음을 옮겼고, 잠시 후 둘째 아들이 앞장서서 안뜰로 미끄러지듯 들어가는 것을 보았다. 링탄은 라오얼이 서둘러 논을 떠난 이유가 무엇인지는 모르지만 그것이 자신의 집 담장 안에 있는 모양이라고 생각했다. 그러나 그는 아들을 그토록 바삐 움직이게 한 것이 며느리라고는 상상도 하지 못했다.

・・・ 라오얼은 아내 옥과 함께 사용하는 침실로 들어갔다. 그러나 그녀는 방 안에 없었다.

"옥!" 라오얼이 소리쳐 불렀지만 아무런 대답도 들리지 않았다. "옥!" 그는 다시 한 번 목소리를 낮추어서 아내를 불렀다. 그녀는 어디엔가 숨어 있는지도 몰랐다. 그녀는 이따금 몸을 숨기고 있다가 라오얼이 신경을 다른 곳에 쏟기 시작할 때에야 밖으로 나와서 그를 보며 웃음을 터뜨리곤 했다. 그러나 그녀는 지금 라오얼이 다시 한 번 부르고 있음에도 불구하고 모습을 드러내지 않았다. 방 안에는 아무도 없었다.

라오얼은 옥을 곧바로 찾을 수 없을 때면 으레 그러하듯 순간적으로 두려움을 느꼈다. 그녀가 멀리 달아난 것은 아닐까 하는 생각이 머리를 스쳐 지나갔다. 라오얼은 어머니를 찾으려고 뜰로 나갔다. 그러나 뜰은 텅 비어 있었고, 그는 다시 부엌으로 걸음을 옮겼다. 저녁밥이 끓고 있는 가마솥의 나무 뚜껑에서 김이 올라오고 있었다. 흙으로 만든 커다란 아궁이 뒤로 돌아가보니, 어머니가 웅크리고 앉아서 마른 풀을 집어넣고 있는 모습이 보였다. 그러나 그는 창피한 마음에 아내가 있는 곳을 차마 묻지 못하고 짐짓 언짢은 목소리로 말했다.

"왜 어머니께서 불을 지피고 계신 거죠? 이런 일은 아무짝에도 쓸모없는 그 사람이 해야 하는데……."

"정말 아무짝에도 쓸모없는 아이야." 어머니가 대답했다. "해가 머리 꼭대기에 떠 있을 때부터 코빼기도 보이질 않는구나. 요즘 젊은 것들이란! 매파한테 속았어. 이게 다 전족을 하지 않기 때문이야. 내가 어렸을 때는 발이 꽁꽁 묶여서 집에 있을 수밖에 없었단다. 하지만 요즘 젊은 것들은 염소처럼 사방을 뛰어다니지."

"제가 찾아서 집에 데리고 온 다음 흠씬 매질을 하겠습니다." 라오얼은 이렇게 말하면서 화가 솟구쳐 올랐고, 옥이 지금 눈앞에 있다면 정말로 손찌검을 할 수도 있을 것 같았다.

"그렇게 하거라." 어머니는 이렇게 대답한 뒤 영리해 보이는 자그마한 눈을 빛내며 웃었다. "하지만 너한테 그럴 만한 힘이 있는지 잘 생각한 다음 행동해라! 요즘 여자들은 그렇게 쉽게 맞지 않는단다!"

링사오는 소리 없이 메마른 웃음을 지으며 불꽃 위로 마른 풀을 듬성듬성 펼쳐놓았다. 링탄은 가난한 농부가 아니었으며 링사오의 친정아버지 역시 비옥한 땅을 가진 사람이었다. 그러나 그녀는 부자건 가난하건 집안 살림을 꾸려나가면서 음식과 땔감 그리고 옷감을 낭비해서는 안 된다는 것을 몸에 배도록 배운 사람이었다. 그녀가 천을 짜서 마름질을 하고 난 뒤 남은 헝겊 조각은 한 손바닥 안에 들어갈 정도로 작았다. 중매쟁이는 링사오가 알뜰한 여자라고 입에 침이 마르도록 칭찬했고, 그 말은 모두 사실이었다. 그러나 이제 링사오 같은 젊은 여자를 찾기란 하늘의 별 따기처럼 어려운 일이 되고 말았다. 그녀의 큰며느리인 란蘭은 어린 시절에 전족을 했지만 발의 모양이 완전히 잡히기 전에 혁명이 일어났고, 아버지의 명령으로 발을 동여매고 있던 천을 풀었다. 심지어는 링탄도 자신의 두 딸에게 전족을 하지 못하도록 했다.

링사오는 화로 안에 마른 풀을 한 잎 한 잎 그리고 한두 줄기씩 집어넣으면서 며느리들에 대한 생각에 잠겼다. 어질든 그 반대이든 며느리는 한 가정에 행복 혹은 불행을 가져올 수 있는 존재이며 나이 든 사람들은 며느리를 의지하며 살기 마련이었다. 그리고 어느 집안에서건 여자들이 남자들보다 강한 만큼 아들들은 믿을 만한 존재가 아니었다. 링사오는 사정이 이런 마당에 아들이 며느리를 찾아서 매질하겠다는 말을 곧이들을 사람은 아무도 없다고 생각했다.

"무슨 재주로 매질을 해?" 링사오는 불꽃을 들여다보며 중얼거렸다. 링탄 역시 젊은 시절에 그녀에게 두 번 손찌검을 한 일이 있었는데 한 번은 화가 나서였고, 또 한 번은 질투심을 이기지 못해서였다. 그러나 그녀 역시 가만히 맞고만 있지는 않았다. 그녀는 주먹으로 남편을 연거푸 쳤으며 뺨을 할퀴었고 아직도 흉터가 남아 있을 정도로 세게 오른쪽 귓불을 물었다.

"누가 귓불을 물은 거요?" 아직까지도 링탄에게 이렇게 묻는 사람들이 있었다.

"산호랑이가 물었지." 링탄은 그때마다 웃으면서 구릉지대의 마을에서 태어난 링사오를 빗대어 이렇게 대답했다.

그러나 어떤 남자가 옥을 때릴 수 있겠는가? 링사오는 한숨을 쉬면서 불길이 사그라지도록 내버려두었다가 다시 타오르게 했다. 그녀는 무릎이 아파왔지만 신경 쓰지 않고 가마솥의 뚜껑을 열어 밥 냄새를 맡았다. 향기로운 냄새가 나는 것을 보니 밥이 거의 다 된 듯했다. 링사오는 솥뚜껑을 꼭 맞게 내려놓았다. 뜨거운 김에 밥이 뜸들 테니 이제 불을 더 땔 필요가 없었다. 링사오는 하품을 하면서 밥공기를 내리려고 선반을 향해 팔을 뻗었다. 점심때 먹다 남긴 생선이 있으니 고기 대신 먹으면 될 테고, 남은 양배추는 밥에 넣어 섞을 작정이었다. 집 안에 있는 못에 물고기들이 있어서 언제든지 그물을 던지기만 하면 되기 때문에 생선은 돈 한 푼 안 들이고도 얼마든지 구할 수 있었다.

링사오는 안뜰에 놓여 있는 탁자 위에 그릇과 수저를 올려놓은 뒤 남편과 둘이서 사용하는 침실로 들어갔다. 마침 남편은 대야에 가득 담겨 있는 찬물로 세수를 하고 있었다. 두 사람은 아무 말도 하지 않았지만 얼굴에는 평화가 넘쳐흘렀다. 링사오는 자리에 앉아 머리에서 은 이쑤시개를 뽑았다. 그러고서 그녀는 씻고 있는 남편을 물끄러미 바라보면서 천천히 이를 쑤셨다. 그녀는 단단하고, 날씬하며 구릿빛을 띠고 있는 남편의 몸이 처음 만났을 때와 마찬가지로 여전히 보기 좋다고 편안한 마음으로 생각했다. 링탄은 씻고, 젖은 무명 수건을 비틀어 짜고, 얼굴의 물기를 닦는 내내 힘 있고 빠른 동작으로 움직였다. 링사오는 지금 남편이 사용하고 있는 수건은 물론, 집에서 사용하는 거의 모든 천을 손수 짰다. 링탄은 깔끔한 남자였기 때문에 그의 몸에서는 지독한 악취는커녕 그 어떤 냄새도 나지 않았다. 그가 이따금 입을 활짝 벌린 채 웃을 때면 건강한 이가 가지런히 드러났고, 신선한 입김이 뿜어져 나왔다. 그러나 그의 팔촌은 낙타처럼 지독한 입냄새를 풍겼다.

"어떻게 그런 남편 옆에 누워서 잠을 잘 수 있죠?" 링사오는 얼마 전에 팔촌의 아내에게 이렇게 물었다.

"남자들은 원래 냄새가 지독하지 않나?" 팔촌의 아내가 되물었다.

"우리 집 양반은 안 그런걸요." 링사오는 자랑스럽게 대답했다.

"이제 저녁을 먹어야겠어." 링탄은 불쑥 이렇게 말하더니 통이 넓은 푸른색 무명 바지를 입은 뒤 깨끗한 띠를 허리에 동여맸다. 그러고서 그는 돼지고기를 떠올리며 말을 이었다. "큰아이한테 돼지고기를 사오라고 시켰어."

링사오는 눈을 휘둥그레 떴다. "점심때 먹다 남은 생선이 반 토막이나 있는걸요."

"난 돼지고기를 먹겠소." 링탄이 큰 소리로 말했다.

"그럼 맘대로 하시구려." 링사오는 이렇게 대답하면서 돼지고기를 요리하기 위해 방을 나섰다. 부엌에 들어가 보니 탁자 위에 마른 연잎 한 장과 그 위에 놓여 있는 돼지고기가 보였다. 링사오는 푸줏간 주인인 팔종형제가 혹시라도 나쁜 고기를 주지는 않았을까 하는 노파심에 여느 때처럼 돼지고기를 들고 자세히 살펴보았다. 그러나 그녀는 단 한 번도 질이 떨어지는 고기를 받은 적이 없었다. 푸줏간 주인은 링사오를 두려워했으며 링탄을 존경했다. 여느 푸줏간 주인과 마찬가지로 그도 나쁜 고기를 갖고 있었지만 그런 고기를 누구에게 팔아야 할지를 잘 알고 있었다. 큰아들이 가져온 고기는 부드럽고 두툼한 하얀 껍질 아래로 붉은 고기와 흰 비계가 고르게 층을 이루고 있어서 누구라도 좋아할 만큼 질이 좋았고 흠 잡을 데라고는 찾아볼 수가 없었다. 링사오는 재빨리 돼지고기를 다져서 마늘과 소금을 섞어 버무린 뒤 자그마한 완자로 만들어서 끓는 물에 넣었다. 그녀는 요리솜씨가 뛰어났기 때문에 링탄이 담배를 겨우 두 대 피웠을 때, 벌써 돼지고기를 상에 낼 준비를 마쳤다.

링사오는 부엌문 앞에 서서 큰아들을 불렀다. "아버지가 시장하시단다!"

라오타는 말쑥하게 씻은 모습으로 아이를 안고 방에서 나왔다.

"지금 갑니다." 라오타가 말했다.

링탄은 방에서 나오면서 둘째 아들을 불렀다.

"불러봤자 소용없어요." 링사오는 부엌에서 차가운 양배추를 뜨거운 밥에 섞으면서 이렇게 소리쳤다. "지 마누라를 찾으러 나가고 없어요."

안뜰에서는 단 한 번도 아내를 찾아 헤맨 적이 없는 두 남자의 웃음소리가 들려왔다. 링사오는 공기에 밥을 푼 뒤 안뜰로 가지고 나오면서 두 사람과 함께 웃었다. 그 순간 큰며느리가 들어오더니 자리에 서서 윗도리의 단추를 채웠다.

"제가 하겠습니다." 큰며느리는 꼼짝 않고 서서 예의상 이렇게 말했다. 그러고서 그녀는 다들 웃는 모습을 보고는 영문도 모른 채 덩달아 소리 내어 웃었다. 링탄네는 언제나 웃음이 끊이지 않는 집안이기도 했지만 란은 본래 마음이 느긋하고 유순한 성격이라서 이유를 알아볼 생각조차 하지 않고 그저 웃기만 했다.

모두들 자리에 앉자, 셋째 아들 라오산이 코뚜레에 잡아맨 고삐로 물소를 끌면서 조용히 대문 안으로 들어섰다. 아직 열여섯 살이 채 안 된 라오산은 키가 크고 말수가 적었다. 가족들은 그를 보고도 아무 말이 없었고, 그 역시 가족들이 말을 걸어 주리라고 기대하지 않았다. 그러나 그는 잠시나마 자신을 살펴보는 어머니의 주의 깊은 눈길과 흘긋 스쳐 지나간 아버지의 시선을 느꼈다. 두 사람은 모두 별일이 없는지 확인하고 싶은 마음에 아들을 바라보았다. 라오산은 링탄 내외조차 깨닫지 못하고 있었지만 부모님이 가장 사랑하는 아들이 자신임을 잘 알고 있었다. 그리고 라오산은 자신의 성격 때문에 부모님이 자신을 가장 걱정한다는 사실 또한 알고 있었다. 그는 사소한 많은 일들에서 막내로서의 특권을 누렸으며 두 형은 동생이 마음대로 행동하도록 내버려두었다. 라오산이 애를 먹일 때에도 두 형은 기껏해야 동생의 짧게 깎은 머리를 쥐어박을 뿐이었다. 라오산은 부모 앞에서도 막무가내로 행동했으며 뜻대로 되지 않으면 곧잘 성을 내곤 했다. 그래서 링탄과 링사오는 그에게 되도록 아무 일도 시키지 않았고, 링탄은 다루기 힘든 아들과 멀찌감치 떨어져 있고 싶은 마음에 라오산이 물소를 언덕으로 데리고 가도록 내버려두었다. 물소를 몰고 나가 있는 동안만은 막내아들의 고집을 꺾으려고 애를 쓰지 않아도 되었다.

이 모든 문제는 라오산이 너무 아름다운 데서 비롯되었다. 셋째 아들은 너무나 아름다워서 링탄 부부는 그가 태어나는 순간부터 항상 그의 죽음을 맞을 준비를 하고 있었다. 그 어느 신이 이토록 아름다운 얼굴 앞에서 질투를 느끼지 않겠는가? 라오산은 기다란 눈매에 눈동자는 새까맣게 윤이 났고, 흰자위는 맑았다. 그리고 네모난 얼굴 위로 보이는 각진 입술은 신의 그것처럼 도톰했다. 그런 라오산에게 결점이 있다면 늘 꿈꾸는 듯한 모습으로 게으름을 부리는 것이었다. 그러나 그의 부모는 다른 모든 것과 마찬가지로 그의 게으름 또한 용서했다. 라오산은 지난 두 해 동안 다른 형제들이 그리했던 것처럼 빠른 속도로 자랐다. 그는 지금 항아리에서 물을 떠서 나무 양동이에 담아 안뜰 구석에 있는 대나무 아래에 서서 몸을 씻었다. 그러고서 그는 탁자 앞으로 다가와서 자리를 잡고 앉았다.

링탄은 아들들을 바라보면서 마음이 든든했다. 라오얼의 자리는 아직 비어 있었지만 그는 곧 도착할 테고, 그러면 탁자는 가득 차게 되리라. 라오타는 무릎에 아들을 앉혀 놓고서 밥을 잘게 씹은 뒤 연꽃 봉오리처럼 분홍빛이 감도는 아기의 입속에 넣어주었다. 저녁 공기는 점점 서늘해졌고, 연꽃은 밤을 맞으려고 입을 다물고 있었다. 사방을 에워싼 적막 속에서 들려오는 소리는 천을 짜는 방에서 흘러나오는 베틀 소리뿐이었다. 링탄의 둘째 딸은 아직도 일을 하고 있었으며 식사하라고 부르는 소리가 들릴 때까지 계속 일을 할 터였다.

링사오는 볏짚을 한 아름 안아서 물소가 먹을 수 있도록 바닥에 던져주었다. 그때 누렁이가 뭐라도 얻어먹고 싶은 마음에 아양을 떨면서 다가왔다. 누렁이는 아무것도 나올 게 없어 보이는 낯선 사람들 앞에서는 늑대처럼 사나웠지만 주인 앞에서는 어린 고양이처럼 온순했다. 누렁이는 남는 음식이라도 얻어먹으려고 탁자 밑으로 기어들어갔다. 링탄은 발받침이라도 되는 것처럼 누렁이 위에 발을 올려놓았고 신발을 벗은 맨발에 뻣뻣한 개털과 온기가 느껴졌다. 링탄은 몸을 숙인 뒤 갑작스레 애정을 느끼면서 집안 식구나 다름없는 누렁이에게 커다란 생선 조각을 던져주었다.

··· 라오얼은 집 근처에 있는 들판에서 여전히 옥을 찾아 헤매고 있었다. 아직 저물지 않은 해가 길게 늘어지는 황금빛 햇살을 꿀을 쏟아놓듯 초록빛 들판 위로 비추고 있었다. 만약 옥이 들판에 있다면 그녀의 푸른색 윗도리가 쉽게 눈에 띌 것이 틀림없었다. 밀은 이미 베어낸 뒤였고, 모는 아직 길게 자라지 않은 상태라서 그녀가 숨을 만한 곳은 어디에도 없었다. 그러나 옥은 보이지 않았다. 그렇다면 그녀는 성안 어딘가에 있을 것이 분명했다. 라오얼은 옥이 있을 만한 곳을 머릿속으로 재빨리 그려보았다. 찻집에는 남자들만 드나들기 때문에 그녀가 갔을 리 없었다. 그리고 팔촌의 집에도 갔을 리 만무했다. 팔촌의 아들은 라오얼과 동갑이었는데, 매파가 옥에게 걸맞은 신랑감을 고르던 당시에 그녀를 자신의 아내로 맞이하고 싶어했다. 팔촌의 아들은 다른 마을에 살던 옥이 친정집 문 앞에 서 있는 모습을 한 번 보고는 그녀를 사랑하게 되었던 것이다. 그러나 그때는 라오얼도 그녀를 본 상태였고 이미 사랑하게 된 뒤였다. 결국 두 젊은이 사이에는 분노가 쌓여갔고, 서로를 증오하게 되었으며 기회만 있으면 싸우려고 했다. 마을 사람들은 이러한 사실을 알게 된 뒤부터 두 젊은이를 항상 지켜보고 있다가 둘이 서로에게 달려들기라도 하면 곧바로 소리를 지르면서 다가가서 둘 사이를

갈라놓았다.

그러나 옥은 두 젊은이 중 누구를 원하는지 말하지 않았으며 자신의 생각을 드러내보이지도 않았다. 그녀는 어머니가 물어보아도 좁은 어깨를 으쓱해 보일 뿐 아무 말도 하지 않았다. 어쩌다 입을 뗄 때에도 이렇게 말할 뿐이었다. "두 사람 다 팔다리가 두 개씩 있고, 손가락과 발가락이 열 개씩 달려 있다면, 그리고 사팔뜨기가 아니고, 머리가 딱지투성이가 아니라면 다를 게 뭐 있겠어요?"

결국 옥의 아버지는 어떤 젊은이의 아버지가 자신의 딸에게 더 후한 값을 매기는지를 보고서 결정하기로 했다. 그리고 두 젊은이는 각자의 아버지에게 애원을 하기도 하고, 괴롭히기도 하면서 옥을 얻지 못한다면 죽어버리고 말겠다고 위협을 했다. 두 집안은 하루도 편할 날이 없게 되었고, 이를 견디다 못한 링탄은 어느 날 찻집에서 팔촌을 만나 은밀한 곳에서 이렇게 말했다. "제가 형님보다는 살림이 넉넉하지 않습니까? 은화 서른 냥을 드릴 테니 조카한테 그 아이는 라오얼과 결혼해야 한다고 말해주세요. 이러다가는 형님이나 저나 둘 다 편할 날이 없겠습니다."

팔촌은 링탄의 청을 기꺼이 받아들였다. 은화 서른 냥은 학자인 그가 반 년 동안 버는 돈과 맞먹었기 때문이다. 이렇게 해서 문제는 해결되었고, 라오얼은 옥과 약혼을 했으며 혼사 준비가 되는 대로 그녀와 결혼을 했다. 그러나 마음속 가장 은밀한 곳을 들춰보면 라오얼은 자신을 선택하지 않은 옥을 여전히 용서하지 못하고 있었다. 그는 아직까지도 감히 아내에게 자신을 선택하지 않은 이유를 묻지 못했고, 밤이 되어 옥의 곁에 누울 때마다 아내를 보다 잘 알게 되고 아내 역시 자신에게 마음을 열게 되었을 때 '당신한테 선택권이 주어졌을 때 왜 나를 택하지 않았지?'라고 물어보리라 마음먹곤 했다.

그러나 라오얼은 아직까지 옥에게 물어보지 못했다. 그는 옥의 몸은 속속들이 알고 있었지만 그녀를 완전히 알지 못했으며, 이로 인해 그녀를 향한 그의 사랑은 한시도 편할 날이 없었고, 그는 여전히 사랑 때문에 화를 내거나 고통받는 날이 많았다.

라오얼은 재빨리 시내로 발길을 돌렸다. 그리고 그는 안 그런 척하면서도 푸른 무명 윗도리와 바지를 입고 목이 보일 정도로 짧게 머리를 자른 늘씬한 여자를 찾으려고 눈을 크게 뜨고 있었다. 그는 20여 일 전에 일을 마치고 집에 돌아와서 옥이 기다랗던 검은 머리칼을 자른 것을 보고는 걷잡을 수 없이 화를 냈었다.

"더워서 그랬어요." 옥은 남편의 화난 눈을 들여다보면서 말했다.

"당신 머리칼은 내 거야. 당신 멋대로 잘라서는 안 돼!" 라오얼은 옥에게 소리쳤다.

그러나 옥은 아무런 대꾸도 하지 않았고, 라오얼은 그녀가 아무 말도 하지 않을 것임을 알면서도 다시 큰 소리로 물었다. "그 길던 머리는 잘라서 어떻게 한 거야?"

옥은 여전히 묵묵부답으로 방에 들어가더니 기다란 머리 다발을 가지고 나왔다. 그리고 라오얼은 옥의 손에 들려 있던, 빨간 실로 끝을 동여맨 굵은 머리 다발을 집어서 무릎 위에 올려놓았다. 그의 다리 위에 놓인, 곧고 부드러운 검은 머리칼은 옥이 의도적으로 자신의 삶에서 베어낸 그녀의 일부였다. 라오얼은 자신이 갖고 있던 생명체가 이제 막 숨을 거두기라도 한 것처럼 갑자기 눈물이 핑 도는 것을 느꼈다.

"이걸 어떻게 하면 좋겠어?" 그는 낮은 목소리로 물었다. "버릴 수는 없잖아."

"파세요. 그럼 귀걸이 한 쌍을 살 돈은 받을 수 있을 거예요."

"귀걸이가 갖고 싶어?" 라오얼은 깜짝 놀라서 물었다. "당신은 귀를 안 뚫었잖아."

"뚫으면 되죠." 옥이 말했다.

"귀걸이를 사 줄게. 하지만 당신 머리칼을 파는 건 안 돼."

라오얼은 옥의 머리칼을 가지고 방으로 들어가서 돼지가죽으로 만든 자그마한 상자 안에 넣었다. 그 안에는 그가 가진 옷가지 중에서 가장 좋은 옷과 어릴 때 목에 걸고 다니던 은 목걸이 그리고 그가 소중하게 여기는 한두 가지 물건이 더 들어 있었다. 라오얼은 옥이 늙어서 백발이 되고, 자신도 늙어서 아내가 젊어서 어떤 모습을 하고 있었는지 더 이상 생각이 나지 않을 때면 돼지가죽 상자에서 기다란 머리 다발을 꺼내 보며 기억을 떠올리리라 마음먹었다.

라오얼은 이 일이 있던 날부터 지금까지 귀걸이를 살 만한 틈을 내지 못했다. 모내기로 꼭두새벽부터 해가 질 때까지 쉴 틈 없이 바빴기 때문이다. 그는 지금 한가로이 시내를 산책하는 시늉을 하고 있지만 그의 시선은 날카로웠고, 마음은 저만치 앞서가고 있었다. 그리고 그는 옥이 흠이 될 만한 일만 하지 않았다면 내일 다시 시내에 나와서 귀걸이를 사리라 마음먹었으며 오늘은 그녀가 어떤 귀걸이를 원하는지 알아봐야겠다고 생각했다. 그러나 그녀의 모습은 어디서도 찾을 수 없었고, 라오얼은 덜컥 겁이 났다. 그는 사방을 둘러보아도 아내를 찾을 수 없자, 자신이 원하던 여자를 얻지 못한 것에 기분이 상해서 아직도 결혼을 하지 않은 팔촌의 아들이 생각났다. 라오얼은 팔촌의 집으로 갔다. 돼지처럼 덩치가 큰 팔촌의 아내가 문 앞에 선 채로 음식이 담긴 그릇을 얼굴 앞에 대고는 여물통에 든 먹이를 먹듯 후루룩대고 있었다. 라오얼은 그녀 앞에서 옥이라는 이름을 입 밖에 낼 생각이 없었다.

"숙모님, 식사를 하고 계셨군요?" 라오얼은 공손하게 물었다.

"들어와서 같이 들게." 팔촌의 아내는 얼굴 앞에 있던 그릇을 내리면서 말했다.

"감사합니다만 금방 가야 합니다. 집에는 혼자 계신가요?"

"자네 백부는 식사 중이시고, 아들은 아직 안 돌아왔네."

"그렇군요. 어딜 간 거죠?" 라오얼이 물었다.

"성안에 갔어. 해가 저기 저 버드나무 위에 떠 있을 때 성안에 간다며 나갔지. 지금은 어디에 있을지 모르겠군."

팔촌의 아내는 그릇을 다시 얼굴 앞으로 가져갔고, 라오얼은 세차게 방망이질하는 가슴을 안고서 팔촌의 집을 나섰다. 그는 만약 옥이 팔촌의 아들과 함께 있다면 두 사람을 죽여서 지나가는 사람들이 모두 볼 수 있도록 큰길에 던져두리라 마음먹었다. 라오얼은 피가 거꾸로 솟아 목을 따라 끓어오르더니 두 뺨과 눈에 흐르고, 오른손이 실룩거리는 것을 느꼈다.

이윽고 라오얼은 시내 찻집과 맞닿아 있는 공터 앞에 도착했다. 이곳에는 배우나 곡예사 혹은 외제 물건을 파는 행상들이 벌이는 구경거리가 끊이지 않기 때문에 여느 때와 마찬가지로 많은 사람들이 모여 있었다. 그러나 오늘은 보통 때와 달리, 한눈에 보아도 도시 사람들이 틀림없는 젊은 남녀 네다섯 명이 구경꾼들 앞에 서 있었다. 그들은 대나무 사이에 매단 흰 천에 그려진 불가사의한 그림을 보여주고 있었다. 그러나 라오얼은 구경꾼들 틈으로 보이는 나무 의자에 팔촌의 아들이 앉아 있는 것을 발견했기 때문에 그림을 볼 틈이 없었다. 라오얼은 옥이 틀림없이 함께 있을 것이라고 생각하면서도 그녀가 그의 곁에 있는지를 확인하려고 의자 주변을 자세히 살폈지만 그녀의 모습은 보이지 않았다. 그 순간 라오얼은 깜짝 놀라면서 뜨겁게 달아올랐던 피가 차갑게 식는 것을 느꼈고, 피로와 허기로 현기증이 났다. 그는 옥을 찾게 되면 비록 그녀가 잘못된 행동을 하지 않았더라도 매질을 해야겠다고 생각했다. 여자라면 으레 집에서 남편을 기다리고 있어야 하는 법이었다.

그제야 열정적으로 이야기하고 있던 청년의 목소리가 라오얼의 귀에 들리기 시작했다.

"우리의 집과 논밭을 불태워야 합니다. 적군을 굶주리게 하려면 입에 들어갈 식량을 한 숟가락도 남겨서는 안 됩니다. 할 수 있겠습니까?"

구경꾼들 중에서 입을 열거나 움직이는 사람은 아무도 없었다. 그들은 청년의 말을 알아듣지 못한 채 흰 천에 그려진 그림을 멍하니 바라볼 뿐이었다. 라오얼도 그림 위로 시선을 옮겼다. 하얀 천에는 집들이 빼곡하게 모여 있는 도시가 그려져 있었고, 그 집들에서는 시뻘건 불길과 시커먼 연기가 뿜어져 나오고 있었다. 사람들은 모두 그림을 쳐다만 볼 뿐 아무 말도 하지 않았다. 바로 그때 라오얼은 누군가 몸을 움직이더니 벌떡 일어서는 것을 보았다. 그것은 다름 아닌 옥이었다. 그녀는 얼굴에 흘러내린 머리칼을 쓸어 넘기면서 소리쳤다. "할 수 있습니다!"

라오얼은 사람들이 보는 앞에서 큰 소리로 말하는 옥을 보면서 겁이 더럭 났다. 그녀는 도대체 무슨 말을 한 거고, 그게 다 무슨 뜻이란 말인가? 그리고 그녀는 남편이 없는 곳에서 무슨 권리로 그런 말을 한단 말인가?

"그만 집에 가지!" 라오얼은 옥을 향해 소리쳤다. "난 배가 고파!"

옥은 고개를 돌려서 소리나는 곳을 바라보았지만 그를 못 본 듯했다. 그러나 구경꾼들의 마음은 라오얼의 고함에 자신들의 마을과 평온한 삶으로 되돌아갔다. 그들은 몸을 움직이고 하품을 했으며 남자들은 기지개를 켜면서 너나없이 배가 고프다고 중얼거렸다. 그리고 그들은 청년의 말을 모두 잊은 채 하나둘 자리에서 일어서더니 느릿느릿 집으로 돌아갔다. 라오얼은 트집을 잡을 만한 일이 없어서 여전히 화가 나 있었지만 팔촌의 아들에게 고개를 끄덕여 인사를 한 뒤 옥을 기다렸다. 그는 사람들이 보는 앞에서 아내를 똑바로 바라보기가 부끄러웠는지 곁눈질로 옥을 쳐다보면서 오늘만큼은 그녀에게 냉담한 모습을 보이리라 다짐했다.

"제가 여러분께 보여드린 게 모두 사실이란 것을 잊지 마십시오!" 청년은 돌아가는 사람들을 향해 이렇게 외쳤지만 아무도 그의 말에 귀를 기울이지 않았다. 라오얼은 옥이 가까이 올 때까지 기다렸다가 곁눈질로 그녀가 따라오는 것을 확인하면서 앞장서서 걷기 시작했다. 그는 시내를 벗어날 때까지 입을 다물고 있다가 마침내 퉁명스럽게 말문을 열었다.

"왜 남들 앞에 나서서 나를 수치스럽게 만든 거야?"

옥은 아무런 대답도 하지 않았다. 라오얼의 귀에는 자신의 뒤에서 흙먼지투성이인 논길을 따라 차분하게 내딛고 있는 옥의 발걸음 소리가 들릴 뿐이었다. 그는 있는 힘을 다해 가장 큰 소리로 말을 이었다.

"일을 마치고 집에 돌아갔을 때 내 배에서는 굶주린 사자처럼 요란한 소리가 나고 있었어!"

"그런데 왜 식사를 안 했죠?"

라오얼은 뒤에서 들려오는 옥의 맑고 부드러운 목소리를 들었다.

"당신이 있어야 할 곳에 없는데 내가 어떻게 밥을 먹겠어?" 그는 고개도 돌리지 않고 소리쳤다. "그렇다고 당신이 있는 곳을 물어볼 수도 없잖아. 제 마누라가 어디 있는지도 모르는 게 부모님 앞에서 얼마나 창피한 일인지 알아?"

옥은 아무런 대꾸도 하지 않았고, 라오얼은 그녀가 무슨 생각을 하고 있는지 궁금한 마음을 더 이상 억누를 수 없었다. 그는 결국 자신의 의지와 상관없이 고개를 돌렸고, 그가 돌아보기를 기다리고 있던 아내와 정면으로 눈이 마주쳤다. 옥은 웃고 있었다. 두 사람의 눈이 마주치는 순간, 그녀는 기다렸다는 듯이 웃음을 터뜨렸고, 라오얼은 장에서 바람이 빠져나가는 것처럼 분노가 사그라지는 것을 느꼈다. 옥은 두 걸음 앞으로 다가오더니 그의 손을 잡았다. 그는 아직 옥을 용서할 마음이 없었지만 그녀가 쥐고 있는 손을 뺄 수가 없었다.

"당신은 나를 너무나 괴롭혀." 라오얼은 이제 노인처럼 기운 없는 목소리로 말했다.

"오, 그래요. 당신은 어찌나 괴롭힘을 당했는지 너무 창백하고 말랐어요." 옥은 웃음이 섞인 낭랑한 목소리로 말했다. "오, 당신처럼 가엾은 사람은 없을 거예요, 바보 같은 양반!"

라오얼은 아내의 웃음소리를 듣고 싶지 않았다. 그는 지금 이 순간 자신이 원하는 것이 무엇인지 알 수 없었지만 자신을 놀리는 아내의 웃음소리는 분명 아니었다. 흰 구름처럼 보이던 달은 어느덧 어둠 속에서 황금빛으로 변했고, 논에서는 개구리 울음소리가 요란하게 들려왔다. 라오얼은 자신의 손 안에서 팔딱팔딱 뛰는 자그마한 심장처럼 느껴지는 옥의 손을 자신의 목으로 가져간 뒤 움푹 들어간 곳에 갖다 댔다. 그는 무언가 대단하고 의미심장한 말을 하고 싶었지만 적절한 단어를 찾을 수 없었다. 그가 알고 있는 말은 일상생활을 하는 데는 부족함이 없었지만 지금 이 순간만은 충분하지 못했다. 그는 언제나 자신이 표현할 수 있는 말에 부족함을 느꼈다.

"나도 배운 사람이라면 좋을 텐데." 라오얼은 탁한 목소리로 말했다. "나도 아는 말이 많았으면 좋겠어."

"그래서 뭐하게요?" 옥이 물었다.

"그럼 마음이 홀가분할 것 같아. 내 마음속의 감정을 당신한테 제대로 이야기할 수 있으면 좋겠어."

"어떤 감정을 느끼는데요?"

"그저 느낄 뿐이지 말로 표현할 수가 없어."

두 사람은 얼굴을 마주한 채 논길에 서 있었다. 주위에 인가라고는 한 채도 보이지 않았고, 커다란 버드나무가 기다란 초록빛 가지를 두 사람 위로 늘어뜨리고 있었다. 라오얼은 두 손을 옥의 어깨 위에 올리더니 그녀의 몸을 자신의 가슴에 맞닿도록 천천히 끌어당겼다. 그는 잠시 동안 그녀를 품에 안고 있었고, 그녀는 그에게 몸을 맡겼다. 두 사람은 고요한 밤하늘 아래 단둘이 서서 그 어느 때보다도 서로를 가깝게 느꼈다.

"배운 게 없기는 나도 마찬가지예요." 옥이 나지막이 말했다.

"그래서 나한테 말을 별로 안 하는 거야?" 라오얼이 물었다.

"당신이 늘 입을 다물고 있는데 내가 무슨 말을 할 수 있겠어요?" 옥이 되물었다. "서로의 마음을 이해하려면 대화가 필요해요."

라오얼은 옥을 껴안고 있던 팔에서 힘을 빼면서 잠시 그녀의 말뜻을 생각했다. 두 사람은 여태껏 상대방이 먼저 말을 걸어오기 전까지는 무슨 말을 해야 할지 몰랐기 때문에 서로를 기다리기만 했던 것이다.

"내가 마음속에 담아둔 생각을 모두 말한다면 당신도 당신 안에 있는 생각을 다 말해주겠어?" 라오얼이 물었다.

"네."

라오얼은 두 팔을 축 늘어뜨렸다. 그는 아내의 몸에 손을 대지 않은 상태에서도 그 어느 때보다 그녀를 가깝게 느꼈다.

"그럼 오늘밤에 나랑 얘기를 하면 어때?" 라오얼이 물었다.

"좋아요." 옥이 대답했다.

옥의 목소리는 어찌나 부드럽던지 낯설게만 들렸지만 라오얼은 그녀의 대답을 분명히 들었다. 옥은 남편의 손 안에 자신의 손을 살며시 집어넣었고, 두 사람은 집을 향해서 나란히 걸음을 옮겼다. 그리고 그녀는 대문 앞에 다다라서야 남편의 뒤로 물러섰다.

안뜰에서는 남자들이 이미 식사를 마친 뒤였고, 라오얼의 어머니와 형수 그리고 여동생이 밥을 먹고 있었다.

"너무 안 와서 더 이상 기다릴 수가 없었다." 어머니가 소리쳤다.

"잘하셨습니다." 라오얼은 이렇게 말한 뒤, 자신과 아내가 사랑에 빠져 있다는 것이 부끄러워 아무에게도 들키지 않으려고 일부러 거친 목소리로 말을 이었다. "난 아버지와 형님이 계신 곳에서 밥을 먹을 테니 그릇에 음식을 담아오도록 해."

옥은 여느 예의 바른 아내와 마찬가지로 남편의 그릇에 음식을 담아다 준 뒤 여자들과 함께 자리를 잡았다. 그녀는 찻집 앞에서 청년이 열변을 토할 때만 해도 그가 한 이야기를 결코 잊지 못할 것이라고 생각했지만 벌써 그의 말을 모두 잊어버렸다. 그녀는 심한 허기를 느끼면서 꿈을 꾸듯 그릇을 들어올렸다. 그녀는 과연 오늘밤에 자신과 결혼한 남자가 어떤 사람인지 알 수 있을까?

링사오는 자리에서 일어서며 옥에게 말했다.

"식사 준비도 거들지 않았으니 설거지는 네가 하도록 해라."

옥은 시어머니의 말에 몸을 일으키며 대답했다.

"네, 어머니."

옥이 이렇게 자리에서 일어서는 것도, 그리고 이토록 온순한 목소리로 대답하는 것도 전에 없던 일이라서 링사오는 어슴푸레한 달빛 아래로 며느리의 모습을 물끄러미 바라보았다. 이윽고 링사오는 아무 말 없이 안뜰에 난 문을 향해 걸음을 옮겼다.

'아무래도 제 서방한테 맞은 모양이야.' 링사오는 이렇게 생각하면서 문을 나섰다.

링탄은 타작마당에 놓인 긴 의자 위에 앉아 있었고, 아들들은 그 곁에서 단단하게 다져진 흙바닥에 앉아 있었다. 그리고 막내는 밀짚 위에 웅크리고 누운 채 잠이 들어 있었다. 링사오는 둘째 아들을 찬찬히 살펴보았다. 즐거운 모습으로 음식을 먹고 있는 그의 얼굴에는 기쁨이 가득했다.

'매질을 한 게 분명해.' 링사오는 아들이 며느리를 때렸다는 생각에 기분이 좋았다. 가장 바람직한 부부 관계는 남편이 아내를 때릴 수 있을 때 가능한 법이었고, 링사오는 그런 아들이 마냥 자랑스러웠다.

··· 라오얼은 남녀가 살을 맞대는 것보다 대화를 통해서 더 가까워질 수 있다는 사실을 과연 누가 믿을 것인지 생각해보았다. 그러나 오늘밤 라오얼과 그의 아내 옥 사이에서는 이러한 일이 현실로 일어나고 있었다.

라오얼은 옥의 곁에 눕는 순간 너무나 낯선 기분이 들어서 당혹했다. 그는 '내 곁에 있는 건 옥일 뿐이야.'라고 마음속으로 수없이 되뇌었지만 그녀는 첫날밤보다 더 낯설게 느껴졌다. 아내의 육신은 눈으로 보고 이해할 수 있었지만 그녀의 예쁜 얼굴과 부드러운 몸 속에 무엇이 숨겨져 있는지 여태껏 도무지 알 수가 없었다. 라오얼은 지금 아내의 몸에 손을 댈 마음이 전혀 없었고, 오로지 그녀의 이야기를 듣고 싶었다. 그는 옥이 입을 열기만을 기다렸지만 그녀는 아무 말이 없었다.

"당신도 기다리고 있는 거야?" 라오얼은 이윽고 이렇게 물었다.

"네."

"그럼 누가 먼저 말할까?"

"당신이 먼저 해요. 궁금한 게 있으면 물어보세요."

무엇을 묻는단 말인가? 라오얼이 그동안 마음속에만 담아둔 궁금증이 혀끝으로 달음질쳐 나왔다.

"당신과 결혼하고 싶어했던 내 먼 친척 말인데, 그 사람을 생각할 때가 있어?" 라오얼은 불쑥 말을 내뱉었다.

"그게 당신이 알고 싶은 건가요?" 옥은 이렇게 소리치면서 침대에서 몸을 일으킨 뒤 다리를 구부리고서 비스듬히 앉았다. "당신은 정말 어리석군요! 그게 지금까지 당신 마음속에 응어리져 있던 건가요? 정말로 대답을 원한다면 말하죠. 아뇨, 아뇨, 아뇨! 몇 번을 물어도 아니라고 대답할 거예요!"

라오얼은 머릿속에서 물살이 소용돌이치기라도 하는 것처럼 현기증을 느꼈다.

"그럼 하루 종일 아무 말 없이 돌아다닐 땐 무슨 생각을 하는 거지? 또 밤새도록 한마디도 하지 않을 땐 무슨 생각을 하는 거냐고?" 라오얼은 목소리를 높여 물었다.

"나는 한 번에 스무 가지, 아니 서른 가지 생각을 해요. 내 생각들은 사슬처럼 연결돼 있어서 꼬리에 꼬리를 물고 일어나요. 새에 대해 생각하기 시작했다면 새가 어떻게 나는지, 그리고 새는 공중으로 떠오를 수 있는데 왜 나는 날 수 없는지를 생각하게 되죠. 그리고 외국에 있다는 비행기를 떠올리게 돼요. 비행기는 어떻게 만들어졌는지, 그 안에 무슨 마술이라도 있는 건 아닌지 생각하게 되죠. 외국 사람들은 우리가 모르는 걸 알고 있는 모양이라는 생각도 들고요. 그리고 지금 이런 생각을 하다 보니 아까 찻집 앞에서 그 젊은이가 한 말이 생각나고, 북부 지방 위로 비행기들이 날아다니면서 도시를 파괴하는 모습과 사람들이 이리저리 뛰어다니면서 숨는 모습이 떠올라요."

라오얼은 사슬처럼 연결된 옥의 생각을 끊어버렸다. 북부 지방은 여기서 멀리 떨어진 곳이었다.

"오늘 거기엔 왜 간 거야?"

"낮에 당신의 푸른색 윗도리를 꿰매고 있었어요. 마침 실이 다 떨어졌는데 어머니한테는 흰 실밖에 없더군요. 그래서 파란 실을 사러 마을에 갔다가 그 사람들을 본 거예요."

라오얼은 다시 옥의 말을 가로막았다.

"당신 혼자서는 밖에 안 나가면 좋겠어."

"왜요?"

"다른 남자들이 보잖아."

"나만 한눈을 안 팔면 되잖아요."

"다른 남자들이 당신을 보는 게 싫어. 당신은 예쁜 데다가 내 아내야."

"하지만 어떻게 하루 종일 집 안에만 있죠? 지금이 무슨 먼 옛날인 줄 알아요?"

"차라리 먼 옛날이라면 좋겠어. 당신을 가둬두고 싶어."

"그러면 난 아무것도 안 먹다가 죽을 거예요."

"죽도록 내버려두지 않을 거야."

옥은 소리 내어 웃었다. "어쨌든 세상이 바뀌었어요. 난 마음대로 나갔다 들어올 수 있어요."

"당신한테 말을 건 남자가 있었어?"

"그냥 아는 사람한테 말을 걸듯 한 남자는 있었어요."

두 사람 사이에는 다시 침묵이 흘렀고, 잠시 후 라오얼은 입을 열었다. "날 처음 봤을 때 어땠는지 말해줘."

옥은 흰색과 푸른색 꽃무늬가 그려진 무명 이불을 움켜쥐었다. "솔직히 말하면 당신을 처음 본 순간은 기억나지 않아요."

"아니, 내 말은 …… 우리가 결혼한 다음에 말이야."

옥은 고개를 돌렸다. 달빛 아래로 그녀의 이마와 작고 반듯한 코, 윗입술보다 조금 안으로 들어간 아랫입술 그리고 동그란 턱이 보였다.

"당신이 나보다 커서 기뻤어요. 난 여자치고는 너무 크잖아요."

"아니, 그렇지 않아."

옥은 남편의 말에 아무런 대꾸도 하지 않았다.

"그리고 또 무슨 생각을 했지?" 라오얼은 다시 질문을 했다.

옥은 고개를 떨어뜨렸다. "당신이 나를 어떻게 생각할지 궁금했어요."

"내가 당신을 원했다는 걸 벌써 알고 있었잖아."

옥은 갑자기 고개를 들었다. "그리고 우리가 대화를 할 수 있을지 궁금했어요. 그저 다른 부부들과 마찬가지로 평범하게 살게 될 건지 알고 싶었죠. 그리고 당신이 내가 어떤 사람인지 관심을 가져줄지 궁금했어요. 아니면 내가 아기나 낳고 식사 시중이나 들기를 바라지는 않을까 알고 싶었죠. 내가 당신의 아내로 살게 될지, 아니면 단지 당신 집안사람으로만 여겨질지 궁금했고, 당신이 글 읽는 법을 배울지도 알고 싶었어요. 책에는 알아야 할 것들이 적혀 있어요. 나한테 책 한 권 사줄 수 있어요? …… 이게 바로 당신한테 숨겨둔 비밀이에요. 귀걸이 대신 책을 사주세요! 그래서 머리를 자른 거예요. 머리칼을 팔아서 책을 사고 싶었어요. 그런데 당신한테 말하기가 겁나서 귀걸이를 갖고 싶다고 한 거예요. 내가 정말 갖고 싶은 건 책이에요."

옥은 남편이 혹시라도 자신의 말을 못 들었으면 어쩌나 하는 마음에 그를 향해 몸을 기울였다.

"책이라고? 우리 같은 사람들한테 책이 무슨 소용 있어?"

"난 책을 꼭 갖고 싶어요." 옥이 말했다.

"하지만 읽을 줄도 모르잖아?"

"읽을 수 있어요."

옥이 새처럼 날 수 있다고 말했더라도 라오얼은 이렇게 놀라지 않았으리라.

"어떻게 글을 읽을 줄 알아? 당신 같은 여자들은 글을 못 읽어!" 라오얼은 큰 소리로 말했다.

"한 번에 한 단어씩 배웠어요. 친정아버지는 오빠들 중 한 명을 학교에 보내셨고 나는 그 오빠한테서 날마다 조금씩 글을 배웠어요. 하지만 나만의 책을 가져본 적이 없어요."

라오얼은 잠시 동안 생각에 잠긴 뒤 천천히 말을 했다.

"그게 정말 당신이 원하는 거라면 사줄게. 하지만 난 우리 집안에서 여자가 책 읽는 모습을 보게 되리라고는 한 번도 생각해본 적이 없어."

두 사람은 이렇게 밤의 절반이 지나가도록 이야기를 나누었고, 마침내 피곤을 이기지 못하고 졸음이 쏟아지는 것을 느꼈다.

"이제 자야겠어." 이윽고 라오얼은 이렇게 말했다. "내일 할 일이 있잖아. 그리고 시내에 가게 되면 책을 사다 줄……."

라오얼은 갑자기 말을 멈추고서 숨을 죽였다. 그가 말을 하는 동안 옥이 웅크리고 눕더니 전에 없이 그의 곁으로 바짝 다가왔기 때문이다. 라오얼은 그녀가 스스로 다가왔다는 것에 감격한 나머지 더 이상 말을 잇지 못했다. 그는 인생에서 가장 행복한 순간을 맛보고 있었다. 옥이 난생처음 스스로 그의 곁에 다가온 이 순간, 라오얼은 첫날밤에 그녀를 처음 안았을 때보다 훨씬 더 기뻤다. 그리고 그는 여자의 마음이 어떤 것인지를 일찍이 깨닫지 못한 자신이 얼마나 어리석었는지를 생각했다. 그러나 그에게 이런 사실을 알려준 사람은 아무도 없었다. 라오얼은 결혼으로도 그녀를 소유할 수 없었다는 것을 깨닫고는 불만과 함께 당혹감을 느꼈었다. 하지만 옥이 스스로를 그에게 바친 이 순간, 라오얼은 그녀를 온전히 소유하게 되었다.

라오얼은 잠이 들면서 자신이 마치 신이라도 된 듯 오늘 밤 옥이 아이를 갖게 될 것이며 오늘 밤이 있었기 때문에 자신의 아들이 태어나게 될 것임을 확신했다.

* * *

라오얼은 삼 형제 중에서 시내를 가장 편안하게 드나들었기 때문에 아버지를 대신해서 필요한 물건을 사오곤 했다. 아버지는 시내에 들어가면 숨을 제대로 쉴 수가 없다면서 가능하면 성안에 발을 들여놓지 않았고, 어머니는 도시 사람들한테서는 고약한 냄새가 난다면서 좀처럼 시내에 가려고 하지 않았다. 그러나 링탄은 사람들은 누구나 그 나름의 냄새가 있다면서 아내의 말을 완전히 받아들이지 않았다. 그리고 링사오는 남편의 말이 사실이라면 자신은 시장에 오랫동안 내놓아 상한 음식 대신 신선한 고기와 채소를 먹으면서 논밭에서 일하는 이곳 사람들 곁에 있겠다고 말했다. 장남은 너무 쉽게 남을 믿었고, 도시 사람들이 하는 말이라면 뭐든지 곧이곧대로 받아들였기 때문에 도시 출입이 자유롭지 않았다. 그리고 막내는 너무 어려서 혹시라도 나쁜 것을 배우면 어쩌나 하는 걱정 때문에 링탄은 막내아들이 시내에 가는 것을 되도록 허락하지 않았다. 결국 시내에 가야 할 일은 라오얼이 도맡게 되었다. 그는 남문南門다리를 건너 길모퉁이에 있는 가게에 계란을 가져갔으며, 돼지를 도살한 뒤에 성안에 가져가 고기 무게를 달았고, 추수가 끝나고 나면 남는 쌀을 싸전에 내다 팔았다.

라오얼은 벌써 수년째 같은 일을 계속 해왔기 때문에 이제 성문 안으로 들어설 때면 대부분의 시골 사람들과는 달리, 전혀 두려워하지 않았고, 당황하지도 않았으며 사방을 두리번거리다가 제 발에 걸려 넘어지는 일도 없었다. 그는 고개를 곧추세우고 걸었고, 얼굴은 깨끗했으며 푸른색 무명 윗도리와 바지를 말쑥하게 차려입고 있었다. 그러나 그는 때가 여름인 만큼 양말을 신지 않은 맨발에 형제들과 기나긴 겨울 밤 동안 꼬아 만든 새 짚신을 신고 있었다. 라오얼은 사람들로 붐비는 거리에 들어서면서 짧게 깎은 검은 머리칼을 쓸어내렸다. 그는 어디로 가야 할지 정확히 알고 있었으며 도시 사람들과 이야기를 나눌 때면 빈틈없이 냉정한 모습을 보이면서도 시골 사람 특유의 공손함을 잃지 않았다. 그리고 혹시라도 계란 가게 주인한테서 받은 돈 중에 쓸 수 없는 동전이 섞여 있을 때면 그는 주인 앞에서는 아무 말도 하지 않았지만 다음에 올 때 신선한 계란에 썩은 알 세 개를 섞어서 가져왔다. 어디를 가든 계란 세 알을 사려면 1전은 줘야 했기 때문에 가게 주인은 썩은 알 세 개가 섞여 있는 이유를 누구보다 잘 알았고, 자신이 나쁜 계란을 골라낼 수 있는 것처럼 라오얼도 쓸 수 없는 동전을 구별할 수 있다는 사실을 알게 되었다. 결국 두 사람은 아무 말 없이도 서로를 이해할 수 있었으며 상대방에게 화를 낼 필요도 없게 되었다. 이런 사연을 아는 도시 사람들은 아무도 그를 함부로 대하지 못했고, 그는 늘 당당한 마음으로 시내에 들어갈 수 있었다.

그러나 책을 사야 하는 오늘, 라오얼은 어린애보다 아는 것이 없는 듯한 기분을 느꼈다. 그는 책장수들이 기다란 의자 위에 판을 올려놓고, 그 위에 책을 진열해 둔 거리로 가서 한참 동안 구경을 했다. 크고 작은 차이만 있을 뿐, 그의 눈에는 모든 책이 똑같게만 보였다. 책장수들은 그가 한자리에서 머뭇거리는 것을 보고는 무슨 책을 찾는지 물었지만 그는 매번 모른다고 대답했다. 라오얼은 부끄러워서 아내에게 사다 줄 책을 찾는다고 차마 말하지 못한 채 자기가 볼 책을 고르는 시늉을 했다. 사실대로 말했다가는 모두들 옥을 보통 여자들과 다른 이상한 사람으로 볼 것이 분명했기 때문이다.

책장수들은 하나같이 키가 작고 얼굴은 주름투성이였다. 그들은 한때 학자였거나 자그마한 학교에서 학생들을 가르쳤지만 끝내 성공하지 못하고 책을 물건처럼 파는 신세가 되고 만 사람들이었다. 그들은 라오얼이 글을 못 읽으리라고는 상상도 못한 채 자신들이 가진 책을 내밀면서 "이건 외국 사람들에 대한 책인데 우스운 이야기로 가득하죠." 혹은 "이 책에는 여승과 그 애인이 나오는데 외설스럽기는 하지만 아주 재미있어요."라고 이야기하거나 "혹시 아직까지 안 읽으셨다면 여기 《삼국지》도 있습니다. 하지만 당연히 벌써 읽으셨겠죠."라고 말했다. 그리고서 그들은 라오얼의 눈앞에 책들을 내려놓았지만 그에게는 하나같이 똑같게만 보였다. 라오얼은 우연히 눈에 뜨인, 밝은 분홍빛 표지로 싸인 책 한 권을 집어 들고서 물었다. "이건 뭐죠?"

"보시는 대로입니다." 책장수는 표지에 쓰여 있는 글자를 가리키면서 대수롭지 않게 대답했다.

라오얼은 부끄러운 듯 웃으며 말했다. "사실 저는 글을 읽을 줄 모릅니다."

책장수는 자신의 귀를 의심했다. "그럼 왜 책을 사려는 거죠? 책 말고 달콤한 군것질거리나 장난감, 아니면 새 옷을 지을 천이나 은 귀이개 같은 물건을 사는 게 나을 텐데요."

라오얼은 책장수의 냉소적인 말투에 화가 났다. "어쨌든 난 책을 살 겁니다. 하지만 당신한테서는 안 살 거예요." 그는 날카롭게 내뱉고는 발길을 돌렸다. 라오얼은 누이를 찾아가서 혹시라도 매제가 집에 있다면 어떤 책이 좋을지 물어보리라 마음먹었다. 그리고 다시 시내로 돌아와서 이 늙은이가 보는 앞에서 바로 옆 장수의 책을 사리라 결심했다.

라오얼은 복잡한 거리를 따라서 성큼성큼 걷다가 길을 세 번 가로지른 뒤 매제가 운영하는 가게에 도착했다. 주로 외제 물건을 파는 매제의 가게 안에는 손전등, 고무신, 갖가지 모양의 병, 케이크와 깡통에 든 음식, 뜨개실로 짠 다양한 색상의 옷, 펜과 연필, 그릇, 액자에 든 동그랗고 파란 눈을 가진 뚱뚱한 백인 여자의 사진을 비롯해 온갖 종류의 물건들이 가득했다. 라오얼은 여느 때 같았으면 유리 덮개가 씌워진 상자 안에 들어 있는 물건들을 하나하나 구경하면서 시간을 보냈겠지만 오늘은 곧장 가게를 가로질러서 뒤쪽에 연결되어 있는 누이네 살림집으로 갔다. 가게에서 일하는 점원들은 그를 잘 알고 있었기에 안으로 들어가도록 내버려두었다.

라오얼의 매제는 막내를 무릎에 앉혀 놓은 채 등나무 의자에 몸을 기대고서 부채질을 하고 있었다. 그는 나이에 비해서 몸이 비대했는데, 아무것도 걸치지 않은 상체는 여자의 몸처럼 부드럽고 희었다. 그리고 희고 매끄러운 손목은 살이 접힐 정도였으며 손가락은 통통하면서도 끝이 뾰족했다. 매제의 친구들은 그가 잘 먹고 잘 마시는 것을 보니 돈을 많이 버는 모양이라고 입을 모아서 외쳤고, 그는 친구들이 마음껏 상상하도록 내버려두었다.

"어서 오십시오, 형님." 그는 라오얼이 들어오는 것을 보며 큰 소리로 말했다. "어서 이리 앉으세요."

매제는 손위 처남에 대한 예를 갖출 정도로만 몸을 일으킨 뒤 큰 소리로 아내를 불렀다.

"여보, 둘째 형님이 오셨어!" 매제는 고함을 질렀다.

누이는 윗도리의 단추를 느슨하게 푼 채 여느 때처럼 동그란 얼굴에 밝은 미소를 머금고서 달려 나왔다.

"오셨어요!" 그녀는 라오얼이 겨우 서너 발짝 떨어져 있을 뿐인데도 큰 소리로 외쳤다. "어머니랑 아버지는 안녕하시죠? 다른 가족들은요? 새언니는 왜 한 번도 안 오는 거죠? 태기는 있나요? 오빠는 여전히 허약해 보이는군요!"

누이는 도톰하고 빨간 입으로 공기방울을 뿜어내듯 쉬지 않고 말을 뱉어냈다. 그리고 그녀는 말을 하다가 웃거나 말을 하면서 웃더니 나중에는 말을 하는 건지 웃는 건지 구별할 수 없을 정도로 웃어댔다. 이윽고 누이는 집 안으로 바삐 들어가더니 가게에서 파는 것과 같은 케이크를 가져왔고, 라오얼에게 갓 끓인 차를 따라 주었다.

라오얼은 그간의 소식을 전하면서 조카와 장난을 쳤다. 그리고 매제는 학생들이 밤낮으로 외제 상품 거래를 반대하는 설교만 하지 않는다면 장사가 훨씬 잘될 거라고 투덜거렸다. 그는 학생들만 가만히 있다면 사람들은 물건이 어디서 왔는지 묻는 일이 없다고 덧붙였으며, 학생들이나 애국심이 자기가 하는 장사와 무슨 관계가 있냐고 물었다. 라오얼은 매제가 말을 마친 뒤 책에 대한 이야기를 꺼냈다.

라오얼의 매제 우리엔은 도시에서 자랐으며 그의 아버지와 할아버지 역시 대대로 도시에서 살아왔기 때문에 글을 읽을 줄 알았다. 그러나 그의 집안 남자들은 모두 도시 밖에서 아내를 구했다. 도시에서 1대, 혹은 2대째 산 여자들은 연약할 뿐만 아니라 낮에 잠을 많이 자고, 밤늦도록 앉아서 마작을 하며 제 자식에게도 젖을 먹이지 않고, 본인이 직접 나서서 남편에게 첩을 얻어주려 하기 때문이었다. 우리엔은 젊어서 책을 많이 읽었으며 지금도 여름에 너무 더울 때나 겨울에 너무 추울 때면 가게에서 책을 읽었다. 그러나 뭐니 뭐니 해도 자신의 방 안에서 석탄화로 옆에 앉아 책을 읽는 것을 가장 좋아했다. 우리엔은 무릎에 앉아 있던 아이를 내려놓더니 남자가 학문에 대해 이야기할 때면 으레 그러하듯 엄숙한 목소리로 말문을 열었다.

"모든 책에는 용도가 있기 마련이죠. 먼저 책이 필요한 이유와 누가 읽을 건지를 알아야 해요. 책 중에는 혼자만의 은밀한 즐거움을 느끼기 위해서 독서를 하는 남자들을 위한 것이 있어요. 집에 묶여서 멀리 떠날 수 없지만 여행을 갈망하는 남자들을 위한 책도 있고요. 또 독이나 살인에 대한 생각을 즐기지만 자신이 상상하는 것을 감히 행동으로 옮기지 못하는 사람들을 위한 책도 있답니다. 형님은 어떤 책을 찾으시죠?"

라오얼은 겸연쩍은 듯 이를 드러내며 웃었지만 사실대로 이야기하기로 마음먹었다.

"매제, 그게 말이지, 나는 집사람이 다른 여자들과 똑같은 줄 알고 결혼을 했어. 그런데 알고 보니 글을 읽을 수 있지 뭔가. 책이 그렇게 갖고 싶다는군. 책을 사고 싶어서 나한테 아무 말 없이 그 길던 머리까지 잘랐다네. 그래서 내가 귀걸이 대신 책을 사주겠다고 약속했지. 오늘 매제를 찾아온 것도 그 때문이야. 그런데 내가 책에 대해서 뭘 알아야 말이지."

"아주머니한테 어떤 책을 원하는지 물었어야죠." 우리엔은 이렇게 말했고, 라오얼은 우리엔의 말이 맞다고 생각했다.

"책들이 저마다 그렇게 다르다는 걸 미처 몰랐네." 라오얼이 겸연쩍은 듯이 말했다.

우리엔은 잠시 생각에 잠겨 있더니 입을 딱 벌린 채 줄곧 두 사람의 대화를 듣고 있던 아내를 향해 고개를 돌렸다. "여보, 여기에 여자는 당신뿐이군. 만약 당신이 글을 읽을 줄 안다면 어떤 책을 읽고 싶어?"

글을 읽는다는 상상만으로도 라오얼의 누이는 손으로 입을 가린 채 웃음을 터뜨렸다. 그녀는 검은 이를 가리려고 웃을 때마다 손으로 얼굴을 가렸다.

"그런 생각은 한 번도 해본 적이 없어요." 그녀는 이렇게 말했지만 도시에서 자란 남편의 살찐 얼굴에 조바심이 어려 있는 것을 보고는 입에서 손을 뗀 뒤 진지한 표정으로 그의 질문에 대해 생각했다.

"어린 시절 시골에서 자랄 때, 이야기를 하며 떠돌아다니는 외눈박이 노인이 호숫가에 사는 도적들에 대해 이야기하는 걸 듣곤 했어요. 그 노인이 이야기를 하는 동안 사람들은 남녀노소를 가릴 것 없이 다음에 이어질 내용을 기다리면서 몸을 앞으로 바짝 당기고 앉아 있었죠. 그런데 그 노인은 이야기 속의 남자가 덫에 걸리거나 이제 막 싸움이 시작되려고 할 때면 이야기를 멈추고서 바구니를 돌렸어요. 그러면 사람들은 벼가 다 익은 논에 우박이 쏟아지듯 바구니 안에 동전을 던져 넣었죠."

우리엔은 자랑스럽게 아내를 바라보았다.

"여보, 정확하게 필요한 책을 골랐어. 형님, 바로 이겁니다. 이 책에는 모든 것이 들어 있어요. 남편을 속이는 여자들은 모두 벌을 받고, 결국은 정의로운 사람들이 세상을 지배하게 되죠. 이 책에는 이따금 품행이 바르지 않은 사람들이 등장하는데 그런 사람들은 언제나 벌을 받고 다른 사람들과의 전투에서 패배하게 되죠. 책의 제목은 《수호전》이고 의로운 도적들이 여럿 등장하죠. 어렸을 때 읽은 책인데 지금도 다시 읽고 싶을 정도로 재미있어요."

우리엔은 한때 이 책을 읽으면서 맛보았던 즐거움을 떠올리며 두툼한 아랫입술을 내민 채 미소를 지었다. 라오얼은 자리에서 일어나 책의 제목을 되뇌고는 누이와 매제에게 고맙다고 말했다. 그러고서 그는 두 사람에게 인사를 했고, 조금 전과는 달리 손님들로 붐비는 가게를 가로질러 나갔다.

그 순간 그는 누군가 다투는 듯한 소리에 걸음을 멈추었다. 손님들은 너무나 갑작스런 큰 소리에 놀라 물건을 사다 말고 커다란 가게 문 쪽으로 고개를 돌렸다. 라오얼은 손에 돌멩이와 몽둥이를 들고 있는 젊은이들이 가게 문을 막고 서 있는 것을 보았다.

젊은이들 앞에는 두목처럼 보이는 키가 큰 젊은 남자가 서 있었는데, 그는 모자를 쓰지 않았으며 흘러내린 긴 머리칼은 그의 눈을 가리고 있었다. 그는 머리를 손으로 빗어 넘기더니 점원에게 진열장을 열라고 소리쳤다. 점원이 꾸물거리자 그는 쥐고 있던 돌멩이를 치켜들더니 잠겨 있는 진열장의 유리 덮개를 내리쳤다.

"이건 적의 물건이야!"

그는 소리 높여 외치더니 두 손을 진열장 안에 넣어서 시계와 펜 그리고 자질구레한 장신구들을 꺼내 거리로 내던졌다. 곧이어 모여 있던 젊은이들이 우르르 가게 안으로 몰려들더니 진열장을 깨서 물건들을 던지기 시작했고, 손님들은 아까운 물건들을 망가뜨리는 것을 보면서 웅성거렸으며 개중에는 재주껏 물건을 움켜쥔 뒤 달아나는 사람도 있었다. 젊은이들이 길바닥에 물건을 던지자마자 거리에 모여 있던 사람들은 엎드려서 줍느라고 정신이 없었다. 젊은이들은 이러한 광경을 보고는 두 배로 더 화가 나서 가게 밖으로 달려 나갔다. 그러고서 그들은 사람들이 쓰러질 때까지 들고 있던 몽둥이로 때렸고, 돌로 머리를 내리쳤다. 마침내 젊은이들 중 몇 명은 동료가 길바닥에 내던지는 물건을 지키고 서 있다가 불에 태웠다. 셔츠와 외투, 담요와 손뜨개 제품들 그리고 모자와 신발들이 불길 속에 던져졌다. 사람들은 불길을 에워싼 채 빙 둘러서서 아깝게 타들어가는 물건들을 안타까운 눈으로 바라보았지만 감히 아무 말도 하지 못했다. 라오얼 역시 입을 딱 벌린 채 이 모든 광경을 지켜만 볼 뿐 한마디도 하지 못했다. 매제는 근처에 얼씬도 하지 않았고, 점원들 역시 그림자도 보이지 않았다. 라오얼은 매제나 점원들도 나서지 않는데 보잘것없는 한 남자에 불과한 자신이 과연 무슨 말을 할 수 있을지 생각해보았다. 이윽고 그는 아픈 가슴을 안고서 가게를 떠났다.

성문에 반쯤 도착했을 때, 라오얼은 책을 사야 한다는 것을 기억하고는 발길을 돌려 책장수들이 모여 있는 골목으로 되돌아갔다. 그러고서 그는 자그마한 키에 냉소적으로 말하던 노인 옆에서 책을 파는 상인에게 간 뒤 《수호전》을 달라고 했다. 상인은 수많은 사람들의 손때가 묻은 두툼하고 낡은 책을 건넸다.

"책이 이렇게 지저분하니 비싸지는 않겠군요." 라오얼은 기름때와 시커먼 얼룩을 보면서 말했다.

"며칠 전까지만 해도 그랬죠. 하지만 지난 며칠 사이에 이 책을 읽을 생각도 안 했던 학생들이 떼로 몰려와서 이 책을 사갔어요. 왜냐고 묻고 싶겠지만 나도 그 이유를 모릅니다. 나는 요즘 젊은이들이 하는 행동은 도무지 이해할 수가 없어요. 꼭 술주정뱅이 같다니까요. 그리고 여자들은 말입니다……." 책장수는 딛고 서 있던 돌 위에 침을 뱉더니 신발로 문질렀다.

"얼마죠?" 라오얼이 물었다.

"은화 세 닢만 주세요." 책장수가 대답했다.

라오얼은 놀란 얼굴로 상인을 바라보며 외쳤다.

"책 한 권에 말입니까?"

"안 될 것도 없잖습니까?" 나이 든 책장수가 되물었다. "돼지고기 한 덩어리 값도 그 정도 할 겁니다. 게다가 돼지고기는 먹고 나면 그만이에요. 남는 거라곤 똥뿐이죠. 하지만 책은 머릿속에 남아요. 어디 그뿐입니까? 책은 없어지지 않기 때문에 내용을 잊었을 때 다시 읽으면서 오래도록 되새길 수 있어요. 그리고 책을 읽다 보면 무슨 생각이 떠오를지 누가 압니까? 큰 돈벌이가 될 만한 생각이 떠오를 수도 있어요."

라오얼은 허리춤에서 돈을 꺼내 책값을 치렀다. 그는 옆에서 줄곧 두 사람을 지켜보던 노인이 냉소를 머금는 것에 화가 치밀어 올랐다.

"찾는 책 제목을 알고 있으면서도 왜 말을 안 했소? 나한테도 그 책이 있단 말이오." 노인은 이렇게 말하더니 좌판에 놓여 있던, 새것처럼 깨끗한 책을 보여주었다.

라오얼은 화가 났지만 그냥 자리를 뜰 수밖에 없었다. "오늘 아침 일을 생각하면 당신한테서 깨끗한 책을 사느니 차라리 이분한테서 더러운 책을 사는 게 낫습니다. 고약한 양반 같으니." 라오얼은 마음속으로는 새 책을 갖고 싶으면서도 이렇게 말한 뒤 집을 향해 걸음을 옮겼다.

그러나 그는 책장수들이 늘어서 있는 골목을 벗어나기 전에 매제의 가게에 가서 그 악당들이 무슨 짓을 저질렀으며 아직도 그곳에 버티고 있는지 확인해야겠다는 생각이 들었다. 구불구불한 시장길을 따라서 가게에 도착하니 문에는 판자가 쳐져 있었고, 길바닥 위에는 수북한 잿더미가 쌓여 있었다. 거지와 아이들 서너 명이 잿더미를 뒤적이면서 단추와 쇠붙이를 찾고 있었지만 사람들은 이런 광경을 이미 여러 번 보기라도 한 듯 예사로이 거리를 오가면서 제 할 일을 했다.

라오얼은 가게 안으로 들어가서 다들 무사한지 살펴봐야 할지 말아야 할지 머뭇거렸다. 그리고 결국 그는 안으로 들어가기 전에 부모님을 먼저 생각해야 하며 자신이 이 소동에 휘말린다면 부모님이 무척 괴로워하실 거라는 결론을 내렸다. 그러나 그가 망설인 가장 큰 이유는 판자 위에 흰 분필로 사납게 휘갈겨 쓴 큼직한 글씨 때문이었다. 그는 한참 동안 글씨를 쳐다보았지만 무슨 뜻인지 도무지 이해할 수가 없어서 때마침 곁을 지나가고 있던 남자를 향해 고개를 돌렸다. 기다란 검은 옷을 입고 있는 남자는 배운 것이 많아 보이는 나이가 지긋한 노인이었다.

"어르신, 저기 뭐라고 써 있는지 좀 알려주실 수 있겠습니까?" 라오얼이 물었다.

노인은 걸음을 멈추고 윗주머니에서 뿔테 안경을 꺼냈다. 그리고서 입을 오므린 채 판자 위에 적힌 글씨를 혼잣말로 여러 번 되풀이해 읽은 뒤 말했다.

"적의 물건을 파는 다른 가게들도 이 집과 똑같은 일을 당할 거라고 써 있구려. 그리고 이 정도로 충분하지 않다고 생각될 때는 적의 물건을 사거나 파는 사람들의 목숨까지도 앗아가겠다고 쓰여 있소이다."

"고맙습니다, 어르신" 라오얼은 놀란 얼굴로 이렇게 말했다. 판자에 적힌 글씨는 그 모양만큼이나 거친 내용을 담고 있었다. 라오얼은 자식 된 도리를 다하기 위해서라도 당장 이 자리를 떠나서 안전한 집으로 돌아가야 하며, 자신이 매제와 인척관계에 있다는 사실을 놈들이 절대로 눈치 채게 해서는 안 된다고 생각했다. 그는 날씨가 더울 때 얼굴에 흘러내리는 땀을 닦기 위해 목에 두르고 다니는 기다란 푸른 무명천으로 책을 감싼 뒤 겨드랑이에 끼고서 집을 향해 부지런히 걸음을 옮겼다. 그는 조금 전 목격한 것과 같은 일이 가능하다는 사실에 참으로 요지경 같은 세상이라고 생각했다. 그는 언제라도 이 같은 일이 다시 생길 수 있는 성안을 서둘러 벗어난 뒤 집을 향해 걸음을 재촉했다. 그리고 그는 드넓은 들판과 맑고 고요한 하늘에서 느껴지는 평화를 만끽하며 기쁨을 느꼈다.

라오얼은 이윽고 집에 도착한 뒤 옥에게 책을 건넸지만 책보다 더 중요한 일을 가족들에게 이야기하느라 마음이 바빴다. 가족들은 안뜰에 모여서 그의 말에 귀를 기울였고, 누이동생 판샤오도 길쌈을 멈추고서 밖으로 나와 그의 이야기를 들었다. 링탄은 둘째 아들이 말을 마치자 잠시 담뱃대를 빨더니 마침내 입을 열었다.

"그 일을 저지른 자들의 이름을 물어보았니?"

라오얼은 아버지의 질문에 맥이 빠진 표정을 지었다.

"저를 멍청하다고 나무라세요. 그자들이 누군지 물어볼 생각조차 못했어요!"

라오얼은 자신의 어리석음을 자책하면서 한동안 얼떨떨한 얼굴을 하고 있었다.

··· 그러나 시내에서 벌어진 모든 일들은 이 집에서 살고 있는 사람들과는 너무나 동떨어진 것이었다. 해는 여느 때와 마찬가지로 서산 뒤로 넘어갔고, 링탄의 가족은 저녁 식사를 마친 뒤 여느 밤과 마찬가지로 잠자리에 들 준비를 했다. 그리고 그들은 도시 사람들이 서로에게 어떤 어리석은 짓을 하건 간에 이곳 시골에서는 아무것도 바뀌지 않으리라고 나름대로 생각을 했다. 링탄 부부는 큰딸이 걱정되어서 잠이 들기 전에 잠시 이야기를 나누었다. 링탄은 우리엔이 장담했던 것에 절반밖에 못 미치는 약속을 했더라도 농사꾼한테 큰딸을 시집보내야 했다고 말했지만 링사오는 그의 말에 동의하지 않았다.

"큰애는 더 이상 우리 집 식구가 아니에요. 벌써 아들을 둘이나 낳았으니 큰애한테 생기는 일은 이제 사위가 알아서 할 문제죠. 무슨 일이 생겼다면 내일 우리한테 전갈을 보내 올 거예요. 그때 가서 걱정해도 안 늦어요."

링탄은 아내의 말을 듣고는 한결 홀가분해졌다. 그리고 두 사람은 오랜 세월을 살아온 집과 논밭을 감싸고 있는 고요함 속에 빠져들었다. 오랜 세월 동안 가꾸어오면서 일용할 양식뿐만 아니라 그들이 필요로 하는 모든 것을 얻는 수단으로 삼아온 논밭을 두 사람은 그 무엇보다 의지했다. 무슨 일이 닥친다 해도 그들의 땅은 변함없이 링탄의 가족에게 양식을 제공할 것이기 때문이다.

라오타는 자신의 방에서 아내와 함께 침대에 누워 있었다. 란은 아이에게 젖을 물려서 재우고 있었고, 라오타는 매제에게 생긴 일에 대한 나름대로의 생각을 이야기했다.

"이런 일은 다 외국 학문을 배우기 때문에 생기는 거야. 요즘 학생들은 옛 어른들이 가르치시던 옳고 그름에 대해 알지를 못해. 도무지 자기 분수를 모른다니까. 자기들이 하는 일이 지금 당장은 옳은 것처럼 생각되겠지. 하지만 한 사람의 생각만으로는 다른 사람들에게 무엇이 옳은지 제대로 알려줄 수 없어. 암, 그럴 수 없고 말고. 요즘 학생들은 조금 배운 것이 무슨 대단한 일이라도 되는 것처럼 무턱대고 덤벼들어서 이렇게 못된 짓을 저지른다니까."

"우리 아이들은 절대 그런 학교에 보내지 말아야겠어요." 란은 이렇게 중얼대더니 아기에게 젖을 물린 채 잠이 들었다.

"물론이지." 라오타는 아내의 말에 맞장구를 치고는 다시 생각에 잠겼다. 그는 물소에 쟁기를 매어서 밭을 갈고 있기라도 한 것처럼 땀을 뻘뻘 흘리면서 더디게 그리고 어렵사리 생각을 이어나갔다. 이

옥고 생각을 정리한 그는 아내가 들을 수 있도록 큰 소리로 말했다. "사람은 누구나 자기 집을 떠나서는 안 돼. 집에 남아서 자기가 할 줄 아는 일에 전념한다면 누가 해코지를 하겠어? 모두가 이렇게만 행동한다면 그 어떤 적도 우리나라를 넘볼 수 없을 거야."

라오타는 아내가 자신의 말에 맞장구치기를 기다렸지만 방 안에는 침묵만이 감돌더니 이윽고 나지막이 코 고는 소리가 들려왔다. 라오타는 자신의 지혜를 낭비한 것 같아 조금은 화가 났지만 다른 남자들처럼 자기보다 먼저 잠든 아내를 깨우기에는 인정이 너무 많았기에 어렵게 떠올린 생각을 접어두었다. 그리고 그는 집 안을 가득 메우고 있는 고요함에 몸을 내맡긴 채 잠이 들었다.

하루 종일 길쌈으로 소일하며 성안에는 한 번도 가본 적이 없는 판샤오는 라오얼에게서 들은 내용을 상상조차 할 수 없었기에 이 낯선 사건은 흘려들은 꿈 이야기처럼 그녀의 마음속에서 이내 사라져버렸다. 그녀는 집안에서 늘 어린애 취급을 받는 막내에 불과했다. 판샤오의 어머니는 너무 많은 나이에 그녀를 낳은 것을 부끄럽게 생각했다. 링샤오가 마흔이 넘어서 임신을 하고, 아이를 낳았다는 소식을 들은 사람들은 너나없이 웃음을 감추지 못했으며 마을 여자들은 그녀의 배가 불러오는 모습을 보면서 목청을 높여 "그 나이에 힘도 좋구려!"라고 빈정거렸다. 또 어떤 여자들은 "새끼를 낳는 암퇘지는 아직 늙은 게 아니지."라고 덧붙여 말했다.

링샤오를 짓누르는 수치심은 판샤오에게도 어두운 그림자를 드리웠다. 마을에서 벌어지는 일은 결국 모두에게 알려지기 마련이었기 때문에 판샤오는 자신의 출생으로 인해 어머니가 사람들의 놀림감이 되었다는 것을 알았다. 심지어는 본래의 의도와는 상관없이 그녀의 이름까지 사람들의 웃음거리가 되었다. 링탄의 나이 든 팔촌은 '살포시 짓는 미소'라는 뜻으로 '판샤오'라는 어여쁜 이름을 지어주었지만 이것은 농사꾼의 딸에게는 너무 문학적인 이름이었다. 그러나 링탄은 '판샤오'라는 이름을 너무나 만족스러워하는 팔촌을 보면서 딸아이의 이름일 뿐이니 심각하게 여길 필요가 없다고 생각했다. 하지만 '판샤오'라는 이름을 들은 마을 사람들은 나름대로 그 뜻을 해석했고, "어설픈 웃음이라고? 어설픈 웃음!"이라고 말하면서 소리 내어 웃었다. 그날부터 '판샤오'라는 그녀의 이름은 바뀌지 않았다.

판샤오는 이름 그대로 자라났다. 그녀는 온순한 소녀였으며 드러나지 않게 미소를 지었고, 반쯤 슬픔에 잠겨 지냈다. 그리고 그녀는 어디에서도 온전히 환영받는다는 느낌을 갖지 못했기 때문에 사람들의 환영을 받을 수만 있다면 힘이 닿는 한 무슨 일이든지 하려고 했다. 그러나 그녀는 강인한 성격의 오빠들과 언니와는 달리 쉽게 지쳤기 때문에 둘째 오빠로부터 놀라운 이야기를 들었음에도 불구하고 자리에 눕자마자 잠이 들었다.

라오얼과 옥도 우리엔이 당한 일을 까맣게 잊고 있었다. 옥은 탁자 위에 책을 펼쳐놓고 희미한 콩기름 등불 아래에서 목소리를 높여 천천히 글자들을 읽어 내려가기 시작했고, 라오얼은 아내의 목소리를 들으면서 그녀의 어여쁜 입술을 지켜보고 있었다. 그는 자신의 눈에는 종이 위에 새가 지나간 자국으로만 보이는 글자들을 아내가 알아보는 것이 마술처럼 신기하기만 했다. 그녀의 눈은 글자들을 그녀의 목소리로 만들었고, 그녀는 라오얼이 뜻을 정확하게 이해할 수 있도록 단어들을 그의 귀에 대고 하나하나 말했다.

라오얼은 책에 쓰인 내용을 이해했고, 책장을 따라 위아래로 움직이는 옥의 눈꺼풀과 한 자 한 자 글자를 짚어가는 그녀의 자그마한 손가락을 지켜보면서 아내를 향한 기쁨으로 가슴이 벅차오르는 것을 느꼈다. 옥은 노련한 이야기꾼처럼 부드러운 목소리로 노래하듯 책을 읽었고, 라오얼은 아내가 자랑스러우면서도 사랑스러운 마음을 주체할 수 없어서 숨이 막힐 것만 같았다. 그는 이대로 있다가는 가슴이 터질 것만 같아서 옥에게 자신의 기분을 털어놓았다.

"못된 나를 벌하려고 불행이 닥치면 어쩌지? 난 부모님보다 당신을 더 사랑해. 부모님과 당신을 모두 부양할 만큼 먹을 것이 충분하지 않다면 나는 부모님이 굶주리시더라도 있는 음식을 모두 당신한테 줄 거야. 그리고 마음이 끌리는 대로 정직하게 행동한 나를 용서해달라고 신들에게 빌 거야."

옥은 책에서 눈을 뗀 뒤 남편을 올려다보았고, 그녀의 낯빛이 새빨개지더니 이내 하얗게 변했다. 그녀는 책을 내려놓으면서 말을 더듬었다.

"계속 그렇게 쳐다보면 책을 읽을 수가 없어요." 옥은 입술을 떨면서 미소를 지었다.

"책을 봐도 무슨 말이 쓰여 있는지 모르니까 당신을 쳐다볼 수밖에 없잖아." 라오얼이 말했다.

옥은 자신을 부끄럽고 수줍게 만들고 있는 남편의 관심을 다른 곳으로 돌리려고 소리를 높여 말했다. "참! 당신한테 글을 가르쳐주려고 했는데 깜빡 잊고 있었어요." 그녀는 남편과 함께 탁자 위에 놓인 책 위로 몸을 구부렸고, 손가락으로 가리키는 글자들을 남편이 따라 읽도록 했다. 라오얼은 말 잘 듣는 아이처럼 아내가 시키는 대로 했지만 그의 마음은 줄곧 그의 몸을 벗어나서 아내의 주위를 맴돌았기 때문에 아무것도 배우지 못했다. 이윽고 두 사람이 함께 자리에 누울 즈음, 라오얼은 오늘 하루 동안 아무 일도 없었던 듯 모든 것을 잊었고, 자신이 태어난 이 집이 세상의 전부인 것처럼 생각되었다.

링탄네 지붕 아래 누워 있는 가족들 중, 오직 셋째 아들 라오산만이 형이 오늘 목격한 일에 대해 생각하고 있었다. 라오산은 자기 방이 따로 없기 때문에 가족들이 모이는 방에서 대나무로 만든 기다란 의자를 침대 삼아 잠을 잤다. 링탄은 라오산에게 장가를 가면 아내와 함께 지낼 방을 마련해주겠다고 약속한 터였다. 라오산은 대나무 의자에 누워 쉴 새 없이 몸을 뒤척이면서 쉽게 잠을 이루지 못했다. 그는 매형의 멋진 가게를 부순 청년들의 모습을 상상하면서 과연 그들이 누구이며 그들이 비난하던 적은 누구인지 생각했다. 이윽고 그는 세상에는 자신이 알지 못하는 일들이 너무 많다는 것을 깨달았고, 지금처럼 부모님의 집에서만 생활한다면 어떻게 새로운 것들을 배울 수 있을 것인가 하는 회의를 다시 한 번 느꼈다.

결국 뒤척이다 지친 라오산은 대나무 의자에서 몸을 일으킨 뒤 이따금 잠 못 이루는 밤이면 으레 그러하듯 물소를 매어둔 우리로 갔다. 커다랗고 말없는 물소는 밤새 잠을 자기 위해 바닥에 엎드려 있었고, 라오산은 물소의 주둥이 밑에 깔려 있던 짚을 한 움큼 뽑아 바닥에 깐 뒤 따뜻하고 털이 수북한 물소의 몸에 기댄 채 웅크리고 누웠다. 그는 너무나 친근한 물소의 나른한 모습에 마음이 편안해져서 이내 잠이 들었다.

늦여름의 황혼이 칠흑 같은 어둠으로 옷을 갈아입자 들판 한가운데에 우뚝 서 있는 링탄의 집은 조상들의 무덤만큼이나 고요해졌다.

그러나 그의 집은 무덤이 아니었으며 그 안은 비록 지금은 잠들어 있으나 영원한 생명들로 가득했다. 보름이 지나 이우는 달빛이 기나긴 세월 동안 이울었을 때나 찼을 때나 변함없이 그러했던 것처럼 물이 고인 논과 고요한 집을 비추고 있었다.

* * *

링탄은 비록 자신의 땅을 떠날 때가 거의 없었지만 폭이 넓고 깊게 살아가고 있었다. 그는 자신의 현재 모습에서 부족함을 느끼지 못했기 때문에 여러 곳을 헤매고 다닐 필요가 없었다. 그가 선조들의 뒤를 이어서 경작하는 땅의 살갗 밑에는 땅의 몸통이 숨어 있었다. 그는 땅의 살갗만 가진 사람들과는 달랐다. 링탄과 그의 가족은 그들의 토지 밑 깊숙이 묻혀 있는 땅까지도 소유했으며, 링탄은 바로 이 땅 위에서 이따금 생각에 잠기곤 했다. 그는 해가 긴 화창한 날에 외로이 쟁기질을 할 때나 어린 벼 사이로 삐죽이 자라난 잡초를 오랫동안 뽑고 있을 때면 자신이 뿌린 씨앗이 뿌리를 내리고 있는 이 부드럽고 새카만 흙 밑에 과연 무엇이 있을지 생각했다.

링탄은 젊은 시절에 아버지를 위해서 우물을 판 적이 있는데, 그때 처음으로 땅 밑에 무엇이 묻혀 있는지를 보았다. 우선 선조들이 오랜 세월 동안 경작해오면서 해마다 분뇨를 쏟아 부은 덕에 비옥하고 부드러워진 깊고 두꺼운 표면층이 드러났다. 표면층을 이루고 있는 흙은 어찌나 기름지던지 굳이 사람의 손길이 닿지 않더라도 지금 당장 생명을 움트게 할 수 있을 것만 같았다. 농작물을 키워서 수확할 수 있도록 거름을 주며 가꾼 흙은 마치 여자처럼 자기의 본분을 다하기 위해서 씨가 뿌려지기를 갈망하고 있었다.

링탄은 이 흙을 잘 알고 있었다. 그러나 이렇게 기름진 흙 밑에는 냄비 바닥만큼이나 단단하게 다져진 누런 진흙이 깔려 있었다. 어떻게 기름진 흙 밑에 누런 진흙이 깔려 있는 것일까? 링탄 역시 그의 아버지가 그러했던 것처럼 답을 알지 못했다. 그러나 단단하게 다져진 진흙은 엄연히 흙 밑에 깔려 수분을 필요로 하는 뿌리를 위해 빗물을 담아두고 있었다. 그리고 누런 진흙 밑에는 부서지고 쪼개져 온전한 모양을 갖추지 못한 돌이 깔려 있었고, 자갈 사이의 틈은 잿빛 모래가 메우고 있었다. 자갈과 모래 밑에는 가장 이해하기 힘든 것들이 묻혀 있었는데, 그것은 바로 기와와 청자 조각이었다. 심지어 링탄은 우물을 파다가 여태껏 한 번도 본 적이 없는 오래된 은화 한 닢과 깨진 백자 사발, 그리고 잿빛 흙이 가득 담긴 짙은 갈색 항아리를 발견하기도 했다. 유약을 바른 갈색 항아리는 깨진 곳 하나 없이 온전한 모습이었다. 링탄은 이 물건들을 아버지에게 가져간 뒤 둘이서 찬찬히 살펴보았다.

"조상님들께서 쓰시던 물건들이로구나." 링탄의 아버지가 말했다. "네 조부모님 묘에 묻는 게 좋겠다." 두 사람은 아버지의 뜻을 실천에 옮겼고, 링탄은 계속해서 우물을 팠다. 그러던 어느 날 아침, 깊이 파내려간 땅 밑에서 분수처럼 물이 솟아나왔고, 그날 이후로 우물물은 결코 마르지 않았다.

링탄은 이따금 우물을 바라보면서 저 우물물 아래로도 땅은 계속해서 이어지리라는 생각에 잠기곤 했다. 이 땅을 소유했던 많은 사람들은 이 위에서 살다가 땅과 하나가 되었다. 마을의 나이 든 어른들은 누구나 자신의 땅 혹은 그 어느 땅이라도 깊이 파내려갈 수만 있다면 한때 번창했던 도시와 궁전 그리고 사원의 잔해를 다섯 번 이상은 발견할 수 있다고 말했다. 링탄의 할아버지는 생전에 아버지의 무덤을 파다가 왕궁 지붕에서 떨어진 듯한, 금으로 만든 자그마한 용을 발견했는데, 그것을 팔아서 그토록 갈망하던 첩을 들였다. 그러나 대대로 전해 내려온 이야기에 의하면 첩을 들인 것은 불행의 씨앗이었다. 첩은 사악한 여자였으며 집안의 재산은 물론이고 평화마저 앗아갔지만 사랑에 눈먼 링탄의 할아버지는 그녀가 무슨 짓을 하든지 손을 놓고 있었다. 결국 링탄의 할아버지는 어리석은 사랑 때문에 갖고 있던 토지를 모두 잃게 될 지경에 이르렀다. 그러나 그의 본처는 곧 집안에 큰일이 닥칠 것임을 예견하고서 더 늦기 전에 첩을 독살했다. 불운은 그것으로 끝나지 않았다. 링탄의 할아버지는 첩이 죽자 스스로 목숨을 끊고 말았던 것이다. 한 가지 다행스러운 것은 토지가 아들의 소유로 남게 되었다는 사실이었다. 이 일이 있은 뒤로 사람들은 그의 첩이 사실은 선녀였으며 그가 발견한 것은 용이 아니라 여우의 혼이었는데, 그 혼이 그가 그토록 사랑한 아리따운 여인의 몸속으로 들어갔던 것이라고 말을 했다.

사람들의 이야기가 사실이든 아니든, 땅은 변함없는 모습을 간직한 채 우물을 지나 흐르는 물 밑으로, 그리고 자갈 밑으로 계속해서 이어졌으며 링탄이 살아 있는 한 그의 소유로 남아 있을 터였다. 그리고 끝도 없이 밑으로 이어져 있는 이 땅은 그가 세상을 떠난 뒤에는 자손들이 소유하게 되리라.

링탄은 어느 여름날, 여러 가지 신기한 이야기를 들려주기 위해 마을을 찾은 젊은이로부터 이 세상이 둥글다는 말을 들은 적이 있었다. 젊은이는 이른바 교육을 통해서 마을 사람들을 돕고 싶다고 말했으며, 예의 바르고 친절한 링씨 집성촌 사람들은 때마침 축제 기간이라서 일을 하지 않고 있던 터라 기꺼이 그의 이야기에 귀를 기울여주었다. 이렇게 해서 그들은 지구가 둥글다는 믿기 힘든 이야기와 병충해로 인한 피해에 대해 들었고, 젊은이는 호랑이만큼이나 커다란 파리의 사진을 들어 올려 보였다. 여자들은 엄청나게 큰 해충을 보면서 소리를 질렀지만 링탄은 이렇게 커다란 벌레는 외국에나 있는 것이니 안심하라며 진정시켰다. 링탄이 사는 곳에서 볼 수 있는 파리는 작고 아무런 해를 끼치지 않았으며 누구나 엄지손가락과 집게손가락으로 잡을 수 있었다. 그러나 물지도 않고 아프게 하지도 않는 파리를 굳이 죽이려는 사람이 어디 있겠는가?

링탄은 그후로 마을에 다녀간 젊은이를 이따금 떠올렸고, 이 세상이 둥글다는 사실을 좀처럼 믿을 수 없었다. 선량한 그 젊은이는 무슨 종교를 믿는지는 모르지만 자신의 영혼을 위해서 고행을 하고 있는 순례자가 틀림없었다. 그는 걸어서 이 마을 저 마을로 옮겨 다니며 자기가 알고 있는 것들을 사람들에게 전하고 있었다. 링탄은 자신의 밭에서 자라는 참외 가운데에 둥근 것을 발견할 때면 '이 세상이 이렇게 생겼단 말이지?'라고 생각하곤 했다. 그러나 그는 지구가 둥글다면 이 세상의 아래쪽에 있는 사람들이 어떻게 걸을 수 있는지 도무지 이해할 수가 없었다. 그러던 어느 날 밤, 링탄은 가슴속에 담아두었던 궁금증을 찻집에서 만난 팔촌에게 이야기했고, 팔촌은 세상의 반대편에 사는 사람들은 이치에 반대되는 행동만 한다고 들었다면서 지구가 둥글다는 것은 사실인지도 모른다고 대답했다. 팔촌은 세상의 반대편에 사는 사람들은 흰 머리칼을 갖고 태어나며 그들의 머리칼은 나이가 들면서 색이 짙어진다고 했고, 톱질을 할 때도 자기 몸 쪽으로 톱을 당기는 대신 반대쪽으로 민다고 말했다. 그리고 그들은 침대 위가 아니라 바닥에 천을 깔고 잔다고도 말하면서 그들이 하는 짓은 모두 이치에 어긋난 미친 짓이라고 덧붙였다. 팔촌은 이 모든 사실에 비추어볼 때 그들이 물구나무선 채로 걸어 다니는 것은 얼마든지 가능한 일이며 그들은 이 같은 행동을 즐기는지도 모른다고 말했다.

링탄은 밭을 갈면서 이런 생각에 잠겼고, 그의 발 아래로 땅이 계속해서 이어져서 마침내 맨 밑바닥까지 내려가면 외국 사람이 그 위에 서서 씨를 뿌리고, 마치 자기 것이라도 되는 양 농작물을 거두어들이고 있을지도 모른다는 상상을 하면서 웃음을 터뜨렸다.

'소작료를 달라고 해야겠는걸.' 링탄은 이렇게 생각하면서 이를 드러내며 웃었고, 그의 얼굴에 어린 미소를 보고서 아들들 중 누군가가 이토록 기분 좋은 이유를 소리쳐 묻자 말문을 열었다.

"내 땅 밑바닥 어딘가에서 외국 사람이 내 허락도 없이 농작물을 베어들이고 있다는 생각을 했다. 말만 통한다면 법대로 하자고 말할 텐데……."

링탄은 작고 검은 눈동자를 반짝였고, 아들들은 아버지와 함께 소리 내어 웃었다. 그들 중에 외국인을 가까이에서 본 사람은 아무도 없었지만 성안에는 자신들이 원하는 일을 하면서 평화롭게 생활하고 있는 외국인들이 제법 많았다. 하루는 외국인의 집에서 일하는 남자가 링탄의 마을에 신선한 계란을 사러 온 적이 있었는데, 링탄은 그 남자에게 주인이 물구나무선 채로 걷는지, 아니면 똑바로 걷는지를 물었다. 남자는 자기와 마찬가지로 주인도 똑바로 걷는다고 대답했고, 링탄은 그 외국인이 나중에 마을을 찾아왔을 때 배움에서 우러나온 지혜를 갖고 있음을 알고는 그를 더욱 존경하게 되었다. 세상의 반대편에 있는 외국인에 대한 이야기는 링탄네 식구들 사이에서 우스갯소리가 되어버렸다. 링탄은 땅이 메마르면 세상의 반대편에 있는 외국인이 물을 다 뽑아낸 모양이라며 투덜대는 시늉을 했고, 순무가 여느 때보다 작을 때면 외국인이 뿌리를 당기기 때문이라고 말했다. 링탄네 식구들은 즐겁게 우스갯소리를 할 뿐 실제로 아는 외국인은 단 한 명도 없었다. 그러나 그들은 이렇게 농담을 하면서 세상의 모든 외국인에게 호의적인 감정을 갖게 되었다. 링탄은 이제 낯선 사람이 찾아와서 자신은 외국인이라고 말한다면 그를 집 안으로 들여서 앉게 한 다음, 함께 차를 마시고 식사를 할 마음마저 갖고 있었다.

링탄은 그의 발밑으로 끝없이 뻗어 내려가는 땅뿐만 아니라 그의 토지 위로 끝없이 이어져 있는 공간도 소유했다. 그의 땅 위에서 빛나는 별들은 모두 그의 것이었으며 별들 위에 존재하는 모든 것이 그의 소유였다. 링탄은 천상에 대해서 말해주는 사람이 아무도 없는 탓에 하늘에 존재하는 것들에 대해서는 전혀 아는 바가 없었다. 그의 눈에 별은 한줌의 불씨나 초롱, 어쩌면 보석, 그것도 아니면 장난감이나 여자의 귀걸이 같은 장식품처럼 실용적이기보다는 아름답게 꾸미기 위해 존재하는 것처럼 보였다. 별들은 아무런 해를 끼치지 않고 링탄은 별들의 좋은 점도 알지 못했지만, 단지 별들이 하늘에 떠 있다는 사실만으로도 기뻐했다. 별들이 없다면 그의 머리 위로 보이는 밤하늘이 너무나 캄캄할 것이기 때문이었다.

그러나 링탄은 이따금 별들은 달을 좇고 있거나 해에서 떨어져

나왔는지도 모른다는 생각을 했다. 그래서 하늘에 떠 있는 해와 달 사이에는 적의敵意가 존재하는지도 몰랐다. 링탄은 여태껏 살아오면서 둘 사이의 증오심이 치열한 싸움으로 번진 것을 두세 번 정도 목격했다. 해가 달을 집어삼키려는 건지, 아니면 달이 해를 집어삼키려는 건지 정확히 알 수는 없었지만 사람들은 잔뜩 겁에 질려 비명을 질렀고, 하늘에 대고 고함쳤으며 시끄러운 소리를 내기 위해서 징과 북 그리고 그것도 모자랐는지 가까이에 있던 밥솥까지 비워 들고서 두드렸다. 소리가 요란해지면 해와 달은 사람들이 만들어내는 소음에 귀를 기울였으며 천천히 서로에게서 떨어진 뒤 제자리로 돌아갔다. 만약 해와 달이 땅에서 큰 소동이 벌어진 것을 듣지 못했더라면 둘 중의 하나를 집어삼킬 때까지 싸움을 계속했을 것이다. 그리고 이런 일이 생겼더라면 하늘의 빛 가운데 절반이 사라졌을 것이며, 더구나 달이 승리해서 태양을 삼켜버렸다면 문제는 더 커졌으리라. 링탄은 어쨌든 자신의 땅 위에서 빛나는 한, 별은 자신의 것이라고 생각했다. 그리고 그는 다른 세상에서 태어난다면 하늘까지 팔을 뻗어서 별 하나를 딴 뒤 손바닥에 올려놓을 수 있지 않을까 하는 상상에 잠기곤 했으며, 별이 자신의 손바닥 위에서 과연 타오를 것인지 궁금했다.

링탄은 이러한 상상을 하면서 자신의 논밭에서 자란 농작물은 얼마나 받고 팔아야 할지, 수확량은 어느 정도나 될지, 그리고 흙으로 돌아가 묻힐 시간이 되었을 때 세 아들에게 땅을 골고루 나누어주는 것과 장남에게 땅을 모두 물려준 뒤 둘째 아들에게 형을 돕도록 하는 것 중에서 어느 것이 더 나을지를 생각했다. 그는 두 번째 방법을 선택할 경우에 과연 셋째 아들이 결혼을 해서 자식을 낳은 뒤에도 먹을 것을 넉넉하게 가질 수 있을지 확신이 서지 않았다. 사람이 굶주리다 보면 싸움이 생길 수도 있는 일이었다. 링탄은 사람이 먹고살 걱정이 없을 만큼 땅을 가지고 있으면, 하룻밤 자고 나면 저절로 해결될 사소한 문제들을 제외하고는 절대로 싸울 일이 없다는 것을 살아오면서 얻은 평범한 지혜로 알고 있었다. 그러나 땅으로 인해 다툼이 일어난다면 양쪽 모두가 죽음에 이를 때까지 싸움이 계속될 수도 있었다.

링탄은 어느 날 장남에게 이런 고민을 털어놓았다. 너무 늙어서 더 이상 일할 수 없을 것 같아서가 아니라 사람은 영원히 살 수 없는 법이며 모든 일에는 때가 있기 마련이라고 생각했기 때문이었다. 링탄은 강인한 몸에 맑은 정신을 갖고 있는 지금이야말로 미래를 생각하고 계획할 때라고 믿었다.

"내가 세상을 떠난 뒤에도 이 땅이 너희 삼 형제와 처자식을 먹여 살릴 수 있을까?" 링탄은 장남에게 물었다.

라오타는 밧줄에 매달린 두레박으로 우물에서 물을 떠올려 마신 뒤, 남은 물을 맨살을 드러내고 있는 어깨와 팔에 끼얹었다.

"제가 과연 그렇게 꾸려나갈 수 있을지 물으시는 거라면 '네'라고 대답할게요. 동생들이 배불리 먹을 수 있고, 또 동생들과 화목하게 지낼 수만 있다면 저는 얼마든지 덜 먹을 수 있어요."

링탄은 장남의 대답과 거짓 없는 표정에 만족했기 때문에 더 이상 아무것도 묻지 않았다. 그는 토지를 라오타에게 안심하고 맡겨도 되겠다고 생각했으며 수확량이 얼마가 되든 장남은 동생들과 똑같이 나누어 가지리라고 믿었다.

··· 링사오는 별이나 해 혹은 달에 대해서 생각할 겨를이 없었으며 이런 것들은 자신과 아무 상관이 없다고 입버릇처럼 말하곤 했다. 집 안에는 그녀가 생각하고, 관리하고, 고쳐야 할 일들이 넘쳐났으며 그녀 없이는 모든 것이 엉망이 되었다. 심지어는 어린 손자마저도 날이 갈수록 자기에게 젖을 주는 부드러운 젖가슴을 가진 사람과, 수시로 자기를 데리고 가서 등에 업고 집 안팎을 오가기도 하고 씹어서 단맛을 낸 밥을 먹여주기도 하는 사람 중에서 누가 자기를 낳아준 엄마인지 혼동을 했다. 아이에게는 엄마와 할머니가 한 사람이나 같았다. 링사오는 아들들이 결혼하기를 원했으며 집안에 노총각이 생기는 것을 원치 않았기 때문에 두 아들을 일찌감치 장가들였다. 그러나 그녀는 그 어떤 여자도 자신을 대신할 수 없으리라는 것을 알았고, 이제 어른이 되어 목소리가 굵어졌지만 어렸을 때 높고 가느다란 목소리로 "엄마!"라고 부르던 것처럼 여전히 자신을 부르는 아들들의 목소리를 듣고 싶어했다.

그리고 그녀는 아들들이 부를 때면 언제나 "그래, 내 새끼!"라고 대답했는데, 그녀의 이런 말투를 이상하게 생각하는 아들은 아무도 없었다. 그녀는 심지어 이제 아이의 아버지가 된 장남이 떨어진 단추나 신발 끈을 달기 위해 찾아올 때에도 똑같은 말로 맞이했다. 큰며느리 란은 출산을 하고 나면 자신이 낳은 아이에게 넋을 빼앗긴 채 멍하니 시간을 보내는 여자였기에 요즘에는 둘째 아들에게만 온 신경을 쏟았다. 그녀는 하는 일 없이 가만히 앉아서 아기를 지켜보고, 아기가 잠이 들면 숨소리에 귀를 기울이는 것으로 소일하면서도 자신은 너무 바빠서 방을 청소하거나 남편 윗도리의 해진 곳과 신발 밑창을 꿰맬 시간조차 없다고 생각했다. 링사오는 바로 이런 이유 때문에 큰며느리를 남몰래 욕했으며 남편 앞에서 불평을 늘어놓았다.

"큰아기 말이에요." 링사오는 어느 날 잠자리에서 퉁명스럽게 입을 열었다. "둘째를 낳더니 도통 아무 일에도 신경을 안 쓰는군요. 제 큰아들도 거들떠보지를 않아요. 내가 없다면 라오타도 쫄쫄 굶으면서 거지처럼 다 해진 옷을 걸치고 다닐 거예요. 요즘 큰아기가 하는 일이라곤 죽치고 앉아서 어린애를 쳐다보는 것뿐이라니까요. 아직 너무 어려서 어디에 내려놓건 그 자리에 가만히 있는 애를 가지고 말이죠. 애가 기어 다니고, 걷기 시작하면 어쩌려는 건지 모르겠어요. 그리고 셋째, 넷째 아기가 태어나면 그때는 어쩔 거냔 말예요? 나는 애를 여럿 낳았지만 그렇게 애지중지하지 않았어요. 내가 둘째를 낳고도 쉴 새 없이 밭일을 하고, 밀을 거둬들인 거 기억하죠? 나는 첫째랑 둘째를 통 안에 앉혀두고서 일을 했어요. 그래도 두 아이 모두 아무 탈 없이 잘 자랐잖아요. 그런데 큰아기는 말이죠, 자기가 잠시라도 눈을 떼면 어린애가 숨이 멎는 줄 아는 모양이에요. 아니면 빛줄기 속에 보이는 먼지를 한 움큼 마시기라도 할 줄 안다니까요!"

"당신 같은 여자는 흔하지 않지." 링탄은 반쯤 잠이 든 채 아내의 말에 맞장구를 쳤다.

"그리고 둘째 말예요." 링사오는 한탄하듯 말을 이었다. "그 애는 집안일을 전혀 돕지 않아요. 라오얼이 사다 준 책에 푹 빠져 있다니까요. 이러다가 애라도 태어나면 어떻게 될런지……."

링탄은 눈을 번쩍 떴다. "둘째가 아이를 가졌어?"

링사오는 캄캄한 어둠 속에서 입을 오므린 채 엄숙하게 말했다.

"보통 때보다 열흘이 지났는데 아직 달거리가 없어요." 아들들에게 좋은 어머니인 그녀는 며느리들의 달거리를 챙기는 것이 자신의 의무라고 생각했다. "책을 다 읽기 전에 아이가 나오면 어쩌려는 건지 알 수가 없다니까요. 내 장담하건대 한 손에 책을 든 채 아이를 낳을 거예요. 우리 집안에 책이 흘러들어오다니 정말 큰일이에요. 여자한테 글 읽는 것만큼 나쁜 일은 없다니까요. 차라리 아편을 피우는 게 낫죠."

"아니, 아편은 안 돼." 링탄이 말했다. "어머니가 그 몹쓸 아편을 피우시는 걸 내 눈으로 똑똑히 봤어. 아무리 적은 양이라도 아편이 우리 집안에 들어오는 건 절대 허락할 수 없어."

"그래요, 알았어요. 아편은 안 돼요." 링사오는 남편의 말에 동의했다. 그녀는 시어머니가 마흔여섯 살 되던 해에 자궁에 느껴지는 통증을 잊기 위해 아편을 피우기 시작하면서 집안에 어떤 우환이 생겼는지를 잘 알고 있었다. 시어머니는 못 먹고 못 입는 한이 있더라도 아편만은 피워야 했다. 그녀는 밤낮을 가릴 것 없이 눈을 반쯤 감은 채 비몽사몽인 상태로 자리에 누워 있었으며 가족들이 그녀를 아편 중독에서 헤어나게 하려고 할 때만 깨어났다. 그러나 가족들은 그녀가 아편을 끊도록 억지로 강요하지 않았다. 통증이 점점 더 심해져서 아편 없이는 제대로 숨조차 쉬지 못할 지경에 이르렀기 때문이었다. 이렇게 7년의 세월이 흐르는 동안, 링탄네 가족은 옷과 음식에 드는 것보다 더 많은 돈을 아편을 구입하는 데 써야 했다. 그런데 이보다 더 큰 문제는 당시에 치안판사가 아편을 금지했다는 사실이었다. 따라서 아편을 사고팔거나 피우려는 사람은 목숨을 건 위험을 무릅써야만 했다. 링탄의 아버지는 이러한 사실을 알

앉기에 아들이 아편을 사지 못하게 했으며 자신이 직접 은밀한 장소로 아편을 구하러 갔다. 그는 아편을 사러 가는 것이 너무나 위험해지자, 약 한 달 간격으로 물건을 구하러 갈 때마다 자신이 도맡아 하던 일을 아들에게 넘겨주었고, 혹시라도 자신이 돌아오지 않더라도 절대로 찾을 생각을 해서는 안 된다고 당부했다. 그리고 그는 그런 일이 생긴다면 자신이 감옥에 갇힌 것일 테니 공연히 구해 보겠다는 희망을 가져서는 안 되며, 자신을 죽은 사람으로 알고 아무 일 없는 듯 살아가는 것이 링탄의 의무라고 덧붙였다.

링탄과 그의 아버지는 항상 이번이 마지막일지도 모른다는 생각을 하면서 서로를 마주 보곤 했다. 그러나 시간이 흐름에 따라, 링탄은 주름진 용감한 얼굴로 자신을 바라보는 아버지가 늙은 아내를 위해서 다시 한 번 위험을 무릅쓴다는 사실을 망각했다. 그리고 링탄은 양친 모두가 콜레라에 걸려서 사흘을 넘기지 못하고 세상을 떠나면서 어머니가 아버지보다 먼저 숨을 거둔 것에 기뻐했다. 아버지가 자신을 대신해서 링탄이 위험한 길을 오가지 않아도 된다는 것을 알고는 편안하게 눈을 감을 수 있었기 때문이다. 링탄은 이런 사연이 있었기에 아편이야말로 온갖 평화를 앗아가는 주범이라고 생각했으며 아편을 거래하는 일이 예전보다 더욱 어렵고 위험해진 것을 반갑게 여겼다. 아편은 전보다 더욱 엄하게 금지되면서 이제는 구경조차 하기 힘들어졌고, 아주 돈 많은 사람이나 피울 수 있었다.

한편 링사오는 자식들의 문제를 떠올리기 시작한 터라서 좀처럼 생각을 멈출 수 없었다. 그녀의 마음에는 빛과 그림자가 번갈아가며 드리워졌다. "그리고 판샤오 말인데요, 시집을 보내야 할 텐데 그러면 길쌈은 어쩌죠? 벌써 열다섯 살이잖아요. 이제 마땅한 신랑감을 찾을 때가 됐어요. 작은아기가 판샤오 대신 길쌈을 배워야 해요. 당신이 라오얼한테 그렇게 얘기하세요. 그리고 라오산한테는 제 처가 집안일을 좀 더 돕게 하라고 일러주세요. 내가 세상을 떠나면 큰아기가 대신 살림을 꾸려나가야 하잖아요. 이제 작은아기도 옷감을 짤 줄 알아야 해요. 그리고 막내는 같이 밭일을 할 수 있는 튼튼한 여자랑 결혼해야 돼요. 이렇게 해야 당신과 내가 없어도 집안 살림을 안팎으로 꾸려갈 수 있어요."

링탄은 이미 깊이 잠이 든 터라 아무 대답도 하지 않았다. 집안 살림과 아이들에 대해 이야기하는 아내의 목소리만큼 듣기 편안한 자장가는 없었다. 링사오는 남편이 아무런 반박을 하지 않자, 고요함 속에 한층 더 신이 나서 말을 이었다.

"그리고 큰딸은 출가외인이니 우리가 걱정할 필요는 없다고 말했지만 사실 나도 걱정이 돼요. 어쨌든 내 배 아파서 낳은 딸이고, 내가 젖을 먹여서 키웠잖아요. 잘 있기는 한지, 사위가 가게를 원래대로 정리는 했는지 궁금해 죽을 지경이에요. 다들 아무 탈 없어야 할 텐데. 시집간 딸년 걱정까지 끌어안고 있으니 나도 참 딱한 노릇이죠!"

이윽고 아무런 대답도 기대하지 말라는 듯 링탄의 코 고는 소리가 들려왔고, 링사오는 입을 다물었다. 그녀는 결국 모든 문제는 자신이 도맡아 해결해야 함을 다시 한 번 깨달으면서 왜 남자들은 평생토록 공허한 이야기만 할 뿐 결국 어린애 같은 존재일 수밖에 없는 것인지 생각에 잠겼다. 어느 집안을 막론하고 행동으로 옮겨야 할 일이 생기면 그 일을 맡는 사람은 결국 여자여야 하듯, 링사오는 날이 밝는 대로 성안에 들어가보리라 마음먹었다. 가족들이 끼니를 굶게 되더라도 자신의 눈으로 딸이 잘 있는지, 그리고 그 누구보다도 어린 두 손자가 무사한지를 직접 확인해야 했다.

'신식 물을 먹은 젊은 학생들이 진을 치고서 내 사위의 가게를 엉망으로 만들고 있다 해도 겁날 것 없어. 내 당장 달려들어서 그 놈들을 납작하게 패고, 코를 비틀어버릴 테니까. 그래봤자 늙은 아낙네에 불과한 나를 어쩌겠어?'

링사오는 이렇게 계획을 세우면서 마음을 가라앉혔고, 편안하게 잠이 들었다.

··· 링사오는 눈을 뜨면서 간밤에 계획한 일들을 고스란히 기억했다. 그녀는 가족들이 깨어나려면 아직 한참이 남은 시간에 자리에서 일어나 자신이 하루 종일 집을 비운 동안 식구들이 불편하지 않도록 집안일을 하기 시작했다. 창문으로는 빛 한 줄기 새어 들어오지 않았고, 새까만 하늘에는 아직도 한밤중인 양 큼직한 별들이 빛나고 있었지만 링사오는 감각적으로 지금이 몇 시인지 알고 있었다. 옷을 입고, 비질을 하고, 쌀을 씻고 나면 닭이 우는 시각이 되리라.

아니나 다를까, 링사오가 쌀을 세 번 씻어서 밥솥에 담은 뒤 물을 붓고 나자 수탉들이 이 마을에서 저 마을에서 목 놓아 우는 소리가 들렸다. 링탄은 닭 울음소리가 들리면 언제나 잠자리에서 몸을 뒤척였으며 이내 눈을 뜨지는 않더라도 이제 곧 일어나서 하루를 시작해야 한다는 것을 알았기에 다시 깊은 잠에 빠져드는 일이 결코 없었다.

아직 불을 지피기에는 이른 시각이었다. 링사오는 가만히 침실로 들어가서 빗을 넣어 둔 자그마한 상자를 들고 나왔다. 그러고서 그녀는 안뜰 탁자 위를 밝히고 있는 초 옆에 상자를 놓고는 자그마한 거울이 잘 보이도록 문질러 닦았다. 이윽고 그녀는 딸네 집을 방문하기에 손색이 없도록 머리를 빗고, 기름을 발랐다. 링사오는 처녀 때는 이마 위로 앞머리를 늘어뜨리고 머리를 땋아 내렸으며, 결혼식을 앞두고 친정어머니가 앞머리를 뽑은 뒤로는 머리를 틀어 올린 것이 달라졌을 뿐, 지금껏 살아오는 동안 머리를 한결같이 뒤로 빗어 넘겼기 때문에 사실 거울이 그다지 필요하지 않았다. 이제 그녀의 머리는 기름을 바르지 않아도 저절로 가지런히 뒤로 넘어갔다. 그러나 그녀는 오늘, 머리를 틀어 올리기 전에 질긴 붉은색 끈으로 동여맸으며 손수 느릅나무의 대팻밥을 물에 담가 만든 기름을 발라서 머리를 매만졌다. 이윽고 그녀는 틀어 올린 머리에 결혼 예물로 받은, 양 끝에 푸른 법랑을 입힌 기다란 은비녀를 꽂았다. 그리고 그녀는 쌍가락지를 끼고, 귀걸이를 달았으며 여느 때와 마찬가지로 필요할 때면 언제라도 쓸 수 있도록 한쪽 끝이 이쑤시개 모양으로 만들어진 귀이개를 머리에 꽂았다.

머리 손질과 세수를 마치고, 양치질을 하고 나자 더 이상 촛불이 필요 없을 만큼 날이 훤히 밝았다. 이제 아침밥을 짓고, 반찬으로 먹을 소금에 절인 당근과 생선을 식탁에 올려놓을 때가 되었다. 식구들은 차례로 자리에서 일어났으며 둘째 아들 내외는 여느 때와 마찬가지로 가장 늦게 방에서 나왔다. 링사오는 둘째 아들이 결혼한 지 아직 채 1년이 안 되었기 때문에 이러한 행동을 묵인했지만 1년이 지난 뒤에는 다른 식구들과 함께 일어나서 일해야 한다고 말하리라 마음먹고 있었다.

식구들은 링사오를 보자마자 그녀가 오늘 특별한 일을 계획하고 있음을 알아차렸다. 그녀는 갖고 있는 옷가지 중 가장 좋은 흰 무명 치마를 입고, 아직 볼이 꽉 끼는 새 신발의 뒤축을 꺾어 신고 있었으며 귀에는 금 귀걸이를 달고 있었다.

링탄은 아내의 모습을 뚫어져라 바라보면서 물었다.

"무슨 일이야?"

"간밤에 곰곰이 생각해봤는데 아무래도 큰딸네 집에 가봐야겠어요. 큰딸이 애들이랑 사위랑 잘 있는지 내 눈으로 확인해야겠어요."

"성안에 당신 혼자 가겠다는 거야?" 링탄이 물었다.

링사오는 남편의 말이 떨어지기가 무섭게 고개를 치켜들었다. "내가 이 세상 어떤 남자고 무서워합디까?"

그녀는 아침 식사를 마친 뒤 딸과 며느리들에게 자신이 집을 비운 동안 해야 할 일들을 지시했다. "어멈아, 너는 오늘 하루만이라도 두 손을 맘껏 놀릴 수 있도록 아기를 등에 업도록 해라. 오늘은 네가 식사를 준비해야 한다. 그리고 연기 때문에 어린애 눈이 상하면 안 되니까 불을 지피는 건 새애기 네가 맡아서 해라. 판샤오, 너는 늘 하던 대로 길쌈을 하면 된다. 하지만 올케들은 네 오라비를 챙겨야 하니, 아버지께서 찾으시거든 네가 가도록 해라. 그리고 막내야, 필요한 게 있으면 네 누이한테 부탁하거라. 차는 바구니에 담아서 식지 않도록 해야 하며 내 음식은 따로 남기지 않아도 된다. 나는 딸네 집에서 내일까지 굶어도 될 만큼 배불리 먹고 올 거란다. 큰애는 언제나 나를 대접하려고 따로 고기를 사거나 하인한테 과자나 만두를 사오게 한단다. 그러니 이틀 동안은 안 먹어도 배가 부를 거다."

식구들은 모두 링사오의 말에 귀를 기울였고, 링탄은 방으로 들어가더니 아내에게 줄 여비를 챙겨 나왔다. 그러나 링사오는 과장되게 거절하는 시늉을 했다.

"내가 왜 그 귀한 은화를 써요? 난 절대 안 받을 테니 그리 알아요! 잘 뒀다가 가을에 씨앗 사는 데나 보태세요. 게다가 난 돈 쓸 데가 없어요. 당신이 선물을 사 주고 싶어한다 해도 난 필요한 게 아무것도 없어요."

그러나 링탄은 소리 내어 웃으면서 아내에게 손을 내밀었고, 그녀는 결국 남편이 건네는 돈을 받았다. 그녀는 사실 처음부터 돈을 마다할 마음이 전혀 없었고, 링탄 역시 아내의 마음을 잘 알고 있었다. 링사오는 남편이 알아서 돈을 주지 않았다면 요구를 했을 테지만, 남편이 워낙 예의바르게 나온 터라서 자기도 예를 갖추어 대답을 해야 할 것만 같았다.

이윽고 링사오는 떠날 준비를 마쳤고, 가족들은 문 앞까지 나와서 그녀를 배웅했다. 그녀는 흰 보자기에 딸에게 줄 계란 여섯 알과 잘 익은 복숭아 한 움큼 그리고 곶감을 싸서 든 채 길을 나섰다.

링사오가 여느 때처럼 절도 있는 걸음걸이로 길을 떠날 무렵, 해는 이미 산 위로 모습을 드러냈지만 아직 열기를 내뿜을 정도로 높이 떠 있지는 않았다. 그러나 하늘에 구름 한 점 없고, 논에 괸 물에 잔물결 하나 일지 않는 것으로 보아 날씨가 무더울 것이 틀림없었다. 하지만 링사오는 평소와 다른 특별한 하루를 보낼 생각에 더위 따위는 아랑곳없었다. 그녀는 딸네 집에서 새 소식을 듣고, 안주인의 친정어머니를 공손하게 맞이할 두 명의 하녀를 보게 될 생각만으로도 기분이 좋았다. 물론 하녀들이 링사오의 안사돈을 대하듯 그녀를 대할 리는 만무했지만 그래도 링사오는 아랫사람들의 태도에서 자신이 가게를 찾는 평범한 손님들과는 다르다는 것을 느낄 수 있었다.

여전히 이른 시간이라서 링사오는 채소나 짚단을 성문 안 시장으로 싣고 가는 이웃들과 심심찮게 마주쳤는데, 만나는 사람마다 그녀와 링탄의 안부를 물었으며 어디에 가는 길인지도 물었다. 링사오는 매번 경쾌한 목소리로 대답했고, 비록 사소한 것일지라도 마주친 이웃에 대해 그녀가 알고 있는 일들을 물었다. 이렇게 이웃들과 안부를 주고받으며 걷다 보니 어느새 목적지에 거의 다다랐지만 성문 안에 드리워진 짙은 그늘 밑에 발을 내디딜 즈음에는 해가 뜨겁게 타오르고 있었다. 링사오는 시원한 그늘이 너무나 반가워 참외 장수가 내놓은 등받이가 없는 나지막한 의자에 앉아서 때 이른 참외 한 개를 먹었다. 그러나 아직 풋내가 나는 과일이 뱃속에 들어가서 그런지 그녀는 한동안 속이 거북했고 괜히 참외를 먹었다고 후회했다. 그녀는 작은 찻집에 들러 속을 달래려고 따뜻한 차를 마셨다. 그러자 얹힌 듯했던 참외가 내려갔고 다시 기운을 차린 링사오는 이윽고 딸네 집에 도착했다.

가게 문은 열려 있었고, 점원 두 명이 가게를 지키고 있었지만 텅 비다시피 한 진열장은 유리가 깨진 채 방치되어 있었다. 링사오는 이전에 가게에서 팔던 물건들을 찾아보려 했지만 대부분 사라지고 없었고 남아 있는 것이라고는 여느 자그마한 시골 가게에서도 흔히 볼 수 있는 옷감과 자질구레한 물건들뿐이었다. 등, 장난감, 밀짚모자, 고무신, 이국적인 색채의 꽃무늬가 그려진 잔과 사발 그리고 접시 등과 같은 외국에서 들여온 화려한 물건들은 흔적도 찾아볼 수 없었다. 링사오는 피해가 너무 커서 사위가 아직 가게를 원상 복구할 엄두를 못 내고 있으며 또다시 화를 당하게 될까봐 두려워하고 있음을 깨달았다.

그녀는 두툼한 입술을 굳게 다물고 가게 뒤로 들어갔고, 걱정했던 것보다 더 안 좋은 모습을 발견했다. 몰라보게 수척해진 사위가 축 늘어진 모습으로 의자에 앉아 있었는데, 기름기가 빠져나간 살가죽은 그의 몸에 비해 너무 큰 옷처럼 보였다. 링사오는 한때 살이 두둑했던 턱이 이토록 축 늘어져 있고, 볼룩했던 배가 공기 빠진 주머니처럼 축 처져 있는 사위의 모습을 일찍이 본 적이 없었다. 우리엔은 링사오가 마당에 들어섰는데도 깨어나지 않았으며, 큰딸은 어머니를 보더니 여전히 부채질을 하면서 조용히 해달라는 몸짓을 했다.

링사오는 몸을 숙이고서 딸의 귀에 대고 나지막이 물었다. "어디가 아픈 게냐? 왜 이리 축 늘어져 있어?"

"안 좋은 일을 당해서 병이 났어요. 음식도 넘기지를 못해요." 딸이 소리를 낮추어 대답했다.

링사오는 남자, 여자 그리고 짐승을 가릴 것 없이 목숨이 붙어 있는 생명체가 음식을 먹지 못할 때는 무덤을 향해 가고 있는 것임을 잘 알고 있었기에, 아직 젊디젊은 딸이 과부가 되면 어쩌나 하는 생각에 덜컥 겁이 났다. 그녀는 손자들을 보거나 안사돈에게 인사를 할 겨를도 없이 소매를 걷어 올리며 부엌으로 들어가서 아궁이 앞에 서 있던 하녀를 옆으로 밀었다.

"불을 지펴다오." 링사오가 어찌나 단호하게 말했던지 하녀는 인사조차 못한 채 그녀의 말에 따랐다. "처음에는 불이 너무 세면 안 돼." 링사오는 계속해서 하녀에게 지시를 했다. "내가 말할 때 재빨리 불을 세게 키워야 해. 숨을 백 번 정도 쉴 동안 불을 세게 지핀 다음 다시 불길이 잦아들게 해야 한다."

링사오는 집에서 가져온 계란, 그리고 탁자 위에 놓여 있던 사발 안에 있던 고기와 양파로 그윽한 향이 나는 음식을 만들었다. 파리를 쫓느라고 어렴풋이 잠에서 깬 우리엔은 부엌에서 나는 냄새를 맡고는 눈을 떴다.

"무슨 냄새가 이렇게 좋지?"

"친정어머니께서 신선한 계란을 가져오셨어요. 지금 그걸로 요리를 하고 계세요." 우리엔의 아내가 대답했다.

"저건 먹을 수 있을 것 같아."

큰딸은 남편의 말이 떨어지기가 무섭게 부엌으로 달려갔고, 때마침 링사오가 그릇에 담은 계란을 받아 들었다.

"아범이 먹고 싶대요." 그녀는 이렇게 외치더니 급히 부엌을 나서면서 젓가락을 집어 들었고, 계란이 담긴 그릇을 남편에게 건넸다.

우리엔은 본래 하루 세 끼를 꼬박꼬박 챙겨 먹던 사람이었다. 그런데 가게가 엉망이 된 후로는 거의 아무것도 입에 대지 않았기 때문에 자신도 느끼지 못하는 사이에, 그리고 여전히 입맛이 없다고 생각하는 중에도 그의 내부에서는 음식에 대한 욕구가 서서히 커져가고 있었다. 그는 도시에서 나고 자란 사람은 죽을 때까지 맛보기 힘든 신선한 계란 요리를 코밑에 들이대고는 젓가락을 휘저으며 다 먹을 때까지 얼굴에서 그릇을 떼지 않았다. 링사오와 큰딸은 그런 우리엔의 모습을 지켜보다가 기쁨에 겨워 서로의 눈을 들여다보았고, 다시 그에게로 시선을 옮겼다. 이윽고 우리엔이 텅 빈 그릇을 내려놓자 링사오와 딸은 마음이 놓인 듯 소리를 내어 웃었다. 그는 커다란 소리로 트림을 했고, 두 여인은 다시 한 번 웃었다.

"내가 왜 오늘 여기에 꼭 오고 싶었는지, 그리고 한 달에 알을 한두 번밖에 안 낳던 새까만 늙은 암탉이 왜 나흘 동안 연달아 알을 낳았는지 이제야 알겠네. 게다가 누런 암탉까지 연이틀 알을 낳았지 뭔가. 이게 다 하늘의 뜻이었던 게야. 덕분에 자네도 이제 기운을 차리게 되었군." 링사오는 큰딸을 바라보며 말을 이었다. "사위가 마실 수 있게 뜨거운 차를 한 잔 가져오너라. 차를 마시고 나면 이 세상에 태어난 첫 날처럼 기운이 펄펄 날게다."

링사오는 딸이 차를 가지러 간 사이에 자리에 앉아 어린 손자를 데려오라고 소리쳤다. 그녀는 무릎 위에 아이를 앉혀놓거나 등에 업고 있어야만 자신의 존재를 온전하게 느낄 수 있는 여자였다. 그녀는 벌거벗은 아기의 엉덩이에 기저귀를 받쳐 안은 채, 우리엔이 뜨거운 차를 마시고 마지막 트림을 하는 것을 지켜보면서 그에게 위로의 말을 건넸다.

"아무리 안 좋은 일을 당하더라도 곡기를 끊거나 몸이 축나게 해서는 안 되네. 자네한테는 부모님과 자식이 있다는 걸 한시도 잊어서는 안 돼. 남자의 몸은 자기 혼자만의 것이 아니라네. 남자란 모름지기 부모와 자식을 먼저 생각해야 하는 거야. 자기 몸을 상하게 내버려두거나 제 몸에 해를 끼치는 건 혈연관계를 끊는 거나 마찬가지라네. 그럼 결국 이 나라도 망하고 마는 거지."

우리엔은 힘겹게 눈을 뜨더니 링사오를 바라보면서 슬픈 목소리로 말했다. "하지만 어머니, 결국 이 나라는 망할 운명인지도 모릅니다."

링사오는 사위의 말뜻을 이해할 수 없다는 듯 딸을 바라보았다.

"요즘 들어 하는 생각이라고는 저것밖에 없어요." 큰딸이 말했다.

"우리나라가 망할 거라는 말만 되풀이해요."

링사오는 거칠게 부채질을 하면서 사위를 설득했다. "백성이 없으면 나라도 없다네. 우리가 바로 그 백성이지. 이보게, 사위, 한 번 안 좋은 일을 당했다고 모든 게 다 끝난 것처럼 생각해서는 안 돼. 다시 물건을 사서 가게를 외국 물건들로 채우게. 그리고 가게를 보호해달라고 시에 도움을 청하게. 이제 그만 기운을 차려야지."

그러나 우리엔은 고통스러운 듯 입을 열었다. "안 좋은 소식이 있어요. 지난 사흘 동안 아무한테도 말하지 못했습니다. 내일이면 나흘째가 되겠군요."

링사오는 우리엔의 말을 막았다. "바로 그게 잘못된 거였군. 나쁜 소식을 마음속에 담아두면 간이 상하고, 쓸개즙이 마른다네. 분노나 슬픔과 같은 나쁜 소식은 건강을 위해서라도 다 쏟아내야 해."

"제가 말하려는 나쁜 소식은 개인적인 불행에 대한 이야기가 아니라 바로 우리나라와 관련된 거예요. 동쪽 바다 너머에 사는 적들이 여기서 멀지 않은 해안 지방에 배를 보냈어요. 그리고 적군이 우리나라 땅에 발을 들여놓았죠. 우리 군대가 맞서 싸우고 있지만 그들을 막을 만큼 강하지가 못해요."

우리엔은 아무리 이야기를 해도 두 사람이 자신의 말을 이해하지 못하리라는 것을 깨달았다. 링사오와 큰딸은 이 도시와 주변 시골마을을 벗어난 적이 없었기에 이곳과 해안 지역 사이에 놓여 있는 7백 리 남짓한 거리가 7천 리는 족히 넘는 것처럼 느껴졌다. 그녀들은 기차는 물론이고 외국에서 건너온 자동차도 타본 적이 없었으며 20리 남짓 떨어져 있는 하항(河港)에 가서 외국 배를 본 적도 없었다. 그녀들이 외국에 대해 아는 것이라고는 수년 전에 외국 배들이 자국민을 붙잡아 두고 있다는 이유로 이 도시를 지나가던 군대를 향해 대포를 발사했던 일뿐이었다. 시골 마을에 살고 있는 링탄네 가족은 멀리서 천둥처럼 들려오는 대포 소리를 들었고, 그 기억이 뇌리에서 사라질 때까지 이따금 이야기를 나누곤 했다.

"장모님, 전에 들으셨던 대포 소리 기억하세요?" 우리엔이 물었다. "바로 그런 대포가 지금 해안 지방에 있는 도시들을 쑥대밭으로 만들고 있어요."

"물론 기억하네." 링사오는 태연하게 말했다. "난 그때 모래로 밥솥을 박박 문질러 닦고 있었지. 그런데 갑자기 손에 들고 있던 밥솥이 흔들리더니 소리를 내며 울리더군. 그래서 자네 장인어른한테 지진이 났다고 소리를 질렀어. 하지만 결국 아무 일도 생기지 않았지."

"음, 이번에는 다릅니다." 우리엔은 신음하듯 말했다. 상인인 그는 물건을 사기 위해서 1년에 두 차례 해안 지방을 드나들었기 때문에 그곳에 있는 도시들을 잘 알고 있었으며 앞으로 무슨 일이 일어날 것인지도 예측할 수 있었다. 그의 가게를 엉망으로 만든 학생들은 앞으로 일어날 재앙을 미리 예고한 것에 불과했으며 그는 더 이상 외국 물건을 살 엄두를 낼 수 없었다. 그러나 외국 물건이 아니라면 다른 곳에서는 찾아볼 수 없는 물건을 어떻게 그의 가게에서 팔 수 있겠는가?

"너무 걱정하지 말게." 링사오가 말했다. "바다는 아주 먼 곳에 있어. 강도 여기서 한참 떨어져 있고. 그놈들이 우리한테 뭘 어쩌겠나?"

"적군한테는 비행기가 있어요." 우리엔은 자신이 느끼는 두려움을 함께 나누고 싶었는데 두 사람이 전혀 겁을 내지 않자 화가 났다. 그는 최대한 겁에 질린 목소리로 말을 이었다. "그 비행기는 바다에서 솟아오른 뒤 두 시간 만에 우리 머리 위로 날아와서 폭탄을 떨어뜨릴 수 있어요. 우리 집을 순식간에 가루로 만들어버릴 수 있단 말입니다. 그러니 우리가 그 앞에서 뭘 어쩌겠어요?"

"다들 우리 마을로 오게나." 링사오는 단호하게 말했다. "성안은 위험한 것투성이라고 내가 늘 말했잖나. 자네 식구가 우리 집에서 함께 산다면 이 귀여운 녀석을 날마다 볼 수 있을 텐데⋯⋯ 이런, 맙소사!" 그녀는 우리엔의 이야기에 귀를 기울이느라 아기의 엉덩이에 기저귀를 대는 것을 잊었고, 그녀의 팔에 안겨 있던 아기는 바로 이 순간 오줌을 싸고 말았다. 그녀의 옷 중에서 가장 좋은 옷에 아기의 소변이 흘러 내렸다. 잠시 소동이 벌어졌고, 링사오의 큰딸은 이내 그녀 앞으로 와서 아기를 받아 안으려 했지만 링사오는 아기를 내주지 않으려고 딸과 실랑이를 벌였다.

"이런, 나도 주책이지." 링사오는 소리 내어 웃으며 말했다. "아기가 오줌을 싸 봤자 얼마나 싼다고. 게다가 내 품에 안겨서 오줌을 싼 녀석이 어디 이 아이 하나뿐인가. 눈 깜짝할 사이에 마를 테니 걱정하지 마라."

밖에서 시끄러운 소리가 나자 우리엔의 노모 우사오가 자고 있던 방에서 나왔다. 링사오는 그녀보다 서열이 아래인 만큼 서둘러 자리에서 일어나 예의를 갖춰 인사를 했다.

"이렇게 실례를 무릅쓰고 또 찾아왔습니다." 링사오는 큰 소리로 말했다. "가게에 안 좋은 일이 있었다는 소식을 듣고서 제 눈으로 확인하러 왔습죠. 사위한테 지난 일은 잊고 마음을 편하게 가져야 한다고 말하던 참이었습니다. 남자는 부모를 생각해서라도 곡기를 끊으면 안 되는 법이죠. 게다가 사장어른께서도 안 계시니 사위는 항상 사부인을 마음에 두고서 자기 몸을 돌봐야 합니다. 사위 몸이 어디 자기 겁니까? 다 사부인 것이죠."

우리엔의 어머니는 몸이 너무 뚱뚱해서 서너 걸음 이상은 걷지 못했으며 말하기조차 힘들어했다. 그녀는 겨우 속삭이는 정도밖에는 목소리를 못 냈기 때문에 미소를 머금은 얼굴로 링사오에게 고개를 끄덕여 보이고는 이내 자리에 앉았다. 그녀는 자리에 앉자마자 사람의 소리라고는 믿기 어려운 낮고 굵직한 소리로 기침을 하기 시작했는데, 얼마나 괴로운지 눈은 물고기의 부레처럼 튀어나오고 낯빛은 보랏빛으로 변할 정도였다. 그녀가 기침을 하기 시작하자 링사오의 딸은 적설탕을 가지러 달려갔고, 우리엔은 벌떡 일어나 차를 따랐으며, 하녀는 부엌에서 뛰어나오더니 그녀의 등과 목을 문질러주었다. 아기와 우리엔의 노모로 인해 한바탕 소동이 지나가고 난 뒤, 그가 한 이야기를 기억하는 사람은 아무도 없었으며 그 역시 자신의 어머니 앞에서 같은 이야기를 반복하지 않았다.

우리엔은 걱정을 떨쳐버릴 수 없었고, 더 이상 여자들과 함께 있는 것을 견디기 힘들어 가게에 가봐야 한다는 핑계를 대고는 자리를 떠났다. 우리엔은 어리석은 남자가 아니었다. 그는 매달 한두 차례 신문을 읽었으며 시내에서 가장 큰 찻집을 드나들면서 세상 구석구석에서 일어나는 일들에 대해 이야기를 들어왔기 때문에 자신이 들은 이야기가 사실이라면 앞으로 어떤 일이 벌어지게 될지 잘 알고 있었다. 게다가 그는 동쪽 바다 너머에 사는 사람들을 미워하지 않았으며 시대를 막론하고 전쟁은 아무런 도움이 되지 않는다는 것을 알고 있었기에 더욱 큰 두려움을 느꼈다. 만약 전쟁이 일어난다면 그를 포함한 많은 사람들이 장사를 망치게 될 것은 불 보듯 뻔한 일이었다. 전쟁은 모든 것을 앗아가기 때문에 오직 나라가 태평할 때에만 백성도 편안하게 살 수 있는 법이었다. 우리엔의 조국은 전쟁이 일어나야만 일거리가 넘쳐난다고 떠들어대는 몇몇 나라들과는 전혀 달랐다. 그는 찻집에 앉아서 외국에 다녀온 사람들이 이야기하는 것을 듣곤 했는데, 그의 조국과 다른 나라 사이의 가장 큰 차이는 그가 기억하는 한, 외국에서는 전쟁도 하나의 사업이라는 점이었다.

우리엔은 집안 여자들의 호들갑에 갑작스레 싫증을 느꼈고 잠시 찻집에나 들러야겠다고 생각했다. 그는 가게가 엉망이 된 후로는 남들 보기가 민망해서 한 번도 찻집에 가지 않았다. 방 안에 들어가서 옷을 갈아 입던 우리엔은 바지가 너무 헐렁해지고 허리띠가 너무 많이 남는 것을 보고는 갑자기 서글픔을 느꼈다. 그는 방에서 나와 여자들이 모여 있는 방을 피해서 대문을 나섰으며 큰길을 따라가는 대신 좁은 길을 걸어서 성안으로 들어갔다. 어느새 찻집에 도착한 그는 언제나 친구들과 함께 앉았던 중앙에 놓인 탁자 대신에 구석에 놓여 있는 자그마한 탁자에 자리를 잡았다. 그는 찻집에 모여 있는 사람들이 그의 가게에 무슨 일이 있었는지 이미 들었으리라는 것을 알고 있었다. 그러나 말을 건네는 사람이 아무도 없었기에 우리엔은 사람들이 자신을 어떻게 생각하고 있는지 도무지 짐작할 수 없었다. 그는 사람들이 자신을 여전히 훌륭한 상인으로 생각하는지, 아니면 반역자로 치부하는지 알고 싶었다.

우리엔은 대화를 방해하는 아이나 여자들 없이 남자들만 모여 있는 이 찻집에 다시 앉아 있는 것에서 잠시나마 위안을 얻었다. 그러나 오늘따라 찻집 분위기는 여느 때와 사뭇 달랐다. 실내를 가득 메우고 있는 남자들은 굳게 입을 다문 채 자리에 앉아서 차를 마시고 있었으며 간혹 대화를 나누더라도 몇 마디 말을 주고받는 것이 전부일 뿐, 금세 침묵에 빠져들었다. 음식을 먹는 사람들도 별로 없었고, 진수성찬을 차려놓고 땀을 뻘뻘 흘리며 게걸스럽게 음식을 먹으면서 술잔을 돌리는 소란스런 남자들의 무리도 보이지 않았다. 찻집 안에 있는 남자들은 모두 단정하게 옷을 차려입고 있었으며 더운 날씨에 땀을 흘리면서도 누구 하나 윗옷을 풀어헤치지 않았다. 아니, 그들은 오히려 두려운 마음에 한기를 느끼고 있는 듯했다.

우리엔은 자리에 앉아 누군가 아는 체하며 말을 걸어주기를 기다리면서 녹차를 주문했다. 조심성 없는 자그마한 종업원이 차를 가져오더니 지저분한 검정색 행주로 찻잔을 닦았지만 우리엔은 그를 나무랄 용기가 없었다. 그는 말없이 찻잔을 입김으로 분 다음 뜨거운 차로 헹구어내고는 잔에 하나 가득 따른 차를 천천히 마시면서 찻집 안에 있는 사람들과 눈을 마주치려고 열심히 사방을 둘러보았다. 사람들이 그에게 인사를 한다면 아무 걱정을 하지 않아도 되겠지만, 그 반대의 경우라면 그의 이름이 반역자의 명단에 올라 있는 것이 틀림없었다. 우리엔의 가게를 쑥대밭으로 만든 학생들은 기물을 파손할 뿐만 아니라 자신들의 표적이 되었던 사람들에게 반역자라는 꼬리표를 달아서 그들의 이름을 신문에 올리고, 담장과 성문에 붙이는 것으로 분을 풀었다.

우리엔은 두 번째 잔을 채우다가 자신과 같은 조합에 속해 있는 남자와 눈이 마주쳤다. 우리엔은 바로 이 찻집에서 이 남자와 여러 차례 식사를 했고, 술을 마신 터였다. 만약 그가 괜한 걱정을 하고 있는 것이라면 남자는 그에게 큰 소리로 인사를 할 것이고, 그럼 우리엔은 남자를 자신의 탁자로 초대하리라. 그러나 남자는 돌덩이를 보기라도 한 것처럼 그에게서 이내 시선을 돌렸다.

'다들 나를 반역자라고 여기는 게 틀림없어.' 우리엔은 가슴이 철렁 내려앉는 것 같았다. 그를 둘러싼 세상은 눈 깜짝할 사이에 변했고, 몇 주 전까지만 해도 대접을 받던 장사는 어느새 반역 행위가 되고 말았다.

우리엔은 입에 머금고 있는 차가 갑자기 짜디짠 소금물처럼 느껴졌고 탁자 위에 동전을 내려놓은 뒤 자리에서 일어나 쫓기듯 밖으로 나갔다. 그러고서 그는 거리를 따라 내려가다가 라오얼이 책을 산 바로 그 좌판 앞에서 걸음을 멈추었고, 신문을 사 들고는 그 자리에 서서 읽어 내려갔다. 신문에는 해안 도시가 화염에 휩싸였으며 그 안에서 군대가 치열한 전투를 치르고 있다고 적혀 있었다. 우리엔은 한때 이름을 날렸으나 이제는 폐허가 되어버린 상점들의 이름을 하나하나 읽어 내려가면서 큰 소리로 신음했다. 그는 왜 이런 일이 일어나야만 하는지 도무지 이해할 수 없었다. 북부지방에서 작은 문제가 발생한 것은 한 달 정도밖에 안 되었지만 학생들은 이미 수년 전부터 동쪽 섬나라 사람들을 경계해야 한다고 서슴지 않고 말해왔다. 그러나 잘나가는 상인치고 누가 그들의 말에 귀를 기울였겠는가? 우리엔과 같은 부류의 상인들은 한창 호황을 누리고 있었으며 그는 매년 한 번 정도 동쪽 섬나라에서 온 상인을 한두 명 만났는데, 그들은 한결같이 예의바르고 친절했다. 한 가지 흠이 있다면 그들은 자국어를 제외한 다른 나라 말을 할 때는 혀가 굉장히 뻣뻣했다. 그러나 우리엔은 예의를 갖추고, 거래를 하기에 충분할 정도로 그들의 말을 배웠으며, 지금까지 그들과 단 한 번도 다투지 않았고 그들 역시 우리엔에게 시비를 걸 이유가 없었다.

나이 든 책장수는 당황한 얼굴로 서 있는 우리엔을 보더니 혹시 배가 아프거나 몸의 어디가 안 좋은 것은 아닌지 물었다. 우리엔은 고개를 내저으며 신문을 접더니 왔던 길을 거슬러 집으로 돌아온 뒤 집을 나설 때와 같은 통로를 지나 안으로 들어갔다.

열린 창문으로 여전히 재잘대고 있는 여자들의 목소리가 들려왔다. 우리엔은 소리쳐 아내를 불렀고, 방 안으로 달음질쳐 들어오는 그녀에게 방으로 식사를 가져다달라고 말했다. 그는 느긋하고 편안하게 식사를 한 후에 가게에 가서 어떤 물건이 남아 있는지 자세히 살펴보리라 마음을 먹었다.

'이제 더 이상 물건을 사지 않을 거야.' 우리엔은 서글픔에 젖어 이렇게 생각했다. '나와 우리 집안은 망했어. 내가 평생 동안 사람들의 존경을 받으며 해온 일이 이제 범죄행위가 돼버렸어.'

링사오는 사위의 마음을 전혀 알지 못한 채 딸이 차려주는 음식을 배불리 먹고 나서 손자들을 머리끝부터 발끝까지 찬찬히 살펴보았다. 이윽고 우리엔의 노모는 방으로 들어가 다시 잠을 청했고, 큰딸과 단둘이 남게 된 링사오는 이 집안에서 딸이 어떤 대우를 받으며 얼마나 행복한지를 알아보려고 온갖 질문을 퍼부었다.

"사위는 전과 다름없이 너를 좋아하니?"

"예전보다 더 좋아하죠." 링사오의 딸은 소리 내어 웃으면서 대답했다. "필요한 게 있을 때면 저만 찾아요. 아범 시중은 꼭 제가 들어야 하죠. 얼마 전에는 새 옷을 해 입으라면서 비단을 줬어요. 그리고 가게가 엉망이 된 다음에는 진열장에 있던 물건들을 진작 꺼내다 저한테 줄 걸 그랬다고 후회하더군요. 매파가 아니었더라도 결혼 전에 저를 알게 됐다면 직접 청혼을 했을 거래요."

"사위가 밤에 나가는 일은 없니?" 링사오는 입을 오므리며 질문을 계속했다. 그녀는 딸에게는 말하지 않았지만 남편이 아내에게 지나치게 다정한 말을 하는 것은 경계해야 할 일이라는 것을 잘 알고 있었다. 이유야 무엇이든 양심에 가책이 될 만한 일을 저질렀기 때문에 보상을 해주려는 마음에 다정한 말을 건네는 것인지도 모르기 때문이었다.

"그런 일은 없어요." 큰딸은 자신만만한 얼굴로 대답했고, 링사오는 그제야 마음을 놓았다. 링사오는 성안에는 자신의 딸과 너무나 다른 여자들이 살고 있다는 것을 한시도 잊은 적이 없었다. 큰딸은 정직하고 정이 많은 여자였으며 이따금 화장을 하더라도 사람들이 이상하게 쳐다볼 정도로 비뚜름하게 칠을 했다. 게다가 그녀는 벌써 살이 찌기 시작했으며 아기에게 젖을 먹이느라고 가슴이 잔뜩 부풀어 있었다. 그러나 링사오는 성안의 여자들이 납작한 가슴에 뱀처럼 가느다란 몸매를 유지한다는 것을 익히 알고 있었다. 그녀들은 우아하고 꼼꼼하게 분칠을 하고 연지를 바르기 때문에 사람들은 세상에 그런 여자가 없다는 것을 알면서도 성안에 사는 여자들을 보면서 맨얼굴이 아닌가 하는 착각을 하곤 했다.

딸네 집에서 즐거운 하루를 보낸 링사오는 집으로 돌아갈 준비를 했다. 그녀는 큰딸이 준 과자를 보자기에 싼 뒤 마지막으로 차를 한 모금 더 마셨다. 그러고서 그녀는 손자들의 볼에 대고 숨을 들이쉬면서 아이들의 자그마한 몸을 다시 한 번 꼭 껴안았고, 안사돈에게 작별 인사를 했다. 우사오는 하루 종일 단 두 가지 이유로만 입을 열었는데, 한 가지는 식사를 가져오라고 말할 때였고, 또 한 가지는 차를 마시고 싶을 때였다. 이윽고 링사오는 큰딸에게 고개를 끄덕여 보이고는 밖으로 나가기 위해 가게 안으로 들어갔다. 가게에는 우리엔 말고도 다른 남자들이 있었기 때문에 그녀는 자기도 제대로 처신할 줄 아는 여자라는 것을 증명하려는 듯 사위에게 말없이 고개를 숙여 보인 뒤 거리로 나섰다.

오늘 밤처럼 도시가 번화해 보인 적은 일찍이 없었다. 상점은 손님들로 북적댔고, 거리는 노점 상인들로 시끌벅적했으며 웃으며 이야기를 나누는 사람들이 끊임없이 오갔다. 바람 한 점 없는 밤공기는 낮보다 더 뜨거웠으며, 더위를 피해 밖에서 잠을 자려고 일찌감치 길가로 침대를 끌고 나온 사람들은 행인들을 구경하기 좋은 곳에 앉아서 저녁 식사를 하고 있었다. 사방에서 웃음소리가 들려왔고, 사람들은 상대방의 이름도 모른 채 큰 소리로 서로를 부르면서 농담을 주고받았다. 링사오의 눈에는 모두가 한 핏줄인 듯 다정하고 즐겁게만 보였다.

'그래, 우리는 모두 한 핏줄이야. 그리고 모두 한족漢族이야. 성안 사람들한테서만 나는 냄새가 있다면 성밖에 사는 우리한테서도 나름대로의 냄새가 날 거야. 우리는 모두 살붙이나 마찬가지야.' 링사오는 편안하게 이러한 생각에 잠겼다.

그녀는 빙그레 웃으면서 집으로 걸어오는 동안 언젠가 들은 적이 있는 일을 떠올렸다. 누군가 그녀에게 외국인들은 태어날 때 머리카락과 눈동자 색깔이 제멋대로라고 말한 적이 있었다.

'불쌍하기도 하지. 만약 그렇다면 나는 아이를 낳을 생각을 하지 못했을 거야. 아기가 사람답게 검은 머리칼과 눈동자를 갖고 태어날지 아닐지도 모르면서 어떻게 낳을 수 있어? 사람답지 못한 아이가 태어난다면 나는 곧바로 그 아이를 버릴 거야.'

링사오는 이런 생각을 하며 집으로 가는 길에 기름진 논밭을 바라보았다. 물이 마른 논에서는 여물어가는 벼가 풍년을 약속하고 있었고 대지는 아무런 탈이 없어 보였다. 땅에 아무런 문제가 없다면 모든 것이 순조로운 법이리라.

가족들은 모두 링사오의 지시를 따랐으며 그녀가 돌아오기만을 기다리고 있었다. 하루 종일 떠나 있다 돌아온 집은 더없이 편안하게 느껴졌고, 링사오는 가족들을 한 명 한 명 바라보면서 모두들 오늘 아침에 떠날 때보다 얼굴이 한결 더 환해진 듯한 기분을 느꼈다. 심지어는 옥마저 더 예뻐진 듯했고, 링사오는 그녀의 예쁘장한 얼굴을 보면서 생각에 잠겼다. '저 아이한테 푹 빠져 있다고 라오얼을 나무랄 수는 없어.' 그러고서 링사오는 큰며느리에게로 생각을 옮겼다. '심성이 곱고 착한 아이야. 앞으론 좀 더 잘해줘야지.' 이윽고 그녀는 막내딸의 손을 잡더니 길쌈을 하느라 박인 못을 내려다보면서 말했다. "내일은 옷감을 짜지 마라. 베틀도 하루쯤은 쉬어야지. 손에다 기름을 좀 바르렴."

링사오가 전에 없이 다정한 모습을 보이자 가족들의 얼굴에는 생기가 도는 듯했다. 그들은 부드럽게 타오르는 불의 온기, 너무 뜨겁지 않은 햇빛, 혹은 너무 차갑지 않은 바람을 즐기기라도 하듯 링사오에게서 풍겨 나오는 다정함을 한껏 즐겼다. 이렇게 가족이 다 함께 앉아서 식사를 하는 동안 그들은 더할 나위 없는 마음의 평화를 누렸다. 링사오는 숨 돌릴 틈도 없이 이야기 보따리를 풀어놓았고, 가족들은 그녀의 말에 귀를 기울였다. 그러나 그녀는 그 많은 이야기를 하면서도 우리엔이 한 말을 전하는 것을 까맣게 잊었다.

이윽고 가족들은 잠자리에 들기 위해 하나둘 식탁을 떠났고, 마침내 링탄 부부만 남게 되었다. 두 사람은 개를 문 밖에 내놓은 뒤 라오산의 잠자리를 준비해주었고, 아들이 잠든 것을 확인한 다음 물소를 맸다. 링탄 부부는 늘 이렇게 집안 단속을 한 뒤에야 잠자리에 들었다. 연못에서 개구리의 울음소리가 은은하게 들려올 뿐, 대지 위에는 적막이 감돌았다. 두 사람은 나란히 자리에 누웠고, 링탄의 가슴은 하루 종일 그의 곁을 떠나 있던 아내를 향한 애정으로 따뜻해졌다. 그는 아내를 향해 팔을 뻗었다.

"둘도 없는 내 마누라. 당신은 세상에서 가장 훌륭한 아내야."
링탄은 나지막이 속삭였다.

그리고 링사오는 남편에게조차 전쟁에 대해 이야기하는 것을 잊었다.

II
죽음의 그림자

 링사오가 큰딸네 집에 다녀온 다음날은 여느 때와 조금도 다름없는 평범한 날이었고, 그 이튿날 링탄은 평상시보다 늦게 일어났다. 그는 늦잠을 잔 것을 깨닫고는 급히 침대에서 빠져나왔다. 아내는 벌써 일어나 있었고, 마당에서는 큰아들이 세수와 양치질을 하고 있는 소리가 들려왔다. 링사오는 날이 밝았으니 모두들 일어나라며 나머지 식구들을 깨우고 있었다. 여느 때와 다름없는 하루가 시작되었고, 가족들은 한자리에 모여 아침 식사를 했으며 링탄은 아들들에게 할 일을 지시했다. 굳이 여느 때와 다른 점을 찾자면, 링탄은 오늘 물소가 언덕에 올라가 풀을 뜯는 대신 밭을 갈기를 원했다.
 "밥을 먹고 난 다음 물소에 쟁기를 매도록 해라. 올 들어 두 번째로 양배추를 심어야 할 때다." 링탄은 막내아들에게 이렇게 말했다.

평소와 다른 점은 아무것도 없었다. 하늘은 구름 한 점 없이 맑았고, 불과 사흘 전에 비가 내린 터라 또 한차례 비가 쏟아지기를 바라기에는 너무 일렀다. 링탄은 오늘 밭을 갈고, 내일은 씨를 뿌리리라 마음먹었다. 그럼 그 다음날에는 비가 오리라.

아들들은 아버지를 따라서 일을 하러 나갔고, 여자들도 저마다 맡은 일을 할 준비를 했다. 링탄은 집을 나서다가 링사오가 옥에게 이야기하는 소리를 들었다. "잠깐 베틀 앞에 앉거라. 실이 어떻게 움직이고, 북이 어떤 역할을 하는지 내 직접 보여주마. 판샤오, 너는 내 대신 네 큰조카를 돌보고 있거라."

차이라면 이게 전부였다. 링탄은 밭으로 나가서 해가 머리 꼭대기에 떠오를 때까지 쟁기를 밀었고 라오산은 마지못해 걸음을 옮기는 물소를 앞에서 끌었다. 이렇게 두 사람이 일하는 동안, 옆에 있는 논에서는 링탄의 두 아들이 말라가는 땅에 괭이질을 하면서 잡초를 뽑았다. 링탄은 드넓은 벌판을 눈으로 훑으면서 자신과 아들들처럼 일하고 있는 남자들을 보았다. 그들은 모두 링탄의 이웃이며 친구였다. 올해는 농사가 잘되었다. 비와 해의 비율이 적당했던 덕에 들판의 곡식은 벌써 풍년을 약속하고 있었다. 링탄은 더 이상 갖기를 원하는 것이 없었으며 남자로서 이 정도면 만족할 수 있을 만큼 충분한 것을 갖고 있다고 생각했다.

이런 상황에서 그가 어떻게 장차 닥칠 일을 예견하고 마음의 준비를 할 수 있었겠는가? 링탄은 아침 나절에 비행기 소리를 들었다. 그것은 이따금 들어본 적이 있기 때문에 익히 알고 있는 소리였지만 이렇게 크게 들리기는 처음이었다. 링탄은 소리나는 쪽으로 고개를 들었고, 하늘에 떠 있는 은빛 물체 위로 빛나는 태양을 보았다. 하늘에는 그가 늘 보아왔던 것처럼 비행기가 한 대만 떠 있는 것이 아니라 여러 대가 무리를 지어서 우아하게 날고 있었다. 링탄은 가을 하늘을 가로지르며 남쪽으로 날아가는 기러기 떼를 제외하고는 이토록 우아하게 나는 것을 일찍이 본 적이 없었기에, 잠시 하늘에 떠 있는 것이 때를 혼동한 기러기 떼가 아닌가 하는 착각을 했다. 그러나 하늘을 날고 있는 무리는 북쪽에서 남쪽을 향하는 대신 동쪽에서 서쪽으로 움직이고 있었으며, 기러기라고 보기에는 너무나 빠른 속도로 이동하고 있었다.

비행기들은 눈 깜짝할 사이에 링탄의 머리 위까지 날아왔다. 그는 비행기를 발견한 순간부터 줄곧 일손을 멈추고 있었고, 다른 농부들도 마찬가지였다. 그들은 비행기의 놀라운 속도와 아름다움에 넋이 나간 듯 두려움을 느끼기는커녕 감탄하면서 고개를 뒤로 젖히고 서 있었다. 그들은 이런 기계를 만들 수 있는 사람은 외국인들뿐임을 알고 있었기 때문에 하늘을 가로지르는 비행기가 외국 것임을 한눈에 알아보았다. 링탄과 이웃들은 부러움보다는 단지 감탄에 겨워서 하늘 높이 조그맣게 보이는 은빛 새를 지켜보았다.

그 순간, 무리에 섞여 있던 비행기 한 대에서 은빛 조각이 떨어져 나오더니 아래로 내려오는 것이 보였다. 은빛 조각은 동쪽으로 조금 치우치며 내려오더니 논 위에 떨어졌고, 들판에 서 있던 사람들은 시커먼 흙이 땅 위로 치솟는 것을 보았다. 링탄과 두 아들을 포함한 농부들은 아무런 영문을 몰랐기에 전혀 두려움을 느끼지 못했으며 단지 무엇이 떨어졌는지 보고 싶은 마음에 은빛 조각이 떨어진 논으로 몰려들었다. 그러나 그들이 발견한 것은 금속 조각 한두 개가 전부였다. 논에는 커다란 구멍이 패어 있었고, 논의 주인은 구멍을 들여다보면서 소리 내어 웃었다.

"지난 10년 동안 내 땅에 못을 하나 파고 싶어도 늘 시간이 없어서 못했는데 이게 웬 횡재람!" 그는 신이 나서 말했고, 농부들은 하늘을 떠다니는 기계가 하는 일은 필요한 곳에 못과 우물을 파고, 물길을 내는 것이 틀림없다고 결론을 내렸다. 구덩이의 너비는 짧은 쪽도 30보가 족히 되었다. 농부들은 앞 다투어 걸음으로 거리를 재어보면서 부러움을 감추지 못했다.

그들은 한동안 구덩이에 정신을 빼앗긴 채 시간을 보냈고, 마음이 가라앉은 뒤에야 무슨 일이 벌어지고 있는지 알아보기 위해 귀를 기울이고 사방을 둘러볼 생각을 했다. 바로 그때 누군가 구덩이가 생길 때 났던 것과 같은 소리가 성안에서 울려오는 것을 들었다. 그는 고개를 들어 10리 정도 떨어져 있는 성벽 너머에서 큰불이라도 난 듯 연기가 뭉게뭉게 피어오르는 것을 보았다. 바람 한 점 없는 허공 위로 여기저기에서 연기가 삐죽이 솟아오르더니 검은 먹구름처럼 꾸역꾸역 하늘로 올라갔다.

"무슨 일이지?" 링탄은 큰 소리로 물었지만 어찌된 영문인지 아는 사람이 아무도 없었기에 아무런 대답도 들려오지 않았다. 자리에 선 채 물끄러미 먼발치를 바라보고 있는 농부들은 하나같이 푸른 옷을 입어서 모두 닮아 보였다. 그들은 성문 너머로 여덟 개의 불기둥을 헤아릴 수 있었고, 한쪽으로 치우친 곳에서 가느다란 불기둥 하나가 더 솟아오르는 것을 보았다. 그 순간, 그들 모두가 불길에 휩싸인 게 틀림없다고 생각했던 비행기들이 시커먼 연기 속에서 치솟더니 조금 전과는 달리 하늘 높이 날아올랐다. 그러고서 비행기들은 햇빛을 받아 반짝이며 하늘에 떠 있는 별처럼 작아지더니 마침내 태양 너머로 사라져버렸다.

농부들은 여전히 잦아들 줄 모르는 연기를 보면서 도무지 어찌된 영문인지를 알 수 없어 답답했지만 모두들 궁금한 마음을 달래며 일터로 돌아갔다. 오늘은 장이 열리는 날도 아닐뿐더러 날씨가 좋았고, 비가 쏟아지기 전에 양배추를 심어야 했기 때문에 그들 중 단 한 사람도 어디에서 연기가 피어오른 것인지 확인하러 가볼 생각을 하지 않았다. 해가 질 무렵, 차츰 잦아들던 연기는 마침내 자취를 감추었고, 그들은 저녁 식사를 하고 내일의 할 일을 위해 휴식을 취할 수 있는 집으로 돌아갔다.

"이야깃거리가 될 만큼 큰일이라면 죽기 전에 귀에 들어오겠지. 그러니 일부러 성안에 가볼 필요는 없다." 링탄은 집으로 돌아가면서 아들들에게 이렇게 말했고, 그들은 모두 웃음을 터뜨렸다. 이윽고 저녁 식탁에 마주 앉았을 때, 그들은 힘 하나 안 들이고도 자신의 땅에 못을 갖게 된 이웃을 부러워했다.

그날 밤, 달은 기울었지만 아직 동이 트지 않아서 사방이 어둠에 휩싸여 있을 때, 링탄은 개가 으르렁대는 소리를 들었다. 그는 아무리 깊이 잠들었다가도 개가 으르렁거리면 이내 눈을 떴다. 개는 낯선 사람이 몰래 집 안에 들어오려 하면 식구들에게 위험을 알리도록 길들여져 있었다. 개는 한두 차례 큰 소리로 짖더니 조용해졌고, 누군가 잠긴 대문을 두드리는 소리가 들렸다. 링탄은 자리에 누운 채 이 밤에 누가 온 것인지 잠시 생각에 잠겼다. 대문 밖에 서 있는 것이 낯선 사람이라면 개가 여전히 짖고 있어야 할 텐데 개는 이내 조용해졌다. 그렇다면 누군가 개를 죽였거나 개가 잘 알고 있는 사람이 왔다는 뜻이리라.

정신이 온전한 사람이라면 칠흑같이 어두운 밤에 일어나서, 대문 앞에 누가 서 있는지도 모른 채 문을 열지는 않을 것이다. 링탄은 아내를 깨운 뒤 그가 다음 행동을 결정하기도 전에 그녀가 뛰어나가지 못하도록 팔을 꼭 잡았다. 링사오는 충동적인 여인이었으며 그녀가 입버릇처럼 말하듯 그 어떤 남자도 두려워하지 않았다. 대문을 두드리는 소리가 들리는 순간, 그녀의 머리에 떠오르는 생각은 문을 열고서 누구인지 확인해보는 것뿐이었다.

"그렇게 무턱대고 덤비다가 혈기왕성한 죄 없는 사람들이 수도 없이 쓰러졌어. 그러고는 다시는 눈을 못 뜨게 됐지." 링탄은 두 손으로 아내의 팔을 붙잡고 말했다.

두 사람이 잠시 이야기를 나누는 동안, 대문을 두드리는 소리는 점점 더 커졌고, 두 사람은 자리에서 일어났다. 이미 집안 식구들은 모두 잠에서 깬 상태였다. 링탄 부부는 밖에 나와 있던 세 아들과 함께 대문 앞으로 걸어갔다. 링탄은 손에 콩기름등을 든 채 말을 해야 할지 말아야 할지 고민하다가 일단 아무 말 없이 밖에서 나는 소리를 들어보기로 마음먹었다. 대문 밖에서는 개가 성이 나기는커녕 신이 나서 아양을 떨며 코를 킁킁대는 소리가 들려왔다.

"맛난 고기를 얻어먹었는지도 몰라요." 라오타가 나지막이 속삭였다.

그 순간, 그들은 문 밖에서 들려오는 여자의 목소리에 깜짝 놀랐다.

"이렇게 아무 소리를 못 들으시다니 …… 혹시 우리 부모님도 돌아가신 건 아닐까요?" 링탄네 가족은 토담 너머로 크고 또렷하게 들려오는 소리를 듣고는 누구의 목소리인지를 이내 알아차렸고, 링사오는 앞으로 달려가서 대문을 당겼다.

"우리 큰딸이잖아요. 이 시간에 자지 않고 예까지 웬일일까요?"

링사오가 대문을 활짝 열어 젖히는 순간, 그녀와 가족들은 전혀 상상하지 못했던 광경을 보았다. 대문 앞에는 한 명씩 아이를 안고 있는 큰딸 내외와 우리엔의 노모 우사오가 서 있었다. 우사오는 지금 있는 곳이 어디인지, 대체 무슨 일이 생긴 것인지 전혀 알지 못하는 듯 어리둥절한 표정을 짓고 있었다. 큰딸네 가족은 옷 꾸러미 서너 개와 찻주전자, 이불, 그릇이 담긴 바구니 그리고 초 한 쌍과 조왕상(像)을 들고 있었다.

큰딸은 아버지와 어머니의 얼굴을 보더니 큰 소리로 울부짖었다.

"다 죽을 뻔했어요." 그녀는 눈물을 흘리며 말을 이었다. "길 쪽으로 열 걸음만 더 가까이 있었더라면 다 죽었을 거예요. 가게는 절반이 무너져 내렸고, 하녀 둘이랑 점원들은 건물 밑에 깔렸어요. 우리는 간신히 목숨만 건졌어요."

큰딸네 가족은 급히 안으로 들어왔고, 링탄은 서둘러 문을 잠그면서 산적들이 도시에 침입한 것이 틀림없다고 생각했다. 산적들이 자취를 감춘 것은 이미 오래전 일이지만 먼 옛날에는 산속에 모여 사는 도적들이 아래로 내려와서 마을을 쑥대밭으로 만들곤 했다.

"성문을 왜 안 닫았던 게냐?" 링탄이 물었다.

"성문을 닫는다고 하늘을 가릴 수 있겠습니까?" 우리엔은 이렇게 되물으면서 어린 아들을 내려놓은 뒤 자기 몸을 내려다보았다. 한참을 걸어오는 동안, 아기는 제 아비의 옷을 퍼붓는 빗속에 걸어둔 것처럼 위아래로 흠뻑 적셔놓았고, 우리엔은 자기 자식이라도 소변을 가리기 전까지는 무릎에 앉히기를 꺼릴 정도로 까다로운 성미였기에 젖은 제 몸을 비참하게 내려다보았다.

"그게 무슨 소린가?" 링탄은 등불을 치켜들고서 사위를 내려다보며 물었다.

"도시가 폭격을 당했어요. 아무 소리도 못 들으셨나요?"

"폭격?" 링탄은 지금까지 한 번도 들어본 적이 없는 말을 되풀이했다.

그 순간 큰딸이 끼어들었다. "아침 나절에 비행기가 도시 위로 날아왔어요. 하지만 우리는 저마다 맡은 일을 하느라 바빠서 전혀 신경을 안 썼죠. 그런데 점원 하나가 문 밖으로 고개를 내밀더니 좀 와서 보라는 거예요. 비행기가 한두 대가 아니라면서 말이죠. 다행히 하늘이 저를 도왔어요. 마침 아기한테 젖을 물리고 있던 참이라 가보고 싶었지만 그럴 수가 없었거든요. 아범과 어머니는 아직 일어나지 않았고, 큰애는 제 발치에서 놀고 있었어요. 하지만 하녀 둘은 밖으로 달려 나갔고, 그 순간 귀청이 떨어질 정도로 요란한 소리가 '쾅!' 하고 들렸어요. 어찌나 놀랐던지 몸이 움찔하면서 젖꼭지가 어린애 입에서 빠져나올 정도였죠. 발밑에서는 땅이 흔들렸고, 사방에서 비명이 들려왔어요. 저 역시 소리를 질렀죠. 벽에서는 석회가 후드득 쏟아졌고, 들보가 탁자 위로 떨어졌어요. 하지만 그건 아무것도 아니에요. 세상에 맙소사, 갑자기 가게가 흔들리더니 북쪽 벽이 무너졌어요. 그 밑에 가게에 있던 물건의 절반이랑 점원 둘이 묻혀버렸어요. 그 중에 한 명은 결혼한 지 얼마 안 됐고, 또 한 명은 더할 나위 없이 정직한 청년이었죠. 어디서 그런 사람을 다시 구하겠어요?"

"일할 가게가 없는데 정직한 점원을 구해봤자 무슨 소용이야?" 우리엔이 고통스러운 듯 말했다.

링사오는 귓전에 들려오는 딸 내외의 대화를 이해하려고 애썼지만 도무지 무슨 말인지 알아들을 수가 없었다. 마침내 그녀는 이해하기를 포기하고 자신이 잘 알고 있는 것만을 생각하기로 했다. 그녀는 이 캄캄한 밤에 딸 내외와 어린 손자들 그리고 넋이 나간 듯한 늙은 안사돈이 지치고 굶주린 채 겁에 질린 얼굴로 자신의 집에 서 있는 것을 보면서 큰 소리로 말했다.

"어서 잠자리를 마련해야겠구나. 새아기야, 너는 불을 지펴서 차를 끓이도록 해라. 그리고 어멈은 다들 요기를 한 뒤 눈을 붙일 수 있도록 국수를 삶도록 해라. 날이 밝은 다음 뭐가 잘못됐는지 알아봐도 늦지 않는다."

링사오는 하늘로부터 공격을 받아서 큰 피해를 입은 곳이 성안을 통틀어서 우리엔의 가게 하나뿐이라고 생각했기 때문에 지난번에 그의 가게를 망가뜨린 학생들이 이번에도 소동을 일으킨 것이 틀림없다고 믿었다.

그러나 옥은 더 많은 것을 이해했다. 그녀는 아무 말 없이 부엌으로 갔고, 라오얼은 뒤를 따라간 뒤 그녀와 함께 아궁이 뒤에 웅크리고 앉았다. 옥이 눈썹을 치켜 올리며 물었다.

"그자들 맞죠?"

라오얼이 대답했다. "그자들 아니면 누구겠어?"

큰딸네 가족이 식사를 마치고, 아이들이 모두 조용해졌으며 이 지붕 아래에서 모두들 어떻게든 누울 곳을 찾아 잠이 들고도 한참이 지난 뒤, 라오얼과 옥은 대화를 나누었다.

"우리 땅을 잃고, 우리 도시를 빼앗긴 거로군요." 옥이 말했다.

"어쩌면 우리 모두 죽게 될지도 몰라." 라오얼은 옥이 싸늘한 주검이 될 수도 있다는 생각에 치를 떨면서 그녀 위로 몸을 숙인 뒤 그녀를 감싸 안았다.

지금 이 순간, 두 사람은 서로를 향한 사랑보다는 앞으로 일어날 일에 대한 증오와 그 일을 막기 위해 아무것도 할 수 없다는 사실에 화가 나 가슴이 미어지는 것을 느끼면서 무기력하게 누워 있었다.

"다른 나라 사람들은 다 갖고 있는 걸 왜 우리만 안 갖고 있는 거죠?" 어둠 속에서 옥이 외쳤다. "왜 우리한테는 총과 비행기 그리고 몸을 숨기고서 공격할 수 있도록 구멍을 뚫어놓은 성벽이 없는 거예요?"

"그런 건 우리한테 장난감에 불과했기 때문이야. 우리처럼 그저 평화롭게 사는 걸 최고로 아는 사람들한테 그런 게 다 무슨 소용 있겠어?"

옥은 아무런 대답 없이 슬픈 얼굴로 생각에 잠겼다. 그녀는 임신이 확실해진 뒤로 그 어느 때보다도 행복한 나날을 보내고 있었다. 살아가면서 아이를 갖는 것은, 그리고 새 생명을 낳고 그 생명이 자라는 것을 지켜보면서 하루하루를 즐겁게 보내는 것은 참으로 행복한 일이었다. 이렇듯 어렵사리 이루어낸 행복을 파괴하는 것은 얼마나 어리석은 짓인가!

"하지만 온 세상이 그토록 사악한 장난감을 갖고 논다면 우리도 그 장난감을 갖고 놀 줄 알아야 해요." 옥은 마침내 이렇게 대답했다.

"그것 역시 어리석은 짓이야." 라오얼은 단호하게 말했다.

두 사람은 밤이 깊도록 앞으로 어떻게 해야 할 것인지를 생각하면서 깨어 있다가 이윽고 스르르 잠이 들었다.

··· 이튿날, 링탄네 가족은 날이 밝았음에도 일할 생각을 하지 않았다. 모두들 더 이상 먹을 수 없을 정도로 배가 찼을 때는 이미 오전의 절반이 지났고, 그들은 남은 시간을 큰딸 내외가 하는 말에 귀를 기울이며 보냈다. 심지어는 우리엔의 노모 우사오마저도 눈을 훔치면서 계속해서 중얼거렸다. "너무 요란했어요. 소리가 어찌나 컸는지 몰라요."

링사오는 이제야 성안에 어떤 일이 일어났는지를 이해했다. 그것은 가게 하나가 무너지는 것처럼 사소한 일이 아니었다. 큰딸 내외는 은빛 계란처럼 생긴 물건이 떨어져 터진 곳 주변에 있는 모든 것이 무너져 가루가 되었다고 전했다.

"사람들은 어찌 되었나?" 링탄이 물었다.

"사람들도 흙으로 만들어지기라도 한 것처럼 산산조각이 났습니다. 팔, 머리, 발, 다리, 창자, 심장 그리고 피와 뼛조각이 사방으로 흩어졌어요."

잠시 침묵이 흘렀다. 모두들 자신의 눈으로 직접 확인하지 않은 것을 믿기 어려워하면서 서로의 눈을 들여다보았다.

"대체 왜요?" 옥이 모두를 대신해서 소리쳤다.

"누가 알겠습니까?" 우리엔이 대답했다. "하늘은 우리 모두 위에 있어요."

큰딸은 다시 흐느꼈고, 란과 판샤오 역시 울기 시작했으며 우사오의 주름진 뺨을 따라서 눈물이 흘러내렸지만 어디에서 죽음이 다가왔는지 아무도 알지 못했기에 위로를 할 수 없었다. 모두들 언젠가 자신의 목숨이 다할 것임을 알고 있는 만큼 죽음에 대해 알고 있었지만, 그들은 꿈처럼 소리 없이 노인을 찾아가거나 낫는 듯하다가도 살며시 병자에게 찾아드는 죽음을 상상했다. 그들이 생각하는 죽음은 침대에 눕혀 보살피고, 땅에 묻은 뒤에도 예를 표할 수 있도록 주검을 온전하게 남기는 것이었다. 그러나 새로이 등장한 죽음은 인간의 정신으로는 도저히 이해할 수 없을 정도로 모든 것을 파괴하는 극악무도한 것이었다.

이윽고 링탄의 가족은 말없이 자리에서 일어나 저마다 할 일을 찾아 움직이기 시작했다. 여자들은 식사를 준비하거나 아이들을 돌보았으며 링탄과 아들들은 밭으로 나갔다. 그러나 쟁기질을 할 줄도 모르고 가축을 다룰 줄도 모르는 우리엔은 밭일에 대해 전혀 아는 것이 없었기 때문에 혼자 우두커니 앉아 있었다. 그는 장사꾼이었기 때문에 팔 물건이 없을 때면 하는 일 없이 시간을 보내곤 했다. 그러나 그는 지금 언제 끝날지 모르는 상황 앞에서 단 한 번도 경험해본 적이 없는 무료함을 느꼈다.

··· 라오얼과 옥은 연못 건너편에 서 있는, 축 늘어진 버드나무 아래를 둘만의 약속 장소로 정했다. 라오얼이 찻집 앞에서 옥을 찾았던 날, 두 사람은 우연히 이곳을 발견했고, 그날 이후 여러 번 이곳을 찾았다. 두 사람은 서로를 사랑하면서도 아침부터 밤까지 단둘이 있을 수 있는 시간이 없었다. 집 안에는 그들의 침실을 제외하고는 어디를 가도 식구들이 있었고, 라오얼과 옥은 해가 지기 전까지는 침실에 들어가는 것을 부끄러워했다. 만약 그랬다가는 식구들이 두 사람의 행동을 손가락질할 것이며 마을 사람들 역시 소문을 듣게 된다면 밤까지 기다릴 줄도 모른다고 비웃을 것이 틀림없었기 때문이다. 그러던 중에 라오얼은 커다랗고 오래된 버드나무 아래로

짙은 그늘이 생긴 것과 나뭇가지가 장막처럼 드리워져 있는 것을 보았다. 그날 이후로 그는 이따금 옥에게 이곳에서 기다려달라고 부탁을 했다. 두 사람은 버드나무 아래에서 대화를 나누거나 나란히 앉아서 미소를 머금은 얼굴로 서로를 바라보곤 했으며 라오얼은 가끔 팔을 뻗어서 옥의 손을 잡기도 했다. 이렇게 시간을 보내다 보면 두 사람에게는 하루해가 짧게만 느껴졌다.

라오얼은 오늘도 아버지를 따라 일터로 나가면서 옥에게 고개를 끄덕여 보였고, 그녀는 한낮이 되면 버드나무 아래로 가서 기다려 달라는 신호를 이해했다. 이윽고 약속한 시간이 되었을 때, 그녀는 남편보다 먼저 버드나무 아래에 도착한 뒤 이끼 낀 바닥에 앉아서 기다렸다. 사방은 고요했고, 그녀를 보고서 놀란 개구리가 연못 안으로 뛰어드는 소리와 점점 커졌다가 잦아들기를 반복하며 단조롭게 울려 퍼지는 매미 소리만이 침묵을 깨뜨리고 있었다. 옥은 이 골짜기에 터를 잡고 있는 세상이 더 이상 전과 같지 않다는 것을 믿기 어려웠지만 엄연한 사실임을 알고 있었다. 그녀는 남편이 우연찮게 사다준 책 덕분에 남자들 사이에서 어떻게 평화가 무너져 내릴 수 있는지, 그리고 평화가 깨진 뒤 남자들이 서로에게 무슨 짓을 하는지를 알게 되었다. 그들은 전쟁을 하는 동안 욕망과 싸움 그리고 살인의 포로가 될 뿐만 아니라 서로를 고문하고 인육을 먹기까지 했다. 옥은 평화가 사라진 세상에서 남자들은 야만적이고 짐승 같은 행동을 일삼게 된다는 것을 알고 있었다.

'어떻게 이런 세상에서 무사할 수 있을까? 그리고 어떻게 우리 아기를 안전하게 지킬 수 있을까?' 옥은 생각에 잠겼다.

그녀는 문득 그날 찻집 앞에서 보았던 청년을 떠올렸다. 그는 사람들에게 적의 손에 들어가지 않도록 집과 식량을 모조리 태울 수 있냐고 물었고, 그녀는 그 많은 사람 가운데에서 혼자 일어나, "할 수 있습니다!"라고 대답했었다.

'하지만 그때는 뱃속에 아기가 없었어.' 옥은 상념에 잠긴 채 자리에 앉아 있었다.

새 생명을 잉태하면서 완전한 여자가 된 지금, 그녀는 생명보다 더 소중한 것은 없다는 생각을 하면서 모든 일을 제쳐두고라도 자신이 맡은 임무를 완수하리라 결심했다.

그 순간, 라오얼이 푸른 버드나무 가지를 젖히며 들어오더니 옥의 옆에 앉았다. 그러고서 그는 구릿빛 몸과 얼굴에 송골송골 맺혀 있는 땀을 닦았다.

"내 안에 생긴 변화에 대해 생각하고 있었어요. 우리 아기의 목숨 말고는 아무것도 생각할 수 없다니, 이런 제 자신이 정말 놀라워요." 옥이 말했다.

"그건 당연한 거야. 안 그랬다가는 언젠가 인간의 대가 끊기고 말 거야. 일하는 내내 곰곰이 생각해봤는데 이제야 어떻게 해야 할지 알겠어. 집을 떠나는 거야. 적의 손길이 닿지 않는 곳으로 가야겠어. 당신은 그곳에서 몸을 풀면 돼."

"부모님 댁을 떠나겠다는 거예요? 아버님께서 뭐라고 하실 텐데요."

"아버지께는 그럴 듯한 이유를 댈 수 있을 때까지 말씀드리지 않을 작정이야." 라오얼이 말했다.

그는 옥의 손을 잡고는 잠시 동안 그대로 있으면서 생각에 잠겼다. 임신 사실을 안 뒤로 옥은 전에 없이 부드러워졌고, 그런 그녀

죽음의 그림자 107

의 모습을 보는 것은 참으로 행복한 일이었다. 옥 역시 남편에게 손을 맡긴 채, 자신이 맡은 임무를 다하는 동안 남편이 안전하게 지켜줄 것임을 믿으면서 무한한 행복을 느꼈다. 그러자 오랫동안 그녀를 괴롭혀온 불안감이 잠시나마 사라져버렸다.

"당신이 시키는 대로 뭐든지 하겠어요." 옥이 말했다.

"난 언제나 당신 곁에 있을 거야."

라오얼은 아쉬운 만남을 뒤로하고 자리에서 일어나 일터로 돌아갔고, 옥은 최근에 배우기 시작한 길쌈을 계속하기 위해 베틀 앞으로 돌아갔다. 머지않아 집을 떠날 거라면 길쌈을 배우는 것은 어쩌면 시간 낭비인지도 몰랐다. 그러나 천을 짤 줄 아는 것이 언젠가 유용하게 쓰일지도 몰랐다.

"어디에 다녀오는 게냐?" 링사오가 밖에서 들어오는 옥을 보며 물었다.

"아범을 만나고 오는 길입니다." 옥은 시어머니가 자신이 부끄러워하지 않는 것을 의아히 여기리라는 것을 잘 알면서도 차분한 목소리로 이렇게 대답한 뒤 하던 일을 계속했다.

··· 비행기가 다시 날아왔을 때, 링탄은 성안에 있었다. 링탄과 그의 아들들 그리고 심지어는 우리엔마저도 마을을 한차례 공격하고 돌아간 비행기가 다시는 돌아오지 않을 것이라고 너무나 순진하게 믿었다. 성안에 있는 많은 사람들이 그들과 같은 생각을 하면서 폐허를 딛고 일어나 다시 건물을 짓거나 부서진 집을 수리하기 시작했다. 지진이나 뇌우_雷雨_ 같은 천재지변이 연이틀 일어날 것이라고 생각하는 사람이 없듯, 비행기가 다시 몰려올 것이라고 믿는 사람도

전혀 없었다. 링탄은 성안에 무슨 일이 벌어졌는지 직접 가서 확인하기 위해 아들들에게 일을 맡겼다. 아들들까지 일손을 놓을 필요가 없다고 생각한 링탄은 혼자서 집을 나섰다. 그런데 얼마 지나지 않아 그의 뒤에서 흙길을 달려오는 발자국 소리가 들렸다. 뒤를 돌아보니 막내아들이 따라오고 있었다.

"무슨 일이냐?" 링탄이 소리쳐 물었다.

"아버지, 저도 따라가게 해주세요." 라오산이 숨을 헐떡이며 말했다.

"성안에 잔치가 열린 것도 아닌데, 왜 따라오겠다는 게냐?"

라오산은 눈을 내리깐 채 발끝으로 흙길 위에 동그라미를 그리면서 시무룩하게 말했다.

"저도 가고 싶어요."

링탄은 어느새 어린애티를 벗은 아들을 바라보면서 입씨름을 할지 말아야 할지 잠시 망설였지만, 날씨가 너무도 화창했기에 말싸움을 하지 않기로 했다. 사실 그는 궂은 날에도 말싸움하는 것을 좋아하지 않았으며 가능하면 언제나 다툼을 피하려 했다.

"이런 말썽꾸러기 같은 녀석. 그래, 같이 가자꾸나." 링탄은 이렇게 말한 뒤 껄껄 웃었고, 라오산은 고개를 들었다. 이윽고 아버지와 아들은 짚신 발로 자갈길을 밟으며 가볍게 걸음을 옮겼다. 전날, 비는 내리지 않았지만 날씨가 흐렸던 탓인지 구름이 사원의 지붕과 탑 꼭대기에 걸려 있었다. 그러나 오늘은 벌써 한여름이 가고 가을이 오기라도 한 듯 시원한 바람이 불어왔다. 링탄과 라오산은 공기방울이 물속에 가라앉아 있지 못하고 떠오르는 것처럼 즐거운 마음을 억누를 수 없었다. 그들은 푸른 하늘 아래, 풍성하게 곡식이 여물어가는 논밭에 둘러싸여 하늘을 날 듯한 기분을 느꼈다.

이윽고 두 사람은 남문을 통해 성안에 들어서서 거리를 둘러보았지만 오가는 사람들의 침울한 표정을 제외하고는 이렇다 할 변화를 찾아볼 수 없었다. 이 도시는 본래 성안에 사는 사람들의 쾌활한 성격으로 유명했다. 오랜 역사를 간직하고 있는 이 도시에는 수세기 동안 왕과 황제처럼 한가로이 지내면서 백성들의 돈으로 호의호식하고, 다시 그 돈을 백성들에게 아낌없이 나누어주던 통치자들이 살아왔다. 어디를 가든 밤낮으로 웃음소리와 음악 소리가 끊이지 않았고, 부자들이 차지할 수 있는 아름답고 젊은 여자들이 넘쳐났으며 심지어는 가난한 사람들도 손색이 없는 여자를 얻을 수 있었다. 또한 도시 곳곳에 웅장한 사원과 정교한 탑이 자리 잡고 있었고, 호수 위에는 나무를 조각해서 만든 유람선들이 떠다녔다. 그러나 이제 모두 옛이야기가 되고 말았다.

혁명이 일어난 뒤로 왕과 황제는 사라졌지만 성안에는 여전히 통치자가 존재했으며 이들 역시 아름다운 궁전과 주택을 새로 건설했다. 그리고 새로운 양식으로 지어진 건물들은 벽에서 물이 나오고, 전등에는 손만 갖다 대면 바로 불이 들어왔다. 새로운 통치자들 역시 백성들의 돈을 가져갔지만 연회와 오락을 베풀면서 후하게 그 돈을 돌려주었다. 덕분에 성안 사람들은 여전히 풍요롭고 유쾌한 생활을 했으며, 곳곳에 멋진 상점들이 문을 열어 사람들은 몇 년 전까지만 해도 듣도 보도 못했던 물건들을 살 수 있게 되었다. 인력거를 끌거나 등짐을 지고 나르는 신분이 낮은 사람들은 이제 밤이 되면 종이 갓을 두른 촛불 대신, 아무리 바람이 불어도 꺼지지 않는 손전등을 사서 들고 다닐 수 있었다. 사람들은 내일이 되면 또 어떤 새로운 물건이 등장할 것인지 기대하면서 하루하루를 즐겁게 보냈다. 그들은 이렇게 좋은 물건들이 모두 바다 건너에서 온 것임을 알고 있었기에 이런 물건들을 만든 외국인을 높이 평가했으며 당연히 칭찬을 받아 마땅한 훌륭한 사람들일 것이라고 생각했다. 그러나 비행기가 도시 위로 날아온 뒤로는 더 이상 그렇게 생각하는 사람이 없었다.

링탄은 오늘 거리에서, 그리고 아들과 함께 목을 축이기 위해 들른 찻집에서 사람들이 시무룩하게 이야기하는 소리를 들었다. 그들은 삶의 터전인 도시가 이렇게 망가질 정도의 재앙을 감수하느니 바다 건너에서 온 물건이 아무리 좋아도 차라리 갖지 않는 편을 택하겠다고 말했다.

"대체 어디가 무너진 겁니까?" 링탄은 종업원에게 이렇게 물었고, 자신의 질문에 갑자기 서럽게 우는 종업원을 보면서 깜짝 놀랐다.

"저는 북문교에 맞닿은 길에 흙과 짚으로 지은 자그마한 집을 한 채 갖고 있었습니다. 부잣집 옆에 나란히 서 있었죠. 그런데 우리 집이 그 부잣집이랑 같이 없어져버렸어요. 부잣집에서는 누가 깔려 죽었는지 모르지만 제 가족은 모두 목숨을 잃었습니다. 여기서 일하고 있지 않았더라면 저도 가족들과 같이 세상을 떴을 겁니다. 차라리 그래야 했어요! 저한테는 두 살 터울인 아들이 둘 있었어요."

링탄은 가족을 잃고 슬퍼하는 종업원을 위로하고 싶은 마음에 동전 한 닢을 더 건넨 뒤, 폐허가 되었다는 거리를 보기 위해 아들과 함께 찻집을 나섰다. 그는 이번 일에 대해 숱한 이야기를 들었지만 눈앞에 펼쳐져 있는 광경을 받아들일 만한 마음의 준비가 되어 있지 못했다. 장정 스무 명이 100일 동안 힘을 합친다고 해도 눈 깜짝할 사이에 이곳에서 벌어진 일을 원상태로 돌려놓지는 못했을 것이다. 링탄은 우두커니 서서 벽돌과 회반죽 그리고 들보와 흙먼지가 사방으로 흩어져 있는 거리를 하염없이 바라보았다. 사람들은 서럽게 울면서 괭이를 들고 있는 서너 명을 제외하고는 맨손으로, 혹은 쇠붙이로 수북이 쌓여 있는 건물의 잔해를 파헤치고 있었다. 그 순간, 사람들이 들어 올린 무너진 건물 사이에서 남편의 발을 발견한 한 여인이 커다란 소리로 울부짖었다.

"발만 봐도 남편인지 알 수 있어요!" 여인은 하염없이 눈물을 흘리며 말했다. 사람들이 계속해서 잔해를 파헤쳤지만 가엾게도 발과 다리의 일부분을 제외하고는 남자의 시신은 남아 있지 않았다.

링탄은 온몸이 흔들릴 정도로 방망이질하는 가슴을 안고서 눈앞의 광경을 지켜보다가 갑자기 들려오는 격한 구역질 소리에 뒤를 돌아보았다. 그의 아들 라오산이 먹은 것을 모두 토하고 있었다.

"정말 참기 힘든 광경이구나. 그럴 만도 하지. 그래, 다 게워내거라. 참고 삼켰다가는 네 몸에 독이 될 거다." 링탄은 아들이 먹은 것을 모두 토할 때까지 기다렸다. 이윽고 그는 아들이 입을 가시고, 따뜻한 차로 빈속을 달랠 수 있도록 다시 찻집으로 데리고 갔다. 링탄은 항상 자신감에 차 있던 라오산이 나약한 모습을 보인 것을 수치스러워하고 있음을 눈치채고 다정하게 말했다. "이런 모습을 보고서 구역질을 하는 건 전혀 부끄러운 일이 아니다. 참된 인간이라면 속이 뒤집히고 화가 치미는 게 당연하다. 죄 없는 이곳 사람들이 당한 일을 보고도 아무런 감정을 못 느낀다면 짐승이나 다를 바 없지."

두 사람은 심각한 얼굴로 말없이 앉아 있었고, 링탄은 왜 이렇게 도시가 처참히 파괴되었는지를 곰곰이 생각하면서 가슴이 더욱 더 무거워지는 것을 느꼈다. 그 순간, 한 청년이 찻집 안으로 들어왔다. 그는 요즘 들어 사람들이 모여 있는 곳이라면 어디서든 볼 수 있는 학생들 중 한 명이었다. 청년은 찻집에 사람들이 스무 명가량 모여 있는 것을 보더니 의자 위에 올라서서 이야기를 하기 시작했다.

"이 나라를 사랑하는 여러분, 잠깐 제 이야기를 들어주십시오. 어제 우리의 적이 도시 위로 날아와서 폭탄을 떨어뜨렸습니다. 이로 인해 주택과 상점이 파괴되었고, 어린이를 포함한 수많은 사람이 목숨을 잃었습니다. 전쟁이 시작된 것입니다. 이제 우리도 적에 맞서 싸울 준비를 해야 합니다. 우리는 목숨이 다할 때까지 저항해야 합니다. 그 다음에는 우리의 자식들이 뒤를 이어서 적에게 맞설 것입니다. 용감한 시민 여러분, 제 말을 잘 들으십시오! 지금 당장은 적의 뜻대로 되고 있는 듯 보이지만, 그들은 결국 실패하고 말 겁니다. 놈들은 벌써 400리가 넘게 쳐들어왔습니다. 우리는 그들이 또다시 400리를 진군하지 못하도록 막아야 합니다. 그러나 우리의 노력에도 불구하고 그들이 또다시 400리를 밀고 들어온다면 우리는 그 다음 400리를 지켜야 합니다. 싸웁시다! 다같이 싸웁시다!"

라오산은 청년의 용기 있는 연설을 듣더니 "좋습니다!"라고 외쳤고, 다른 젊은이들도 힘차게 호응을 했다. 하지만 링탄은 자신의 빈손을 내려다보며 큰 소리로 물었다.

"하지만 어떻게 싸우라는 게요?"

그러나 청년은 이미 의자에서 내려와 다른 장소로 이동한 뒤였고, 링탄과 마찬가지로 손에 아무것도 든 것이 없는 사람들은 아무런 대답도 하지 못했다.

그 순간, 그들의 빈손을 비웃기라도 하듯 동쪽 하늘에서 갑작스런 굉음이 들려왔다. 그들은 이제 자신의 심장 소리만큼이나 이 소리가 무엇인지 잘 알고 있었다.

"비행기다 …… 비행기……." 사람들은 숨을 헐떡이며 말했고, 링탄이 머뭇거리고 있는 동안 찻집 안은 어느새 텅 비어버렸다. 이제 남은 사람은 링탄과 라오산 그리고 종업원뿐이었다.

"손님도 빨리 몸을 피하시는 게 좋을 겁니다." 종업원이 말했다.

"이런 재난 앞에서 어디로 몸을 피한단 말입니까?" 링탄이 소리 높여 말했다. "그리고 댁은 왜 피하지 않는 거요?"

"저는 그럴 필요가 없습니다. 이 몸뚱이 하나 빼고는 이미 모든 걸 다 잃었거든요." 종업원이 대답했다.

소름 끼칠 정도로 오싹한 굉음이 점점 더 가까워지는 동안에도 종업원은 텅 빈 찻집 안을 오가면서 탁자를 닦았고, 손님들이 절반 정도 잔에 남겨둔 차를 한곳에 모았으며 의자들을 반듯하게 정리했다. 이제 비행기 소리는 귀가 먹먹할 정도로 가까워졌다. 링탄은 아들에게 무언가를 말하려 했지만 그의 목소리는 자신의 귀에조차 들리지 않았다. 그는 겁에 질려 얼어붙은 아들의 얼굴을 보고는 누구나 제명이 다하기 전에는 마음대로 죽지 못하는 법이니 겁낼 필요가 없다고 말하려던 참이었다. 그러나 굉음에 목소리가 묻혀버린 지금, 그는 손을 내밀어 아들의 팔 위에 얹었다. 그 순간, 종업원이 다가오더니 떨어지는 벽돌에 다치지 않도록 탁자 밑에라도 숨으라는 몸짓을 해 보였다. 링탄과 아들은 겨우 탁자 밑으로 기어들어간 뒤 몸을 웅크리고 있었고, 종업원은 찻집 안을 이리저리 오가면서 떠났던 손님들을 다시 맞을 수 있도록 실내를 정돈했다. 링탄은 당장이라도 지붕이 무너져서 탁자와 함께 그 밑에 파묻힐지도 모르는 상황에서 자신이 종업원이라면 그렇게 행동할 수 있을지 생각해보았다. 링탄은 지금 자신이 두려워하고 있음을 알았으며, 무사히 집으로 돌아갈 수 있기를 간절히 바랐다.

갑자기 천둥소리처럼 고막을 찢을 듯한 요란한 소리가 들렸다. 링탄은 이웃의 밭에 무언가가 떨어져서 터지는 것을 보고 들은 터라서 무슨 일이 벌어지고 있는지를 알았다. 그는 재빨리 얼굴을 가렸다. 자신의 죽음이 가까움을 느꼈기 때문만은 아니었다. 그는 폭탄이 터질 때마다 누군가가 죽고 있다는 것을 알았다. 밖에서 나는 소리를 듣는 동안 그는 고막이 바르르 떨리면서 부풀어 오르고, 눈동자가 빠질 것만 같은 기분을 느꼈으며 숨조차 제대로 쉴 수가 없었다. 링탄은 아들에게로 시선을 돌렸다. 겁에 질린 라오산은 두 다리 사이에 머리를 파묻은 채 웅크리고 앉아서 무릎으로 귀를 누르고 있었으며 두 팔로 다리를 감싸 안고 있었다.

두 사람은 이렇게 한없이 길게만 느껴지는 순간을 버텼고, 이윽고 무시무시한 비행기가 머리 위로 지나가고 난 뒤, 잠시 동안 침묵이 흘렀다. 그러나 바깥은 다시 시끌벅적해졌는데 이번에는 불 때문이었다.

"자, 그만 돌아가자꾸나. 어서 여기를 떠나야겠다." 링탄은 아들을 향해 외쳤다.

그는 탁자 밑에서 기어 나와 아들의 손을 잡고 밖으로 나갔지만 활활 타오르는 불길 앞에서 차마 걸음을 뗄 수 없었다. 무너진 건물 안에 갇힌 사람들의 비명을 어떻게 잊는단 말인가? 불길에 휩싸인 자신의 집과 사랑하는 이의 주검 앞에서 사람들이 목 놓아 울던 모습을 어찌 잊는단 말인가?

"아니다, 그 전에 도울 만한 일은 없는지 살펴봐야겠다." 링탄은 아들에게 이렇게 말했다. 예로부터 사람들은 재난이 닥치면 저절로 해결될 때까지 못 본 체하는 것이 가장 좋다고 이야기하곤 했다. 링탄 역시 이런 일에 섣불리 간섭했다가는 죽은 사람뿐만 아니라 산 사람까지 책임져야 하는 일이 생길지도 모른다는 것을 알고 있으면서도 불 앞으로 다가갔다. 그러나 이렇게 엄청난 재앙 앞에서 나약한 인간의 힘으로 무엇을 할 수 있단 말인가? 남자 서너 명이 양동이로 물을 퍼붓고 있었지만 불길은 그들의 행동을 비웃으며 덤벼들었다. 결국 그들은 모든 것을 포기한 채 우두커니 서서 타오르는 불길을 바라볼 뿐이었고, 거침없이 번지던 불은 새로 난 널찍한 길 앞에 이르러서야 불만스러운 듯 '쉭' 하는 소리를 내며 멈추더니 마침내 검은 연기와 재를 남긴 채 사라져버렸다.

혁명이 일어난 후에 정권을 잡은 통치자는 넓고 곧은 길을 내고 싶어했으며 신작로가 뚫리는 동안 사람들은 많은 고통을 겪어야 했다. 통치자는 길이 지나는 곳에 서 있는 건물은 닥치는 대로 헐어버렸으며 심지어는 사원마저도 무너뜨렸다. 사람들은 처절하게 하소연을 해보았지만 총 한 자루 없이 빈손인 그들은 당시에도 지금과 마찬가지로 속수무책이었다. 그러나 그들은 오늘, 불길을 막아준 신작로가 고맙기만 했다. 게다가 그들은 적들이 만들어놓은 폐허가 길이 뚫릴 당시의 모습과는 비교도 안 될 만큼 끔찍하다는 것을 눈으로 확인한 터였다.

이윽고 링탄은 아들과 함께 조용히 그 자리를 떠났다. 두 사람은 그 어느 때보다도 대지와 흙이 고맙게만 느껴졌다. 링탄은 앞장서서 걸으며 한마디도 하지 않았고, 라오산도 입을 굳게 다문 채 그를 따라 걸었다. 그들은 저녁 나절에야 마을에 도착했다. 마을 사람들은 외길을 따라 걷는 랑탄 부자를 보고는 성안에서 무엇을 보았냐고 소리쳐 물었다. 랑탄은 그때마다 걸음을 멈추고서 성안에서 보고 들은 이야기를 했고, 사람들은 좁은 자갈길 위에 모여 서서 그의 말에 귀를 기울였다. 그의 말을 가로막는 사람은 아무도 없었으며 그가 이야기를 마친 뒤에도 한참 동안 침묵이 흘렀다. 이윽고 해가 바뀌면 아흔 살이 되는, 마을에서 가장 나이 많은 노인이 입을 열었다.

"옛날처럼 사는 게 좋았어. 그때는 우리는 우리 땅 안에만 머물고, 타국 사람들도 자기들 나라를 벗어나지 않았지. 타국인들을 좋은 사람들이라고 말하는 이도 있지만 내가 볼 땐 말일세, 우리한테 닥친 재앙이 다 그 사람들 때문에 생겨난 거야. 그리고 그들의 사악함은 선함을 능가하지. 타국에서 만든 물건이 우리나라에 들어오지 않았더라면 좋았을 텐데…… 그 사람들은 하늘이 정해준 곳에 머물렀어야 해. 바다 건너 저 먼 곳에 말일세. 하늘이 바다를 만든 데는 다 그럴 만한 이유가 있는 거야. 헌데 그 사람들은 바다를 건너면서 하늘의 뜻을 어긴 거라네."

사람들은 마을 어른에 대한 예우로 그의 이야기를 끝까지 들은 뒤 서글픈 가슴을 안고서 각자 집으로 돌아갔다. 그날 밤, 랑탄의 가족은 자신들의 피붙이가 죽기라도 한 것처럼 슬퍼하면서 한숨을 쉬었다. 이윽고 랑탄은 집안 여자들과 아이들 그리고 자신보다 젊은 집안 남자들 앞에서 위엄을 보여야겠다고 생각하면서 다들 조용히 하고 자신의 말에 귀를 기울이라고 명령했다.

가족들은 모두 함께 있기를 갈망했기 때문에 여느 때와 달리 남녀를 가릴 것 없이 한자리에 모였고, 안뜰에 놓여 있는 탁자를 둘러싸고 앉았다. 이런 상황에서 음식이 넘어갈 리 만무했는지 탁자 위에는 거의 손을 대지 않은 듯한 음식이 놓여 있었다. 그들을 에워싼 여름 하늘과 들판에는 침묵이 감돌았고, 밤공기는 뜨겁고 고요했다. 링탄네 가족들은 너나없이 아무런 죄 없는 자신들에게 들이닥친 재앙을 생각하고 있었다.

링탄은 가족들을 한 명 한 명 둘러보면서 자신을 향하고 있는 그들의 시선에 가슴이 따뜻해지는 것을 느꼈다. '어떻게 해야 내 가족을 지킬 수 있을까?' 그는 흉작이나 홍수 같은 문제라면 얼마든지 해결할 수 있었으며 심지어는 질병으로부터도 가족들을 지킬 수 있을지 몰랐다. 그리고 사람 사는 세상에서 흔히 볼 수 있는 가난이나 악독한 고리대금업자 혹은 혹독한 치안판사로부터도 가족을 지킬 자신이 있었지만 지금 그가 할 수 있는 일이라고는 아무것도 없었다.

"난 내 가족을 구할 수 없어." 링탄은 소리 높여 말했다. "태어나서 단 한 번도 겪어본 적 없는 이 재앙 앞에서 내 자신조차도 구할 수 없기 때문이지. 나는 오늘 사위한테서 말로만 들은 것을 내 눈으로 똑똑히 봤다. 그리고 며칠 전과 오늘 벌어진 일이 내일 또 반복되리라는 걸 이제야 깨달았다. 하지만 이 무시무시한 외국 무기 앞에서 우리가 가진 거라곤 알몸뚱이 하나뿐이야. 하늘은 우리 인간이 악을 범하지 않으면서 선하게 살기를 바랐기 때문에 인간을 부드럽고 상처받기 쉬운 살로 만들었지. 인간이 서로에게 무슨 짓을 하게 될지 미리 알았더라면, 하늘은 인간에게도 거북의 등딱지를 씌웠을 게다. 우리가 그 안에 머리랑 팔다리를 숨길 수 있도록 말이다. 하지만 하늘은 우리를 그렇게 만들지 않았어. 그리고 인간의 힘으로는 지금 모습을 바꿀 수도 없으니 무슨 일이 닥치건 감내할 수

밖에 없다. 다행히 목숨을 부지할 수 있으면 좋겠지만, 죽어야 한다면 이 또한 받아들여야지."

링탄은 이렇게 이야기를 이어가면서 자신을 응시하고 있는 가족들의 얼굴을 하나하나 바라보았다. "첫째랑 둘째, 너희는 이제 장성한 어른이다. 그리고 사위, 자네는 이 두 아이보다 어른일세. 그러니 할 얘기가 있거든 어서 말해보게나."

두 아들은 우리엔이 먼저 말하기를 바라면서 그를 바라보았고, 우리엔은 헛기침을 한 뒤 입을 열었다.

"저 역시 제 몸 하나 구할 방법이 없습니다. 그리고 제 가족을 이끌고 장인어른 댁에서 신세를 지게 되어 죄송할 따름입니다. 저는 물건을 사고파는 것 말고는 할 줄 아는 게 없는 놈입니다. 그런데 지금 이 마당에 누가 물건을 사러 오겠습니까? 전쟁이 터지면 우리 같은 사람들은 그저 몸을 피하고, 목숨을 부지하면서 다시 평화가 찾아오기를 바랄 뿐이죠."

그 다음은 라오타가 입을 열었다. "하늘에서 불덩이가 떨어질 때, 우리가 할 수 있는 일은 두 가지뿐입니다. 하나는 불덩이로부터 멀리 달아나는 거고, 또 하나는 그냥 떨어지는 불덩이 아래에 서서 참아내는 거죠. 저는 이 두 가지 중에서 아버지가 선택하시는 것을 따르겠습니다."

"저는 달아나는 쪽을 택하겠어요." 둘째 아들 라오얼이 말했다.

링탄은 세 사람의 이야기를 모두 들은 뒤 결론을 내렸다.

"땅만 없다면 나 역시 이곳을 떠날 거다. 그리고 너희처럼 젊다면 역시 이곳을 떠날지도 모르지. 누구든 집을 떠나고 싶다면 잡지 않겠다. 하지만 나는 내가 태어나서 평생을 살아온 이곳에 남을 거다. 도시 전체가 무너지고, 거리에서 만나는 사람들이 이야기하는 것처럼 나라 전체가 무너진다 해도 나는 여기에 남겠다. 그러니 나와 뜻을 같이하는 사람은 여기에 남고, 떠나고 싶은 사람은 누구든 가도 좋다."

라오얼은 비난을 받은 듯한 기분을 느끼면서 큰 소리로 외쳤다.

"저를 나무라시는 거로군요!"

"아니다." 링탄은 부드러운 목소리로 말했다. "네가 떠난다니 차라리 잘됐다는 생각을 하던 참이다. 집에 남은 가족들이 모두 죽는다 해도 이 세상 어딘가에서 네가 우리 집안의 대를 이을 거 아니냐. 대신 전쟁이 끝나면 반드시 집으로 돌아와서 우리의 생사를 확인해다오. 그리고 우리가 모두 죽었다면 위패를 세우고 향을 피워다오. 땅을 되찾는 것도 잊어서는 안 된다."

"꼭 그렇게 하겠습니다." 라오얼이 말했다.

남자들 사이에 대화가 오가는 동안, 여자들은 자신들이 나설 때가 아니라고 생각하면서 침묵을 지켰다. 그녀들은 자신이 서야 할 자리가 어디인지를 분명히 이해했기에 각자 마음의 준비를 단단히 했다. 얼마 지나지 않아 모여 있던 가족들은 뿔뿔이 흩어졌고, 여자들은 저마다 남편에게 자신의 생각을 이야기했다. 우리엔의 아내는 고향 집에 머무는 것이 좋았을 뿐만 아니라 성안에서 벗어나 있는 이상 안전할 것이라고 믿었기 때문에 아무런 의견도 내세우지 않으면서 조리 있게 말했다고 남편을 칭찬했다. 옥 역시 단호하게 자신의 뜻을 밝힌 남편을 칭찬했다. 그러나 란은 한숨을 쉬면서 자신도 아이들과 함께 비행기가 날아올 수 없는 곳으로 피하고 싶다고 말했다.

"동쪽에 살던 사람들이 모두 서쪽으로 피난을 간다면 이곳을 적에게 통째로 내주는 것과 마찬가지야. 아버지 말씀이 옳아. 우리는 땅을 지켜야 해." 라오타가 란에게 말했다.

"하지만 동서는 떠나잖아요." 란은 옥을 좋아하지 않았다. 옥이 그녀의 말 상대가 되어주지 않을 뿐만 아니라 잠시라도 틈만 나면 방으로 들어가서 책을 읽기 때문이었다. 게다가 지금까지 집안에 손자를 낳아준 유일한 며느리였던 란은 옥이 임신을 했다고 하자 질투를 느끼기까지 했다. 사실, 그녀는 옥이 아이를 갖지 못하기를 남몰래 바라왔던 터였다. "책을 좋아하는 여자한테는 아기가 들어서지 않는 법이죠." 란은 입버릇처럼 이렇게 말했지만 옥은 란의 생각이 틀렸다는 것을 증명해 보였다.

한편 링사오는 당연히 있어야 할 곳인 이 집과 이 땅에 남기로 결정한 남편을 진심으로 칭찬했다.

"우리가 다른 곳으로 가고 나면 다들 여기를 넘볼 거예요. 적들보다도 우리 마을에 있는 사람이 먼저 그럴지도 모르죠. 닭이 옥수수 알을 쪼아 먹듯 허구한 날 책만 들이파고 있는 당신 팔촌 내외 말예요. 우리 대신 집을 돌본다는 핑계로 이 크고 좋은 집에 신이 나서 들어올걸요. 차라리 도둑이 들어오는 게 낫죠. 그럼 욕이라도 실컷 하고, 고소라도 할 수 있잖아요. 하지만 당신 친척한테는 아무리 싫더라도 언제나 예를 갖춰서 말해야 하고, 진짜 마음에 있는 얘기는 할 수도 없어요."

셋째 아들 라오산은 아무도 자기 생각을 물어보지 않았기 때문에 아무 말도 하지 않았다. 성안에서 보았던 광경을 떠올리자 먹은 것이 다시 목구멍으로 넘어왔다. 두려움보다는 분노 때문이었다. 그는 혈기 넘치는 젊은 마음으로 어떻게 하면 적에게 복수할 수 있을지 궁리하느라 밤새 잠을 이루지 못했다. 그는 너무 어리고 무력한 자신을 원망하면서 눈물을 흘리며 손톱을 물어뜯을 정도로 괴로워했지만 식구들 중에 이런 그의 마음을 눈치챈 사람은 아무도 없었다. 막내딸은 가족들간에 오간 대화를 거의 이해하지 못했으며 무슨 생각을 해야 할지도 모르는 듯했다. 가족들은 집에서 기르는 개를 대할 때와 마찬가지로 늘 그녀에게 다정한 모습을 보였지만 별다른 관심은 쏟지 않았다.

이튿날, 비행기는 다시 날아왔다. 그 다음날, 그 다음 다음날, 그리고 또 다음날도 마찬가지였다. 비행기는 하루도 빠짐없이 날아왔고, 시커멓게 타버린 도시에는 시체가 넘쳐났지만, 링탄은 물론이고 식구들 중 그 누구도 성안에 가볼 생각은 하지 않았다. 그들은 자신들이 속한 곳에 머물면서 곡식을 거두어들였고, 여느 해와 마찬가지로 겨울을 대비해 식량을 비축했다. 적의 공격으로 한 가지 달라진 것이 있다면 비행기가 머리 위로 날아오는 순간, 모두들 논밭을 벗어나 대나무 숲에 숨는다는 사실뿐이었다. 언젠가 비행기가 연못 위를 스쳐 지나가는 제비처럼 낮게 날아간 적이 있었는데, 그때 우두커니 서서 그 모습을 지켜보던 농부의 머리가 잘려나갔기 때문이었다. 비행기는 농부의 목을 자른 것이 단순한 놀이였기라도 하듯 유유히 날아가버렸다.

* * *

성안에 사는 사람들은 비가 오는 날을 제외하고는 날마다 죽음이 자신들을 엄습한다는 사실을 알게 된 뒤로 두 가지 해결 방법을 찾았다. 하나는 사원에 모여서 이러다가 혹시라도 홍수가 나면 어쩌나 하는 두려운 마음에 더 이상 기도를 할 수 없을 때까지 비를 내려달라고 비는 것이었고, 또 하나는 도시를 벗어나서 자그마한 시골 여관이나 농가의 한쪽 구석에 방을 얻는 것이었다. 이도 저도 여의치 않은 사람들은 묘지나 나무 밑에서 잠을 자기도 했다. 링탄은 일찍이 이토록 애처로운 광경을 본 적이 없었다. 아녀자와 노인들이 난리 중에도 다행히 챙긴 물건들을 싸 들고는 대부분 걸어서 피난을 가고 있었다. 마차를 타고 갈 수 있는 사람은 몇 안 되는 부자들뿐이었다. 링탄은 흉년이 들었을 때 북쪽에서 떼를 지어 내려오는 사람들을 본 적은 있었지만 그들은 모두 가난한 농부였으며 일시적으로 농사를 망친 것뿐이었다. 그리고 해를 거듭하며 연이어 흉년이 드는 일은 거의 없었기 때문에 그들은 언젠가는 고향으로 돌아갔다.

그러나 지금 링탄의 눈앞에 보이는 피난민 무리에는 부자와 가난한 자가 섞여 있었으며 그들이 과연 고향으로 돌아가게 될지는 아무도 몰랐다. 링탄은 가난한 사람들보다는 무력하고 나약하며 어디에서 먹을 것을 구해야 하는지도 모르는 부자들이 더 가엾게 여겨졌다. 그들은 평생 동안 남들이 차려주는 음식만 먹었기 때문에 그 음식을 어디에서 구한 것인지, 어떻게 만든 것인지 알 필요가 없었다. 그러나 가난한 사람들은 늘 가진 것이 거의 없는 상태에서 생활해왔기 때문에 이 어려운 시기를 부자들보다 잘 견뎌냈다. 게다가 가난하면서도 뱃심 좋은 사람들은 목숨을 담보로 성안에 남아서 부자들이 떠나고 난 빈집에 들어가 원하는 물건을 마음대로 가지고 나왔다.

피난민들은 강물이 넘치듯 도시를 떠나 시골로 들어왔으며, 도시를 떠난 사람들의 물결은 동쪽에서 밀려오는 더 많은 사람들의 물결과 합류했다. 적이 동부 해안 지역 안으로 한 걸음 한 걸음 밀고 들어올수록 사람들은 뒷걸음질쳤고, 그들처럼 피난길에 오른 사람들의 무리를 따라갔다. 이렇게 해서 헤아릴 수 없이 많은 사람들의 물결이 내륙 지방을 향해 넘실대면서 서쪽으로 움직였다. 그들은 어디로 가는지조차 몰랐으며 이대로 머물다가는 죽고 말 것이라는 생각 하나만으로 움직이고 있었다.

링탄은 피난민들을 위해 대문을 활짝 열어두었고, 집안 여자들은 그들의 고통 앞에 동정을 감추지 못하면서 음식을 만들어 먹이느라고 녹초가 되도록 일했다. 피난민 가운데에는 더 이상 길을 갈 수 없어서 뒤에 남아야만 하는 부상자와 어린 아이들도 있었다. 이들은 기꺼이 자신들을 맡아줄 집을 찾아서 머물렀는데, 개중에는 죽는 사람도 많았다. 그러나 피난민들 중 그 누구도 링탄의 집에 머무르려 하지 않았다. 적이 한 걸음 한 걸음 다가오고 있는 지금, 그의 집은 적들과 너무 가깝게 느껴졌기 때문이다. 피난민들은 강과 호수를 건너고, 산을 넘기 전까지는 불안을 감추지 못했으며 높은 산맥 너머에 있는 내륙 지방에 도착한 뒤에야 안심을 했다. 적이 무리로부터 고립될까 두려워 차마 그곳까지는 오지 않으리라 믿었기 때문이었다.

드디어 라오얼에게도 떠날 수 있는 기회가 왔다. 라오얼과 옥은 동행하고 싶은 사람들을 찾을 때까지 기다렸다. 그들은 노인이나 환자 그리고 거추장스러울 정도로 아이가 많은 사람은 원치 않았다. 마음에 드는 사람이 나타나기만을 손꼽아 기다리며 하루하루를 보내던 어느 날, 마흔 명은 족히 넘어 보이는 젊은이들이 도착했다. 무리에 섞여 있는 여자들은 발에 전족을 한 적이 없기 때문에 남자들과 마찬가지로 어디든 자유롭게 갈 수 있었다. 옥은 자신과 마찬가지로 머리를 짧게 자르고 너나없이 책 꾸러미를 가슴에 안고 있는 여자들을 보는 순간 마음이 끌렸다.

"우리는 모두 같은 학교의 학생들입니다." 그들은 옥에게 말했다. "우리는 여기서 수천 리 떨어진 산으로 갈 겁니다. 우리를 가르치시던 선생님들은 이미 그곳으로 떠나셨어요. 그곳 동굴에서 공부를 계속한 후에 전쟁이 끝나면 고향으로 돌아가서 사람들이 다시 평화롭게 살 수 있도록 도울 겁니다."

젊은이들 중 그 누구도 전쟁에 나가서 희생할 것이라는 말을 하지 않았고, 링탄은 그들의 생각이 마음에 들었다. 그들은 링탄의 집에서 묵어갈 생각이 없었으며 단지 자신들이 가지고 온 빵과 함께 마실 차를 부탁했고, 링탄은 그들의 이야기를 들으면서 칭찬을 아끼지 않았다.

"배운 게 없는 사람들한테는 달랑 몸뚱이만 있을 뿐이죠. 전쟁을 피할 수 없다면 그런 사람들이 나서서 싸워야 해요. 하지만 머릿속에 지혜를 쌓아둔 여러분은 그 소중한 보물을 피를 흘리듯 쏟아버려서는 안 됩니다. 우리 모두한테 어떻게 살아가야 할지 지혜가 필요할 때를 대비해서 여러분의 머릿속에 든 것을 잘 간직해두어야 합니다. 사실 요즘 같은 세상에는 지혜도 아무 소용없어요. 단지 운 좋은 사람만이 살아남을 수 있죠. 하지만 이 터무니없는 전쟁이 끝나고 나면 지혜가 반드시 필요하게 될 겁니다."

링탄네 안뜰은 이 많은 사람이 들어가기에는 너무 좁았기 때문에 그들은 대문 밖에 있는 버드나무 그늘에 앉아 있었고 링탄은 남녀를 불문하고 젊은이들에게 수없이 많은 질문을 했다. 그는 여자들 역시 남자만큼이나 조리 있게 대답하는 것을 보면서 놀람을 금치 못했고, 잠시 후에는 자신의 질문에 대답한 사람이 남자였는지 아니면 여자였는지조차 기억하지 못했다. 링탄은 젊은이들과 한참 동안 대화를 나누면서 비로소 해안 지방에 무슨 일이 벌어졌는지를 깨달았으며 적이 왜 그들을 공격하는지도 알게 되었다.

링탄은 조상 대대로 평생을 이 골짜기에서 살아왔지만 예리한 판단력을 갖고 있었고, 예나 지금이나 사람들이 사는 모습은 마찬가지라고 자식들에게 입버릇처럼 말하곤 했다. 사람들은 시대가 바뀌면 다른 도구로 식사를 하지만 그릇에 담긴 것이 음식이기는 매한가지며, 다른 침대에 눕지만 잠을 자기는 마찬가지였다. 링탄은 이 순간에도 바뀐 것은 시대일 뿐이며 사람은 달라진 것이 없다고 믿었기에 젊은이들에게 질문을 할 때에도 적이 누구인지를 묻기보다는 적이 가진 무기가 무엇인지를 물었고 적이 노리는 것이 이 나라의 땅이라는 말을 듣고는 전쟁의 원인을 곧바로 알아차렸다.

"바로 땅이었군요." 링탄은 수없이 많은 젊은 얼굴을 둘러보았고, 물담배를 채우면서 말을 이었다. "인간의 욕망은 모두 땅에서 비롯되는 겁니다. 누구는 너무 넓은 땅을 갖고 있고, 또 누구는 너무 좁은 땅을 갖고 있다면 전쟁이 일어나기 마련이죠. 먹을 것과 쉴 곳이 모두 땅에서 비롯되기 때문입니다. 가진 땅이 손바닥만하다면 먹을 것도 적고, 쉴 수 있는 공간도 좁을 수밖에 없어요. 그럼 인간의 마음 또한 좁아지는 법이죠."

젊은이들은 정중하게 링탄의 말에 귀를 기울였지만 그의 말을 믿지는 않았다. 그들의 눈에 비친 링탄은 글을 읽을 줄도 쓸 줄도 모르는 한낱 나이 든 농부에 불과했기 때문이다. 그들이 책에서 배운 것 중에 링탄이 무엇을 알겠는가? 그러나 그들은 부모에게서 배운 예의범절을 잊지 않았기에 링탄의 생각에 서둘러 맞장구쳤다.

"어르신 말씀이 맞습니다." 젊은이들은 마음속으로는 링탄의 말을 부정하면서도 이렇게 말했다.

링탄은 자신의 말을 믿건 안 믿건 상관없이 젊은이들이 마음에 들었다. 그래서 그는 오후에 둘째 아들이 찾아와 옥을 데리고서 강인하고 담대한 젊은이 일행과 함께 떠나겠다고 말했을 때에도 길게 생각하지 않았다. 링탄은 무엇이든 결정을 내려야 할 때면 으레 그래왔듯 아내를 찾아가서 이야기했다.

둘째 아들 내외가 집을 떠나려는 것을 처음부터 못마땅하게 생각했던 링사오는 연못가에 앉아서 빨래를 하고 있다가 남편의 이야기를 듣더니 불만을 늘어놓았다. 매끄러운 돌 위에는 물에 흠뻑 젖은 채 접혀 있는, 링탄의 낡은 푸른 바지가 얹혀 있었다. 그녀는 빨래 끝을 잡고는 방망이질을 해가며 때를 뺐다.

"새아기가 집을 떠나려는 게 이해가 안 가요. 몸을 풀 때 누가 도와주겠어요? 게다가 왜 우리 손자가 산토끼처럼 허허벌판에서 태어나야 하죠? 라오얼이 정 떠나겠다고 고집을 부린다면 가게 하세요. 하지만 새아기는 집에 남아서 사람답게 우리 손자를 낳아야 해요."

링탄은 아내의 말이 끝나자 무겁게 입을 열었다. "어쩌면 집에 젊은 여자가 없는 게 나을지도 몰라. 새아기는 앞으로 벌어질 일을 감당하기에는 너무 고와." 링탄은 젊은이들에게 들은 이야기 때문에 마음이 혼란스러웠다. 한 청년이 그를 따로 부르더니 적군이 여자들에게 무슨 짓을 저질렀는지를 말해준 터였다. 링탄은 지금 이 순간, 아내를 제외한 집안 여자들이 모두 피난가기를 간절히 바랐다. 그는 아내의 얼굴 속에서 한때 고왔던 처녀 시절의 모습을 볼 수 있었지만, 햇볕에 그을리고 주름투성이인 그녀를 여자로 볼 남자는 아무도 없었다.

링사오는 잠시 빨랫방망이를 내려놓더니 남편을 올려다보았다.

"대체 무슨 말을 하는 거예요? 젊은 여자한테 제 서방의 집보다 더 안전한 곳이 어디 있어요? 그리고 저보다 새아기를 더 잘 지킬 사람은 없어요. 라오얼이 떠나고 나면 새아기는 집 밖에는 아예 나가지도 못하게 할 거예요. 지금까지 새아기가 제 서방만 믿고 내 말을 우습게 여기고 제멋대로 행동한 게 사실이에요. 하지만 라오얼이 없으면 내 말을 더 잘 들을 테니 잔소리도 반으로 줄일 수 있을 거예요. 둘째한테는 가도 좋다고 하세요. 새아기한테는 아범이 돌아올 때까지 집 밖에는 발을 내밀지도 말라고 제가 말할 테니까요."

"언젠가 낯선 사람들이 우리 집 안에 들어오게 될지도 몰라." 링탄이 말했다.

링사오는 다시 방망이질을 하면서 큰 소리로 말했다. "남자라면 하나도 겁 안 나요. 외간 남자가 대문 안에 발을 들여놓는다면, 나랑 개 중에 누가 먼저 달려드는지 두고 보세요!"

"하지만 여자는 제 남편을 따라가야 하는 법이야." 링탄이 질세라 말했다. "새아기가 없으면 누가 라오얼을 돌보겠어?"

"당신 말이 옳다는 사람은 아무도 없을 거예요. 뱃속에 아기만 없다면 모르겠지만 지금은 사정이 달라요. 집안에 대한 의무가 먼저예요."

"내 생각은 달라." 링탄은 부드러운 목소리로 이렇게 말한 뒤, 링사오가 자신을 설득해서 원치 않는 일을 하도록 만들기 전에 그 자리를 떠났고 링사오는 남편이 돌아간 이유를 너무나 잘 알았기에 아무런 생각 없이 방망이질을 해댔다. 이윽고 그녀가 빨래를 들어 올렸을 때는 바지에 구멍이 나 있었다. 그녀는 하늘에 대고 푸념을 하듯 빨래에 구멍을 낸 것은 자기 잘못이 아니며 사람의 혼을 빼놓는 이 시대 탓이라고 외쳤다.

집으로 돌아온 링탄은 라오얼에게 옥과 함께 떠나라고 나지막이 말했다. 그는 젊은이들로부터 적군이 이미 800리나 밀고 들어왔다는 이야기를 들었다. 그러고 보니 그의 집은 적들이 있는 곳에서 불과 400리도 안 되는 곳에 있었다.

"아기가 태어나면 소식을 전해다오. 아들이면 봉투 안에 빨간 끈을 넣어서 보내고, 딸이면 파란 끈을 넣어 보내려무나." 링탄은 라오얼에게 글을 가르쳤더라면 좋았겠다고 생각했다. 그럼 아들에게서 받은 편지를 팔촌에게 들고 가서 읽어달라고 할 수 있었으리라. 그러나 아들이 제 아비의 집을 떠나야 할 일이 생기리라고 누가 생각이나 했겠는가?

"그보다 좋은 방법이 있어요." 라오얼은 자랑스럽게 대답했다. "집사람은 소식을 전할 만큼은 글을 쓸 줄 알아요."

링탄은 아들의 대답에 놀람을 금치 못하면서 큰 소리로 물었다.

"그게 정말이냐? 매파는 왜 그런 말을 안 한 게냐?"

"말해서 좋을 게 없다고 생각했을 거예요." 라오얼은 이렇게 대답하더니 이를 드러내고 웃었다.

"예전 같았으면 여자가 글을 읽고 쓰는 건 아무짝에도 쓸모없다고 말했을 게다. 하지만 그게 도움이 되는 세상이 왔으니, 정말이지 알 수 없는 시절이로구나." 량탄은 안뜰에 앉아서 담배를 피우며 생각에 잠겼고, 라오얼은 옥에게 이제 떠나도 좋다는 말을 전하기 위해 방 안으로 들어갔다.

젊은이들과 함께 떠나자는 말을 꺼낸 것은 자신이었던 만큼, 옥은 이미 집을 떠날 때를 대비해서 필요한 물건 몇 가지를 보자기 두 개에 싸 두었다. 방 안 침대 가장자리에 앉아서 남편을 기다리고 있던 그녀는 때마침 남편이 들어오자 커다란 눈을 위로 치켜뜨며 물었다.

"허락을 받았나요?"

"그래." 라오얼은 옥의 곁에 앉더니 그녀의 어깨를 팔로 감쌌다. "막상 떠나려니까 당신한테 너무 고생이 되지는 않을까 걱정이야." 그는 다정한 목소리로 말을 이었다. "내가 당신 뱃속에 든 아이를 안고 다닐 수 있다면 좋겠어."

"곧 그렇게 될 거예요." 옥은 이렇게 말하면서 자리에서 일어섰고, 라오얼은 그녀가 벌써 먼 길을 떠날 채비를 단단히 하고 있는 것을 보았다. 옥은 그가 밭에서 일할 때처럼 헝겊 신 위에 짚신을 덧신었으며 그녀가 가진 옷 중에 가장 좋은 옷 대신에 질기고 수수한 옷을 입고 있었다. 그녀는 도시에서 유행하는 대로 본을 떠 만든 기다란 원피스를 제쳐두고, 시골 아낙네들이나 입는 푸른 윗도리와 바지를 골라 입었다.

"난 벌써 준비됐어요." 옥은 이렇게 말하면서 보따리를 들어 올려

보였다. 그러나 라오얼은 머뭇거리며 서글프게 말했다. "내 아이가 내가 태어난 곳과 다른 곳에서 태어나리라곤 상상도 못했어."

"아기가 알아서 자기가 태어날 곳을 고를 거예요." 옥이 말했다.

"그래, 하지만 나중에라도 아기가 태어난 곳을 잊어서는 안 돼. 사람한테는 어디서 태어났는지가 굉장히 중요해. 산속이었는지, 계곡이었는지, 아니면 사람들이 모여 사는 마을이었는지, 그리고 밤이었는지 아니면 낮이었는지, 근처에 물이 흐르고 있었는지, 또 하늘은 맑았는지 아니면 흐렸는지, 어느 지방에 위치한 곳이고, 그곳 사람들은 어떤 말을 쓰고 있었는지도 기억해둬야 해. 나중에 아이한테 다 말해줘야 하니까."

"제발요, 허락도 받았으니 이제 그만 가요!" 옥은 초조한 목소리로 재촉했다.

그러나 라오얼은 여전히 머뭇거렸다. "이 집에서 태어나던 순간이 기억나는 것만 같아. 그때처럼 세상이 어두웠던 적은 없었어. 그러다가 고통스러울 정도로 세상이 밝아져서 울음을 터뜨렸었지. 그러고는 나를 들어 안는 팔을 느꼈었어."

"같이 갈 거예요, 말 거예요? 가겠다고 해놓고 머뭇거리는 건 정말 싫어요." 옥이 소리쳤다.

라오얼은 그녀의 목소리에서 제 자식의 안전을 위해 걱정하는 마음을 읽고는 자리에서 일어섰다. 두 사람은 방에서 나온 뒤 아버지와 형에게 절을 했고, 나머지 가족들에게도 작별 인사를 했다. 그러는 동안 집 안 어디에서도 링사오의 모습은 보이지 않았다. 젊은이들은 해가 지기 전에 밤을 지새울 만한 곳을 찾기 위해 한시라도 빨리 길을 떠나려 했기 때문에 결국 라오얼과 옥은 어머니에게 작별 인사조차 못한 채 집을 나서야 했다.

"어머니를 뵙고 가려고 사방으로 찾아 헤맸다고 전해주세요. 결국 어머니를 못 뵙고 떠나서 마음이 아프다고도 전해주세요." 라오얼이 말했다.

"그러마." 링탄은 언제 돌아온다는 기약도 없이 알지도 못하는 곳으로 아들을 떠나보내는 자신의 마음을 표현하지 않았다. 어쩌면 라오얼은 영영 돌아오지 못할 수도 있었다. 그들이 다시 만나게 될지, 그리고 다시 만나게 되더라도 그 전에 무슨 일이 생길지 누가 알겠는가? 링탄은 아들 내외를 배웅하기 위해 대문을 나선 뒤 타작마당에서 멈춰 섰다. 대문 밖에는 온 가족이 나와 서 있었지만 링사오의 모습은 그때까지도 보이지 않았다. 한여름의 오후 날씨는 여느 때와 마찬가지로 후텁지근하고 바람 한 점 없었으며 산꼭대기 위로 은빛 구름이 낮게 걸려 있을 뿐 하늘은 푸르렀다. 산꼭대기에 걸려 있는 구름은 때로는 비를 쏟아 붓기도 했지만 그렇지 않을 때도 있었기 때문에 그 구름이 과연 비를 몰고 올 것인지를 아는 사람은 아무도 없었다.

링탄은 주위를 둘러보면서 모든 것이 전쟁을 모르는 듯 예전과 똑같은 모습을 하고 있다는 생각을 했다. 그러자 이토록 착한 아들에게 안전한 집의 울타리를 떠나도록 허락한 것은 어쩌면 어리석은 짓인지도 모른다는 생각이 들었다. 게다가 라오얼은 뱃속에 든 아기 덕분에 집안 식구 모두에게 소중한 존재가 된 젊은 아내와 함께 길을 떠나려는 참이었다. 링탄은 문득 젊은이들이 들려준 말이 모두 사실이었을지 의심이 들었다. 400리도 떨어지지 않은 곳에서 적군이 이곳을 향해 오고 있다는 이야기는 아무래도 거짓말처럼 느껴졌다.

대문 가까이에 서 있는 복숭아나무에는 이제 막 여물기 시작한 열매가 탐스럽게 매달려 있었고, 그 위에 새 한 마리가 앉아 즐겁게 지저귀고 있었다. 그리고 뜨거운 태양이 내리쬐는 그의 논에는 벼가 조금의 흔들림도 없이 꼿꼿하게 서 있었다. 진초록 색을 띠고 있던 벼는 어느새 그 빛이 바래고 있었다. 이제 며칠만 지나면 그 빛도 누렇게 변하리라.

링탄은 벼를 거두어들일 때면 건장한 둘째 아들이 더없이 그리워지리라 생각했으며, 이제야 둘째 아들이 다른 아들들보다 더 많은 장점을 갖고 있다는 것을 깨달았다. 라오얼은 장남 라오타에 비해 행동이 빠르고 빈틈이 없었으며 실없이 웃는 일이 드물었다. 그는 정말 우스운 일이 있을 때에만 웃을 줄 알았고, 형과는 달리 예의를 지키기 위해서나 남의 환심을 사기 위해서 웃음을 낭비하지 않았다. 게다가 셋째 아들 라오산은 물소를 모는 일 외에는 제대로 하는 일이 없었다. 그리고 링탄은 아내가 그 어떤 말로 옥을 깎아내려도 집안에 둘째 며느리만한 젊은 여자는 없다고 생각했다. 그는 본래 점잖은 사람이며 세대간에 지켜야 할 예를 존중했기에 지금 이 순간 옥을 바라보면서 그녀가 집안 식구가 된 뒤 두 번째로 직접 그녀에게 말을 걸었다. 첫 번째로 말을 건 것은 옥이 새색시로 집안에 들어왔기 때문에 인사를 하기 위해서였고, 지금 두 번째로 말을 거는 것은 그녀에게 작별 인사를 하기 위해서였다.

"아가야, 네 소임을 다하거라. 아범은 내 아들이고, 네 아이는 내 손자라는 걸 기억해야 한다. 그리고 모든 건 너한테 달려 있다는 것도 잊지 마라. 정숙한 아내가 있는 곳에는 그 어떤 불행도 닥칠 수 없단다. 여자는 뿌리고, 남자는 나무다. 나무는 뿌리가 튼튼해야만 높이 자라는 법이다."

옥은 아무런 대답도 하지 않았지만, 언제나 차분하게 일자로 다물고 있던 입술에 살짝 미소를 머금었다. 옥의 미소만으로는 그녀가 링탄의 말을 믿는지 안 믿는지를 전혀 알 수 없었다.

링탄은 이렇게 둘째 아들 부부를 떠나보냈고, 두 사람의 모습이 젊은이들 무리에 섞여서 사라질 때까지 한참 동안 그들을 눈으로 좇았다.

집 안으로 들어온 링탄은 부엌에서 연기가 나는 것을 보고는 안으로 들어가서 아궁이 뒤쪽을 살펴보았다. 링사오가 쪼그리고 앉아서 아궁이에 마른 풀을 넣고 있었다.

"어디에 갔던 게야?" 링탄이 목소리를 높여 물었다. "사방으로 당신을 찾아다녔어."

"둘째가 떠나는 게 보기 싫었어요. 기어이 가겠다는 자식을 봐서 뭐해요?"

"울고 있었어?" 링탄은 아내를 물끄러미 바라보며 물었다. 그녀의 눈은 빨갰고, 구릿빛 뺨 위에는 은백색 눈물 자국이 남아 있었다.

"울긴 누가 울어요? 연기 때문에 눈이 빨개진 거예요."

링탄은 애써 변명하는 아내의 눈에 다시 눈물이 고이는 것을 보면서 곤혹스러운 얼굴로 우두커니 서 있었다. 그는 여간해서 눈물을 보이지 않는 아내가 울 때면 몸이 돌처럼 굳어버리는 듯했고, 꼼짝할 수가 없었다.

··· 링탄 내외는 라오얼과 옥이 떠나고 난 빈자리를 견디기 힘

들 정도로 허전해하면서 두 사람을 그리워했다. 그러나 집 안에는 여전히 남은 가족들이 있었고, 전과 다름없는 수의 아이들이 마당을 뛰어다니면서 닭과 오리를 괴롭히거나 참다 못한 개가 소리를 길게 뽑으며 짖을 때까지 꼬리를 잡아당겼다. 다행히 큰딸네 가족이 빈방을 차지해주었기에 식구들은 허전함을 달래며 잠을 이룰 수 있었다. 셋째 아들 라오산은 큰누이의 시어머니에게 침대를 내주고, 안뜰에 놓여 있는 기다란 대나무 의자에서 잠을 잤다. 가족들은 여전히 라오얼과 옥을 그리워했다. 두 사람이 떠나면서 집 안에 흐르던 강한 기운이 사그라졌다. 장남 라오타는 동생이 떠나고 나자 지나칠 정도로 부드럽고 순종적으로 변했으며 부모의 말에 무조건 따랐다. 링탄은 유순한 라오타를 보면서 어려운 상황이 닥쳤을 때 그는 지시받은 일은 잘 해내겠지만 무언가를 시키는 사람이 없다면 어찌할 바를 모르리라고 생각하면서 결국 모든 책임을 자신이 떠맡아야 한다는 것을 깨달았다. 그러나 둘째 라오얼은 젊은 나이에도 불구하고 주관이 뚜렷했으며 그의 아내 옥 역시 고집이 세긴 했지만 해야 할 일을 스스로 알아서 처리할 줄 알았다.

심지어는 링사오도 말로 표현하지는 않았지만 옥을 그리워했다. 그녀는 처음에는 아무 말도 안 했지만 결국 속내를 보이지 않고는 못 배기는 여자였기에 며칠이 흐른 뒤 남편에게 고백을 했다.

"새아기가 떠나고 나면 집안이 편안할 줄만 알았어요. 하지만 애들 어멈 말예요, 내가 일일이 시키지 않으면 아무 일도 안 하니 정말 성가셔 죽겠어요. 어디 그뿐인가요? 우리 큰딸은 아침부터 밤까지 어린 양처럼 쉴 새 없이 나만 찾아요. '어머니, 이젠 뭘 할까요?'라고 물으면서 말이죠. 그럼 난 바닥이 깨끗한지 보라고 말해요. 그리고 먼지가 일지 않게 마당에 물을 뿌리고, 식사 준비에 필요한 땔감이 충분한지 살펴보라고 시키죠. 빨랫감은 없는지 확인하고, 말리려고 널어놓은 생선을 뒤집을 때가 됐는지 가보라고도 해요. 그리고 정 할 일이 없으면 겨우내 먹을 당근을 썰어서 소금을 뿌려 두라고 시키죠. 그런데, 맙소사! 내 말이 끝나기가 무섭게 큰애가 뭐라고 하는지 아세요? '어머니, 뭐부터 해요?'라고 묻는 거예요."

링탄의 작은 눈이 아내를 바라보며 반짝거렸다. 링사오는 잠자리에 들기 전에 긴 머리를 빗질하고 있었다. "그러니 당신 딸이지." 링탄이 말했다. "당신이 시키는 대로만 하면서 자랐기 때문에 여전히 당신 말을 기다리는 거야. 하지만 새아기는 당신이 키우지 않았잖아. 그래서 그 아이는 당신 눈을 통해서가 아니라 자기 눈으로 세상을 보는 거야."

"그럼 다 내 잘못이라는 거예요?" 링사오는 퉁명스럽게 묻더니 빗질을 멈추었고, 얼굴에는 슬픈 기색이 역력했다. 두 사람은 오랜 세월을 함께 살아오면서 너무나 가까워졌기 때문에 그녀는 자신의 잘못을 지적하는 남편의 말을 단 한마디도 참지 못했다. 남편이 아닌 다른 사람들로부터 욕을 먹는 것은 상관없었다. 누군가 친정어머니를 욕하거나 친정아버지를 흉본다고 해도 그녀는 눈 하나 깜짝하지 않고 그냥 웃어넘기거나 화를 내면서 받은 것보다 더 심한 말로 되돌려주었다. 그러나 그녀는 남편으로부터 그렇게 행동하는 것은 옳지 않다는 소리를 듣고 나면 아무리 화를 내고, 남편의 말을 무시하려 해도 뜻대로 되지 않았다. 비록 두세 마디밖에 안 되더라도 남편의 말은 비수처럼 그녀의 가슴에 꽂혔고, 그녀는 여러 날 동안 그 칼을 가슴에 꽂은 채 지냈다. 결국 링탄은 어쩔 수 없는 상황이 아니라면 아내에게 그녀의 행동이 틀렸다는 말은 하지 말아야 한다는 것을 깨달았으며 그 뒤로 수없이 많은 사소한 일들을 그냥 지나쳤다. 그는 자신의 아내가 성미가 급하고 충동적인 여자라는 것과 말은 안 하지만 그 누구보다도 그의 마음에 드는 일을 하고 싶어한다는 것을 잘 알고 있었다. 그러나 링사오는 이 같은 남편의 생각을 절대로 인정할 리 없었다. 그녀는 입버릇처럼 말하듯, 자신은 그 어떤 남자도 두려워하지 않으며 남편이라고 다를 것 없다고 말했으리라.

"이 나라에 당신만큼 좋은 어머니는 없어. 아마 다른 나라에도 없을 거야. 당신이 냉정하고 힘 없는 여자였다면 정말 실망스러울 거야. 난 당신의 괄괄하고 불같은 성격이 좋아. 그리고 독설을 퍼붓는 당신의 혀도 마음에 들어. 나를 공격할 때도 마찬가지야."

링탄은 껄껄 웃으며 이렇게 말했고, 링사오는 기쁨을 감추지 못하고 얼굴을 붉히며 다시 빗질을 시작했다. 그녀는 얼굴에 미소를 지으면서도 기쁜 내색을 하지 않으려고 퉁명스럽게 입을 열었다.

"고약한 영감 같으니." 링사오는 남편을 위해 할 수 있는 일이 없을지 생각하다가 말을 이었다. "이리 좀 와봐요. 얼굴에 난 게 뭔지 좀 봅시다. 다 늙어서 또 종기가 나는 건 아니겠죠?"

링탄은 아내의 비위를 맞추느라고 곁으로 다가가 허리를 굽혔다. 그는 아내가 왜 자기 얼굴에 손을 대려 하는지, 그리고 왜 자기를 위해 무언가를 하고 싶어하는지를 잘 알고 있었다.

"벌레가 문 것뿐이야."

"가만있어 봐요. 내가 보면 알아요."

남편을 진심으로 사랑하는 링사오는 남편의 얼굴을 만져보고 별것

아님을 알고는 맨살을 드러내고 있는 그의 어깨를 가볍게 툭 쳤다.

"벌레 한 마리도 못 잡아서 아직도 어린애처럼 물린단 말예요?"

두 사람은 함께 웃었다. 그리고 링탄은 아내가 먼저 죽더라도 절대로 다른 여자를 집안에 들이지 않겠다고 다시 한 번 마음먹었다. 그녀가 아닌 다른 여자는 소금을 뿌리지 않고 말린 당근과 다름없으리라.

"당신이 왜 새아기를 싫어하는 줄 알아?" 링탄은 아내를 놀릴 작정으로 이렇게 물었다.

"난 내가 원하는 건 뭐든지 알아요." 링사오는 장난스럽게 눈을 뜨면서 다시 빗질을 했다.

"그래도 이건 모를걸. 당신이 새아기를 싫어하는 까닭은 새아기가 당신과 너무 똑같기 때문이야."

"새아기가요?" 링사오는 짐짓 화난 체하면서 소리를 질렀지만 옥이 아름다울 뿐만 아니라 인정하기는 싫지만 평범한 여자가 아니라는 것을 알고 있었기 때문에 자신이 둘째 며느리와 닮았다는 말에 내심 기분이 좋았다.

"당신과 새아기는 둘 다 고집이 세. 그리고 난 고집 센 여자가 좋아." 링탄은 손으로 아내의 몸을 부드럽게 감쌌고, 링사오는 두 사람이 젊었을 때와 마찬가지로 자신의 목에 와 닿는 남편의 손길을 느꼈다. 그러나 그녀는 이미 마흔이 넘은 지 오래고, 중년의 남녀가 젊은이들 흉내를 내는 것은 부끄러운 일이라고 생각했기에 고개를 뒤로 젖히며 몸을 피했다. 링탄은 아내가 무슨 생각을 하는지 꿰뚫어보고는 소리 내어 웃었다. 링사오는 고개를 들어 자신을 내려다보고 있는 남편의 구릿빛 얼굴과 입술 사이로 드러난 하얀 이를 보았다. 그 순간 그녀는 남편이 아이들의 아버지라는 사실과 그가 오랜 세월을 함께 살아온 남자라는 것을 잊어버린 듯 두 팔로 남편의 허리를 꼭 감싸 안고는 자신의 뺨에 맞닿아 있는 남편의 심장을 느꼈다. 그녀는 힘차고 고르게 뛰는 남편의 심장 소리에 맞추어서 피가 그녀의 온몸을 따라 흐르는 것을 느꼈다.

"라오얼과 새아기를 이해해야 할 것 같지 않소?" 링탄이 물었다. "그 아이들 마음은 우리와 같아."

"아들들 중에서 라오얼이 당신을 가장 많이 닮았다고 늘 생각했어요." 링사오는 이렇게 말한 뒤 남편 허리에 두르고 있던 팔을 풀었고, 머리를 묶었다. 이렇게 짧은 순간이 지나고나자 두 사람의 마음은 한결 가벼워졌다.

하루하루 시간이 흐름에 따라, 가족들은 두 사람이 떠난 것에 익숙해졌으며 그들이 남긴 빈자리는 메워졌고, 농사일은 전과 다름없이 계속되었다. 링탄은 이제 셋째 아들에게 물소를 모는 대신 밭에서 일하도록 허락했으며 어린 남자아이를 고용해서 밭일에 물소가 필요하지 않을 때면 물소의 등에 올라타서 풀을 뜯게 하고 그 대가로 하루에 동전 한 닢을 주었다.

란은 옥이 떠난 뒤로 전에 없이 행복한 나날을 보냈다. 이제 일을 너무 적게 했다고 나무랄 사람도 없었으며 그녀가 시간이 없어서, 혹은 스스로 시간이 없다고 생각하며 제대로 머리 손질을 하지 않았을 때 매끄럽게 머리를 빗고 다닐 사람도 없었다. 항상 그녀보다 모든 일을 잘하던 옥이 떠난 지금, 란은 집안 젊은 여자들 중에서 가장 높은 자리를 차지할 수 있었다.

그러나 판샤오는 옥이 떠난 것을 못내 아쉬워했다. 옥은 집을 떠나기 전에 몇 주 동안 밤마다 시간을 내서 판샤오에게 글 읽는 것을 가르쳤다. 다른 사람들의 눈에는 한낱 장난으로밖에 보이지 않았지만, 옥은 글 읽는 것을 배우는 것이 말없는 판샤오에게 어떤 의미가 있는지 잘 알고 있었다. 가족들은 판샤오가 늘 조용히 오가는 것에 너무나 익숙해진 나머지 그녀의 존재를 쉽사리 잊곤 했지만 옥은 판샤오가 좀처럼 입을 열지 않고, 간혹 이야기를 하더라도 단 몇 마디만 할 뿐이라는 것을 알아차렸다. 옥 역시 결혼하기 전에는 여자가 많은 집안에서 말없는 아이로 자랐다. 그녀의 아버지는 자기 소유의 땅에서 직접 농사를 짓기도 했지만 소작을 줄 정도로 부유한 편이었다. 그에게는 첩이 있어서 옥은 두 여인이 낳은 열일곱 명의 아이들 사이에서 자랐다. 그러나 그녀는 그 많은 아이들과 어울리지 않고 늘 혼자였으며 말을 많이 하기보다는 조용히 지낼 때가 많았다. 하지만 그녀가 시집을 온 남편의 집에서, 링탄과 링사오는 하고 싶은 말을 마음껏 했으며, 라오얼도 언제나 편안하게 말을 했고, 란 역시 숨 쉬는 것과 마찬가지로 예사롭게 하고 싶은 말을 했다. 그리고 셋째 아들은 하루 종일 집을 비웠다. 옥은 이런 집안 분위기 속에서 말없이 조용한 판샤오의 모습을 보고는 그녀가 혹시 외로움을 느끼고 있지는 않을까 하는 생각을 했다. 그러던 어느 날, 그녀는 딱히 무슨 말을 해야 할지 몰라서 판샤오에게 이렇게 말을 건넸다.

"글을 배우고 싶은 생각 없어요? 그럼 그냥 혼자 있는 시간에 내 책을 읽을 수 있어요."

"전 못해요." 판샤오는 그녀의 말이 끝나기 무섭게 이렇게 대답했다. "어머니가 시키시는 일도 금세 잊어버리는 제가 어떻게 글자를 기억하겠어요?"

"글자를 기억하는 건 쉬워요. 글자는 아가씨가 알고 싶어하는 걸 말해주거든요." 옥은 이렇게 말하면서 판샤오를 설득했다. 그리고 옥의 말처럼 판샤오는 그 나름대로의 의미를 갖고 있는 글자들을 한 번 배우면 기억했기에 그녀는 같은 글자를 반복해서 가르칠 필요가 없었다.

판샤오는 옥이 떠난 뒤로 더 이상 새로운 글자를 배울 수 없었기 때문에 이미 알고 있는 것들을 되풀이해서 익혔다. 그러던 어느 날, 그녀는 다른 글자들이 어떤 뜻을 갖고 있는지 알고 싶은 마음을 더 이상 억누를 수 없었다. 그날부터 판샤오는 자신의 집에서 쉬었다 가는 여학생들에게 다가가서 한두 글자씩 배우기 시작했고, 그녀의 집에는 학생들의 발길이 끊이지 않았기 때문에 판샤오는 조금이나마 글을 읽을 수 있게 되었다. 하루는 마음씨 고운 학생 한 명이 갖고 있던 몇 권 안 되는 책 중에서 한 권을 그녀에게 건네며 말했다.

"잘 간직하세요. 요즘 같은 때는 책이 음식보다 귀하죠."

판샤오는 학생에게 감사를 표한 뒤 책을 받았다. 그러고서 그녀는 아직 책의 내용을 전부 이해할 수 있을 정도로 글을 읽지는 못해도 숯 조각을 들고서 책을 끝까지 훑어가면서 아는 글자들에 표시를 했고, 언젠가는 막힘없이 글을 읽고 말리라고 마음먹었다. 그러나 지금 당장은 표시된 글자들이 너무 띄엄띄엄 떨어져 있어서 책에 무슨 내용이 쓰여 있는지 도무지 알 수가 없었다.

··· 링탄은 가족들이 너무나 빨리 새로운 일상에 길들여지는 것

을 보면서 놀람을 금치 못했다. 그들은 날마다 마을 위를 지나가는 비행기에 익숙해졌으며 심지어는 적군이 성안을 차지하더라도 지금 있는 곳을 떠나지 않겠다고 말했다. 성안 사람들의 절반이 떠나고, 남아 있던 사람들의 3분의 1은 피난길에 올랐으며, 마침내 아무데도 갈 곳이 없는 이들과 수중에 가진 돈이라고는 한 푼도 없는 사람들 그리고 평화를 되찾을 수 있다면 누가 도시를 통치하건 상관없다고 생각하는 사람들만이 성안에 남게 되었다. 그들은 전쟁에 종지부를 찍고, 더 이상 비행기가 날아오지 않도록만 해준다면 어떤 형태의 평화라도 기꺼이 반길 준비가 되어 있었다. 이제 결말이 가까웠음을 모르는 사람은 없었다. 적군은 도시를 하나둘 함락하면서 점점 더 마을에 가까이 다가오고 있었지만 함락된 도시에서 무슨 일이 벌어졌는지 아는 사람은 아무도 없었다. 일찍이 피난길에 오른 사람들은 아는 것이 없었고, 도시가 적군의 손아귀에 들어간 뒤에는 침묵만이 감돌았다. 따라서 적군이 잔인한지, 아니면 선량한지는 아무도 모른 채 막연히 전쟁이 끝나기만을 기다렸다.

  링탄 역시 기다리기는 마찬가지였지만 그렇다고 농사일을 게을리 할 수는 없었으며 비행기가 머리 위로 날아올 때마다 일손을 놓고 대나무 숲으로 달려갈 수도 없었지만 목숨을 걸고 적이 자신을 내려다보도록 밭에 홀로 남고 싶은 생각도 없었다. 결국 그는 어느 날 저녁, 마을에 있는 찻집에 가보기로 했다. 대부분의 남자들이 잠시 아내의 손을 벗어나 한자리에 모여서, 잔소리하는 여자의 목소리나 잠투정하는 어린애의 울음소리가 들리지 않는 편안한 분위기에서 대화를 나누고 싶어하는 시간이었다. 링탄은 바로 이런 시간에 찻집에 도착한 뒤 자리에서 일어나 말했다.

"여러분, 여러분이나 나나 모두 농사꾼입니다. 전쟁이 일어났건 말건 우리는 땅에서 곡식을 가꾸어야 합니다. 하지만 아직 힘이 잔뜩 남아 있는, 하루 중 일하기에 가장 좋은 시간에 대나무 숲에 앉아서 한참 동안 손을 놓고 있어야 하니, 어떻게 농사가 제대로 되겠습니까?"

"빈둥대기 싫은 건 우리도 마찬가집니다." 누군가 이렇게 외치자 찻집에 모여 있던 사람들이 여기저기서 웅성대기 시작했다.

"그럼 어떻게 하면 좋겠소?" 또 다른 누군가가 물었다. "나는 비행기가 지나갈 때 서 있다가 총에 맞은 사람을 봤소이다. 꼼짝하지 않다가 총에 맞아 죽는 것보다 더 게으른 건 없어요."

남자의 말에 사람들은 얼굴을 찌푸리며 웃었고, 링탄도 소리 내어 웃은 뒤 말을 이었다.

"제가 하고 싶은 말은 이제 대나무 숲에 숨는 짓은 그만해야 한다는 겁니다. 모두 밭에 남아서 비행기를 못 본 체하며 일을 계속합시다. 우리가 모두 밭에 서 있다면 적들도 그냥 지나쳐 갈 겁니다. 한 명 한 명 다 죽이기에는 시간이 너무 많이 걸릴 테니까요."

모두들 그의 말이 옳다며 한바탕 웅성거렸다. 그리고 그날 이후로 링탄을 비롯한 농부들은 비행기가 머리 위로 날아와도 눈길 한 번 주지 않은 채 밭일을 계속했다. 그들은 아침 나절에 잠시 일손을 멈추고 비행기에서 내려다볼 때 모든 것이 초록빛으로 보이도록 모자에 나뭇가지를 얼기설기 꽂아두었다. 챙이 넓은 모자는 그들이 허리를 굽혀 일하는 동안 푸른 바지와 맨살이 드러난 구릿빛 등을 가려 주었다.

링탄네 마을과 마을을 에워싼 논밭은 이제 끊임없이 이동하는 피난민의 물결 속에서, 그 가운데에 떠 있는 외로운 섬처럼 보였다. 여건이 허락하는 사람들은 이미 모두 성안을 떠난 뒤였지만 날마다 헤아릴 수 없이 많은 피난민들이 마을을 지나갔다. 링탄은 피난민들에게 그들의 고향을 물으면서 적군이 가까이 다가오고 있다는 것을 알았다. 피난민들의 고향은 하루가 다르게 링탄이 사는 곳에서 가까운 지역으로 옮아가고 있었으며, 급기야 그가 아는 도시를 떠나온 사람들마저 마을을 지나갔다. 링탄은 피난민들이 떠나온 곳이 점점 가까워지는 것을 보면서 적군이 승리하고 있음을 알았다.

"우리 군은 맞서 싸우지를 않나요?" 링탄은 피난민을 만날 때마다 이렇게 물었지만 하나같이 침울한 대답뿐이었다.

"어딘지는 모르지만 더 큰 전투를 대비해서 후퇴하고 있답니다." 모두들 한결같은 대답을 했지만 아군이 더 큰 전투를 준비하는 곳이 어디인지를 아는 사람은 아무도 없었다.

그러나 링탄은 피난민 중에 링탄의 마을에서 걸음을 멈추려는 사람이 아무도 없었기 때문에 대규모 전투가 벌어질 곳이 자신의 땅 너머에 있다는 것을 곧 깨닫게 되었다. 그들의 눈은 아주 먼 곳에 가 있었다. 링탄은 적이 그들을 통치하고, 그런 통치하에서 자신은 물론이고 가족들이 삶을 계속해야 할 때를 대비해 마음의 준비를 할 수 있도록 했다.

적은 선한 자들일까, 아니면 악한 자들일까? 링탄은 하나로 끼워 맞추기 힘든 많은 이야기들 속에서 판단을 내리기가 힘들었다. 링탄의 집에 머물고 있는 우리엔은 그가 해안 지방에 물건을 사러 갈 때마다 만났던, 동쪽 바다 너머에서 온 상인들은 모두 예의가 바르고 친절한 사람들이었다고 말했다. 그러나 링탄은 우리엔이 갔던 바로 그 해안 지방에서 살다가 피난길에 오른 사람들의 이야기를 들은 적이 있었다. 그들은 걷는 대신 기차에 올라탔으며 적에게 자비를 구하고 자신들의 결백을 보여주기 위해 백기를 내걸었지만 적군은 아랑곳하지 않고 폭탄을 떨어뜨렸고, 결국 수백 명에 달하는 사람들이 목숨을 잃거나 부상을 당했다고 했다. 이런 적에게서 악한 모습 이외에 무엇을 찾을 수 있단 말인가?

링탄은 초록빛 나뭇가지로 가린 모자 아래에서 밭일을 하면서 시간 가는 줄도 모르고 이러한 생각을 했고 그가 생각에 잠겨 있는 동안에도 비행기는 끊임없이 그의 머리 위를 오갔다.

'전과 다름없이 내 할 일을 해야지.' 링탄은 남자가 이런 세상을 만나서 할 수 있는 가장 큰일은 자신의 목숨을 부지하고, 가족들의 목숨을 지켜주는 것이라고 생각했다.

··· 이윽고 여름이 지나고 가을이 왔다. 그리고 그들은 기대했던 것만큼이나 풍성한 수확을 눈앞에 두고 있었다. 벼에는 링탄이 10년 만에 처음 볼 정도로 이삭이 많이 달렸고, 풍년을 맞이한 농부들은 벼를 거두어들이느라 정신없이 바빴다. 그들은 추수 이외의 것에는 마음 쓸 겨를이 없었기에 성안을 지키던 군인들이 찾아와서 깔고 잘 짚을 얻으려 하거나 참호 파는 것을 도와달라고 부탁할 때면 퉁명스럽게 대꾸를 했다. "군인이라면 이제 진저리가 납니다. 군인들은 아무것도 하는 일 없이 우리한테 빌붙어서 살 궁리만 하잖소. 당신들 일은 당신들이 알아서 하시오. 우리도 할 일이 있어요."

링탄은 누군가 군인들에게 이렇게 말하는 소리를 들을 때면 은근히 기분이 좋았다. 그 역시도 전쟁에 참여한 사람들을 경멸하기 때문이었다. 그러나 어느 날, 그는 한 군인이 하는 말에 잠시나마 귀를 기울이지 않을 수 없었다. 그 군인은 농부에게서 매몰차게 거절을 당한 후 갑자기 눈물을 흘리기 시작하더니 활기 넘치게 바쁜 일손을 놀리면서 반쯤 추수를 끝낸 농부들에게로 시선을 옮기며 말했다. "우리가 이 땅을 지키지 못한다면 여러분에게 무슨 끔찍한 일이 생길지 모릅니다. 우리는 적의 손아귀에 들어간 해안 지역 사람들이 고통받는 모습을 두 눈으로 똑똑히 봤습니다."

그러나 아직 수확을 끝내지 못한 농부들은 군인들의 말에 전혀 신경을 쓰지 않았고, 군인들은 서둘러 그 자리를 떠났다.

벼를 베고, 탈곡을 하느라 바쁜 동안, 링탄은 낫을 어떻게 쥐는지도 모르는 우리엔을 제외한 나머지 가족들에게 일을 도우라고 재촉했다. 이곳에서 자란 큰딸은 농사일을 잊지 않고 있었으며, 수확을 앞두고 기쁜 마음에 큰 소리로 웃으면서 말했다.

"아범은 집에 남아서 애들이나 돌보라고 하세요. 저는 예전처럼 들판에 나가서 일을 할 테니까요." 그녀는 손에 잡히는 매끄럽고 힘찬 볏대의 느낌을 즐기면서 여전히 여느 남자 못지않은 솜씨로 벼를 베면서 어깨가 으쓱해지는 기분을 느꼈다.

그러나 큰딸이 들에 나가 일을 한 것은 집안에 작은 문제를 일으켰다. 그날 밤, 일을 마치고 돌아온 큰딸은 남편이 몹시 화가 나 있는 것을 보고는 이유를 물었다. 그러자 그는 서둘러 그녀를 방으로 들여보내고는 이내 뒤따라 들어왔다.

"당신은 내 아내야, 아니면 아버님 딸이야?" 우리엔이 물었다. "내가 꼭 당신 일을 대신해야겠어? 다음엔 나더러 젖을 물리라고까지 하겠군."

큰딸은 남편의 말을 듣더니 웃음을 터뜨렸다. 우리엔은 너무 뚱뚱해서 한여름에도 윗옷을 벗고 있기를 부끄러워했다. 사람들이 그를 보고 웃으면서 여자 몸 같다고 말을 했기 때문이다. 게다가 어디선가 아기한테 젖을 물릴 수 있는 이상한 남자를 봤다고 말하는 사람이 꼭 있었다. 우리엔은 자신이 내뱉은 말을 금세 후회했지만 엎질러진 물이었다. 그는 아내가 웃는 모습을 보고는 홧김에 그녀의 입을 때려서 피가 나게 했다. 그러나 그는 아내의 입에서 피가 나는 것보다 그녀의 이에 부딪쳐서 손등이 찢어진 것을 더 속상해하며 소리쳤다.

"날 물기라도 하겠다는 거야!" 언제나 겸손한 모습을 보이던 큰딸은 부당한 남편의 행동에 갑자기 화가 났다. 우리엔은 아내가 이렇게 화를 내는 모습을 일찍이 본 적이 없었다. 게다가 친정에 와 있는 만큼 기세가 더 등등해진 그녀는 목청을 높여서 소리를 질렀다.

"우리 아버지가 아니면 누가 당신을 먹여 살리죠? 그런데 아버지를 도와서 벼를 좀 베는 게 뭐가 잘못이에요?"

큰딸은 말을 끝내기가 무섭게 손톱을 세우고서 남편에게 달려들었고, 이렇게 사나운 아내의 모습을 한 번도 본 적이 없는 우리엔은 놀라서 뒷걸음질쳤다. 그러나 그녀는 입술에서 피를 뚝뚝 흘리면서 남편을 할퀴었다. 그 순간, 두 사람이 다투는 소리를 듣고 달려온 링사오가 문을 열고 들어오더니 둘을 떼놓으며 딸을 끌어당겼다.

"집안 망신을 시킬 작정이냐? 내가 남편한테 이렇게 행동하라고 가르치던? 사위, 이제 이 아이는 더 이상 내 딸이 아니네. 그러니 이 아이를 내친다 해도 자넬 조금도 원망하지 않겠네. 이렇게 형편없는 아이를 자네한테 시집보내다니, 내가 자네한테 몹쓸 짓을 했구먼"

링사오는 놀란 사위를 달래면서 딸을 야단친 뒤 그를 방에서 데리고 나왔다. 그러고서 그녀는 그의 손에 부채를 쥐어준 다음 차를 한 잔 따라주었고, 판샤오에게 라오얼이 돌보던 아이들을 데리고 가라고 일렀다. 이윽고 그녀는 큰딸이 있는 방으로 다시 들어갔다. 큰딸은 입을 헹군 뒤 머리를 묶고 있었다. 링사오는 딸에게서 자초지종을 듣고는 마침 우리엔도 없는 터라 웃음을 참지 못했다.

"난 네 편이다. 물론 성격이 유순한 것도 나쁘지는 않지만, 솔직히 네 남편처럼 도움이 안 되는 남자는 본 적이 없어. 하지만 그 사람은 도시에서 자랐다는 걸 잊으면 안 된다. 그래서 도시를 벗어나면 연못에 빠진 고양이 꼴이 되는 거야. 네 남편을 탓하지 마라. 성안에 집이 있을 때만 해도 너한테 잘하고, 호의호식하게 해주지 않았니. 다시 그런 날이 올 거다. 여자란 모름지기 남편을 잘 섬겨야 해. 그 사람이 앞으로 어떻게 될지 누가 알겠니? 그리고 그 사람한테도 여기서 지내는 게 쉬운 일이 아니란다. 얼마나 눈치가 보이겠니? 그러니 네 남편을 무시하지 말고, 자꾸 기를 살려주도록 해라. 세상에는 아범만도 못한 남자가 수두룩하단다."

링사오는 큰딸을 타이른 뒤 남편에게 용서를 빌라며 방에서 내보냈고 우리엔은 진지한 얼굴로 아내를 용서했다.

그날 밤, 링사오는 남편에게 낮에 있었던 일을 한껏 부풀려가며 이야기했다. 그리고 두 사람은 어쩔 수 없는 도시 사람인 사위 생각에 한바탕 웃었고, 딸이 사위의 뿌옇게 살찐 두 뺨에 손톱 자국이 다섯 줄이나 나도록 할퀴었다는 것에 흐뭇함을 느꼈다. 그들은 사위를 조금도 미워하지 않지만, 마땅히 있어야 할 곳을 떠나 있는 우리엔은 그들에게 웃음을 선물했다. 어쨌든 요즘 같은 시절에 웃을 수 있는 일이 있다는 것은 즐거운 일이었다.

그러나 링탄은 부부 사이에 꺼림칙한 일이 있어서는 안 된다는 것을 알고 있었기에 큰딸에게 더 이상 추수를 돕지 못하게 했다. 이렇게 해서 우리엔은 마음을 가라앉혔고, 장모가 가져다준 양 기름을 상처에 발랐다. 그는 상처가 아물 때까지 일주일 가량을 집 안에서만 지냈다.

이윽고 추수가 끝나자 너른 들판에서는 하루 종일 도리깨질하는 소리가 울려 퍼졌다. 이삭이 밟아 다져진 흙길 위에 떨어졌고, 황소와 물소는 돌덩이를 끌면서 그 위로 지나갔다. 부릴 가축이 없는 농부는 직접 돌을 끌어냈고, 여자들은 초가을 산들바람에 키질을 했다.

한편 적군의 비행기는 비가 오는 날을 제외하고는 여전히 동쪽 언덕 너머에서 나타나 도시를 향해 날아갔다. 그러나 비는 좀처럼 내리지 않았다.

"추수 때 날씨가 좋게 해달라고 하늘에 대고 빌었더니 이렇게 우리의 청을 들어주는구먼, 벌써 9월이 되었어." 아흔 먹은 노인이 신음하듯 말했다. "어찌할 바를 모른다고 누가 하늘을 탓할 수 있겠나. 요즘 같은 때는 뭘 위해 치성을 드려야 할지 모르겠어. 해는 적을 부르고, 비는 농사를 망치니 말일세."

노인은 이미 오래전부터 들일을 하지 않았지만 가을걷이를 구경하러 나왔다가 이렇게 말했고, 링탄은 고집스럽게 자신의 생각을 말했다.

"저는 늘 해왔던 대로 치성을 드릴 겁니다. 추수를 마칠 때까지는 해가 쨍쨍 내리쬐야 해요. 그래야 도리깨질을 하고, 겨우내 먹을 양식을 저장할 수 있으니까요."

"그래, 자네 말이 맞아." 노인은 링탄의 말에 고개를 끄덕였다.

그러나 링탄처럼 넓은 땅을 가진 농부들은 거두어들인 곡식을 모두 저장할 수 없기 때문에 일부를 내다 팔아야만 했다. 게다가 성안에 남아 있는 사람들 역시 식량을 원했고, 개중에는 불이 나거나 건물이 무너질 경우를 대비해서 겨우내 먹을 식량을 안전하게 보관하기 위해 땅을 파는 사람들도 있었다. 결국 링탄은 내키지 않았지만 곡식을 내다 팔기 위해 성안으로 가야 했다. 보낼 만한 사람이 없어서 자신이 직접 성안에 가야 하는 지금, 그는 그 어느 때보다도 둘째 아들이 그리웠다.

비가 주룩주룩 쏟아지던 어느 날, 링탄은 성안에 있는 싸전에 곡식을 내다 팔기 위해 길을 나섰다. 그는 빗방울이 미끄러져 내리도록, 오리의 깃털처럼 갈댓잎을 겹치게 엮어서 만든 비옷을 입고 있었다. 진흙길을 걸어야 했기 때문에 성안까지 가는 데는 평소보다 시간이 두 배나 걸렸지만, 그는 여유를 갖고 천천히 걸었다. 침울한 날이었다. 도시는 그가 마지막으로 보았을 때보다 훨씬 상태가 악화되어 있었다. 부유한 사람들과 성안의 분위기를 밝게 만들던 사람들은 모두 떠나고 없었으며 아직 남아 있는 사람들은 차마 눈을 뜨고 볼 수 없을 정도로 비참했다.

한편, 성안에서는 용감한 기운이 느껴지기도 했다. 아직 도시에 남아 있는 사람들은 불평을 늘어놓지 않았으며 비행기에 대해서 말하지도 않았다. 싸전이 늘어서 있던 거리에 들어서자 상점의 절반가량이 문을 닫고 있는 것이 보였다. 그러나 남아 있는 상인들은 전과 다름없이 링탄과 가격을 흥정했고, 무슨 일이 생기더라도 끝까지 가게 문을 열 것이라고 말했다. 사람들은 먹지 않고는 살 수 없으며 쌀 말고는 달리 먹을 것이 없기 때문이었다. 상인들은 링탄이 예전에 비해 턱없이 높은 가격을 요구했는데도 흔쾌히 받아들였다. 링탄은 세상이 어수선할 때도 좋은 점은 있는 모양이라고 생각했다. 그는 쌀을 더 가져오기로 약속하고 상인에게서 받은 은화를 주머니에 가득 채운 채 집으로 향했다.

그러나 귀에 들려오는 소식은 모두 나쁜 것뿐이었고 그 중에서 가장 나쁜 소식은 백인들마저 도시를 떠나고 있다는 사실이었다. 링탄은 이번 일에 비하면 아무것도 아닐지 모르지만 수많은 어려움을 겪으며 살아왔다. 비록 그가 얼굴이 하얀 외국인을 직접 만나본 적은 없었지만 그들이 도시를 떠나는 것은 쥐가 배를 떠나는 것과 같다는 사실을 알고 있었기 때문에 여기저기에서 외국인들이 떠나고 있다는 이야기를 듣고는 곧 최악의 상황이 벌어질 것임을 예감했다.

"다들 떠나지는 않을 겁니다." 그날 밤, 우리엔은 링탄의 이야기를 듣더니 이렇게 말했다. "그래도 달리 갈 곳이 없기 때문에 두세 명, 많으면 열 명 정도는 도시에 남을 거예요. 하지만 나머지 외국인들이 모두 떠나고 있다는 건 분명 나쁜 소식입니다. 그 사람들은 세계 구석구석에서 무슨 일이 벌어지고 있는지 알고 있거든요. 우리가 아무것도 모를 때에도 그 사람들은 모든 걸 다 알고 있어요."

"어떻게 그런 요술을 부리죠?" 란이 물었다.

"그 사람들은 공중에서 소식을 잡아서 전신선을 타고 낱말들이 흘러가게 하죠." 우리엔은 이렇게 대답했고, 란은 입을 벌린 채 그의 이야기를 듣더니 소리 높여 말했다.

"백인과 마주치는 일이 없었으면 좋겠어요. 그 사람들을 보게 된다면 너무 무서워서 그 자리에서 죽고 말 거예요."

우리엔은 그녀의 무지를 비웃으며 말했다. "제 가게에 백인들이 외국 물건을 사러 온 적이 두세 번 있습니다. 그 사람들은 다른 손님들과 마찬가지로 물건 값을 냈어요. 그들도 우리처럼 두 다리와 눈, 코, 입을 갖고 있죠. 단지 얼굴색과 냄새가 우리와 다를 뿐이에요."

"그 사람들도 우리말을 하나요?" 란이 물었다.

"네. 하지만 어린애처럼 더듬더듬 말합니다." 우리엔은 여자인 그녀의 무지함을 너그럽게 이해하면서 친절하게 대답했다.

"그래도 그 사람들과 만나는 일이 없으면 좋겠어요." 란이 말했다.

"네, 그런 일은 없을 겁니다." 우리엔은 이렇게 대답하고는 링탄을 바라보며 말을 이었다. "일이 어떻게 될지 모르지만 빨리 결말이 났으면 좋겠습니다. 결국 도시가 적군의 차지가 될 운명이라면 차라리 빨리 그렇게 되는 편이 나아요. 그럼 적어도 비행기는 더 이상 날아오지 않을 겁니다. 그렇게 되면 집으로 돌아가서 다시 가게를 시작할 작정입니다."

링탄은 성안에 남아 있는 많은 사람들이 여전히 가게 문을 열고 있는데 지금 당장 돌아가지 못할 이유가 없지 않느냐고 우리엔에게 말하고 싶었지만 꾹 참았다. 그는 이 세상에는 용기가 많은 사람과 그렇지 못한 사람이 있는 법이라는 것을 알고 있었으며, 우리엔이 용기가 적은 사람으로 태어났다는 것은 그에게 위험이 닥치기 전까지는 아무도 확인할 수 없었다.

"이제 곧 결말이 날걸세. 그러니 그때까지 그냥 여기에 있게나."

링탄은 자상한 목소리로 말했다.

링탄은 요즘 들어 자신의 집에 들렀다 가는 사람들에게 반드시 하는 말이 있었다. "댁들이 가는 곳에 제 아들과 며느리가 있습니다. 제 아들놈은 키가 커서 금방 알아볼 수 있을 겁니다. 눈이 새카맣고 아주 반짝이거든요. 그리고 제 며느리도 아들놈만큼이나 키가 큰데 산달이 가까웠어요. 그 아이들을 보거든 우리가 전과 다름없이 잘살고 있다고 전해주십시오."

사람들은 대부분 링탄에게 그의 아들과 며느리를 찾아보겠다고 약속했고, 링탄은 그들 중 누군가 아들 내외의 소식을 가지고 되돌아오기를 바랐지만 그런 일은 생기지 않았다.

··· 이윽고 10월에 접어들었다. 9월과 10월 중 어느 달이 더 살기 좋은지 누가 알 수 있겠는가? 흰 기러기 떼가 여느 가을과 마찬가지로 추수가 끝난 뒤 남아 있는 낟알을 찾느라고 들판을 가로질러 날았고, 하늘은 푸르렀다. 그리고 언덕 위에 길게 자라 있는 풀은 어느새 불그스레한 빛을 띠기 시작했으며 베어내도 좋을 정도로 말라 있었다. 링탄은 일을 할 수 있는 가족들과 함께 겨우내 땔감으로 쓸 풀을 베러 나왔다. 이번에도 낫을 쥘 줄 모르는 우리엔은 집에 남았다. 링탄은 큰딸에게 집에 남아서 어머니 대신 집안일을 하라고 일러두었다. 링사오는 남편 못지않게 낫질을 잘했다. 그들은 풀이 무성하게 자라 있는 언덕에서 날마다 기다란 풀을 베어낸 뒤 다발지어 묶었으며 해가 지고 나면 언덕 아래로 내려왔다. 집으로 돌아올 때면 짊어진 건초 다발이 온몸을 가렸기 때문에 보이는 것이라고는 두 다리밖에 없었다. 그들은 하루 종일 베어낸 건

초 다발을 담장에 기대어 차곡차곡 쌓았다. 링탄은 이미 겨울 식량을 마련했고, 마침내 땔감까지 준비된 지금, 마음속으로 생각했다. '이제 무슨 일이 벌어진다 해도 가족들을 굶기지는 않겠군.'

10월 10일, 쌍십절인 오늘, 그들은 하루 종일 일손을 멈추었다. 예년과 다름없이 학생들이 마을을 찾았다. 링탄은 서너 명밖에 안 되는 학생들을 보면서 놀람을 감추지 못했다. 작년까지만 해도 학생들은 이날만 되면 메뚜기 떼처럼 몰려와서 마을길과 찻집을 차지하고는 사람들에게 연설을 하고는 했었다. 그들은 마을 사람들에게 모두 글을 배워야 하며 날마다 몸을 씻고, 파리와 모기를 잡아야 한다고 목청을 높여가며 말했다. 그리고 천연두에 걸린 사람 곁에는 가까이 가면 안 된다고도 덧붙였다. "그럼 아픈 사람을 죽게 내버려 두라는 게요?" 링사오는 학생들의 말을 듣고는 이렇게 물은 적이 있었다. 마을 사람들은 학생들의 이야기에 코웃음을 쳤고, 그들의 말을 반신반의했다. 학생들은 나이가 어릴 뿐만 아니라 그들이 배운 것은 대를 이어가며 확인된 것이 아니기 때문이었다. 그러나 올해 쌍십절에는 시골 마을을 찾은 학생들의 수가 예전처럼 많지 않았다. 게다가 링씨 집성촌을 찾은 학생은 단 두 명뿐이었으며 그들이 마을 사람들에게 설교하는 내용도 예년과 완전히 달랐다.

책만 읽은 탓에 얼굴빛이 노란 학생들은 여윈 몸에 장발을 하고 있었으며 푸른 교복 윗도리와 바지 차림에 외제 안경을 쓰고 있었다. 그들은 서둘러 마을을 떠나고 싶어하는 것처럼 보였다.

"여러분, 저희들 말에 귀를 기울여주십시오. 적군이 가까이 다가오고 있는 지금, 여러분은 그들이 이곳에 들이닥칠 경우에 무슨 일이 생길지 미리 알고 계셔야 합니다. 행여 평화 같은 건 기대하지 마십시오. 그런 일은 절대 없을 겁니다. 그들은 여러분 위에 군림하며 여러분을 노예로 만들 겁니다. 그리고 아편으로 여러분을 무력하게 만들고, 여러분이 가진 모든 것을 빼앗을 겁니다. 그들은 지나가는 곳마다 민가에 들이닥쳐 식량을 약탈했고, 부녀자들을 겁탈했습니다."

링탄은 딱히 할 일이 없어서 거리를 거닐다가 날씨도 맑고 바람도 시원해서, 예년처럼 유랑극단이 와 있으면 구경해야겠다고 생각하며 찻집으로 걸음을 옮겼다. 그러나 기대했던 것과는 달리 그곳에는 얼굴빛이 창백한 청년 두 명이 와 있을 뿐이었다. 어쨌든 링탄은 그들의 이야기나 들어볼 요량으로 자리를 잡고 앉았다. 찻집에 모여 있는 사람들 사이로 팔촌 내외와 한때 옥을 사랑했던 팔촌의 외아들이 보였다.

"군인들은 본래 그런 법이오." 링탄은 학생들의 이야기가 끝나자 모두에게 들릴 정도로 큰 소리로 외쳤다. "그리고 아편 말인데, 내 조부께서 살아 계실 때만 해도 사람들은 어쩔 수 없이 아편을 재배해야 했소. 이 도시를 통치하던 자들이 세금을 거둬들일 요량으로 강요했기 때문이오."

두 청년은 화가 나서 링탄의 말을 반박했다. "적이 우리에게 그런 일을 강요하는 것은 더 나쁩니다."

그 순간, 링탄의 팔촌이 사람들 사이에서 소리쳤다. "오래전에 적 한 명을 본 적이 있소이다. 그 사람은 우리와 똑같은 머리칼과 눈을 가졌고 피부색도 똑같았소. 키가 작고 다리가 바깥쪽으로 굽은 걸 빼고는 우리와 다를 게 없더이다. 우리말을 할 줄만 안다면 우리와 같이 살아도 전혀 문제될 게 없을 듯했소. 마귀처럼 보이는

죽음의 그림자 155

백인들보다 훨씬 나을 거요."

마을 사람들은 이해할 수 없었지만 두 청년은 팔촌의 말에 더욱 화가 난 듯 얼굴을 마주 보며 씩씩거렸다.

"이런 촌사람들 앞에서 떠들어 봤자 목만 아프겠어. 이 사람들은 애국심이라고는 전혀 모르는 모양이야. 이 사람들한테 중요한 건 먹고 자는 것뿐이야. 그러니 누가 통치를 하건 전혀 상관을 안 하지." 한 청년이 함께 온 학생에게 말했다.

이제 화를 내야 할 건 마을 사람들이었고, 링탄이 가장 먼저 소리를 질렀다.

"이 나라의 통치자들이 우리한테 해준 게 뭐가 있나? 세금만 물리고, 우리의 살만 뜯어먹었어. 어차피 잡아먹힐 거라면 호랑이든 사자든 뭐가 다르단 말인가?"

링탄은 말을 마치고는 허리를 굽혀서 흙덩어리를 집어든 뒤 두 청년을 향해 던졌다. 그러자 마을 사람들은 링탄을 따라하기 시작했고, 공격을 받은 청년들은 서둘러 그 자리를 피했다. 축제일은 이렇게 지나갔고, 그날 이후로 링탄은 한참 동안 학생들의 모습을 볼 수 없었다.

그날 밤, 링사오는 쌍십절을 기념하기 위해서 암탉을 잡았고, 암탉의 피를 뽑아서 산부잔*을 만들었다. 아이들 중 두 명은 산부잔을 너무 많이 먹은 탓에 밤새 배앓이를 했다. 이튿날, 링탄은 여느 때와 다름없는 날이 밝아서 할 일 없이 빈둥대지 않고 일할 수 있는 것이 반갑기만 했다.

---

* 三不粘. 계란 노른자 위에 녹말가루를 풀어 약한 불에서 빠른 속도로 400여 번을 휘저어 푸딩처럼 만든 음식

링탄은 두 청년이 조국을 사랑하지 않는다며 자신에게 퍼붓던 비난을 곱씹었다. 그는 겨울밀을 심기 위해서 밭을 갈면서 새까만 흙을 내려다보았다. '내가 이 땅을 사랑하지 않는다고? 이 땅 역시 내 조국이 아닌가? 그 청년들은 내 아들 내외처럼 자신의 목숨을 부지하려고 이 땅을 떠났어. 하지만 나는 내 조국을 너무나 사랑하기 때문에 차마 떠날 수가 없다. 난 죽더라도 이 땅에 있을 거야. 누가 이런 나보다 이 땅을 더 사랑한다고 말할 수 있단 말인가?' 링탄은 자신의 아내조차도 이해할 리 없기 때문에 누구한테도 이러한 생각을 말할 수 없었다. 그는 링사오가 이해할 수 있을 만한 일들은 그녀에게 이야기를 했지만 이따금 그의 마음을 사로잡는 이러한 깊은 생각에 대해서는 언급하지 않았다. 링탄은 깊은 생각을 하고 나면 그 생각들을 소중하게 여기면서 혼자만의 것으로 간직했고, 결코 잊는 일이 없었다.

링탄은 비가 내리는 날이면 싸전 주인에게 약속한 대로 곡식을 가지고 성안으로 갔다. 그러던 어느 날, 여느 때보다 더 많은 쌀을 가져가려고 두 아들이 그를 따라나섰다. 이윽고 성안에 도착한 그들의 귀에 들려오는 것은 적군이 모든 전투에서 승리했으며 이제 이 지역을 향해 진격하고 있다는 소식뿐이었다. 링탄과 두 아들은 싸전 주인으로부터 이 같은 소식을 처음으로 들었다.

링탄이 거래하는 곳은 아버지와 삼촌의 대를 이어서 여섯 형제가 운영하는 싸전이었는데, 그들은 모두 진지하고 정직한 상인들이었으며 항상 믿을 만한 소식들을 전해주었다.

"누가 이 쌀을 먹게 될지 모르겠군요." 여섯 형제 중 첫째가 링탄이 가져온 쌀의 무게를 재면서 말했다. "어쩌면 팔기도 전에 적군이 들이닥칠지도 몰라요. 벌써 해안 지방을 모조리 차지했다는군요. 이제 곧 우리의 운명도 판가름날 거예요. 벌써 이곳을 다스리던 사람들은 모두 떠났고, 여기 있던 성도省都마저 내륙 지방으로 옮겨갔어요."

그날, 싸전의 분위기는 어수선하기만 했다. 여섯 형제는 조상에 대한 도리를 다하기 위해서 모두가 한곳에 머물면 안 된다는 결론을 내렸던 것이다. 여섯 형제가 모두 함께 죽고 나면 대를 이을 사람이 없기 때문에 결국 그들은 제비뽑기를 해서 두 명은 서쪽으로, 두 명은 남쪽으로 가기로 결정했고, 장남과 막내만 이곳에 남기로 했다. 싸전 안에는 짐 꾸러미가 사방에 널려 있었고, 걱정스런 얼굴을 한 여자들과 우는 아이들 그리고 여섯 형제는 다시 만나리라는 확신이 없었기에 불안한 마음을 감추지 못했다. 요즘 같은 시절에 자신의 운명을 내다볼 수 있는 사람은 아무도 없었다. 링탄과 두 아들은 싸전 주인이 쌀의 무게를 재고 그 값을 치르는 동안 한자리에 서서 기다리면서 가게 안의 분위기를 지켜보았다. 그리고 그들의 가슴속에는 일찍이 경험해본 적이 없는 두려움이 스며들었다. 적군은 대체 어떤 사람들일까? 떠나지 않고 남아 있는 사람들에게는 어떤 일이 생길 것인가? 남아 있는 것과 떠나는 것 중에 과연 어떤 선택을 하는 것이 옳을까?

링탄과 두 아들은 싸전 주인이 쌀값을 치를 때까지 한마디도 하지 않았다. 마침내 링탄이 두려운 마음에 입을 열었다.

"적군이 언제쯤 들이닥칠까요?"

"특별히 앞을 가로막는 게 없다면 한 달 안에 도착할 겁니다."
여섯 형제 중 장남이 대답했다.

"그런데도 이 나라의 통치자들은 두 손을 놓고 가만히 구경만 하고 있나요?" 링탄이 물었다.

"적군한테는 우리한테 없는 총이 있어요. 우리가 방방곡곡에 학교를 세우고 길을 닦는 동안, 그들은 무시무시한 총과 바다에 띄울 배 그리고 하늘을 나는 비행기를 만들었습니다. 아무리 맞서 싸우고 싶어도 알몸뚱이 하나뿐인 우리가 뭘 할 수 있겠습니까?"

링탄은 아무런 대답도 하지 않은 채 아들들을 이끌고 집으로 향했다. 한 해의 끝이 얼마 남지 않은 지금, 그는 싸늘한 공기를 가로지르면서 집에 도착할 때까지 싸전 주인에게서 들은 말을 곱씹었다. 그의 선조들은 덕이 있는 남자는 군인이 되어서는 안 된다고 가르쳤으며, 전쟁을 좋아하는 자는 가장 인간답지 못한 사람이기에 존경을 받을 만한 가치가 없다고 말했고 그들은 조상의 말을 믿었다.

'조상님들의 말씀이 옳아.' 링탄은 마음속으로 생각했다. '죽는 것보다는 사는 게 낫고, 전쟁보다는 평화가 나아. 간혹 도둑 무리처럼 이런 사실을 부정하는 자들이 있지만 진실은 언제나 변함없는 법이야.'

그러나 그날 링탄은 대문이 얼마나 튼튼한지, 경첩에는 이상이 없는지 확인했으며 벽에 난 구멍과 밖으로 통하는 자그마한 부엌 창문을 막았다. 그리고 혹시라도 적군이 마을에 들어온다면 가족들을 모두 집 안에 머물게 할 것이며 누군가 대문 밖을 내다봐야 할 일이 생긴다면 자신이 직접 나가리라 마음먹었다. 그는 이제 곧 맞닥뜨리게 될 미지의 적을 향해서 전에 없이 깊은 두려움을 느꼈고, 적군이 들이닥치기 전에 남아 있는 며칠 안 되는 시간이 더할 나위 없이 소중하게 느껴졌다. 링탄은 임종을 눈앞에 둔 인간이 마지막 남은 시간을 헤아리듯 남은 날들이 얼마나 되는지 손꼽아보면서 눈앞에 보이는 나지막한 산이 얼마나 아름다운지, 자신의 땅이 얼마나 소중한지를 그 어느 때보다 절실하게 느꼈다. 심지어는 늘 대하던 가족들마저 더욱 애틋하게 느껴졌다. 링탄은 판샤오에게 푸른 비단옷을 사주었고, 링사오에게는 집에 있는 베틀로는 짤 수 없는, 고운 흰색 무명천 세 마를 선물했다. 그리고 두 아들에게는 은화 지폐 열 장씩을, 손자들에게는 은화 한 닢씩을 주었고, 큰딸에게는 옷을 지어 입으라며 질 좋은 아마포를 선물했다. 이런 시절에 링탄에게서 받은 선물로 무얼 해야 좋을지 아는 사람은 아무도 없었지만, 링탄은 가족들이 그들을 향한, 그리고 며칠 남지 않은 평화로운 나날 동안 누릴 수 있는 모든 것을 향한 자신의 애틋한 마음을 느낄 수 있기를 바랐다.

"지금은 이런 선물을 할 수 있지만, 앞으로도 늘 이렇게 내 마음을 표현할 수 있을지는 잘 모르겠구나." 링탄은 놀란 가족들을 바라보면서 말했다.

가족들은 기쁜 마음으로 선물을 받았지만 마음이 불편했고, 링탄은 왠지 임종을 눈앞에 두고 있는 것만 같은 기분을 느꼈다.

"어디 아픈 데라도 있는 건 아니에요?" 그날 밤, 링사오는 걱정스런 얼굴로 그에게 물었다. "전처럼 식사를 잘하는 것 같지도 않고, 어딘지 달라진 것 같아서 그래요."

"난 달라지지 않았어. 앞으로도 변함이 없을 거고. 난 죽는 날까지 한결같은 모습으로 살아갈 거야. 그리고 오래오래 살 거야." 링탄은 진지하게 말했다.

링사오는 이렇게 대답하는 남편의 태도가 예사롭지 않다는 것을 느끼고는 무언가 말을 하려 했지만 그냥 입을 다물어버렸다. 그녀는 남편이 자신이 하는 일이 무엇인지, 그리고 그 일을 왜 하는지 아는 남자라는 것을 잘 알고 있었다. 이런 남자 앞에서, 여자는 모름지기 침묵을 지킬 줄 알아야 하는 법이었다.

* * *

11월에 접어들자 적은 도시 가까이로 진격했다. 고요한 날, 들에서 일을 하다가 고개를 들면 전투 소리가 멀리서 들려오는 신음처럼 어렴풋이 귓가에 와 닿았다. 이따금 동쪽에서 묵직한 굉음이 들려왔지만 무엇이 만들어내는 소리인지 아는 사람이 아무도 없었는데, 어느 날 성안에 다녀온 사람은 그 소리가 적군이 갖고 있는 거대한 총에서 나는 것이라고 말했다.

마침내 피난민의 발길이 끊겼다. 고향을 떠날 수 있는 사람들은 이미 먼 길을 떠난 뒤였으며 무슨 일이 생기건 제 집을 지켜야만 하는 사람들만이 고향에 남아 있었다. 링탄은 겨울을 날 준비를 하느라 하루 종일 바쁘게 일했고, 밤이면 질긴 볏대를 엮어서 짚신을 만들었다. 눈이 가볍게 내렸고, 쌓인 눈 아래에서 겨울밀은 푸르게 자랐다. 그러나 눈은 얼마 못 가 녹아버렸으며 이제 날마다 새로운 나쁜 소식이 들려왔다.

11월 7일, 마지막까지 남아 있던 통치자들마저 도시를 떠났고, 적이 쳐들어오면 맞서 싸울 군대만 도시에 남았다. 그러나 통치자가 떠난 마당에 어떤 군대가 용감히 싸우겠는가? 사람들은 이 소식을 듣고는 너나없이 불만을 늘어놓았고, 도시에서 80리 안에 있는 마을 사람들은 칼과 부모로부터 물려받은 옛 검 그리고 쇠스랑과 산적이 기승을 부리던 시절에 도둑시장*에서 사두었던 낡은 총으로 무장을 했다. 퇴각하는 군인들은 눈앞에 보이는 것을 무조건 약탈한다는 사실을 알고 있었기 때문에 그들의 첫 경계 대상은 후퇴하는 아군이었다. 패잔병들은 한번 지나간 길을 되돌아올 일이 없으며 자신들이 저지른 일은 뒤쫓아 오는 적군이 고스란히 뒤집어쓸 것임을 알기 때문에 이 같은 만행을 일삼았다.

링탄은 증조부 때부터 집안에 내려오는 날이 넓은 검으로 무장해야겠다고 생각했다. 그는 두 세대를 거치는 동안 돼지가죽으로 만든 상자 바닥에 깔려 있던 검을 꺼냈고, 링사오는 남편이 건넨 검을 재로 닦아서 윤을 냈다. 링탄은 검을 몇 번 휘둘러보더니 낫을 쥐듯 사용하면 되겠다고 생각하면서 필요할 때면 언제라도 쓸 수 있도록 대문 옆에 못을 박고 걸어두었다. 이렇게 11월의 반이 지나갔고, 그들은 날이 밝으면 오늘이 자유를 누릴 수 있는 마지막 날이 될지도 모른다는 생각을 하면서 하루를 시작했다. 그들은 점점 더 또렷하게 들려오는 전투 소리를 들으면서 적군이 다가오고 있음을 알았다. 마침내 바로 앞에서 들려오는 듯 가까워진 총성은 이따금 식탁 위의 그릇들을 뒤흔들었고, 아이들을 울렸다.

적군이 마을에 들이닥치기 며칠 전부터는 여태 들어본 적이 없는 끔찍한 소식들이 도시 가까이에 사는 사람들의 입을 통해 들려왔다.

---

* 중고품·장물 따위를 파는 노점 상가

그러나 다행스럽게도 링탄과 그의 친척들이 사는 마을은 도시로부터 10리 넘게 떨어져 있었다. 도시로부터 10리 안에 위치한 지역을 지키던 군인들은 적군의 약탈을 막으려고 마을에 불을 질렀고 결국 그곳에 살던 농부들은 가족들을 이끌고서 떼를 지어 링탄네 마을을 지나갔다. 그들은 기근을 피해 고향을 떠난 사람들처럼 등짐을 지고 있었고, 어린아이를 태운 바구니를 장대에 걸어서 든 채 내륙 지방을 향해 걸음을 재촉하고 있었다. 링탄이 고향을 떠난 이유를 묻자 그들은 이렇게 대답했다.

"집도 곡식도 모두 타버렸습니다. 고향에 남은 거라곤 새까맣게 탄 흙뿐이에요. 그런 곳에 남아서 적군의 손에 죽기만 기다릴 필요는 없죠." 그들은 대답을 마치고는 서둘러 가던 길을 계속 갔다.

그날 링탄은 요란하게 귓가에 와 닿는 총성을 들으면서 밖으로 나가 자신의 땅을 바라보았다. 이 땅 역시 태워야 할까? 그러나 이 많은 가족들을 데리고 어디로 간단 말인가? 게다가 그의 가족 중에는 여자들과 어린아이들이 많았다. 가을걷이를 끝낸 쌀과 풀을 모두 태우고 나면 누가 가족들을 먹여 살릴 것인가? 그러나 이 모든 이유보다도 그의 발목을 붙잡는 것은 자신의 땅을 지키고 싶은 마음이었다.

그날 밤 링탄은 아내에게 말했다. "땅을 둘둘 말아서 가져갈 수만 있다면 좋을 텐데…… 그럼 나도 이곳을 떠날 수 있을 거야. 하지만 겉으로 드러난 흙뿐만 아니라 땅속 깊숙한 곳까지 모두 내 땅이야. 난 내 땅을 절대 포기할 수 없어. 누가 이 마을에 들어오건 난 여기에 남아서 내 땅을 지킬 거야."

"나도 당신 곁에 남겠어요." 링사오가 말했다.

이렇게 하루 이틀 시간은 흘렀고, 통치자들이 모두 떠난 뒤에도 마을에 남은 사람들은 마음을 더욱 다잡았다. 적군에 맞설 사람은 자신밖에 없으며 앞으로 닥칠 모든 일이 자기 손에 달려 있다는 것을 알았기 때문이다. 과거에도 이미 이와 비슷한 일이 여러 차례 있었는데 통치자들은 늘 무슨 일이 닥치면 가장 먼저 몸을 피했고, 백성들은 그 뒤에 남아서 강인한 모습을 보여야 했다. 이제 전장에서 들려오는 굉음은 매 시간 더 요란해졌다.

11월 10일, 사흘 뒤면 적군이 들이닥칠 거라는 소식이 불어오는 바람처럼 마을에 전해져 왔다. 불행 중 다행으로 링탄의 땅은 도시에서 가장 멀리 떨어져 있었으며 적은 그가 사는 곳으로부터 멀찌감치 떨어져 있는 도시 반대편을 통해 들어올 터였지만 이와 같은 상황이 꼭 득이 되는 것은 아니었다. 도시를 지키고 있던 군인들이 법과 질서를 무시하고 마구 날뛰었기 때문이다. 겁에 질린 나머지 이성을 잃은 군인들은 마을에 몰려들어와 닥치는 대로 약탈을 일삼았다. 그들은 한시바삐 달아나야 한다는 생각에 마음을 온통 빼앗기고 있었으며, 이미 지휘관마저 떠나버린 터라 적에게 비겁한 모습을 보이는 것 따위는 아랑곳하지 않았다. 그들에게 중요한 것은 목숨을 부지하는 것뿐이었다.

링탄은 하는 수없이 대문을 걸어 잠갔다. 그가 만든 대문은 어찌나 튼튼했던지 패잔병들이 아무리 두들겨대도 끄떡도 않았고, 떠나기에 바쁜 군인들은 대문을 부수고 들어올 생각까지는 하지 않았다. 그들은 쉽사리 열리지 않는 링탄네 대문을 등지고 다른 집으로 갔기 때문에 그의 집은 무사할 수 있었다. 그러나 패잔병들이 짓밟고 지나간 링탄의 마을과 그들이 지나가면서 폐허로 만들어버린 이웃 마을들의 모습은 차마 눈을 뜨고 볼 수 없을 만큼 처참했다. 적군도 차라리 이보다는 나을 거라고 목소리를 높이는 사람이 한둘이 아니었으며, 심지어는 질서라도 유지할 수 있도록 하루빨리 적군이 들어와서 마을을 다스렸으면 좋겠다고 말하는 사람까지 있었다. 도둑과 산적이 아무리 뽑아도 다시 자라나는 고약한 잡초처럼 사방에서 고개를 들기 시작했기 때문이다. 누군가 추수한 곡식을 팔아서 돈을 조금이라도 손에 쥐게 되면, 집 없이 떠돌아다니는 도적떼가 귀신같이 그 사실을 알아내고는 밤새 마을로 내려와서 원하는 것을 손에 넣었다. 그렇지 않아도 고통받고 있던 사람들은 이미 오래전에 사라졌던 산적의 출몰로 더 많은 고통을 겪어야 했다.

우리엔은 어떤 대가를 치르더라도 질서를 되찾고 싶었다. 그는 마지막 패잔병이 마을을 떠난 뒤에야 밖으로 나와서 마을 구석구석을 돌아다녔고, 모든 상점이 텅 비어 있는 것을 보면서 혀를 찼다. 빵 가게 주인은 돈 한 푼 받지 못한 채 마지막 빵 한 조각까지 모두 빼앗기고 말았다.

"아군은 같은 민족인 우리에게 몹쓸 짓을 저질렀어. 이보다 더 잔인한 짓은 없어." 우리엔은 이렇게 혼잣말을 했고, 집으로 돌아와서 가족들 앞에서 자신의 생각을 이야기했다. "적군이 도시를 차지하면 곧바로 성안으로 가서 다시 가게 문을 열 겁니다. 그들이 오고 나면 상황이 전보다 나아질 게 분명해요."

"적군이 성안을 차지한 다음에 다시 얘기하세. 그때 가면 자네 말이 정말 옳았는지 알 수 있겠지. 만약 자네 말대로라면 나도 그들이 정한 규칙을 따르겠네." 링탄이 말했다. 그는 패잔병들이 집 앞을 지나가는 동안, 아래가 내려다보이면서도 몸을 숨길 수 있는 지붕 한구석으로 올라간 뒤 눈앞에 보이는 무자비한 군인들의 모습에 분노를 느꼈다. 그는 군인이 된 남자는 더 이상 인간이 아니며 전생에 그러했던 것처럼 짐승의 상태로 돌아간다는 것을 알고 있으면서도 분을 이기지 못해서 그들에게 달려들고 싶었고, 그런 마음을 억누르느라 애를 써야 했다.

그러나 마침내 패잔병의 무리도 자취를 감추었고, 아군의 후퇴와 적군의 진격 사이에 고요한 시기가 찾아왔다. 링탄은 그 틈을 타서 마을 사람들을 찻집에 불러 모아 이제 곧 마을에 들이닥칠 적군과 어떤 방법으로 대면해야 할 것인지를 의논했다.

"적군도 우리가 무방비 상태라는 걸 한눈에 알 수 있을 겁니다." 링탄이 말했다. "그리고 아무리 적이라 해도, 우리가 그들을 기다리고 있었다는 걸 알면 공격 같은 건 안 할 겁니다. 그러니 어떻게 예를 갖추어서 전쟁에 이긴 그들을 맞이할 것인지 생각해봅시다. 가식적으로 적군을 환영하자는 게 아닙니다. 우리가 이미 닥친 일을 받아들일 줄 아는, 사리를 분간할 줄 아는 사람들이라는 걸 보여주자는 겁니다."

마을 사람들은 모두 링탄의 생각에 동의하면서 말문을 열었다. "적군이 언제, 어디에서 오게 될까요? 어느 길에서 그들을 만나면 되죠?" 누군가 이렇게 묻자, 다른 사람들도 질문을 거들었다. "어떤 식으로 적군을 맞아야 할까요?" 마을 사람들은 적군의 모습을 단 한 번도 본 적이 없었기에 그들이 선량하기를 바라면서 어디선가 들은 적이 있는, 적군에 대한 좋은 이야기를 서로에게 해주었다. 그러나 자신들을 정복한 적군 앞에서 무슨 말을 하고, 어떻게 행동해야 할지 아는 사람은 아무도 없었다.

그 순간, 아흔 먹은 노인이 오랫동안 인생을 살아온 경험을 통해서 얻은 지혜를 말했다. "늘 해오던 방법 말고 우리가 아는 게 뭐 있겠나? 우리 마을을 찾아온 여느 고관을 대하듯 그들을 맞이하면 될 게야."

모두들 노인의 나이를 존중해서 그의 말에 귀를 기울였으며 그의 생각이 가장 좋다고 동의했다. 결국 마을 사람들은 적군의 소리가 가까워지면 모두 함께 마을 밖으로 나가기로 뜻을 모았다. 아흔 먹은 노인이 앞장을 설 것이며 나머지는 그의 뒤를 따를 것이고, 그들 모두는 차와 떡 그리고 과일을 대접하면서 예를 갖추어 정복자를 맞이하기로 결정했다. 그 순간, 누군가 목소리를 높여 말했다. 그는 질서와 평화만 되찾을 수 있다면 더 바랄 것이 없겠으며 적군은 이 나라의 일부 통치자들이 과거에 그러했던 것보다 조금은 더 자비롭게 자신들을 다스릴 수 있을 것이라고 말했다.

마을 사람들은 모든 계획을 세운 뒤 여관 주인을 찻집으로 불러 앞으로 며칠간 항상 차와 떡을 준비해 두라고 말했고, 여관 주인은 손수 깨떡을 만들겠다고 대답했다. 이윽고 그들은 각자 집으로 돌아가서 기다리기 위해 찻집을 떠났다.

그날 이후, 적군이 오기만을 기다리던 며칠 동안 몇몇 마을 사람들이 성안으로 가서 자그마한 종이 적기敵旗를 사왔다. 적군을 환영하러 나갈 때 손에 들고 있기 위해서였다. 그리고 마을 사람들은 서로를 위로할 마음으로 다음과 같은 이야기를 나누었다. 그들은 성안에 갔다가 외국인들은 언제나 우리 나라 사람들보다 나으며 그곳에서는 법과 질서가 훨씬 더 발달해 있다는 말을 들었다고 했다. 마을 사람들은 이렇게 희망과 두려움 속에서 적군과 만날

날을 기다렸다.

··· 11월 13일 아침이 밝았다. 링탄은 잠자리에서 일어나면서 드디어 때가 되었음을 알았다. 요란한 전쟁의 소음은 더 이상 들리지 않았고, 적군이 해안 지역을 통해 이 나라에 들어오기 전과 마찬가지로 사방은 고요했다. 평화로운 겨울날 아침, 대지 위에는 첫 서리가 새하얗게 내려 있었다. 링탄은 요즘 들어 깊은 잠을 이루지 못했기 때문에 오늘 아침에도 어김없이 일찍 자리에서 일어났고, 혼자 대문 밖으로 나간 뒤 하얗게 변한 자신의 땅을 바라보았다. 그는 흰 서리로 덮인 겨울밀을 보면서 생각에 잠겼다. '밀이 여물 때까지 내가 살아 있을까? 아니면 누군가 내 대신 저 밀을 거둬들이게 될까?' 그러는 사이에 마을의 아낙네들은 하나둘 깨어나 불을 지피기 시작했고, 마을의 초가지붕 위를 덮고 있던 서리는 모락모락 피어오르는 연기에 자취를 감추었다. 링탄은 자신의 질문에 아무런 대답도 하지 않은 채 집 안으로 들어갔다. 링사오 역시 자리에서 일어나 아궁이에 불을 때고 있었다.

링탄은 지금껏 살아오는 동안 아내를 찾으러 수없이 들어갔던 부엌으로 걸음을 옮겼다. 링사오는 아궁이 뒤에 앉아 있었다.

"우리가 두려워하던 날이 왔어." 링탄이 말했다.

"나도 알아요." 링사오는 고개를 들어 남편의 얼굴을 똑바로 바라보며 말했고, 그는 한 치의 흔들림도 없는 아내의 눈빛을 보았다.

"이 세상 남자들은 하나도 안 무서워요." 링사오가 말했다.

그녀가 입버릇처럼 하던 말에는 이제 새로운 의미가 깃들어 있었고, 그는 아내의 마음을 읽을 수 있었다.

"나도 마찬가지야." 링탄은 나지막이 말했다.

그는 조용히 세수를 하고 입을 헹구었으며, 다른 가족들도 아무 소리 없이 하나둘 방에서 나와 식탁 앞에 앉았다. 심지어는 울거나 웃고, 쉴 새 없이 싸우면서 말썽을 일으키던 아이들마저 오늘은 조용했다.

식사를 마치고 나서 링탄은 가장으로서 입을 열었다. "사방이 조용한 것을 보니 이제 전투가 끝난 모양이다. 우리 군대는 후퇴했고, 지금쯤이면 적군이 성안을 차지했을 게다. 모두들 집 안에만 있어야 한다. 내 허락 없이는 아무도 대문 밖에 발을 내놓아선 안 돼. 특히 여자들과 아이들은 무슨 일이 있어도 밖에 나가면 안 된다. 나는 모든 길이 다 보이는 곳에서만 일을 할 작정이다. 그러다가 낯선 사람이 다가오면 나 혼자서 만나보면 된다. 대문 밖으로 얼굴을 내미는 사람이 있어서는 안 돼. 혹시라도 나한테 무슨 일이 생기면 그때는 아범 네가 나와도 좋다. 하지만 특히 여자들은 무슨 일이 있어도 낯선 사람에게 얼굴을 보이면 안 된다."

링탄이 말을 마치자 모두들 고개를 숙여 보였고, 담장 안에서는 길고 조용한 하루가 시작되었다. 여자들은 각자 맡은 일을 하러 갔으며 우리엔은 방 안으로 들어갔고, 링탄의 두 아들은 여느 겨울날과 마찬가지로 짚신을 만들고 밧줄을 꼬러 갔다. 그러나 링탄은 머릿속이 텅 빈 것만 같은 기분을 느끼며 담뱃대를 문 채 여전히 자리에 앉아 있었다. 그는 잠시 후, 이런 기분이 느껴지는 것은 아무리 귀를 기울여도 아무런 소리가 들리지 않기 때문이라는 것을 알았다. 링탄은 한참을 기다려도 들려오는 소식이 없자 이토록 깊은 침묵이 계속되는 이유가 무엇인지 알아봐야겠다는 생각을 했다. 이윽고 그는 아침 나절이 다 가기 전에 대문을 빠끔히 열었다. 서리는 이미 다 녹은 뒤였고, 햇살은 따뜻했다. 낯선 사람이 가까이 오는 것을 미리 알기 위해서 집 밖에 매어둔 개는 링탄을 보더니 펄쩍거리며 반가워했고, 밥을 달라고 낑낑댔다. 그러나 개 말고는 살아 움직이는 것은 아무것도 보이지 않았다. 마을 사람들은 모두 링탄과 마찬가지로 대문을 굳게 걸어 잠갔고, 성안과 마을 사이를 오가는 사람은 아무도 없었다. 링탄의 시야에 들어오는 길은 모두 텅 비어 있었다.

링탄은 밖으로 나온 뒤 담뱃대를 손에 들고서 잠시 대문 앞에 서 있었다. 도시가 있는 쪽에서는 거센 불길 따위는 보이지 않았다. 높이 솟은 성벽이 그 안에 사는 사람들을 에워싸고 있어서 성안에 있는 사람들이 어떤 고통을 겪고 있는지는 알 길이 없었다. 마을 사람들은 링탄과 마찬가지로 대문을 살짝 열어보았고, 그의 모습을 보고는 하나둘 밖으로 나왔다. 대문 밖으로 모습을 드러낸 사람이 대여섯 명이 되는가 싶더니 조심스럽게 거리로 나선 사람은 마침내 열두세 명 정도가 되었다. 그들은 서로의 얼굴을 바라보면서 링탄이 서 있는 쪽으로 다가왔다.

"무슨 소리라도 들었나?" 링탄이 물었다.

"아무 소리도 못 들었네." 누군가는 이렇게 대답했고, 또 다른 누군가는 대답 대신 고개를 내저었다.

"어찌 된 일인지 알아봐야 하지 않을까요?" 팔촌의 아들이 물었다.

"하지만 어떻게?" 링탄이 물었다. "상황을 알아보러 성안에 다녀올 용기라도 있는 게냐? 너 말고 다른 사람들한테는 모두 돌봐야 할 처자식이 딸려 있다."

"제가 다녀오겠습니다. 저는 하나도 두렵지 않아요." 팔촌의 아들은 이렇게 말하고는 눈을 가리고 있던 길고 검은 머리칼을 뒤로 쓸어 넘겼다.

"먼저 아버지께 허락을 받도록 해라." 링탄이 말했다. "혹시라도 너한테 무슨 일이 생기면 그 책임을 지고 싶은 생각은 없다."

"아버지께서는 늘 제 뜻대로 하게 해주세요." 팔촌의 아들은 고집스럽게 말하더니 자신의 말을 증명해 보이기라도 하듯 그 자리에서 길을 떠났다. 마을 사람들은 제 피붙이가 텅 빈 길을 따라서 성안으로 들어가는 것을 지켜보기라도 하듯 그의 뒷모습을 눈으로 좇았다.

"내 아들이 아니라서 천만다행이야." 누군가 이렇게 말하자 모두들 고개를 끄덕였다.

이윽고 마을 사람들은 더 이상 할 말이 없었기에 각자 집으로 돌아갔고, 다시 대문을 걸어 잠갔다. 링탄도 마찬가지였다. 이렇게 정오가 지났고, 오후가 되었다. 그동안 희미한 총성이 서너 차례 들렸을 뿐, 마을에는 여전히 침묵이 감돌았다.

점심때가 한참 지나고 나자, 링사오는 서서히 지루함을 느끼기 시작했고, 하루 종일 말 잘 듣고 조용하던 아이들은 칭얼대면서 밖으로 나가 놀겠다고 보챘다. 우리엔은 링사오로부터 팔촌의 아들이 성안으로 갔다는 말을 듣더니 밖으로 나가고 싶어했다. 그러나 링탄은 그가 대문 밖에 모습을 드러내는 것이 두려웠다. 우리엔은 부티가 났기 때문에 혹시라도 적군이 그를 보게 된다면 그가 살고 있는 집에는 식량과 물건이 많을 것이라고 생각할 게 분명했다.

"계속 이러고 있다가는 우리 집 담장이 터져버릴 거예요." 링사오의 말에 링탄이 대문을 살짝 열고 내다보니 다른 집들도 마찬가지로 대문을 열어둔 것이 보였다. 심지어는 길에 나와서 놀고 있는 남자아이들도 서너 명 보였고, 문을 연 가게도 한두 군데 있었다. 링탄은 너무나 평화로운 거리를 보고는 집 안을 향해 소리쳤다.

"원하는 사람은 타작마당까지는 나가도 좋다. 하지만 더 멀리 가서는 안 돼. 대문을 걸어야 할 때, 내가 부르면 재빨리 들어올 수 있어야 한다."

가족들은 신이 나서 밖으로 나왔고, 사방을 둘러보더니 조금도 변한 것이 없음에 놀랐다.

"땅바닥 색깔까지 변했을 줄 알았는데 모두 그대로네요." 란이 소리 내어 웃으며 말했다.

링탄은 조심스레 사방을 둘러보았지만 낯선 사람의 모습은 보이지 않았고, 달라진 것은 아무것도 없었다. 여느 때와 다름없는 평화로운 오후였다. 링탄은 아들로부터 소식을 들은 것이 있는지 알아볼 요량으로 팔촌네 집을 향해 걸음을 옮겼다. 대문을 열어둔 이웃들은 길을 따라 걷고 있는 링탄을 보더니 인사를 했고, 한두 명은 껄껄 웃으면서 이렇게 말했다.

"적군이 쳐들어오는 게 이런 거라면 얼마든지 참을 수 있겠는걸! 성가신 게 전혀 없으니 말이야!"

링탄은 아무런 생각 없이 이웃의 말에 동의했고, 팔촌을 만나기 위해 걸음을 재촉했다. 팔촌의 아내는 아직 돌아오지 않은 아들을 초조하게 기다리고 있었다. 그녀는 아들을 위해 준비한 음식이 식지 않도록 불을 지피느라 땔감을 낭비하는 게 못마땅했다. 그러나 아들은 아직 돌아오지 않았고, 여전히 기다릴 수밖에 없었다. 링탄의 눈에는 그녀가 아들을 걱정하기보다는 쓸데없이 타들어가는 땔감을 더 안쓰러워하는 것처럼 보였다. 링탄은 아들이 일부러 밤에 돌아오려고 하는 건지도 모르니 걱정하지 말라며 그녀를 달랬다. 팔촌은 이미 식사를 마친 뒤 이를 쑤시면서 오래된 신문을 읽고 있었다.

"적군이 비행기에서 전단을 뿌렸는데, 자기들은 평화와 질서만을 가져올 것이니 두려워하지 말라고 적혀 있었다는군." 팔촌이 신문을 읽으며 말했다.

"그게 사실이라면 나쁜 사람들은 아닌 모양이군요. 하긴 오늘만 봐도 별일이 없었잖아요." 링탄이 말했다.

링탄은 팔촌과 대화를 나누면서 마음의 걱정을 한시름 덜었다. 그러자 갑자기 피로가 밀려왔고, 그는 하품을 하면서 지난밤에도 잠을 제대로 못 잔 것을 기억해냈다. 그가 두려워하던 시간은 지났고, 그들은 모두 살아 있었으며, 적군이라고는 그림자도 보이지 않았다. 링탄은 꽉 막혀 있던 가슴이 뚫리는 기분을 느꼈다.

"이제야 눈을 좀 붙일 수 있겠군요. 그만 가야겠습니다." 링탄이 말했다. "조카가 오거든 연락 좀 해주세요."

"알겠네." 팔촌은 이렇게 말하고는 링탄에게 인사하기 위해 자리에서 일어섰지만 그의 눈은 여전히 신문을 향하고 있었다. 그는 본래 사람의 입에서 나오는 말보다 종이에 인쇄된 글을 더 가치 있게 여겼다.

링탄은 땅거미가 질 무렵에 다시 한 번 대문 밖을 내다보았다. 가족들은 이미 식사를 마친 뒤였고, 아이들은 모두 잠자리에 든 터였다. 링탄은 잠자리에 들기 전에 한 번 더 주위를 살펴보겠다고 링사오에게 말한 뒤 대문 앞으로 갔다. 그런데 문을 여는 순간, 어디선가 앓는 소리가 들려오는 듯했다. 가만히 귀를 기울여보니 누군가 앓는 소리가 분명했다. 링탄은 사람소리인지 귀신소리인지 분간도 못한 채 덜컥 겁이 나서 서둘러 문을 걸어 잠그려 했다. 그때 가느다란 외침이 들려왔다.

"숙부님!"

링탄은 이 소리를 듣자마자 대문을 열어젖히면서 아내에게 등을 가져오라고 소리쳤다. 링사오는 쏜살같이 달려 나왔고, 두 사람은 대문 밖으로 나갔다. 놀랍게도 오늘 아침에 고집스럽게 성안으로 들어갔던 팔촌의 아들이 바닥에 누워 있었다.

링탄은 눈에 띄는 옷만 아니었더라면 바닥에 누워 있는 사람이 팔촌의 아들이라는 것을 알아보지 못할 뻔했다. 팔촌의 아들은 여느 마을 사람과 달리 항상 빨간 공단 조끼를 입고 다녔다. 그는 작년에 성안에 있는 오래된 옷가게에서 산 이 옷을 굉장히 좋아했다. 그러나 윤이 흐르던 빨간 조끼는 지금 그 빛을 잃고 있었다.

"세상에! 이 피 좀 봐요!" 링사오는 소리를 지르면서 링탄에게 등을 건네더니 조카의 몸을 뒤집으려 했다. 그러나 링탄은 그녀의 손을 막았다.

"손대지 마. 그랬다가는 형님 내외한테 우리 때문에 상처가 심해졌다는 원망만 듣게 될 거야. 잠깐 등불을 들고 있어. 내 얼른 가서 형님을 모셔올 테니."

링탄은 아내에게 등을 돌려주었고, 어두컴컴한 거리를 달려서 팔촌네 집으로 가서 두 손으로 굳게 잠겨 있는 대문을 두드렸다. 집 안에 있는 개가 힘껏 짖으며 도운 덕에 금세 팔촌의 아내가 누구인지 묻는 소리가 들려왔다.

"접니다. 어찌 된 영문인지는 모르겠지만 조카가 다쳐서 왔어요. 저희 집이 성안에서 더 가깝기 때문인지 저희 대문 앞에 쓰러져 있더군요. 아직 조카 몸에는 손도 대지 않았습니다." 링탄이 소리쳐 대답했다.

팔촌의 아내는 비명을 지르더니 남편을 깨웠고, 잠이 덜 깬 팔촌은 비척대는 걸음으로 윗도리를 입으면서 방에서 나왔다. 그러고서 그는 아내가 너무 놀라고 괴로운 나머지 여는 것조차 잊고 있던 대문을 열었다. 세 사람은 뒤쫓아 오는 개와 함께 링사오가 등불을 들고 있는 곳까지 달음박질쳤다. 그들이 달려오고 있는 동안, 어수선한 소리에 잠에서 깬 링탄의 아들들과 이웃 사람들이 밖으로 나와서 잠깐 사이에 팔촌의 아들을 빙 둘러싸고 섰다. 그러나 부모가 도착할 때까지 그의 몸에 손을 댄 사람은 아무도 없었다. 이윽고 링탄의 집 앞에 도착한 팔촌은 아들의 모습을 보고는 너무 놀라 넋이 나간 듯 그대로 서 있기만 했고 그의 아내는 허리를 굽혀서 아들의 몸을 뒤집어 보더니 죽은 모양이라고 생각하며 비명을 질렀다.

깜빡거리는 등불 아래로 핏기가 가신, 건방져 보이는 얼굴 하나가 말없이 누워 있는 것이 보였다.

"누가 널 이렇게 만들었니?" 팔촌의 아내는 아들의 귀에 대고 울부짖었지만 그는 아무 소리도 듣지 못했다. "저런, 빨간 공단 조끼가 엉망이 되었네! 나중에 이걸 보면 우리 아들이 속상해할 텐데!" 그녀는 신음하듯 말하더니 그들을 따라온 개를 세게 한 대 때렸다. 팔촌네 아들의 몸에서 흘러나오는 피 냄새를 맡은 개는 그 맛을 보려고 자꾸만 앞으로 오려고 했고, 화가 난 팔촌은 개를 거칠게 걷어찼다.

"널 키워주는 은혜도 모르고 내 아들의 피를 먹겠다는 게냐!" 팔촌은 개를 향해 욕설을 퍼부었다.

그러나 아무리 울고, 욕설을 퍼부어도 쓰러져 있는 아들을 일으킬 수는 없었다. 그 광경을 묵묵히 지켜보고 있던 링탄이 입을 열었다.

"침대로 옮기는 게 좋겠습니다. 그리고 의원을 불러서 상처가 얼마나 깊은지 봅시다."

링탄은 인정 많은 마음에 이렇게 자상하게 말했지만 팔촌의 아내는 그를 돌아보며 악담을 퍼부었다.

"서방님이 오늘 아침에 이 아이를 성안으로 보냈다면서요? 벌써 다 들었어요! 이 아이 혼자서 그런 일을 결정했을 리가 없어요. 집에서 나갈 때만 해도 그런 생각은 전혀 하지 않았거든요. 그런데 서방님이……."

링탄은 자신을 변호하기 위해서 그녀의 말을 가로막았고 이웃들과 아들들을 둘러보면서 아침에 본 대로 말해달라며 도움을 청했다. "내가 이 아이한테 성안에 다녀오라고 시키던가? 이 아이가 자기 고집대로 가는 걸 다들 봤지?"

"네." 마을 사람들과 아들들은 그의 편을 들어주었고, 그제야 팔촌의 아내는 입을 다물었다.

그러나 링탄은 그녀가 너무나 두려운 나머지 화를 낸 것임을 알고 있었기에 너그러이 그녀를 용서했다. 이윽고 그는 몸을 숙여서 조카의 머리를 들었고, 팔촌에게는 다리를 들라고 말했다. 팔촌의 아내는 중간에서 아들의 허리를 받쳐 들었다. 그들은 이렇게 아들을 집으로 옮겨서 침대에 눕힌 뒤 이불을 덮어주었다. 그러나 전쟁통에 어디에 가서 의원을 찾는단 말인가? 설령 달아나지 않은 의원이 있다 하더라도 성안에 가야만 찾을 수 있을 터였다. 하지만 봉변을 당하고 온 아들의 모습을 본 지금, 누가 감히 성안에 발을 들여놓을 수 있겠는가? 단 한 사람도 그럴 만한 용기를 내지 못한 채 모두들 집으로 돌아갔고, 링탄만 팔촌 내외와 함께 조카의 곁에 남았다.

링탄은 팔촌의 아들이 죽지 않았으며 단지 피를 너무 많이 흘린 탓에 정신을 잃었을 뿐이라고 믿었다. 그의 손과 발은 차가웠지만 심장이 들어 있는 몸은 따뜻했기 때문이다. 링탄은 팔촌에게 술을 데워 오게 한 뒤 조카의 입에 흘려 넣었다. 삼키는 소리는 들리지 않았지만 잠시 후에 조카의 입속을 들여다보면 술은 넘어가고 없었다. 링탄이 조카의 입에 술을 흘려 넣는 동안, 팔촌의 아내는 자기 자신과 모두를 원망하면서 불평을 늘어놓았다. 그리고 그녀는 링탄이 미처 알지 못했던, 가슴속에 맺힌 이야기들을 털어놓았다.

"서방님이 저희한테 돈을 준 후에 옥이를 며느리로 들이고 나서부터 이 아이는 완전히 달라졌어요. 죽어도 그만이라는 식으로 살기 시작했죠. 그때 서방님 말씀을 듣는 게 아니었어요. 그리고 서방님도 은화로 우리를 유혹하신 건 잘못이에요. 서방님보다 가난한 저희가 어떻게 은화를 마다할 수 있었겠어요?"

링탄은 그녀의 말에 은근히 화가 났다. 그는 식구를 먹여 살릴 생각은 안 하고, 책만 읽는 팔촌을 위해 그간 많은 도움을 주어왔다. 링탄은 해마다 겨울이 되면 아들을 시켜서 팔촌네 집에 땔감용 풀과 쌀 그리고 양배추 한두 통을 보내곤 했던 일을 생각하면서 술잔을 내려놓았다.

"내가 한 번만 더 남한테 뭘 주면 바보라고 불러도 좋습니다. 배

고픈 사람한테 먹을 것을 주고, 나보다 가난한 사람에게 물건을 나누어 주는 것이 원한을 사는 지름길인 듯하니 말입니다! 형수님 가족을 위해서 내가 가진 것을 나누었던 것뿐인데 어찌 그렇게 모진 말을 할 수 있습니까? 이제부터는 형님네 일에 절대로 관여하지 않겠습니다."

팔촌은 두 사람이 다투는 모습을 보면서 가시방석에 앉은 듯 마음이 불편했다. 그는 책 읽는 것만 방해받지 않는다면 먹을 것과 땔감이 어디에서 생긴 것인지 전혀 신경을 쓰지 않던 터라서 미안한 마음에 아내를 달래려 했다. "왜 아우처럼 좋은 사람한테 화를 내는 게야?" 그러자 그녀는 남편에게 남자 될 자격이 없는 사람이라고 소리를 질렀고, 차라리 과부가 되는 편이 낫겠다고 발악을 하면서 화를 내기 시작했다. 그리고 과부가 되면 더 나은 남자를 만나서 다시 결혼할 수 있도록 밤낮으로 남편 무덤 옆에 앉아 부채질로 풀을 말려버리겠다고 쏘아붙였다.

정신을 잃고 있던 팔촌의 아들은 시끌벅적한 소리에 깨어나 분노한 사람들 사이에서 눈을 뜨면서 말했다.

"아버지!"

세 사람은 침대 쪽에서 들려오는 자그마한 소리에 일제히 말을 멈추었고 아들이 살아 있는 모습을 본 순간, 모든 분노가 한꺼번에 사그라졌다.

"그래, 아들아! 어쩌다 다친 건지 말해보렴!" 팔촌의 아내는 이렇게 외치면서 침대 옆으로 달려갔다.

팔촌의 아들은 자초지종을 이야기하려 했지만 그의 말을 알아듣기 위해서는 몸을 구부려야 했고, 띄엄띄엄 들려오는 그의 이야기를 짜

맞춰야 겨우 내용을 알 수 있었다. 세 사람이 들은 이야기를 정리하면 다음과 같았다. 팔촌의 아들은 다른 사람들과 함께 붙잡힌 뒤 벽 앞에 세워졌고, 총을 맞은 뒤 시체더미 속에 버려졌다. 그러나 목숨이 붙어 있던 그는 밤이 되자 기어서 거리로 나왔다. 때마침 마지막 순간에 도시를 빠져나가고 있던 부유한 불교신자가 그를 불쌍히 여겨서 마차에 태워주었고, 마을 근처에 내려주었다. 그는 기어서 링탄의 집 앞에 도착한 후에 곧 정신을 잃었으며 그 뒤로는 아무것도 기억하지 못했다.

"왜 너를 죽이려 했단 말이냐?" 링탄이 놀라서 물었다.

"뛰었기 때문이에요." 팔촌의 아들은 숨을 헐떡이며 말했다. "군인들이 너무 무서워서 다른 사람들과 함께 달아났어요. 같이 달리던 사람들은 모두 죽었어요."

세 사람은 서로의 얼굴을 바라보면서 이 이야기를 어떻게 받아들여야 할지 갈피를 잡지 못했다. 겁을 냈다는 이유 하나로 왜 죄 없는 사람을 죽인단 말인가?

그 순간 첫 여명이 조그마한 방 안으로 스며들었고, 팔촌의 아들은 가슴이 아프다며 고통을 호소했다. 세 사람은 그제야 상처 난 곳이 가슴인 것을 알고는 그의 몸에 손을 댔다. 그 순간 그는 고통을 참지 못하고 비명을 지르더니 다시 정신을 잃었다. 세 사람이 할 수 있는 일이라고는 다시 그의 몸에 이불을 덮어주고, 그대로 누워 있도록 내버려두는 것뿐이었다.

링탄은 날이 훤하게 밝았을 때에야 집으로 돌아가야 한다는 것을 깨달았다. 그는 팔촌에게 다시 오겠다고 약속한 뒤 집으로 향했다.

오늘 새벽은 음산하면서도 낯설게 느껴졌고, 집으로 향하는 링탄의 눈에 보이는 모습은 이러한 느낌을 더욱 강하게 만들었다. 링탄은 도시 쪽을 바라보면서 저 멀리서 잿빛 땅이 움직이는 듯한 착각에 빠졌다. 그는 걸음을 멈추고서 먼 곳을 응시했고, 움직이는 것은 땅이 아니라 성문을 빠져나온 수많은 사람들이 마을을 향해 떼를 지어 걸어오고 있는 것임을 알았다. 링탄은 서둘러 집으로 돌아간 뒤 대문을 걸어 잠갔다.

"여보, 어디 있어?" 링탄은 아내를 소리쳐 불렀고, 그녀는 남편의 목소리를 듣고서 달려 나왔다. 때마침 머리 손질을 하고 있던 링사오는 빨간 끈을 묶느라고 굵게 꼰 머리채를 입에 물고 있어서 아무 말도 하지 못했다.

링탄은 너무 놀란 나머지 그녀의 입에서 머리채를 잡아 뽑았다.

"적군이 오고 있어." 그는 숨을 헐떡이며 말했다. "다들 일어나서 옷을 입으라고 해. 무슨 일이 벌어질지 모르지만 준비를 하고 있어야지."

링탄은 집 밖으로 달려 나간 뒤 정신이 멍했지만 미리 계획한 것 말고는 달리 무엇을 해야 할지 몰랐기에 서둘러 마을 사람들을 깨웠다. 그리고 그는 아흔 먹은 노인에게 가진 옷 중에서 가장 좋은 것을 골라 입도록 부탁했고, 팔촌에게는 학자복을 입으라고 말했으며 여관 주인을 깨운 뒤 큰 솥에 물을 끓여 차를 준비하고, 탁자 위에 떡을 올려놓게 했다. 잠시 후, 그들은 안개가 자욱한 싸늘한 겨울 아침 공기를 마시며 두려움에 떨면서 길가에 서 있었다. 링탄은 한 번도 본 적이 없는 정복자를 만나기 위해 성장盛裝을 하고 밖으로 나온 마을 사람들과 그들의 앞머리에 서 있는 허리가 꼬부라진 노인, 그리고 그들이 손에 쥐고 있는 적기를 보면서 이유를 알 수 없지만 눈에 눈물이 고이는 것을 느꼈다. 불안감이 엄습해왔지만 그가 할 수 있는 일이라고는 마을 사람들을 따라가는 것뿐이었다.

그들은 안개에 휩싸인 길 아래에서 낯설고 거대한 형체를 보았다.

"갑시다." 링탄은 이렇게 말한 뒤 노인 옆에 서서 천천히 앞으로 걸어갔다. 그는 이렇게 마을 사람들과 함께 자갈길을 따라 걸었고, 마지막 집을 지나 들판이 시작되는 곳에 멈춰 서서 자그마한 적기를 들어올렸다.

그러나 낯설고 거대한 형체는 그들을 개미 떼로 여기는 듯 마구잡이로 밀고 들어왔고, 그들은 깔려 죽지 않으려고 뒤로 물러서야 했다. 링탄을 포함한 마을 사람들은 비로소 거대한 형체가 기계였다는 것을 알아차렸다. 기계에게 어떻게 환영한다는 뜻을 전한단 말인가? 링탄과 마을 사람들은 뒤로 물러서서 입을 떡 벌린 채 우두커니 서 있었고, 기계는 마을길을 따라서 앞으로 나아갔다.

이윽고 그들은 서로에게 질문을 했다. "저게 바로 적인가?" 그러나 그들 중에 일찍이 제 바퀴 위로 저절로 굴러가는 기계를 본 사람은 단 한 명도 없었기에 아무도 대답을 하지 못했다.

그들은 차가운 안개에 둘러싸인 채, 집으로 돌아가야 할지 말아야 할지를 의논하면서 잠시 시간을 보냈다. 그 순간, 무겁게 울리는 발걸음 소리와 함께 그들을 향해 걸어오고 있는 사람들의 형체가 흐릿하게 보였다. 마을 사람들은 이번에야말로 정말로 적군이 오는 것임을 알고는 서로에게 바짝 다가선 채 그들이 더 가까이 오기를 기다렸다. 이윽고 앞장서서 행군하던 지휘관들이 바로 앞까지 왔을 때, 마을 사람들은 허리를 굽혀 인사했고, 노인은 모자를 벗어 예를 표했다. 차가운 바람이 그의 맨머리에 불어왔지만 노인은 아랑곳하지 않고 새된 목소리로 미리 준비해둔 짤막한 인사말을 하기 시작했다.

"우리의 벗이자 정복자인 여러분." 노인은 이렇게 말문을 열었지만 불안한 마음을 감추지 못한 채 말을 멈추고 말았다. 그 순간 험악하고 잔인한 얼굴에 부자연스런 미소를 띠고 있던 지휘관들의 인상이 일그러졌다.

링탄은 노인이 더 이상 말을 잇지 못하는 것을 보고는 그를 대신해서 재빨리 앞으로 나섰다.

"이곳은 하잘것없는 농사꾼들이 사는 마을일 뿐입니다. 상인이라고는 마을을 통틀어서 한두 명 있을 뿐이고, 학자라고는 제 팔촌 한 명뿐입니다. 우리는 평화를 사랑하며 사리를 분별할 줄 아는 사람들입니다. 우리는 그 어떤 무기도 갖고 있지 않습니다. 대신 떡과 차를 좀 준비해두었습니다."

그 순간 군인 한 명이 소리쳤다.

"여관은 어디 있나?"

링탄은 군인의 말이 너무나 서툴고 거칠어서 간신히 알아들었다.

"마을길 중간쯤에 있습니다. 우리 마을은 가난한 사람들만 모여 사는 곳이라 가진 게 없습니다."

"그리로 안내해." 군인이 말했다.

링탄은 점점 더 마음이 불안해졌다. 그는 안개를 뚫고 다가와 지금 이 순간 바로 눈앞에 서 있는 적군의 모습이 마음에 들지 않았지만 앞장서 그들을 안내하는 것 외에 그와 마을 사람들이 할 수 있는 일은 아무것도 없었다. 링탄의 곁에 선 아흔 살 먹은 노인은 다리를 절름거리면서도 최대한 빨리 걸으려고 애썼다. 그러나 노인이 걷는 속도가 끝내 못마땅했는지 뒤에 서 있던 군인 한 명이 총 끝에 달려 있는 칼로 그의 등을 찔렀다. 노인은 비명을 지르더니 고통과 놀람을 참지 못하고 흐느꼈다. 마을 사람들은 지금까지 나이 많은 그를 심하게 대한 적이 없었기 때문에 노인은 링탄을 바라보며 처량하게 울부짖었다.

"칼에 찔렸어!"

링탄은 노인을 찌른 군인에게 항의할 마음으로 돌아섰지만 그의 뒤에 서 있는 군인들의 얼굴을 보는 순간 입 안에 침이 말랐다. 하는 수 없이 그는 눈물을 흘리는 노인을 한 팔로 부축하며 걸었고, 그의 집 앞에 도착했을 때 노인을 대문 안으로 밀어 넣으며 그의 아들에게 집에 남아서 노인을 돌보라고 말했다. 노인과 아들을 제외한 나머지 사람들은 찻집이 딸려 있는 여관을 향해 걸었다. 여관 주인은 두 아들과 함께 이미 뜨거운 차와 떡을 준비해두었고 그들의 얼굴에는 어두운 미소가 어려 있었다.

이윽고 적군은 찻집 안으로 거칠게 들이닥치더니 탁자 앞에 앉았다. 링탄과 마을 사람들은 이제 자신들을 정복한 군인들이 선량한 자들이기를 더 이상 바라지 말아야 한다는 것을 깨달았다. 그들은 찻집 주인과 그의 두 아들이 군인들에게 차를 따르는 동안 뒷문 가까이에 가만히 서 있었다. 세 사람이 잔에 차를 따르기가 무섭게 군인들이 알 수 없는 말을 하며 웅성대기 시작했지만 링탄을 비롯한 마을 사람들은 무슨 영문인지 알 수가 없었다. 그 순간, 중국말을 할 줄 아는 군인이 소리를 질렀다.

"술! 우리가 원하는 건 차가 아니라 술이야!"

링탄과 마을 사람들은 서로의 얼굴을 바라보며 같은 생각을 했다.

이토록 헤아릴 수 없이 많은 탐욕스런 자들이 마실 술을 어디에서 구한단 말인가? 대부분의 마을 사람들은 설날에만 술을 마셨으며 풍년이 든 해에 곡식을 팔고 나면 한두 차례 성안에 가서 술을 마시기도 했다. 그러나 마을 안에는 술이 없었다.

"죄송합니다만 우리 마을에는 술이 없습니다." 링탄은 말을 더듬으면서 뒷문 가까이로 걸음을 옮겼다.

중국말을 할 줄 아는 군인이 링탄의 말을 전하자 그들은 더욱 험악한 표정을 지으며 투덜대기 시작했다. 잠시 후 같은 군인이 링탄에게 다시 질문을 했다.

"이 마을에는 어떤 여자들이 있지?"

링탄은 자신의 귀를 의심하며 잠시 멍한 표정을 짓고 있었다. 그는 군인이 단어를 혼동한 모양이라고 생각했다.

"여자요?"

군인은 대답 대신 음탕한 몸짓을 해 보였고, 링탄은 그가 말하려던 게 여자가 맞다는 것을 알았다. 링탄은 마을 사람들을 바라본 뒤 모두를 구하기 위해 거짓말을 했다.

"가서 여자를 데려오겠습니다." 링탄은 여자들에게 이 소식을 알리기 위해 잠깐 부엌에 들른 뒤 마을 사람들과 찻집 뒷문을 빠져나왔다.

"달아나요. 빨리들 달아나. 모두 숨어야 해요. 군인들이 여자를 찾고 있어요!" 링탄은 이렇게 급히 사실을 알린 뒤 한걸음에 집으로 달려갔다. 마을 사람들 역시 자신의 가족을 구하기 위해 각자 집으로 달음질쳤다.

링탄은 집에 도착한 뒤 대문에 빗장을 질렀고, 식구들을 모두 불러 모으라고 링사오에게 소리쳤다. 그리고서 그는 이미 계획했던 대로 날이 넓은 검을 집어 들었다. 이 순간만은 링사오도 아무 말을 하지 않았다. 그녀는 곧 아들들과 딸들 그리고 손자들을 소리쳐 불렀고, 링탄은 대문 앞에 서서 식구들을 기다렸다.

잠시 후, 링탄의 귓가에 자신의 집을 향하고 있는 수없이 많은 사람들의 발자국 소리가 들려왔다. 그는 그 소리에 귀를 기울이다가 무슨 일이 벌어지고 있는지 내다보고 싶은 마음을 더 이상 참지 못하고 대문을 빠끔히 열었다. 그러나 그는 대문을 여는 순간, 분노로 이글대는 군인들의 얼굴과 맞닥뜨렸고 문을 연 것을 이내 후회했다. 링탄은 군모 아래로 보이는, 그들의 욕정이 가득한 잔인하고 새까만 눈을 들여다보았다. 술에 취한 사람처럼 얼굴이 시뻘겋게 달아오른 군인들은 링탄을 보더니 고함을 지르면서 달려들었다. 그러나 링탄은 재빨리 뒤로 물러서면서 대문을 걸어 잠갔다. 총부리가 대문에 부딪히는 소리가 들렸다. 군인들을 향해 이를 드러낸 채 으르렁거리며 짖어대던 충직한 개는 날카로운 소리를 내더니 신음하듯 길게 소리를 뽑았다. 그리고 마침내 링탄의 귀에는 더 이상 개의 울음소리가 들리지 않았다.

"우리 착한 개가 죽었어." 링탄은 신음하며 말했다. 그러나 지금 같은 상황에서 짐승을 구할 수는 없는 노릇이었.

그는 묵직한 빗장을 질러놓긴 했지만 대문이 오래 버티지 못할 것임을 알고 있었기에 군인들이 들이닥치기 전에 대책을 강구해야만 했다. 다행히 아주 잠깐이나마 시간이 있었고, 링탄은 자신이 일찍이 전쟁을 겪은 덕에 군인들의 본성을 알고 있는 것에 감사했다. 그는 오랫동안 전투를 치른 군인은 더 이상 예전과 같은 사람이 아니며, 이미 영혼을 잃어버린 채 저속한 육신의 욕망만 가진 존재라는 것을 알고 있었다. 따라서 지금 이 순간, 그는 집안 여자들을 가장 먼저 걱정했다.

링탄은 집 안으로 달려 들어가 가족들이 모두 모여 있는 안방으로 갔다. 여자들은 아이들을 안고 있었고, 남자들은 얼굴이 새파랗게 질려 있었다.

"희망이 없는 거로군요." 장남이 이렇게 말하는 순간, 링탄은 손을 들어 올리며 모두 조용히 하라는 표시를 했다. 그는 이미 오래전에 이러한 때를 대비해서 계획을 세워두었었다.

"다들 뒷문으로 가거라. 그동안 줄곧 잠가두고 쓰지를 않아서 덩굴이 무성하게 뒤덮고 있을 게다. 군인들도 쉽게 찾지는 못할 거야. 뒷문으로 나간 다음, 대나무 숲에서 흩어지도록 해라. 흙더미든 뭐든 적당한 장소를 찾아서 몸을 숨겨야 한다. 남자들은 각자 알아서 제 아내와 자식을 책임져야 한다. 다른 사람 걱정은 하지 마라. 셋째야, 너는 네 여동생과 어머니를 지켜라."

"난 당신 곁에 있을 거예요." 링사오가 말했다.

"그건 안 돼. 난 서까래를 타고 올라가서 지붕 위에 숨을 거야." 링탄이 말했다.

"나도 그러면 돼요." 링사오가 말했다.

링탄은 더 이상 아내의 뜻을 꺾을 시간이 없었기에 집 뒤편으로 달려가서 문을 찾아서 덩굴을 옆으로 젖힌 뒤 녹슨 빗장을 풀었다. 폭이 좁은 문을 보는 순간, 링탄과 우리엔 우사오가 그 사이로 빠져나가지 못하리라는 것을 알아차렸다. 링탄은 안사돈에게 다른 가족들이 먼저 나갈 때까지 기다려달라고 양해를 구했다. 모든 가족이 문을 빠져나간 뒤 링탄은 그녀를 안에서 밀었고, 우리엔은 밖에서 당겼지만 비대한 그녀의 몸을 쪼개지 않고서는 도저히 빠져나가게 할 수 없었다. 결국 링탄은 안사돈을 다시 집 안으로 끌어당긴 뒤 우리엔에게 그녀를 위한 최선의 방법을 찾아볼 테니 어서 떠나서 나머지 가족들을 지키라고 말했다. 링탄은 가족들이 모두 떠난 뒤 슬피 우는 안사돈의 몸을 덩굴로 가리면서 그녀가 무사하기를 바랐다. 그러나 그는 자신의 어머니도 아닌 그녀를 위해서 더 이상 그 자리에 서 있을 수는 없었다. 링탄은 의기양양한 고함을 들으면서 단단한 대문이 마침내 부서지고 있음을 알았다.

그는 서둘러 안방으로 돌아와 탁자를 딛고서 대들보 위로 올라갔고, 링사오는 늙은 고양이처럼 그의 뒤를 따라왔다. 링탄은 몸을 숙여 아내의 손을 잡아 그녀를 끌어 올렸다. 두 사람은 이렇게 지붕 위로 올라간 뒤 조상들이 집 위에 얹어둔 두툼한 이엉을 밟고 섰다. 링탄도 10년에 한 번 정도 지붕을 손보았으며 새 이엉을 얹어 왔다. 링탄은 방의 한 모퉁이를 떠받치고 있는 들보 위에 자리를 잡은 뒤 이엉을 헤쳐서 구멍을 냈고, 아내와 함께 그 안으로 들어갔다. 두 사람은 먼지와 지푸라기에 숨이 막힐 지경이었지만 그래도 참을 수 있었다.

링탄과 아내가 안전하게 몸을 숨기자마자 대문이 삐걱거리면서 열렸고, 성난 군인들이 마당 안으로 들이닥치는 소리가 들렸다. 이윽고 그들은 링탄 부부가 숨어 있는 곳 바로 아래에 있는 방 안으로 들어왔지만 링탄은 아무것도 볼 수 없었으며 감히 몸을 움직일 수도 없었다. 두 사람은 서로의 몸에 바짝 붙어 죽지 않을 정도로만 숨을 쉬었고, 링탄은 자신과 아내가 두껍게 쌓인 먼지 때문에 기침이나 재채기를 하는 일이 없도록 도와달라고 조상님께 기도했다. 다행히 오랜 세월이 흐르는 동안, 층층이 얹은 이엉은 거미줄과 습기로 단단히 고정되어서 무너지는 일 없이 버티고 있었으며, 그들 밑에는 튼튼한 들보가 서 있었다. 그렇지만 먼지나 짚이 떨어지기라도 하면 그들이 숨어 있는 곳이 금방 발각될 것이기 때문에 두 사람은 몸을 움직이면 안 되었다.

다행히 군인들은 두 사람이 숨어 있는 곳 바로 아래에 있는 방을 금세 떠났다. 그들은 방이 텅 빈 것을 보고는 고래고래 소리를 지르면서 옆방으로 갔고, 이런 식으로 여덟 개의 방과 부엌을 뒤졌다. 링탄 부부는 그들의 소중한 그릇이 바닥에 떨어져 깨지는 소리와 가구가 부서지는 소리를 들으면서, 군인들이 집에 불을 질러서 이대로 타 죽게 되는 것은 아닐까 하는 생각에 몸을 떨었다.

두 사람은 이제 곧 집이 불길에 휩싸일 것으로 생각했고, 링탄은 어떻게 뛰어내리는 것이 좋을지 그리고 어떻게 아내를 끌어내려야 할지를 궁리했다. 그러나 두 사람의 귀에는 불이 타오르는 소리 대신에 날카로운 비명이 들려왔다. 그들은 도살당하는 돼지가 울부짖는 듯한 소리를 들으면서 집에서 기르는 돼지 두 마리 중 한 마리가 내는 소리라고 생각했다. 그러나 뒤이어 한두 마디 말소리가 들려오더니 군침을 삼키는 듯한 소리가 이어졌고, 마침내 신음하는 소리가 들려왔다. 그제야 두 사람은 군인들이 덩굴 밑에 숨어 있던 우리엔의 노모를 발견했음을 알았다. 링탄은 당장 안사돈에게 가려 했지만 링사오는 질긴 쇠줄로 휘감듯 두 팔로 그를 안고는 놓아주지 않았다.

"안 돼요." 그녀는 최대한 목소리를 낮추어서 말했다. "안사돈은 벌써 죽었어요. 당신은 우리 모두를 생각해야 해요. 안사돈은 이미 살 만큼 살았어요. 하지만 우리한테는 아직 돌봐야 할 젊디젊은 자식들이 있잖아요."

링사오는 이렇게 남편을 붙잡았고, 링탄은 아내의 말이 옳다는 것을 알았기에 아래로 내려가지 않았다.

이윽고 난폭한 군인들이 모두 떠나고 집 안이 조용해진 뒤에도 한참 동안이나 링탄 부부는 몸을 움직이거나 말을 할 엄두를 내지 못했다. 그들은 더 이상 참을 수 없을 정도로 팔다리가 쑤시고 폐에 먼지가 가득 차올랐지만 기침을 하고 먼지를 뱉어낼 수 있을 때까지 기다렸다. 두 사람은 추운 겨울 날씨에도 불구하고 땀을 비오듯 흘렸다.

마침내 링탄이 아내의 귀에 대고 속삭였다.

"난 내려가봐야겠어. 아이들이 왔다가 우리가 죽은 줄 알면 안 되잖아."

링사오는 다른 이유였다면 남편을 붙잡았겠지만 아이들 이야기가 나오자 더 이상 그를 잡지 않았고, 그녀 역시 남편의 뒤를 따르기로 했다. 두 사람은 한때 안락하고 잘 정돈된 보금자리였던 집 안으로 살금살금 내려왔다.

집은 엉망이 되어 있었다. 마침내 그들은 돌바닥이 깔려 있는 안방 바닥에 발을 내딛고는 주위를 둘러보았다. 온전하게 남아 있는 것은 아무것도 없었다. 막내아들이 침대로 쓰던 대나무 의자는 물론 가릴 것 없이 모든 것이 부서져 있었고, 그들의 무게에 눌려서 탁자마저 망가져버렸다. 링탄과 그의 아내는 손을 꼭 잡은 채 방방을 돌면서 한마디 말도 없이 폐허가 된 집을 둘러보았다. 이윽고 링탄이 입을 열었다.

"쌀 말고는 가져간 게 없어. 집 안에 있는 물건 중에는 그자들이 원하는 게 없었던 게야. 그래서 분풀이로 자기들한테 필요 없는 물건을 닥치는 대로 부순 거야."

적군은 물건들을 못 쓰게 만들었을 뿐만 아니라 옷가지를 갈가리 찢었고, 침대 위의 이불을 난도질했다. 링탄은 그들이 집에 불을 지르지 않은 것은 단순히 재만 남기기보다는 완전히 폐허가 되어버린 집을 보여주고 싶은 잔인한 마음 때문이었을 것이라고 생각했다.

"세상에, 내가 혼수로 가져온, 그 곱던 돼지가죽 함이 엉망이 됐어요!" 링사오는 두 사람의 침실로 들어가면서 상자가 망가진 채 활짝 열려 있는 것을 보고는 고통스럽게 말했다. 링탄은 엉망이 된 옷가지와 열어젖혀진 상자들로 뒤범벅이 된 방바닥에서 잔뜩 엉클어진 머리카락을 발견하고는 몸을 굽혔다.

"이게 뭐지?" 링탄이 물었다.

링사오는 머리카락 뭉치를 주워 들면서 대답했다. "새아기가 그날 잘라낸 머리카락이에요."

"지금 새아기 머리에 붙어 있지 않아서 천만다행이야." 링탄이 고통스러운 듯 말했다.

그러나 두 사람은 이보다 더 끔찍한 일이 자그마한 뒷문 앞에서 자신들을 기다리고 있다는 것을 알았기에, 눈앞에 펼쳐질 광경을 두려워하면서 천천히 뒷문을 향해 걸음을 옮겼다.

"우리가 먼저 봐야 해." 링탄이 속삭였다. "아이들이 먼저 시신을 보게 해서는 안 돼."

두 사람은 엉망이 된 부엌을 가로질러 조심스럽게 좁다란 뒷마당으로 나갔다. 나이 든 안사돈은 싸늘한 주검이 되어 두 사람의 발치에 누워 있었다. 게다가 더욱 끔찍한 것은 그녀가 곱게 숨을 거두지 못했다는 사실이었다. 안사돈은 실오라기 하나 걸치지 않고 있었으며 몸에는 군데군데 상처가 나 있었다. 링탄과 그의 아내는 잔뜩 성이 난 잔인무도한 군인들이 젊고 아름다운 여인을 겁탈하듯 안사돈을 욕보였다는 것을 금세 알아차렸다.

링탄은 오랜 세월을 사는 동안 몸이 불어나고 정신이 반쯤 나간 노파에게 이런 일이 생길 수 있다면 집안의 젊은 여자는 물론이고 자신의 아내까지 더 심한 일을 당할지도 모른다는 생각에 괴로워했다. 그는 핏기가 가신 얼굴로 아내를 돌아보며 말했다.

"가장 먼저 해야 할 일은 집안 여자들이 피할 곳을 찾는 거야. 내 한 몸이야 아무데나 숨으면 되고, 남자들이야 사방으로 흩어지면 그만이지만, 이런 놈들 앞에서 여자들은 어떻게 하면 좋지?"

링사오는 여느 때와 달리 아무런 대답도 할 수 없었다. 그녀는 안사돈에게 닥친 일을 자기는 더 쉽게 당할 수 있었다는 것을 알았기에, 남편에게 도움이 될 만한 말을 할 수 없었던 것이다. 그녀는 평생을 함께해온 남편 앞이었지만 수치스런 마음에 눈을 돌렸고, 안사돈의 옷을 주워서 알몸을 드러내고 있는 시신 위에 덮었다. 나이 든 안사돈의 시신은 너무나 무거워서 두 사람의 힘으로는 도저히 들 수가 없었다. 건장한 남자 서너 명은 있어야 가능한 일이었기에 그들은 시신을 있던 그 자리에 내버려둘 수밖에 없었다. 링탄은 시신을 지나 뒷문을 빠끔히 열고는 밖을 내다보았지만 사람의 그림자는 보이지도 않았고, 태양은 여느 때와 다름없이 대지를 환하게 비추고 있었다. 링탄은 마음속으로 무정한 하늘을 원망하면서 아내를 데리고 시신으로부터 멀찌감치 떨어진 곳으로 갔다.

두 사람은 쑥대밭이 되어버린 집 안에서 밥을 먹거나 불을 땔 생각조차 못한 채 하루 종일 우두커니 앉아 있었다. 그리고 그들은 귀를 곤두세운 채 밤이 오기만을 기다렸다. 어둠이 내리면 아들들 중 누군가가 나머지 가족들의 안부를 전하기 위해 틀림없이 돌아올 것이라고 믿었기 때문이다. 마을에는 그들처럼 어렵사리 살아남은 사람들이 있을 터였지만 링탄과 그의 아내는 감히 밖으로 나가볼 엄두를 내지 못했다. 지금은 모두가 제 집 안에 머물러야만 할 때였다.

두 사람의 생애에서 가장 긴 하루가 지나고, 이윽고 밤이 되었다. 장남과 막내는 어둠을 틈타 조용히 집 안으로 들어왔다. 어둠 속에 앉아 있던 링탄은 희미한 발자국 소리와 누군가 가구에 부딪히는 소리를 들었다. 이윽고 큰아들이 속삭이는 소리가 들려왔다.

"여기에 안 계신가 봐!"

"우린 여기 있다." 링탄은 어둠 속에서 이렇게 말한 뒤 손을 내밀어 큰아들을 더듬어 찾았다. 그들은 등불을 켤 용기가 없었기 때문에 어둠 속에서 서로를 마주했다.

"애들은 어디 있니?" 링사오는 잔인무도한 군인들이 어린 손자들을 붙잡아서 장난감 다루듯 괴롭히고 있는 건 아닐까 하고 하루 종일 걱정하던 터라서 아이들의 안부부터 물었다.

"다들 성안에 있어요." 큰아들은 나지막이 속삭였고, 링탄은 불만스러운 듯 말했다. "성안이라고!" 링탄은 성안에 있는 것만큼 위험한 짓은 없다고 생각했지만 큰아들은 서둘러 자초지종을 설명했다.

"성벽을 따라서 한참을 돌았습니다. 그러다가 자그마한 수문水門에 도착했어요. 거기에서 만난 사람들이 하는 말이, 성안이 죽은 사람과 변을 당한 사람들로 넘쳐나는 건 사실이지만, 그래도 그 안에 가면 여자들과 아이들한테 안전한 곳이 있다고 하더군요. 그런데 말입니다, 아버지, 수문에 도착하기까지 길을 헤매는 동안, 저희는 적군이 여자들한테는 더없이 흉악한 자들이라는 것을 알게 됐어요. 그래서 다시 이곳으로 데려올 수 없었습니다. 맨손으로 어떻게 여자와 아이들을 지킬 수 있겠어요? 단 한 군데 남은 안전한 곳은 수문 안에 있어요. 수문 너머에는 아무것도 없는 한적한 땅이 펼쳐져 있는데 적군은 그곳에 가져갈 만한 것이 아무것도 없다는 걸 알고는 아예 오지도 않았대요. 저희는 하루 종일 나무숲과 인가 뒤에 숨어서 캄캄해지기만 기다렸어요. 혹시라도 군인이 가까이 오는 게 보이면 다른 곳으로 몸을 피하면서 말예요. 마침내 사방이 어두워지자 사람들이 수문을 열었고, 저희는 조심조심 그 안으로 들어갔어요. 그리고 여자들과 아이들을 안전한 곳으로 보냈습니다. 그곳은 외국 학교예요. 외국 여자가 한 명 있더군요. 그 여자를 가까이서 봤습니다. 우리와 달리 서양 종교를 믿긴 하지만 선량한 얼굴을 하고 있었어요. 학교 건물에는 높은 담장이 둘러쳐 있고, 커다란 대문이 달려 있었어요. 대문을 두드렸더니 백인 여자가 대문을 열고 밖을 내다보더군요. 그 여자는 우리 집안 여자들과 아이들을 보더니 대문을 활짝 열었어요. 그러고는 안으로 데리고 갔죠."

"너희는 왜 그곳에 남지 않았니?" 링탄이 물었다.

"그곳에는 여자들과 아이들이 묵을 방밖에 없어요." 큰아들이 대답했다.

"정말로 안전한 곳이더냐?"

"악마가 활개를 치고 다니는데 안전한 곳이 어디 있겠어요?" 큰아들은 서글픈 얼굴로 대답했다.

마침내 링탄은 자신이 해야 할 일을 결정했다.

"너한테 시킬 일이 있다. 여자들이 안전하게 지낼 수 있는 곳이라면, 날이 밝기 전에 네 어머니도 그곳으로 모셔 가도록 해라."

두 아들은 어리둥절한 표정으로 어머니를 바라보았고, 결국 한 명의 여자일 수밖에 없는 링사오는 남자인 아들들 앞에서 부끄러운 마음에 고개를 숙였다. 그리고 그녀는 여태껏 살아오면서 처음으로 '남자라면 하나도 겁 안 나요'라는 말을 할 수 없었기에 조용히 침묵을 지켰다.

"하지만…… 하지만 어머니는……." 큰아들이 말을 더듬었다.

링탄은 어쩔 수 없이 우리엔의 노모에게 무슨 일이 생겼는지를 이야기했고, 두 아들은 아버지가 말을 끝낼 때까지 한마디도 하지 않았다. 이윽고 이야기를 다 듣고 난 큰아들이 입을 열었다.

"어서 가요, 어머니. 제가 모셔다드릴게요. 아버지 곁에는 라오산이 있을 겁니다. 저는 어머니를 안전하게 모셔다드린 다음, 다시 집으로 올 거예요. 아버지 그리고 라오산과 함께 셋이서 어떻게든 살아갈 겁니다. 그리고 어머니와 가족들이 모두 무사한지 수시로 알아볼 거예요."

두 아들은 부모가 작별 인사를 하는 동안 고개를 돌리고 있었다. 링사오는 열여덟이 되던 해에 링탄에게 시집을 왔고, 그날 이후로 두 사람은 단 하루도 떨어져서 지낸 적이 없었다. 그런데 이제 와서 어떻게 그런 일을 할 수 있단 말인가? 여느 때 같았으면 다른 사람이 있는 곳에서 꿈도 못 꿀 일이었지만, 지금 두 사람은 아들들이 등을 돌리고 있는 동안, 서로를 부둥켜안았다. 그리고 링사오는 괴로운 듯 말했다. "꼭 가야 하나요?"

"그래." 링탄이 대답했다. "당신 나이에도 이런 일을 걱정해야 할 줄은 꿈에도 몰랐어."

그는 이미 전쟁을 겪었으며 탐욕스런 군인들을 보았지만, 링사오처럼 나이 먹은 여자를 건드릴 만한 사람은 본 적이 없었다. 이 같은 일을 범할 수 있다는 사실 하나만으로도 링탄은 적군이 잔인하고 난폭한 짐승과 같다는 것을 알 수 있었다. 그는 아내의 손을 잠시 동안 더 잡고 있었다. 이윽고 그는 뒤로 물러서며 큰아들을 불렀다.

"어머니를 모셔다드리거라. 아무 일이 없도록 잘 모시고 가야 한다."

"걱정하지 마세요." 장남 라오타가 대답했다.

링탄은 결국 자신의 아내를 집 밖으로 내몰고 말았다. 그는 아내를 떠나보낸 뒤 밤새도록 잠을 이루지 못하고 앉아서 큰아들이 돌아오기만을 기다렸다. 그날 밤, 그는 자기도 큰아들을 따라나섰어야 했다고 수도 없이 후회를 했다. 그러나 그런들 무슨 소용이 있었겠는가? 세 명보다는 두 명이 나은 법이며, 그는 어차피 막내아들을 혼자 남겨둘 수도 없는 처지였다. 막내아들까지 데리고 넷이 길을 나섰다면 둘이 갈 때보다 두 배로 걸음이 더뎠으리라.

"누울 만한 곳을 찾아서 눈을 좀 붙이도록 해라." 링탄은 막내아들에게 이렇게 말했고, 아직 어린 라오산은 너무나 피곤한 나머지 슬픔도 잊어버린 채 바닥에 널려 있는 물건들을 한쪽으로 치우고는 그 위에 누워서 잠이 들었다.

그러나 링탄은 잠을 이루지 못한 채 폐허가 된 집에 앉아서 큰아들을 기다렸고 한참이 지난 뒤, 라오타가 군인들과 마주치는 일

없이 무사히 집으로 돌아왔다.

"어머니를 무사히 모셔다드렸어요. 백인 여자가 어머니를 안으로 모시고 가면서, 어머니는 아무 일 없을 테니 걱정하지 말라고 했어요."

링탄은 아무 말 없이 한숨을 내쉬었다. 아내가 안전한 것을 확인한 지금, 그는 너무나 피곤한 나머지 말을 하거나 움직일 수도, 그리고 잠을 잘 수도 없었다. 그러나 큰아들 라오타는 그대로 자리에 눕더니 잠이 들었다. 링탄은 잠든 두 아들 곁에 앉아서 수탉이 우는 소리가 들릴 때까지 몇 시가 됐는지도 모른 채 시간을 보냈다.

'닭이 아직도 울다니?' 그는 이렇게 어수선한 시국에도 닭이 우는 것을 의아히 여기면서 날이 밝을 때까지 꼼짝 않고 앉아 있었다. 이윽고 창백한 새벽빛이 폐허가 된 집에서 잠들어 있는 두 아들을 비추었다.

* * *

링사오는 어두컴컴한 밤에 백인 여자를 바라보았다. 큰아들은 떠났고, 백인 여자는 링사오를 앞세우고 대문을 걸어 잠갔다. 그녀는 이제 이 낯선 여인과 이 낯선 곳에 남게 되었다. 고양이털처럼 노란 여자의 머리칼은 마치 양털처럼 곤두서 있었고, 하얀 얼굴 위로 보이는 눈동자도 옅은 황색을 띠고 있었다. 어쩌면 황색이 아닌지도 모르지만 여자가 들고 있는 초롱불 아래에서는 적어도 그렇게 보였다.

"저를 따라오세요. 따님들이 있는 곳으로 모셔다드리겠습니다." 여자는 이렇게 말했고, 링사오는 자신이 외국 사람의 말을 알아들을 수 있다는 사실에 깜짝 놀라서 물었다.

"내가 당신 말을 이해할 수 있도록 마술이라도 걸었나요?"

백인 여자는 살포시 웃으며 말했다. "저는 이곳에서 20년을 살았습니다. 진정한 종교에 대해 여러분에게 말하기 위해, 지금까지도 날마다 이곳 말을 공부합니다. 그러니 제 말을 알아듣는 게 이상할 것도 없죠."

백인 여자는 벽돌담 사이로 나 있는 좁다란 길을 따라서 링사오를 안내했다. 길 양옆으로는 잔디가 자라 있었고, 저만치 앞에는 커다란 나무들이 가지를 늘어뜨리고 있었다. 링사오는 한 번도 이런 곳에 와본 적이 없었다. 이윽고 두 사람은 커다란 건물 앞에 도착했고, 백인 여자는 링사오를 안으로 안내했다. 길고 널찍한 방은 이미 사람들로 꽉 차 있었다. 천장에 매달려 있는 흐릿한 불빛 아래로, 짚자리 위에 누워 있는 사람들이 보였다.

"모두 여자들과 아이들입니다. 당신 가족들은 저쪽 구석에 있어요." 백인 여자가 말했다.

링사오는 잠들어 있는 사람들 사이를 헤집고 걸어서 높은 탁자가 놓여 있는 구석으로 갔다. 란과 두 딸 그리고 손자들이 모두 한자리에 모여 있었다. 아이들과 란은 링사오가 온 것도 모른 채 자고 있었지만, 슬피 울고 있던 판샤오는 그녀를 보고는 몸을 일으켜 앉더니 두 손을 내밀었다. 그리고 판샤오는 제 어미를 찾은 어린애처럼 얼굴을 일그러뜨리며 속삭였다.

"어머니, 어머니도 같이 있을 거죠?"

죽음의 그림자 197

"그래, 내 새끼." 링사오는 이렇게 말한 뒤 판샤오 옆에 앉았다. 판샤오는 어려서부터 단 한 번도 이렇게 불린 적이 없었기 때문에 '내 새끼'라는 한마디 말에서 그 무엇보다 큰 위안을 얻었다.

"아버지는요?" 판샤오는 어머니의 손을 꼭 잡은 채 나지막이 물었다.

"네 오빠들과 같이 집에 계신다. 다들 다친 데는 없니?"

"네. 하지만 놀란 탓인지 아무것도 먹을 수가 없어요. 너무 어지러워요."

"좀 눕거라. 날이 밝는 대로 먹을 만한 것을 찾아보마."

"아니오, 그럴 필요 없어요. 여기에서는 먹을 것도 줘요." 판샤오는 이렇게 말하면서 자리에 누웠고, 이윽고 큰딸이 머리를 들었다.

"시어머니는요? 두 분이 같이 안 오셨어요?"

한 집안의 며느리가 시어머니의 안부를 먼저 묻는 것은 당연한 일이었다. 결혼을 하고 나면 시댁 사람인 만큼, 친정어머니보다는 남편의 어머니를 먼저 챙겨야 하는 것 또한 당연한 일이었다. 따라서 링사오는 큰딸이 마땅한 질문을 했다는 것을 알면서도 이번 한 번만이라도 자신의 딸이 며느리 된 도리를 다하지 않았더라면 하고 바랐다. 가련한 늙은 영혼에게 닥친 일을 어떻게 이야기한단 말인가? 결국 링사오는 거짓말을 하기로 마음먹었다.

"안사돈은 너무 연로하셔서 예까지 오실 수 없었다. 하지만 집에 잘 계시니 걱정마라. 헌데, 사위는 어디 있니?"

"우리를 여기까지 데려다준 다음 가게로 간다고 했어요. 이미 도시가 무너졌으니 겁날 게 없다고 했어요. 이제 다시 평화가 찾아올 거라더군요. 성안 사정이 어떻게 돌아가는지 살펴본 다음, 우리를 집으로 데려가겠대요."

 가까이에서 잠을 자고 있던 여자들이 두 사람이 속삭이는 소리에 하나둘 깨어났다. 여자들은 누가 새로 왔는지, 들을 만한 새 소식은 없는지 궁금한 마음에 몸을 일으켰다. 큰딸 옆에서 자고 있던 젊은 여자는 지나칠 정도로 아름다웠고, 링사오는 그녀를 처음 보는 순간부터 외모가 마음에 들지 않았다. 링사오는 이렇게 아름다운 여자는 현모양처가 될 수 없는 법이라고 생각하면서 그녀를 떠볼 작정으로 이렇게 물었다.

 "우리가 어린애를 깨운 모양이군요?"

 "전 아이가 없어요." 젊고 아름다운 여인이 차분한 목소리로 대답했다.

 "여긴 혼자 온 게요?" 링사오는 그녀에 대해 알아볼 마음으로 다시 한 번 물었다.

 "저 같은 처지에 있는 사람 여섯 명과 같이 왔어요."

 링사오는 여자의 대답을 듣고 그녀가 부자를 상대하던 고급 매춘부라는 것을 알아차렸고, 자신은 정숙한 여자인 만큼 더 이상 그녀와 말을 섞지 않으리라 마음먹었다. 마침내 링사오는 자신의 딸들과 젊은 여자 사이에 몸을 뻗고 누웠다. 혹시라도 몹쓸 병균이 있다면 딸들과 손자들에게 옮기기 전에 막아주기 위해서였다.

 그러나 그녀의 옆에 있는 아름다운 여자는 여전히 자리에 눕지 않았다.

 "아주머니." 링사오는 자신을 부르는 여자의 목소리가 너무나 듣기 좋아 깜짝 놀랐다. "저희보다 늦게 도착하셨으니, 지금 성안 사정이 어떤지 말씀해주실 수 있겠어요?"

"난 성안을 지나서 오지 않았어요." 링사오가 퉁명스럽게 대답했다.

"그래요? 그럼 시골에서 오셨나요?"

"그렇소." 링사오는 조금 전보다 더 퉁명스럽게 말했다.

"아!" 여자가 부드러운 목소리로 한숨을 쉬었다. "그럼 우리가 최근에 성안에서 무슨 일을 겪었는지 모르시겠군요." 그녀는 무릎 위로 머리를 숙이더니 다시 한숨을 쉬었다. "아, 정말 힘든 세상이에요!"

그러나 링사오가 그녀의 말뜻을 묻기도 전에 란이 눈을 뜨더니 잠이 덜 깬 멍한 눈으로 몸을 일으키며 외쳤다.

"어머니도 오셨어요? 여기까지 어떻게 오신 거예요? 그럼 집은 누가 돌보죠? 저희가 떠난 다음에 무슨 일이 있었나요?"

란의 목소리가 어찌나 컸던지 사람들이 조용히 하라며 소리를 질렀고, 어린아이들은 잠에서 깨어나 울기 시작했다. 링사오는 자신도 어리석은 며느리의 잘못을 인정한다는 것을 나타내려고 더욱 목소리를 높여 말했다.

"하늘도 무심하시지, 내가 이렇게 예의범절도 모르는 아이를 큰며느리로 맞게 하시다니! 한밤중에 아무리 나를 봤기로서니 이렇게 소리를 지를 수 있나? 여기 계신 분들한테 큰 폐를 끼쳤구나! 맹한 것 같으니, 다시는 입을 열지 마라!"

란은 시어머니의 꾸지람에 아무 말 없이 다시 자리에 누웠고, 한동안 침묵이 흘렀다. 그리고 모두들 그날의 서글픔을 달래며 잠을 청하려 했다.

그러나 링사오는 태어나 지금까지 살아오는 동안 단 두 개의 침대에서만 잠을 잤기 때문에 지금 이 순간 잠을 이루지 못했다. 그녀는 결혼하기 전, 부모님과 함께 살 때 사용하던 폭이 좁은 자그마한 침대와 결혼 후, 남편과 함께 잠을 자던 널찍한 침대가 아니고서는 잠을 잘 수 없었다. 게다가 지금 그녀의 곁에는 낯선 여자가 누워 있었고, 또 다른 옆에서는 자신의 딸이 귀에 대고 숨을 쉬고 있었다. 그 뿐만 아니라, 커다란 방 안 곳곳에서 잠든 이들의 한숨소리와 코고는 소리 그리고 신음이 들려왔다. 링사오는 눈을 말똥말똥 뜬 채 결국 이렇게 끝나고 만 하루 일을 돌이켜보았으며, 며칠이나 더 있어야 집에 돌아갈 수 있을지, 그리고 그녀 없이 남편은 무얼 하고 있을지를 생각했다. 그녀는 동이 트면 얼굴에 얼룩을 묻히고, 옷을 찢어서 자신을 늙고 추하게 보이도록 만든 다음 집으로 가야겠다고 몇 번이고 다짐했다. 그러나 그녀는 막상 날이 밝자 밤새 생각했던 것을 실천에 옮길 수 없었다. 아무리 애써 꾸민다고 해도 우사오보다 더 늙고 추하게 보일 수는 없었기 때문이었다.

링사오는 일찌감치 자리에서 일어나 딸과 며느리를 도와서 손자들을 보살폈으며 방 안에 있는 여자들이 깨어나 움직이고, 어린아이들이 사방에서 울기 시작하자 힘이 닿는 한 그들을 돕기 시작했다. 그러나 링사오 옆에 누워 있는 여자는 아직 자고 있는지, 아니면 깨어 있는지 알 수 없었지만 빨간 공단 이불로 몸을 감싼 채 꿈쩍도 하지 않았다. 그녀의 옆에 누워 있는 여자들도 마찬가지였다.

'늦잠 자는 게 몸에 밴 모양이군.' 링사오는 마음속으로 비웃으면서 이렇게 생각했다. '밤에 일을 해야 하니 낮에 잠을 자야 했겠지.' 그녀는 큰딸과 큰며느리가 눈을 뜨자 두 사람의 귀에 대고서 아직까지 잠을 자고 있는 젊은 여자들이 누구인지를 이야기했고, 이 여자들과는 말을 하지 말아야 하며 아이들도 말을 걸지 못하도록 잘 감시하라고 일렀다. 그러고서 그녀는 판샤오에게 당부를 했다. "이 여자들이 손을 뻗더라도 절대 네 몸에 닿게 해서는 안 된다. 그리고 말을 걸더라도 들은 체도 하지 마라. 말상대가 될 만한 정숙한 여자들은 얼마든지 있다. 아무래도 내 옆에만 붙어 있는 게 좋겠구나. 낯선 사람들과는 아예 말도 하지 마라."

링사오는 여전히 자고 있는 여자들을 못마땅한 듯 흘겨보면서 가족들을 그녀 곁에 머물도록 했다.

아침이 환하게 밝자 음식 시중을 드는 여자들이 밥이 담긴 커다란 들통, 소금에 절인 생선과 채소 그리고 젓가락과 밥공기를 가지고 들어왔다. 링사오는 어제 남편과 헤어지는 것에 마음이 너무 괴로운 나머지 돈을 받아오는 것마저 잊었음을 이제야 기억했다. 돈을 내지도 않고 남의 음식을 먹는 것은 수치스러운 짓이었기에 그녀는 큰 소리로 물었다. "밥값이 없는데 어떻게 식사를 하죠?"

들통을 가지고 들어온 여자들은 웃으면서 아무 걱정 말고 먹으라고 말하더니 천국에 가기 위해 덕을 쌓느라고 쌀을 가져다주는 사람들이 있다고 덧붙였다. "걱정 말고 드세요. 이 음식을 먹어서 우리 외국인 선생님이 천국에 가도록 돕는 것 또한 선행이랍니다."

"그래서 그분이 이곳에 와서 우리를 돕는 건가?" 링사오는 어리둥절해하면서 사람들과 어울려 음식을 먹었고, 배가 부르자 기분이 한결 나아지는 것을 느꼈다.

늦잠을 자던 일곱 명의 여자들은 식사가 거의 끝나갈 무렵에야 자리에서 일어나더니 향수를 뿌린 머리를 손질했고, 탁자 위에 놓여 있는 항아리에서 물을 따라 세숫대야에 담고는 세수를 했다. 씻는 모습만 보아도 그녀들이 누구인지를 알 수 있었다. 그녀들은 정숙한 여자들에게 필요한 것 이상으로 깨끗하게 세수를 했기 때문이다. 이윽고 그녀들은 떼를 지어서 밥을 받으러 간 뒤 사람들로부터 떨어진 곳에 모여 선 채로 식사를 했다. 그녀들은 다른 사람들에게는 눈길 한 번 주지 않았지만 방 안에 모여 있는, 행실이 바르고 얌전한 여자들은 너나없이 남몰래 그녀들을 쳐다보았다. 그리고 여자들은 일곱 명의 여인들이 우연히 옆을 지나갈 때면 한결같이 제 자식을 바짝 끌어당겼다.

링사오는 이렇게 낯선 곳에서의 첫 아침을 맞았다. 이곳에서 지내는 것도 그리 나쁘지는 않았다. 건물 안에는 아이들을 제외하고 어른만 헤아려도 백 명이 넘는 여자들이 있었고, 건물 밖에는 발밑에 부드럽게 느껴지는 짧고 연한 잔디밭이 펼쳐져 있었다. 잔디는 이제 초록빛을 잃어버렸지만 여전히 부드러웠고 여자들은 따뜻한 햇볕이 내리쬘 때면 모두들 아이를 데리고 나가서 잡담을 나누었다. 링사오는 다정해 보이는 동그란 얼굴과 맑은 눈을 가지고 있었으며 그녀의 검은 머리칼에는 희끗희끗한 흰머리가 섞여 있었다. 이런 그녀의 모습을 보면서 사람들은 누구나 쉽게 말을 붙였으며 그녀를 '어머니'라고 부르곤 했다.

링사오는 이 사람 저 사람에게서 일찍이 들어본 적이 없는 이야기를 들었으며 그들의 이야기를 듣는 동안 점점 더 큰 두려움을 느꼈다. 성안에 살고 있던 많은 사람들은 어차피 닥칠 일이라면 적군이 하루라도 빨리 도착하기를 바랐다. 일단 적군이 성안에 들어오고 나면 다시 평화가 찾아오리라 기대했기 때문이다. 그러나 기다렸던 적군은 성안에 발을 내딛는 순간 온갖 잔인하고 야만적인 짓을 미친 듯이 저질렀고, 사람들은 너무나 놀란 나머지 정신을 차릴 수 없을 정도였다. 링사오는 나라의 중심이었던 이 화려하고 부유한 도시에 왜군들이 사나운 짐승처럼 들이닥쳤다는 이야기를 들었다. 아니, 그들은 사나운 짐승만도 못한 자들이었다. 짐승은 남녀를 가리지 않고 잡아먹지만 왜군은 오직 남자들만 죽였으며 여자들을 겁탈했다. 그들은 여자라면 나이를 따지지 않았고, 어린 여자를 먼저 욕보인 뒤 노인들마저 겁탈했다.

"제 조카가 울었어요." 한 여자 아이가 눈이 감긴 것처럼 보일 정도로 울어서 퉁퉁 부은 눈으로 이야기했다. "제 조카는 태어난 지 다섯 달밖에 안 된 아기였어요. 아주 건강하고 힘센 아기였죠. 왜군들이 젖을 빨던 제 조카를 언니한테서 억지로 떼어냈기 때문에 울었던 것뿐이에요. 그런데 조카를 안고 있던 군인은 화를 내더니 그 어린 것이 입고 있던 옷으로 목을 졸랐어요. 바닥에 묶인 채 누워 있던 언니는 소리 한번 못 질렀고, 조카를 죽인 군인과 같이 온 서른 명의 왜놈들이 번갈아가며 언니를 겁탈했을 때는 이미 숨이 끊어져 있었어요."

"색시가 직접 본 게요?" 링사오는 속삭이며 물었다.

"아뇨, 아버지한테서 들었어요. 저는 아직 결혼을 안 했기 때문에 아버지께서 일찌감치 여기에 데려다 놓으셨죠. 하지만 언니는 이미 출가한 몸이었기 때문에 그런 일을 당하고 죽게 되리라고는 아무도 상상할 수 없었지요."

도시를 차지한 군인들이 승리감에 취해서 무슨 짓을 저지를지 모르기 때문에 젊은 여자들은 흥분된 분위기가 가라앉고 질서가 잡힐 때까지 며칠간 숨어 있어야 한다는 것을 모르는 사람은 없었다. 아름다운 여자라면 두말할 필요도 없었다. 그러나 지금 링사오가 들은 일은 그 누구도 상상하지 못했던 것이었다. 과거에도 도시가 함락당한 일이 여러 번 있었지만 다른 나라에게 정복당한 일은 한 번도 없었기에 사람들은 이 외국 군대가 국군보다 훨씬 나을 것이라는 말을 들었고, 그 말을 그대로 믿었다. 그래서 그들은 과거에 전쟁이 일어났을 때와는 달리 충분한 대비를 하지 않았던 것이다.

여자들은 저마다 직접 목격한 일들을 링사오에게 들려주었고, 그녀는 죄 없는 순박한 사람들이 수도 없이 목숨을 잃었다는 것을 알게 되었다. 적군은 자신들을 보고서 몸을 돌려 달아나는 사람들을 모조리 총살했고, 이로 인해 하루 만에 수천 명에 달하는 사람들이 목숨을 잃었다. 뿐만 아니라 조금이라도 군인처럼 보이거나 과거에 군인이었던 것처럼 보이는 사람들도 가차없이 처형했다. 이로 인해 역시 하루 만에 또 다른 수천 명의 사람들이 숨을 거두었다. 또한 적군이 시킨 일을 빨리 해내지 못하거나 너무 어려서 힘에 부쳐 무거운 짐을 제대로 지고 가지 못하는 사람, 그리고 노인과 힘든 일을 해본 적이 없는 학자들도 무참히 죽임을 당했다. 이렇게 해서 하루 만에 또다시 수천 명의 사람들이 목숨을 잃었다.

링사오는 아침 내내 이러한 이야기를 들은 터라서 점심때가 되어 질지 않고 고슬고슬한 밥을 받았지만 마음 편하게 먹을 수가 없었다. 그리고 저녁 식사로 맛있게 익은 쌀밥과 그녀가 하던 것 못지않게 콩기름을 넣어 맛깔스럽게 익힌 양배추 요리가 나왔지만 아침에 들은 이야기가 마음에 걸려서 한 술도 뜰 수가 없었다. 너무나 끔찍하고 대단하게만 느껴졌던, 그녀와 링탄이 당한 일은 이 엄청난 일들 앞에서 대수롭지 않은 것이 되어버렸다. 그녀에게 이야기를 들려주었던 여자들 중에는 가족들이 죽어가는 모습을 옆에서 지켜본 사람들이 수없이 많았으며 강간을 당하거나 몰매를 맞은 사람들도 있었다. 그리고 차마 말로도 표현할 수 없는 끔찍한 고통을 당했기에 입을 다물고 있는 여자들도 많았다.

이윽고 밤이 되었고, 링사오는 메스꺼움과 피로를 느끼면서 멍하니 앉아 있었다. 그러나 이 두 가지보다 그녀를 더 당황하게 하는 것은 일찍이 느껴본 적 없는 두려움이었다. 이토록 잔인한 적이 나라를 빼앗는다면 장차 무슨 일이 생길 것인가? 인간이 아닌 그들이 나라를 통치하게 된다면 어떻게 해야 한단 말인가? 악한 통치자 밑에서 고통을 당하며 살아보지 않은 사람은 없었지만 지금 이 나라를 침략한 자들은 악한 것 이상이었으며 그들 안에는 인간의 마음이 없었다.

그렇게 어둠이 내려앉았고, 링사오는 집을 떠난 뒤 두 번째 밤을 맞았다. 그녀는 하루 종일 여자들의 이야기를 듣느라고 남편 생각을 할 틈이 없었던 것을 깨달으면서 서글픔을 느꼈다. 잠자리에 누워 있는 손자들과 여자들이 하나둘 자기 자식의 곁에 눕는 것을 보면서 그녀도 몸을 눕혔다. 그리고 그녀의 곁에는 지난 밤처럼 일곱 명의 매춘부들이 누워 있었다.

"여기에는 왜 온 거요?" 링사오는 잠시 후 곁에 누워 있는 여자에게 언짢은 목소리로 물었다. "댁 같은 여자들은 여기에 오면 안 돼요."

여자는 서글픈 미소를 지으면서 아리따운 목소리로 나지막이 말했다. "저희도 짐승을 두려워하는 여자랍니다." 여자는 자기가 누구인지를 알기에 따로 떨어져 있으려는 듯 링사오로부터 최대한 멀리 누우려 했다. 그녀는 더 이상 링사오에게 아무 말도 하지 않았지만 옆에 누워 있는 여자에게 무언가를 이야기했다. 그러나 다른 도시에서 온 그녀들은 자기들끼리 대화를 나눌 때는 방언을 사용했기에 링사오는 그녀들이 주고받는 말을 알아들을 수 없었다. 그녀들은 많은 남자를 만족시켜야 했기 때문에 여러 지역의 말을 할 줄 알았으며 외국 배를 타고 오는 남자들의 환심을 사기 위해 외국어도 할 줄 알았다. 링사오 역시 누구나 알고 있는 이러한 사실을 모를 리 없었다.

'소주*에서 온 여자들이 틀림없어.' 링사오는 이렇게 생각하면서 자기의 짐작이 옳다는 것을 확인하려고 다시 한 번 여자에게 물었다.

"소주에서 왔소?"

"네."

"왜 여기까지 온 거요?" 링사오는 그녀들이 군인들을 상대로 돈을 벌려고 이곳에 왔다면 왜 밖에 나가서 일을 하지 않는지 궁금해하면서 이렇게 물었다. 그녀들이 왜군들을 상대로 일을 한다면 한 남자의 아내이자 아이들의 어머니인 여자들에게 성안은 보다 안전한 곳이 되리라.

"저희들은 소주가 적의 손에 들어갈 때 그곳에 있었어요. 저는 스물두 명의 여자들과 함께 일하고 있었는데 그 중에서 살아남은 건 저희 일곱 명뿐이에요. 다 같이 탈출했지만 모두 성공하진 못했답니다. 저희는 잊을 수 없는 무서운 일을 겪었기 때문에 이곳으로 피난을 왔어요. 그리고 돈이 다 떨어져서 더 멀리 갈 수도 없었죠. 백인들이 여자들에게 피신처를 제공한다는 말을 듣고서 이곳으로 온

---

* 蘇州, 중국 동부 장쑤성江蘇省 동남부의 도시

거예요. 저희도 왜군을 증오하기는 마찬가지랍니다. 그자들은 남자가 아니에요. 남자라면 저희가 누구보다 잘 알지만 그자들은 아니에요!"

그녀는 등을 돌렸고, 더 이상 아무 말도 하지 않았다. 잠시 후 링사오는 그녀가 조용히 울고 있는 소리를 들었다. 그녀는 링사오처럼 가까이 있지 않고서는 들을 수 없을 정도로 숨죽여 울고 있었다. 본래 모질지 못한 링사오는 곧 마음이 약해졌고, 아직 젊고 아름다운 이 여인을 위로해야 하는 것은 아닌지 생각해보았다. 그러나 이런 여자들에게 품고 있는 강한 혐오감은 링사오의 마음이 더 이상 약해지는 것을 막았다. 그녀는 자신의 남편이 평생토록 매춘부에게 눈길 한 번 주지 않았다는 것을 알고 있으면서도 남편이 홍등가에 드나들기라도 했던 것처럼 한 번도 본 적 없이 말로만 들어온 매춘부들을 경계하고 싫어했다. 결국 링사오는 곁에 누워 있는 여인이 우는 것을 알면서도 제풀에 그칠 때까지 그냥 내버려두었고, 견디기 힘든 피로를 느끼면서 잠이 들었다.

그러나 그녀는 한밤중에 잠에서 깨어났다. 그녀만이 아니라 모두들 대문을 두드리는 요란한 소리와 담장 너머에서 들려오는 총성에 놀라 잠에서 깬 뒤 어둠 속에서 몸을 떨며 누워 있었다. 곧이어 알아들을 수 없는 말로 이야기하는 남자들의 커다란 목소리가 들려왔고, 여자들은 왜군들이 이곳까지도 찾아왔음을 알아차렸다.

여자들은 어둠 속에서 몸을 일으킨 뒤 자기 전에 머리맡에 벗어두었던 옷을 입고는 가만히 자리에 앉아 있었다. 방 안에는 무거운 침묵만 감돌았으며 여자들은 우는 아이의 입을 어떻게든 틀어막았다. 잠시 후 불빛이 보이더니 백인 여자가 나타났다. 그녀는 손에 든 등불이 여자들의 얼굴을 비출 수 있도록 높이 들어 올렸다.

"나쁜 소식이 있습니다. 무장을 한 왜군 백여 명이 대문 밖에 와 있어요. 이제 저한테 자기들을 막을 권한이 없다면서 이 안으로 들어오겠다고 합니다. 저는 무기를 갖고 있지 않습니다. 저한테는 오로지 주님의 권능과 저들을 막아주는 제 조국이 있을 뿐입니다. 저들은 주님을 겁내지 않지만 힘 있는 제 조국은 조금이나마 두려워합니다. 그 덕에 저는 저들과 거래를 할 수 있었고, 그래서 저들은 아직 들어오지 않고 있는 겁니다."

그녀는 여자들의 얼굴을 둘러보았고, 여자들은 그녀의 창백한 얼굴 위로 얇은 입술이 떨리는 것을 보았다. "제가 무슨 거래를 했는지 차마 말씀드리기조차 부끄럽습니다. 하지만 여러분을 보호하기 위해서 어쩔 수 없이 말하겠습니다. 저들은 데리고 갈 여자를 몇 명 내주면 들어오지 않겠다고 했습니다. 다섯 명이나 여섯 명, 아니 일곱 명 정도요······."

그녀는 이렇게 말하더니 입을 다물었고, 여자들 역시 아무 말이 없었다. 아무리 남을 돕고 싶어도 저런 남자들을 따라갈 여자가 어디 있단 말인가? 이 같은 상황에서 무어라고 말할 수 있는 사람은 아무도 없었다.

그녀는 잠자코 기다렸고, 다시 시끄러운 소리가 들려왔다. 군인들이 소리를 지르면서 대문을 두드리기 시작하자 그녀는 다시 밖으로 나갔고 여자들은 자리에 앉은 채 아무 말도 하지 않았다. 그러나 마음속으로 모두 같은 생각을 하고 있었다. '난 안 돼······ 왜 내가 가야 해?'

동전을 200개쯤 셀 수 있을 만큼의 시간이 흐른 뒤 백인 여자는 방으로 돌아왔고, 등불을 높이 쳐들면서 다급한 목소리로 말했다.

"더 이상은 저들을 막을 수 없어요. 지금 당장 여자를 내놓지 않으면 안으로 들어오겠대요. 어쩜 좋죠?" 그녀는 잠시 말을 멈추더니 높은 문턱에 선 채 여자들을 내려다보았다. "제가 무슨 자격으로 여러분 중 누군가에게 여기에서 나가라고 말할 수 있겠습니까? 하지만 어쩌면 주님께서 미리 준비를 해주셨는지도 모른다는 생각이 드는군요 …… 선량한 여자들을 구하기 위해서 …… 나갈 수 있을 만한 사람이 …… 제 입으로 부탁하지는 않겠습니다 …… 제가 말씀드릴 수 있는 건 …… 여러분 중에 혹시 그런 분이 계시다면, 그럴 수 있겠다고 생각되는 분이 계시다면 ……." 그녀는 더 이상 말을 잇지 못했고, 여자들은 강렬한 노란색 등불 아래로 그녀가 괴로운 듯 입술을 깨무는 것을 보았다. 그녀가 들고 있는 등불이 가늘게 떨리고 있었다.

그 순간 링사오는 평생 잊지 못할 광경을 보게 되었고 이 일이 있은 뒤로는 사람들이 사악하다고 손가락질하는 모든 여자들을 따뜻한 마음으로 대할 수 있게 되었다. 그녀의 곁에 있던 젊고 아름다운 여인이 자리에서 일어서더니 머리를 뒤로 넘겼고, 옷매무새를 가다듬었다.

"자, 가자." 그녀는 지치고 슬픈 목소리로 말했다. "어서 일어나서 머리를 매만지고 얼굴에 미소를 지어야지. 다시 일할 시간이야."

그녀의 말에 나머지 여자들이 하나둘 자리에서 일어섰고, 방 안에는 침묵만이 흘렀다. 일곱 명의 여인이 바닥에 깔려 있는 짚자리 사이로 방을 가로질러 문 앞까지 걸어가는 동안 입을 여는 사람은 아무도 없었다.

이윽고 링사오의 곁에 있던 여인은 백인 여자 앞에서 멈춰서더니 아리따운 목소리로 말했다.

"준비됐습니다."

"주님의 축복이 있을 겁니다. 여러분의 용기 있는 행동을 보시고 주님은 여러분을 천국으로 인도하실 거예요!" 백인 여자가 말했다.

그러나 링사오의 곁에 있던 아름다운 여인은 고개를 저으면서 말했다. "당신이 믿는 신은 저희를 모릅니다."

그녀는 몸을 꼿꼿이 세우고 조용히 대문을 향해 걸음을 옮겼다. 나머지 여자들은 그녀의 뒤를 따랐고, 백인 여자는 등불을 높이 들어서 길을 밝혀주었다.

그녀들이 떠나고 난 캄캄한 방에서 여자들은 침묵을 지키고 있었다. 어머니들은 아이들을 다시 자리에 눕혔고, 링사오도 손자들의 잠자리를 살폈다. 이제 그녀의 한쪽 옆자리는 비어 있었다. 그녀는 동정심과 슬픔으로 무너져 내리는 가슴을 안고서 그 빈자리에 누웠다. 순간 그녀의 눈에 눈물이 고였다. 그리고 그녀가 아무리 닦아내도 눈물은 이내 다시 차올랐다.

시끄러운 소리가 들려오던 대문 밖은 언제 그랬냐는 듯이 잠잠해졌고, 백인 여자는 피난민들이 모여 있는 방으로 다시 돌아오지 않았다. 이튿날, 해는 여느 때와 다름없이 떠올랐다. 링사오는 자리에서 일어났고, 또 다른 하루가 시작되었다. 여자들은 모두 간밤에 있었던 일을 생각했지만 링사오를 비롯한 그 누구도 그 일에 대해 이야기하지 못했다. 어머니들은 저마다 제 자식에게 음식을 먹이거나 이런 저런 일을 하면서 시간을 보냈고, 이렇게 침묵 속에 하루가 흘렀다. 백인 여자는 단 한 번도 그녀들 가까이로 다가오지 않았다. 그리고 마침내 다시 밤이 찾아왔다.

III
희망을 부르는 붉은 명주실

 우리엔은 혼자 가게 안에서 일을 했다. 그는 집으로 돌아온 뒤 사흘 동안 바깥출입을 하지 않은 채 가게 정면에 쳐두었던 판자를 뜯어냈고, 엉망이 된 가게 안을 최대한 정리했다. 그리고 이 모든 일에 앞서서 가장 먼저 한 일이 하나 있었다. 그는 아내와 아이들을 백인 여자가 운영하는 학교 안으로 들여보낸 뒤, 먹을 것을 찾아보기도 전에 부엌으로 가서 굴뚝에 앉은 검댕을 긁어냈다. 그는 검댕을 물에 갰고, 뒤죽박죽으로 섞여 있는 물건들 속에서 붓을 찾을 수 없자 막대에 천 조각을 묶어 검댕을 갠 물에 적셔 회반죽을 바른 가게 외벽에 '동해 너머에서 온 물건 판매함.'이라고 검은 글씨로 큼직하게 써넣었다.

 우리엔은 학생들이 가게를 엉망으로 만든 뒤 처음으로 마음이 조금이나마 누그러졌다. 그들은 모두 어디로 갔을까? 어디에도 학생들의 모습은 보이지 않았다. 그들 중 달아나지 않고 성안에 남았던 사람들은 모두 적군의 손에 죽었으리라. 그러나 우리엔은 살아 있었고, 다시 가게 문을 열었다. 그는 모든 일이 순조롭게 진행된다면 며칠 후에 아내와 아이들을 데려오리라 마음먹었으며 다시 예전처럼 남부럽지 않게 살 수 있으리라 기대했다.

'아무 죄 없는 물건을 부수는 게 나라를 사랑하는 거야? 상식 있는 사람이라면 어떻게 그런 짓을 할 수 있지?'

우리엔은 가게를 엉망으로 만든 학생들보다는 자기가 훨씬 더 애국자라는 생각이 들었다. 그는 살아 있으며 아무것도 파괴하지 않았고, 그 누구에게도 해를 입히지 않았다. 게다가 얼마 후면 다른 사람들을 위해 다시 음식과 일자리를 제공하게 될 터였다.

우리엔은 이런 생각을 한 덕분에 난생처음 가게를 청소하면서도 마냥 즐겁기만 했다. 그는 한쪽 벽이 무너져 있는 곳을 남겨두고 가게 전체를 정리했으며 아내를 데려오기 전에 살림집도 정리해야겠다고 생각했다. 그러나 언제쯤 아내를 데려오는 것이 좋을지는 아직 결론을 내릴 수 없었다. 거리에는 아직도 시체가 즐비했고, 밤이면 어디선가 비명이 들려왔기 때문이다. 심지어는 낮에도 울려 퍼지는 비명을 들으면서 그는 근처 어딘가에서 여자가 고통받고 있다는 것을 알았지만 단 한 번도 밖으로 나가보지 않았다. 다만 하던 일을 계속하면서 '내가 상관할 일이 아니야.'라고 생각했고 군인들이 난폭한 것은 자기 잘못이 아니며 자기는 어떤 일이 닥치건 평화를 사랑하는 사람이라고 스스로에게 말했다.

그러나 우리엔은 곰곰이 생각한 끝에, 아내를 데려오기 전에 점령군으로부터 신변을 보호받을 수 있는 증서를 받아두어야겠다고 생각했다. 증서에는 그가 선량한 시민이며 시대가 바뀐 것과 한 나라의 통치자를 바꾸는 것은 하늘의 뜻임을 인정하는 사람이고, 하늘이 보낸 것이라면 무엇이든 기꺼이 받아들이면서 자신의 일을 묵묵히 해나가는 사람이라고 쓰여 있어야 했다. 그러나 그는 어디에 가서 누구에게 이러한 증서를 얻어야 할지 막막하기만 했다.

우리엔이 가게 앞에 글씨를 써넣은 뒤 얼마 안 되어 적군 네 명이 찾아왔다. 그 중 한 명은 키가 자그마한 장교였고 나머지 세 명은 그의 부하였는데, 살 만한 음식이 있는지 보려고 가게 안으로 들어왔다. 우리엔은 어설픈 발음이기는 했지만 장교의 말을 통해서 이 같은 사실을 이해할 수 있었다. 그러나 다른 군인들의 말은 전혀 알아들을 수 없었다. 장교는 소금에 절인 생선을 찾았지만 우리엔이 가진 것이라고는 소금이 아닌 기름에 절인 자그마한 생선 통조림뿐이었다. 우리엔은 통조림을 장교에게 보여주었고, 장교는 이것도 괜찮다며 고개를 끄덕였다.

"얼맙니까?" 장교는 손가락을 세우며 물었다.

우리엔은 장교의 질문에 한편으로는 놀라면서도 기쁨을 느꼈다. 여태껏 가게에 불쑥 들어와서 물건을 집은 뒤 한마디 말도 없이 가져가버리는 군인들에게 익숙해져 있던 그는, 살찐 어깨를 으쓱해 보이며 웃는 얼굴로 대답했다. "그냥 가져가세요. 선물로 드리겠습니다."

이번에는 장교가 놀라더니 우리엔과 마찬가지로 얼굴에 미소를 지었다. 살짝 벌어진 입술 사이로 새하얗고 깨끗한 이가 드러나 보였다. "아! 당신은 우리를 미워하지 않는군요?"

우리엔은 조금 전보다 더 환한 미소를 지으며 말했다. "저는 아무도 미워하지 않습니다."

장교는 우리엔에게 고개를 숙여 보이더니 부하들에게 무언가를 말했고, 그러자 부하들 역시 곧바로 머리를 숙였다. "물건 값으로 뭐라도 받으셔야죠." 장교가 말했다.

"그럴 수는 없습니다. 여기 있는 물건들은 지휘관님 나라에서 온 것들입니다. 마땅히 돌려드려야죠." 우리엔은 이렇게 말한 뒤 정중하게 고개를 숙였다.

그의 말이 끝나자 장교는 계산대 옆에 놓인 등받이가 없는 자그마한 의자에 앉더니 손을 흔들며 길을 가리켰다.

"이렇게 된 건 우리도 매우 유감스럽게 생각합니다. 우리 군인들은 아주 용맹스럽지만 화가 나 있었어요."

우리엔은 머리를 숙이며 말했다. "우리나라에도 군인들이 있습니다. 그리고 저는 군인들에 대해 알고 있습니다. 이젠 평화로운 날이 오길 바랄 뿐입니다. 그래야만 장사를 할 수 있거든요." 우리엔은 장교가 이해할 만한 쉬운 말을 써가면서, 얼마 전에 학생들이 자신의 가게를 엉망으로 만들어버린 일에 대해 이야기한 뒤 이렇게 덧붙였다. "지난 몇 해 동안은 세상이 어수선했습니다. 이젠 나아지겠죠."

"그거라면 약속드리죠! 당신 같은 사람이 많다면 말입니다." 장교가 말했다.

"물론 많습니다." 우리엔은 겸손하게 대답했다. 이제 용기를 얻기 시작한 그는 돌아서더니 막 정리를 끝낸 선반에서 달콤한 양과자가 든 깡통을 서너 개 내려서 군인들에게 한 통씩 주었다. 군인들은 모두 기뻐했다.

"차를 대접하지 못해 죄송합니다. 집사람 없이 저 혼자 지내고 있답니다." 우리엔이 말했다.

"왜죠?" 장교가 물었다.

우리엔은 손으로 입을 가린 뒤 기침을 했다. "장모님을 뵈러 친정에 갔습니다. 며칠만 있으면 돌아올 겁니다."

장교는 우리엔의 아내가 집에 없는 이유를 잘 알고 있었지만 그가 사실대로 말하지 않은 것이 마음에 들었는지 우리엔에게 종이와 펜을 달라고 말했다. 우리엔은 서둘러 내실로 들어가서 종이와 펜을 가져왔고, 장교는 우리엔이 읽을 수 없는 글씨로 무언가를 굵직하게 써내려갔다. 곧이어 장교는 우리엔이 읽을 수 있는 글씨로 자신의 이름과 자신이 성안에서 기거하고 있는 곳을 적은 종이를 건넸다.

"누구든 당신을 괴롭히려 하거든 이걸 보여주십시오." 장교가 말했다.

"어떻게 감사드리죠? 물론 이 말로 충분하지는 않겠지만, 지휘관님께서 원하시는 거라면 뭐든지 하겠습니다."

"괜찮습니다. 사령부에 도착하는 대로 가게 문에 표시로 내걸 만한 물건을 보내드리죠. 그걸로 충분하지 않다면 호위병을 한 명 보내겠습니다."

우리엔은 표시가 될 만한 물건을 보낸다는 말은 내심 반가웠지만 문 앞에 호위병이 서 있는 모습을 상상하면서 몸을 떨었다. 그는 호위병에 대해서 보통 사람 열 명분의 음식과 물을 먹어치우고 가장 좋은 의자를 요구하는 자라고만 알고 있었기에 서둘러 이렇게 말했다.

"증표를 보내주시겠다니 정말 감사합니다. 하지만 저는 호위병을 두기에는 너무 보잘것없는 사람입니다. 제가 가진 물건을 통틀어봤자 호위병의 가치에 비하면 절반도 안 될 겁니다. 대신 평범하지만 정직한 사람이 필요하실 때면 언제라도 저를, 장사꾼 우리엔을 불러주십시오. 이 가게는 저희 아버님께서 운영하시던 것인데 이제 지휘관님의 보살핌 덕분에 제 아들에게 물려줄 수 있겠군요."

"물론입니다." 장교는 거만하게 말했다. "우리는 저항하지 않는 사람들에게는 해를 끼치지 않습니다."

"제가 왜 지휘관님이 베푸시는 친절 앞에서 저항을 하겠습니까?" 우리엔이 말했다.

이렇게 그들은 적어도 겉으로는 서로에게 호의를 표시하며 헤어졌다. 그러나 우리엔은 군인들이 떠나고 나자 그 자리에 주저앉아서 추운 날씨에도 불구하고 이마에 맺힌 땀을 닦았다. 놀랍게도 그의 옷은 땀으로 축축하게 젖어 있었다. 그는 자신이 적군을 마음속 깊이 두려워하고 있었음을 비로소 깨달으면서 더 이상은 그럴 필요가 없으리라고 생각했다. 긴장이 풀어지자 땀이 더 비오듯 쏟아졌다. '저항하지만 않으면 돼. 그야 나 같은 사람한테는 너무나 쉬운 일이지.'

우리엔은 몇 달 만에 처음으로 신이 났다. 그날 오후, 군인 한 명이 가게로 상자 하나를 가지고 왔다. 그 안에는 차곡차곡 접힌 적기와 글씨가 적힌 천 조각이 들어 있었고 우리엔은 이 물건을 받아드는 순간, 전투에서 승리한 듯한 기분을 느꼈다. 그는 상자를 가져온 군인에게 서둘러 돈을 쥐어주었고, 군인이 돌아가자마자 가게 입구 위쪽 가로대에 적기와 천을 걸었다. 그러는 동안 바로 옆 골목에서 날카로운 여자의 비명이 들려왔다. 우리엔은 잠시 동작을 멈추고서 귀를 기울였고, 여자가 겁에 질려 주절대는 소리를 들으면서 무슨 일이 벌어지고 있는지를 알 수 있었다.

'방금 상자를 가져다준 군인 짓 같은데?'

우리엔은 다시 조용해질 때까지 들려오는 소리에 귀를 기울이고 있었다. 그러나 그는 그 침묵이 무엇을 의미하는지 살펴보기 위해 밖으로 나가지 않았다. 방금 자신에게 친절을 베푼 사람을 어떻게 비난한단 말인가?

'전쟁 때는 원래 이런 법이야.' 우리엔은 이렇게 생각하면서 잠시나마 서글픔과 괴로움을 느꼈다. 그는 따뜻한 차를 끓여 마시며 자리에 앉아서 마음을 달랬고, 조금 전 변을 당한 여자의 아버지를 생각하면서 화를 냈다. "아직도 세상이 어수선한데, 무슨 생각으로 어린 딸을 여기에 데리고 있었던 거야?" 그는 혼잣말을 하면서 모든 일을 이렇게 잘 처리한 자신은 정말 현명한 남자라고 생각했다.

그러나 모든 일이 그가 생각했던 것만큼 순조롭지만은 않았다. 우리엔은 해가 지고 난 뒤 진열장 앞에 판자를 둘러 대기 위해 밖으로 나갔고, 적기와 천부터 내리려고 위를 올려다보았는데 적기와 천이 감쪽같이 사라지고 없었다. 우리엔은 자신이 직접 못질을 해서 걸어둔 것이 그 자리에 없다니 도저히 믿을 수가 없었다. 하지만 못에는 찢어진 깃발 조각만이 매달려 있을 뿐이었다. 우리엔은 깃발 조각을 바라보면서 두려움이 밀려드는 것을 느꼈다. 아직도 그 학생들 중 살아남은 사람이 있어서 가게 주변을 맴돌고 있는 것일까?

'적이 나한테 이런 짓을 한 거야. 가까운 곳 어딘가에 적이 있어.' 우리엔은 이렇게 생각하면서 가게 안으로 들어가서 문에 빗장을 걸었다. 그러고서 그는 적막한 침대에 몸을 눕혔지만 도저히 잠을 이룰 수 없었다. '호위병이라…… 그래, 적들이 가까이 오지 못하도록 호위병을 둬야겠어.' 우리엔은 이렇게 생각하면서 긴 한숨을 내쉬었다.

··· 링탄은 두 아들과 함께 우리엔의 어머니를 위해서 손수 관을 짰다. 관을 짜는 사람들과 목수들이 밤낮으로 일을 해도 손이 모자라 관을 구할 길이 없었기 때문이다. 관을 짜는 사람들 중에 일부 영악한 이들은 전쟁이 자신들의 장사에 큰 도움이 되리라는 것을 미리 내다보고는 몇 달 전부터 관을 만들어서 자신들의 집이나 사원 혹은 여유 공간이 있는 곳에 보관해왔다. 그러나 그 많은 관도 성안과 주변 마을에서 쏟아져 나오는 시신을 감당하기에는 턱없이 부족했고 결국 수많은 시신이 관도 없이 매장되었다. 적군은 구덩이를 판 뒤 그 안에 시체를 쏟아 넣고는 흙을 살짝 덮어서 굶주린 개들이 파헤치게 만들었다. 여름이 아니라 겨울인 것이 그나마 다행이었다. 날씨가 더웠더라면 도시에서 풍겨나는 악취가 하늘로 올라가 신들의 코를 찔렀으리라.

링탄은 목수를 찾으려고 애쓰는 것은 공연한 시간 낭비라는 것을 알았기에, 두 아들과 함께 더 이상 아무도 자지 않는 침대의 나무판과 문짝 두 개를 뜯어서 관을 짰다. 그러고서 세 사람은 밧줄과 기다란 막대기를 이용해 육중한 우사오의 시신을 들어 올린 뒤 관 안에 넣었고, 뚜껑에 못을 쳤다. 앞에서 물소가 밧줄에 매달린 관을 끄는 동안 그들은 뒤에서 힘껏 밀면서 관을 들판으로 옮겼다. 이윽고 세 사람은 관을 묻은 뒤 흙을 두둑하게 덮어 표시를 해두었다.

혹시라도 우리엔이 돌아온다면 봉긋한 흙더미를 가리키면서 "어머니는 저 아래 계시네. 우리는 자네 어머니를 위해 최선을 다했어."라고 말하기 위해서였다.

링탄과 두 아들은 집으로 돌아와 폐허가 된 집을 정리하기 시작했다. 고칠 수 있는 것은 고치고, 만들 수 있는 것은 만들면서 다시 사람이 살 만한 곳으로 꾸미기 위해서였다. 망가지지 않고 온전하게 남은 집은 한 채도 없었기에 모든 마을 사람들이 바삐 움직였다. 그러나 링탄의 팔촌네 집은 예외였다. 적군은 너무나 가난한 팔촌네 형편을 보고는 초라한 가구를 부술 생각조차 하지 않았다. 그리고 팔촌 내외는 적군이 들이닥쳤을 때, 무사히 집을 빠져나가서 커다란 분뇨 통 안에 몸을 숨겼다. 분뇨 통은 사람 키만큼 깊고, 장정 다섯 명이 들어갈 수 있을 정도로 넓었다. 마을 사람들은 거름으로 사용할 분뇨를 모아두기 위해 들판 가장자리에 이 통을 세워두었었다. 팔촌 내외는 바로 이 통 안에 들어간 뒤 숨을 쉴 수 있도록 코만 내밀고 있었던 덕분에 목숨을 건졌지만 아무리 몸을 씻어도 코를 찌르는 냄새가 가시지 않았고, 마을 사람들은 슬픈 가운데에서도 두 사람 이야기로 웃을 수 있었다. 팔촌의 아들도 적군이 들이닥쳤을 때 의식을 잃고 있던 덕에 무사할 수 있었다. 팔촌의 아내는 아들을 아궁이 뒤에 눕힌 뒤 건초로 덮어두었기 때문에 군인들은 그를 찾지 못했다.

이렇게 해서 팔촌네 집은 적군이 온 마을을 휩쓸고 지나간 뒤에도 예전과 다름없는 모습을 하고 있었다. 언제나 자기 혼자만 옳다고 믿는 팔촌의 아내는 하늘이 자기 집안을 도왔기 때문이라고 말했다. 그러나 팔촌의 아들이 살 수 있을 것인지에 대해서는 아무도 장담할 수 없었다. 그는 여전히 먹지도 말하지도 못했으며 정신을 차렸다가도 이내 다시 의식을 잃었고 조금이라도 몸을 움직이면 다시 피를 흘렸다. 그러나 그는 아직 살아 있었다. 마을 사람들은 번갈아 팔촌네 집을 찾아왔고, 환자의 상태를 보고는 자기 아들이라면 이렇게 해보겠다고 말을 했다. 팔촌의 아내는 사람들이 일러준 대로 일일이 다 해보면서 이 많은 방법 중에 틀림없이 아들을 살릴 만한 것이 있으리라고 믿었다.

팔촌네를 제외한 나머지 집들은 모두 링탄네 집과 마찬가지로 폐허가 되었으며 개중에는 집안 여자들을 재빨리 피신시키지 못한 바람에 더 큰 변을 당한 집들도 있었다. 사람 수가 채 백 명도 안 되는 이 작은 마을에서 어린 소녀 일곱 명과 성인 여자 네 명이 목숨을 잃었고, 많은 여자들이 강간을 당했다. 그러나 자기 딸이나 아내가 겁탈을 당했다고 털어놓는 사람은 아무도 없었기 때문에 그 정확한 숫자는 알 수 없었다. 마을에서 가장 나이가 많은 노인도 목숨을 잃고 말았다. 그는 적군의 칼에 찔린 뒤 곧바로 집으로 돌아가 자리에 누웠지만 마을 사람들은 그의 상처가 심하지 않은 데다 그날 하루 종일 공포에 떠느라고 미처 노인에게 신경을 쓰지 못했다. 그러나 그날 밤, 마을 사람들이 찾아갔을 때 노인은 이미 싸늘한 주검이 되어 있었다. 노인은 아주 먼 친척일 뿐이었지만 링탄은 그의 죽음을 진심으로 슬퍼했다. '상처가 생각보다 깊었던 모양이야. 어르신께서는 우리가 행복과 자유를 누릴 수 있는 시절이 끝났다는 걸 아셨던 게야. 그래서 더 이상 살고 싶지 않으셨던 거야.' 링탄은 이렇게 생각했다.

링탄은 마을이 당한 일을 보고는 마을의 연장자들과 한자리에 모여서 여자들을 안전하게 피신시킬 방법에 대해 의논했다. 그가 집안 여자들을 백인 여자가 운영하는 학교로 보냈다고 이야기하자 모인 사람들은 모두들 그렇게 하겠다고 말했다. 그 후 백인 여자의 학교를 지키는 문지기는 버드나무 가지로 대문을 긁는 소리가 들릴 때마다 문을 열어주었고, 백인 여자는 문 앞에 서 있는 여자들과 어린 소녀들을 안으로 데리고 갔다.

이윽고 마을에는 남자들과 연로한 노파 한두 명 그리고 팔촌의 아내만 남게 되었다. 그녀는 아들 때문에 집을 떠날 수 없었지만 "분뇨 통이 있으니 걱정 없어요. 또 그 안에 숨으면 돼요."라고 말했다.

그러나 분뇨 통 때문에 팔촌 부부 사이에 다툼이 일어났다. 팔촌은 학자답게 수염을 기르고 있었는데, 그 수염을 기르느라 오랫동안 여간 공을 들인 게 아니었다. 그는 학식이 높은 사람들이 으레 그러하듯 몸에 털이 별로 없었지만 여느 학자와 마찬가지로 수염을 기르고 싶어했다. 마침내 그는 지금과 같은 수염을 갖게 되었지만 분뇨 통에서 나온 뒤로 온갖 방법을 써보아도 냄새를 없앨 수 없었다. 그의 내장에서 올라오는 악취를 여태껏 참고 살아온 아내는 제발 수염이라도 자르라며 불평을 늘어놓기 시작했다. 그러나 제 몸에서 나는 냄새를 맡지 못하는 팔촌은 수염을 자르려 하지 않았고, 결국 두 사람은 다투게 되었다. 웃을 일이라곤 통 찾아볼 수 없던 터라서 마을 사람들은 이렇게 해서라도 웃을 일이 생긴 것이 반갑기만 했다. 마을에 남자들만 모여 사는 것은 우울한 일이었다. 그들은 너나없이 아내를 그리워했고, 유일하게 아내와 함께 지내고 있는 팔촌을 놀렸다.

"자넨 마누라랑 수염 중에 뭘 더 사랑하나?" 마을 사람들은 이렇게 장난삼아 물었고, 아침이 되면 누군가 너털웃음을 치며 "그 사람 얼굴에 아직도 수염이 달려 있더군. 마누라가 또 등을 돌린 모양이야! 나를 밀쳐내는 마누라랑 나란히 누워 있으니 차라리 담장이 둘러쳐져 있는 곳으로 보낸 게 백배 낫지!"라고 말하곤 했다.

마을 사람들이 이렇게 팔촌을 놀리게 된 데에는 그럴 만한 이유가 있었다. 어느 날, 팔촌의 아내는 남편에게 수염을 자르기 전에는 절대로 가까이 오지 못하게 할 것이라고 말했고, 마침 지나가던 이웃이 그 이야기를 들었던 것이다. 이렇게 해서 팔촌의 수염은 매일 아침 그를 제외한 마을 사람들에게 웃음을 선물했다.

링탄은 직접 성안에 가지 않고도, 아내나 딸, 혹은 누이를 백인 여자가 있는 곳으로 데리고 가는 사람을 통해서 링사오에게 자그마한 것들을 보냈다. 검은 암탉은 불행한 시절은 아랑곳없이 한 움큼씩 알을 낳았고, 링탄은 이것을 보자기에 싸서 보냈다. 때로는 연못에서 물고기를 잡아 소금을 뿌려서 마른 연잎에 싸 보냈고, 이따금 남자 외투의 안주머니에 들어갈 만한 양배추 두 통을 골라서 보내기도 했다. 링탄은 링사오에게 편지를 쓰지 못하는 것과 그녀가 글을 읽지 못하는 것이 못내 아쉬웠지만 할 수 있는 일이라고는 다른 사람의 귀와 입을 믿는 것밖에 없었다.

"집사람을 보거든 집을 정리했다고 전해주게. 그리고 집사람 없이도 그럭저럭 잘 지내고 있다고도 말해주게.", "우리가 손수 관을 짜서 안사돈의 시신을 묻었다고 전해주게.", "집에 오려고 서두르지 말라고 전해주게. 성안에는 더 이상 찾아낼 게 없는지 이제 군인들이 날마다 이 마을 저 마을을 뒤지고 있잖은가. 하지만 여자들을 모두 피신시켰으니 우린 걱정할 게 없다고 말해주게." 링탄은 학교로 가는 마을 사람들에게 이렇게 전해달라고 부탁했다.

그는 지금 아내를 그리워하는 만큼 누군가를 그리워하게 되리라고는 상상도 못했었다. 그는 아내를 한 명의 여자로서가 아니라 자신의 일부로서 그리워했으며 그녀가 없는 지금, 무얼 먹어도 달게 느껴지지 않았고, 무얼 해도 즐겁지가 않았다. 그러나 한편으로는 더 이상 아내를 그리워하지 않는 것은 아닐까 하는 생각이 들기도 했다. 그의 몸이 더 이상 남자 구실을 못하게 되기라도 한 듯 아무런 욕망도 느낄 수 없었기 때문이다. 성인이 된 뒤로 원하는 게 있을 때면 언제나 몸이 먼저 느껴왔기에 그는 이러한 변화가 너무 낯설었다. 그러던 어느 날, 링탄은 막내아들이 없는 틈을 타서 장남에게 이 문제에 대해 이야기했지만, 부자지간에 하기에는 어색한 이야기인 만큼 자신의 일이 아닌 듯 말을 꺼냈다.

"네 처랑 오랫동안 떨어져 있어서 불편한 건 없니?"

라오타는 스스로에게 놀라며 대답했다. "아뇨. 제가 생각해도 이상할 정도예요. 하지만 생각해보면 이유를 알 것도 같아요. 여자를 탐하는 군인들에 대한 잔인한 이야기를 하도 많이 들어서 그런지, 당분간이나마 여자 생각이 싹 없어진 것 같아요. 성실한 남편과 선량한 남자라면 누구나 마찬가지일 거예요."

링탄은 이러한 생각을 미처 못했지만, 아들의 말을 곱씹어볼수록 맞는 말이라고 생각되었다. 그는 주위를 둘러보면서 자신이 알고 있는 남자들은 두 부류라고 생각했다. 하나는 그와 그의 아들 같은 부류의 남자들이고, 또 다른 하나는 사방에서 들려오는 추악한 이야기를 들으면서 점점 더 강한 욕망을 갖게 되는 남자들이다. 그리고 모든 남자는 아무리 아니라고 부정하더라도 결국 깊은 속을 들여다보면 선량하거나 악하기 마련이며, 지금 같은 때가 닥치면 본모습을 드러내는 법이었다.

여태껏 듣도 보도 못한 또 다른 재앙이 링탄을 향해 다가오고 있었다. 설령 누군가 미리 말을 했다 해도 그는 직접 눈으로 보기 전까지는 믿지 못했을 것이다. 게다가 이 일은 그의 막내아들에게 일어났다.

시간이 흐름에 따라 도시는 조금씩 평온을 되찾았다. 그동안 성안에서 자행된 온갖 참혹한 일들로 인해 불만의 소리가 날로 높아져 하늘을 찔렀고, 이 세상 전체로 퍼져나갔으며 결국 그 소리가 다른 나라 사람들의 귀에까지 들어갔기 때문이다. 그리고 불만의 소리를 들은 온 세상 사람들은 이토록 야만적인 행위는 인류가 존재한 이래로 단 한 번도 없었다고 아우성쳤다. 적군은 마침내 세상 사람들이 자신들이 저지른 만행을 알고 있다는 것을 깨달았고, 조금이나마 수치심을 느낀 지휘관들은 드러내놓고 추악한 행동을 해서는 안 되며 세상 사람들의 손가락질을 받지 않도록 도시의 대로에서는 이 같은 행동을 삼가라고 마지못해 명령을 내렸다. 결국 군인들은 도시를 벗어나 시골 마을을 찾아다니기 시작했다. 그러던 어느 날, 링탄은 저녁 준비를 하느라 쌀을 씻다가 문득 고개를 들었고, 대문 앞에 군인 네 명이 서 있는 것을 보았다. 막내아들은 길쌈을 하는 맏형 옆에서 실을 정리하고 있었다. 집 안에 있던 물건 중에서 온전하게 남은 것은 베틀뿐이었다. 불을 켜야만 사물을 분간할 수 있는 어두운 방에 있었을 뿐만 아니라 북과 실도 분간하지 못할 정도로 베틀의 쓰임새를 모르는 사람에게는 아무짝에도 쓸모없는 물건으로 보였기 때문이다.

링탄은 바가지를 내려놓은 뒤 대문 앞으로 갔다. 못 본 체해 봤자 애써 고쳐 놓은 대문이 또다시 부서지는 일만 생길 것이 분명했기 때문이다. 링탄은 대문을 활짝 연 뒤, 석양빛을 받으며 서 있는 군인들의 모습을 보았다. 젊은 군인들은 시뻘겋게 달아오른 얼굴로 알아들을 수 없는 소리를 질러댔지만 링탄은 군인들이 먹을 것을 원하는 모양이라고 생각했다. 그래서 그는 뒤로 물러서며 씻고 있던 쌀을 가리켰다. 그러나 군인들은 더 크게 고함을 치면서 격분한 얼굴로 고개를 내젓더니 자신들을 가리키며 옷을 풀어헤쳤다. 링탄은 그제야 그들이 원하는 것이 여자라는 사실을 알았다. 군인들은 여자를 내놓으라고 소리치고 있었던 것이다. 링탄은 집안 여자들이 모두 떠나고 없는 것을 마음속으로 조상님께 감사드리면서 유일하게 할 줄 아는 언어인 그 지방어로 말했다.

"제 집에는 여자가 없습니다."

이번에는 군인들이 그의 말을 이해하지 못하고 링탄을 옆으로 밀치며 안으로 들어오더니 방방을 뒤지고 다녔다. 그러나 남겨진 여자들의 옷가지 말고는 여자의 그림자도 보이지 않자, 주체할 수 없을 정도로 분노한 군인들은 링탄에게 호통을 치기 시작했다. 링탄은 여전히 군인들의 말을 알아듣지 못했지만 그들이 얼마나 화가 나 있는지는 짐작할 수 있었다.

"없는 여자를 만들어내기라도 하라는 거요?" 링탄이 물었다.

그 순간, 다시 베틀 소리가 들려왔다. 군인들은 미친 듯이 고함을 지르면서 베틀이 있는 방으로 갔고, 링탄은 여자를 찾지 못한 군인들이 홧김에 무슨 짓을 할지 모른다는 두려운 마음에 뒤를 따라갔다. 방 안에 들어가니, 구석구석을 두리번거리며 살피는 군인들의 모습이 보였다. 베틀 앞에 앉아 있던 큰아들은 일손을 멈추고 군인들을 내려다보았고, 막내아들 역시 손에 들고 있던 실타래를 떨어뜨린 채 그들을 지켜보았다.

성난 군인들은 정말로 여자들이 없는 것을 알고도 욕정을 주체하지 못했다. 결국 그들의 욕망은 사나운 불길처럼 뿜어져 올랐고, 링탄은 차마 상상도 못했던 일을 목격하게 되었다. 군인들은 막내아들을 움켜잡았다. 앞날이 걱정스러워 보일 정도로 지나치게 고운 얼굴을 가진 라오산은 결국 그 아름다움 때문에 끔찍한 불행을 겪게 되었다. 군인들은 여자 대신 라오산을 겁탈했다. 링탄은 속이 메스껍고, 먹은 것이 목구멍을 넘어와서 더 이상 참을 수 없었다. 큰아들도 마찬가지였다. 참다 못한 두 사람이 군인들에게 달려들었지만 맨손으로 무장한 남자 네 명을 이길 수는 없었다. 군인들은 잠시 라오산을 내버려둔 채 베틀에서 잡아 뽑은 줄로 링탄과 라오타를 결박했고, 두 사람이 방 안에서 벌어지는 일을 정면으로 바라볼 수밖에 없는 곳에 붙들어 묶었다. 그리고 군인들은 링탄과 라오타가 눈을 감지 못하도록 괴롭혔다. 마침내 군인들은 욕정을 발산하고 난 뒤 소리 내어 웃으면서 링탄의 집을 떠났고, 라오산은 죽은 사람처럼 바닥에 누워 있었다.

링탄과 두 아들은 아무 말도 하지 않았다. 링탄과 라오타는 있는 힘을 다해서 간신히 몸을 뺐고, 라오타는 아버지의 것보다 훨씬 튼튼하고 온전한 이로 줄을 갉아서 끊었다. 마침내 몸이 자유로워진 링탄은 밥을 지으려고 준비해두었던 물을 가지고 들어와서 라오산을 씻긴 뒤 옷을 입혔다. 그리고서 그는 막내아들의 마음을 달랬고, 큰아들과 함께 라오산을 일으켰다. 막내아들은 살아 있었으며 죽을 만큼 심하게 상처를 입은 곳도 없었다. 그러나 그는 심장을 칼에 찔리기라도 한 듯 죽은 사람처럼 보였고, 링탄은 막내아들이 실성했는지도 모른다는 생각에 덜컥 겁이 났다.

"아들아, 살아 있어서 다행이다."

"차라리 죽었으면 좋겠어요." 라오산은 낮은 목소리로 말했다.

"그런 생각은 하면 안 된다. 그건 조상님들께 불효를 저지르는 거야. 네가 살아 있는 건, 하늘이 아직 널 데려갈 때가 아니라고 생각했기 때문이다."

그러나 라오산의 귀에는 아버지의 말이 들리지 않는 듯했다. 그의 얼굴은 새파랗게 질려 있었고, 새까만 눈은 죽은 사람의 것처럼 흐릿했다.

"여기서는 살 수 없어요." 라오산이 헐떡이며 말했다.

"그래, 여기 있을 필요는 없다." 링탄은 아들을 달래려 했다. "벽 뒤에 감추어둔 돈이 좀 있다. 군인들도 찾지를 못했지. 그 돈을 가지고 어디든 네가 원하는 곳으로 가거라. 아! 네 작은형 내외가 있는 곳만 안다면 좋을 텐데!"

링탄은 라오산의 음울하고 멍한 표정을 걱정스럽게 바라보았다. 마음에 상처를 입은 막내아들이 모든 것을 포기한 채 산적이 되어버린 사람들의 무리에 가담하면 어쩌나 하는 두려움을 느끼면서 이렇게 부탁했다.

"산속으로 들어가더라도 제 나라 사람들의 물건을 빼앗는 도적 무리에는 발을 들여놓으면 안 된다. 오로지 적군에만 맞서 싸우는 선량한 사람들을 찾아가거라."

그러나 라오산은 아무런 대답 없이 아버지가 외투를 입혀주는 대로 몸을 내맡기고만 있었다. 라오산은 떠나기 전에 빵을 좀 먹어보려 했으나 도저히 넘어가지가 않자 보자기에 싸서 꾸린 짐 속에 먹던 빵을 넣었고, 돈을 받아서 허리춤에 꽂은 뒤 자리에서 일어섰다. 링탄은 비척대며 일어서는 아들을 붙잡으면서 걱정스런 얼굴로 물었다.

"이래서야 걸을 수 있겠니?"

"걸을 수 있어요." 라오산은 검고 흐릿한 눈으로 아버지의 얼굴을 바라보며 말했다.

"어떻게든 네가 있는 곳을 알려다오." 링탄은 막내아들에게 간절한 마음으로 부탁했다. 떠날 준비가 된 지금, 라오산은 너무나 어리고 몸이 안 좋아 보였다.

"그럴게요." 라오산은 이렇게 대답하면서 다시 비척거리더니 아버지의 어깨를 부여잡았다. "아버지! 아버지!" 라오산은 입을 실룩거리며 큰 소리로 아버지를 불렀다.

링탄은 라오산이 눈물을 애써 참고 있는 것을 보면서 두 팔로 아들을 안았다. "내일 떠나거라. 오늘 밤에는 푹 쉬는 게 좋겠다. 따뜻하게 미음을 끓여올 테니 좀 먹도록 해라."

"쉴 수 없어요. 지금 떠나야 해요." 라오산이 말했다.

그는 몸을 꼿꼿하게 세워 대문을 향해 걸었다. 해는 이미 져서 사방은 어두웠고, 희미한 달빛과 이보다 더 어렴풋이 빛나는 별들만이 세상을 밝히고 있었다. 라오산은 고요하고 차가운 밤공기 속으로 걸어 들어갔다. 그리고 한 번도 뒤돌아보지 않은 채 산을 향해 걸음을 옮겼다. 링탄과 라오타는 시야에서 완전히 사라질 때까지 막내의 뒷모습을 바라보았다.

"이보다 더 나쁜 일이 또 있을까?" 링탄은 나지막이 말했고, 큰아들은 아무런 대답도 하지 않았다. 두 사람의 머리 위로 보이는 밤하늘은 평화로운 시절과 조금도 다름없이 아름다웠다.

"저 하늘 말이다." 링탄이 불쑥 말을 꺼냈다. "저 하늘을 바꿀 만한 건 없을까?"

링탄은 하늘을 올려다보았고, 라오타는 아버지가 너무 슬픈 나머지 생각이 흐려진 건 아닌지 덜컥 겁이 났다. "아버지, 그만 들어가시죠. 밤공기가 너무 찹니다."

라오타는 다정한 목소리로 말하면서 아버지를 집 안으로 모시고 들어갔다. 링탄은 아들의 손에 몸을 내맡겼고, 라오타는 문을 굳게 걸어 잠갔다.

"밥을 좀 지을까요? 드실 수 있겠어요?"

"지금 기분 같아서는 다시는 밥을 못 먹을 것 같구나." 링탄이 대답했다.

"저도 그래요."

두 사람은 각자 침실로 들어갔다. 그러나 잠시 후, 링탄은 자리에서 일어난 뒤 아들의 방으로 갔다.

"눈만 감으면 아까 있었던 일이 보이는구나. 도저히 혼자 못 있겠다."

"이리 와서 제 옆에 누우세요." 링탄은 아들의 곁으로 가서 누웠다. 두 사람은 여전히 평상시처럼 옷을 입고 있었다. 기나긴 어두운 밤에 무슨 일이 생길지 몰랐기 때문에 이제 밤이 되어도 옷 벗을 용기를 내는 사람은 없었다.

링탄과 큰아들은 한때 가족들로 북적거리던 이 집에 단둘이 누워서 아무 말도 하지 않았지만 서로의 마음을 알고 있었다. 그들은 잠을 이루지 못한 채 마음으로나마, 외롭고 어두운 밤길을 비척대며 걸어서 산을 향해 가고 있는 어리고 가냘픈 막내의 모습을 좇았다.

* * *

우리엔은 자신을 노리는 적의 공격을 받지 않고 안전하게 지내기 위해서는 도시를 장악한 적군의 보호를 받아야만 한다는 것을 깨달았다. 두려움에 떨면서 바깥출입을 삼가며 이틀 정도를 보내고 난 밤, 그는 마침내 자신에게 친절을 베풀어준 장교를 찾아가서 자신의 문제를 털어놓으리라 마음먹었다. 그는 자신은 배신자가 아니며 먹여 살려야 할 처자식이 딸린 장사꾼일 뿐이라고 말해야겠다고 생각했다.

우리엔은 사방이 완전히 어두워질 때까지 기다렸다가 옷장에서 가장 낡은 옷을 골라 입었다. 그러고서 그는 초롱불도 없이 거리로 나섰고, 장교가 종이에 적어준 거리와 번지를 찾아갔다. 이윽고 그는 목적지에 도착한 뒤 닫혀 있는 문을 두드렸다. 잠시 후 군인 한 명이 문을 열었고, 우리엔은 군인의 험상궂은 얼굴을 보면서 양 무릎이 맞부딪칠 정도로 다리가 후들거리는 것을 느꼈다. 그러나 그는 적군들은 대부분 험상궂게 생겼다는 사실을 기억하면서 마음을 진정시킨 뒤 가져온 종이를 내밀었다. 군인은 잠시 동안 종이를 들여다보더니 우리엔을 안으로 끌어당겼고, 집 안에 다녀올 때까지 기다리라는 시늉을 해 보였다.

우리엔은 한눈에 이 집을 알아보았다. 이 집은 성안에서 유명한 부자가 살던 집이었는데, 그의 가족들은 피난을 가고 없었다. 우리엔은 2년 전 봄에, 이 집 여자들의 부탁으로 외제 장난감과 자질구레한 물건들을 가지고서 이곳을 찾은 적이 있었다. 그날 이 집은 여자들과 아이들로 북적댔으며 그들은 마냥 즐거워 보였다. 그리고 우리엔이 지금 서 있는 정원에서는 유랑 인형극단의 공연이 펼쳐지고 있었다. 가족들뿐만 아니라 하인들까지 햇빛이 가득한 정원에 나와서 웃으며 인형극을 구경하고 있었고, 우리엔은 공연이 끝날 때까지 기다려달라는 부탁을 받았다. 그날 공연에 등장한 인형들이 보통 인형극단이 가지고 다니는 것보다 잘 만들어지기도 했지만 인형 목소리를 내는 남자가 유난히 익살맞아서, 우리엔은 다른 사람들과 더불어 실컷 웃으며 구경을 했다.

그때와 같은 정원이 지금은 겨울 날씨에 잿빛을 띠고 있었으며 밤하늘 아래에서 시커멓게 보였고, 집 안에는 침묵이 흘렀다. 밖으로 나온 군인은 우리엔에게 따라오라는 시늉을 했고, 군인을 따라 집 안으로 들어가니 장교 서너 명이 안방에 모여서 술을 마시고 있었다. 그런데 그들이 어찌나 매섭게 노려보던지 우리엔은 잠시나마 오지 말걸 그랬다는 후회를 했다. 심지어는 친절했던 장교마저 차가운 시선으로 그를 바라보았다. 우리엔은 적군이 본래 술이 들어갈수록 더 냉정해지는 사람들이라면 정말 안 좋은 때를 골라서 왔는지도 모르겠다는 생각에 두려움을 느꼈다. 그러나 우리엔은 이미 이곳에 와 있었고, 그는 목표한 바가 있으면 나름대로 집요한 용기를 낼 줄 아는 사람이었다.

"장교님, 사업차 뵈러 왔습니다. 본론부터 말씀드린다면 장교님의 시간을 덜 뺏을 것 같군요." 우리엔은 안면이 있는 장교에게 말했다.

"그럼 어서 말하시오." 장교는 그에게 앉으라고 권하지도 않은 채 이렇게 말했다.

우리엔은 하인 취급을 받는 것이 불쾌했지만 사리를 판단할 줄 아는 사람이었기에 지금은 자존심 따위를 생각할 때가 아니라는 것을 알았다. 그는 언짢은 기분을 이내 가라앉히면서 말문을 열었다. "저는 이곳 시민입니다. 그리고 장교님이 들르셨던 가게에서 오랫동안 외국 물건들을 팔아왔습니다. 대부분 장교님의 고결한 나라에서 건너온 물건들이었죠. 제가 바라는 건 장사를 계속할 수 있도록 하루 빨리 평화가 정착되는 겁니다. 누가 통치를 하건 상관없습니다. 장사만 계속할 수 있다면 저는 아무런 불만이 없습니다. 그런데 성 안에는 이런 생각을 가진 저를 반역자라고 부르면서 살해하려는 사람들이 있습니다. 그래서 제 신변을 보호받을 수 있는 길은 없을지 여쭤보려고 저희를 다스리시는 장교님을 찾아왔습니다."

장교들은 그의 이야기를 귀담아들었고, 내용을 이해한 장교 한 명이 동료들에게 그의 이야기를 전해주었다. 장교들은 잠시 동안 우리엔이 이해할 수 없는 그들의 언어로 대화를 나누었고, 마침내 가게를 찾아왔던 장교가 고개를 끄덕였다.

"당신이 우리한테 도움을 줄 수 있을지도 모르겠군. 그렇게 하겠소?" 장교가 말했다.

"뭔들 못하겠습니까?" 우리엔이 대답했다.

"우리는 여기에 이 도시의 통치를 담당할 정부기관을 세울 작정이오. 당신이 할 줄 아는 게 뭐요?" 장교가 물었다.

"애석하게도 저는 별다른 능력이 없는 놈입니다." 우리엔은 이렇게 이야기를 시작했지만 장교는 그의 말을 가로막았다.

"읽고 쓸 줄은 압니까?"

"저요? 물론입니다." 우리엔은 우쭐대며 대답했다. "주판도 놓을 줄 알고 물건을 사고파는 일을 어떻게 해야 하는지도 훤히 알고 있습니다. 게다가 제 선친과 마찬가지로 경학*도 공부했습니다."

"그런 건 아무 소용없소. 영어는 할 줄 압니까?"

"안타깝게도 모릅니다. 솔직히 말씀드려서 지금까지 다른 나라 말을 배울 필요가 있으리라고는 생각도 못했습죠. 우리나라 안에만 해도 사람이 워낙 많아서 평생 동안 쉴 새 없이 낯선 사람과 말을 한다 해도 죽기 전까지 이 나라 사람과도 다 대화를 나눌 수 없을 거라고 생각했습니다."

"당신 나라 글은 능숙하게 쓸 수 있소?"

"제 자랑을 하는 것 같지만 사실 그렇습니다." 우리엔은 겸손하게 대답했다.

장교들은 다시 한 번 머리를 맞대고 이야기를 나누었고, 잠시 후 우리엔이 알고 있는 장교가 입을 열었다.

"당장 이 집으로 들어오시오. 급료는 일하는 것을 본 다음 결정하겠소. 그리고 당신 능력에 맞는 직함도 주겠소. 내일 당장 거처를 옮기시오."

우리엔은 장교의 이야기를 듣는 동안 새들이 머리 둘레를 돌고 있기라도 한 것처럼 머리가 빙빙 도는 기분을 느꼈다.

---

* 經學, 사서오경을 연구하는 학문

"하지만 제게는 늙으신 어머니와 아내, 그리고 두 아이가 있습니다." 우리엔이 말했다.

"모두 데리고 와도 좋소. 여기에 있으면 당신뿐만 아니라 가족들도 모두 안전할 거요. 가족들에게도 방을 내주겠소."

그 누구도 안전을 보장받을 수 없는 이 도시에서 안전한 삶을 누리면서, 다들 끼니를 이어가기가 막막한 상황에 급료까지 받을 수 있다니 …… 이런 행운은 다시 올 리 없었다. 게다가 가족들을 모두 데리고 올 수 있으며 무엇보다도 등 뒤에서 누군가 칼로 찌르거나 총을 쏘면 어쩌나 하는 걱정을 떨쳐버릴 수 있다는 사실에 우리엔은 너무나 기뻤다. 그는 뜨거운 여름날, 타는 듯한 갈증을 느끼던 차에 가파른 산기슭에서 시원한 샘물을 만난 듯한 기쁨을 느꼈다.

"몇 가지 안 되지만 제 물건을 가져와도 될까요? 거의 다 못 쓰게 돼서 남은 물건을 가져온다 해도 자리는 별로 차지하지 않을 겁니다." 우리엔이 물었다.

장교들은 다시 이야기를 나누었고, 우리엔이 만난 적이 있는 장교는 고개를 끄덕였다.

"그렇게 하시오."

"그리고 내일, 제 처와 아이들을 데려와도 될까요?"

장교는 빙그레 웃더니 "맘대로 하시오."라고 대답했다. 그러고서 그는 우리엔에게 자신의 말을 잘 들으라는 듯 손을 들어 올렸다.

"우리가 저항하지 않는 사람들에게는 얼마나 관대한지를 잘 알았을 거요!" 장교는 축제일에 사원을 찾은 신도들 앞에서 설교를 하는 승려라도 된 것처럼 우렁찬 목소리로 말했다. "우리가 원하는 건 모두가 평화롭게 잘사는 것뿐이오. 우리를 돕는 사람들은 그만한 대가를 받게 될 거요."

"정말 훌륭하십니다." 우리엔은 나지막이 말한 뒤, 마치 국왕을 대하기라도 하듯 장교 앞에서 아무 생각 없이 세 번 절을 했다. 그러고서 그는 뜻밖의 행운에 가슴 벅차하며 서둘러 방에서 나왔고, 대문을 지키고 있는 군인 앞에서 잠시 걸음을 멈춘 뒤 동전 한 닢을 건넸다.

우리엔은 밤새 짐을 꾸렸다. 이윽고 집 밖으로 나와 인력거를 부른 뒤 짐을 싣고, 그 위에 걸터앉았을 때는 벌써 뿌옇게 동이 트고 있었다. 우리엔은 마침내 적군의 진영 안으로 들어갔다.

그날 아침, 우리엔은 가장 좋은 옷을 차려입고 호위병 두 명을 거느리고 아내가 머물고 있는 학교로 가면서 이루 말할 수 없는 기쁨을 느꼈지만 외제 자동차를 빌리지 못하고 서너 길목 떨어져서 찾은 낡은 마차를 불러야만 했던 것이 못내 아쉬웠다. 이윽고 마부는 학교 건물 앞에서 늙은 말을 멈추었고, 마차 위에 앉아 있는 우리엔의 모습은 그런대로 근사해 보였다.

"말에서 내리시오." 우리엔은 자리에 앉은 채 마부에게 말했다. "대문을 두드린 다음, 우리엔이 가족을 데리러 왔다고 전하시오." 그러고서 우리엔은 하인에게 명령을 내린 관리라도 되는 듯 의자에 등을 기대었다.

그러나 마부는 목소리를 높여 말대꾸를 했다. "난 말에서 내릴 수 없어요. 내 말은 고삐를 놓기만 하면 게으름을 부리는 개처럼 당장 꼬리를 깔고 앉아버린답니다. 그럼 장정 네 명의 도움 없이는 말을 일으킬 수 없어요."

우리엔은 여전히 호위병들이 무서웠기 때문에 차마 말을 일으켜

달라는 부탁은 할 수 없었다. 그렇다고 그가 직접 말을 일으킬 수도 없는 노릇이었기에 결국 우리엔은 마차에서 내려 대문을 두드렸고, 문지기가 대문에 난 자그마한 창 밖으로 나이 든 얼굴을 내밀자 하인을 대하듯 말했다.

"나는 우리엔이오. 가족을 데리러 왔소."

문지기는 엄한 얼굴로 군인들을 쳐다보더니 우리엔만 들어올 수 있도록 대문을 빠끔히 열고는 군인들이 미처 들어오기도 전에 다시 문을 닫았다. 그러자 군인들은 총으로 대문을 두들기면서 고함을 질러댔고 문지기는 우리엔을 돌아보면서 심각한 얼굴로 물었다.

"어떻게 저 군인들하고 같이 온 거요?"

"나는 상인이오. 그리고 저 군인들은 나를 보호하라는 명령을 받았소."

"보호라고!" 문지기는 이렇게 말하더니 소리 내어 웃었다.

"저 사람들이 해를 못 끼치게 하겠다고, 내 보장합니다." 우리엔이 위엄 있는 표정을 지어 보이며 말했다.

"그래도 내 맘대로 저자들을 들여놓을 순 없소. 어쨌든 적군이잖소. 일단 백인 여선생에게 물어보리다."

우리엔은 문지기가 백인 여자를 데리고 올 때까지 기다릴 수밖에 없었다. 그러고서 그는 백인 여자에게 군인들이 그를 따라 안으로 들어와야만 하는 이유를 최선을 다해 설명했다. 그러는 중에도 군인들은 계속 고함을 지르며 대문을 두들겨댔고, 우리엔은 진땀을 흘리면서 차라리 호위병이 없는 편이 낫겠다고 생각했다.

그러나 백인 여자는 아무 소리도 들리지 않는 듯, 서양인들의 사원에 그려져 있는 그림 속 여인처럼 차분하고 냉정한 모습을 하고 있었다. 잠시 후 그녀는 입을 열었다. 외국인인 백인 여자의 목소리는 이 나라 말을 하고 있음에도 불구하고 외국어처럼 들렸다. "혹시 반역자 아닙니까?"

그칠 줄 모르고 흐르는 땀 때문에 기분이 언짢아진 우리엔은 성을 내며 대답했다.

"부인, 댁들이 말하는 반역자가 어떤 건지 내가 어떻게 압니까? 나는 내 장사가 잘되기만을 바라는 사람입니다. 게다가 나는 먹여 살려야 할 처자식이 딸린 몸입니다. 내가 아니면 누가 가족들을 먹여 살리겠습니까?"

백인 여자는 여전히 차분한 목소리로 물었다. "성안에서 벌어진 일들을 못 보셨나요?"

우리엔은 여전히 화를 내면서 대답했다. "이미 벌어진 일은 어쩔 수 없는 겁니다. 도시를 차지한 게 외국군이니 우리 군보다 더 포악하리라는 건 누구나 상상할 수 있는 일이에요. 안 좋은 일은 빨리 잊어버리는 게 좋습니다. 그래야 조금이라도 빨리 평화를 되찾을 수 있어요."

우리엔의 말이 끝나기가 무섭게 백인 여자가 입을 열었다. "당신은 역시 반역자가 맞군요. 가족들을 데리고 빨리 여기서 나가는 게 좋겠습니다." 그녀는 문지기를 돌아보며 호위병들을 들여보내라고 말했고, 문지기는 마지못해 대문을 열었다. 그 순간, 군인들은 늦게 문을 연 것에 성을 내며 안으로 들어왔지만, 큰 키에 금발 머리를 가진 백인 여자의 차가운 얼굴을 보고는 주춤하며 뒤로 물러났다.

"조용히들 해요." 백인 여자는 어린애를 다루듯 엄한 목소리로 군인들에게 말했다. "점잖게 행동하면서 지금 그 자리에 서 있어요."

우리엔은 그녀의 말을 들으면서 두려움에 몸을 떨었고, 군인들이 자기 나라 말밖에 못하는 덕에 그녀의 말을 이해하지 못한 것을 하늘에 대고 감사했다. 그러나 군인들도 말은 알아듣지 못해도 그녀의 냉정한 태도와 억양은 분간할 수 있었기에 화가 났으면서도 순한 양처럼 제자리에 서 있었다. 이윽고 백인 여자는 우리엔을 쳐다보며 말했다.

"저런 사람들과 같이 왔으니 더 이상은 안으로 들어오게 할 수 없습니다. 내가 가서 당신 가족을 데리고 오죠."

백인 여자는 우리엔을 남겨둔 채 걸음을 옮겼고, 그는 우두커니 서서 서양식 검정 치마의 기다란 자락을 휘날리면서 풀밭 위로 걸어가는 그녀의 모습을 지켜보았다. 우리엔은 험상궂은 표정을 짓고 있는 군인들과 서 있는 동안, 그들이 대문을 늦게 연 것이 자신의 잘못이라고 생각하면서 자기를 공격하면 어쩌나 하는 두려움을 느꼈다. 그는 자신의 의지와는 상관없이 늑대 두 마리를 애완동물로 선물받은 듯한 기분을 느꼈으며, 늑대에게 잡아먹힐까봐 두려워하면서도 선물을 거절할 수 없는 입장이 된 듯한 당혹감을 느꼈다. 문지기는 우리엔의 마음을 알아차리기라도 한 듯 이를 드러낸 채 웃었고, 이를 쑤시면서 세 사람을 지켜보았다.

잠시 후, 우리엔의 시야에 아내와 아이들 그리고 링사오가 들어왔다. 란도 오고 싶어했지만 백인 여자는 그녀를 막았다. 아직 젊고 고운 그녀를 군인들이 보지 못하게 하기 위해서였다.

"장모님, 그간 별일 없으셨지요?" 우리엔이 링사오에게 물었다.

"자네도 잘 있었나?" 링사오는 군인들의 모습을 보고 놀란 나머지 사위에게 하고 싶었던 말을 모두 되삼켰다.

"장인어른 소식은 좀 들었나?" 그녀가 할 수 있는 말은 이것뿐이었다.

"아뇨, 집사람을 이곳에 들여보낸 뒤로는 아무 소식도 못 들었습니다. 어머님이 이곳에 계신 줄도 몰랐습니다."

"나도 그날 밤에 여기로 왔네." 링사오는 이렇게 말하면서 우리엔이 아직 안사돈의 죽음에 대해 모르고 있다는 것을 알아챘다. 그녀는 우리엔이 반드시 알아야 할 사실은 알려주되 참혹한 진실은 말하지 않기로 마음먹었다.

"장인어른을 못 만났다니, 내가 알려줘야겠군. 여보게, 사위, 나쁜 소식이 있다네. 사부인께서 세상을 뜨셨어. 군인들이 들이닥치던 날, 들보에 깔려 돌아가셨다네. 장인어른께서 손수 관을 짜서 들판에 묻어드렸다는군. 봉분도 쌓으셨대. 나보다 늦게 도착한 사람들한테 전해들은 얘기야."

큰딸은 링사오의 말이 끝나자마자 소매로 눈을 훔쳤다. 이미 알고 있던 사실이지만 남편 앞에서 슬퍼하는 모습을 보이는 것이 며느리 된 도리라고 생각했기 때문이다. 우리엔 역시 재빨리 눈을 훔쳤.

그러나 싫증을 느끼기 시작한 호위병들은 그만 가자는 뜻을 전하기 위해 우리엔의 엉덩이를 총부리로 찔렀다. 결국 우리엔은 돌아가신 노모를 위해 애도하는 것을 뒤로 미뤄야 했으며 자신의 어머니를 돌봐준 링사오에게 감사의 인사조차 하지 못했다. 링사오는 큰딸 가족을 떠나보내며 대문 사이로 우리엔을 향해 소리쳤다. "어미를 딸려 보내도 정말 괜찮겠나?"

호위병들이 가장 좋은 두 자리를 차지하고 앉은 뒤, 우리엔은 가족들을 마차에 태우느라 정신이 없었다. "네, 저는 보호를 받고 있어요. 제 가족들도 마찬가집니다!"

우리엔은 서둘러 학교를 떠났고, 링사오는 언제나 두려운 대상이었던 백인 여자의 곁에 남게 되었다. 그리고 백인 여자가 노란 눈동자를 반짝이면서 말을 거는 지금, 링사오는 그 어느 때보다 큰 두려움을 느꼈다.

"정말 안됐군요." 백인 여자는 이렇게 말하면서 멀어져갔고, 이제 문지기와 단둘이 남게 된 링사오는 문지기에게 물었다.

"나보다 더 심한 고통을 겪은 사람들도 많은데, 뭐가 안됐다는 거죠?"

"그건 당신 사위가 적의 앞잡이가 되었기 때문입니다." 문지기가 대답했다.

"그래서 적포도주 색 옷에 검정 우단 조끼를 입고 있었구먼!" 링사오가 큰 소리로 말했다.

"그래요." 문지기는 이를 드러내고 웃으면서 다시 이를 쑤시기 시작했다.

링사오는 깊은 생각에 잠긴 채 란과 판샤오 그리고 손자들이 있는 방으로 돌아갔다. 바깥을 서성대고 다니기에는 날씨가 너무 추웠기 때문이다. 내리던 비는 이제 눈으로 바뀌었고, 그녀는 방 안으로 들어서면서 따뜻한 온기에 이내 기분이 좋아졌다. 그러나 그녀는 큰딸을 자유롭게 떠나보낸 지금, 마음이 붕 뜬 듯 불안했다. 링사오는 자리에 앉아서 판샤오와 란에게 큰딸의 상황을 말해주었고, 세 사람은 이야기를 나누는 동안 점점 더 밖으로 나가고 싶은 욕망을 강하게 느꼈다.

'남편 얼굴을 한 번이라도 볼 수 있다면 음식이 더 잘 넘어갈 텐데.' 링사오는 남편과 아들들을 생각하면서 자기가 없는 동안 그들이 고생하고 있을 것은 불 보듯 뻔한 일이라고 믿었다. 현모양처라면 으레 그러하듯, 링사오 역시 자기 없이는 남편이나 아들들이 집안일을 전혀 할 줄 모르도록 길을 들였다. 그녀는 한동안 우울한 기분을 떨쳐버릴 수가 없었다. 미처 정리를 못해서 지저분한 집과 차갑고 덜 익은 음식을 대충 먹고 있는 집안 남자들의 모습이 눈앞에 아른거렸기 때문이다. 그들은 링사오가 생선이나 고기 요리를 하는 것은 물론이고 밥을 짓거나 양배추를 찌는 것조차 관심 있게 지켜본 적이 없었다.

'고기야 아직 살 곳이 없겠지만 생선은 얼음만 깨뜨리면 연못에서 금방 건져 올릴 수 있을 텐데. 하지만 내장을 발라낼 줄이나 알까? 하긴 내장을 발라내면 뭘 해? 그 다음 뭘 해야 할지 모를 텐데!'

불안한 마음을 느끼는 것은 링사오만이 아니었다. 누군가가 집으로 돌아갔다는 말을 들은 여자들은 서로의 얼굴을 바라보면서 안절부절못했고, 마음속으로 생각했다. '상황이 좀 나아진 모양이야.', '내 남편도 머리만 잘 쓴다면 곧 나를 데려갈 수 있을 거야.', 여자들은 너나없이 집으로 돌아가고 싶은 마음에 초조해했으며 너무나 흥분한 나머지 예전 같았으면 그냥 참고 넘어갈 사소한 잘못에도 아이들을 때렸다. 결국 그날 저녁, 방 안에 있는 아이들의 절반은 엉엉 울고 있었고, 링사오는 악담을 퍼부으면서 야밤을 틈타 혼자 집으로 돌아가면 좋겠다고 생각했다. 그러나 그녀는 생각만 했을 뿐, 실천에 옮기지는 않았다.

이러한 상황은 며칠 뒤 큰딸이 보내온 편지로 더욱 악화되었다.

큰딸은 예전에는 부잣집 사람들이 사용했지만 이제는 자기 것이 된 멋진 방에 대해 자랑을 늘어놓았으며, 자신의 남편이 얼마나 훌륭한 대접을 받고 있는지에 대해 한참을 떠벌였다. 그녀는 여태껏 누려보지 못한 편안한 생활을 하고 있으며 모든 것이 평화롭기만 하다고 덧붙였다. 편지의 내용을 듣고 난 뒤 링사오는 이렇게 말했다.

"적군은 우리가 생각했던 것만큼 나쁜 사람들은 아닌가 봐. 내 딸과 사위한테 잘해줄 뿐만 아니라 성안 분위기도 생각한 것보다는 안전하고 평화로운 듯하잖아."

링사오는 자신의 큰딸이 이런 편지를 쓸 수 없다는 것을 잘 알고 있었으며 그녀 역시 글을 읽을 줄 몰랐기에 이곳에서 학생들을 가르치던 교사를 찾아가서 편지를 읽어달라고 부탁했다. 교사는 아직 결혼을 하지 않은 여자였는데, 링사오는 이렇게 나이 든 숫처녀는 처음 본다고 생각했다. 사원에 있는 여승들이야 과거에 어떤 여자였는지 알 도리가 없었지만 지금 그녀 앞에 있는 여교사는 숫처녀가 틀림없었다. 링사오는 편지를 쓴 사람이 우리엔이라고 생각했기 때문에 종이에 적힌 내용을 전혀 의심하지 않았다. 그녀는 종이에 쓰인 것이라면 뭐든지 믿는 여자였다.

그러나 나이 든 여교사는 이렇게 말했다. "나는 이 편지에 적힌 내용을 안 믿어요. 아직도 대로에서 사람이 죽었다는 이야기와 여자들이 겁탈을 당했다는 이야기가 수없이 들려오고 있어요."

여교사는 고개를 치켜든 채 말했고, 링사오는 빙그레 웃었다. 이런 여자가 욕을 본 여자에 대해 무얼 안단 말인가? 그러나 그녀는 아무 말도 하지 않고 호기심에 이렇게 물었다.

"저, 선생님은 혹시 수녀이신가요?"

"물론 아닙니다." 여교사는 화가 난 듯한 목소리로 말했다. "마음만 먹었다면 벌써 여러 번 결혼을 했을 거예요. 매파한테서 기억할 수도 없을 만큼 자주 중매가 들어왔으니까요. 하지만 나는 모든 걸 버리고 배움과 책을 택했습니다."

"나한테도 선생님 같은 며느리가 한 명 있죠. 하지만 그 아이는 곧 아이를 낳을 거예요."

"그렇군요." 여교사는 자기와는 아무 상관없다는 듯 건성으로 대답했고, 링사오는 편지를 읽어준 것에 대해 감사하면서 그 자리를 떠났다.

이윽고 링사오는 란과 판샤오에게 편지에 적혀 있는 좋은 소식을 전했고 란은 곧바로 여자들에게 소문을 퍼뜨렸다. 이야기를 들은 여자들은 더욱 안절부절못했으며, 란은 그 누구보다도 사방을 에워싼 담장 안에서 지내는 것을 힘들어했다. 이곳은 그녀가 지내기에는 너무나 평화로웠다. 보이는 것이라고는 회색 건물과 아직 겨울이라 갈색을 띠고 있는 부드러운 잔디뿐이고, 들리는 소리라고는 하루에 두 번, 자그마한 예배당에서 흘러나오는 찬송가가 전부였다. 서양 종교에 대해 이야기를 듣고 싶은 사람은 누구라도 예배당에 갈 수 있었다. 란 역시 그곳에 한 번 가본 적이 있었는데, 그녀는 아무 말도 알아들을 수 없었고, 찬송가는 구슬프게 우는 소리로만 들렸다. 결국 그녀는 그날 이후로 다시는 예배당에 발을 들여놓지 않았다. 게다가 이곳에서는 날마다 똑같은 음식을 먹어야 했기 때문에 이내 입맛을 잃어버린 란은 입 안에서 살살 녹는 단 음식이 먹고 싶어 견딜 수가 없었다. 그녀는 집을 떠나기 전까지만 해도 엿장수가 자그마한 종을 흔드는 소리가 들릴 때면 부리나케 달려 나가서 깨를 묻힌 기다란 엿가락이나 되직한 물엿에 버무려 만든 네모난 깨강정을 사곤 했다. 그러나 그녀가 가장 좋아하는 단 음식은 '쇠가죽'이라고 불리는 것이었다. 란은 오랫동안 씹을 수 있어서 이런 이름을 갖게 된 '쇠가죽'을 반나절 동안 씹기도 했다. 란의 아이들도 장난감 하나 없는 나날에 싫증이 나서 투정을 부리기 시작했다. 아이들은 마을을 지나가는 장사꾼들한테서 흙으로 만든 자그마한 강아지나 사람, 풍차 모양의 인형을 사거나 설탕으로 만든 사람 모양의 인형을 사곤 했던 것을 기억하면서 장난감을 달라고 보챘다. 아이들은 토끼와 물고기 그리고 나비 모양으로 만든 연과 초롱을 갖고 놀던 것도 기억하고 그때를 그리워했지만 지금 아이들이 갖고 놀 만한 것은 아무것도 없었다.

란은 시누이가 잘 지내고 있다는 소식을 듣고는 마음속으로 생각했다.

'성안이 이제 평화로워진 모양이야. 아침 나절에 살짝 빠져나가서 가게 안에 있는 물건들을 구경하고 와야지. 시누이한테도 한번 가봐야겠어. 아무 문제가 없는 것처럼 보이면 남편한테 소식을 보내야지. 이제 우리도 집으로 돌아갈 수 있을 거야.'

그러나 란은 자신의 계획을 아무에게도 알리지 않았다. 그녀는 겉으로는 유순해 보이면서도 고집스러운 데가 있으며 늘 남에게 양보하는 듯하면서도 하고 싶은 일은 아무도 모르게 끝내 하고 마는 여자였다. 드디어 편지가 도착하고 며칠이 지난 어느 날, 란의 둘째 아들은 여전히 자고 있었고, 큰아들은 깨어나 놀고 있었다. 란은 링사오가 보는 앞에서 하품을 하더니 거짓말을 했다.

"어젯밤에 잠을 제대로 못 잤습니다. 짚자리에 가서 잠깐 눈을 좀 붙여야겠어요. 괜찮으시다면 아이들을 좀 봐주세요. 아기는 아직 자고 있어요."

"자고 싶거든 그렇게 해라. 어차피 달리 할 일도 없잖니." 링사오는 다소 언짢은 듯 마지못해 허락했다. 그녀는 어디에선지는 몰라도 자그마한 솜뭉치와 물레를 찾아서 흰 실을 뽑고 있었다. 링사오는 어디에서건 일거리를 찾아서 하는 여자였으며 할 일이 없으면 만들어서라도 했다. 그녀는 지금, 큰며느리가 자기 같지 않은 것이 못마땅한지 일부러 보란 듯이 일을 했다.

란은 미소를 지어 보이고는 건물 안으로 들어가서 곧바로 뒷문으로 빠져나왔다. 그러고서 그녀는 대문을 향해 걸어갔다. 그녀는 늘 이맘때면 문지기가 대문을 걸어 잠근 뒤 숙소로 들어가서 식사를 한다는 것을 이미 알고 있었다. 주위에 보이는 사람은 아무도 없었고, 란은 문지기가 눈치 채지 못하도록 가만히 빗장을 열고는 거리로 나선 뒤 대문을 닫았다. 이제 문지기가 창밖을 내다보더라도 대문은 여전히 닫혀 있는 것처럼 보이리라. 란은 밖으로 나온 것이 너무나 좋아서 새장에서 풀려난 새가 된 듯한 기분을 느꼈다. 게다가 시아버지가 지시한 대로 집에서 나오던 날, 그녀의 윗도리 안주머니에는 약간의 돈이 들어 있었다. 그녀는 어쩌면 이 돈을 쓸 수도 있다는 생각에 신이 나서 길을 따라 걸었다. 아직 정오도 되지 않은 이른 시간이라서 거리에는 오가는 사람이 별로 없었다. 맑고 화창한 날씨였지만 여전히 차가운 공기는 그녀가 숨을 쉴 때마다 가슴을 파고들었고, 그녀의 주위로는 모든 것이 평화로워 보였다.

'돌아가서 성안이 얼마나 평화로운지 말씀드리면 어머니도 깜짝 놀라실 거야. 이제 집으로 돌아가지 못할 이유가 없다고 말씀드려야

지! 어쨌든 첫 번째 가게가 나오면 바로 돌아가자. 더 이상 멀리 가진 말아야지.'

란은 이렇게 생각하면서 조금 더 앞으로 나아갔고, 대문을 나서던 순간부터 군인들이 자기를 지켜보고 있으리라고는 상상도 하지 못했다. 군인들은 길거리에서는 더 이상 추한 일을 범하지 말라는 상부의 명령을 받았지만 담장 뒤에서 무슨 일이 일어나고 있는지는 아무도 몰랐다. 란은 큰길 주변에서 쉽게 볼 수 있는, 남자들을 위해 만들어둔 화장실 옆을 지나가고 있었다. 그 순간, 군인 다섯 명이 앞을 가로막았다. 그들은 화장실 안으로 끌고 들어갈 작정으로 혼자 지나가는 여자가 나타나기만을 노리고 있던 터였다. 이런 시절에 혼자서 바깥을 나도는 여자를 만나기란 쉬운 일이 아니었기 때문에 군인들은 란을 보는 순간 매춘부가 틀림없다고 생각했다. 그녀는 표정이 밝았을 뿐만 아니라 부드럽고 동그스름한 얼굴을 갖고 있었고, 몸은 통통하고 부드러웠으며 도톰한 입술은 빨갰다. 군인들은 란의 몸을 움켜잡고는 만족스런 얼굴로 서로를 바라보더니 누가 먼저 그녀를 차지할 것인지 다투기 시작했다.

란은 사랑과 보살핌을 받을 때는 오래 살지만 곤경에 처하면 쉽게 죽는 여자였다. 그녀는 욕정으로 이글대는 군인들의 시커먼 얼굴을 보는 순간, 이미 기력을 잃고 있었다. 군인들은 차례로 그녀의 몸에 욕정을 발산했지만 지나가는 사람들 중 화장실 안으로 들어와서 그녀를 구할 만큼 용기 있는 사람은 아무도 없었다. 간혹 안을 들여다보는 이들이 있기는 했지만 벽에 세워져 있는 총과 다섯 명의 군인을 보고는 아무도 그럴 엄두를 내지 못했고, 란은 탐욕스런 개의 무리에 둘러싸인 토끼처럼 아무런 저항도 하지 못했다. 란이 비명을 지르자 그들은 그녀를 닥치는 대로 때렸고, 그들 중 한 명이 그녀의 입과 코를 틀어막았다. 그녀는 잠시 몸부림을 쳤지만 어린 토끼처럼 이내 숨을 거두고 말았다. 결국 마지막 군인은 죽은 그녀의 몸에 대고 욕정을 채워야 했다. 이윽고 원하던 것을 얻은 군인들은 란의 시신을 화장실에 버려둔 채 그 자리를 떠났다.

화장실 앞을 지나던 행인들 중에 란을 불쌍히 여긴 서너 명이 안으로 들어와서 그녀의 시신을 덮어준 뒤 그녀가 어디에서 왔는지, 대체 어떤 여자인지를 고민하며 한참을 쳐다보았다.

"시골 사람이 틀림없어요." 그들은 이렇게 결론을 내렸다. "시골 사람처럼 보이잖아요. 우리 어머니 시절에나 그랬던 것처럼 은비녀를 머리에 지르고 있어요. 게다가 짤막한 윗도리에 구식 검정 명주 치마를 입고 있잖아요. 시골에서 올라왔기 때문에 지금 성안 분위기가 어떤지를 몰랐던 거예요."

요즘에는 거리를 오가는 여자가 거의 없었기 때문에 지나가던 사람들은 모두 남자였다. 그들은 시신을 어떻게 처리해야 할지 막막하기만 했다. 자칫 잘못하면 자기가 죽인 것으로 오해를 받을 수도 있기 때문에 자신의 집으로 시신을 옮기려는 사람은 아무도 없었다. 마침내 개중에 가장 현명한 남자가 입을 열었다.

"백인 여자한테 데리고 갑시다. 그 여자를 비난할 사람은 아무도 없을 겁니다. 아무도 시신을 찾으러 오지 않으면 그 여자가 알아서 매장도 해줄 거예요."

이윽고 그들은 인력거를 불렀다. 인력거꾼은 시신을 싣고 가는 것이 못마땅했지만 백인 여자의 이름을 듣고는 웃돈을 받을 수도 있다는 기대감에 얼마 안 되는 거리를 달려갔고, 조금 전에 란이 부푼 가슴을 안고 열었던 대문 앞에 도착했다. 대문은 평소와 다름없이 굳게 잠겨 있었고, 문지기는 식사를 마친 뒤 자그마한 기다란 의자에 앉아서 할 일이 없을 때면 으레 그러하듯 이를 쑤시고 있었다. 그 순간, 그는 누군가 대문을 긁는 소리를 듣고는 자리에서 일어나 문을 열었다. 그리고 그는 란을 보는 순간 소스라치게 놀라며 소리쳤다.

"맙소사, 이 사람은 여기에 몸을 피하고 있던 여자예요!"

"왜 밖으로 나가게 내버려둔 겁니까?" 남자가 불만스러운 듯 말했다.

"난 모르는 일이에요. 난 아무도 내보내지 않았어요." 문지기는 이렇게 힘주어 말한 뒤 어떻게 된 일인지, 그리고 그가 식사를 마치고 나왔을 때 왜 대문이 열려 있었는지를 이제야 이해하게 되었다. 그는 자신이 문을 열어둔 채 깜박 잊고 잠그지 않은 모양이라고 생각하면서 서둘러 빗장을 질렀고, 이제 이 일을 하기에도 너무 나이가 들었나 보다고 생각하면서 자신의 실수를 아무도 보지 못한 것을 다행스럽게 생각했었다.

"내가 식사를 하는 동안 몰래 빠져나간 모양이오." 문지기는 이렇게 말한 뒤 대문을 단단히 잠근 다음 백인 여자에게로 달려갔다.

백인 여자는 기도를 하다 말고 대문 앞으로 달려왔고, 란의 시신을 보더니 창백한 얼굴에 더욱 단호한 표정을 지었다.

"이리로 데려오기를 잘했습니다. 벌써 여러 날 전부터 여기서 지내던 사람입니다. 시어머니와 시누이, 그리고 두 아이는 아직 여기에 있어요. 사람을 보내서 남편을 오게 하겠습니다."

모두들 백인 여자가 위험을 떠맡은 것에 만족하며 돌아갔고, 두둑

한 품삯을 받은 인력거꾼은 그 누구보다도 기뻐하며 그 자리를 떠났다.

백인 여자는 남자들이 모두 돌아가고 난 뒤, 문지기에게 다른 사람들을 불러서 같이 시신을 예배당에 있는 낮고 기다란 탁자 위에 옮겨 놓으라고 말했다. 그리고 그녀는 문지기가 남자들을 데리고 와서 시신을 들고 갈 때까지 꼼짝 않고 서서 기다렸다. 이윽고 그녀는 생각에 잠긴 얼굴로 천천히 걸어서 링사오에게로 갔고, 몇 마디 안 되는 말로 침착하게 사실을 알렸다.

링사오는 백인 여자가 란을 이곳에 몸을 피하고 있는 다른 여자와 혼동한 모양이라고 생각했다. "뭔가 착각을 하셨나 보군요. 제 며느리는 지금 자리에 누워서 자고 있어요. 그렇지 않아도 어린애가 깨서 며늘아기를 부르러 가려던 참이었습니다. 벌써 반나절을 누워 자고 있군요."

백인 여자는 언제나 슬퍼 보이는 표정 그대로 링사오에게 말했다. "잠깐 이리로 와보세요." 그녀는 링사오의 소맷자락을 잡고서 예배당으로 향했다. 링사오는 나지막한 탁자 위에 누워 있는 사람이 자기 며느리임을 확인하고는 어찌된 영문인지 모른 채 목놓아 울부짖기 시작했다.

"통통하게 살찐 이 아이의 모습을 본 게 두 시간도 채 안 됐어요!"

백인 여자는 서툰 말씨로 남자들이 추측한 내용을 이야기했고, 링사오는 그녀의 말에 귀를 기울였다.

"그렇게 된 거로군요. 어리석은 것 같으니, 이런 바보 같은 짓을 하다니! 늘 웃으면서 나긋나긋하게 굴었지만, 여간해선 속을 내보이지 않고, 고집스런 데가 있는 아이였어요. 그러더니 결국 이렇게 죽고 말았군요. 맙소사, 어떻게 해서든 남편이랑 아들을 좀 불러주세요. 어떻게 해야 할지 나 혼자서는 도저히 모르겠어요!"

"그렇잖아도 두 분을 찾으실 줄 알았습니다. 오늘 밤 캄캄할 때, 수문 밖으로 사람을 보내서 소식을 전하겠습니다. 며느님은 이미 숨을 거뒀으니 무리하게 낮에 사람을 보내면서까지 산 사람의 목숨을 위험하게 할 필요는 없어요."

백인 여자는 눈물 한 방울 안 흘리고 얼굴 표정 하나 바꾸지 않고 예배당에서 시중을 드는 하인에게 천을 가져와서 시신 위에 덮으라고 말했다. 그리고 어떻게 할 것인지는 밤에 결정할 테니 그때까지 시신을 잘 지키라고도 덧붙였다. 백인 여자는 울면서 보채는 어린애를 대하듯 서럽게 울고 있는 링사오에게 아무런 관심도 보이지 않았다. 마침내 링사오는 서럽게 울면서 입을 열었다.

"이렇게 비참한 일이 또 어디 있단 말입니까? 나한테 저 어린 것들을 남겨두고 떠나다니! 그리고 이렇게 어수선한 시절에 어디서 다시 내 아들한테 맞는 여자를 구할 수 있겠어요! 그런데 당신은 눈물 한 방울도 안 흘리는군요!"

"저는 슬픈 일을 너무 많이 봤습니다." 백인 여자는 아무런 감정도 섞여 있지 않은 맑은 목소리로 말했다. "이제 그 어떤 일도 나를 울거나 웃게 만들 수 없을 거예요." 그녀는 노란 눈을 치켜뜨더니 링사오의 눈에는 안 보이는 무언가를 응시하는 듯했다. "주님 앞에 가기 전까지는 아무것도 내 마음을 흔들어놓을 수 없을 겁니다."

링사오는 너무나 놀란 나머지 울음을 그쳤다.

"하지만 당신은 결혼한 적이 없다고들 하던데요."

"맞습니다. 이 세상 사람들의 눈으로 볼 때는 맞는 말이에요. 하지만 저는 이 한 몸을 단 하나뿐인 진정한 신이신 주께 바쳤습니다. 언젠가 주께서 저를 데려가실 겁니다."

링사오는 백인 여자의 말에 너무 놀라서 눈물까지 말라버리는 것을 느꼈고, 서양 주술로부터 자신의 몸을 지키기 위해 "나무아미타불"이라고만 중얼거렸다.

"그리고 당신도 마찬가지입니다." 백인 여자는 흐릿한 눈으로 링사오의 몸을 꿰뚫기라도 할 것처럼 내려다보면서 말했다. "주님은 당신도 원하십니다. 주님께서 당신에게 이 같은 슬픔을 안겨주신 까닭은 아픈 상처를 달래서 당신을 주님 곁으로 인도하시기 위한 건지도 모릅니다." 링사오는 무엇보다도 이 말에 잔뜩 겁을 먹고 백인 여자로부터 뒷걸음치며 물러섰다.

"나는 그분 곁에 갈 수 없다고 전해주세요. 내게는 돌봐야 할 남편이 있어요. 게다가 이제 어린 두 손자까지 떠맡게 됐죠. 나는 할 일이 많은 여자예요. 여기에 오기 전에는 집을 떠나본 적도 없답니다." 링사오는 서둘러 말했다.

"당신의 집에서도 주님을 모실 수 있어요." 백인 여자는 이렇게 말하면서 링사오에게 다가갔고 그녀는 더할 수 없는 공포에 사로잡힌 채, 알 수 없는 마술에 의해 백인 여자가 점점 더 커지는 듯한 착각을 느꼈다. 마침내 백인 여자는 커다란 하얀 형체로 링사오 앞에 우뚝 섰고, 링사오는 하늘을 찌를 듯한 비명을 지르면서 예배당 밖으로 뛰어나간 뒤 잔디를 가로질렀고, 마침내 여자들과 아이들이 모여 있는 방 안으로 뛰어 들어갔다. 그러고서 그녀는 숨을 헐떡이고 울부짖으면서 란이 당한 일을 여자들에게 이야기했고, 백인 여자가 믿는 신이 란을 죽게 만들었다고 설명했다.

링사오가 그간의 일을 설명하는 짧은 시간 동안, 방 안에 있는 여자들은 모두 겁을 먹었고, 백인 여자가 믿는 서양 신이 모두를 죽이면 어쩌나 하는 공포에 떨기 시작했다. 다들 어찌나 흥분해 있던지 학교일을 맡아보는 여자들과 한 번도 결혼한 적이 없는 여교사가 요란한 소리를 듣고서 달려왔다. 그리고 그녀들은 온갖 듣기 좋은 말로 여자들을 진정시켰으며 백인 여자가 말하려던 것이 무엇인지를 설명했다. 그러나 여자들은 설명을 듣고 나서도 좀처럼 그녀들의 말을 믿으려 하지 않았고, 란이 대문 밖을 나선 뒤 나쁜 일을 당하지만 않았더라면 당장이라도 밖으로 뛰쳐나가고 싶어했다. 그러나 여자들은 차마 그럴 수 없었기에 안전하게 집으로 돌아갈 수 있을 때까지만이라도 백인 여자가 가까이 오지 않게 해달라고 애원했다.

한바탕 소동이 벌어진 뒤에는 이미 땅거미가 내려앉아 있었다. 링사오는 손자들을 자리에 눕혔고, 아직 어린 아이들은 제 어미의 죽음이 무엇을 의미하는지도 모른 채 잠이 들었다. 링사오는 힘든 하루를 보낸 뒤 지칠 대로 지친 몸으로 아이들 곁에 앉아서 저녁도 먹지 않은 채 남편과 아들이 오기만을 기다렸다. 해는 졌지만 아직 자정은 되지 않은 시간에, 링사오는 발소리를 듣고서 고개를 들었다. 그 순간, 문지기가 문을 열더니 그녀에게 손짓을 했고, 링사오는 자리에서 일어선 뒤 잠든 사람들 사이로 발을 내딛으며 조심스럽게 걸었다. 그녀는 차갑고 어두운 밤공기 속에 그토록 기다리던 두 남자가 서 있는 것을 보는 순간, 일찍이 경험하지 못한 위안을 느꼈다. 그녀는 다시 눈물을 흘리면서 두 사람을 번갈아 보았고, 흐느끼면서 말문을 열었다.

"아, 여보! 왜 우리한테 이런 일이 생긴 거죠? 내 아들아, 이제 널 어쩌면 좋단 말이냐?"

백인 여자는 이미 두 사람을 만나서 란에게 생긴 일을 설명한 뒤였고, 지금 이 순간 다시 그들을 향해 다가오고 있었다. 링사오는 그녀를 보자마자 눈물이 말라버리는 것을 느꼈지만 더 이상 겁을 내지는 않았다. 가까이 다가가 기댈 수 있는 남편이 있기 때문이었다.

"따라오십시오." 백인 여자는 이렇게 말했고, 그들은 그녀를 따라서 그녀가 기도를 하고 성경을 읽는 예배당 안으로 들어가 그녀가 시키는 대로 자리에 앉았다. 백인 여자는 그들만 좋다면 관을 구해서 란을 학교 마당에 묻겠다고 말했다.

"좋은 시절이 오면 무덤을 여러분이 계신 곳으로 옮기시면 됩니다. 물론 원하신다면 말입니다."

세 사람은 서로의 얼굴을 바라보았고, 링탄은 가족을 대표해서 말했다. "지금은 저희가 마땅히 관을 구할 곳이 없습니다. 게다가 시신을 성 밖으로 옮기는 것도 쉬운 일이 아니죠. 그러니 말씀대로만 해주신다면 그저 감사할 따름입니다. 이렇게 은혜를 베풀어주시니 어찌 감사를 드려야 할지 모르겠군요. 세상 어디를 가도 이보다 고마운 일은 없을 겁니다."

"저는 감사받을 만한 일을 한 게 없습니다. 제가 모시는 단 한 분뿐인 진정한 주님의 이름으로 모든 일을 할 뿐입니다."

아무도 그녀의 말을 이해하지 못했기에 그 누구도 대답을 하지 않았고, 링사오는 다시 겁을 먹었다. 그녀는 바로 오늘 밤, 남편을 따라서 집으로 돌아가리라 마음먹었다. 그리고 그녀는 남편이 떠나려고 자리에서 일어서자 덩달아 몸을 일으키며 말했다.

"당신을 따라 집에 가겠어요."

"그건 안 돼. 아직 세상이 조용하지 않아. 전쟁에서 이긴 적군이 이 나라를 통치하기 시작하면 어떻게 살아가게 될지 아직 몰라." 링탄이 말했다.

"그래도 당신을 따라가겠어요." 링사오는 고집스럽게 말했다.

링탄은 아내가 어떤 여자인지 잘 알고 있었으며, 지금 그녀의 구릿빛 동그란 얼굴에 어려 있는 표정이 무얼 의미하는지도 알고 있었다. 그는 아내가 함께 가겠다고 고집을 부리는 이상, 그 어떤 말로도 그녀를 막을 수 없으리라는 것을 알았다.

"며느리만 고집스러운 게 아니라 시어머니도 마찬가지군! 당신한테 안 좋은 일이 생기면 그땐 나를 원망하겠지!" 링탄이 말했다.

"무슨 일이 생겨도 나 말고 다른 사람은 원망하지 않을 거예요." 링사오가 대꾸했다.

그러나 링탄은 여전히 뒤로 물러설 마음이 없었다. "그럼 우리 막내딸은 어쩔 작정이야? 여기에 혼자 남겨두겠다는 게야?"

링사오는 당황했지만, 그 순간 백인 여자가 나섰다.

"떠나시더라도 따님은 여기에 두고 가십시오. 전쟁이 나기 전에 이곳은 학교였습니다. 하지만 지금 학교는 다른 곳으로 옮겨가고 없습니다. 그리고 학생들은 강을 따라서 수천 리가 넘는 길을 거슬러 올라가 안전한 곳으로 대피했습니다. 때마침 내일, 아직 떠나지 않은 학생들이 외국 배에 오를 겁니다. 저희 나라에서 온 부부 두 쌍이 학생들을 돌볼 거예요. 따님도 같이 간다면 안전할 겁니다. 그리고 원하실 때면 언제든 따님을 데려가실 수 있습니다."

세 사람은 얼굴을 마주 보면서 어떻게 하는 것이 좋을지 생각했고, 잠시 후 링탄이 가족을 대표해서 다시 한 번 입을 열었다. "세상이 어수선하지만 않다면 이런 결정은 절대로 하지 않았을 겁니다. 우리가 잘 데리고 있다가 좋은 남자를 골라서 시집을 보냈겠지요. 하지만 이런 때에 누가 감히 딸을 시집보내거나 며느리를 맞아들이려 하겠습니까? 말씀대로 따르겠습니다. 다만 한 가지 부탁이 있습니다. 딸아이가 살아 있는지만 이따금 알려주십시오."

"따님은 앞으로 글 쓰는 것을 배우게 될 테니 직접 소식을 전할 수 있을 겁니다." 백인 여자는 친절한 목소리로 이야기했고, 세 사람은 아무 말도 하지 않았다. 링탄은 예전 같았으면 자신의 딸이 글을 배운다는 생각만으로도 웃음을 터뜨렸을 것이다. 그러나 가족이 사방으로 뿔뿔이 흩어져 지내야만 하는 지금, 그는 글을 배우는 것이 왜 필요한지를 알 수 있었다.

이 모든 이야기가 오가는 동안, 큰아들은 단 한마디도 하지 않았고, 그들은 그가 있다는 사실마저도 잊은 듯했다. 그 순간, 그가 갑자기 입을 열더니 나지막이 말했다.

"애들 엄마를 보고 싶습니다."

란이 어떻게 죽었는지에 대해 라오타에게 자세한 이야기를 들려준 사람은 아무도 없었고, 그 역시 아무것도 묻지 않았다. 그리고 지금 이 순간, 링사오는 갑자기 아들에게 진실을 숨기고 싶은 마음이 들었다.

"내가 앞장서마." 그녀는 이렇게 말하면서 모든 두려움을 잊어버렸다. 그녀는 어쩔 수 없는 한 명의 어머니였으며 곁에는 그녀의 아들이 서 있기 때문이었다.

"보셔도 좋습니다." 백인 여자는 이렇게 말하더니 링사오의 마음을 읽기라도 한 듯 말을 이었다. "목욕을 끝낸 다음 새 옷을 입혔습니다. 며느님은 편안하게 누워 있습니다."

백인 여자는 세 사람을 란이 누워 있는 곳으로 안내했고, 탁자 위에 놓여 있던 등불을 들어서 앞을 밝혔다. 링사오는 이렇게 친절한 여인을 잠시나마 두려워한 자신을 부끄럽게 생각하면서 뒤를 따랐다. 그녀가 다른 여자들에게 자신의 두려운 마음을 이야기하는 동안, 백인 여자는 란을 위해 많은 일을 하고 있었던 것이다. 링탄과 큰아들은 아무 말 없이 겸손한 모습으로 백인 여자의 뒤를 따라 걷고 있는 링사오와 함께 란의 시신이 누워 있는 예배당 안으로 들어갔다. 백인 여자는 란의 얼굴이 드러나도록 천을 걷었고, 라오타는 아내의 모습을 보았다. 잠들어 있는 아내의 얼굴은 상처 하나 없이 깨끗했으며 다물고 있는 도톰한 입술에는 미소가 어려 있는 듯했다. 라오타는 수없이 많은 밤에 자신의 침대에 누워 있을 때와 다름없는 모습을 하고 있는 아내를 보면서, 눈물이 목구멍을 타고 올라와 눈에 고인 뒤 볼을 타고 흘러내리는 것을 느꼈다. 백인 여자를 제외한 세 사람은 하염없이 눈물을 흘렸다. 라오타는 고개를 돌리면서 꼼짝 않고 천을 들고 서 있는 백인 여자에게 말했다.

"그만 덮어주세요." 백인 여자는 천으로 란의 얼굴을 덮었다.

이윽고 그들은 예배당에서 나왔다. 링사오는 아이들을 깨우기 위해 방으로 돌아갔고, 링탄과 큰아들은 캄캄한 밤하늘 아래에서 링사오가 돌아오기를 기다렸다. 링탄은 숨죽인 흐느낌을 들으면서 아들의 슬픔을 느낄 수 있었다. 그는 함께 서서 기다리고 있는 백인 여자로부터 조금 떨어진 곳으로 아들을 데리고 갔다.

"울고 싶은 만큼 실컷 울어라. 하지만 슬픔에는 끝이 있기 마련이라는 것을 기억해야 한다. 넌 아직 젊어. 언젠가 아이들을 돌볼 새 여자를 맞게 될 거다."

"벌써부터 그런 얘기는 하지 마세요."

"알았다. 하지만 내가 한 말을 꼭 기억해야 한다."

라오타는 아무런 대답도 하지 않았지만 링탄은 자신이 아들의 마음속에 중요한 무언가를 심어주었다는 것을 알았다. 그것은 아내의 죽음을 슬퍼하는 아들의 마음을 위로하기 위한 것은 아니었다. 그는 단지 아들에게 남은 가족을 위해서라도 인생을 값지게 살아야 한다는 것을 말하고 싶었을 뿐이었다.

링사오는 방 안에 들어간 뒤 아이들에게 옷을 껴입히면서 판샤오에게 그녀를 남겨두고 가게 된 이유를 설명했다.

"겁낼 것 하나 없다. 내가 낮에 겁을 냈던 건, 정신 나간 짓이었어. 백인 여자가 손수 애들 어멈을 씻기고 옷까지 입혔더구나. 너를 이 도시에서 데리고 나간 뒤 안전한 곳으로 보내겠다고 했어. 학교에 보내서 글을 가르치겠다는구나."

링사오는 자신이 한 모든 이야기를 듣고도 판샤오가 두려워하지 않는 이유를 알 수 없었다. 그녀는 조용히 맡은 일을 하면서 불평이라곤 모르던 자신의 어린 딸이 기억할 수 있는 한 아주 오래전부터 학교에 가기를 갈망하고 있었음을 꿈에도 상상하지 못했다.

"겁나지 않아요, 어머니." 판샤오가 말했다.

"글을 배우는 대로 편지를 보내다오. 팔촌 댁에 가져가서 읽어달라고 할 테니."

"그럴게요." 판샤오는 란의 둘째 아기를 안고 링사오를 따라서 문을 향해 걸었고, 링사오는 큰손자를 안은 채 잠든 사람들이 깨지 않도록 살금살금 걸었다.

링탄 역시 판샤오를 보더니 백인 여자의 말에 순종하면서 바르게 행동할 것을 당부했다. 이윽고 그는 백인 여자를 향해 몸을 돌려 자신의 딸을 맡겼다.

"그간 베풀어주신 은혜에 보답하고자 아무 소용없는 이 아이를 드립니다. 보잘것없는 선물인지도 모르지만 이 아이는 제 살과 피나 다름없습니다. 그리고 저희는 그 어느 집안보다도 딸들을 귀하게 여기며 살아왔습니다. 게다가 이 아이는 저희 막내입니다. 만약 이 아이가 말을 듣지 않는다면 돌려보내시고, 부디 저희를 용서하십시오."

그 순간, 링사오는 처음으로 백인 여자의 입가에 미소가 떠오르는 것을 보았다. 그녀는 팔을 내밀더니 어린 판샤오의 손을 잡았다.

"아무 걱정하지 마십시오." 백인 여자가 말했다.

이윽고 그들은 작별 인사와 감사의 말을 나누면서 헤어졌다. 그러고서 링탄은 작은손자를, 라오타는 큰아들을 품에 안고서 대문을 향해 걸었다. 링사오는 막내딸로부터 마음을 뗄 수 없었는지 다시 한 번 뒤를 돌아보았다. 백인 여자가 들고 있는 등불 아래로, 그녀를 올려다보고 있는 딸의 얼굴이 보였다. 그리고 백인 여자의 목소리는 링사오의 귀에까지 들려왔다.

"우리랑 같이 있어도 행복할 수 있겠니?"

어린 딸의 얼굴이 기쁨으로 환해지는 것이 보이더니 이내 대답 소리가 들려왔다. "아주 행복할 거예요."

··· 그들은 캄캄한 밤길을 걷기가 어려웠지만 감히 등불을 켤 엄두를 내지 못했다. 군인들이 불빛을 보고 다가와서 어디에, 왜 가

는지를 물을지도 모르기 때문이었다. 그러나 링사오는 집으로 돌아간다는 생각만으로도 큰 위안을 얻었다. 그녀는 자신의 두 눈으로 폐허가 된 집을 똑똑히 보고 떠나왔지만 남편이 망가진 물건들을 고쳤을 것이라고 생각했고, 군인들이 들이닥치기 전과 다름없는 상태의 집을 보게 되리라고 기대했다. 그러나 링탄은 큰며느리의 죽음과 아직 아내에게 알리지도 못한, 산속으로 들어간 셋째 아들 생각으로 마음이 울적한 나머지 링사오에게 아직도 집이 엉망이라는 사실을 미처 말하지 못했다.

집에 도착하기까지 먼 길을 걷는 동안, 링탄은 아내에게 라오산이 떠난 것을 오랫동안 숨길 수는 없으며 어차피 알려야 한다고 몇 번이고 되풀이해서 생각했다. 그는 할 수만 있다면 사실을 감추고 싶었지만 오랜 세월을 아내와 함께 살아오면서 그녀가 얼마나 눈치 빠른 여자인지를 익히 알고 있었다. 링사오는 남편이 자기에게 무언가를 숨기고 있다는 사실을 알아채고 나면, 숨기고 있는 것이 무엇인지까지도 금세 찾아내곤 했다. 사실을 숨기고 싶은 마음과 알려야 한다는 마음 사이에서 갈등하는 동안, 그들은 어느새 집 앞에 도착했다. 링탄은 잠든 아이를 품에 안은 채 밤길을 걸어왔음에도 불구하고, 성안에서 집으로 돌아오는 길이 이토록 짧게 느껴진 적은 없었다.

링사오는 타작마당을 지나서 대문 안으로 들어가더니 콩기름등에 불을 밝혔다. 그녀는 등이 전과 다름없이 탁자 위에 놓여 있으리라는 것을 알고 있었다. 안뜰에는 탁자 비슷한 것이 있었지만 그것은 링탄이 흙바닥에 기둥 두 개를 박은 뒤 그 위에 판자를 걸쳐놓은 것에 불과했다. 링사오는 엉성한 탁자와 불빛이 비추는 모든 것을 둘러보더니 목놓아 울기 시작했다.

"전에 있던 물건들은 다 어디로 간 거예요?" 그녀는 주위를 둘러보며 울부짖었다. "의자랑 기다란 탁자는 어디 있죠? 백랍* 촛대는 끝내 못 찾았어요? 집과 물건들을 고쳤다고 했잖아요!"

링사오는 서럽게 울면서도 재빨리 사방을 둘러보면서 없어진 물건들을 찾아냈다. "시집올 때 가져온 자그마한 탁자 한 쌍도 못 찾았나요? 쌍으로 있던 의자도 안 보이는군요. 부서진 조각들을 찾아서 고칠 수 없었어요?"

링탄과 큰아들은 이미 지금과 같은 집의 상태에 익숙해져 있었고, 없어진 물건들에 대한 기억조차도 어렴풋한 상태였다. 남자인 그들이 하는 일은 지금 링사오가 없어진 것을 슬퍼하는 물건들을 털고, 닦고, 사용하는 것과는 거리가 멀었지만 이러한 물건들을 소유하는 것은 그녀에게 커다란 자랑거리였다. 링탄과 큰아들은 어린아이를 안은 채 바보처럼 멍하니 서 있었고, 링사오는 슬픔에 젖어 이 방 저 방으로 뛰어다니며 없어진 물건들을 찾았다. 마침내 그녀는 바닥에 주저앉더니 서럽게 울기 시작했고, 링탄과 큰아들은 잠든 아이들을 내려놓았다. 그리고서 그들은 자신들의 슬픔만으로도 견디기 힘겨웠지만 잠시 모든 것을 잊은 채 링사오를 위로하려고 애를 썼다.

"이런 집에서 어떻게 살림을 해요!" 링사오는 신음하듯 말했다. "그리고 다른 여자들 앞에서 어떻게 고개를 꼿꼿이 세우고 다니겠어요! 나는 이 마을에서 가장 좋은 집에 살면서 남부럽지 않은 살림살이를 갖고 있었어요. 그런데 이제 남은 게 아무것도 없어요!"

---

* 주석을 주성분으로 한 합금

링사오가 우는 데에는 그녀 자신도 모르는 또 다른 이유가 있었다. 그녀는 지칠 대로 지쳤기 때문에 울고 있었으며 자식들이 죽거나 뿔뿔이 흩어진 것을 슬퍼하고 있었다. 그리고 그녀는 그들이 앞으로 살아가야 할 세상이 과거에 그녀가 사랑하며 살았던 세상과는 결코 같을 수 없다는 것을 알았기에 서러워했다. 일단 울음이 터진 이상, 그 무엇도 그녀를 달랠 수 없는 듯 보였다. 결국 큰아들은 방으로 들어갔고, 링탄은 여자들이란 나무나 백랍 그리고 흙으로 만든 물건들밖에는 소중한 걸 모른다며 소리를 지른 뒤 도대체 전쟁이 왜 있는지 모르겠다며 욕을 했다.

"전쟁을 일으켜서 세상을 어지럽히는 놈들은 모두 천벌을 받을 거야! 우리 같이 죄 없는 사람들의 집을 망가뜨리고 여자들을 욕보인 놈들도 모조리 천벌을 받을 거야! 하루하루를 아무런 의미 없이 두려움에 떨면서 살아가게 만든 놈들도 마찬가지야! 어릴 때나 하던 싸움질을 어른이 돼서도 그만두지 못하고, 우리처럼 죄 없는 사람들의 인생을 망쳐버리는, 어린애만도 못한 놈들은 모두 천벌을 받을 거야! 전쟁을 일으키는 자식놈을 낳은 여자들도 모두 마찬가지야! 그 윗대의 여자들까지 모두 천벌을 받아야 해!"

링탄은 목이 쉬고, 얼굴이 파랗게 질리도록 저주를 퍼붓더니, 이제 곧 아내가 라오산에 대해 물어올 것임을 알고는 눈물을 흘리기 시작했다. 링사오는 남편의 우는 모습에 이성을 되찾았고, 자신은 한 남자의 아내라는 사실을 깨달았다. 그녀는 윗도리 자락으로 눈물을 닦으며 남편 곁으로 다가간 뒤 그의 어깨에 다정하게 손을 얹었다.

"그만 진정해요, 여보. 내가 당신한테 너무 모질게 굴었어요. 하지만 이제 그런 일은 없을 거예요. 이제 무슨 일이 있어도 집을 떠나지 않을 거예요. 당신이랑 나랑 둘이서 이 집을 지켜요. 욕으로 마음이 풀린다면 군인놈들을 마음껏 욕하구려. 무슨 일이 있어도 우린 이 집을 지킬 거예요!"

링탄은 울음을 그친 뒤 눈을 훔쳤다. 그리고 링사오는 무슨 말이라도 기다리는 듯 그의 곁에 서 있더니 마침내 고개를 들면서 그가 예상하고 있던 질문을 했다.

"라오산은 얼마나 깊이 잠이 들었기에 제 어미가 집에 온 것도 모르죠?"

링탄은 아내에게 아무것도 숨기지 않고 모든 것을 사실대로 말하는 것이 좋으리라 생각했다. 그녀가 정말로 집에 머물 작정이라면, 그리고 그와 함께 앞으로 닥칠 모든 일을 감내할 작정이라면 아무리 나쁜 소식이라도 그와 함께 나누어야 했다. 링탄은 한숨을 쉬고 여러 번 말을 멈춰가며, 라오산이 집을 떠나던 날 밤에 있었던 일을 힘겹게 이야기했다. 링사오는 남편이 말을 마칠 때까지 입을 굳게 다물고 있었으며 아무것도 묻지 않았다.

"그래도 죽지 않아 다행이에요." 그녀가 말했다.

"죽지 않아 다행이지." 링탄은 아내의 말을 되풀이했다.

두 사람은 방으로 들어간 뒤 입고 있는 옷차림 그대로 자리에 누웠다. 링탄은 오랫동안 외로운 밤을 보냈음에도 불구하고 사랑하는 여인 옆에서 아무런 욕망을 느끼지 못하는 자신이 이상하게 느껴졌다.

'몸이 피곤하기도 하지만 꼭 그것 때문만은 아니야. 남녀간의 육체적 관계는 이 세상에서 없어져야 할 것 같아. 그럴 만한 자격이 있는 남자가 다시 욕망을 느끼게 될 때까지 말이야.' 링탄은 이런 생각을 하면서 아내에게 말했다.

"커다란 침대에서 자다가 이런 판자때기 위에 누우려니 힘들 거야. 그런데 그놈들이 등침대 밑판을 조각냈지 뭐야. 아직 침대를 고칠 만한 등나무 줄기를 구하지 못했어."

"침대며 탁자 그리고 의자 따위가 다 무슨 소용이에요?" 링사오가 말했다.

링탄은 그녀의 말에서 아내가 더 이상 깊을 수 없는 심한 상처를 받았다는 것을 알았다.

··· 그들의 고통은 아랑곳없이 하늘은 변함없는 모습으로 자리를 지키고 있었고, 태양도 전과 다름없이 대지를 비추었으며 달은 어김없이 떴다 사라졌고, 별들도 밤마다 하늘에서 빛났다. 구름이 끼면 비가 왔고, 계절은 전과 다름없이 겨울에서 봄으로 바뀌었다. 그리고 사람들은 하루하루를 살아갔으며 링탄네 가족도 삶을 이어갔다.

란이 숨을 거두고, 어린 판샤오가 떠나고, 링사오가 폐허가 된 집에 돌아온 뒤 한참이 지난 어느 날, 마을을 지나던 사람이 링탄에게 편지 한 통을 건넸다. 링탄은 편지를 읽을 수도 없고, 팔촌에게 가져가지 않고는 무슨 말이 쓰여 있는지도 알 수 없었지만 봉투를 뜯는 순간, 가장 중요한 내용을 알 수 있었다. 접혀 있던 편지지를 펼치자 가지런히 땋은 주홍색 명주실 가닥이 그의 손바닥 위로 떨어졌기 때문이다. 링탄은 붉은 실가닥을 보자마자 소리를 지르면서 아내를 찾으러 집 안으로 뛰어 들어갔다. 그녀는 남편이 깨진 자리에 진흙을 발라서 고쳐준 아궁이 뒤에 앉아 있었다. 링탄은 그녀가 볼 수 있도록 붉은 실가닥을 높이 들어 올렸다. 그녀 역시 반가운 마음에 소리를 질렀고, 놀란 라오타는 방에서 뛰어나왔다. 어머니가 맷돌에 쌀을 갈아서 끓인 죽을 아기에게 먹이고 있던 그는 아직 슬픔에서 벗어나지 못하고 우울한 얼굴을 하고 있었지만 기쁨에 겨워 소리를 질렀다.

그들은 반쯤 파괴된 마을의 폐허가 된 집에서 생활하면서 적의 압제로 인해 아무런 희망도 가질 수 없는 나날을 보내고 있었지만 이 순간만은 새로운 용기가 솟아나는 것을 느꼈다. 붉은 명주실은 그들이 알지 못하는 어딘가에서 라오얼과 옥의 아들이 태어났음을 말해주었기 때문이다.

* * *

그들은 이렇게 고통의 한가운데에서도 기쁨을 느꼈다. 이튿날, 링탄은 세수를 하고 식사를 마치자마자 팔촌네 집으로 갔으며 가슴팍에서 편지를 꺼낸 뒤 팔촌에게 읽어달라고 부탁했다.

편안한 시절에도 마을 사람들 중 누군가가 편지를 받는 것은 예삿일이 아니었다. 하물며 적군이 들이닥친 뒤로는 마을에 편지 한 통 도착한 일이 없었으니 라오얼에게서 온 편지는 아무렇게나 읽어버릴 수 없었다. 팔촌은 먼저 얼굴과 손을 깨끗이 씻고, 양치질을 한 후에 자리에 앉았다. 그리고 팔촌의 아내는 편지의 내용을 듣기 위해 아들의 병상을 떠나서 이웃에게 이 소식을 전했고, 그 이웃은 또 다른 이웃에게 소식을 알렸다. 결국 팔촌이 마음속으로 편지를 한 번 읽은 뒤 혹시라도 잘못 이해한 것은 없는지 내용을 되새겨보고, 마침내 소리 내어 편지를 읽을 준비가 되었을 때에는 방 안에 열 명이 넘는 사람들이 모여 있었다.

마침내 모든 준비가 끝났다. 링탄 부부는 참을성 있게 기다리고 있었지만 그것이 반드시 쉬운 일만은 아니었다. 상처를 입고 누워 있는 팔촌의 아들은 이미 몸이 썩어 들어가기 시작했으며 이로 인해 집 안에서는 견디기 힘든 악취가 풍겼기 때문이다. 그러나 링탄 부부는 아들과 손자 그리고 며느리의 소식이 너무 궁금했기 때문에 코를 찌르는 듯한 악취를 참아냈다. 팔촌은 목을 가다듬더니 침을 뱉었고, 차를 한 모금 들이키고 나서 편지를 들어 올렸다. 그는 글을 읽을 줄 아는 사람은 자기 한 명뿐이며 이 순간 모든 것이 자기에게 달려 있다는 것을 알았기에 엄한 표정으로 방 안에 모인 사람들을 둘러본 후에 목소리를 높여서 낭랑히 편지를 읽어 내려가기 시작했다.

"존경하는 아버님, 어머님! 두 분 모두 무사하시고, 집안 모든 일이 예전처럼 두루 평안하길 바랍니다. 형님 가족들과 나머지 식구들에게도 안부를 전해주십시오. 저희는 가족 모두가 전처럼 아무 탈 없이 지내고 있기를 바랍니다."

링사오는 갑자기 눈물을 훔치면서 큰 소리로 말했다. "아무리 좋은 걸 바란들 그게 다 무슨 소용이람!" 그러나 링탄은 그녀에게 가만히 있으라는 몸짓을 해 보였고, 팔촌은 다시 편지를 읽기 시작했다.

"가족들의 얼굴을 마지막으로 보고서 편안한 집을 떠난 뒤, 저희 두 사람은 수천 리가 넘는 길을 걸었습니다. 그리고 머지않아 태어날 아기를 위해서 지금 이곳에 발을 멈췄습니다. 그러나 적군이 곧 들이닥칠 거라는 소문이 떠돌고 있기 때문에 이곳에도 오래 머물지 못할 것 같습니다. 존경하는 아버님, 적군이 마을에 들어왔을 때의 상황이 어땠는지 알려주실 수 있다면 감사하겠습니다. 만약 생각하는 것만큼 끔찍한 일이 벌어지지 않는다면 이곳에 머무르고 싶습니다. 이곳에서는 일자리를 구하기가 쉽기 때문입니다. 저는 부족한 점이 많은 사람이지만 날마다 인력거를 끌면서 전쟁 전에 학교 선생님들이 받던 돈의 두 배를 벌 수 있습니다. 지금은 육체노동을 하는 사람들이 많은 돈을 벌 수 있는 시절입니다."

갑자기 팔촌의 아내가 남편에게 소리를 지르기 시작했다. "그래서 배워봤자 아무짝에도 쓸모없다고 말했잖아요! 인력거를 끌 기운이나 있다면 지금쯤 그 일이라도 할 수 있을 거예요. 하지만 당신 뱃속에는 먹물만 잔뜩 들어 있어요. 그래서 내가 누누이 말했듯이 당신한테서는 썩은 냄새가 나는 거예요!"

팔촌은 아내가 자신의 자존심을 건드리는 것을 참을 수 없었다. "내가 없다면 지금 누가 이 편지를 읽어서 소식을 알려주겠어?" 그는 마을 사람들을 둘러보았고, 그들은 팔촌의 말이 그녀의 말보다 훨씬 더 옳다고 생각한다는 표시로 고개를 끄덕여 보였다. 팔촌은 다시 편지를 읽기 시작했다.

"1월 말일에 아버님의 손자가 태어났습니다. 어미가 너무 먼 길을 걸은 탓에 아기가 예정일보다 조금 일찍 세상에 나왔습니다. 하지만 아이는 아무 이상 없이 건강하니 아무 걱정 마십시오. 상황이 나아지면 아이를 데리고 돌아가서 두 분께 보여드리겠습니다."

"언제 그런 날이 올까요?" 링사오가 물었다.

그러나 팔촌은 아무런 대답 없이 계속해서 편지를 읽었다. "그러나 상황이 더 안 좋아진다면 강 상류로 올라갈 계획입니다. 그곳에서 다시 연락을 드리겠습니다. 만약 저희에게 편지를 보내실 거라면, 생선가게가 늘어서 있는 길과 바늘가게가 모여 있는 길이 만나는 모퉁이에서 장사를 하는 팔종형제 류에게 맡겨주십시오." 이윽고 팔촌은 입을 다물었다.

"그게 단가요?" 링탄이 물었다.

"마지막에 조카 이름과 인사말이 있을 뿐이네." 팔촌이 말했다.

편지의 내용을 모두 듣고 마음이 홀가분해지자 잊고 있던 악취가 다시 코를 찔렀다. 링사오는 팔촌의 아내에게 아들의 안부를 물었고, 팔촌의 아내는 한숨을 쉬더니 아들의 몸에는 구더기가 들끓기 시작했으며 상태가 점점 더 나빠지고 있다고 대답했다. 그녀는 환자를 보고 난 뒤 혹시라도 좋은 생각이 있으면 충고를 해달라면서 방 안에 모여 있는 사람들에게 같이 아들을 보러 가자고 말했다. 이웃사람들은 모두 자리에서 일어나서 환자가 누워 있는 곳으로 갔고, 방 안에 들어서면서 도저히 참을 수 없는 악취에 손으로 코를 막아야 했다.

평생토록 아편을 피운 듯 누렇게 뜬 얼굴에 뼈만 앙상하게 남은 환자 가까이로 아무도 다가가지 못했다. 그들은 환자가 죽어가는 눈빛으로 자신들을 바라보자 한숨을 쉬면서 급히 그 자리를 떠났다. 팔촌의 아내는 그 누구도 희망을 보여주지 않자 눈물을 흘리기 시작했고, 사람들이 떠나는 동안 벽을 향해 돌아서서 얼굴을 가린 채 서글프게 울었다. 링탄과 링사오는 사람들이 모두 떠난 뒤에도 팔촌의 집에 남았고, 적어도 아들이 완전히 숨을 멈출 때까지는 눈물을 삼켜야 한다고 말했지만 그 어떤 말로도 팔촌의 아내를 위로할 수 없었다.

"울고 싶은 만큼 울 거예요. 어차피 저 아이는 죽은 거나 다름없어요. 벌써 배에 구더기가 가득해요. 이제 곧 구더기들이 심장을 갉아먹을 거예요. 그런데 제가 뭘 할 수 있겠어요?" 팔촌의 아내는 모든 위로를 뿌리친 채 서럽게 울었고, 링탄과 링사오는 하는 수 없이 그 자리를 떠났다.

  팔촌의 아들은 어머니가 하는 말을 듣고는 삶을 포기한 채 마지막으로 부여잡고 있던 실낱처럼 가느다란 희망마저 놓아버렸다. 그는 벽을 향해 고개를 돌리면서 삶을 포기했다. 그로부터 한 시간도 채 못 되어 어머니가 아들의 상태를 보러 방에 들어왔을 때, 그의 몸 안에 살아 움직이는 것이라고는 구더기 떼뿐이었다.

  링탄은 팔촌의 아들이 죽었다는 소식을 듣고는 한숨을 쉬면서 아내에게 말했다. "어차피 살아 있어도 잘되기는 그른 아이였어. 아무 짝에도 쓸모없는 인간들과 어울려서 요즘 들어 극성을 부리는 산적이 되어 강도질이나 하고 다녔겠지. 하지만 다른 사악한 인간들도 다 살아 있는데 왜 그 아이만 죽어야 하지? 그 아이한테도 소중한 인생이 있었어. 그런데 왜놈들이 그 아이를 죽인 거야. 내 가슴속에서도 말이지, 하루가 다르게 왜놈들을 증오하는 마음이 커지고 있어. 전쟁을 일으켜서 우리처럼 죄 없는 선량한 사람들을 괴롭히는 놈들은 다들 꼴도 보기 싫어. 어떻게 해서든 내 마음속에 가득 찬 증오를 쏟아내지 않고서는 도저히 못 견딜 것 같아."

  링사오는 남편의 말을 듣고서 덜컥 겁이 났다. "그렇게 미워하는 마음을 속에 담고 있으면 안 돼요. 그럼 피가 독이 돼서 병이 나고 말 거예요. 당신마저 가버리면 나는 어떻게 해요?"

  아내의 말이 옳다는 것을 깨달은 링탄은 이제 봄도 되었으니 밭을 갈면서 농사일에 전념하겠다고 약속했다. 그리고 그는 약속한 대로 열심히 밭일을 했으며 땅은 변함없이 제자리를 지키고 있다는 사실에 감사했고, 계절이 바뀜에 따라 땅이 요구하는 반복되는 일과 속에서 마음의 위로를 얻었다.

한편 랑탄은 팔촌의 아내가 아들이 죽은 뒤로 적군 대신 자신을 증오하고 있다는 것을 까맣게 몰랐다. 그녀는 아들이 옥과 결혼했더라면 죽지 않았을 것이라고 믿고 있었으며 밤새도록 남편의 귀에 대고 투덜댔다. "옥이가 우리 집안사람이 됐더라면 그날 제 서방을 성안에 가도록 내버려두지 않았을 거예요. 우리 아들도 옥이를 두고서 집을 떠날 생각을 안 했을 거고요. 그리고 지금쯤 나는 손자를 안고 있겠죠. 옥이가 낳은 아이는 우리 손자가 됐을 거예요. 따지고 보면 그 아기는 팔촌네 손자가 아니라 우리 손자예요. 하늘도 엄연히 알고 있는 사실이죠. 그런데 팔촌은 인간의 탈을 쓰고서 할 수 있는 가장 치사한 도둑질을 했어요. 우리의 살과 피를 훔쳐갔잖아요. 이제 누가 우리 제사상을 차려주죠? 팔촌은 우리한테 영원히 돌이킬 수 없는 몹쓸 짓을 한 거예요."

팔촌은 아내의 넋두리를 들으면서 자리에 누워 이리저리 몸을 뒤척였다. 그는 아내의 말이 얼토당토않다는 것을 알고 있었지만, 본래 싸움을 싫어하는 성격이었기에 그녀의 화를 돋우고 싶지 않았다. 그래서 그는 머리가 아프니 그만 좀 잠을 자게 해달라고 한숨을 쉬며 말했을 뿐, 더 이상 아무 이야기도 하지 않았다. 그러나 그녀는 남편이 말을 끝내기가 무섭게 그의 등허리를 걷어찼고, 화가 난 팔촌도 여느 때와 달리 배짱을 부리며 그다지 세게는 아니지만 아내를 찼다.

"나도 애빈데 왜 슬프지 않겠어? 슬픈 거로 따지면 내가 당신보다 더 해. 당신이 낳아준 자식이라곤 그애 하나뿐이잖아. 내가 그동안 헛되게 뿌린 씨만으로도 아들을 백 명은 낳을 수 있었어."

팔촌의 아내는 구구절절 옳은 남편의 말에 너무나 화가 나서 두 발로 마구 발길질을 하기 시작했다. 그녀는 단 하나뿐이었던 아들을 낳은 뒤 열병을 앓았고, 이로 인해 다시는 아이를 가질 수 없는 몸이 되었지만 불같은 성격 탓에 첩을 들이지 않았다. 물론 돈이 없던 것도 이유가 되었지만 설령 그럴 만한 돈이 있다고 해도 그녀는 남편이 첩을 들이도록 허락하지 않았을 것이다. 팔촌은 한두 차례 아내를 찼지만 분이 풀리지 않았고, 더 이상은 참고 있을 수 없었기에 마침내 자리에서 몸을 일으켰다. 그러고서 그는 다른 방으로 가서 기다란 의자에 몸을 눕혔고, 여자들이란 도무지 왜 그런지 이해할 수 없는 마음에 성직자와 은둔자처럼 여자로부터 자유로운 모든 남자를 부러워했다. 그리고 그는 오래전부터 가슴속에 품어왔던, 언젠가 집을 떠나서 중이 되리라는 꿈을 다시 한 번 머릿속에 그렸다.

그러나 이러한 소박한 꿈마저 이제는 이루기 어렵게 되었다. 군인들이 차지한 절은 더 이상 스님들을 위한 곳이 아니었으며, 그는 아내 못지않게 군인들을 무서워했다. 그는 좁은 의자 위에 누워 아내는 정말 독살스러운 여자이고, 자신은 아주 작은 평화만을 원하는 조용한 남자라고 생각했다. 그러나 이제 그 어디에도 평화는 존재하지 않았으며 그의 보잘것없는 삶 속에는 그가 의지할 만한 사람이 아무도 없었다.

··· 집으로 돌아온 링사오는 견디기 힘든 공허감을 느꼈다. 그

녀는 집 안의 모든 방이 자식들과 손자들로 넘쳐나고, 밤이면 방마다 식구들이 잠들어 있으며 식사 때면 식탁에 빈자리가 없을 정도로 꽉 차던 것에 익숙해져 있었다. 그리고 그녀는 늘 집안일로 쉴 틈 없이 바빴었다. 그러나 이제 집에는 남자 두 명과 어린 손자 두 명밖에 없었다. 손자들은 뚜렷한 대상도 없이 두려움을 느끼면서 조용히 지냈고, 집 밖에는 나갈 생각조차 하지 않고 늘 서로의 손을 꼭 잡고서 가만히 앉아 있곤 했다. 누렇게 뜬 얼굴에 비쩍 마른 두 아이는 무슨 소리가 들리기만 하면 몸을 움츠렸고, 큰손자는 애늙은이처럼 보였다.

언제나 느긋하고 쾌활했던 라오타는 이제 누굴 만나더라도 좀처럼 입을 열지 않았다. 사실 그는 이런 시절에는 적응하기 힘든 사람이었으며, 전과 같이 편안한 시절이 계속되어야만 존경받으며 살 수 있을 사람이었다. 전쟁이 일어나지 않았다면 그는 세월과 함께 온화하고 인자한 노인으로 늙어서 지혜로운 어른으로 마을 사람들의 공경을 받았을 것이며, 자식을 여럿 낳아서 사랑받는 자상한 아버지가 되었으리라. 그러나 역경으로 가득 찬 이 시절에 그는 어찌할 바를 모른 채 깊디깊은 무력감에 빠져들어서 이따금 정신이 나간 사람처럼 보이기까지 했다. 란을 대신할 여자를 찾을 가망은 좀처럼 보이지 않았고, 그는 그런 여자를 바라다가도 문득 자신의 곁에 여자가 없다는 사실을 기쁘게 생각하기도 했다. 자식이 또 생기면 문제만 많아질 것 같은 두려움을 느꼈기 때문이다. 그는 아버지가 시킨 일을 하거나 밭 위를 터벅터벅 걸어 다니면서 물소처럼 멍한 모습으로 하루를 보내는 일이 많았다.

링탄은 이런 아들의 모습을 보면서 생각에 잠기곤 했다. '전쟁이

라오타의 인생을 망쳐버렸어.' 그는 이런 생각이 들 때면 전쟁을 일으킨 모든 인간을 향해 주체하기 힘든 분노를 느꼈다. 그는 밭을 갈면서 반쯤 허물어진 이웃집들과 자신의 집을 간간이 바라보았고, 그때마다 분노가 치밀어 올랐다. 그는 여기저기를 배회하는 왜군들의 눈에 띌까 봐 망가진 집을 손볼 엄두를 내지 못했다. 골짜기를 따라 늘어서 있는 마을들은 모두 같은 처지였으며, 링탄이 눈으로 직접 확인하지는 못했지만 도시 건너편에 있는 마을들은 더 처참한 상황이라는 소식도 들려왔다. 평화롭게 지낸 오랜 세월 동안 비옥하게 가꾸어온 그곳의 땅은 이제 새카맣게 타서 불모지가 되어버렸다. 수차례 겪은 내전도 땅을 이처럼 완전히 망쳐놓은 적은 없었다. 물론 지나치게 많은 세금을 감당하기 위해서 땅을 혹사시킨 적은 있었지만 그런 경우에도 비료와 거름을 여느 때보다 많이 쳤기 때문에 땅을 비옥하게 유지할 수 있었다.

그해 봄이 다 가도록 링사오는 집안일을 하는 내내 슬픔에 잠겨 있었고, 링탄은 전쟁을 일으킨 자들을 향한 분노에 사로잡혀 있었다. 그는 다른 나라에도 전쟁을 일삼는 자들이 있다는 것을 소문으로 들었기 때문에 자신의 땅 반대편에 살고 있을 사람들을 떠올리면서 그들도 자신과 같은 고통을 겪고 있을지 생각해보았다.

'우리는 이 땅 위에 서 있건 아니면 반대편에 매달려 있건 평화를 사랑하며 순리대로 살아가는 사람들이야. 우리는 힘을 모아서 전쟁을 일으키는 자들을 이 세상에서 몰아내야 해. 주위에 전쟁을 일으킬 법한 아이가 있다면, 그리고 아무리 가르쳐도 그 아이를 새사람으로 만들 가망이 없다면 따로 가두어버려야만 해.'

링탄은 생각을 하면 할수록 전쟁을 일으키는 사람들은 따로 있으며 그런 사람들만 없어진다면 이 세상은 평화로운 곳이 되리라는 확신이 들었다. 그러나 밭이나 갈고 있는 그가 혼자서 무슨 일을 할 수 있단 말인가? 하지만 그는 이렇게 생각했다. '나와 같은 생각을 갖고 있는 사람들이 많지 않을까?'

그해 봄에는 즐거운 일이 전혀 없었다. 명절은 꼬리를 물고 다가왔지만 링사오는 아무런 잔치음식도 장만하지 않았다. 비단 그녀뿐만이 아니라 누구나 마찬가지였다. 적의 통치를 받으면서 명절을 즐길 사람이 어디 있단 말인가? 링사오는 너무나 조용한 집안 분위기가 견디기 힘들어서 짜증이 났고, 분을 삭이지 못해서 피부까지 근질거렸다. 그녀는 저녁 나절이면 솟구치는 화를 참지 못해서 온몸을 긁곤 했다. 그 불행한 해의 3월에 접어든 어느 날 밤, 링탄은 온몸을 긁어대는 아내를 보면서 물었다.

"왜 그렇게 몸을 긁고, 코를 문지르고, 팔을 비틀어대는 게야?"

링사오는 냄비 뚜껑이 열리듯 격하게 말을 내뱉었다.

"우리 집은 꼭 무덤 같아요. 둘째를 보내지 말았어야 해요. 큰애를 좀 봐요. 완전히 맥을 놓고 있잖아요. 이러다가 당신과 나한테 무슨 일이 생기거나 더 늙어서 기운이 없어지면 저 불쌍한 어린것들을 어떻게 하죠?"

링탄은 아내의 말을 들으면서 이렇게 오랜 세월을 함께 살고도 그녀의 속을 제대로 알지 못하는 자신에게 놀랐다.

"둘째네한테 돌아오라고 하자는 게야?" 링탄은 심각한 목소리로 물었다. "자유로운 그곳을 떠나 왜놈들 세상인 이곳으로 손자를 데리고 오라고 말하자는 게야?"

"우리가 살고 있는 한 이곳은 왜놈들 땅이 아니에요. 당신 생각은 틀렸어요. 우리가 포기하고서 다른 곳으로 가야만 왜놈들 땅이 되는 거예요. 하지만 우리는 절대로 포기하지 않을 거예요. 우리 자식들도 이 땅을 등지면 안 돼요. 우리가 죽고 나면 이 땅을 지켜야 할 테니까요."

그녀의 말은 옳았고, 링탄은 비록 여자의 입에서 나오는 것일지라도 옳은 말에는 귀를 기울일 줄 아는 현명한 남자였다.

"계속 얘기해 봐. 당신 생각을 좀 더 듣고 싶군." 지금은 담배가 귀한 시절이고, 적은 양이라도 직접 재배한 담뱃잎을 거두어들일 때까지는 담배를 구하기가 어려울 터였지만 링탄은 마음을 가라앉히려고 담뱃대에 불을 붙였다.

"내가 말하고 싶은 건 라오얼이 돌아와서 예전처럼 함께 살아야 한다는 거예요. 왜놈들 앞에 무릎을 꿇을 수는 없으니까요. 자식들을 떠나보내는 것부터가 왜놈들한테 지는 것이에요. 젊은이들이 모두 떠나고 늙은이들만 남아 있는 걸 본다면 왜놈들은 우리가 자기들을 무서워한다고 생각할 거예요."

그녀의 말은 모두 옳았다. 링탄은 잠시 담배를 피우다가 입을 열었다. "하지만 아직도 상황이 안 좋아. 물론 올해 들어, 사람들 말처럼 매춘부가 많아졌기 때문인지 여자들이 지내기가 한결 안전해진 건 사실이야. 그리고 가장 질이 나쁜 왜군들도 다른 곳으로 갔지만 다른 나쁜 일이 곧 닥칠 거야."

"어떤 일이요?" 링사오는 그 어떤 남자도 두렵지 않다는 말을 다시는 하지 않았으며 앞으로도 하지 않을 터였다. 사악한 남자들보다 더 무서운 것이 대체 무엇이란 말인가?

"농사꾼들한테 혹독한 법을 강요할 것이라는 소문이 돌고 있어.

우리한테는 총 한 자루 없으니 왜놈들 말을 따를 수밖에 없겠지."

"소문이 사실이라면 더더욱 아들들이 돌아와서 우리를 도와야 해요. 둘째한테 편지를 쓸 때 내가 그렇게 말하더라고 꼭 전하세요."

"하!" 링탄은 이렇게 말한 뒤 입을 다물었다. 그날 밤 그는 아내가 자신의 머릿속에 심어놓은 생각을 곱씹으면서 밤이 늦도록 자리에 앉아 있었다. 그녀는 옳은 판단을 내리려 했기보다는 단순히 손자가 보고 싶었을 뿐이며, 모든 여자들이 갖고 있는 어린애 같은 고집스런 마음에 씨앗 하나를 떨어뜨렸을 뿐이었다. 그러나 남자인 링탄은 그 씨앗을 받아서 생각이라는 거름을 주어 결국 열매를 거둘 수 있었다.

'왜놈들이 몹쓸 전염병처럼 이 땅을 갉아먹는다면 모두들 이 땅을 내주고 달아나는 것이 옳을까? 당장은 두려운 마음에 자신의 땅을 떠나는 이들도 있지만 남아서 땅을 지킬 만큼 강한 사람들도 있는 법이지. 나도 강한 사람들 중 한 명이 아닐까? 아들들이 모두 여기에 있어야 한다는 말은 몰라도 큰애 혼자서는 살 수 없다는 말은 옳아. 막내는 집을 떠나서 제 할 일을 찾는 편이 낫지만 둘째는 아무래도 나를 닮은 것 같아. 내 생각이 맞다면 라오얼은 집으로 돌아와서 나와 함께 땅을 지켜야 해. 라오얼이나 나 같은 사람들은 자신이 속한 곳에 남아서 온 힘을 다해 자기 것을 지켜야 해. 그리고 개 꼬리에 붙어 있는 벼룩처럼 왜놈들을 괴롭혀야 해. 그럼 개는 앞으로 걸어가지 못하고 그 자리에 멈춰 서서 제 꼬리를 깨물기 마련이지.'

링탄은 스스로 만들어낸 우스운 생각에 소리 없이 웃었고, 링사오는 소리를 질렀다. "뭐가 좋다고 그러고 앉아서 노망난 늙은이처럼 혼자 웃고 있어요?"

"아직 당신한테 말할 준비가 안 됐어." 링탄은 이렇게 대답하면서 자신의 생각을 아내에게 말하지 않았다. 그러나 그의 마음속에 심어진 씨앗에서는 이미 싹이 돋았으며 잎이 뻗어나오고 있었다.

링탄은 참혹한 봄을 보내면서 둘째에게 소식을 전할 용기를 잃어갔지만 그해 여름 집안에 들이닥친 재앙은 그로 하여금 마침내 결단을 내리게 만들었다. 왜인들은 링탄이 상상조차 못했던 횡포를 부렸지만, 이 재앙은 그들이 토지에 새로 부과하기 시작한 세금이나 쌀값과 재배해야 할 농작물을 통제하기 위해 만든 법과는 비교도 할 수 없을 정도로 끔찍한 것이었다. 그해에는 하루가 멀다하고 쏟아져 나오는 시신을 모두 묻는 것이 불가능할 정도로 많은 사람들이 목숨을 잃었다. 결국 거리를 치우기 위해서 묻을 수 없는 시신들은 운하나 강에 던져버렸다. 그런데 봄이 되어 강물이 불어나 운하로 넘쳐 들어가자 시신들이 물 위로 떠오르거나 다른 도시에서 떠 내려와 강기슭에 쌓이게 되었다. 부패한 시체는 사람들에게 병을 옮기기 시작했고, 썩은 살을 먹은 게를 잡아먹은 가난한 사람들이 병에 걸렸음은 두말할 필요도 없었다. 마침내 더운 여름이 찾아오자 이질과 열병이 번지기 시작했다.

링탄네 가족도 안전할 수 없었으며 어리고 약한 아이들이 첫 번째 희생자가 되었다. 온 가족이 열흘 이상을 앓았고, 링탄의 어린 두 손자가 가장 먼저 병 앞에 무너지고 말았다. 링탄 부부와 라오타는 설사와 구토를 물 쏟듯 하면서도 정성을 다해 어린 두 아이를 돌보았지만 결국 저세상으로 보내야만 했다. 링사오는 숨이 넘어가는 손자의 고통을 덜어주려고 아이를 품에 안고 있을 때에도 구토를 참지 못해서 고개를 돌리고 있었다. 모든 노력에도 불구하고 두 손자는 끝내 세상을 떠났고, 링탄은 남아 있는 줄 몰랐지만 그의 가슴속에 간신히 버티고 있던 희망도 사라져버렸다. 링사오는 전에 없이 서럽게 울었다. 링탄 부부는 어린 두 손자가 숨을 거둔 지금, 자신들 역시 죽은 목숨과 같다는 생각이 들었다.

"이제 뭐가 남았죠?" 링사오가 신음하듯 말했다. "어린애가 없는 집은 더 이상 집이 아니에요."

라오타는 두 아들을 잃고도 눈물을 흘리지 않았으며 슬픈 기색을 보이지도 않았고, 그저 그림자처럼 느릿느릿 집 안을 걸어 다녔다. 이윽고 두 아들을 땅에 묻은 뒤 부모님의 병세가 호전되고 자신도 더 이상 설사를 하지 않게 되었을 때, 라오타는 잠시 집을 떠나 있고 싶으니 용서해달라고 말했다.

"어디로 가겠다는 게냐?" 링사오가 큰 소리로 물었다.

"저도 모르겠습니다. 하지만 어디로든 가야겠어요." 라오타는 힘없는 목소리로 대답했다.

링탄은 큰아들이 갈 만한 곳이 없을지 곰곰이 생각에 잠겼고 어떻게 해야 다시 아들이 집으로 돌아오도록 할 수 있을지 궁리했다. 잠시 후 그는 입을 열었다.

"꼭 집을 떠나야겠다면 산속으로 들어가면 어떻겠니? 막내를 찾아서 잘 지내고 있는지 알려주면 좋겠구나. 좋은 사람들을 만나지 못하고 혹시 도적무리에 들어간 건 아닌지 걱정이 돼서 말이다. 막내를 찾아다오. 그리고 혹시라도 도적무리에 섞여 있다면 그곳에서 빼낸 뒤 좋은 사람들이 있는 곳으로 데려가다오."

링탄은 이렇게 해서 큰아들에게 일을 맡겼다. 남몰래 가슴속에 품고 있던 막내에 대한 걱정을 떨쳐버리고 싶기도 했지만 라오타가 아무런 할 일 없이 절망한 상태로 떠도는 것보다는 임무를 갖고 길을 떠나는 것이 훨씬 낫다고 생각했기 때문이었다.

"명령을 내리시는 건가요?" 큰아들이 물었다.

"그렇다."

"그럼 아버지 말씀에 복종해야겠죠."

그로부터 며칠간, 링사오는 라오타의 옷을 빨았고, 링탄이 아직까지 갖고 있던 돈을 큰아들의 안주머니에 넣고 꿰맸다. 이윽고 링탄 부부는 깔고 잘 이불을 말아서 등에 지고, 손에는 한 이틀간 먹을 음식을 들고, 새 신을 신고서 길을 떠나는 큰아들의 모습을 지켜보았다.

"이제 혼자서 그 많은 농사일을 어쩔 셈이에요?" 링사오가 걱정스러운 듯 남편에게 물었다.

"그야 나도 모르지. 하지만 큰애를 잡고 싶은 마음은 없었어."

"이제 할 수 있는 일은 한 가지밖에 없어요. 이게 다 하늘의 뜻이에요. 둘째한테 편지를 보내서 집으로 돌아오라고 하세요."

링탄은 희미한 미소를 지으면서 아내를 바라보았다.

"정말로 하늘의 뜻일 뿐이었을까? 그러고 보니 당신이 큰애를 붙잡으려고 달래는 소리를 못 들은 것 같군."

"그럼 어린 손자들을 죽게 한 게 내 뜻이란 말이에요?" 링사오는 정색을 하고 물었다.

링탄 역시 웃음이 가신 얼굴로 서글프게 말했다. "물론 그거야 당신 뜻이 아니었지."

두 사람은 큰아들이 시야에서 완전히 사라질 때까지 산을 향해

희망을 부르는 붉은 명주실 279

걸어가는 모습을 지켜보았다. 이제 정말 그들밖에 남지 않았다. 두 사람은 고요한 집 안에 들어서면서 일찍이 경험하지 못한 외로움을 느꼈다. 링탄의 연로한 부모님이 돌아가시기 전에 큰아들 라오타가 태어났기 때문에 집에 그들 둘만 남겨진 적은 한 번도 없었다. 링사오는 이렇게 적막한 삶을 견디기 힘들었기 때문에 쉴 새 없이 남편에게 애원했다. "지금 편지를 보내면 안 될까요? 오늘 못 보낼 이유도 없잖아요? 편지를 받고도 집에 오려면 한 달 이상은 걸릴 거예요."

"좀 기다리구려." 링탄은 이렇게 대답했으며 또 다른 날에도 "기다려요."라고 말했다.

링사오는 남편의 마음속에서 생각이 완전히 정리되어 옳은 판단이라는 결론이 내려질 때까지 기다려야 했고, 이윽고 기다리던 날이 다가왔다. 링탄은 사악한 전쟁에 대해 생각하면 할수록 자신처럼 모든 고통을 참아내며 삶을 이어갈 용기 있는 사람만이 이 전쟁을 승리로 이끌 수 있다는 것을 깨닫게 되었다. 링탄은 자신을 가장 많이 닮은 아들은 라오얼이며 따라서 자신의 뒤를 이어 땅을 지키려면 둘째 아들이 반드시 필요하다는 결론을 내렸다. 그는 왜군이 일단 손에 넣은 것을 쉽사리 내놓을 자들이 아니기 때문에 이번 전쟁이 금방 끝나지 않으리라는 것을 알았다. 따라서 전쟁은 손자의 세대까지, 아니 어쩌면 그 이후에도 계속될지 몰랐다. 그리고 전쟁에서 이길 수 있는 힘은 무슨 시련이 닥치더라도 삶을 포기하지 않는 것에서부터 비롯되어야 했다.

링탄은 일주일 동안 혼자 들일을 하면서 이러한 생각을 확실한 목표로 만들었고, 8일째 되는 날 아침, 잠자리에서 일어나며 아내에게 말했다.

"오늘 라오얼한테 편지를 쓸 작정이야."

링사오는 기쁜 마음을 감추지 못하면서 음식을 들고 분주하게 움직였다. "싱싱한 계란을 먹고 힘을 내야 해요." 그녀는 이렇게 말하면서 바구니에서 가장 나중에 낳은 계란을 집더니 깨뜨려 그릇에 담았다. 그러고서 그녀는 남편이 아침 식사를 하기 전에 날계란을 마시게 했고, 링탄은 식사를 마친 뒤 팔촌네 집으로 갔다.

링탄은 팔촌과 마주 앉아 둘째 아들에게 보낼 편지의 내용을 불러주면서 어깨를 내리누르는 무거운 짐을 짊어진 듯한 기분을 느꼈다. 링사오는 라오타의 두 아들을 잃은 지금 라오얼과 한 번도 본 적이 없지만 그 누구보다도 소중한 어린 손자가 집으로 돌아올 것이라는 생각에 빠져 있었다. 그녀는 그 누구에게도 말하지 않았지만 마음이 불안할 때면 가장 혼란스런 시절은 이제 지나갔으며 더할 수 없이 추악한 짓을 저질렀던 군인들도 이제 징계를 받거나 다른 도시를 점령하기 위해 떠났다고 생각하면서 스스로를 위로했다. 그리고 그녀는 아무리 혼란스런 시절이라도 적의 눈에 띄지 않도록 조심만 한다면 별 탈 없이 살아갈 수 있다고 믿었다.

그러나 링탄은 그녀보다 멀리 그리고 또렷하게 앞날을 내다보았다. 그는 자신과 둘째 아들의 불같은 성격을 잘 알고 있었기 때문에 라오얼이 자신과 마찬가지로 왜인들이 명령하는 모든 것에 비굴하게 복종할 수 없으리라고 생각했다. 그는 자유를 갈망하는 모든 이들 앞에 펼쳐져 있는 앞날이 결코 순탄하지 못하리라는 것을 알았기에 편지의 내용을 불러주면서 중간에 한참을 멈추곤 했다. 그는 짧게 깎은 머리를 문지르면서 아들에게 무슨 말을 해야 할지 곰곰이 생각했고, 팔촌은 먹이 잔뜩 묻은 붓을 손에 들고 다음 말을 기다렸다. 이따금 붓은 링탄이 부를 내용을 미처 생각하기도 전에 말라버렸고, 그럴 때면 팔촌은 붓에 다시 침을 축였다. 결국 팔촌의 입은 벼루에 갈아서 붓에 묻혔던 먹투성이가 되었다.

"편안한 생활을 하기 위해 집에 오는 게 아니라고 적어주세요. 평화를 기대할 수 없는 세상이니까요. 지금까지 끔찍한 일들이 벌어졌지만 앞으로는 이보다 더 안 좋은 일들이 생길 수도 있어요. 누가 앞일을 알겠습니까? 아무리 참기 어려운 일이 닥치더라도 저나 라오얼이나 마음을 다부지게 먹고서 견뎌야 합니다."

팔촌은 링탄이 말하고자 하는 내용을 적고 난 뒤 붓을 다시 한 번 빨고서 기다렸다. 링탄은 잠시 후 말을 이었다.

"집에는 저와 집사람 둘만 남았다고 써주세요. 라오타와 라오산은 산속으로 들어갔고, 큰며느리와 두 손자는 죽었다고 적어주세요. 막내딸은 백인 여자를 따라갔다는 내용도 빠뜨리지 말아주세요. 하지만 우리 둘만 남은 것이 안쓰러워서 돌아올 필요는 없다고 써주십시오. 집사람은 집이 텅 빈 것이 견디기 힘들어서 둘째 내외가 돌아오기를 바라지만 저는 그렇게 생각하지 않습니다. 저는 라오얼이 저와 같은 생각을 한다면 돌아오기를 바랄 뿐입니다. 왜놈들이 아무리 못된 짓을 해도 저는 목숨이 붙어 있는 한, 땅을 지킬 겁니다. 물론 라오얼이 돌아온다면 둘이서 같이 말입니다. 그리고 제가 죽고 나면 라오얼이 손자와 같이 땅을 지켜야겠죠. 왜놈들이 이 땅에서 물러날 때까지 말입니다."

팔촌은 링탄의 말에 잠시 붓을 멈추었다. "만약 이 편지가 왜군들 손에 들어간다면 당장 이곳에 들이닥쳐서 우리 마을을 쑥대밭으로 만들지 않겠나?"

"이 편지는 우편이 아니라 심부름꾼을 통해서 보낼 겁니다. 무사히 마을을 빠져나갈 테니 걱정 마세요." 링탄은 팔촌이 용기를 내서 계속 편지를 쓸 수 있도록 이렇게 말했다.

비점령지와 점령지를 오가는 것을 생계수단으로 삼고 있는 사람들이 있었다. 그들은 거지나 농부 혹은 자그마한 종을 울리고 다니면서 사람들에게 이야기와 노래를 들려주는 눈먼 노인처럼 꾸미고 다녔다. 라오얼의 편지도 바로 이런 사람들을 통해서 링탄에게 전달되었다.

팔촌은 반신반의하면서 다시 붓을 움직였고, 편지를 다 쓴 뒤 링탄이 하고 싶었던 이야기가 빠짐없이 적혀 있는지 확인하려고 소리 내어 읽었다. 링탄은 팔촌이 편지에 덧붙인 미사여구 속에 숨은 의미를 이해하려고 애를 썼으며 라오얼이 자신이 전하고자 하는 말을 충분히 이해하리라 생각했다. 그리고 링탄은 라오얼이 이 편지를 쓴 사람이 팔촌임을 알 것이며, 그가 본래 고사성어나 시구처럼 정신이 똑바로 박힌 사람들이라면 절대로 입에 담을 리 없는, 아무짝에도 쓸모없는 말을 덧붙이지 않고는 글을 쓰지 못하는 사람이라는 것도 알리라 생각했다.

'라오얼은 팔촌의 말과 내 말을 충분히 구분할 수 있을 거야. 어떻게든 자신을 드러내 보이고 싶어하는 사람 앞에서 어떻게 그러지 말라고 할 수 있겠어?' 링탄은 이렇게 생각했다. 마침내 편지가 완성되었고, 링탄은 봉한 편지를 받아들었다. 편지를 두고 간다면 팔촌이 다른 생각이 떠올라 말을 덧붙일지도 몰랐다. 그럼 가뜩이나 복잡한 내용이 더욱 혼란스러워지리라. 팔촌은 미사여구 외에도 아들의 죽음이나 반쯤 폐허가 된 마을 등과 관련해 자신이 전하고 싶은 소식을 이미 편지에 구구절절하게 적은 터였다. 링탄은 라오얼이 빈틈없는 판단력으로 편지의 주된 내용이 무엇인지를 파악할 수 있기만을 바랐다.

링탄과 링사오는 손수건에 편지를 싸서 안전하게 감춘 뒤 점령지와 비점령지를 오가는 심부름꾼을 찾을 수 있을 때까지 사나흘을 기다렸다. 이런 일을 맡아 하는 심부름꾼들은 주로 밤에 이동하고 낮에는 잠을 잤기 때문에 링탄은 매일 밤 찻집을 드나들었다. 심부름꾼을 찾기 시작한 지 나흘째 되던 날, 그는 겉모습만 보아도 무슨 일을 하는 사람인지 짐작이 가는 젊은이를 만났다.

"다른 지방으로 가는 길이라면 내 아들한테 편지를 전해줄 수 있겠소?" 링탄이 목소리를 낮추어 물었다.

남자는 고개를 끄덕였고, 링탄은 자신이 사는 곳을 가르쳐주었다. 이윽고 캄캄한 밤이 되자 남자는 링탄을 찾아왔다. 링탄은 그를 집 안으로 안내했고, 링사오는 음식을 준비했다. 남자는 링탄 부부와 함께 음식을 먹으면서 그들이 모르고 있던 소식들을 전해주었다. 그는 비점령지에 적에게 맞설 대규모 병력이 소집되고 있으며, 그들은 옛 황제들이 북쪽에 쌓았던 만리장성과 다를 바 없는 방어막을 구축할 계획이라고 말했다. 한 가지 차이점이 있다면 비점령지에 세워질 방어막은 살아 있는 인간으로 만들어진다는 것이었다. 남자는 그 길이가 족히 8천 리에 달할 것이며 두께는 이따금 50리에 이를 때도 있지만 적어도 5 내지 10리는 될 것이라고 말했다. 그리고 그는 비점령지에는 학교와 광산 그리고 제분소와 공장이 있으며 적에게 점령당한 지역에서 피난을 온 수백만 명에 달하는 사람들이 더 이상

달아나지 않기로 마음먹고서 그곳에 정착해 살고 있다고 말했다.

링탄과 링사오는 자신들의 땅이 있는 이곳을 떠나서 비점령지로 가고 싶은 생각은 추호도 없었지만 남자가 전해주는 소식을 듣자 기운이 솟았다. "댁의 이야기를 들으니 이제 좀 숨통이 트이는군요. 우리 군대가 여기까지 밀고 올 때 나는 이곳에 있을 겁니다. 내 아들이 돌아온다면 물론 나와 같이 있겠죠. 단 한 번도 포기한 적이 없기 때문에 우리는 끝까지 이 땅을 지키고 있을 겁니다."

링탄은 남자에게 편지를 건넨 뒤 라오얼을 알아볼 수 있는 방법에 대해 최선을 다해서 설명했다. 그러나 옆에 있던 링사오가 남편의 말을 가로막았다.

"내 뱃속에서 나온 아들인 만큼, 라오얼은 당신보다 내가 더 잘 알아요. 우리 아들은 오른쪽 눈 밑에 사마귀가 나 있었요. 하지만 아주 작아서 자세히 봐야만 보일 거예요. 그리고 그 아이는 보통 남자들보다 커다랗고 새카만 눈을 갖고 있죠. 얼굴은 아버지를 닮아서 네모나고, 입은 나를 닮아서 크답니다. 키는 보통이지만 어깨가 떡 벌어졌고, 장딴지는 둥그렇죠. 오른쪽 엄지발가락에 깊게 베었던 흉터가 남아 있어요. 열두 살 때 쟁기를 밟는 바람에 다쳤거든요. 나는 발가락이 잘려나간 줄 알았었죠. 그때 내가 입고 있던 앞치마를 찢어서 상처를 동여매주었죠. 새 앞치마였지만 상관없었어요. 내 아들이 더 중요하니까요. 그리고 그 아이는 정수리를 덴 적이 있어요. 상처가 넓지는 않지만 그 자리에는 지금도 머리카락이 안 자라요. 하지만 우리 아들은 머리카락으로 그 자리를 덮고 다닌답니다. 그러니까 머리카락을 헤치고 봐야만 흉터가 보일 거예요."

링탄은 아내의 말에 웃음을 터뜨렸다. "당신은 이분이 우리 아들을 그런 식으로 찾을 거라고 생각해? 젊은 양반, 집사람 말은 신경 쓰지 말아요. 여자들은 누구나 똑같은 법이랍니다. 세상에 자기 아들만한 사람이 없다고 생각하죠. 어쨌든 우리 아들은 건강하고 흠 잡을 데 없을 만큼 생겼어요. 하지만 아주 잘생긴 얼굴은 아니죠. 여자처럼 곱상하게 생긴 막내아들과는 달라요. 천만다행이죠."

라오산 이야기가 나오자 링사오의 얼굴이 갑자기 어두워졌다. 젊은 남자는 조용히 자리에서 일어서더니 그만 가야 한다고 말했다.

"편지가 아들 손에 들어가려면 얼마나 걸릴까요?" 링탄이 물었다.

"글쎄요. 운이 좋다면 한 달이 채 안 걸리겠죠. 하지만 저한테 항상 운이 따르는 건 아닙니다." 남자가 대답했다.

링탄 부부는 남자에게 작별 인사를 했고, 링탄은 돈을 쥐어 주었으며 링사오는 고기로 소를 넣은 찐만두를 건넸다. 마지막으로 두 사람은 남자에게 마을을 지날 때면 언제라도 들러서 자고 가라고 말했고 남자는 고맙다는 말 한마디만 남기고는 자신의 이름조차 밝히지 않고 떠났다. 링탄 부부 역시 그의 이름을 묻지 않았다. 지금 같은 시절에는 만나는 사람의 이름을 모르는 편이 차라리 나았다. 그래야 혹시라도 왜군이 물을 때 '난 그 사람 이름도 모릅니다.'라고 대답할 수 있기 때문이었다.

편지를 보내고 난 뒤 링탄 부부가 할 수 있는 일이라고는 기다리는 것뿐이었다. 그해 링탄을 도와 농사일을 할 수 있는 사람은 링사오뿐이었다. 두 사람은 초여름에 그럭저럭 모내기를 했고, 벼는 무럭무럭 잘 자랐지만 예전에 링탄과 아들들이 했던 것처럼 제때에 잡초를 뽑지는 못했다. 게다가 물소는 산기슭에 데리고 갈 만한 사람이 없었기 때문에 기나긴 낮 시간 동안 한가로이 풀을 뜯으며 지낼 수 없게 되었다. 이러한 상황 속에서도 링탄 부부는 힘이 닿는 한 최선을 다해서 땅을 돌보았으며 링사오는 집안일을 제쳐둔 채 남편과 함께 밤에 집에 돌아오면 서둘러 식사를 준비하는 것으로 만족했다.

두 사람은 옥과 어린 손자가 돌아오면 집안에 어떤 변화가 생길 것인지 이따금 이야기를 나누었다. 그러던 어느 날 링사오는 옥이 숨을 수 있는 장소를 마련해야겠다고 말했다. 그녀는 다시 성안으로 가서 백인 여자가 있는 곳에 숨고 싶은 마음이 없었기 때문에 필요할 경우를 대비해서 집 안에 숨을 곳을 마련해야겠다고 생각했다.

"하지만 어디에다 숨을 곳을 만들지?" 링탄이 물었다. "당신 생각은 언제나 싱싱한 계란 같아. 어디 한번 병아리가 깨어나게 해보구려."

"그럼 한동안 알을 품고 있어야겠군요." 링사오는 소리 내어 웃었다.

링사오는 며칠 동안 곰곰이 생각한 뒤 말했다. "부엌 아궁이 뒤쪽 흙바닥에서 시작해서 벽 아래를 지나 안뜰 밑에까지 파내면 돼요. 이제 길쌈을 할 시간도 없고, 천을 짜봤자 내다 팔 곳도 없잖아요. 그러니까 베틀이 있는 방의 기둥과 문틀을 떼다가 안뜰 밑에 지하방을 만드는 거예요. 아궁이 뒤쪽 구멍은 판자로 막은 다음 짚을 덮어두면 돼요."

링탄이 어찌나 칭찬을 하던지 그녀는 부끄러워하면서 겸손하게 말했다.

"별로 대수롭지 않은 생각인걸요."

"무슨 소리야? 다른 여자들 같으면 아무 생각 없이 밭일만 했을 거야. 하지만 당신은 보통 여자들과 달라. 당신은 아무 생각 없이 머리를 놀릴 때가 없지. 당신 머리에서 무슨 생각이 나올지는 도통 알 수가 없다니까. 그래서 당신한테는 싫증이 나지 않아."

링사오는 부끄러운 듯 손으로 입을 가리고 웃었다. 그녀는 여러 해 전부터 앞니 옆으로 이가 두 개 빠져 있었지만 이 사실을 잊은 채 지내곤 했다. 그러나 남편이 칭찬을 할 때면 그녀는 빠진 이를 기억했고, 남편이 다른 일로 관심을 돌려서 더 이상 자기를 쳐다보지 않을 때까지 손으로 입을 가리고 있었다.

그날 밤 링탄 부부는 구덩이를 파기 시작했다. 한여름 밤은 무덥기만 했고, 아궁이 뒤쪽 흙바닥은 기나긴 세월 동안·수많은 여자들이 가족들의 식사를 준비하기 위해 웅크리고 앉아 있던 탓에 단단하게 다져져 있었다. 두 사람은 땀에 흠뻑 젖은 채 더 이상 기운이 없을 때까지 일을 했지만 겨우 대여섯 치밖에는 땅을 파지 못했다.

"둘째 내외가 도와야 일을 끝낼 수 있겠군." 링탄이 지친 얼굴로 숨을 헐떡이며 말했다.

"하지만 둘째네가 도착하기 전에 그 아이들이 숨을 수 있을 만큼은 팔 수 있을 거예요." 링사오가 말했다.

그날 이후부터 링탄과 링사오는 구덩이를 두서너 치 정도 판 뒤에야 하루 일과를 마친 것으로 생각했다. 이 구덩이는 아들과 손자가 돌아오기를 기다리는 동안 두 사람의 삶에 큰 위로가 되었으며 필요하다면 몸을 대피할 수 있을 뿐만 아니라 논에서 자라고 있는 쌀을 숨길 수도 있으리라는 희망을 주었다.

그러던 어느 날, 링탄은 밭에서 일을 하다가 악마의 그림자처럼 왜인들이 무리를 지어서 자신을 향해 다가오는 것을 보았다. 개중에는 총을 든 군인들도 있었고, 링탄은 그 모습을 보면서 이제 죽을 때가 된 모양이라고 생각했다. 그러나 그 중 한 명이 이야기를 시작했고, 링탄은 그의 말에 귀를 기울이면서 그들이 온 까닭은 자신을 죽이기 위해서가 아니라는 것을 깨달았다. 이야기를 하고 있는 왜인은 자그마한 장부와 펜 한 자루를 든 채 링탄에게 이름과 이곳에서 얼마나 오랫동안 살았는지를 물었고, 땅은 얼마나 가지고 있는지 그리고 올해 쌀 수확량은 얼마나 될 것인지도 물었다. 링탄은 겁에 질린 나머지 생각보다 많은 것을 사실대로 말했다. 그러나 그는 세금을 걷으러 다니는 이들에게 익숙해져 있던 타라서 실제로 예상하는 수확량에서 한참을 줄여 대답했고, 그 사실을 알 리 없는 왜인은 링탄이 대답하는 대로 받아 적었다. 이윽고 왜인은 목청을 돋우어 말했다.

"잘 들어라! 우리가 정복한 만큼 이 땅은 이제 우리 것이다. 따라서 너희들은 우리가 지시하는 대로 농사를 지어야 할 것이며 거두어들인 곡식은 우리가 정한 가격에 넘겨야 한다. 더 이상 너희 맘대로 농작물을 사고파는 것은 불가능하다. 우리가 법과 규칙을 만들 것이며 너희들은 그대로 따라야 한다."

링탄은 훌륭한 농사꾼이었으며 세상 물정에 밝은 사람이었기에 농작물의 가격이 해마다 바뀌어야 한다는 것을 알고 있었다. 날씨와 수확량, 사려는 사람과 팔려는 사람의 숫자, 다른 지역으로 나간 농작물과 다른 지역에서 들여온 농작물의 양 등에 따라서 가격이 변하기 때문에 미리 값을 정해놓는 것은 터무니없는 일이었다. 이러한 사실을 너무나 잘 알고 있었기에 링탄은 공손하고 나지막한 목소리로 말했다.

"쌀값을 어떻게 미리부터 정해놓을 수 있겠습니까? 이곳에서는 하늘만이 그런 결정을 내릴 수 있답니다."

링탄의 말에 왜인은 가슴을 내밀더니 얼굴을 찡그리며 소리쳤다.

"이제부터는 우리가 모든 걸 결정한다. 우리의 말에 복종하지 않는 자는 더 이상 땅을 소유할 수 없어."

링탄은 더 이상 아무 말도 하지 않은 채, 고개를 숙이고서 자신이 딛고 서 있는 비옥한 검은 흙을 내려다보았다. 군인은 계속해서 질문을 했고, 링탄은 물소 한 마리와 돼지 두 마리 그리고 닭 여덟 마리를 가지고 있으며 연못에는 물고기와 오리 몇 마리가 있다고 대답했고 식구라고는 자신과 늙은 아내뿐이라고 말했다.

"자식은 없나?" 군인이 물었다.

링탄은 고개를 들면서 처음으로 터무니없는 거짓말을 했다. "없습니다."

키가 자그마한 군인은 링탄의 대답을 받아 적더니 입술을 오므리며 말을 덧붙였다.

"다음달 1일부터는 연못에 있는 물고기도 우리가 관리한다. 그 물고기를 먹을 수 있는 건 우리뿐이다. 혹시라도 물고기를 잡게 되거든 먹지 말고 우리한테 가져와야 한다."

"하지만 그 연못은 제 겁니다." 링탄은 어렸을 때부터 연못에서 물고기를 잡았으며 밥상에 오르는 고기라고는 생선이 대부분이었기 때문에 아무런 생각 없이 이렇게 말했다.

"이제 너희 건 아무것도 없어!" 군인은 고함을 질렀다. "너희 같은 촌구석놈들은 아직도 나라를 빼앗겼다는 사실을 모르는 건가?"

링탄은 다시 고개를 들었다. 그는 목숨을 부지하기 위해 입을 다물고 있었지만 군인의 눈을 똑바로 들여다보았다. '그래. 우리는 나라를 빼앗겼다는 사실을 절대로 인정할 수 없어.' 링탄의 눈은 이렇게 말하고 있었으며, 들어 올린 고개와 온몸으로도 '그래, 인정할 수 없어.'라고 말했다. 그러나 그의 목소리는 입 밖으로 나오지 않았다. 그는 살아 있는 한 자신의 땅을 온전하게 지킬 수 있지만 죽은 뒤에는 묻힌 자리만큼밖에는 차지할 수 없다는 것을 너무나도 잘 알고 있었다.

키가 자그마한 군인은 눈길을 돌리면서 커다란 목소리로 말했다. "너는 이제 명부에 등록됐다. 너뿐만 아니라 네 아내와 돼지, 가금류, 물고기, 물소, 땅을 비롯해 네 소유인 모든 것이 등록됐다. 우리가 시키는 대로만 하면 아무 탈 없이 지낼 수 있을 것이다."

링탄은 여전히 아무 말 없이 우두커니 서서 고개를 꼿꼿이 든 채 군인들이 멀어져가는 것을 지켜보았다. 그들은 집집마다 멈추어 섰으며 논밭에서 일하는 사람이 보일 때마다 걸음을 멈추었다. 올해에는 많은 젊은이들이 마을을 떠났거나 죽었기 때문에 작년에 비해 적은 숫자의 사람들만이 들에 나와 일을 하고 있었으며, 그들 대부분은 링탄과 마찬가지로 무슨 일이 있어도 땅을 지켜야 한다고 믿는 사람들이었다.

링탄은 군인들이 시야에서 사라지기 전까지는 집 안에 들어가지 않으리라 마음먹었다. 그는 괭이를 집어 들고서 아무 일도 없었던 듯 다시 일을 하기 시작했지만 그의 가슴에는 슬픔이 차올랐다. 군인들의 모습이 골짜기에서 완전히 사라진 뒤에야 링탄은 주위를 둘러보았다. 들일을 하던 사람들은 모두 마을 쪽으로 가고 있었다. 링탄은 괭이를 어깨에 걸치고서 사람들이 가는 쪽을 향해 덩달아 걸어갔다. 삼사십 명 정도 되는 그들은 반쯤 허물어진 찻집에 모여서 적군으로부터 들은 이야기를 나름대로 해석했다. 적군이 말한 대로라면 그들은 적군에게 싼 가격에 쌀을 팔아야 하며 자신의 연못에서 헤엄치던 물고기가 두 손 안에 튀어 들어온다고 해도 더 이상 생선을 먹을 수 없었다.

"내 살면서 이런 횡포는 당해본 적이 없어요." 마을 사람들은 이렇게 말했을 뿐, 앞으로 무슨 일이 생길지 몰랐기에 별다른 대화를 나누지 않았다. 앞일도 모르면서 왈가왈부하거나 화를 내는 것은 아무 소용없는 짓이기 때문이었다.

"견딜 수 있는 일이라면 참아야 합니다." 링탄은 이윽고 자신의 생각을 정리하면서 이렇게 말했다. "그리고 견딜 수 없는 일이라면 피할 수 있는 방법을 찾아야겠죠. 어쨌든 가장 먼저 생각해야 할 것은 땅입니다."

모두들 링탄의 생각에 동의하면서 자리에서 일어섰다. 마을 사람들은 모두 한마음이었으며 그들 중 배신자는 아무도 없었다.

링탄은 점심때가 되어 집으로 돌아가면서 머지않아 둘째 아들이 돌아올 것이라는 생각에 기분이 좋아졌다. 이렇게 힘든 시절을 어떻게 혼자서 견뎌낸단 말인가? 마을 사람들은 링탄을 자신들의 대표로 여겼지만 그는 장차 무슨 일이 생길지 겪어보지도 못한 상태에서 어떻게 그들을 이끌어야 할지 막막하기만 했다. 링탄이 여태껏 겪었던 시절과는 판이하게 다른 지금, 마을 사람들에게는 젊고 강인하며 무엇을 어떻게 해야 할지 판단을 내릴 수 있는 지도자가 필요했다.

링탄 부부는 조용하고 텅 빈 안뜰에 단둘이 앉아서 식사를 했다.

그는 아내에게 마을에 닥친 일을 설명했고, 이야기를 듣고 난 그녀는 소매를 걷어 올리며 링탄에게 자신들이 사는 곳보다 큰 마을로 가서 될 수 있는 대로 많은 양의 소금을 사 오라고 했다.

"소금은 왜?" 링탄이 놀라서 물었다.

"돼지를 죽여야겠어요. 닭도 절반은 죽여야 해요. 싱싱한 생선을 먹을 수 없다면 소금에 절인 고기라도 먹어야죠."

"놈들이 사실을 알게 되면 우릴 죽일 텐데!" 링탄은 이렇게 외쳤지만 링사오는 얼굴을 찡그리며 말했다. "기르던 짐승이 병에 걸려 죽는데 우린들 어쩌겠어요? 마을을 돌아다니면서 여자들을 만날 때마다 가축을 병들게 하라고 말해야겠어요. 당신도 소금을 사러 가는 길에 마주치는 사람들한테 그렇게 말하도록 해요. 그럼 금세 말이 퍼져서 미처 이런 생각을 못한 사람들의 귀에도 들어가게 될 거예요. 어쨌든 머리가 잘 돌아가는 사람이라면 벌써 나와 똑같은 생각을 했을 거예요."

링탄은 이를 드러내고 웃으면서 더 이상 아무 말도 하지 않았다. 그리고 그는 아내가 말한 대로 소금을 사러 갔지만 너무 귀한 탓에 한곳에서 원하는 만큼을 살 수 없어서 여러 가게를 들러야 했다. 이윽고 밤이 되었고, 두 사람은 남몰래 돼지와 닭을 죽인 뒤 고기를 말리기 위해 소금을 뿌렸다. 그러나 암퇘지는 새끼를 낳을 때까지 살려두기로 마음먹고서, 새끼들이 태어나도 사람들 눈에 띄지 않도록 베틀이 있는 방으로 옮겨두었다.

'그나마 돼지새끼들은 등록이 되지 않았군.' 링탄은 이렇게 생각했다.

그날 이후로 두 사람은 바쁘게 일을 했으며 링사오는 적군으로 보이는 사람이 마을로 들어오는 것이 눈에 띄기만 하면 아궁이 뒤에 파놓은 구덩이에 고기를 숨겼다. 구덩이는 하루가 다르게 깊어지고 있었다. 그리고 링탄은 고기 중에서 쉽게 소금을 뿌려서 저장할 수 없는 부위와 선지를 먹어 치우다 보니 올여름처럼 고기를 많이 먹은 적이 없었다. 이 지역에 사는 사람들은 모두 링탄 부부와 똑같은 하루하루를 보내고 있었으며 마을의 개들은 내장에까지 살이 통통하게 쪘다. 한 가지 문제가 있다면 소금이 부족한 것뿐이었다. 그러던 어느 날, 어디서 들여온 것인지 모르지만 갑자기 소금이 쏟아져 들어오기 시작했다. 누군가 마을의 가게에 소금을 가져다놓았고, 사람들은 반갑게 사 가면서도 그것이 어디에서 왔는지는 아무도 묻지 않았다. 그러나 사람들은 소금이 구릉지대 어딘가에서 왔다는 것을 짐작으로나마 알고 있었다.

그해 여름은 아들과 손자를 기다리는 링탄 부부에게 그 어느 때보다 길게만 느껴졌다. 그러나 두 사람은 구덩이를 파느라 마음이 바빴다. 그들은 날이 밝는 대로 길을 내다봤으며 밤이 되면 자다가 깨어나 혹시라도 무슨 소리가 들리지 않는지 귀를 곤두세웠다. 이렇게 하루하루가 지났다. 무엇보다도 링탄을 성가시게 하는 것은 수시로 마을을 찾아오는 왜인들이었다. 그들은 때로는 군인들과 함께, 때로는 군인들 없이 마을에 와서 링탄에게 해야 할 일과 해서는 안 될 일을 지시했으며 벼이삭의 냄새를 맡아보기도 했고 우두커니 서서 농부들이 일하는 모습을 지켜보기도 했다. 링탄은 왜인들이 사악한 것은 사실이지만 저마다 그 정도에 차이가 있다는 것을 알게 되었으며, 그들이 하는 말을 흘려들으면서 침묵하는 법을 깨달았기 때문에 이제 그들 앞에서도 주눅이 들지 않았다.

'내 아들이 올 때까지 기다려야지. 아들이 올 때까지는 아무 말도 하지 않고 기다려야지.' 링탄은 쉴 새 없이 마음속으로 되뇌었다.

왜인은 이따금 집 안에까지 들어왔지만 링사오는 조심성 있게 행동하는 법을 배웠다. 그녀는 이미 고기와 쌀을 숨겨둘 곳을 마련해두었으며, 혹시라도 숨길 자리가 모자랄 때면 먼지가 떨어지더라도 보이지 않을 정도로 캄캄한 방을 골라서 미처 감추지 못한 음식들을 이엉 사이에 찔러 넣었다. 그러고서 그녀는 정신이 흐릿한 노파처럼 멍하니 앉아서 왜인들을 쳐다보았고, 계속 물레를 돌리면서 흰 무명실을 뽑았다. 그리고 왜인들이 무언가를 말할 때면 그녀는 그들의 입술에 시선을 고정하고는 자신의 귀를 가리켰고, 고개를 내저으면서 귀머거리 행세를 했다. 그러면 그들도 더 이상 그녀를 귀찮게 하지 않았다. 링사오는 일부러 머리를 빗지 않았고, 세수도 깨끗이 하지 않았으며 그렇지 않아도 그을린 피부가 볕에 타 새까매지도록 내버려두었다.

'흉해 보일수록 안전할 거야.' 링사오는 이렇게 생각했고, 구덩이가 이제는 옥과 아기를 숨길 수 있을 정도로 커진 것을 보면서 기운을 냈다.

이렇게 여름은 지나갔고, 더위도 한풀 꺾였다. 링탄 부부는 이제 아들이 돌아올 날이 멀지 않았다고 생각했으며, 이왕이면 아들이 가을걷이에 맞추어 돌아왔으면 했다.

"라오얼 역시 왜놈들 눈에 안 띄도록 숨겨야 해. 젊은이들을 끌어다가 일을 시키고 있잖아. 우리 아들을 빼앗길 수는 없어." 링탄은 이렇게 말했고, 두 사람은 번갈아가며 망을 보는 방법을 궁리했으며 아들이 돌아오면 밤에 일하고 낮에는 자게 해야겠다고 마음먹었다.

그러던 어느 날 밤, 마침내 두 사람이 애타게 기다리던 순간이 찾아왔다. 자정 무렵, 그들은 누군가 조심스레 대문을 두드리는 소리에 잠에서 깨어나 마당으로 달려 나갔다. 링탄은 대문 밖에 서 있는 사람이 누구인지 확신하는 듯 당장 빗장을 열려고 했다. 그 순간 링사오가 등불을 들면서 소리쳤다. "잠깐만요! 먼저 불을 꺼야 돼요. 혹시라도 작은애 내외가 아니면 도망가야 할 테고, 작은애 내외가 맞더라도 사람들 눈에 띄면 안 되잖아요."

링탄은 아내의 판단력에 다시 한 번 놀랐고 아내가 등불을 끌 때까지 기다렸다가 대문을 열었다. 희미한 별빛 아래로 두 사람의 윤곽이 보였다.

"아버지!"

링탄과 링사오의 귓가에 둘째 아들의 목소리가 들려왔다. 그들은 정신없이 두 사람을 대문 안으로 끌어당긴 뒤 캄캄한 어둠 속을 걸어서 창이 없는 부엌으로 갔다. 그들은 부엌문을 닫았고, 링사오는 초롱에 다시 불을 붙였다. 이윽고 그들은 서로의 모습을 볼 수 있었다. 링탄과 링사오 앞에 서 있는 사람은 틀림없이 라오얼과 옥이었지만 그들은 둘 다 남자처럼 보였다. 옥이 머리를 짧게 깎은 데에다 남자 옷을 입고 맨발에 남자용 짚신을 신고 있었기 때문이다. 옥의 얼굴이 어찌나 여위고 까맣게 그을었던지 잘 알고 지내던 사람마저도 길에서 마주친다면 그녀를 농사꾼으로 알고 지나칠 정도였다. 링사오는 못 견딜 정도로 아기가 보고 싶었다.

"내 손자는 어디 있니? 내 새끼는 어디 있어?"

옥은 빙그레 웃으면서 그때까지 등에 지고 있던 짐을 내렸다. 링사오가 그토록 애타게 기다리고 있던 손자는 바구니 밑에 교묘하게 숨겨져 있었다. 그녀는 아기를 품에 안는 순간, 모든 것을 잊어버렸으며 그 누구도 안중에 없었다. 그녀의 얼굴은 경련을 일으키듯 떨렸고, 눈물을 흘리면서 포대기를 풀러 아기를 찬찬히 살펴보았다.

"내가 생각했던 그대로야." 링사오는 이렇게 속삭이면서 아기를 들어 올린 뒤 어깨에 대고 안았다. 그러고서 그녀는 아기를 앞뒤로 흔들면서 말했다. "마음이 너무나 편안해지는구나. 아기를 이렇게 안고 있으니 모든 걱정이 씻은 듯 사라지는 기분이야!"

가족들은 아무 말 없이 빙 둘러서 있었지만 너무나 기뻐하는 그녀의 모습을 보면서 눈물을 글썽였다. 이 같은 기쁨은 슬픔을 통해서 생겨나는 것이며 슬픔을 경험하지 않은 사람은 이토록 충만한 기쁨을 결코 느낄 수 없는 법이었다. 옥은 시어머니의 모습을 보면서 위험을 무릅쓰고 아기를 데려오기를 잘했다고 처음으로 생각했다. 그녀는 집으로 돌아오는 대신 계속해서 서쪽으로 이동하기를 원했었고, 이로 인해 라오얼과 심한 말다툼을 했다. 여러 사람을 거쳐서 두 사람의 손에 도착한 편지에 쓰인 대로 따라야 할지를 두고 의견 충돌이 생겼기 때문이었다. 링탄의 편지를 받아들고서 길을 떠났던 젊은이는 왜군의 총에 맞아 세상을 뜨고 말았다. 그러나 그는 마지막 숨을 거두기 전에 몸에 지니고 있던 모든 편지를 다른 사람에게 전해주었다. 그는 링탄에게서 부탁을 받고 편지를 가져가고 있었지만 그의 주된 임무는 아직 적의 손에 들어가지 않은 지역을 통치하는 이들과 빨치산 대원들 사이에 오가는 밀서를 전달하는 것이었다. 링탄의 편지는 이렇게 여러 사람을 거쳐서 마침내 라오얼의 손에 도착했던 것이다.

옥은 편지를 읽고 난 뒤 고개를 내저으며 말했었다. "우리는 아직 젊어요. 계속 앞으로 나아가야지 되돌아갈 수는 없어요. 고향을 떠난 건 아기 때문이었어요. 그런데 이제 와서 집으로 돌아가자는 건가요?"

그녀의 말에 라오얼은 이렇게 대꾸했다. "우리가 집을 떠날 때만 해도 형님이 집에 계셨어. 그리고 아버지께서는 나 말고도 아들이 둘이나 더 있었지. 그래서 우리 생각을 먼저 할 수 있었던 거야. 하지만 지금은 형님과 동생이 집을 떠났고, 두 분만 남아 계셔. 지금 우리가 부모님을 모른 척한다면 장차 우리 아들이 우리를 제대로 섬기겠어? 지금 올바르게 처신하지 않으면 나중에 늙어서 좋은 일을 기대할 수 없어."

결국 옥은 남편의 뜻에 따르기로 했고, 두 사람은 먼 길에 올랐다. 그러나 그녀는 한 걸음 한 걸음을 마지못해 내디딘 것이 사실이었다. 하지만 그녀는 지금, 아기의 탄생은 한 사람에게만 의미가 있는 것이 아니라 앞서 살다간 한 집안의 모든 사람에게 큰 의미가 된다는 것을 깨달으면서 처음으로 남편의 가족과 하나가 되었음을 느꼈다. 그래서 옥은 다른 여자들처럼 시기심이 가득한 팔을 뻗어서 아기를 뺏는 대신 링사오가 실컷 아기를 안고 있도록 내버려두었다. 그리고 그녀는 자신이 그 무엇보다 소중하게 생각하는 아기를 링사오가 거의 숭배하듯 대하는 모습을 즐거운 마음으로 바라보았다.

아기는 태어나면서부터 낯선 사람들을 숱하게 보아왔기 때문에 아무도 겁내지 않는 것이 사실이었지만, 햇볕에 그을리고 주름진 얼굴의 링사오만큼 그를 다정하게 내려다본 사람은 없었다. 게다가 아기는 거의 하루 종일 엄마의 등에 업혀서 잠을 잤으며 양껏 젖을 먹은 터라서 기분이 좋아 방긋방긋 웃고 있었다. 옥은 아기가 할아버지와 할머니를 처음 만나는 순간에 투정을 부리지 않도록 하려고 집에 도착하기 전에 배불리 젖을 먹여둔 터였다. 링사오가 마침내 아기를 무릎에 내려놓으면서 링탄에게 아기를 볼 수 있도록 등불을 들어달라고 하자, 아기가 소리 내어 웃으면서 그녀의 윗도리에 달려 있는 단추를 잡아당겼다. 링사오는 여전히 눈물을 흘리면서 덩달아 웃었고, 웃음과 눈물이 뒤범벅이 되어서 아무 말도 하지 못했다. 링탄은 저러다가 숨이 넘어가면 어쩌나 하는 두려운 마음에 초롱을 아들에게 건네준 뒤 호통을 쳤다.

"그만 진정해! 닻에 매단 밧줄이 풀린 격이로군! 계속 그러다간 실성을 하겠어. 너무 기뻐하는 것도 지나치게 슬퍼하는 것만큼이나 해로운 거야."

링탄은 아기를 안으면서 며느리에게 차를 따라서 시어머니에게 주라고 말했다. 옥은 묵묵히 시아버지의 말에 따랐고, 링사오는 차를 마신 뒤 눈물을 훔치면서 마음을 가라앉혔다. 링탄은 그제야 아기를 그녀의 품에 다시 안겨주었다. 사실 그 역시 아기를 품에 안고 있는 것이 너무나 좋았다. 아기의 몸은 단단했고 통통하게 살이 찐 넓적다리는 튼튼했으며 자그마한 가슴은 넓었고 어깨는 떡 벌어져 있었다.

"보통 아이가 아니로구나." 링탄은 아들에게 말했다. "얼굴을 좀 봐라. 정말 네모지지 않았니? 게다가 입까지 네모낳게 생겼구나."

라오얼은 자랑스런 얼굴로 옥을 바라보았고, 그녀 역시 자랑스레 남편을 쳐다보았다. 그리고 링탄은 서로를 대견스러워하는 두 사람을 보면서 흐뭇함을 느꼈다.

"우리 가족이 이렇게 서로를 의지하는데 왜놈들인들 무슨 짓을 할 수 있겠니?" 링탄은 이렇게 힘주어 말했다. 그들의 뒤를 잇게 될 건강한 아기는 모두의 마음속에 희망을 심어주었고, 집안에 다시금 생명력을 불어넣었다.

이렇게 해서 링탄의 가족은 삶을 이어갈 용기를 되찾았다. 링사오는 손자를 업고는 등에 느껴지는 아기의 무게에 행복해했고, 옥은 시어머니를 도와서 음식을 데웠다. 링탄은 자리에 앉아서 담뱃대에 불을 붙인 뒤 아들을 앉혀놓고 그동안 있었던 일을 이야기했다. 이윽고 네 사람은 함께 자리에 앉아서 음식을 먹고 차를 마셨다. 그리고 링사오는 대화가 오가는 내내 여전히 아기를 품에 안고서 아기의 행동 하나하나에 나지막이 소리를 내면서 웃었다. 그들은 서로 떨어져 있는 동안 자신들이 겪은 일을 대강이나마 서로에게 이야기했다.

링탄네 집에는 오랜만에 기쁨이 넘쳐흘렀다. 잠시 어두운 그림자가 드리워졌다면 그것은 링사오가 자식과 손자들에게 늘 그래왔던 것처럼 밥알을 씹어서 아기의 입에 넣어주려고 몸을 굽혔을 때였다. 옥은 재빨리 시어머니의 행동을 막았다.

"어머니, 언짢게 생각하지는 마세요. 하지만 입에 든 음식을 아이한테 먹이시면 안 돼요."

옥은 부드럽고 공손한 목소리로 말하기는 했지만 자신의 뜻을 분명히 밝혔고, 링사오는 놀람을 금치 못했다. 윗사람에게는 이런 말을 하는 것이 아니며, 어린아이에게 부드럽게 씹은 밥을 먹이는 것은 하나도 해될 것이 없기 때문이었다.

"왜 안 된다는 게냐? 난 내 아들들을 모두 이렇게 키웠다. 하지만 아무 탈 없이 다들 잘 자랐어." 링사오는 화를 내며 말했다.

"하지만 요즘 사람들은 그걸 좋게 생각하지 않아요. 강 상류 지방에 있는 도시에서 책을 한 권 샀어요. 아이를 돌보는 법이 적혀 있는 책인데, 입으로 음식을 씹어서 먹이는 건 좋지 않대요."

"그럼 내가 더럽다는 게냐?" 링사오는 조금 전보다 더 심하게 화를 내며 말했다.

"아뇨, 그런 얘기가 아니에요." 옥은 애원하듯 대답했다. "어머니, 저도 아이한테 음식을 씹어 먹이지는 않아요. 저희가 알고 있는 가장 좋은 방법으로 아이를 키울 수 있게 도와주세요."

링사오는 아무 말이 없었고, 남자들 역시 자신들이 끼어들 문제가 아니었기에 잠자코 있었다.

"아이를 데려가는 게 좋겠구나. 내가 안고 있는 동안에 아이를 더럽힐지 모르니 말이다." 링사오가 옥에게 말했다.

"아, 어머니! 어머니를 생각하면서 모든 위험을 무릅쓰고 아이를 데려온 거예요." 옥은 여전히 애원하듯 말했다.

"그만 진정해." 링탄이 갑작스레 아내에게 말했다. "하필이면 오늘 같은 밤에 다퉈야겠어? 그것도 우리 모두한테 가장 중요한 아이를 두고서 말이야?"

링사오는 남편의 말에 마음을 가라앉혔지만 며느리가 한 말을 결코 잊지 않았기에 다시는 아이에게 음식을 씹어 먹이지 않았다. 그녀는 가족들이 대화를 나누는 동안 잠자코 앉아서 옥이 가지고 있다는 책에 대해 생각하면서 마음속으로 비웃었다. '그럼 아이들을 책에 적힌 대로 먹이면서 키워야 한다는 거야? 나는 책 같은 거 없이도 아이들을 잘 키웠어. 모두 건강하게 잘 자랐지.'

그러나 링사오는 이러한 생각을 마음속에만 담아두었을 뿐 겉으로 말하지 않았고, 여전히 소중하기만 한 천진난만한 아기를 안고서 아들 내외가 겪은 이야기와 자유로운 땅에 대한 이야기를 듣는 동안 섭섭했던 마음을 모두 잊어버렸다.

그들은 이윽고 동이 틀 무렵이 되었다는 것을 깨달았고 링탄은 라오얼과 옥에게 아궁이 뒤에 파놓은 구덩이를 보여주었다.

"왜놈들이 오면 너희들은 여기에 숨어야 한다. 너희들은 명부에 오르지 않았고, 그놈들은 너희가 살아 있다는 것도 모른단다." 링탄은 자식이 없다고 거짓말한 사정을 아들 내외에게 들려주었다.

"잘하셨어요. 저희도 산을 따라 내려오면서 빨치산과 계획을 세운 게 있어요. 제 이름이 어디에도 안 적혀 있다니 다행이에요."

링탄은 아들의 말뜻을 이해하지 못했지만 너무 피곤했고 이미 들은 이야기만으로도 머리가 꽉 차서 더 이상 아무것도 들을 수 없었다. '이 문제에 대해서는 내일 물어봐야지.' 링탄은 이렇게 생각했고, 그들은 모두 잠자리에 들기 위해 자리에서 일어섰다. 그러나 링사오는 남편이 허락한다면 밤새도록 자리에 앉아서 아기를 품에 안은 채 재우고 싶었다. 하지만 링탄은 이렇게 말했다.

"당신도 그만 자야지. 당신이 이러고 있으면 나까지 쉴 수가 없잖아."

결국 그들은 동이 트기 전, 사방이 칠흑같이 어두울 때 각자의 방으로 들어갔다. 자리에 누운 링탄은 심한 피로감을 느꼈지만 이루 말로 다할 수 없을 정도로 기분이 좋았다. 라오얼이 들려준 이야기에서는 힘과 희망이 넘쳐났으며, 링탄은 아들의 이야기를 듣고서 새로운 희망을 갖게 되었다. 그는 적군이 들이닥친 뒤 처음으로 예전과 같은 기분을 느끼며 아내를 향해 돌아누웠다. 그는 앞날에 대한 희망을 품게 된 덕분에 새로워진 자신을 느끼면서 아내를 품에 안고 잠이 들었다.

라오얼과 옥은 집을 떠나기 전에 두 사람의 것이었던 방에 나란히 누웠지만 너무 피곤한 나머지 잠을 쉽게 이루지 못했다. 집으로 돌아오는 길은 집을 떠날 때보다 두 배는 더 힘들었다. 집을 떠날 때는 자유를 향해 걸었지만 집으로 돌아올 때는 결코 자유로울 수 없는 현실을 향해 한 걸음 한 걸음을 내디뎌야 했기 때문이었다. 그들은 어쩌면 살아 있는 한 다시는 자유를 누릴 수 없을지도 몰랐다.

"이제는 우리 자신 안에서 자유롭게 사는 법을 배워야 해." 라오얼이 말했다.

라오얼은 이렇게 이야기를 꺼냈지만, 오늘 밤만은 상대가 옥이라고 해도 전혀 말할 기분이 아니었다. 그는 아내와 함께 머나먼 길을 걸어오는 동안 밤마다 수없이 많은 죽음과 고통을 목격했다. 두 사람은 아직 적군의 발길이 미치지 않은 곳을 떠난 뒤로 낮에는 숨어서 지내다가 밤이 되면 걷거나 마차를 얻어 타고서 이동했다. 두 사람은 가는 곳마다 빨치산의 도움을 받았고 그러는 사이에 라오얼은 산에 숨어서 지내는 그들을 잘 알게 되었고, 그들 역시 라오얼을 잘 알게 되었다. 빨치산은 라오얼을 떠나보내야만 하는 것을 못내 아쉬워했다.

그러나 라오얼은 빨치산 대원들에게 부모님 두 분만 계시기 때문에 어쩔 수 없이 집으로 돌아가야 한다고 이야기하면서, 그들의 계획에 동참할 것이며 그들을 도울 수 있는 방법을 찾아보겠다고 약속했다. 그는 집으로 돌아온 지금, 적군이 이 도시 안에서 무슨 짓을 저질렀는지를 알게 되었고, 그들이 그 어느 곳에서보다 혹독한 법을 강요하고 있음을 확인했다.

'그렇다면 더 노력하는 수밖에. 정신을 똑바로 차리고 머리를 더 써야겠어. 그리고 언제라도 죽을 각오를 해야겠지만 난 절대로 죽지 않을 거야.'

라오얼은 부모님이 구덩이를 팔 생각을 한 것은 정말 잘한 일이라고 생각하면서 잠이 들기 전에 옥에게 말했다. "우리도 구덩이 파는 일을 도와야겠어. 더 깊게 파고, 안뜰 아래쪽에는 기둥과 들보를 세워서 더 튼튼하게 만들어야겠어. 비밀요새처럼 만드는 거야. 우리 말고 다른 사람들도 숨을 수 있어야 하고, 우리 물건뿐만 아니라 다른 것도 감출 수 있게 말이야."

"나도 열심히 도울게요." 옥이 말했다.

"내일부터 당장 시작해야겠어. 구덩이가 완성되면 빨치산 대원들에게 알려야지. 우리가 힘을 합쳐서 할 수 있는 일을 찾아봐야겠어."

옥은 젖을 빨다가 이미 잠이 든 아기를 품에 안은 채 잠이 들었다. 그러나 라오얼은 쉽사리 잠을 이룰 수 없었다. 아버지로부터 들은 이야기가 머릿속을 맴돌았기 때문이었다. 도시의 함락과 약탈당하거나 불에 탄 모든 것들, 그리고 여자들이 당한 일들을 생각하는 동안 그의 몸 안에서는 피가 끓었고, 그는 치밀어 오르는 울분을 참지 못한 채 남은 인생을 적군에 맞서 싸우는 데에 바칠 것이며 자식들에게 그의 뒤를 이어 싸울 수 있도록 가르치리라 맹세했다.

· · · 그간의 일을 하룻밤 새에 다 이야기하기란 불가능했다. 이튿날 링탄은 지난밤에 미처 하지 못했던 이야기들을 라오얼에게 들

려주었고, 라오얼은 우리엔이 적의 소굴로 들어갔다는 이야기를 듣고는 그간 있었던 일들을 들으면서 느꼈던 분노를 모두 합한 것보다 더 큰 울분을 느꼈다.

"매제 같은 사람은 모두 반역자예요. 우리가 왜놈들을 바다로 밀어낼 때, 매제 같은 사람들은 모두 놈들을 따라가야 해요. 그냥 이곳에 남아 있다가는 목숨을 부지하지 못할 겁니다."

"나는 그 사람을 반역자라고 생각하지 않는다." 링탄은 생각에 잠긴 얼굴로 말했다. "그 사람은 본래 제 한 몸과 돈 벌 생각밖에 할 줄 몰라서 그런 거야. 그런 사람들은 개가 토끼 냄새를 맡는 것처럼 돈벌이가 될 만한 일을 찾는 재주가 있어. 일단 냄새를 맡고 나면 아무 생각 없이 그쪽으로 끌려가기 마련이란다."

그러나 라오얼은 그 무엇도 변명이 될 수 없다고 생각하며 이렇게 말했다. "지금은 그 누구라도 자기 생각을 먼저 하는 사람은 반역자예요." 링탄은 아무 말이 없었고 여느 때와 달리 겸손한 마음으로, 요즘 같은 때는 젊은이들의 말이 옳은지도 모르겠다고 생각했다. 그는 자신이 할 수 있는 모든 방법을 동원해서 땅을 떠나지 않고 남아 있는 것 말고는 무엇을 해야 할지 몰랐다.

링탄은 아들에게 명령을 내리는 대신 겸손한 마음으로 그의 말에 귀를 기울였다.

"아버지, 가장 먼저 해야 할 일은 구덩이를 파서 완성하는 겁니다. 주변 상황을 파악하기 전까지는 어차피 들에 나가서 일을 할 수 없으니, 저는 집에 남아서 구덩이를 팔게요. 안뜰 밑에 튼튼한 굴을 만들 작정입니다. 필요할 경우에 그 안에서 생활을 할 수도 있을 거고, 또 다른 사람들을 숨겨줄 수도 있을 거예요."

"다른 사람들이라니 누구 말이냐?" 량탄이 놀란 얼굴로 물었다.

"산에 있는 사람들과 힘을 합해야 해요. 언젠가 그 사람들을 숨겨줘야 할 때가 올 수도 있어요."

량탄은 아들의 말을 반박하지 않았다. 자신의 아들이 둘이나 산에 들어가 있는 지금, 그가 어떻게 라오얼의 생각에 반대할 수 있겠는가?

량탄은 식사를 마친 뒤 혼자서 들에 나갔다. 링사오는 아직 손자의 곁을 떠나지 못했고, 라오얼은 굴을 파러 갔다. 옥도 시어머니가 아이를 돌보는 동안 라오얼을 도와 함께 굴을 팠으며 젖이 너무 불어서 견딜 수 없을 때까지 일을 했다.

"난 잠을 자면서도 걸을 수 있을 정도로 튼튼한 두 다리를 갖고 있어요. 그런데 이제는 다리 대신 두 팔이 열심히 일해야 할 차례로군요."

옥은 집을 떠나 어려운 시간을 보내는 동안, 남자 못지않게 강해졌다. 그녀의 가녀린 몸은 단단하기 이를 데 없었고, 그녀의 얼굴에서 느껴지던 부드러움도 사라져버렸다. 그녀의 자그마한 가슴을 눈여겨보지 않는다면 누구라도 그녀를 남자로 착각할 정도였다. 그러나 그녀가 먹는 음식은 모두 아기에게 가는 듯 그녀의 자그마한 가슴에서는 아기를 배불리 먹일 수 있을 정도로 젖이 넘쳐흘렀다. 링사오는 이 사실을 누구보다도 기뻐했다.

"큰아기가 이걸 봤어야 하는 건데. 그렇잖아도 살이 찐 데다 아기를 낳은 다음 그렇게 잘 먹는데도 그게 다 제 몸으로만 가더구나. 겉보기에는 젖이 가득 찬 것처럼 땡땡하게 불어 있는 가슴에는 기름덩어리뿐이었지."

"형님이 살아 있었더라면 저를 더 미워했겠군요." 옥은 슬픈 목소리로 말했다. "제가 책을 읽으면서 아기한테 젖을 먹이는 걸 봤다면 형님이 얼마나 화를 냈을까요!"

링사오는 옥의 입에서 책 이야기가 나오자 심각한 표정을 지었다. "아이한테 젖을 물린 채 책을 봐도 정말 괜찮겠니? 이제 애어미가 되었는데 그렇게 상극인 두 가지 일을 동시에 해도 괜찮을지 걱정이구나."

옥은 미소를 지으며 말했다. "조금 있다가 아이한테 젖을 물릴 때 한번 보세요."

이윽고 아기에게 젖을 먹일 때가 되었고, 링사오는 옥이 아기에게 젖을 물린 채 책을 읽는 모습을 지켜보았다. 그런데 젖이 어찌나 많이 뿜어져 나오던지 아기는 쉴 새 없이 입 안에 고이는 젖을 삼켜야 했다. 게다가 반대편 가슴에서도 젖이 쉴 새 없이 흘러나왔다. 링사오는 아무 말도 할 수 없었으며 아기가 배를 채우고도 남을 만큼 젖이 많다는 사실 하나만으로도 옥이 무슨 잘못을 저지르건 모두 용서할 수 있었다.

아침에 잠에서 깨어난 아기는 얼마나 사랑스러우며 아기의 살 냄새는 또 얼마나 달콤한가! 링사오는 라오얼이 돌아온 후부터 자리에 앉아서 아기를 안고 있는 것 말고는 아무것도 할 수 없었다. 그녀는 아기를 하염없이 바라보았고, 수시로 아기의 향내를 맡았으며 아기를 보면서 소리 내어 웃었다. 또한 그녀의 두 눈은 항상 기쁨에 취해 있었으며 그녀의 귀에는 그 어떤 말도 들리지 않았다. 그리고 그녀는 설거지나 집안 청소 따위에는 신경도 쓰지 않았고, 다음 식사 때 먹을 음식이 있건 없건 개의치 않았다.

"네 어머니를 이해하렴." 링탄이 라오얼에게 말했다. "그리고 네 처한테도 어머니를 이해하라고 전해라. 아기를 마음껏 품에 안고 있게 해드려라. 아기가 네 어머니 가슴에 난 상처를 모두 치료해줄게다."

라오얼과 옥은 아버지의 말을 따랐고, 이따금 어머니의 모습을 바라보았지만 링사오의 눈에는 아무도 보이지 않았다. 그녀는 쉴 새 없이 아기에게 무언가를 속삭였고, 아기가 소변으로 옷을 적실 때마다 소리 내어 웃었다. 그리고 그녀는 아기를 안뜰로 데리고 가서 햇볕을 쪼여주었으며 아기의 자그마한 팔다리에 기름을 발라서 부드러운 손길로 문질러주었다. 한번은 그녀가 지르는 소리에 놀라서 라오얼과 옥이 마당으로 뛰어 나왔다.

"아기 등 좀 봐라! 돌도 안 된 아기가 이렇게 힘센 건 처음 봤어! 벌써 혼자 앉을 수 있지 뭐냐! 이 등 좀 봐!" 링사오의 눈에는 눈물이 가득 고였다.

라오얼과 옥은 웃으면서 다시 굴을 파러 갔고, 그날 하루에 두 사람은 링탄과 링사오가 일주일 동안 판 것보다 더 깊이 굴을 파내려 갔다.

링탄은 들에 나가서 일을 하는 동안, 아들을 과연 언제까지 숨겨둘 수 있을지 곰곰이 생각했다. 언젠가는 이웃 사람들이 사실을 알게 될 것이므로 그는 결국 마을 사람들에게 아무것도 숨기지 않는 것이 낫겠다고 결론을 내렸다. 따지고 보면 그들은 모두 링탄의 혈족이었다. 그는 점심 식사를 하러 집에 돌아왔을 때 아들에게 자신의 생각을 이야기했고, 라오얼은 아버지와 뜻을 같이했다. 그날 저녁 링탄은 하루 일과를 모두 마친 다음 아들과 함께 당당하게 찻집으로 갔다. 그리고 그는 라오얼이 마을 사람들과 인사를 나눈 뒤 자리에서 일어섰다.

"여러분, 제 아들은 그동안 많은 것을 보고 돌아왔습니다. 그리고 여러분이 원한다면 자기가 본 것을 모두 말씀드릴 겁니다. 물론 자랑할 만한 것이 있어서는 아닙니다. 단지 이야기를 통해서 여러분에게 용기를 주기 위해서입니다."

마을 사람들은 링탄의 이야기가 끝나자 손으로 탁자를 두드렸고, 라오얼은 자리에서 일어나서 또렷하고 차분한 목소리로 아무런 허식이나 과장 없이 이야기를 시작했다. 그는 계속 서쪽으로 걸어서 4,000리가 넘게 떨어져 있는 도시에 도착한 것과 아버지의 편지를 받고서 갔던 길을 되돌아온 일을 이야기했으며 어딜 가든 사람들의 마음은 똑같더라고 말했다. 사람들은 한결같이 적에게 저항해야 한다고 생각하고 있었다. 한 가지 차이가 있다면 아직까지 적의 손길이 미치지 않은 곳에 사는 사람들은 드러내놓고 적개심을 표현할 수 있지만 이미 적군이 점령한 지역의 사람들은 은밀하게 저항해야 한다는 것뿐이었다.

"이 같은 생각을 갖고 있지 않은 사람들에는 두 부류가 있습니다. 하나는 자신의 이익을 먼저 생각하는 사람들이고, 또 하나는 나약하면서도 사악한 자들입니다. 이들은 언제든지 아편이나 마약으로 매수할 수 있는, 아무짝에도 쓸모없는 사람들입니다. 그러나 이들이 적의 첩자가 될 수 있기 때문에 매우 위험합니다. 이들은 모두 반역자입니다."

"그래, 맞아!" 마을 사람들은 라오얼의 말에 모두들 맞장구를 쳤고, 서로의 얼굴을 바라보면서 그의 말이 옳다는 표시로 고개를 끄덕였다. 그리고 라오얼은 어릴 때부터 보아온 마을 사람들의 구릿빛 얼굴을 보면서 가슴이 벅차오르는 것을 느꼈다.

"여러분은 모두 제 가족과 다름없습니다. 우리는 아직 점령되지 않은 지역에서 적군에 맞서 싸우는 사람들을 도와야 합니다. 그들과 하나가 되는 방법은 산속에 숨어 지내는, 9,000명의 빨치산 대원들과 왜놈들 몰래 힘을 합치는 것입니다."

라오얼은 이렇게 말하는 것이 자신의 혈족들에게 죽을 각오를 하라고 이야기하는 것과 같다는 사실을 잘 알고 있었다. 어느 마을이건 빨치산을 돕다가 들통이 나면 적군의 분노는 걷잡을 수 없었으며 그들은 마을 전체를 불태우곤 했다.

그러나 그날 찻집에 모인 마을 사람들은 아무도 겁을 먹지 않았고 라오얼의 말에 동의한다는 표시로 한 명씩 엄지손가락과 집게손가락을 들어 올려 보였다. 단 한 사람, 링탄의 팔촌만 머뭇거렸지만 결국 그도 남들 보기가 부끄러웠는지 마지못해 엄지손가락과 집게손가락을 들어 올렸다. 그렇다고 그를 탓하는 사람은 아무도 없었다. 그들은 배움이 인간을 나약하게 만들며 배운 것이 많은 사람은 배우지 못한 사람만큼 용감할 수 없다는 것을 알고 있었다. 라오얼은 마을 사람들의 손이 모두 올라갈 때까지 기다렸다가 다시 말문을 열었다.

"그럼 어떻게 해야 할까요? 쌀과 밀을 추수하면 모두 감춘 뒤 목숨을 부지할 정도로만 적에게 내주어야 합니다. 목화밭에서는 더 이상 솜이 나오지 않게 해야 합니다. 그리고 왜놈들은 한 명씩, 때로는 서너 명씩 미처 발견하지 못한 총에 맞아 죽게 될 것입니다."

마을 사람들은 쥐 죽은 듯이 완전한 침묵이 흐르는 가운데 그의 이야기에 귀를 기울였다.

"하지만 우리한텐 총이 없잖은가?" 누군가 이렇게 물었다.

"총을 구할 수 있는 곳을 알고 있습니다. 이제 마을 남자들은 모두 총을 갖게 될 거예요."

마을 사람들은 그제야 한시름 놓은 듯 기쁨의 한숨을 내쉬었고, 잠시 무언가를 중얼대더니 마침내 큰 소리로 말했다.

"총만 있다면 못할 일이 없지! 우리가 두 손 놓고 그놈들한테 당할 수밖에 없었던 건 가진 게 맨손뿐이었기 때문이야. 놈들한테는 우리가 본 적도 없는 무기가 있는데, 우리가 가진 거라곤 쇠스랑과 낡은 검뿐이었잖아."

링탄은 아들을 보면서 자랑스런 마음에 가슴이 터질 것만 같았다. '내가 여태껏 살면서 한 일 중에 가장 현명한 것은 라오얼한테 집으로 돌아오라고 한 거야.'

링탄은 집으로 돌아온 뒤 라오얼에게 말했다. "네가 집을 떠나지 않았더라면 좋았을 텐데."

그러나 라오얼은 이렇게 대답했다. "아뇨, 집을 떠났던 건 잘한 일이에요. 덕분에 왜놈들의 손이 미치지 않은 곳과 그곳에 사는 사람들을 볼 수 있었잖아요. 우리가 강한 의지만 갖고 있다면 그 사람들과 힘을 합쳐서 왜놈들을 바다로 밀어낼 수 있을 거예요. 하지만 그 사람들이 싸우는 방식과 우리가 싸우는 방식은 달라야 해요. 그 사람들은 드러내놓고 싸울 수 있지만 우리는 적군의 눈에 띄지 않게 싸움을 해야 하죠. 우리는 적의 소굴에서 살고 있을 뿐만 아니라 달아날 곳도 없기 때문에 그 사람들보다 더 힘겨운 전쟁을 감수해야 해요."

그날 이후로 마을 사람들은 라오얼이 총을 가져다주기만을 기다렸고, 라오얼은 안뜰 밑에 굴이 완성될 날만을 손꼽아 기다렸다. 그러나 그는 더 이상 혼자서 일하지 않았다. 그는 마을 사람들이 서로를 얼마나 신뢰하는지를 다시 한 번 확인했고, 모두가 혈족임을 확신했기에 그들 중 서너 명을 골라서 안뜰 밑에 파고 있는 굴에 대해 이야기한 뒤 도움을 청했다. 그들의 도움으로 굴은 금세 완성되었다. 장정 네 명이 힘을 합쳐서 흙을 파내고, 기둥과 들보 그리고 문틀을 세웠으며 또 다른 비밀통로를 만들었다. 라오얼은 적군의 손이 미치지 않은 곳에서 전투기의 공격에 대비해 파놓은 방공호를 보았기 때문에 계획했던 것보다 더 깊이 구덩이를 팠다. 그는 강에 닿지 않기만을 기도하면서 깊이, 더 깊이 파내려갔다. 굴을 파는 동안 그는 운 좋게도 가느다란 물줄기만을 건드렸고, 스며 들어오는 물은 대나무를 연결해 만든 관을 통해서 우물로 빼냈다.

그들은 굴을 파내려가는 동안 낯선 물건들을 발견하곤 했다. 땅속에서는 오래된 그릇 한두 개, 이제 먼지가 되어버린 무언가로 가득 찬 항아리들, 이미 오래전에 죽은 아이의 부러진 뼈가 나왔고, 굴의 맨 밑바닥 부분에서는 파랗게 녹이 슨, 놋쇠로 만든 상자가 발견되었다. 있는 힘을 다해 열어보니, 상자 안에는 그들이 지금까지 한 번도 본 적이 없는 보석이 박힌 머리핀 서너 개와 묵직한 금 귀걸이 한 쌍이 들어 있었다.

"조상님들이 사용하시던 물건이로구나." 링탄은 경건한 목소리로 말했다. "우리한테는 조상님들께서 쓰시던 물건에 손댈 자격이 없다." 그는 상자를 받아 들더니 굴의 벽을 파고서 다시 묻었다.

그들은 링탄이 상상해본 적도 없을 만큼 깊고, 넓고, 튼튼한 굴을 만들었다. 천장에는 흙이 무너져 내리지 않도록 들보를 십자로 어긋나게 얹었고, 링탄의 집은 벽돌집이었기 때문에 길쌈을 하던 방에서 뜯어낸 벽돌로 기둥을 세웠다. 벽돌이 모자라면 벽돌집에 사는 마을 사람들이 안쪽 벽을 뜯어서 밤새 링탄의 집으로 가져왔다. 이렇게 해서 라오얼이 집으로 돌아온 뒤 채 두 달이 못 되어 지하방이 완성되었다.

이윽고 라오얼이 말했다. "이제 총을 보관할 곳이 생겼습니다."

지하방이 완성된 다음날 아침, 그는 손에 음식을 들고, 여벌 짚신 두 켤레를 허리춤에 찬 채 동이 트기 전에 집을 떠나 산으로 향했다.

IV
소리 없는 전쟁

그해 벼가 누렇게 여물어 거두어들일 때가 되었을 무렵, 적군은 논에 익어가는 곡식을 확인하고 수확량을 어림잡기 위해 도처에 사람을 보냈다. 그들은 농부들에게 정해진 가격에 쌀을 팔아야 한다고 명령했지만 그들이 정한 가격은 수지가 맞지 않을 정도로 터무니없이 낮았다. 그러나 링탄을 비롯해 그가 알고 있는 사람들은 경험을 통해서 적군에게 자신들 중 누군가를 죽일 수 있는 구실을 제공하면서까지 화를 낼 필요가 없다는 것을 알고 있었기 때문에 아무 말 없이 그들의 명령을 받아들였다. 그들은 땅딸막한 키에 밭장다리인 적군에 대한 증오가 점점 더 강해져서 피부마저 팽팽해져 터질 것 같은 느낌이 들었다. 농부들은 자신의 땅과 그 땅에서 자라는 곡식만 지킬 수 있다면 많은 것을 감내할 줄 아는 사람들이었으며, 논밭에서 거두어들인 곡식은 그들의 인생과도 같은 것이었다. 곡식을 빼앗기고 나면 인생에 무엇이 남겠는가?

링탄과 마을 사람들은 비통한 표정으로 고개를 숙인 채 적군 앞에 서 있었다. 그들은 적군이 마을을 떠난 뒤 한자리에 모여서 곡식을 숨길 방법에 대해 의논한 끝에 적군이 동시에 모든 사람들을 지킬 수 없도록 같은 때를 골라서 신속하게 벼를 거두어들이기로 했다. 밤새 작은 등불 하나를 밝혀놓고 방 안에서 타작을 했으며, 이때 불빛이 밖으로 새어 나가지 않도록 천으로 창문을 가리는 것을 잊지 않았고, 이렇게 얻은 곡식은 모두 감추었다. 링탄처럼 집 안에 구덩이를 파서 곡식을 감추는 사람도 있었으며 산속 마을에 일가친척들이 있는 사람은 밤새 곡식을 산속으로 날랐다. 그러나 악이 들끓는 시절이다 보니, 곡식을 이고 가다가 강도나 산적에게 빼앗기는 일이 허다했다. 강도와 산적은 적군이 없는 곳이면 어디든 숨어 있다가 제 나라 사람들의 물건을 빼앗으면서 이렇게 힘든 시절에도 기승을 부렸다.

링탄과 마을 사람들은 낮이 되면 남은 벼를 타작마당에서 보란 듯이 털었고, 왜군은 논을 빼곡하게 채우고 있던 벼에서 쌀이 이렇게 조금밖에 나오지 않는 것을 이상하게 생각했다. 올해 수확량은 작년에 비해 절반밖에 안 되었고, 농부들은 볏대는 굵고 억세지만 올해처럼 낟알이 많이 열리지 않는 해도 있다고 둘러대면서 모든 게 하늘의 뜻이니 달리 방법이 없다고 왜인들에게 말했다.

왜인들은 그들의 말을 믿는 수밖에 달리 도리가 없었다. 농민들의 말이 거짓이라고 생각하고서 모두 죽여버린다면 내년에 누가 농사를 짓겠는가? 왜인들은 반신반의하면서 남은 쌀을 가져갈 수밖에 없었다. 링탄은 왜인들이 제멋대로 정한 가격에 쌀을 가져가는 데에 그치지 않고, 엄청난 이윤을 남긴 뒤 성안에 되판다는 사실을 알고는 화가 나서 견딜 수가 없었다. 그들은 농부들에게 지불한 가격의 서너 배나 되는 값에 쌀을 되팔았으며, 바로 이런 식으로 이 나라와 민족을 곳곳에서 약탈했다.

왜인들은 물고기와 관련된 법도 강화했기 때문에 이제 생선을 먹을 수 있는 사람은 그들밖에 없었다. 그들의 눈을 피하기 위해 링탄은 해가 떠 있는 동안에는 자신의 연못에서 더 이상 물고기를 잡지 않았으며 생선이 먹고 싶을 때면 밤에 그물을 이용해서 물고기를 잡았다. 생선을 손질할 때 나오는 비늘과 지느러미 그리고 창자는 땅에 묻어야 했고 먹고 남은 가시도 눈에 띄지 않도록 숨겨야 했다. 그들은 이렇게 조심하면서도 밤에만 문을 잠가놓고 생선을 먹었다. 마을 사람 누구나 마찬가지였다. 그러면서도 명령을 잘 따르고 있다는 시늉을 해 보여야 했기에 마을 사람들은 이따금 자그마한 물고기를 성안으로 들고 가서 왜인들에게 전했다. 때때로 왜인들이 마을로 내려와서 물고기를 잡으라고 명령할 때도 있었는데, 그럴 때면 링탄과 마을 사람들은 목숨을 부지하기 위해서 좋은 물고기를 잡아야 했다.

또한 왜인들은 오리와 닭 그리고 돼지와 소 역시 자신들이 정한 가격으로 모조리 빼앗아갔다. 이제 고기는 너무나 귀한 것이 되어버려서 사람들은 더 이상 고기를 먹을 생각조차 하지 못했다. 링탄은 집에서 기르던 가축을 진작에 죽이기를 정말 잘했다고 생각하면서 늙은 물소를 바짝 마르게 했다. 그 때문에 가축을 탐내던 왜인들조차도 힘줄만 남은 듯한 링탄의 물소는 아직까지 외면하고 있었다.

왜인들이 찾아와서 장부에 적혀 있는 돼지와 닭을 내놓으라고 한 것은 큰아들이 산속으로 들어가고 난 뒤였다. 어느 날 아침 왜인들이 다가오는 것을 보았지만 링탄은 이제 일을 하면서 길을 살피거나 밭장다리의 왜인들을 마주하는 것에 익숙해져 있었다. 그는 눈앞에 그들의 발이 보일 때까지 아무런 신경을 쓰지 않았으며, 나머지 네 발가락에서 억지로 떼어져 있는 엄지발가락만 보고도 그것이 왜인의 것인지 아닌지를 알 수 있었다.

링탄은 왜인의 발을 확인하자마자 멍청한 표정을 지으면서 눈을 흐릿하게 떴다. 그리고 그는 입을 헤 벌린 채 천천히 몸을 일으키고서 그들을 바라보았다. 전에 그를 찾아왔던 왜인이 목청을 돋우어 말했다.

"너한테 돼지 두 마리, 그리고 닭과 오리 몇 마리가 있다고 여기 적혀 있다. 이제 우리한테 네가 기르고 있는 가축들을 팔아야 한다."

"돼지라뇨?" 링탄은 어눌한 말투로 물었다. "돼지 같은 건 없는데요."

"거짓말 마라!" 왜인이 고함을 쳤다. "너한테 돼지 두 마리가 있다고 여기 분명히 적혀 있다."

"그 돼지들은 죽었습니다."

"네 손으로 죽인 거라면 너 역시 죽음을 면치 못할 거다." 왜인이 사나운 목소리로 말했다.

"병에 걸려 죽었습니다. 제가 죽였다고 생각할까봐 두려워서 죽은 돼지들을 성안으로 가져갈 수도 없었습니다."

"그럼 뼈는 어디 있지?"

"개가 갉아먹기도 했고, 부셔서 가루로 빻아 땅에 묻기도 했습니다."

링탄은 베틀이 있던 방에서 어린 돼지 열한 마리를 키우다가 그 방을 헐면서 두 마리만 남겨두고 모두 죽였고, 링사오는 고기에 소금을 뿌렸다. 그는 더 많은 새끼를 받을 수 있기를 기대하면서 살려둔 돼지 두 마리를 마을에서 멀찌감치 떨어진 곳으로 데리고 간 뒤 말뚝에 묶어두었다. 왜인들에게 발각되더라도 어쩔 수 없는 일이었다.

왜인은 잔뜩 화가 났지만 달리 어쩔 도리가 없었다. 링탄을 죽이고 나면 누가 이 땅을 일굴 것인가? 그들이 할 수 있는 일이라고는 링탄을 위협하고, 그의 말이 거짓으로 밝혀지면 정말 큰일이 날 줄 알라고 경고하는 것뿐이었다. 링탄은 아무것도 이해하지 못하는 모습으로 그들의 이야기를 들었고, 왜인들은 이 나라 사람들이 너무 멍청한 탓에 정복자인 자신들의 삶이 힘들어진다고 불평하면서 돌아갔다.

왜인들이 떠나고나자 링탄은 다시 웅크리고 앉아서 챙이 넓은 대나무 모자에 얼굴을 묻고 빙그레 웃었다. 그리고 그는 사소한 일이었지만 적을 괴롭혔다는 사실에서 잠시나마 위안을 받았다. 마을 사람들은 저마다 재주껏 왜인들을 골탕 먹였지만 링탄처럼 교묘한 방법을 쓸 줄 아는 사람은 없었다.

성안에서 조상 대대로 푸줏간을 운영하던 링탄의 팔종형제는 더 이상 살아갈 수가 없었다. 일거리를 잃었다는 상실감이 가슴에 켜켜로 쌓였으며 슬픔이 오도 가도 못하고 목에 걸려 있는 것 같아서 더 이상 음식을 삼키지도 못했다. 그러던 어느 날, 이웃사람들은 점심때가 다 되었는데도 그의 가게에 여전히 판자가 둘러쳐져 있는 것을 보고는 링탄을 부르러 왔다. 아내는 피신을 했고, 두 아들은 산속으로 몸을 숨긴 뒤라서 팔종형제는 혼자 지내던 터였다. 링탄은 푸줏간에 도착한 뒤 부리나케 판자를 치웠다. 그 순간 텅 빈 가게 안에 팔종형제의 모습이 보였다. 그는 자신의 허리끈으로 목을 맨 채 고기를 매달아놓는 쇠갈고리에 매달려 있었다. 그는 죽기 전에 가게를 청소하고 몸을 씻었으며 깨끗이 빨아두었던 푸른빛 윗도리와 바지로 갈아입은 듯했다. 선량하고 점잖은 남자였던 그는 지금 갈고리에 매달려 있었다.

"사악한 왜놈들이 이 사람마저 죽이고 말았군." 링탄은 서글픈 목소리로 말하면서 팔종형제를 끌어내렸고, 이튿날 땅에 묻었다. 그의 아내는 남편의 장례를 치를 때에도 왜인의 눈이 두려워 집에 돌아오지 못했고 두 아들만 밤을 틈타 산에서 내려와 장례를 치르고 돌아갔다.

링탄 가족의 삶은 길을 따라 마을로 들어오는 밭장다리 왜인들의 모습에 하루가 다르게 적응해갔다. 마을 사람들은 이제 왜인들을 '마귀'라고 불렀다. 링사오는 잠을 잘 때를 제외하고는 늘 물레를 돌리면서 문이나 창문으로 쉴 새 없이 밖을 내다보았으며 집 가까이에서 일을 하다가 왜인들의 모습이 눈에 띄면 즉시 집 안으로 달려가서 옥에게 알렸다. 옥은 아기를 안고 곧바로 아궁이 뒤로 가서 사다리를 타고 지하방으로 내려갔고, 링사오는 판자로 출입구를 막은 뒤 그 위에 흙과 짚을 뿌렸다. 그러면 어두운 부엌 안에 무엇이 있는지 짐작할 수 있는 사람은 아무도 없었다. 왜인이 돌아가고 나면 옥은 밖으로 나와서 하던 일을 계속했다. 그녀는 바깥출입을 삼갔으며 링사오도 밤이 되기 전에는 아기를 데리고 집 밖에 나가지 않았다.

그러나 아기에 대한 소문은 어느새 집 밖으로 새어 나갔고, 마을 여자들은 하나둘 아기를 보러 와서 칭찬을 아끼지 않았다. 팔촌의 아내도 링탄의 집을 찾아왔지만 시기심 때문에 마지못해 아기를 칭찬할 뿐이었다. 그녀는 여태껏 보아왔던 보통 아이들과 너무나 다른 라오얼의 아들을 보면서 창자가 뒤틀리는 것을 느꼈고, 그로부터 한 이틀 동안은 분한 마음에 제대로 먹지도 자지도 못했다. 그녀가 아기를 처음 봤을 때 하필이면 옥은 젖을 물리고 있었다. 젊은 아이 엄마와 그녀의 풍만한 가슴 그리고 힘차게 젖을 빨고 있는 잘생긴 남자 아이의 모습을 보는 순간, 팔촌의 아내는 피가 거꾸로 솟는 것을 느꼈다. 그녀는 예의상 형식적인 말로라도 덕담을 해야 했지만 차마 그러지 못한 채 한탄하듯 말했다.

"아이가 이렇게 잘생긴 건 좋은 징조가 아닌데…… 이런 아이들은 세상을 일찍 뜨기 마련이야. 마치 어릴 때 내 아들을 보는 것 같군."

링사오는 더 이상 참지 못하고 소리를 질렀다. "어떻게 그런 말씀을 하실 수 있죠? 형님이 아이를 낳을 때 제가 곁에 있던 걸 잊으셨나요? 아기가 어찌나 작고 새파랗던지 제대로 숨을 쉬지도 못할 것처럼 보였었죠. 씻기기도 겁이 나서 아주버니의 낡은 바지로 감싸두었던 게 또렷하게 기억나요. 형님이 기운을 차려서 아이를 씻길 수 있을 때까지 기다렸죠. 조카가 이질에 걸려서 세 살이 다 되도록 굶주린 고양이처럼 보였던 거 생각 안 나세요? 그 아이가 열한 살 정도 되었을 때야 저도 숨을 편안하게 쉴 수 있었어요."

그러나 팔촌의 아내는 버럭 화를 내며 말했다. "내 아들인 만큼, 자네보다는 내가 더 잘 기억할 수 있어. 자네는 본래 누가 아이를 낳을 때 옆에서 돕는 걸 좋아했지. 아이를 너무 많이 받아서 다른 아이랑 내 아들을 혼동한 모양이군."

그러고서 그녀는 옥에게 하고 싶던 말을 기어이 꺼내고 말았다. "내 아들도 이렇게 잘생겼었어. 이 아이의 아버지가 될 수도 있었는데…… 하늘의 뜻을 따랐더라면 당연히 그렇게 됐을 거야. 하지만 우리가 하늘의 뜻을 무시했기 때문에 벌을 받은 거지. 내 아들은 당연히 너랑 결혼해야 했어. 그렇게만 했더라면 지금까지 살아 있을 테고 이 아이의 아버지가 됐을 텐데."

옥은 마침내 화가 나서 가슴을 가리며 당당하게 말했다. "아들을 잃으신 건 가슴 아프게 생각하지만 저는 지금 이대로가 좋아요."

이윽고 팔촌의 아내가 떠나고 난 뒤, 링사오와 옥은 사랑하는 아이를 생각하며 함께 화를 냈고, 똑같이 그녀를 싫어한다는 것에서 유대감마저 느꼈다. 그리고 두 여인은 팔촌의 아내가 아이를 품에 안지 못하도록 해야 한다는 것에 생각을 같이했다. 설령 허락을 하더라도 아이가 걸을 수 있기 전까지는 안 되었다. 그녀가 숨을 쉴 때마다 뿜어 나오는 독이 아이의 몸속에 들어갈지도 몰랐기 때문이다.

팔촌의 아내는 집으로 돌아간 뒤 애꿎은 남편에게 욕설을 퍼부었다. 그녀는 자신의 아들이 옥과 결혼하지 못한 것과 옥이 낳은 아이가 자신들의 손자가 아니라는 사실에 대해 불평을 늘어놓았고, 하나밖에 없던 자식이 죽었으니 이제 대를 이을 아들이 없는 자신들은 일단 눈을 감으면 영원히 세상을 떠나는 셈이 되는 것이라고 푸념했다. 그녀가 어찌나 불행한 처지를 한탄하면서 화를 내던지 팔촌은 미칠 것만 같았다. 결국 그는 집 밖으로 나와서 벽에 대고 머리를 박았고, 때마침 도착한 링탄이 달려가서 팔촌을 말렸다. 링탄은 문제가 무엇인지를 알고는 집안 여자들 때문에 골치 썩을 일이 없는 남자에게만 가능한 웃음을 지었다. 그는 팔촌을 달래줄 마음으로 찻집에 데려가서 괴로운 마음을 털어놓게 했으며 차와 강정을 들면서 마음을 가라앉히게 했다. 이윽고 링탄은 아내가 또다시 고약하게 성질을 부리거든 첩을 들이겠다고 말하라고 팔촌에게 조언했다.

"나한테 그런 능력이 있을까?" 팔촌은 신음하듯 말했다. "벌써 몇 달째 집사람하고도 잠자리를 못했어."

링탄은 팔촌의 말에 정말로 화가 난 듯했다. "형수가 형님 말에 사사건건 거역한다는 겁니까?"

"나는 그저 편안하게 지내고 싶을 뿐이야." 팔촌은 숱이 적은 수염 사이로 우물거리며 말했다.

"하지만 사정한다고 해서 평화를 얻을 수 있는 건 아니에요. 때로는 애써서 찾아야 하고 가끔은 힘으로 얻어내기도 해야 하죠. 집에서나 나라에서나 똑같아요."

팔촌은 한숨을 쉬더니 초라한 얼굴로 링탄을 바라보았다.

"난 배운 사람이야. 내가 어떻게 여자만큼 강할 수 있겠나? 이 세상에서 가장 강한 건 여자야. 역시 공자님의 말씀이 옳아. 여자는 어떤 일을 이루고자 하는 마음을 가질 수 없도록 법으로 정해야 한다고 말씀하셨지. 왜군이 여자가 아니라 남자인 게 천만다행이야. 여자한테 정복당한 남자는 이미 죽은 목숨이나 다름없지."

링탄은 팔촌의 이야기에 간신히 웃음을 참으면서 말했다. "형님 말씀이 옳습니다. 하지만 제가 형님이라면 형수를 흠씬 두들겨 팰 겁니다. 다리가 휘청거려서 벽에 기대서야 할 정도로 말입니다."

"정말 그럴 수 있겠나?" 가엾은 팔촌은 링탄의 말에 솔깃해하며 물었다. "아! 자네가 그래 주기만 한다면 얼마나 좋겠나."

"아뇨 …… 그런 얘기가 아니었어요." 링탄은 전에 없이 큰 소리로 웃으면서 말했다. "그런 일을 제가 대신할 수는 없죠! 남자에게는 스스로 해야 할 두 가지 일이 있습니다. 하나는 자기 마누라와 자는 거고, 또 하나는 필요할 경우 마누라를 때리는 거죠."

링탄은 이렇게 말하면서 자리에서 일어섰고, 팔촌 역시 울적한 모습으로 몸을 일으켰다. 링탄은 팔촌이 느릿느릿 집으로 돌아가는 모습을 보고 고개를 내저으며 자신이 여태껏 한 말이 팔촌에게 아무런 힘을 주지 못했음을 깨달았다.

··· 이렇게 가을은 깊어갔고, 링탄은 벼를 모두 거두어들인 후에 가족들이 먹기에 충분할 만큼 저장했다. 그러던 어느 날, 한밤중에 누군가 대문을 두드리는 소리에 잠이 깬 링탄은 둘째 아들에게 무슨 나쁜 일이 생긴 것은 아닌지 불길한 생각이 들었다. 그러나 그것은 그가 잘 알고 있는 소리였다. 그는 라오얼이 떠나기 전에 어떻게 문을 두드려야 할 것인지 약속을 한 터였다. 링사오는 여전히 잠을 자고 있었기 때문에 링탄은 조용히 일어나서 대문 앞으로 다가간 뒤 라오얼이 아니면 얼른 다시 닫을 수 있도록 대문을 빼꼼히 열었다. 대문을 여는 순간, 둘째 아들이 속삭이는 소리가 들렸다.

"접니다, 아버지." 링탄은 대문을 활짝 열었고, 그 순간 라오얼과 함께 다른 남자 두 명이 집 안으로 황급히 들어왔다. 캄캄한 어둠 속에서 큰아들과 막내아들의 목소리가 차례로 들려왔다.

"아, 하늘이 우리를 버리지는 않았구나." 링탄은 이렇게 속삭이면서 아들들을 창이 없는 부엌으로 데리고 간 뒤 등불을 켰다. 그는 지금 자신의 눈앞에서 건강한 모습으로 살아 있는 세 아들을 보았으며 막내아들이 도적이 되지 않았음을 한눈에 알아보았다.

"내가 너희 셋을 보는 것 말고 무얼 더 바라겠니?" 세 아들의 모습은 아버지의 마음을 뿌듯하게 만들고도 남았다. 큰아들과 막내아들은 산속에서 보낸 몇 달 동안 많이 변해 있었다. 링탄은 햇볕에 그을어 이토록 강인해 보이며 눈에는 용기가 가득한 두 아들의 모습을 본 적이 없었다. 슬픔을 주체할 수 없어 나약한 얼굴로 집을 떠났던 두 아들이 과거의 슬픔을 잊은 채 두려움을 모르는 남자가 된 것은 그야말로 큰 변화였다. "산속으로 들어가서 좋은 사람들을 만났던 게로구나." 링탄이 막내아들에게 말했다.

"마귀나 다름없는 왜놈들에 맞서 싸우는 사람들과 있을 뿐입니다." 라오산이 대답했다. "그건 그렇고 어머니께 배가 고프다고 전해주세요. 떠나기 전에 어머니가 해주시는 맛있는 음식을 먹고 싶습니다."

"그럼 금방 떠날 작정이냐?" 링탄이 물었다.

"네, 이번에는요." 큰아들은 이렇게 대답할 뿐 더 이상 자세한 이야기를 하지 않으려 했다. 링탄은 라오타와 라오산을 지하방으로 데려갔고, 두 아들은 등짐을 내려놓았다. 그들이 지고 온 짐에는 각각 12자루의 총이 들어 있었다. 링탄이 일찍이 본 적이 없는 그 총들은 외국에서 들어온 듯했으며, 짤막하면서도 화력이 대단할 것처럼 보였다. 그는 그 중 한 자루를 집어들고서 자세히 들여다보며 물었다.

"이런 총은 어디서 구한 게냐?"

라오산은 웃으며 대답했다. "왜놈들한테서 빼앗은 겁니다."

링탄은 감탄 어린 눈으로 총을 바라보다가 막내아들이 배고프다고 한 말을 기억하고는 총을 내려놓은 뒤 링사오를 깨우러 갔고, 잠에서 깨어난 그녀는 금세 불을 지폈다. 라오얼도 옥을 깨웠고, 옥은 아이를 데리고 지하방으로 내려갔다. 이윽고 링탄의 가족은 지하방에 모여 앉아서 링사오가 준비한 맛있는 국수와 소금에 절인 돼지고기를 먹었다. 그들은 지하방 안에 탁자와 의자를 가져다 두었으며 대담하게 등불까지 밝혔다. 두 아들이 머무는 동안 그들은 잠시도 쉬지 않고 대화를 나누었고, 링사오는 질릴 줄 모른 채 아들들을 바라보았다. 링탄은 지하방으로 내려오기 전에 아내에게 아들들을 만나거든 우울한 이야기를 하거나 나쁜 기억을 떠올리지 않도록 조심하라고 당부한 터였다. 그러나 천생 어머니인 그녀는 떠나려는 큰아들을 붙잡고 이렇게 말했다.

"혹시 네 아기를 낳아줄 만한 여자를 찾았니?"

라오타는 그녀를 내려다보며 빙그레 웃을 뿐 고개를 내젓지는 않았다.

"지금이 어디 그런 생각을 할 땐가요?"

"자식 낳을 생각을 하는 데 정해진 때가 어디 있니?" 링사오는 고집스럽게 말했다. "아들을 낳지 않으면 누가 네 뒤를 잇는단 말이냐?"

"알겠습니다. 어머니 말씀이 옳은지도 몰라요. 마땅한 여자가 있는지 한번 찾아볼게요."

링탄은 소리 내어 웃으며 말했다. "여자들이 우리한테 계속해서 씨를 뿌리라고 재촉하지 않는다면 세상이 어떻게 될까?"

링사오는 남편과 아들들이 웃자 더욱 배짱을 부리며 소리쳤다.
"이 세상에 여자가 없다면 어떻게 되겠니? 아버지나 너희들 모두 태어나지 못했을 게다."

"그걸 부정할 수 있는 남자는 아무도 없지." 링탄이 말했다.

"라오산 너도 마찬가지다. 네가 결혼하기 전까지는 난 마음을 놓을 수가 없어. 죽기 전에 네 아들을 안아보고 싶구나."

"당신은 도무지 만족할 줄을 모르는 여자야." 링탄은 이렇게 말했고, 다들 한바탕 웃는 가운데 두 아들은 산으로 들어가기 위해 집을 나섰다. 링탄은 대문을 닫은 뒤 빗장을 걸면서 집에 남기를 잘했다고 다시 한 번 생각했다.

지난 몇 달 동안 링탄은 큰딸네 소식을 전혀 듣지 못했다. 그러던 어느 날 정오께, 링사오는 이제 막 식사를 마치고 설거지를 하려고 그릇과 젓가락을 물에 담그고 있었다. 그 순간 대문을 두드리는 소리가 들려왔다. 옥과 아기, 그리고 집에 있을 경우에는 라오얼도 이런 소리가 들려올 때마다 링탄 내외가 빗장을 열기 전에 재빨리 지하방으로 내려가곤 했다. 세 사람은 지금도 급히 몸을 숨길 준비를 했다. 그런데 링사오가 큰딸의 목소리를 듣고는 신이 나서 소리쳤다.

"잠깐! 네 누이가 온 모양이다!" 링사오는 당장 빗장을 열려고 했지만 라오얼은 그녀의 팔을 잡았다.

"어머니, 저희가 여기 있다고 말하지 마세요. 아무것도 알리지 마세요!"

라오얼은 이렇게 말하더니 옥에게서 아기를 받아 안으며 어서 서

두르라고 말했다. 링사오는 대문 밖에 왜군이 와 있기라도 하듯 허둥대는 아들을 정신 나간 사람 구경하듯 바라보았다.

"남매간에도 몸을 숨겨야 하다니 오늘은 정말 이상한 날이로군요." 그녀는 곁에서 모든 것을 지켜보고 있던 남편에게 말했다.

"요즘 같은 시절에 어디 하루라도 이상하지 않은 날이 있던가?" 링탄은 나지막이 말하면서 대문 앞으로 걸어갔다. 큰딸은 이제 담장 밖에서 고래고래 소리를 지르고 있었다.

"어머니 아버지, 주무세요? 저 왔어요! 아범이랑 아이들도 옆에 있어요!"

대문을 열자 큰딸 내외와 아이들의 모습이 눈에 들어왔고 링탄은 그들에게서 여러 달 동안 접하지 못한 호사스런 모습을 보면서 자신의 눈이 비참한 광경에 얼마나 익숙해져 있는지를 깨달았다. 그는 그동안 겁에 질리고 굶주려 있으며 부상을 당했거나 피난길에 오른 사람들만 보아온 터였다. 그러나 지금 그의 눈앞에 서 있는 우리엔은 전에 없이 살이 쪄 있었으며 그의 살갗은 양의 비계처럼 뽀얗고 매끄러워 보였다. 살찐 큰딸은 해산이 가까운 듯 배가 잔뜩 불러 있었고, 두 손자 역시 살찐 몸에 빨간 비단옷을 입고 있었다. 그들은 모두 인력거를 타고 왔다. 그러나 링탄의 마음을 내리누르는 것은 무엇보다도 그들의 뒤에 버티고 서 있는 두 명의 왜군이었다. 그는 무슨 일이 있어도 그들을 집 안에 들여놓지 않으리라 마음먹으면서 얼굴을 내밀 수 있을 정도만 남겨두고 대문을 닫았다. 그러고는 차가운 목소리로 말했다.

"자네랑 어멈 그리고 아이들이 온 것은 반갑지만 저 두 사람은 집 안에 들여놓을 수 없네."

우리엔은 애써 웃으며 말했다.

"겁내실 것 없습니다, 아버님. 저 사람들은 저를 보호하려고 따라온 것뿐이에요."

"내 집 안에서 보호받을 일이 뭐가 있겠는가?" 링탄이 물었다. 그는 겁이 나는 것을 인정하고 싶지 않았지만 이마가 좁은 왜군들이 총을 뽑아들고 있는 모습에 속이 울렁대자 점심 먹은 것을 후회했다.

"하지만 저 때문에 온 사람들을 대문 밖에 세워두는 건 예의가 아닙니다." 우리엔이 거듭 간청했다.

"경호원을 부리면서 예를 갖춘다는 말은 처음 듣네."

링탄은 단호한 표정으로 버티고 서서 좀처럼 문을 열려 하지 않았다. 결국 우리엔은 장인의 고집을 꺾을 수 없다는 것을 깨닫고서 체념한 듯 호위병들을 돌아보았다. 그러고는 쓴웃음을 지으면서 장인이 나이 든 사람이며 겁이 나서 그런 것이니 이해해달라고 말했다.

"내가 언제 겁난다고 했나?" 링탄은 큰 소리로 말했다. "절대로 저 사람들을 내 집 안에 들일 수 없네."

결국 여자들만 집 안으로 들어갔고, 링탄은 등받이가 없는 의자 두 개와 기다란 의자 하나를 내온 뒤 기다란 의자는 왜군들에게 주고 자신은 등받이가 없는 의자에 우리엔과 마주 앉았다. 그들은 대문 밖에서 대화를 나누었지만 늦가을치고는 날씨가 따뜻했기 때문에 견딜 만했으며 무엇보다도 그 누구의 자존심도 상하지 않게 문제를 해결할 수 있었다.

링탄은 우리엔의 모습이 도무지 마음에 들지 않았다. 그리고 사위의 얼굴을 보면 볼수록 악의 냄새가 풍겨 나오는 것을 느낄 수 있었다. 링탄은 담뱃잎을 채워 천천히 담뱃대를 빨면서도 눈앞에 보이는 둥그렇게 살찐 사위의 얼굴에서 눈을 떼지 않았다.

"어떻게 이 정도로 몸이 불었나?" 링탄이 물었다.

"장사가 잘돼서요." 우리엔은 작은 목소리로 겸손하게 대답했다.

"다들 어려움을 겪고 있는 마당에 어떻게 장사가 잘된단 말인가?"

우리엔은 비단 손수건을 꺼내서 흐르는 식은땀을 닦았다. 그는 여전히 미소를 머금은 채 살찌고 부드러운 손바닥까지 닦으면서 호위병들을 곁눈질로 바라보았다. 그러고는 앞으로 몸을 숙이더니 목소리를 최대한 낮추어 말했다. "제가 지금 하고 있는 일은 모두를 위한 거예요."

그러나 링탄은 한껏 목청을 돋우어 말했다. "난 자네가 무슨 일을 하는지 모르네."

우리엔은 다시 땀을 닦으면서 웃더니 기침을 했다. "시대는 변하기 마련이죠. 그리고 현명한 사람은 돛이 바람에 따라 움직이듯 시대에 순응하는 동시에 그 시대를 이용합니다. 이제 곧 성안에 정부가 들어설 겁니다. 왜인들의 정부가 아니라 저 같은 우리나라 사람들로 이루어진 정부가 될 거예요. 당분간 어쩔 수 없이 굴복해야 한다면 다른 나라 사람보다는 같은 민족에게 굴복하는 것이 낫지 않을까요? 제 말뜻을 이해하시겠죠?"

"나는 평범한 사람이네." 링탄은 물고 있던 담뱃대를 입에서 빼며 말했다. "머리가 나빠서 누가 제대로 설명을 하고, 그 말이 귀에 들릴 때에만 이해할 수 있지."

링탄은 눈을 커다랗게 뜨고서 사위를 바라보았고, 우리엔은 장인이 자기를 이해하지 않기로 굳게 마음먹었음을 알아차리고는 설득을 포기한 채 조용히 미소를 지었다.

"그래, 어디에 살고 있나?" 잠시 후 링탄이 물었다.

"북문로에 들어서면 열 번째로 보이는 집에 살고 있습니다."

"거기라면 좋은 집들이 모여 있는 곳인데 어떻게 그곳에 집을 얻었지?"

"그곳에 살라는 지시를 받았을 뿐입니다."

"가게는 어떻게 하고?"

"제가 없어도 영업에 지장이 없도록 점원 두 명을 고용했습니다."

"무슨 물건을 팔고 있나?"

"옷감을 비롯해 외제 물건을 골고루 팔고 있습니다."

"자네는 무슨 일을 하고 있지?"

"새 정부를 위해 일하고 있습니다." 우리엔은 차분한 목소리로 대답했다.

"월급도 받나?"

"네, 두둑하게 받고 있습니다."

"그래서 기분이 좋겠군." 링탄은 쓸쓸한 목소리로 말했다.

우리엔은 아무런 대답 없이 앞으로 몸을 숙이더니 부드러운 목소리로 애원하듯 말했다.

"아버님, 오늘 제가 찾아온 이유는 두 분을 돕기 위해서입니다. 정말이지 다른 뜻은 없어요. 조짐이 안 좋습니다. 자기편이 있는 사람은 그렇지 않은 사람보다 이 상황을 잘 넘길 수 있을 겁니다. 제 말씀대로만 하신다면 훨씬 편안하게 지내실 수 있을 거예요."

링탄은 우리엔의 말을 막고 싶어서 혀가 움찔대고, 그의 뺨을 후려치고 싶은 마음에 손이 근질대는 것을 느꼈다. 그러나 링탄은 철

없는 어린애가 아니었기 때문에 혀와 손이 제멋대로 움직이지 않도록 통제할 수 있었다. 그는 최대한 어리석은 표정으로 담배를 피우면서 사위의 말에 귀를 기울였다.

"내가 뭘 해야 하나?"

"위에서 지시가 내려오는 대로 무조건 따르세요. 저도 나름대로 최선을 다해서 두 분을 돕겠습니다."

그러나 링탄은 그의 제안을 받아들일 마음이 눈곱만큼도 없었다.

"자네가 맡은 일은 뭔가?"

"정부가 거둬들인 물품을 관리하고 있습니다. 정해진 가격에 쌀과 밀, 아편이랑 생선 그리고 소금이 제대로 들어오는지 확인하고 다른 곳으로 보내거나 다시 파는······."

"아편이라고!" 링탄이 불쾌한 목소리로 소리쳤다.

우리엔의 얼굴이 다시 양 기름처럼 새하얗게 변했다. 그는 날마다 자신이 관리하는 품목 중 하나로 아편을 다루고 있었기 때문에 너무나 자연스럽게 이 말을 입 밖에 내고 말았던 것이다. 북부 지방에서 거둬들인 아편은 일본으로 보내지지 않는 유일한 물건이었다. 아편은 이 땅에 고스란히 남아서 도시와 농촌을 가리지 않고 사방으로 보내졌다. 그리고 왜인들은 온갖 교묘한 술책을 동원하여 사람들이 아편을 피우도록 부추겼다. 아편은 아주 오래된 악습으로 한때 엄청난 고통을 겪으면서 이 땅에서 몰아냈는데 다시 퍼지기 시작했으며 그 앞에서 무너져 내리는 사람은 한두 명이 아니었다.

우리엔은 살찐 흰 손으로 입을 가리고서 기침을 했다. "저도 위에서 시키는 일이라 어쩔 수가 없습니다."

링탄은 더 이상 참을 수 없었고 땅에 대고 두어 번 침을 뱉더니 우리엔에게 소리쳤다. "몹쓸 사람!"

우리엔은 다시 한 번 손으로 입을 가리고서 기침을 했고, 그의 얼굴은 기침 때문에 새빨갛게 변했다. 그는 장인이 자신을 쏘아보고 있는 새카만 눈을 잠시라도 거두어주기를 바랐다. 링탄의 흔들림 없는 눈빛은 우리엔을 불편하게 했지만 그는 눈을 다른 곳으로 돌리지 않았다.

··· 대문 안에서는 링사오가 큰딸을 매섭게 다그치고 있었다.

"어디서 쌀이며 고기를 구하는 게냐?"

"먹을 거라면 얼마든지 있어요." 큰딸은 천진난만하게 말했다. "쌀은 커다란 쌀통에 담아두고 먹고, 고기는 그때그때 가져다주는 걸 먹어요. 소고기, 돼지고기, 닭고기, 생선, 계란 가릴 것 없이 골고루 가져다주죠."

"내가 듣기로는 아무도 고기를 구할 없다던데. 왜놈들이 수시로 찾아와서 마을을 뒤지곤 하지만 가축이 남아 있는 집은 없다. 오리며 닭, 돼지며 소 할 것 없이 모두 다 빼앗겼으니까. 우리 집에 그나마 물소가 남아 있는 건 바짝 마르고 늙었기 때문이다. 그런데도 왜놈들은 우리 물소한테까지 눈독을 들이고 있지. 아버지 말씀이 조만간 물소도 빼앗길 것 같다는구나."

"이런 줄 알았더라면 고기를 좀 가져왔을 텐데요. 다음에 올 때 꼭 가져올게요."

그러나 링사오는 고맙다는 말을 하기는커녕 모질게 이야기했다. "다들 빼빼 마른 시절에 우리 가족만 뚱뚱한 건 싫다. 다들 먹을 것이 없어서 굶주리고 있는 마당에 혼자만 살쪄 있는 건 좋지 않아."

"하지만 저는 가져다주는 걸 먹을 뿐이에요."

"누가 가져다준단 말이냐?"

"아범이요."

링사오는 큰딸이 정말 아무것도 모르는지, 아니면 알고도 모르는 체하는 것인지 알아보기로 했다.

"사위는 대체 무슨 수로 고기를 구해 오는 게냐?"

큰딸은 눈물을 흘리기 시작했다. "아범이 얼마나 좋은 사람인지 어머니는 모르세요. 지금 그 사람이 적군에게 굽실거리며 사는 것 같아서 나무라시는 거 알아요. 아범한테 다들 그렇게 생각할 거라고 미리 말했었죠. 하지만 그 사람도 왜놈들을 죽기보다 더 싫어해요. 저마다 자기만의 방법으로 저항해야 한다고 말하더군요. 아범은 우리한테 유리하도록 왜놈들을 이용할 수 있는 방법을 수도 없이 알고 있다고 했어요. 그리고 이미 닥친 일을 부정한들 무슨 소용 있냐고도 했죠. 어차피 왜놈들이 다스리는 세상이 되었으니 그런대로 현실을 받아들이면서 살아야 해요."

"그래도 이렇게 살이 찌는 건 안 된다."

"왜놈들보다 더 살찌는 게 차라리 좋은 거예요." 큰딸은 갑자기 화를 내며 말했다. "우리가 음식을 거절한다고 왜군을 무찌를 수 있는 건 아니에요."

"그래, 그렇게 음식이 잘 넘어가거든 실컷 먹으렴." 링사오가 씁쓸한 목소리로 말했다.

링사오는 살이 찐 손자들을 바라보면서 조금도 기쁜 마음이 들지 않는 것에 스스로 놀랐다. 아이만 보면 꼭 껴안고 살 냄새를 맡지 않고는 견디지 못했던 그녀였지만 지금은 두 손자의 몸에 손가락 하나 대고 싶은 생각이 없었다. 그녀는 손자들의 뼈에 붙은 살이 왜인들이 주는 음식을 먹어서 생긴 것인 만큼 자신의 것이 아니라는 생각이 들었다. 그러나 큰딸은 이런 마음도 모른 채 제 자식들을 향한 어머니의 시선을 보고는 자랑스럽게 말했다. "많이 컸죠?"

"그래. 많이 컸구나."

링사오는 이렇게 말한 뒤 큰딸을 똑바로 쳐다보면서 물었다. "왜놈들이 이 땅에서 물러나서 다시 자유로운 세상이 되면 사람들이 너희를 어떻게 생각하겠니? 사위 이름이 반역자의 명단에 오른 걸 보고 사람들이 뭐라고 하겠냔 말이다."

큰딸은 어머니의 말을 듣더니 다시 눈물을 흘리면서 친정에 온 것을 후회했다.

"두 분을 돕고 싶은 마음에 무리를 해가면서 여기까지 왔어요. 별일 없이 잘 지내고 계신지 궁금하기도 했고요. 저희를 어떻게 생각하시든 두 분을 향한 저희 마음은 변함이 없어요. 두고보세요. 언젠가는 저희가 두 분의 목숨을 구하게 될지도 모르죠."

링사오는 자리에서 일어섰다. "너랑 아이들에게 뭐라도 주고 싶지만 집 안에 남은 물건이 아무것도 없구나. 고기랑 쌀이 넘쳐나는 것도 아니고. 우리는 굶어죽지 않을 정도로만 먹고 산단다. 제대로 대접하지 못해 미안하구나."

링사오는 더 이상 할 이야기가 없다는 뜻으로 이렇게 말했고, 큰딸은 어머니의 말뜻을 알아들었다.

"집에 남은 식구라곤 나이 드신 두 분뿐이고, 기댈 사람이라곤 저희 둘뿐인데 어쩜 그렇게 모질게 대하실 수 있어요?"

"우리는 이대로도 얼마든지 살 수 있다." 링사오는 당당하게 말했다.

이윽고 대문이 열렸고, 링탄은 큰딸이 아이들을 데리고 나오는 모습을 보았다. 링사오는 형식적으로 아쉬워하는 듯한 모습을 보였으며 남편과 함께 문 앞에 서서 큰딸네 식구가 떠나는 모습을 지켜보았다. 그들은 서로에게 다시 오라는 말도, 다시 오겠다는 말도 하지 않았다.

큰딸네 식구가 돌아가고 난 뒤 링탄은 다시 대문을 굳게 걸어 잠갔고, 링사오는 지하방에 대고 소리를 질러서 라오얼 식구들을 데리고 올라오게 했다. 그들은 잠시 동안 큰딸네 식구가 다녀간 것에 대해 대화를 나누었고 라오얼은 이야기를 듣는 내내 점점 더 분노가 치밀어 오르는 것을 느꼈다. 그는 무슨 방법을 쓰든 성안으로 들어가서 상황이 어떻게 돌아가는지 살펴보고, 정말로 모두들 왜군 앞에 무릎을 꿇었는지 확인하리라 마음먹었다.

옥은 책에서 읽은 내용을 떠올리면서 남편을 위해 거지 옷을 만들었고, 붉은 점토를 이용해서 남편 얼굴에 상처가 난 것처럼 꾸몄다. 점토가 마르자 그의 입은 한쪽으로 일그러진 것처럼 보였고, 한쪽 눈 역시 먼 것처럼 보였다. 며칠 후 라오얼은 거지 흉내를 내며 성안으로 들어갔다. 그는 대로를 피해 성안을 돌아다니면서 말은 몇 마디 안 했지만 많은 것을 보았다. 그는 사방에서 아편을 팔고 있는 모습에 가슴이 아팠으며 전쟁으로 인해 폐허가 된 집들과 굶주린 사람들을 수도 없이 보았다. 전쟁이 일어나면 으레 이 같은 상황이 벌어지기 마련이었지만 얼마 전까지만 해도 아름답고 풍족하며 기쁨이 넘쳐 흐르던 이곳이 이처럼 변한 것은 실로 믿기 어려웠다.

생기 넘치는 모습으로 오가던, 헤아릴 수 없이 많은 사람들이 숨을 거둔 지금, 어디를 가든 거리에는 침묵만 감돌았다. 포근한 보금자리였던 집들은 텅 비어 있거나 불에 타 잿더미가 되었고, 이런 시절에 번창하기 마련인 우리엔의 상점 같은 가게를 제외하고는 모든 상점들이 문을 닫았다. 그러나 우후죽순처럼 생겨난 상점도 곳곳에 눈에 띄었다. 어떤 곳은 천막만 쳐놓고 영업을 하고 있는가 하면 또 어떤 곳은 종이와 페인트로 화려하게 장식을 해놓고 있었다. 개중에는 드러내놓고 매춘업을 겸하고 있는 곳도 있었는데 이러한 상점들에서는 모두 아편을 팔고 있었다. 라오얼은 이 중 한 상점 앞에서 걸음을 멈춘 뒤 들어가고 싶은 마음은 있지만 차마 용기를 내지 못하는 시늉을 했다. 바로 그때 오른쪽 다리를 잃은 초라한 남자가 목발을 짚고서 비슬비슬 걸어왔다. 라오얼은 얼굴이 누렇고 바짝 마른 남자를 보면서 이곳을 수차례 드나든 사람임을 한눈에 알아보았다. 그는 남자를 붙잡고서 낯선 사람이 묻듯 말을 붙였다.

"이곳에서 …… 저걸 살 수 있나요?" 라오얼은 간판을 가리키면서 물었다.

남자는 고개를 끄덕였고, 라오얼은 다시 질문을 했다. "하지만 왜인들이 파는 물건을 꼭 사야 할까요?"

남자는 라오얼을 바라보며 되물었다. "나 같은 사람한테 누가 뭘 팔건 무슨 상관이란 말이오? 그 무엇도 내가 가졌던 걸 되돌려주지 못해요. 왜놈들이 물러가고 다시 좋은 시절이 온다고 해도 내 다리를 돌려받을 수는 없죠. 내가 운영하던 여인숙이랑 마누라 그리고 아이들도 돌려받지 못해요. 난 갖고 있던 모든 걸 잃었어요. 우리나라가 전쟁에서 이기든 말든 관심 없습니다. 승리한다고 나한테 뭐가 달라지겠습니까?"

 라오얼은 깊은 한숨을 내쉬면서 이 남자 같은 사람은 정말로 적에게 패배하고 만 것이라고 생각했다. 어둠이 내린 뒤 그는 축 처진 걸음으로 집으로 돌아왔고 성안에서 보고 들은 것을 가족들에게 이야기했다. 그는 시장에 가도 먹을 것이 없으며 상인들의 말에 의하면 물건값이 하늘로 치솟고 있다고 전했다. 먹을 것을 모조리 다른 곳으로 보내고 있기 때문에 성안 사람들은 굶주림에 허덕이고 있지만, 왜인들은 전혀 개의치 않았으며 음식 대신 값싼 아편을 팔아 사람들을 망각의 늪에 빠뜨리고 있다고도 이야기했다.

 링탄의 가족들은 그 어느 때보다도 이러한 현실을 안타깝게 생각했다. 링탄은 어머니가 아편쟁이였기 때문에 아편이 얼마나 막강한 힘을 갖고 있는지 잘 알고 있었으며 이로 인해 완전히 다른 사람이 될 수도 있다는 것 역시 알고 있었다.

 "아편이 공격해 오면 어떻게 몸을 피할 수 있단 말이냐?" 링탄은 괴로운 듯 말했다. "전투기가 날아오면 숨으면 그만이고, 불에 탄 집은 다시 지을 수 있지만 우리나라 사람들이 왜놈들한테 당한 일을 잊어버린다면 그때는 어쩜 좋단 말이냐?" 링탄은 여태껏 적에게 당한 일 중에서 아편만큼 끔찍한 것은 없다는 생각이 들었다.

* * *

 막후전쟁은 드러내놓고 하는 전쟁과 엄연히 다르며 그보다 훨씬 더 어려운 법이었다. 링탄은 겨울을 지내는 동안 온화한 표정에 늘 흐릿한 눈동자를 하고 있었지만 머릿속으로는 쉴 새 없이 무언가를 생각하고 있었으며 역경 속에서도 도움이 될 만한 일이 있으면 당장이라도 나설 준비가 되어 있었다. 아들들이 동지들과 함께 밤새 집에 들러서 지하방에 무기를 숨겨둔 뒤로, 링탄은 왜인들이 찾아와 무언가를 물어보면 아무것도 모르는 늙은 농사꾼 행세를 해야 했다. 봄이 되면서 살해당하는 왜군이 많아지자 적의 통치부에서는 분노가 극에 달했고, 왜인이 마을에 들르는 횟수도 늘어났다. 밤이 되면 성문을 닫는데도 불구하고 도시를 에워싼 성벽 위에서 총에 맞은 보초병의 시신이 발견되곤 했다. 높이가 80자나 되는 성벽을 누가 오를 수 있단 말인가? 링탄의 막내아들 라오산을 비롯해 많은 청년들은 밤이 되면 어디에선가 성벽을 타고 올랐다. 라오산은 캄캄한 어둠 속에서 튼튼한 맨발로 오래되어 갈라진 벽돌의 틈과 식물의 덩굴 그리고 자그마한 나무의 뿌리를 디디면서 성벽을 타고 올라간 뒤, 총안이 나 있는 성벽 가장자리의 그림자가 드리운 곳에 몸을 숨긴 채 적의 보초병 곁으로 살금살금 다가가서 총을 쏘았다. 그러고는 곧바로 덩굴 속에 몸을 숨긴 뒤 한차례 소동이 지나고 잠잠해질 때까지 기다렸다가 성벽 아래로 내려갔고, 동이 트기 전에 신속으로 돌아갔다.

한편 식량과 물건을 찾아서 시골 마을로 내려온 왜인들은 순박하고 어수룩해 보이는 시골 남자들과 노파들에게 둘러싸이곤 했는데, 겁에 질린 듯 보이던 시골 사람들이 갑자기 총과 칼을 빼들고는 왜인들을 덮쳤다. 그들은 어느 마을에서 벌어진 일인지 아무도 알지 못하게 함께 온 왜인들을 한 명도 남김없이 모조리 처치했다. 성안에 있는 적군이 아는 것이라고는 시골 마을로 일을 보러 간 왜인들 중 너무 많은 사람들이 돌아오지 않는다는 사실뿐이었다. 시골 사람들은 현명하게 행동했다. 그들은 힘에 부치는 상대에게는 처음부터 덤비지 않았고 자신들이 직접 뽑은 통솔자의 지시를 따랐으며 신호를 받는 즉시 아무 소리 없이 신속하게 움직였다.

링탄네 안뜰 밑에 마련된 지하방에는 이제 낯선 무기들이 즐비하게 보관되어 있었다. 무기가 만들어진 나라의 문자가 새겨져 있는 총들은 새것인 듯 반짝였고, 낡아 보이는 총들은 어디에서 처음 만들어졌으며 어디에서 사용되었을지 상상하는 것만으로도 경이로웠다. 이 무기들은 모두 빨치산들이 보내온 것들로, 그들 중에는 과거에 산적이었던 사람들이 상당수 있었는데, 무리를 이끄는 두목이 여러 번 바뀌는 동안 대대로 전해 내려온 총을 보관하고 있었던 것이다. 링탄은 지하방에 있는 무기 중에서 아주 이상하게 생긴 낡은 총 한 자루를 골랐다. 손잡이 부분은 곤봉처럼 나무로 만들어져 있었으며 쇠로 만들어진 총구는 사람의 네 손가락처럼 네 갈래로 갈라져 있었고, 총구의 아랫부분에는 화약에 불을 댕길 수 있는 구멍이 뚫려 있었다. 아주 간단한 구조로 만들어진 이 총은 총알 대신 못대가리나 경첩 조각처럼 아무 쇳조각이나 장전할 수 있고 적은 양의 화약과 솜만으로도 한 번에 네 방을 발사할 수 있었다. 이것은 매우 심한 상처를 입힐 수 있는 강력한 무기였다.

링탄은 마을에서 적을 살해하라는 신호를 보내는 통솔자가 되어 왜인이 올 때마다 덮치라는 지시를 내렸으며 단 한 번도 마을 사람들의 능력을 잘못 평가한 적이 없었다. 그는 겨울에 두 차례, 그리고 봄에 한 차례 약속된 신호를 보냈으며 마을 사람들은 왜인을 한 명도 남김없이 처치할 수 있었다. 따라서 간신히 목숨을 부지하고 성안으로 달아난 왜인이 링탄네 마을에 대해 나쁜 보고를 한 사례가 없었기에 그들은 모두 무사할 수 있었다. 그러나 적군의 수뇌부에서는 시간이 흐를수록 점점 더 많은 왜인이 살해되자 분노가 하늘을 찌를 듯했다. 왜인들은 도시에서 멀리 떨어져 있는 산속 마을로 갔다가 실종되는 일이 많았기 때문에 적군은 사람을 보내지 않으면 마을을 통치할 수 없다는 것을 알면서도 망설일 수밖에 없었다. 그렇다고 식량과 물자를 거두어들이기 위해 사방으로 군대를 보낼 수도 없는 일이었다. 마침내 여름이 무르익어갈 무렵, 더 이상 분을 삭이지 못한 적군은 빨치산 대원을 발견한 마을들을 불태우기 시작했다. 그러나 링탄네 마을은 다행히 화를 입지 않았다. 적군이 마을에 들어와서 수색을 하던 순간에 빨치산 대원 몇 명이 링탄네 지하방에 숨어 있었지만 다행히 발각되지 않았기 때문이었다. 성난 적군은 마을 사람들을 위협했지만 불을 지르지는 않았다.

그러나 산속 깊숙한 곳에 있는 마을에서는 선량한 사람들이 밤새 집과 함께 타버리는 참변을 당했다. 적군은 마을이 산속에 있다는 이유 하나만으로 빨치산이 숨어 있을 것이라고 생각하면서 불을 질렀던 것이다. 링탄의 아들들은 불에 타버린 마을 한구석에서 차마 눈뜨고 보기에도 가련한 남녀 몇 명이 밖으로 나와서 일하는 모습을 보았다고 아버지에게 이야기했다. 그들은 비록 새카맣게 타버렸지만 여전히 자신들의 생명과도 같은 땅을 갈고 있었던 것이다.

이렇게 참혹한 현실이 계속되자 사람들의 성격은 변할 수밖에 없었다. 모두가 자유를 누리며 살던 시절에 사람들은 남녀를 불문하고 온화하고 숨김이 없었으며 어디를 가나 웃음소리가 끊이지 않았고 사람들의 목소리에는 기쁨이 가득했다. 집집마다 생기 넘치는 대화와 욕설이 오갔으며 그 누구도 다른 사람들에게 무언가를 숨길 필요가 없었다. 그러나 지금, 마을에는 정적이 감돌았고, 시골 어디를 가든 사람들의 얼굴은 험상궂고 거칠었다. 적군의 압제로 인한 고달픈 삶과 오로지 암살을 통해서만 발산할 수 있는 쓰라린 증오가 그들을 이렇게 바꾸어놓고 말았다. 남몰래 가슴속에 분노를 묻어둔 채 끊임없이 새로운 살해 방법을 찾는 동안 그들의 본성은 변할 수밖에 없었고, 링탄 역시 변한 자신을 느꼈다.

적군은 음식을 준비할 때는 물론이고 난방을 할 때에도 오로지 나무만 사용해왔기 때문에 다른 땔감은 쓸 줄을 몰랐다. 결국 그들은 나무를 베기 시작했으며 민가에서 들보를 뽑고 돌쩌귀에서 대문을 떼냈다. 나무가 필요할 때면 무작정 밖으로 나가서 눈에 띄는 대로 가져갔던 것이다.

그해 봄, 적군은 나무를 베러 마을에 왔다가 링탄네 가까이에 있는 굉장히 큰 버드나무까지 자르고 말았다. 라오얼과 옥은 결혼한 첫해에 바로 이 버드나무 아래에서 만나곤 했었다. 라오얼은 나무가 잘려나가고 밑동만 남은 커다란 그루터기를 보면서 깊은 슬픔을 느꼈고, 집으로 돌아가 옥에게 말했다.

"놈들이 우리 나무를 잘랐어."

옥은 까마득한 기억을 떠올리며 슬픈 목소리로 대답했다. "우리가 나무 아래에서 만날 수 있을 만큼 평화로운 시절이 있었나요?"

여름이 시작된 첫 달, 왜인 한 무리가 나무를 구하려고 링탄네 마을에 들어왔다. 그들은 여덟아홉 명 정도 되었지만 링탄은 흐릿함을 가장한 예리한 눈으로 그들 중 다섯 명만 총을 가지고 있으며 나머지는 전혀 무장하지 않았다는 것을 확인했다. 마을 사람들은 여느 때와 마찬가지로 대문 앞으로 나왔고, 나이 든 부모들은 대문 안에서 링탄이 신호를 보내면 자식들에게 무기를 건넬 준비를 하고 있었다. 링탄은 적을 살펴본 뒤 신호를 보냈고, 마을 사람들은 마치 한 몸이 된 것처럼 일제히 거리로 달려 나와서 왜인들을 덮쳤다. 왜인들은 모두 마을 사람들의 손에 목숨을 잃었지만 그 중 한 명은 링탄이 발사한 총신 네 개짜리 총에 맞아 상처를 입은 채 링탄네 집의 남쪽에 있는 대나무 숲을 향해 기어갔다. 링탄은 남자의 뒤를 쫓아갔고, 남자는 개처럼 두 손과 무릎에 의지해 몸을 일으키더니 애원하는 얼굴로 그를 돌아보면서 링탄이 알아들을 수 있는 말로 살려달라고 간청했다. 링탄의 나이 또래로 보이는 남자는 숨을 헐떡이면서 말했다. "제발 목숨만 살려주십시오! 저는 처자식이 딸린 몸입니다. 자, 이걸 보십시오!" 남자는 가슴팍을 더듬거렸지만 원하는 것을 찾지 못했다.

링탄은 남자의 허리춤에 꽂혀 있던 단도를 뽑아 마치 뱀이나 여우를 죽이기라도 하듯 주저 없이 남자의 배를 찔렀다. 남자는 어둡고 슬픈 표정으로 링탄을 바라본 뒤 숨을 거두었다.

이번 말고도 이미 세 번이나 적군을 살해한 경험이 있는 링탄은 남자의 얼굴을 내려다보면서 생각했다.

'이 사람은 악하게 생기지 않았군.' 그러고서 그는 남자가 한 말을 떠올리면서 허리를 굽혀 아직 피로 얼룩지지 않은 시신의 안주머니에 손을 넣어 자그마한 비단 주머니를 꺼냈다. 그가 죽기 전에 찾으려 했던 주머니 안에는 아리따운 여자와 8살부터 14살 사이로 보이는 네 아이들의 사진이 들어 있었다. 링탄은 잠시 동안 사진들을 쳐다보면서 그들이 집안의 가장인 남자를 다시는 볼 수 없을 것이라고 생각했다.

바로 이 순간 링탄은 자신이 얼마나 많이 변했는가를 깨달았다. 그의 가슴속에는 이제 그 어떤 감정도 존재하지 않는 듯 그는 사진 속 얼굴들을 쳐다보면서도 아무런 슬픔도 느끼지 않았다. 그가 한 일은 이미 벌어진 것이었으며, 그는 자신의 행동을 후회하지 않았고 내일 다시 기회가 온다면 그 기회도 놓치지 않으리라 다짐했다.

링탄은 한때 마음이 너무 약해서 날짐승을 잡는 모습조차 보지 못했기 때문에 링사오는 늘 남편의 눈에 띄지 않는 집 뒤쪽에서 닭이나 오리의 목을 비틀어야 했다. '나는 생명을 죽이는 게 싫어. 난 결코 재미로 사람을 죽이지는 않을 줄 알았는데 어쩌다 사람을 죽이게 되었을까?' 링탄은 이 순간 마음속으로 이렇게 생각했다.

링탄은 시신을 묻고 있는 마을 사람들에게 대나무 숲에도 시체가 한 구 있다고 말하고는 집으로 향했다. 왜인을 살해한 뒤에는 시신이 발견되지 않도록 재빨리 묻어야 했다. 링탄은 집에 도착한 뒤 왜인의 비단 주머니를 들고 방으로 들어갔다. 그는 변한 것이 틀림없었다. 그는 오늘 밤에도 여느 때와 다름없이 식사를 할 것이며, 자신 때문에 어딘가에서 한 여자와 아이들이 기다리고 있는 남자가 땅에 묻혔다는 사실에 전혀 마음의 동요를 느끼지 않았다. 살해된 사람은 비단 이 남자만이 아니었고 링탄을 포함한 마을 사람들은 잔인하게도 자신들이 살해한 왜인들을 가지고 농담을 하곤 했다. 그들로 인해 땅이 비옥해졌다거나 오염되었다고 이야기하면서 내년에도 수확량이 예년과 다름없을 것인지 궁금해하곤 했다. 그들은 모두 다른 사람이 되어버렸던 것이다. 적군이 들이닥치기 전까지, 링탄네 마을에서는 간혹 딸이 너무 많은 집안에서 또다시 여자 아이가 태어나면 그 아이가 막 세상 밖으로 나오자마자 숨을 거두어들이는 경우가 있기는 했지만 누군가 살해되었다는 이야기를 들어본 적은 없었다. 그러나 그들은 이제 겨울옷에 붙어 있는 이를 잡듯 왜인들을 죽이는 것을 당연하게 생각했으며 살인을 저지르고도 아무런 양심의 가책을 느끼지 않았다.

'저들이 이 땅에서 떠나고 나면, 우리 모두가 예전의 모습을 되찾을 수 있을까?' 링탄은 스스로에게 이렇게 물었지만 아무런 대답도 할 수 없었다. 그는 가족들을 한 명 한 명 떠올리기 시작했다. 링사오는 모든 마을 사람들과 마찬가지로 수시로 가래와 괭이를 들고 뛰어나가서 시신을 매장할 구덩이를 팠고, 썩은 고기를 파묻은 듯 예사로운 얼굴로 돌아와서는 부엌으로 들어가거나 아이를 안았다. 옥은 문 앞에 총을 들고 서서 라오얼과 마찬가지로 능숙하게 적을 살해한 뒤 아무렇지도 않게 아기에게 젖을 먹였다. 아기는 젖과 함께 과연 무엇을 삼켰을 것인가? 그러나 그 누구보다도 가장 많이 변한 사람은 링탄 자신과 세 아들이었다. 링탄은 여자들이 남자들보다 쉽게 살인을 저지를 수 있으며 더 힘든 일을 감내할 수 있음을 알고 있었다. 여자들은 매달 한 차례 피를 흘릴 뿐만 아니라 아기를 낳는 순간에는 엄청난 양의 피를 쏟아내기 때문에 피를 두려워하지 않았다. 반면, 남자들은 피를 흘리는 순간, 자신의 생명이 함께 빠져나가고 있다는 것을 알기 때문에 피 앞에서 여자들보다 훨씬 더 두려워했다. 따라서 남자는 피 흘리는 것을 대수롭지 않게 여기게 되는 순간, 커다란 마음의 동요를 느끼게 되며 결국에는 다른 사람이 될 수밖에 없었다.

링탄의 장남도 마찬가지였다. 라오타는 소박하고 온화한 남자였기에 처음에는 마지못해 왜인을 죽였지만, 일단 살인을 저지르고 난 뒤에는 다른 사람이 되고 말았다. 이제 링탄의 눈에 비치는 큰아들은 집과 들녘을 오가며 더 이상 예전처럼 잘 웃지도 않았고, 어린 애처럼 순진함을 갖고 있던 남자가 아니었다. 라오타는 예전에 땅을 가꾸듯이 예사롭게 사람을 죽였다.

라오타는 흙먼지 아래에 구덩이가 있으리라고는 그 누구도 상상할 수 없을 정도로 교묘하게 함정을 팠다. 그는 길가에 수없이 많은 함정을 팠고, 밤과 아침에 구덩이를 확인하러 갔다. 죄 없는 사람이 함정에 빠져 있을 때는 꺼내준 뒤 돌려보냈지만 왜인이 구덩이에 빠져 있을 때는 작은 여우를 잡기라도 한 듯 거침없이 칼을 꽂았다. 라오타는 총으로 무장하지 않은 적에게는 총알을 낭비하지 않았기에 왜인의 심장을 정확하게 칼로 찌른 뒤 시신을 덤불 속에 던져 넣었고, 다시 구덩이를 가렸다. 링탄은 어느 날 큰아들이 집에서 식사를 하다가 갑자기 일어서서 밖으로 나가는 것을 보았다. 라오타는 대문 앞에서 자그마한 책에 무언가를 기록하고 있던 왜인 한 명을 죽인 뒤 다시 식탁 앞에 앉았다.

"손도 씻지 않는 게냐?" 링탄이 놀라서 묻자 큰아들은 태연한 얼굴로 대답했다. "손은 왜요? 발로 밀어서 대나무 사이에 숨겨뒀는걸요."

큰아들은 소름끼칠 정도로 태연하게 식사를 했고, 배불리 음식을 먹고 난 뒤에야 대나무 사이에 숨겨두었던 시체를 묻었다. 그러나 링탄은 음식이 목에 걸린 듯 좀처럼 넘어가지 않았다. 사람이 죽었기 때문이 아니라 너무나 변해버린 큰아들의 모습에 놀라서였다.

'예전으로 돌아갈 수 있을까? 다시 평화로운 시절이 오면 내 아들이 예전처럼 온화한 모습을 되찾을까?' 링탄은 스스로에게 물었다.

그러나 링탄을 가장 두렵게 하는 것은 왜인을 살해한 뒤 즐거워하는 막내아들의 모습이었다. 이제 막 어린애 티를 벗은 라오산에게서는 더 이상 예전처럼 꿈을 꾸고 있는 듯 조용한 모습을 찾아볼 수 없었다. 그는 하루가 다르게 눈부실 만큼 아름다운 청년으로 성장했다. 그는 보통 남자들보다 훨씬 큰 키에 어찌나 잘생겼던지 마주치는 사람들은 남녀를 가릴 것 없이 고개를 돌려 그의 얼굴을 다시 한 번 쳐다보았다. 그는 한번 보면 누구나 기억할 수 있을 정도로 잘생긴 얼굴이었기에 가족들과 있을 때를 제외하고는 변장을 하고 다녔다. 그는 네모진 이마에 짙은 눈썹을 갖고 있었으며, 눈은 의지로 빛났고, 코는 높고 반듯했으며 붉은 입술은 어린아이의 그것처럼 선명했다. 그는 여자들에게 관심이 없었지만 많은 여자들이 그를 지켜보았고 사모했다. 왜군들이 저지른 일은 그를 인간의 본성과 멀어지게 만들었으며, 한 여자를 사랑하는 데에 쏟아 부을 수 있었던 열정은 이제 한 가지 깊은 욕망으로 집중되었다. 그것은 다름 아닌 살인을 하고자 하는 욕망이었으며 살인은 그의 기쁨이 되었다.

링탄은 불행하게도 막내아들에게서 자신이 가장 두려워하고 증오하는 사람의 모습을 발견했다. 그것은 전쟁을 일으키는 것을 좋아하고, 싸움을 유일한 기쁨이자 자신의 인생으로 여기는 사람의 모습이었다. 링탄은 라오산이 전쟁에 대한 강한 욕구를 가지고 있으며 전쟁과 관계된 것이라면 무엇이든 좋아한다는 사실을 부인하려고 했지만 아무 소용없었다. 빨치산 대원들 역시 라오산의 호전적인 기질을 일찍이 알아보았고, 덕분에 그는 쉽게 대장의 자리에 올랐다. 라오산은 대원들보다 훨씬 젊었지만 놀이를 하듯 계획과 작전을 세웠다.

그는 매복과 비밀공격에 능했으며 그 지역에서 활동하는 빨치산 대원들 중에서 가장 대담했다. 적군은 빨치산의 공격을 받고 나면 라오산이 누구인지는 알지 못했지만 그가 주범인지 아닌지는 금세 알아차렸다. 그만큼 그의 계획은 치밀했으며 달아나기 어려운 여건에서 공격이 이루어졌기 때문이었다.

라오산은 집에 자주 오지 않았지만 이따금 집에 오면 성공적으로 적을 공격한 일에 대해서 이야기했다. 그럴 때면 그는 자랑스런 얼굴로 쉴 새 없이 웃으며 말했고, 자신의 성공과 운에 대해서 우쭐댔다. 그는 늘 운이 좋은 것은 하늘이 자신을 특별히 아끼기 때문이라고 말하곤 했다. 그는 "하늘이 그 일을 할 사람으로 저를 고른 거예요.", "하늘이 그곳으로 저를 이끌었어요.", "하늘이 제게 힘을 줬어요."라고 말하면서 으스댔고, 마침내 링탄은 화를 참지 못하고 소리를 질렀다. "하늘을 두고 이러쿵저러쿵 말하지 마라! 지금 인간 세상에서 벌어지고 있는 일은 하늘의 뜻이 아니다. 하늘은 사람들이 서로를 죽이는 일 따위는 원치 않아. 우리를 만든 건 하늘이다. 어쩔 수 없이 살인을 저질러야 하더라도 그것이 하늘이 시킨 일이라고는 말하지 마라." 링탄은 아버지가 아들을 훈계하듯 이야기했지만 잘생긴 아들이 보인 뜻밖의 반응에 이내 언짢은 기분을 느꼈다.

라오산은 입술을 치켜 올리며 코웃음을 치더니 이렇게 말했다. "그건 시대에 뒤떨어진 생각이에요. 그리고 바로 그런 논리 때문에 지금과 같은 상황에 놓인 겁니다. 우리는 지금까지 이 세상 속에서 살아가는 대신 조상들 곁에 죽은 사람처럼 누워만 있었어요. 우리가 이렇게 잠자고 있는 동안, 다른 나라 사람들은 무기를 만들었고 결국 우리를 공격하게 된 거죠. 젊은 세대인 우리는 세상 돌아가는 걸 더 잘 압니다!"

링탄은 아들의 건방진 태도를 더 이상 참을 수 없었기에 오른손을 들어서 라오산의 빨간 입술을 후려갈겼다. "애비 앞에서 감히 그렇게 말하다니! 우리는 조상님의 가르침을 따르면서 수천 년을 살아왔다. 그 어느 민족보다도 오랜 세월을 살아온 거다! 평화는 사람을 살아가게 하지만 전쟁은 사람을 죽이지. 사람이 살아야 나라도 사는 법이야. 사람이 죽으면 나라도 죽기 마련이다!"

링탄은 사랑스럽기만 하던 막내아들이 어떤 사람으로 변했는지를 제대로 모르고 있었다. 라오산은 앞으로 다가오더니 아버지에게 주먹을 들이대면서 악에 받친 목소리로 말했다. "이젠 세상이 바뀌었어요! 더 이상 제 몸에 손대지 마세요! 다른 사람을 없애버린 것처럼 아버지도 죽일 수 있어요!"

라오산이 거칠게 내뱉은 말은 링탄의 귀에 너무나 또렷하게 꽂혔다. 그는 두 팔을 힘없이 떨어뜨린 채 자신이 낳은 아들의 잘생긴 얼굴을 바라보았다. 라오산의 얼굴은 분노로 일그러져 있었다. 링탄은 고개를 돌리며 바닥에 주저앉아 괴로워하며 손으로 얼굴을 가렸다.

"그래, 너는 이 애비를 죽이고도 남을 사람이다." 링탄은 나지막이 속삭였다. "넌 이제 누구라도 죽일 수 있을 거야."

라오산은 여전히 자신감에 찬 얼굴에 분노를 가득 담은 채 아무 말도 하지 않았다. 그는 이렇게 집을 떠났고, 링탄은 그 후로 한참 동안 아들을 보지 못했다.

링탄은 밤새 잠을 이루지 못하면서 힘든 나날을 보냈다. '우리가 전쟁을 일삼는 다른 나라 사람들처럼 변한다면 그건 우리 민족의 종말이 아닐까?' 그는 라오산이 전쟁이 끝날 때가지 살아남느니 차라리 죽기를 바랐다.

"라오산이 죽은 것 같은 기분이 들어." 그러던 어느 날 밤, 링탄은 아내에게 이렇게 말했다. "라오산은 너무 많이 변했어. 시체를 보기만 해도 먹은 걸 다 토해내던 다정한 그 아이는 어디로 간 걸까?"

링탄은 아내가 자신의 말을 이해하지 못하리라 생각하며 말을 꺼냈는데 뜻밖에도 링사오는 캄캄한 어둠 속에서 한숨을 쉬었고, 그는 아내의 반응에 놀람을 금치 못했다.

"변하지 않은 사람이 어디 있겠어요?" 링사오가 물었다.

"당신도 변했단 말이야?" 링탄은 놀란 목소리로 되물었다.

"그럼 아닌가요? 다시 예전의 내 모습을 되찾을 수 있을지 모르겠어요. 우리가 무슨 일을 저질렀는지, 그리고 앞으로 또 무슨 일을 저질러야 하는지 한시도 잊을 때가 없어요. 아이를 무릎에 앉혀 놓고 있을 때도 마찬가지예요."

"꼭 이래야 하는 건지 모르겠어." 링탄이 말했다.

"달리 방법이 없잖아요."

링탄은 잠시 생각에 잠겨 있다가 다시 입을 열었다. "지금은 이런 시절을 보내고 있지만 평화가 얼마나 값진 것인지 잊으면 안 돼. 젊은이들은 기억하지 못할 거야. 그러니 우리라도 기억하고 있다가 평화야말로 인간에게 가장 좋은 양식이라는 사실을 젊은이들한테 가르쳐야 해."

"지금 젊은이들이 배워서 알고 있는 사실 말고 다른 걸 받아들일 마음만 갖고 있다면요." 링사오는 서글픈 목소리로 말했다. "사람을 죽이는 게 이렇게 쉽지 않으면 좋겠어요! 우리 아들들은 모든 일을 간단하고 빨리 끝내버리는 것에 익숙해지고 있어요. 당신과 내가 막으려 든다면 아이들은 우리마저도 눈 하나 깜짝 안 하고 죽일 거예요. 그리고 더 이상 죽일 적이 없다면 서로한테 달려들겠죠."

링탄은 아내의 말에 아무런 대꾸도 할 수 없었으며, 그 후로 한참 동안 잠을 이루지 못했다. 아내가 잠든 뒤면 예외 없이 고르게 울려 퍼지던 코 고는 소리가 오늘따라 들리지 않는 것으로 보아 그녀 역시 깨어 있음을 알 수 있었다. 이윽고 링탄은 전과 마찬가지로 처참한 방법으로 적에게 맞서겠지만 이러한 생활이 자신의 삶이 되도록 만들지는 않으리라 마음먹었다. 그는 무슨 일을 하고 있건 날마다 잠시 시간을 내서 평화로웠던 시절을 떠올릴 것이며 그 시절에 이 집 안에서 가족들과 보냈던 시간을 기억하리라 결심했다.

그는 옛일을 떠올리면 떠올릴수록 사람을 죽이는 것은 추악한 일이라는 것을 깨닫게 되었다.

'다른 사람들이야 어떻든 난 더 이상 살인을 하지 않겠어.'

링탄은 평화가 옳은 것이라는 사실을 마음속에 기억하고 있는 만큼, 자기도 나름대로 나라를 위해 일하고 있는 것이라고 생각했다. 그날 이후로 링탄은 더 이상 왜인을 죽이라는 신호를 보내지 않았다. 마을에는 그의 행동을 이해하지 못하는 사람들이 있었지만 링탄은 아무런 설명도 하지 않았으며, 살인이 아닌 다른 방법으로 적에게 보복하기 시작했다. 그는 적군의 손에 생선이 들어가지 않도록 연못에 독을 풀어서 물고기를 모두 죽였으며 벼가 여물면 밤새 안뜰에서 타작을 한 뒤 수확한 쌀의 절반 이상을 감추었다. 결국 적군은 시골 마을까지 내려온 수고조차 보상받지 못할 정도로 적은 양의 쌀만을 차지했다. 그리고 링탄은 적군의 분노 앞에 오로지 침묵으로 일관했다. 그는 침묵을 자신의 무기로 만들었던 것이다.

· · · 링탄의 둘째 아들 라오얼은 다른 형제들과 확연히 달랐다. 그는 가장 간단한 방법이기 때문에 살인을 택하는 형이나 살인을 기쁨으로 여기는 동생과 달리 피할 수 없는 경우에만 사람을 죽였다. 라오얼은 당장 눈앞의 일만을 생각하지 않고 넓은 안목으로 계획을 세웠으며, 그 계획을 실천에 옮기기 위해 어쩔 수 없이 살인을 해야 할 때만 사람을 죽였다. 라오얼이 계획을 세우는 단계에서 아내 옥은 가장 큰 도움이 되었다.

"적의 소굴로 들어가려면 아가씨 남편을 문으로 이용해야 돼요." 옥은 어느 날 남편에게 말했다. "그런 사람 앞에서 화를 내거나 증오하는 건 아무 소용없는 짓이에요. 그런 사람들은 사랑을 받거나 미움을 받을 만한 가치조차 없어요. 우리는 그런 사람들을 이용하기만 하면 돼요. 어떤 방법을 쓰면 좋을까요?"

"정말 옳은 말이야." 라오얼이 말했다.

두 사람은 지하방에서 감추어둔 무기들을 꺼내 닦고, 기름칠하고 있었다. 빨치산 대원들이 사흘 안에 이 지역에 있는 적의 요새를 공격하게 될 것이라고 말했기 때문에 무기들을 당장 쓸 수 있도록 준비해두어야 했기 때문이다.

"어떻게 형님 내외를 예전처럼 살갑게 대할 수 있을까요?" 옥은 생각에 잠긴 얼굴로 이렇게 말하면서 손에 들고 있는 번쩍이는 총신을 뚫어져라 바라보았다. 그녀는 얼마 전에 적에게서 빼앗아 다른 무기와 함께 이곳에 보관하고 있던 이 총에 쇠꼬챙이를 넣어서 위아래로 천천히 움직였다. 라오얼과 옥이 무기들을 손질하는 동안 그들의 아들은 흙바닥에 앉아서 빈 탄약통을 가지고 놀았다. 빈 탄약통들은 깨물어도 좋을 만큼 안전하고 깨끗해서 아이에게 좋은 장난감이 되었고, 아이는 그 중에서도 자그마한 탄약통 하나를 특히 좋아했다. 두께가 얇아서 아이가 입에 물고 놀기에 좋아서 그런지 놋쇠로 만든 탄약통 위에는 아이의 첫 잇자국이 찍혀 있었다. 옥은 아이가 탄약통을 어디에 떨어뜨리는지를 지켜보았다. 아이가 싫증을 느껴서 더 이상 갖고 놀지 않을 때, 탄약통을 주워서 아이의 첫 물건들을 모아둔 통에 넣기 위해서였다. 통 안에는 그녀가 호랑이 얼굴 무늬 천으로 손수 만든 아이의 첫 신발과 부처의 모습을 수놓은 아기 모자처럼 모든 어머니들이 간직하고 싶어하는 아이의 첫 물건들이 들어 있었다.

라오얼과 옥은 꿈에도 상상하지 못했지만 우리엔은 마을에 첩자를 심어두었기 때문에 두 사람이 시골집에 숨어 있다는 사실을 알고 있었다. 옥과 그녀의 어린 아들을 시기하는 사람이 아니라면 누가 그들에 대한 이야기를 했겠는가? 팔촌의 아내는 다른 모든 마을 사람들과 마찬가지로 우리엔 내외가 값비싼 옷을 입고, 잘 먹어서 살이 찐 모습으로 링탄의 집에 다녀갔다는 사실을 알고 있었다. 그러던 어느 날 그녀는 물고기 몇 마리를 잡은 뒤, 마을 사람들이 생선을 먹는 것은 금지되어 있으니 물고기를 왜인들에게 넘겨야 한다는 구실로 우리엔이 살고 있는 집으로 갔다. 그녀가 대문을 지키고 있는 군인에게 우리엔의 이름을 말했더니 순순히 안으로 들여보내주었다. 그녀는 연잎에 싼 생선을 손에 든 채 우리엔의 처와 일가되는 여자의 자격으로 쉽게 그를 만날 수 있었다.

우리엔은 모든 사람을 대할 때와 마찬가지로 그녀에게 예를 갖추어 인사를 한 뒤 자리를 권했고, 사람을 보내서 아내를 불러왔다. 이윽고 팔촌의 아내는 오래전부터 막역하게 지내온 것처럼 행동하면서 두 사람에게 링탄과 그의 아들들에 대한 이야기를 했다.

"네 오빠들과 남동생은 잘 있다." 그녀는 우리엔의 아내에게 말했다. "며칠 전에 라오얼을 봤어."

"작은오빠를요? 지금 집에 있나요?" 뜻밖의 소식에 놀란 우리엔의 아내는 목소리를 높여서 이렇게 물었다.

"그래, 네 올케랑 같이 있다. 아주 잘생긴 아기도 함께 있지. 그런 아기가 내 손자라면 하나도 반갑지 않을 게다. 안됐지만 그 아이는 일찍 죽을 상을 하고 있어. 볼 때마다 느끼는 거지만 죽음이 그 아이의 눈썹 위에 앉아 있단다."

팔촌의 아내는 한숨을 쉬면서 눈을 치켜떴고, 우리엔 부부 사이에 은밀한 눈길이 오가는 것을 보면서 말을 이었다. "라오타랑 라오산도 잘 있어. 그 아이들이 산속에서 내려와 집으로 돌아올 때면 이따금 만나곤 한단다."

"큰오빠랑 라오산이 산속에서 지내나요?" 링탄의 큰딸은 다시 한 번 목소리를 높여 물었다.

"그래, 산속에서 살고 있지." 팔촌의 아내는 이렇게 대답한 뒤 링탄의 집 밑에 파놓은 지하방과 남자들이 그곳을 거점으로 비밀리에 적을 공격하고 있다는 사실을 말해야 할지 말아야 할지를 고민했다. 결국 그녀는 말하지 않기로 마음을 정했다. '한 번에 모든 걸 다 말하면 안 돼. 앞으로 필요할지도 모르니 다만 몇 가지라도 사실을 숨겨두는 게 좋겠어.'

그녀는 미소를 지어 보이더니 이내 한숨을 쉬었다. "내 아들이 죽었다는 소식은 들었겠지? 왜군의 총에 맞아서 결국 세상을 뜨고 말았어. 이제 나한테 자식이라곤 아무도 없어. 나쁜 짓을 한 것도 아니었는데 ……. 그애는 세상이 어떻게 돌아가는지를 살펴보려고 성안에 들어간 것뿐이었어. 게다가 무기를 들고 간 것도 아니었지. 그때 네 아버지께서 엉뚱한 생각만 불어넣지 않았더라도 그애는 성안에 다녀올 생각을 하지 않았을 거야. 네 작은올케를 볼 때마다 생각하는 거지만, 우리 집안에 불운이 따르기 시작한 건 네 아버지께서 돈으로 네 작은올케를 뺏어 갔을 때부터란다. 단지 돈이 없다는 이유만으로 우리는 모든 걸 다 잃었어. 가난이 웬수지." 팔촌의 아내는 하소연을 늘어놓으며 눈을 훔쳤고, 우리엔은 헛기침을 하면서 그녀를 위로하려 애썼다.

"백부님은 안녕하시죠?" 우리엔이 물었다.

"끼니를 잇기가 어려운데 안녕하실 리가 있겠나?" 팔촌의 아내는 이렇게 대답했고, 그 순간 생존본능은 그녀의 둔한 머릿속에 한 가지 생각을 떠오르게 했다. 그녀는 갑자기 눈물이 마른 눈으로 우리엔을 바라보았다.

"조카사위, 자넨 정말 좋은 사람이야. 자네를 볼 때마다 느끼는 건데 부드러운 자네 얼굴은 선함 그 자체야. 온화한 마음을 갖고, 간에 독을 품고 있지 않아야만 자네처럼 살이 찔 수 있는 법이지. 하찮은 거라도 좋으니 내 남편이 이 안에서 할 만한 일거리가 없겠나?"

그녀는 주위를 둘러보면서 이렇게 안전한 곳에서 살 수만 있다면 얼마나 좋을지를 상상했다. 편안한 의자와 침대가 있고, 먹을 것이 넘쳐나는 이곳에 살 수만 있다면 어떤 통치자의 돈을 받고 일하든 무슨 상관이란 말인가?

"하지만 아버지가 반대하시지 않을까요?" 우리엔의 아내가 물었다. "아버지는 저희 때문에 화가 나셨어요. 그런데 백부님까지 저희가 있는 곳으로 오신다면 더 화를 내실 거예요."

팔촌의 아내는 조카딸의 말에 화가 머리끝까지 치밀었다. 그녀의 남편은 원칙대로 따지자면 마을에서 링탄보다 더 강한 영향력을 가져야 했다. 그러나 그가 링탄보다 나이가 더 많다는 사실을 기억하는 사람은 아무도 없었고, 링탄은 왜소한 체구에 새된 목소리와 말할 때마다 흔들리는 염소수염을 가진 허약한 팔촌을 제치고 쉽게 마을의 대표가 되었다.

"네 아버지가 우리한테 이래라 저래라 할 권리는 없다. 게다가 네 백부는 언제나 나랑 같은 생각을 하신단다. 그리고 난 지금 음식을 구하는 게 가장 시급한 일이라고 생각해. 우리가 스스로 먹을 걸 찾지 못한다면 누가 우리를 먹여 살리겠니?" 그녀는 링탄이 수확한 곡식의 절반을 감추어 두었으며 마을 사람들에게 돼지와 가금을 모두 죽여서 소금을 뿌려 두게 했다는 사실도 말하고 싶었지만 머뭇거렸다. 그녀 역시 링탄의 말대로 했으므로 사실이 발각되는 날에는 자신의 입장도 곤란해질 것이기 때문이었다.

우리엔은 그녀의 이야기를 듣고는 곰곰이 생각을 했고, 드디어 입을 열었다. "그냥 마을에 계시는 게 좋을 것 같군요. 하지만 제가 힘이 닿는 한 두 분을 돕겠습니다. 필요할 때면 언제라도 먹을 것과 돈을 드릴 테니 이따금 이곳에 와서 소식을 들려주세요. 저희는 두 분은 물론이고 장인장모님 그리고 처남들의 소식을 듣고 싶습니다."

우리엔은 천진난만한 표정으로 말했지만 팔촌의 아내는 그가 무슨 생각을 하고 있는지를 알아차리고는 회심의 미소를 지었다. 그녀는 자리에서 일어서며 그만 가야겠다고 말했고, 우리엔은 가슴팍에 손을 넣어 돈을 꺼내서 그녀에게 건넸다. "수고스럽게 생선을 가져다주신 것에 대한 답례입니다. 다음부터는 그냥 두 분이 드세요. 누가 뭐라고 하면 저보다 높은 사람한테 이야기를 해드릴게요." 팔촌의 아내는 감사의 표시로 머리를 깊숙이 숙여 인사했고, 우리엔은 그럴 필요 없다는 뜻으로 손을 흔들었다.

"보잘것없지만 제가 가진 힘을 일가친척과 친구들을 위해 쓰는 건 당연한 일입니다."

링탄의 큰딸은 자랑스런 얼굴로 남편을 바라보면서 적포도주빛 공단 치파오를 입고 있는 그의 모습이 너무나 품위 있어 보인다고 생각했다. 그녀는 열띤 목소리로 팔촌의 아내에게 말했다. "수고스러우시겠지만 한 가지 부탁을 더 드려도 될까요? 기회가 되면 부모님께 아비 이야기를 좀 잘 해주세요. 두 분은 이이의 장점을 인정하지 않으세요. 이이가 겉으로 좋은 척하면서 여기에 있는 게 얼마나 현명한 일인지 모르시는 모양이에요. 그리고……."

우리엔은 손을 들어 올리며 아내의 말을 막더니 목소리를 높였다. "난 좋아서 여기에 있는 거야. 나는 힘들더라도 하늘이 그때그때 인간 세상에 일으키는 일을 받아들여야 한다고 생각해."

"정말 지혜로운 생각이야!" 팔촌의 아내가 큰 소리로 말했다. "앞으로 기회가 될 때마다 자네 칭찬을 해야겠군. 나도 자네랑 같은 생각이야. 나 역시 눈앞의 현실을 부정하는 건 어리석은 짓이라고 날마다 자네 백부한테 말한다네."

팔촌의 아내는 인사를 한 뒤 밖으로 나갔고, 성안을 헤매고 다니면서 바늘, 신발을 만들 천 조각, 자그마한 고기 한 덩어리를 샀다. 그녀는 우리엔이 준 돈을 모두 써야 했지만 원하는 물건들을 찾기 위해 한참을 걸어야 했으며 빈 가게를 수없이 지나쳤기에 기꺼이 부르는 대로 값을 치르고 물건을 샀다. 한참을 헤맨 뒤 마침내 찾은 가게 주인은 슬퍼 보이는 얼굴로 그녀에게 말했다. "사든 말든 마음대로 하십시오. 하지만 어딜 가도 좋은 물건을 찾을 수는 없을 겁니다. 이곳 상인들은 모두 망했으니까요."

팔촌의 아내는 고기 냄새를 맡아보면서 물었다. "무슨 고기죠? 설마 개고기는 아니겠죠? 만약 개고기라면 살 생각이 없어요. 내 개를 잡아도 되니까요."

"개고기가 아니면 당나귀겠죠. 다른 고기는 모조리 왜놈들 차지니까요."

팔촌의 아내는 손에 고기를 든 채 잠시 생각했지만 그냥 사기로 마음먹었다. 무엇이 되었든 고기이기는 마찬가지였고, 그녀는 집에서 기르는 개를 죽이고 싶지 않았기 때문이었다.

그녀는 집으로 돌아가기 위해 적막에 휩싸인 황폐한 거리를 걸으면서 사방에 널려 있는 폐허를 보았다. 굶주림에 지친 사람들은 이 집 저 집으로 힘없이 걸어 다니고 있었으며 그 많던 인력거는 거의 눈에 띄지 않았다. 너무 많은 남자들이 목숨을 잃었으며 겨우 살아남은 사람들은 인력거를 끌 만한 기력이 없기 때문이었다. 팔촌의 아내는 이러한 광경 앞에서 두려움을 느끼며 생각했다. '그렇게 좋은 곳에 살고 있는 우리엔을 어떻게든 이용해야 해. 나도 내 영감이랑 잘 먹고 잘 살아봐야지. 이렇게 굶고 있을 필요는 없어.'

그녀는 우리엔이 원하는 일은 무엇이든 할 것이며 마을의 구심점인 링탄의 집에서 일어나는 일들을 하나도 놓치지 않고 지켜보리라 마음먹으면서 집을 향해 걸었다.

'남편한테 우리가 해야 할 일을 말해야 할 텐데.' 그녀는 오늘 밤 남편에게 푸짐한 저녁상을 차려준 뒤 잠자리에서도 호의를 베풀어야겠다고 생각했다. 그리하여 남편의 기분이 더할 수 없이 좋아졌을 때, 어떻게 하면 돈이 되는 일을 할 수 있을지 설명하리라 마음먹었다.

그녀는 자신의 계획을 차례대로 실천에 옮겼고, 너무나 순진한 팔촌은 오늘따라 좋은 일이 연달아 일어나는 이유를 알지 못했다. 그는 아내의 계획에 말려들어간 뒤에야 그녀가 다른 사람처럼 행동한 이유를 알게 되었고 아내의 말이 끝나자 신음하듯 말했다.

"당신한테 꿍꿍이가 있다는 것을 진작에 알았어야 했는데." 팔촌은 맷돌 사이에 낀 듯한 기분을 느꼈다. 윗돌은 아내였고, 아랫돌은 그의 가슴속 깊이 자리 잡고 있는 링탄에 대한 두려움이었다. 그는 자신의 삼종아우인 링탄에게 두려움 이상의 존경을 느꼈으며 지금 이 순간에도 적의 소굴에 앉아 있는 우리엔보다 링탄이 더 힘 있는 사람으로 여겨졌다. "삼종아우나 조카들이 당신이랑 내가 배신했다는 걸 알면 어쩔 작정이야? 그러고도 우리가 목숨을 부지할 수 있을 것 같아? 그들은 이제 숨 쉬는 것보다 더 쉽게 사람을 죽여. 우리를 적이라고 판단하는 순간, 다른 왜인들과 마찬가지로 땅속에 묻고 말 거야!"

팔촌의 아내는 남편의 말이 끝나기 무섭게 욕을 하기 시작했다. "당신은 이 세상에서 가장 못난 남자예요! 내가 왜 당신 같은 사람한테 시집을 왔는지 모르겠어요. 내 말대로 할 거예요, 말 거예요?"

"무슨 말?" 팔촌은 아내의 곁에 누워 몸을 떨면서 서둘러 되물었다.

"우리는 당신 팔촌의 원수예요. 난 당신 팔촌이 마음에 든 적이 한 번도 없어요."

"하지만 내 마음은 달라. 아우는 우리한테 언제나 잘했어. 먹을 거는 물론이고 예전에 집에서 길쌈을 할 때는 짧은 천들도 가져다 주었잖아. 어디 그뿐인가? 집에서 필요 없는 건 뭐든 우리한테 줬지. 그리고 일 년에 한 번은 치파오나 윗도리를 만들 수 있을 만큼 넉넉히 옷감을 보냈어. 그간 입은 은혜를 모두 잊을 수는 없어."

"그렇지 않아요. 그게 무슨 대단한 일이었다고 생각하는 거예요? 당신 팔촌은 그동안 짧아서 못 쓰는 옷감이나 별로 많지도 않은 음식을 준 것뿐이에요. 그렇게 하면서 자기가 무슨 대단한 사람처럼 여겨졌을 테니까요. 우쭐대는 마음 없이 남한테 무언가를 베푸는 사람이 어디 있는 줄 알아요? 팔촌의 자만심한테 고맙다고 해야 하나요?"

그녀는 곁에 누워 있는 가엾은 남편을 계속 괴롭혔고, 그는 아내의 말을 들으면서 신음했다. 마침내 그는 눈을 감고 억지로라도 잠을 청하려 했지만 그녀는 곧 남편을 흔들어 깨웠고, 견디다 못한 그는 소리를 질렀다.

"당신 마음대로 해! 어차피 당신 뜻대로 할 거잖아. 다른 남자들보다 약한 내가 어떻게 당신한테 맞설 수 있겠어!"

이렇게 해서 팔촌 내외는 우리엔의 눈과 귀가 되었고, 그에게 마을에서 벌어지는 일들을 속속들이 전해주었다. 그러나 팔촌은 여전히 마음이 내키지 않았기 때문에 가능한 한 많은 일들을 혼자만 알고 있었다. 하지만 자신만의 방법으로 그를 괴롭히는 아내 앞에서 모든 사실을 숨길 수는 없었다. 링탄은 마을 남자들을 불러 모은 뒤 해야 할 일을 지시했고, 팔촌은 가정의 평화를 지키고, 아내에게 시달리지 않기 위해서 모임에서 들은 이야기를 조금씩 아내에게 털어놓았다. 그러면 그녀는 충실하게 우리엔을 찾아가서 소식을 전해주고 대가를 받았다. 우리엔은 그녀로부터 들은 이야기들을 아무에게도 알리지 않은 채 혼자만 알고 있었다.

한편 이러한 사실을 까맣게 모르는 옥은 나름대로 우리엔을 이용해서 적의 소굴로 들어갈 방법을 찾아냈다. 그녀는 직접 성안으로 먹을거리를 가지고 들어간 뒤 우리엔의 집을 찾아가서 팔아야겠다고 마음먹었다. 영리한 그녀는 어느 도둑 못지않게 침착하고 대담한 구석이 있었기 때문에 자신의 계획을 아무에게도 알리지 않았다. 남편이 산속에 들어간 어느 날, 그녀는 아이가 잠들 때를 기다렸다가 흰머리 가발을 뒤집어썼다. 그녀는 남편과 함께 서쪽으로 피난을 가던 시절에 우연히 유랑극단을 만났고, 라오얼은 아내의 젊고 아름다운 얼굴을 감출 마음으로 그들로부터 이 가발을 사 두었다. 옥은 가발을 쓴 뒤 얼굴에 물감을 칠했고, 입술을 뒤집어 접착제로 고정시키더니 검은 칠까지 했다. 그러고는 곱사등이처럼 보이도록 등에 혹을 집어넣었고, 매끈한 발을 감추기 위해 낡은 신을 신었다. 이윽고 그녀는 링사오가 잠든 틈을 타서 집 뒤쪽에 있는 쪽문을 빠져나간 뒤 대나무 숲에 가려져 있는 밭으로 갔고, 적군의 눈을 피해 링탄이 키우고 있는 겨울 양배추를 한 바구니 땄다. 링탄은 집 앞에 있는 밭에서 일을 하고 있었기 때문에 그녀를 보지 못했다. 이윽고 옥은 묘지를 돌아서 성안으로 갔다.

그녀는 우리엔이 사는 곳을 알고 있었기에 그 집을 향해 걸음을 옮겼지만 적의 소굴로 들어가는 데에 싱싱한 양배추가 담겨 있는 바구니만큼 좋은 열쇠가 없다는 사실은 미처 모르고 있었다. 시장에는 푸른 채소가 없었기 때문에 대문을 지키고 있던 군인은 옥이 들고 있는 바구니 속의 양배추를 보더니 군침을 흘렸고, 그녀는 우리엔이라는 이름을 댈 필요조차 없었다.

"할멈, 부엌으로 가봐요. 요리사가 돈을 줄 겁니다." 보초병은 더듬더듬 이렇게 말했다.

"부엌이 어디 있나요?" 옥은 쉰 목소리를 내면서 이가 안 좋은 것처럼 혀 짧은 소리로 말했다. 그녀는 변장한 사람처럼 행동하는 재주가 탁월해서 노파처럼 옷을 입고 있을 때면 자기도 모르게 나이 든 여자가 하는 행동들을 했다. 그녀가 노파를 비롯해 수도 없이 많은 모습으로 변장하는 과정을 지켜보지 않았다면 라오얼마저도 속을 정도였다. 그는 여러 가지 모습으로 능숙하게 변신하는 아내를 보면서 놀라곤 했다.

"따라오시오." 보초병은 이렇게 말한 뒤 앞장서서 안뜰을 여러 개 지났고, 옥은 다리를 절면서 그의 뒤를 따라갔다. 그녀는 부엌에 도착할 때까지 코를 쿵쿵대면서 두 발자국 앞을 바라보며 걸었다.

보초병은 "노파 한 명이 금보다 좋은 걸 바구니에 가득 담아서 가지고 왔다! 어서 요리가 다 돼서 맛을 보면 좋겠군!" 하고 요리사에게 소리쳤다.

보초병은 부엌 문 앞에 옥을 남겨둔 채 소리 내어 웃으면서 그 자리를 떠났고, 뚱뚱한 요리사는 잔뜩 화가 난 얼굴로 밖으로 나왔다. 그는 왜인이 아니라 이제는 폐허가 되어버린 여인숙의 주방이나 식당에서 일하던 남자였다. 그는 양배추를 덮고 있던 천을 들추더니 옥의 귀에 들리지 않을 정도로 목소리를 낮추어 욕을 했다.

"은화 두 닢을 주겠소." 요리사가 큰 소리로 말했다.

그러나 옥은 고개를 내저었다. "요즘 양배추 값이 얼마나 나가는지 잘 알잖소?"

"좋아요, 그럼 은화 세 닢을 드리죠." 요리사는 심드렁하게 말했다. "어차피 내 돈으로 사는 것도 아니고, 난 지금 실랑이를 할 시간도 없어요. 곧 성대한 연회가 열릴 겁니다. 빌어먹을 놈들이 또 잔치를 벌인다는군요. 이놈들은 눈만 뜨면 잔치타령이죠. 대체 연회 음식을 만들 재료를 어디서 구하라는 건지 알 수가 없어요. 할머니, 혹시 고기는 가진 것 없나요? 돼지고기를 구할 수 있을까요? 생선이라면 얼마든지 구할 수 있죠. 하지만 돼지고기가 없는 상이 무슨 잔칫상이란 말입니까? 하다못해 오리고기라도 올라가 있어야 잔칫상답죠."

옥은 요리사를 뚫어져라 바라보았다. 이 사람 역시 반역자일까?

"오리 두 마리를 가져오면 은화 열 닢을 줄 수 있겠소?" 옥이 조심스레 물었다.

"일단 가져와 봐요. 보고 난 다음 결정합시다." 요리사가 말했다.

요리사는 양배추 값을 치르기 위해 허리춤에서 은화를 꺼냈고, 옥은 그에게 물었다. "연회가 언제 열릴 건가요?"

"이틀 뒤입니다." 요리사는 이렇게 말하더니 빈정대기 시작했다. "이틀 뒤가 작년에 놈들이 우리나라와 싸워서 처음으로 크게 승리한 날이라는군요. 그래서 성대한 연회를 준비하라는 지시가 내려왔어요.

높은 사람들이 모두 모여서 같이 식사를 할 거랍니다."

옥은 요리사 쪽으로 몸을 기울이며 속삭였다. "당신은 우리 편이로군요."

뚱뚱한 요리사는 급히 안뜰을 둘러보았다. 그가 등지고 서 있는 부엌 안에는 아무도 없었지만 요리사는 아무런 대답도 하지 않았다.

"당신은 정말 굉장한 자리를 차지하고 있어요." 옥은 계속해서 목소리를 낮추어 말했다. "그 사람들이 먹는 음식에 실수로 뭐든 원하는 걸 넣을 수 있잖아요! 요리사는 몇 명이나 되죠?"

"세 명입니다."

"세 명이요? 그렇게 성대한 잔치를 준비하는 데 세 명으로 될까요? 이럴 때는 손이 더 필요할 텐데요? 요리사가 적어도 열 명은 돼야 할 겁니다. 댁이 연회 준비를 맡아서 하게 되나요, 아니면 다른 식당에서 음식을 맞춰 올 건가요?"

"놈들은 외부 사람은 아무도 안 믿어요. 제 몸을 얼마나 사리는지 모릅니다."

"그렇군요." 옥이 말했다.

요리사는 바구니에서 양배추를 꺼내며 물었다. "내일 오리고기를 가져올 수 있나요?"

"그러죠. 내일도 이맘때쯤 오겠습니다."

"그럼 저는 돈을 준비해두죠." 요리사가 말했다.

그러고서 그는 옥에게 뒷문을 가리켰고, 그녀는 그 문을 통해서 다시 텅 빈 거리로 나왔다.

옥은 땅에 씨를 뿌리듯 요리사의 머릿속에 독에 대한 생각을 집어넣어 주었지만 아직 구체적인 계획을 세우지는 못했다. 그녀는 폐허가 된 거리를 걸으면서 잠시 쉬려는 것처럼 여기저기에서 걸음을 멈추었고, 작고 조용한 곳에서는 사람들과 대화를 나누었다. 그들은 목소리를 낮추어가며 그녀에게 얼마나 두렵고 끔찍한 상황 속에서 살아가고 있는지를 이야기했다. 옥은 여러 곳을 들르던 중에 행상으로 헌 옷을 팔다가 얼마 전에 다시 가게를 연 남자를 만나게 되었다. 그녀는 윗도리를 찾는 시늉을 하며 가게 안으로 들어가서는 요즘 장사가 잘되는지를 물었다. 그러자 남자는 갑자기 눈물을 글썽이며 말했다. "다시 저한테 좋은 일이 생길 수 있을까요? 저는 외아들을 잃었습니다. 그리고 세 딸은 죽는 것보다 더한 일을 당했어요."

"아드님은 어쩌다 잃으셨나요?" 옥이 물었다.

"설명을 드려도 아마 못 믿으실 겁니다. 하지만 제가 하는 이야기는 모두 사실이에요. 제 아들은 막내로 태어났기 때문에 사고를 당했을 때 겨우 열네 살이었습니다. 하늘은 막내를 낳기 전까지는 저희 부부한테 딸자식밖에 안 주셨답니다. 아들은 자식들 중에서 여러 모로 가장 나았었죠. 그러던 어느 날, 적군이 떼를 지어서 가게 앞을 지나갔어요. 제 아들은 헤아릴 수 없이 많은 번쩍이는 총이랑 제복을 구경하다가 신이 나서 경례를 했어요. 자기가 똑똑하다는 걸 보이려는 어린애다운 행동이었죠. 그런데 그 순간, 군인 한 명이 대열에서 걸어 나오더니 바로 이 문 앞에 서 있던 제 아들한테 총을 쐈어요. 마침 아들 옆에 서 있던 저는 쓰러지는 아들을 부축했죠. 하지만 제 아들은 이미 숨이 끊어진 상태였어요."

"어떻게 그런 일이 있을 수 있죠?" 옥이 슬픈 목소리로 말했다.

"제 눈앞에서 벌어진 일입니다." 남자는 한숨을 쉬었다.

옥은 다시 길을 떠났고, 반쯤 타버린 집 앞에서 걸음을 멈추었다. 성안에는 이렇게 타다 만 집에서 어렵사리 살아가는 사람들이 많았다. 옥은 잠시 쉬었다 가려고 문 앞 계단에 앉았다. 그러자 이 집에서 살고 있는 나이 든 여자가 나오더니 차는 없지만 우물물이라도 한 잔 마시겠냐고 물었다. 옥은 그냥 쉬었다만 가겠다고 대답했다. 그 순간 주인 여자는 불에 탄 집을 바라보고 있는 옥의 시선을 보고는 목소리를 낮추어 말했다.

"너무 많은 걸 눈여겨보지 말아요. 누가 지금 우리를 지켜보고 있을지도 모르니까요. 그래도 우리는 집이 홀딱 타버린 사람들이나 집과 같이 타 죽은 사람들에 비하면 운이 좋은 거예요."

"어쩌다 집이 이렇게 됐나요? 폭탄이 떨어졌나요?" 옥이 물었다.

나이 든 여자는 고개를 내저으며 말했다.

"아니오, 다행히 폭탄은 무사히 피했지요. 하지만 그 뒤로 왜놈들이 군인들을 민가로 보내서 제멋대로 살게 했어요. 군인들은 집에 불이 붙어도 아무런 신경을 안 썼죠. 자기들이 지내던 집에 불이 나면 다른 집으로 옮겨가면 그만이니까요. 저희 집도 그래서 이렇게 된 겁니다. 군인 한 명이 저기 보이는 안쪽 방에서 담배를 피우다 잠이 들었고 침대에 불이 붙자 그냥 일어나서 밖으로 나갔죠. 한 마디 말도 없이 불이 번지게 놔둔 채 다른 곳으로 간 거예요. 그때 우리 가족은 될수록 군인들한테서 멀리 떨어져 있으려고 집 반대쪽에 모여 있었기 때문에 손을 쓸 수 없을 정도로 시간이 지난 뒤에야 불이 난 걸 알았죠. 이렇게 해서 불에 타버린 집들이 한두 채가 아니랍니다." 나이 든 여자는 말을 멈추더니 몸을 떨었다. "그놈들은 집이 불에 타는 걸 보면서 얼마나 웃어대는지 몰라요."

옥은 너무 말을 많이 해서 누군가 듣게 될까 두려운 마음에 주인 여자의 말에 아무런 대꾸도 못했다. 그녀는 고개를 떨어뜨린 채 잠시 동안 그대로 앉아 있다가 몸을 일으켜 그 자리를 떠났다.

그녀의 분노가 극에 달한 것은 우연히 들어선 중심가의 벽에 터무니없는 그림이 그려진 커다란 벽보가 붙어 있는 것을 발견했을 때였다. 그림 속에서는 미소를 머금은 적군이 전쟁에서 패배한 뒤 무릎을 꿇고 앉아 감사하는 얼굴로 자신들을 올려다보고 있는 노인들과 젊은 남녀들 그리고 어린이들에게 떡과 과일을 건네고 있었다. 그리고 벽보에는 커다란 글씨로 '인민들은 음식과 평화 그리고 안전을 제공해주는 선량한 이웃을 환영합니다.'라고 쓰여 있었다.

옥은 벽보에 쓰여 있는 글을 읽는 순간, 분노가 끓어오르는 것을 느꼈고, 곧바로 발길을 돌려 조금 전에 지나쳤던 가게로 되돌아가서 예로부터 익히 알려져 있는 독약을 샀다. 판매대 뒤에 서 있는 남자는 나무뿌리처럼 바짝 마른 노인이었는데, 그는 하얀 가루의 무게를 재면서 애수에 잠긴 미소를 지었다.

"요즘에는 이 약을 사 가는 사람이 많아요. 대부분 여자들이죠."

"그 사람들도 자기가 먹으려고 사 가는 건가요?" 옥은 가게 주인을 속이려고 이렇게 물었다.

"물론 여자 손님들은 자기가 먹으려고 사 가죠." 노인은 나지막한 목소리로 대답한 뒤 옥을 뚫어져라 바라보면서도 아무것도 묻지 않았다. 그는 약의 무게를 잰 다음 싼 가격에 옥에게 건네주었고, 그녀는 가루를 받아서 윗도리 안주머니에 넣고 집으로 향했다.

옥은 그날 밤에야 자신의 계획을 가족들에게 알렸다. 그녀는 오리 두 마리가 필요했기 때문에 사실을 말할 수밖에 없었다. 마침 오리 몇 마리를 몰래 키우고 있던 링탄은 말없이 자리에서 일어서더니 오리를 가두어 둔 곳으로 갔고, 그 중 두 마리를 골라서 잡았다. 이어서 링사오와 옥이 오리의 내장을 빼고 털을 뽑은 뒤 독약을 살과 내장에 묻혔으며 밤새 오리고기를 보관하기 위해 매달아 두었다. 옥이 사 온 독약의 위력은 밀가루처럼 특별한 맛이 없거나 거의 아무 맛도 나지 않는다는 것이었다.

이튿날 아침 옥은 오리를 들고 성안으로 가서 뚱뚱한 요리사에게 건넨 후에 오리 값을 받을 때까지 잠자코 있다가 나지막한 목소리로 말했다. "오리를 요리할 때 소스를 진하게 만드세요. 그리고 평상시보다 기름과 술을 넉넉하게 넣는 게 좋을 겁니다. 내가 기르는 오리가 요즘 들어 거친 모이를 먹은 탓인지 살이 얼룩덜룩한 경우가 있더군요."

요리사는 옥의 말에 자그마한 눈을 휘둥그레 뜨더니 그녀를 뚫어져라 바라보았고, 그녀 역시 요리사를 똑바로 쳐다보았다. 그 순간 요리사는 옥이 나이 든 여자가 아니라는 것을 알아차리고는 입을 벌렸지만 곧 그냥 입을 다물고는 고개를 끄덕였다. 그러고는 옥이 빠져나간 뒤 자그마한 뒷문을 걸어 잠갔고, 그녀는 지름길을 따라서 집으로 돌아갔다.

성안에서 벌어진 일들은 작은 시골 마을까지 쉽게 전해지지 않았기 때문에 옥은 자신의 계획이 결실을 맺었는지 확인할 방법이 없었다. 옥은 소식을 기다리는 동안 이렇게 생각했다. '이번 일이 성공적으로 끝났다면 앞으로도 계속해서 같은 일을 해야지. 이제부터는 이런 식으로 추악한 적에 맞서 싸울 거야.' 이윽고 한참이 지난 어느 날, 팔촌의 아내가 소식을 전해왔다. 그녀는 자신의 남편이 길에서 우연히 우리엔을 만났는데 죽다가 살아난 탓에 늙은 염소처럼 바짝 말라 있었다며 아무것도 모르는 얼굴로 말했다. 그녀는 또한 연회 음식을 먹은 후에 목숨을 잃은 적군도 있다고 덧붙여 말했다.

링사오는 이야기를 들으면서 팔촌의 아내를 똑바로 쳐다보기가 힘들었으며, 가족들이 곁에 없는 것을 너무 다행스럽게 생각했다. 옥은 팔촌의 아내가 찾아올 때면 으레 그러하듯 아기를 데리고 지하방에 내려가 있었다. 링사오는 아무것도 모르는 듯 짐짓 놀란 표정을 지으며 물었다.

"몇 명이나 죽었대요? 대체 누가 죽은 거예요?"

팔촌의 아내는 아는 체를 하고 싶은 마음에 점잔을 빼며 대답했다. "다들 높은 사람이었다는군. 그 중에 다섯 명이 죽었고, 나머지도 모두 앓았대. 자네 사위는 다행히 고기를 조금밖에 안 먹어서 그나마 상태가 가장 좋았다는군." 그녀는 입술을 오므린 채 머리를 흔들면서 계속해서 속삭였다. "왜놈들은 요리사를 탓했대. 하지만 어느 요리사였는지 알게 뭔가? 원래 있던 요리사들 말고도 연회 준비를 하느라고 밖에서 사람을 더 불러왔었다는군. 그런데 일이 난 뒤 다들 달아났대."

"혹시 고기가 남아서 요리사들도 먹은 건 아닌가요? 요리사들은 괜찮았대요?" 링사오가 물었다.

"연회에 참석한 높은 사람들은 고기에 환장한 것 같았대. 뼈까지 모조리 씹어 먹었다는군."

"그랬군요. 하긴 왜놈들이 고기를 좋아한다는 건 세 살 먹은 어린애도 아는 일이죠!"

적군이 고기를 좋아하는 건 사실이었다. 그들은 여자와 술 다음으로 언제나 고기를 요구했다. 링탄은 산속에서 지내는 아들들로부터 왜군들이 풀을 뜯고 있던 살찐 물소를 덮쳤다는 이야기를 들은 적이 있었다. 아들들은 왜군들이 살아 있는 물소의 살을 베어내 생으로 먹는 것을 보았다고 했다. 평생 듣도 보도 못한 이야기를 접한 사람들은 하나같이 "그게 사람이야?"라고 소리를 질렀다. 그러니 왜군들이 오리의 뼈까지 먹어 치웠다는 것은 얼마든지 믿을 수 있는 이야기였다.

그날 밤, 링사오가 가족들에게 우리엔도 독이 든 고기를 먹었다는 이야기를 전했을 때, 모두들 입을 다물고 있었지만 라오얼은 "더 많이 먹고 죽었어야 해요."라고 냉정하게 말했다.

링사오는 옥과 함께 여자의 무기인 독을 써서 왜군을 죽인 것이 자랑스러웠지만 아들이 이런 말을 하는 것은 옳지 않다고 생각했다. "그래도 네 누이의 남편이야."

라오얼은 어머니에게 차마 대들 수가 없어서 그저 등을 돌리고 앉았지만 옥은 남편을 대신해서 차분한 목소리로 말했다. "어머니, 요즘 같은 때는 형제자매에 대한 도리보다 더 중요한 의무가 있어요. 아범의 생각에 반대하시면 안 돼요."

링탄 부부는 며느리의 말에 아무런 대꾸도 하지 않았다. 가족들 사이에 요즘 들어 많은 이야기가 오고갔지만 두 사람은 자신의 생각을 말하지 않을 때가 많았다. 지금은 자신들의 시간이 아니며 미래 또한 자신들이 아니라 적에 맞서 싸우고 있는 이들의 것임을 알기 때문이었다.

그날 밤 링사오는 잠자리에서 눈물을 흘리며 남편에게 말했다. "다시 평화로운 시절이 온다고 해도 예전과 같은 건 아무것도 없을 거예요."

링탄은 차분한 목소리로 대답했다. "당신 말이 맞아. 우리 같이 나이 든 사람들은 이 사실을 순순히 받아들여야 해. 모든 게 변했다는 가장 큰 증거는 젊은이들이 나이 든 사람들로부터 스스로 떨어져 나갔다는 거야. 젊은이들은 왜군들을 이 나라에서 몰아내는 걸 자기들의 의무로 생각하고 있어. 그리고 홀가분한 마음으로 그 의무를 다하려면 심지어 제 부모한테서도 떨어져 나가야 하는 거지. 요즘엔 부모한테 등을 돌리는 자식이 한둘이 아니잖아."

"그래요. 하지만 그건 정말 몹쓸 짓이에요." 링사오는 열띤 목소리로 말했다. "우리가 낳은 자식이 부모에 대한 도리를 모른 체한다면 그게 어디 온전한 세상인가요?"

"그렇지만 젊은이들의 행동을 몹쓸 짓이라고만 말할 수는 없어. 우리 같이 늙은 사람들은 젊은이들의 행동을 이해해야 돼. 젊은이들은 앞으로 다가올 새로운 세상을 위해서 노인들로부터 자유로워지려는 거야."

링사오는 남편의 말을 이해할 수 없었다. 그녀의 머릿속에는 나이 든 사람들이 젊은이들에게 순종을 요구할 수 없다면 이 세상은 끝이라는 생각밖에 없었다. 젊은이들이 나이 든 사람에게 복종하지 않는다면 어디서 이 세상의 질서를 찾을 수 있단 말인가?

그러나 링탄은 그녀보다 넓은 시야를 갖고 있었다. 물론 배우지 못한 탓에 안개처럼 흐릿하게 생각할 수 있을 뿐이었지만 아들들이 자신의 말을 따르지 않는 것이 자신을 증오하기 때문이 아니라는 것을 알고 있었다. 그들은 단지 과거의 모든 것으로부터 자유로워야 하며 현실에 맞서고 앞으로 다가올 미래를 받아들일 준비를 해야 하는 것뿐이었다. 링탄은 아들들이 이미 자신이 통제할 수 있는 범위를 벗어났음을 알고 있었다.

···"내가 싫은가요?" 옥은 나지막이 남편에게 물었다. 그녀는 자신의 계획대로 일이 마무리된 지금, 두려움을 느끼고 있었다.
"내가 어떻게 당신을 싫어해?" 라오얼이 말했다.
옥은 이제 막 목욕을 한 터라 실오라기 하나 걸치지 않은 자신의 모습을 내려다보면서 희미한 미소를 지었다.
"내 몸에 예쁜 구석이라고는 하나도 없는 것 같아요." 옥은 팔짱을 끼면서 가슴을 가렸다. "난 너무 말랐고, 피부도 뻣뻣해요. 오늘 빨래를 하다가 물에 비친 내 얼굴을 봤어요. 새카만 게 여자 얼굴 같지가 않더군요."
옥은 이렇게 말하면서 재빨리 옷을 집어서 몸을 감쌌다.
라오얼은 잠자리에 들기 전에 잠시 탁자에 앉아서 차를 마시고 있었다.
"결혼할 때와 비교하면 달라진 건 사실이야."
옥은 어깨 너머로 남편을 바라본 뒤 무명 바지를 입었다. "내가 지금처럼 생겼더라도 나랑 결혼했을 건가요?"
"물론 아니야." 라오얼은 이렇게 말했고, 그의 입가에는 미소가 번지고 있었다. "하지만 나도 그때는 지금과 다른 사람이었어. 그때 내 마음에 들었던 것들은 이제 더 이상 내 마음을 사로잡지 못할 거야."
옥은 남편의 미소를 보면서 한결 마음이 가벼워지는 것을 느꼈다. 그녀는 장난스런 표정으로 남편을 쳐다보며 말했다. "지금 보니까 당신도 예전처럼 잘생기지가 않았어요. 햇볕에 새카맣게 그을었잖아요!"

"그래, 보통 까만 게 아니지." 라오얼은 아내의 말에 맞장구를 쳤다.

"게다가 당신 머리카락은 녹슨 쇳빛이에요."

"그래, 맞아."

옥은 탁자 위에 있던 자그마한 거울을 집었다. "하지만 남자한테 외모가 뭐 그리 중요한가요?"

"당신이 중요하게 여기지 않는다면 중요하지 않은 거야." 라오얼은 소리 내어 웃으며 말했다.

옥은 거울을 들여다보면서 예쁘게 입을 삐죽거렸다.

"다시 화장을 하고, 귀걸이를 할 수 있는 날이 올까요?" 옥이 물었다.

"그거야 아무도 모르는 일이지."

"당신은 아직도 귀걸이를 사 주지 않았어요."

"당신이 책을 원했잖아."

옥은 여전히 거울을 들여다보면서 말했다. "내 생각이 틀렸던 것 같아요."

"그럼 언젠가 귀걸이를 사 줄게." 라오얼은 이렇게 말한 뒤 호탕하게 웃었고 두 사람 사이에는 그 무엇도 식힐 수 없는 따뜻한 온기가 번지고 있었다. 두 사람은 너무나 가까웠기에 현실이 아무리 힘들고, 위험하고, 추악할지라도 그들 사이에 존재하는 사랑의 품으로 언제든지 돌아올 수 있었다.

그러나 오늘 밤, 라오얼은 아내가 자꾸만 몸을 움츠리는 것을 느졌다.

"왜 그래?" 라오얼은 아내를 다시 품에 안고 싶은 마음에 그녀가 무슨 생각을 하고 있는지를 알아내려 했다.

옥은 부끄러울 때면 으레 그래왔듯이 라오얼의 팔에 머리를 묻었고, 그는 얼굴이 보이도록 아내를 끌어당겼다. 그러자 옥은 남편의 시선을 피해 사방을 두리번거리면서 말을 더듬었다. "정말로 내가 여자 같지 않다는 생각이 들지 않나요? 내가 한 일 때문에 말예요……."

"무슨 일? 당신은 항상 무언가를 하잖아."

"독 말예요." 옥이 속삭였다. "이따금 잠에서 깨어나 내가 저지른 짓을 생각하면…… 내 자신이 싫어져요."

"하지만 그놈들은 악마나 다름없어."

"알아요. 하지만 내 말은…… 당신이 언젠가 내 모습을 보면서…… 다시 평화로운 시절이 온 다음 한참 뒤에 말예요…… '음식에 독을 넣었던 여자야.'라고 생각하지 않을까요? 그리고 나를 여자답지 않다고 생각하지 않을까요?"

라오얼은 비로소 옥이 어떤 여자인지를 깨달은 기분이었다. 그녀는 너무나 용감하고 강한 듯 보였지만 사실은 소심하고 연약한 여자였던 것이다. 라오얼은 그 어떤 용감한 모습보다도 지금 그녀의 모습을 보면서 더 큰 사랑을 느꼈다. 그러나 그는 아내를 기쁘게 할 수 있는 것이 무엇인지를 잘 알고 있었기에 이렇게 말했다.

"당신은 정말 용감한 일을 했어. 당신처럼 용감한 여자가 있다는 사실이 놀라울 따름이야."

그러고는 남편의 입장에서 그녀에게 명령하듯 말했다. "당신은 이미 스스로의 능력을 증명해 보였어. 그 정도면 충분해. 그놈들을 죽일 수 있는 사람은 얼마든지 있어. 당신한테는 더 큰 의무가 있어."

그녀를 사랑한다는 사실을 알리기 위해, 목숨이 붙어 있는 한 그녀를 사랑할 것이라는 사실을 알리기 위해 어떤 말을 할 수 있을까? 그가 사랑하는 건 여자가 아니라, 아무 여자도 아니라, 이 세상에 단 하나뿐인 그녀 자체임을 어떻게 설명할 수 있을까?

라오얼은 생각하면 할수록 아내에 대한 사랑이 커지는 것을 느꼈고, 그 사랑은 너무나 커서 말로 표현할 수가 없었다. 그는 두 손으로 아내의 팔을 잡고서 그녀를 꼭 끌어안았다. 그러고는 그녀의 얼굴선을 찬찬히 살펴보았으며 머리칼과 두 눈 그리고 입과 콧구멍을 바라보았다. 그녀의 얼굴에서 한 가지 흠이라면 콧구멍이 너무 크다는 것이었지만 라오얼은 그것마저도 그녀의 도톰한 입술과 짙은 나뭇잎 두 장처럼 그녀의 얼굴 위에 길고 가늘게 자리 잡고 있는 눈과 잘 어울린다고 생각했다.

"이제 아이를 또 낳을 때가 됐어. 난 당신이 내 아이를 낳아주길 원해. 그것도 아주 많이 말이야. 나를 기쁘게 해주고 싶다면 내 아이를 낳아줘. 몇 번이고 되풀이해서 말이야. 꼭 당신이어야 해!"

* * *

우리엔은 왜군이 불러주는 내용을 그대로 받아 적고 있었다. 그는 엄지를 포함한 세 손가락으로 낙타털 붓을 똑바로 세워 들고 있었으며 약손가락과 새끼손가락은 귀뚜라미의 다리처럼 치켜세우고 있었다. 그가 대필을 마치고 나면 왜군은 종이를 들고 가서 커다랗게 여러 장을 복사한 뒤 민가와 사원의 벽에 붙였다.

우리엔이 지금 왜군과 함께 앉아 있는 방에는 많은 사람들, 특히 성안에 살고 있던 백인들로부터 빼앗은 멋있는 외국 가구들이 가득했고 피아노도 세 대나 놓여 있었고, 바닥에는 푸른빛과 금빛의 양탄자들이 깔려 있었다. 왜군들은 이 물건들을 상자에 담아서 바다 건너에 있는 자신들의 집으로 보내기 위해 방 안에 가져다 둔 터였다. 우리엔은 지금 호사스런 물건들에 둘러싸여 입을 굳게 다물고 앉아 있었고, 왜군은 그가 받아 적어야 할 내용을 주의 깊게 천천히 불러주고 있었다. 왜군은 우리엔이 한두 글자를 적을 때마다 "내가 말한 대로 적었나?"라고 물었다 .

"네, 부르시는 대로 적었습니다." 우리엔은 한결같이 부드러운 목소리로 대답했다.

"그럼 계속 적게." 왜군이 말했다.

우리엔은 왜군이 부르는 내용을 계속해서 받아 적었다. 종이 맨 위에는 두꺼운 검은 글씨로 '구원의 별! 동아시아의 새로운 질서!'라고 쓰여 있었고, 우리엔은 그 아래에 다음과 같은 내용을 적었다.

친애하는 시민 여러분! 우리는 백 년이 넘는 세월 동안 백인들의 압제와 속박 아래에서 고통을 받으며 살아왔습니다. 한 세기가 넘는 동안, 우리는 열심히 저항하며 백인들이 씌운 멍에를 벗어던지고 노예 신분에서 벗어날 수 있는 기회를 찾으려 애썼지만 아무런 성과도 거두지 못했습니다!

왜군은 잠시 말을 중단하더니 큰 소리로 물었다. "모두 사실 아닌가, 중국인?" 그는 성난 얼굴을 한 왜소한 체구의 남자였는데, 일반적으로 키가 작다는 것보다 훨씬 더 작았기 때문인지 몰라도 항상 사나운 표정을 짓고 있었다. 그리고 그는 혼자 있을 때면 주머니 속에 감춰 두었던 자그마한 칫솔을 꺼내서 눈썹을 위로 쓸어올렸다. 그는 벽보를 작성하는 임무를 맡고 있었지만 항상 대위 제복을 입고 있었다. 벽보는 왜군들이 아닌, 그들이 패전국민을 위해 만든 정부가 작성한 것처럼 보여야 했기 때문에 왜군은 문서 끝부분에 '대인민연합'이라는 다섯 글자로 서명했다.

우리엔은 놀란 얼굴로 고개를 들고는 붓을 고쳐 잡았다. "뭐 말씀인가요?" 그는 듣는 이를 달래는 듯한 부드러운 목소리로 물었다. "이런 멍청이! 지금 네가 쓴 내용 말이다!" 왜군은 크게 소리쳤다.

우리엔은 변명을 늘어놓았다. "미처 신경을 쓰지 못했습니다. 하지만 제 입장을 이해해주십시오. 독을 먹은 이후로 아직도 머리가 어질어질해서 생각을 할 수가 없답니다."

사실 우리엔의 얼굴은 여전히 창백했다. 그러나 그는 독을 먹은 것을 억울하게 생각한 적이 한 번도 없었다. 오히려 그 덕분에 표면상으로나마 자신의 충직함을 증명해 보일 수 있었음을 다행으로 여겼다. 연회에 참석했던 사람들이 모두 병이 난 상황에서 혼자만 온전했더라면 적군의 의심을 피할 수 없었으리라. 우리엔은 왜군들만큼 의심이 많은 사람을 본 적이 없었다. 그들은 주위의 모든 사람들이 자신들이 죽기만을 바란다는 것을 알고 있었기 때문에 우리엔은 함정 위에 매어놓은 줄 위를 걷는 듯한 기분으로 하루하루를 보냈다.

왜군은 우리엔을 노려보더니 다시 호통을 쳤다. "계속 받아 적기나 해!" 우리엔은 다시 왜군이 불러주는 대로 써 내려가기 시작했다.

그 이유가 무엇이었을까요? 그것은 우리나라가 너무나 힘이 없고, 약했기 때문입니다.

왜군은 낭랑하고 우렁찬 목소리로 내용을 불렀고, 우리엔의 핏기 없는 얼굴에는 아무런 표정의 변화가 없었다. 우리엔은 가게에서 파는 물건들의 이름을 중얼거리듯, 붓의 움직임을 이끌기 위해 써야 할 내용을 중얼거릴 뿐이었다.

그러나 이제 우리에게 커다란 행운이 찾아왔습니다.

왜군은 방 안이 떠나갈 듯 큰 소리로 말했다.

최근에 일어난 일련의 사건들은 우호적인 이웃국가의 힘을 이용해서 우리의 오랜 염원을 이루고 백인들에게 복수할 수 있는 기회를 주었습니다! 백인들만 몰아내고 나면 우리는 완전히 자유로운 민족이 될 수 있을 것입니다! 우리의 우방 일본은 우리나라를 위해 엄청난 노력을 기울였고, 커다란 희생을 치렀지만 아무런 대가를 바라지 않습니다. 일본이 바라는 것은 단지 우리나라가 동아시아에 새로운 질서를 수립하는 것뿐입니다!

왜군은 우쭐대며 가슴을 편 채 짧고 숱이 적은 코밑수염을 배배 꼬면서 기침을 했다. 우리엔은 그를 바라보면서 다음 말을 기다리는 동안 이렇게 생각했다. '왜소하고 거칠기 짝이 없는 왜군들이 어떻게 저토록 숱이 적은 수염을 기르는 걸까? 난 여태껏 야만인들은 털이 많은 줄 알았는데.'
"계속 적어!" 왜군이 말했다.
"알겠습니다." 우리엔은 부드러운 목소리로 대답했다.

> 새로운 질서는······.

왜군은 이렇게 소리치더니 자신이 쓴 글에 너무나 만족한 나머지 자리에서 벌떡 일어섰다.

> 새로운 질서가 목표로 하는 것은 일시적인 구원이 아니라 영원한 해방입니다! 따라서 지금 이 순간부터 우리는 영원한 자유를 얻게 될 것입니다! 친애하는 시민 여러분, 동아시아의 새로운 질서는 우리 40억 인구에게 진정한 구원의 별이 될 것입니다!

왜군은 이제 감정이 격해질 대로 격해져서 "반자이*! 반자이!"라고 외쳤다.
우리엔은 다시 왜군을 올려다보며 물었다. "그 말도 적을까요?"

---

* Banzai, '만세'라는 뜻의 일본어

왜군은 우리엔의 냉담한 태도가 못마땅했다.

"이 고결한 내용 앞에서 가만히 있다니! 어서 '반자이'라고 외쳐!"

"반자이." 우리엔은 부드러운 목소리로 이렇게 말한 뒤 종이 위에 적었다. "이제 다 됐나요?"

왜군은 성난 얼굴로 우리엔을 노려보았다. 그는 우리엔에게 무언가 문제가 있다는 것을 알았지만 그것이 정확히 무엇인지 지적할 수 없어서 더욱 화가 났다. "'반자이'는 적지 말았어야지! 정신이 있는 거야, 없는 거야? 이건 인민들을 위한 공문이야!"

우리엔은 '반자이' 위에 줄을 그어 지웠다. "어떤 이름으로 서명할까요?" 그러고서 그는 종이를 들고서 물었다.

"대인민연합이라고 적어."

우리엔은 존재하지도 않는 '대인민연합'이라는 조직의 이름을 적어 넣었다.

"평소와 같은 장소에 붙일까요?" 우리엔은 종이를 들고 일어서면서 물었다.

"붙일 수 있는 곳에는 모조리 붙여!"

우리엔은 고개를 숙여 인사한 뒤 밖으로 나갔다. 그는 천으로 만든 신발을 신고 있었기 때문에 양탄자가 깔려 있는 바닥을 지나는 동안 아무런 소리도 나지 않았다. 밖으로 나온 우리엔은 아랫사람들에게 해야 할 일을 위엄 있는 태도로 정확하게 지시했다. 그러고는 현기증을 느끼면서 아내가 기다리고 있는 자신의 거처로 갔다. 우리엔의 아내는 남편이 독이 든 음식을 먹었다는 소식에 처음에는 무척 놀랐지만, 그와 마찬가지로 남편이 어느 정도 중독된 것을 다행스럽게 여겼다. 만약 그 혼자만 온전했더라면 중독된 것보다 더 큰 고통을 당했을 것이 분명했다. 그녀는 남편을 위해서 장 치료의 효능이 있는 것으로 알려진 이끼를 섞어서 닭을 끓여 두었다가 남편이 방 안에 들어오자마자 국물을 한 사발 떠서 두 손으로 공손하게 건넸다. 그녀는 어질고 착한 아내답게 남편이 국물을 다 마실 때까지 잠자코 있다가 입을 열었다. "당신 목숨이 이렇게 위태로운 곳에 계속 있어도 괜찮을까요?"

"내 목숨이 위태롭지 않은 곳이 있을 것 같아? 요즘 같은 시절에는 호랑이굴이나 사자굴 중에서 살 곳을 골라야 해. 우리가 살 수 있는 다른 곳은 없어."

우리엔은 이렇게 말하면서 눈을 감더니 의자에 등을 기대고 누웠고, 그녀는 남편을 쉬도록 내버려두었다.

··· 그로부터 몇 시간 뒤, 왜군이 본부로 사용하고 있는 집 밖에서는 남자들이 밀가루풀을 잔뜩 묻힌 기다란 붓을 들고서 바쁘게 움직이고 있었다. 그들은 우리엔이 적은 내용이 담겨 있는 커다란 종이를 벽에 붙이고 있었다. 그들이 가는 곳마다 벽보를 읽는 시늉을 하며 사람들이 구름같이 몰려들었지만, 실제로 벽보에 적힌 내용을 읽는 사람은 거의 없었다. 그들은 대부분 너무 배가 고픈 나머지 밀가루풀을 한 그릇 퍼갈 기회를 노리고 있을 뿐이었으며 다행히 성공한 사람은 벽 뒤에 숨어서 풀을 단숨에 들이켰다. 왜군이 밀가루를 양껏 가져가고 나면 시장에 남는 것은 얼마 되지 않았기 때문에 밀가루는 이제 귀하고 값비싼 물건이 되었다. 벽보를 붙이는 사람들은 밀가루풀이 너무 빨리 없어지는 것을 알아채지 못하는 듯했다. 그들은 풀을 더 가지러 들어갈 때면 언제라도 벽보를 너무

많이 붙였기 때문이라는 핑계를 댈 수 있었다. 그러나 이런 핑계를 대기에는 아직 붙이지 않은 종이가 너무 많이 남았을 때는 사람들에게 나누어 주었고, 사람들은 받은 종이를 땔감으로 사용했다. 그렇지만 왜군의 눈을 속일 수 있을 만큼 충분히 벽보를 붙여야 했다.

링탄의 팔촌은 오늘 우연히 남자들이 벽보를 붙이고 있는 것을 보게 되었다. 그는 방문榜文이 눈에 띄면 언제라도 가까이 가서 읽어야만 했다. 그래야 직성이 풀리기 때문이기도 했지만 한 자도 읽을 줄 모르는 무지한 사람들에 둘러싸여 큰 소리로 글을 읽는 것이 좋았기 때문이었다. 그는 오늘도 사람들 앞으로 나아가서 놋쇠테 안경을 쓰고는 우리엔이 적은 내용을 한껏 목청을 돋우어서 천천히 읽어 내려갔다. 사람들은 학식이 높은 팔촌 앞에서 호기심 반, 존경심 반으로 입을 다물었고, 그가 방문을 다 읽을 때까지 귀를 기울였다. 이윽고 팔촌은 안경을 벗었다.

사람들은 벽보의 내용을 알고 난 지금, 입을 더욱 굳게 다물었고 팔촌 역시 아무 말도 하지 않았다. 그 누구도 마음을 드러내 보일 수 없었으며 감히 웃음을 터뜨리지도 못했다. 한때 자유를 누렸던 그들은 자신들의 것이었던 바로 이 길 위에서 소리 내어 웃거나 마음껏 욕을 할 수 있었고, 신이건 사람이건 가릴 것 없이 자신들이 원하는 대상을 향해 원하는 만큼 칭찬을 하거나 화를 낼 수도 있었다. 그러나 그들은 이제 침묵하는 법을 배웠으며 쓰디쓴 침묵을 삼키며 이곳저곳을 떠돌아다니는 법을 익혔다. 지금 이 순간에도 그들은 입을 다물고 있었고, 팔촌은 그 자리를 떠나면서 방문을 읽은 것을 후회했다. 방문에 적힌 내용은 복수심을 부추길 뿐이었기 때문에 팔촌은 사람들이 어서 빨리 그 내용을 잊기를 바랐다.

링탄의 팔촌은 날마다 아편을 피우기 때문인지 요즘 들어 마음이 한결 편안해졌다. 그는 지금도 싼 값에 아편을 피울 수 있는 작고 초라한 아편굴로 향하고 있었다. 그는 남쪽을 향해 걸으면서 길을 세 번 건넌 뒤 밤낮으로 열려 있는 낮고 허술한 문 안으로 들어섰다. 얼굴빛이 노랗고 깡마른 젊은 여자가 다가오더니 짚이 깔려 있는, 판자로 만든 빈 침대를 가리켰다. 팔촌은 침대 앞으로 가서 나무 베개로 머리를 받치고 누운 뒤, 여자가 담뱃대에 아편 찌꺼기를 섞어서 채우고 불을 붙일 때까지 기다렸다. 이윽고 그는 담뱃대를 입에 물고는 달콤한 연기를 깊이 들이마시면서 눈을 감았다. '아, 정말 편안하구나! 이렇게 적막하고 편안할 수가!' 이곳에서는 그를 지배하는 사람이 아무도 없었기에 그는 누가 바깥세상을 지배하건 전혀 개의치 않았다. 그의 육신은 죽은 듯 누워 있었고, 영혼은 육신과 육신의 모든 고통에서 벗어나 먼 곳을 떠돌아다닐 수 있었다. 그는 완전한 자유를 누리고 있었다.

그는 어쩌다 아편에 빠져들게 되었을까? 그는 아내의 등쌀에 못 이겨서 우리엔의 거처를 드나들며 소식을 전했다. 그의 아내가 우리엔에게 전하는 말들은 '산에서 내려온 게 틀림없어 보이는 남자 몇 명을 봤는데, 그들이 서쪽으로 가더라'는 것처럼 대부분 하찮은 소식이었다. 그러나 그녀는 이따금 링탄의 아들들이 돌아와서 아버지의 집에 숨어 있다는 소식을 전하기도 했다. 팔촌은 우리엔이 주는 돈을 받기 위해서 중요하건 안 하건 상관없이 아내의 말을 전해야 했다. 그는 이따금 남쪽을 서쪽이라고 말하는 방법으로 아내가 보내는 소식을 엉뚱하게 전하거나 링탄의 아들들과 관련된 내용을 빠뜨리면 어떨까 하는 생각을 하기도 했지만 그럴 만한 용기가 없었다. 그는 자신이 전하는 소식들이 어떤 큰일과 관련되었을지도 모른다는 생각에 왜군에게 붙잡혀서 고문을 당하면 어쩌나 하는 두려움을 느꼈다. 왜군은 눈알을 도려내고, 내장을 뽑아내고, 귀와 코 그리고 오른손을 잘라내는 고문을 했으며 사람들은 자신들도 언제 이렇게 잔인한 일을 당하게 될지 모른다는 생각을 하며 하루하루를 불안한 마음으로 보냈다.

"새로운 질서라!" 팔촌은 잠에 빠져들면서 이렇게 중얼거렸다.

깡마른 여자는 그의 몸 위로 허리를 굽히며 물었다. "뭐라고 하셨죠?"

그러나 이미 잠이 든 팔촌은 아무 대답도 할 수 없었다. 여자는 여느 때와 마찬가지로 세 시간 후에 그를 깨울 것이고, 그러면 그는 동전 한 닢을 지불한 뒤 이곳을 떠날 터였다. 그러고는 여전히 정신이 몽롱한 상태로 우리엔을 찾아가서 기억나는 내용을 모두 전할 것이며 우리엔은 그에게 동전 두 닢을 주게 되리라. 팔촌은 다시 아편굴을 찾기 위해 동전 한 닢을 감추고 나머지 한 닢만 아내에게 전하곤 했다. 그는 처음에는 아내가 사실을 알게 될까봐 겁이 났지만 지금은 모든 두려움을 이겨낸 상태였다. 이제 그가 원하는 것은 다시 이곳을 찾을 수 있는 돈을 갖는 것뿐이었으며, 가장 큰 바람은 여기보다 수준이 높은 아편굴에서 나온 아편 부스러기나 피우고 남은 재가 아닌 진짜 아편을 살 수 있는 곳에 갈 만큼 넉넉한 돈을 갖는 것이었다. 아편굴을 찾는 사람은 그만이 아니었다. 아편을 파는 곳에는 어딜 가나 사람이 우글거렸다. 그들은 죽기 전에 다시 자유를 누릴 수 없으리라고 생각했으며 다시 옛 시절로 돌아가기를 갈망하면서도 그것이 부질없는 바람이라는 것을 알고 있기 때문이었다.

마을 사람들은 어리석은 노인일 뿐이라고 생각되는 이들에게는 아무런 관심을 갖지 않았기 때문에 팔촌에게 무슨 일이 생겼는지를 알아차리지 못했다. 링탄은 팔촌이 전보다 더 여위고 얼굴빛도 노래졌다고 생각했지만 마을 사람치고 그렇게 변하지 않은 이가 없었기 때문에 그의 변화를 눈치 채지 못했다. 워낙 먹을 것이 귀하던 터에 올해는 대홍수로 농사까지 망쳤기 때문이었다. 그러나 링탄은 물난리를 겪었던 다른 해와 달리 하늘을 원망하지 않았다. 배를 곯을 때가 많았고, 곡식을 감춰둔 것이 발각되면 목숨이 위태롭다는 것을 알면서도 그는 쏟아지는 비가 고맙기만 했다. 왜군 역시 올해에는 손해를 볼 것이 분명했기 때문이다.

"그래도 하늘이 땅을 돕는군." 링탄은 이렇게 말했다.

팔촌의 아내는 링탄의 집에서 일어나는 모든 일들을 알고 있었고 때로는 추측한 일들까지 우리엔에게 꾸준히 소식을 전했다. 그러나 우리엔은 팔촌으로부터 전해 들은 이야기를 아무에게도 말하지 않고, 왜군의 소굴에서 언제나 제자리에 앉아 맡은 일을 했으며 되도록 말을 아꼈다. 왜군은 그를 시키는 일이면 뭐든지 할 온순한 사람으로 여기면서 후하게 급료를 주었다. 우리엔은 언제 어떻게 쓰게 될지도 모르면서 사람들로부터 전해 들은 소식을 간직하듯 돈을 모았다. 그는 아무에게도 돈을 주지 않았으며 필요 이상으로 자신이나 가족을 위해 쓰지도 않았고, 돈으로 좋은 일을 하지도 않았다. 그의 아이들은 담장 안에서 자라면서 왜군의 아이들과 놀았고, 그러는 가운데 왜인들의 말을 배웠다. 그러나 우리엔은 아이들을 그냥 내버려 두었으며 학교에도 보내지 않았다. 그는 아내를 나름대로 적당히 사랑했으며 그녀가 부모님을 만날 수 없다며 슬퍼할 때면 그녀를 위로하면서 언젠가 좋은 시절이 오면 다시 서로를 이해하게 될 것이라고 말했다.

우리엔은 자신이 알고 있는 모든 것을 혼자만의 비밀로 간직하면서 말이나 행동 혹은 얼굴표정을 통해서 자신이 특별한 사실을 알고 있다는 것이 드러나지 않도록 조심했다. 그러나 그는 중요한 사실들을 많이 알고 있었다. 열 명 내지 열두 명 정도의 남녀가 그의 사방팔방에서 눈과 귀가 되어 온갖 소식을 전해주었기 때문이었다. 우리엔은 이렇게 해서 왜군이 얼마나 악한지를 알고 있었으며 그들이 여전히 마을에 불을 지르고 있으며 도시를 함락한 것과 마찬가지로 토지를 약탈하고 있다는 것을 알게 되었다. 또한 그는 빨치산이 무엇을 하고 있는지도 알게 되었으며 링탄보다 먼저 그의 아들들이 무엇을 하고 있는지를 알게 되었다. 그의 머릿속은 결코 쓸 일이 없을 듯 보이는 사실들로 꽉 차 있었다.

우리엔은 나름대로 스스로에게 충실한 사람이었다. 적군을 내몰고 도시를 되찾게 된다면 그는 예전의 모습으로 돌아갈 것이 분명했다. 그러나 전쟁에서 승리한 적군이 버티고 있는 한, 그는 나름대로 동포를 위해서 옳다고 생각하는 일을 하는 데 최선을 다했다. 그리고 그는 자신이 옳았음을 증명하기 위해 언젠가 큰일을 하게 될 것이라고 생각하면서 스스로를 위로했다. 그는 그 순간이 오기를 기다리는 동안, 비록 사소하지만 옳은 일을 했다. 그가 소식을 전해주는 사람들에게 지불하는 돈은 왜군의 것이었기 때문에 그는 어떤 식으로든 정당하게 돈을 지출했음을 증명해야 했다. 그는 사소한 내용들로 가득 채운 장문의 보고서를 작성해 왜군에게 제출했다. 그 안에는 링탄의 마을은 이름조차 적혀 있지 않았으며 빨치산이 하는 일에 대해서도 아무런 언급이 없었다. 우리엔은 처남들이 있는 곳으로부터 멀리 떨어진 곳에서 벌어지고 있는 일들만 기록했다. 그가 처갓집 식구들이 피를 흘리지 않도록 배려한 까닭은 단지 자신의 아내를 생각해서만은 아니었다. 그는 지난날 수많은 사람들이 몸을 피할 곳을 찾지 못하고 헤매던 시절에 링탄이 자신의 어머니에게 피난처를 만들어주고 살해된 어머니의 시신을 묻어준 은혜를 잊지 않고 있었다.

이 모든 일이 벌어지는 동안, 도시는 바다 한가운데에 떠 있는 섬 같았다. 바깥세상에서 전해져 오는 소식이 전혀 없었기에 이곳에 사는 사람들은 적군의 세력이 미치지 않은 지역의 주민들이 어떤 모습으로 살고 있는지 전혀 알지 못한 채 서로에게 이렇게 묻곤 했다. "우리 군대가 다시 돌아올 수 있을까?" 얼마 전까지만 해도 제 나라의 군인들에 대해 불평을 늘어놓던 이들은 이제 너나없이 그들을 선량한 사람으로 기억하면서 그리워했다. 그만큼 이 나라를 침략한 적과 왜군이 사악하고 잔인했던 것이다. 왜군들은 그렇지 않아도 가진 물건이 별로 없는 가게에 들어가서 원하는 물건을 마음대로 집은 뒤 이미 오래전부터 통용되지 않는 돈을 지불했으며 이따금 외국 돈을 내밀기도 했고, 이보다 더 자주 아예 값을 치르지 않았다. 게다가 성안에는 적국의 장교들과 그들의 부하들을 보고 도처에서 몰려든 매춘부들이 수두룩했지만 왜군들은 원하는 여자를 제멋대로 겁탈했다.

그러나 우리엔은 적국인 가운데에서도 좋은 친구를 사귀었다. 그의 친구는 군인이 아니었으며 사진을 촬영해서 보내는 일을 했다.

그는 날마다 사진 찍을 대상을 찾기 위해 밖으로 나가서 아름다운 것을 찾으려 애썼지만 눈에 띄는 것이라고는 추악한 것뿐이었다. 그는 자기 나라 군인들이 젊은 여자를 겁탈하고 심지어는 늙은 여자들까지도 욕보이는 것을 보았으며, 술에 취한 군인들이 환한 대낮에 점잖은 사람들 앞에서 상스러운 행동을 하는 것을 보았다. 군인들은 자신들의 행동에 목소리를 높여 반대하는 사람은 누구든지 죽일 기세였으며 실제로 죄 없는 사람들을 죽이기도 했다. 그는 이렇게 사악한 현실 앞에서 진저리를 쳤고, 어느 날 우리엔과 단둘이 있게 되었을 때 자신의 생각을 말했다.

"다른 데 가서는 말할 수 없지만 자네한테만은 내 속을 털어놓고 싶군. 난 우리가 자네 나라 사람들한테 저지른 짓을 정말 참을 수가 없네. 부끄러워 죽을 지경이야. 천황폐하께서 이 사실을 아신다면 좋겠지만 그건 불가능한 일이야. 감히 폐하께 사실을 말할 수 있는 사람이 없을 테니까. 그런데도 내가 왜 천황폐하를 거론하는 줄 아나? 그건 자기들의 아들이나 남편 그리고 아버지나 형제가 저지른 잔인한 일에 대해 아무리 사실대로 이야기해준다고 해도 우리 나라에 있는 사람들은 그 말을 믿지 않을 게 분명하기 때문이야."

우리엔은 그의 말에 귀를 기울인 뒤 적절한 대답을 해주었고 그 날 이후로 두 사람의 우정은 더 돈독해졌다. 우리엔은 말을 아꼈고, 그는 많은 것을 이야기했다. 우리엔은 그를 통해서 자기 나라뿐만 아니라 다른 나라들도 전쟁을 겪고 있으며 어쩌면 온 세상에서 전쟁이 벌어지고 있을지도 모른다는 것을 알게 되었다.

"어떻게 자네는 그렇게 많은 것을 알 수 있나?" 우리엔이 물었다. 남자는 우리엔을 자기 방으로 데리고 가더니 자그마한 검은 상자를 보여주었다. 우리엔은 이 물건에 대해 들어본 적은 있었지만 직접 눈으로 보기는 처음이었다. 남자가 튀어나온 손잡이 하나를 돌린 후에 또 다른 손잡이를 돌리자 상자에서 아주 작은 목소리가 흘러나왔다.

"들어보게!" 남자가 말했다.

우리엔은 귀를 기울였다. 상자에서 들려오는 목소리는 전 세계에서 벌어지고 있는 사건들에 대해 이야기하고 있었다. 우리엔은 처음으로 자신의 두 귀로 한 국가가 다른 국가를 상대로 전쟁을 선포했으며 서방의 대도시에도 이곳과 마찬가지로 폭탄이 떨어지고 있다는 소식을 들었다. 지금 전 세계에서 벌어지고 있는 엄청난 사건들에 비하면 우리엔이 보잘것없는 첩자들을 통해 수집한 정보는 그야말로 아무런 가치도 없었다.

"어디서 이런 상자를 살 수 있지?" 우리엔이 물었다.

"내가 하나 구해주지." 남자가 대답했다.

두 사람은 계속해서 대화를 나누었고, 우리엔은 지금 벌어지고 있는 전쟁이 얼마나 규모가 큰 것인지를 처음으로 알게 되었다. 남자는 자기 나라는 이 전쟁에서 일부분을 차지하고 있을 뿐이며 언젠가 모든 나라가 전쟁에 휘말리게 될 날이 올 거라고 말하더니 한숨을 쉬면서 덧붙였다.

"그런데 내 동료들은 오히려 기뻐하고 있어. 권력과 부를 얻을 수 있는 절호의 기회가 될 거라고 생각하면서 말이야. 하지만 난 그런 것엔 아무 관심이 없어. 내가 바라는 건 고향으로 돌아가는 것뿐이야. 우리집은 조용한 바닷가 마을에 있어. 아내와 아이들 그리고 연로하신 부모님이 살고 계시지. 난 고향으로 돌아가는 것 말고는 아무것도 바라지 않아."

"그래, 그거면 족하지." 우리엔은 남자의 말에 동의했다.

"그런데 이젠 말이야, 그게 너무 커다란 꿈이 되고 말았어." 남자는 서글픈 목소리로 말했다.

그로부터 오래지 않아 우리엔은 왜인 친구로부터 라디오를 선물받았다. 그는 라디오를 자기 방 안에 두고 시간이 날 때마다 틀어놓고서 밤늦도록 귀를 기울였다. 대부분은 무의미한 말과 낯선 음악이 들려왔지만 이따금 진실이 흘러나올 때도 있었다. 그럴 때면 우리엔은 게걸들린 것처럼 새로운 소식들을 귀에 담았다. 이렇게 해서 그는 다른 나라 사람들이 얼마나 고통을 받고 있는지와 그들 역시 이곳에 닥쳤던 것과 같은 일을 당하고 있음을 알게 되었다. 또한 그는 세계 각국과 통치자들의 분노에 찬 목소리를 들었다. 마침내 원하던 방송이 끝나고 나면 우리엔은 조금 전 들은 내용에 충격을 받은 듯 정신이 멍한 상태로 잠자리에 들었으며 현재 벌어지고 있는 사태의 엄청난 규모에 몸을 떨었다.

"이렇게 사악한 일이 생겨나다니! 온통 사악한 일뿐이야!" 우리엔은 이렇게 중얼거렸다.

"어디가 또 안 좋은가요?" 그러던 어느 날 밤, 그의 아내가 물었다. "저녁때 마신 탕 때문인가봐요. 어쩐지 냄새가 나는 것 같았어요."

우리엔은 아무런 대답 없이 앓는 소리를 낼 뿐이었다. 온 세계가 파괴당하고 있다는 사실을 어떻게 한 여자에게 이야기한단 말인가? 그는 그 어느 때보다도 스스로에게 애착을 느꼈다. 그는 이제 평화가 너무 멀어져버려서 언젠가 다시 돌아온다고 해도 그때쯤이면 오래전에 꾼 꿈을 잊어버리듯 사람들은 이미 평화가 무엇인지 잊어버렸을 것이며, 젊은이들은 태어나서 한 번도 경험해보지 못했기에 평화가 무엇인지 상상조차 못할 것이라고 생각했다.

우리엔이 라디오를 듣는 시간은 점점 더 많아졌고, 링탄의 팔촌이 소식을 전하러 온 날에도 그는 여느 때처럼 라디오를 틀어놓고 있었다. 팔촌은 검은 상자를 이리저리 살펴보면서 대체 무엇에 쓰는 물건인지를 물었다. 우리엔은 질문에 대답한 뒤, 이제 막 라디오에서 들은 소식을 혼자만 알고 있기에는 너무 버거워서 온 세계가 전쟁에 휩싸여 있다고 말했다. 팔촌은 우리엔에게 어떻게 그 사실을 알게 되었는지를 물었고, 우리엔은 라디오가 어떤 용도로 쓰이는지와 목소리가 흘러나오게 하려면 어떤 손잡이를 돌려야 하는지를 설명했다. 때마침 라디오에서는 음악밖에 나오지 않았지만 그것만으로도 충분했다. 팔촌은 기분 좋은 음악을 들으면서 나쁜 생각을 품게 되었다.

팔촌은 겉보기와 달리 어리석은 사람이 아니었다. 그는 처음에는 어머니에 의해서, 그리고 그 다음에는 아내로부터 시달림과 괴롭힘을 당했다. 또 까막눈 천지인 남자들 속에서 혼자만 글공부를 좋아하는 탓에 항상 외톨이로 지내다 보니 자신의 의지와 생각을 드러내 보이거나 활용할 기회를 갖지 못했다. 그러나 이제 아편이 지금까지 그가 스스로 하지 못했던 일을 대신 해주었다. 그는 남몰래 아편을 피우기 시작하면서 자신이 절박한 처지에 놓여 있는 듯한 심정을 느꼈고, 이렇듯 위태로운 삶 속에서 날마다 아편을 피울 수만 있다면 조금 더 위험한 일을 하든 덜 위험한 일을 하든 아무런 상관이 없다고 생각했다. 밤새 방 안에 쥐 한 마리만 들어와도 이불 밖으로 머리조차 내밀지 못했던 그는 이제 온순한 얼굴 표정에는 변함이 없었지만 마음속으로는 하루가 다르게 뻔뻔해지고 있었다. 그는 기회가 닿는 대로 가게 판매대에 놓인 물건을 훔쳐서 되팔았으며 아내의 옷가지 중 좋은 것을 골라서 저당을 잡혔다. 그녀가 옷이 없어진 것을 알고는 도둑을 맞았다고 소리를 지르면 그는 여느 때와 다름없는 표정으로 세상에서 가장 훌륭한 배우 못지않게 놀란 시늉을 했다. 그는 가진 모든 것을 아편으로 탕진했다. 우리엔에게서 받은 돈을 다 써버리고 나서 아내에게는 그가 돈을 한 푼도 주지 않았다고 말할 때도 숱하게 많았다. 팔촌은 우리엔한테 가기 전에 거짓 소식을 꾸며댈 용기를 얻기 위해 아편을 피웠으며 우리엔을 만난 뒤에는 주머니에 들어 있는 동전 두 닢을 믿고 다시 아편을 피웠다. 이렇듯 아편중독이 심해질수록 그의 행동도 점점 더 대담해졌다.

팔촌은 오늘 라디오를 들으면서 자기도 이런 상자를 하나 가져서 아무도 모르는 방에 두고 들을 수 있다면 얼마나 좋을까 하는 생각을 했다. 그러면 찻집에 모인 사람들에게 자기만 아는 소식을 들려주고 돈을 받을 수 있을 것이며 그 돈을 마음대로 쓸 수 있으리라. 만약 팔촌이 예전처럼 머리가 온전했더라면 이렇게 위험한 생각을 하지 않았겠지만 아편 때문에 생긴 객기로 그는 자신의 계획이 얼마든지 할 수 있는 간단한 일이라고 생각하게 되었다. 그는 오늘따라 좀처럼 집으로 돌아갈 생각을 하지 않았고, 라디오를 듣는 척하면서 평소에 무언가를 배울 때보다 두 배나 빠른 속도로 기계를 다루는 법을 배웠다. 우리엔은 팔촌이 좀처럼 돌아갈 기미를 보이지 않자 마침내 자리에서 일어서며 이렇게 말했다.

"이곳에 혼자 계시게 할 수가 없군요. 우리나라 사람들이 라디오를 듣는 건 왜인들이 만든 법을 어기는 일입니다. 저는 이 안에 살기 때문에 그나마 안전한 겁니다. 하지만 혼자 듣고 계시다가 발각되는 날에는 백부님은 물론 저도 곤란한 일을 당하게 될 거예요."

"지금 듣고 있는 것만 끝나면 돌아가겠네." 팔촌은 우리엔에게 이렇게 부탁했다.

우리엔은 그의 청을 기꺼이 받아들인 뒤 방에서 나갔다. 팔촌은 우리엔이 나가자마자 라디오를 들더니 방 안을 가로질러서 지붕까지 이어져 있는 쇠막대기에 둘둘 감겨 있던 안테나를 풀었다. 그러고는 품이 넓은 학자복 안에 라디오를 감춘 뒤 안테나를 허리끈에 단단히 묶었다. 이윽고 그는 들어올 때와 마찬가지로 태연한 얼굴로 밖으로 나갔다. 왜군들은 이제 팔촌의 얼굴에 익숙해졌기 때문에 그가 마음대로 드나들도록 내버려두었다. 팔촌은 이제 다시는 우리엔의 얼굴을 볼 수 없으리라는 것을 알았지만 원하는 것을 얻을 수 있을 만큼 충분한 돈을 벌게 될 것이기에 전혀 개의치 않았다.

이제 계획한 일을 벌이려면 그에게는 공모자가 필요했다. 성안에 있는 사람 중에서 누가 그의 일을 도울 수 있을 것인가? 그는 계속해서 우리엔을 만나러 시내를 오가는 것처럼 아내를 속여야 했기에 라디오를 집으로 가져갈 수는 없었다. 게다가 그가 돈을 얼마나 버는지 아내가 알아서는 안 됐다. 그는 성안에 아는 사람이 아무도 없었기에 어떻게 해야 할지 막막하기만 했다. 그러나 이미 이성을 잃은 그의 머리는 이내 해결책을 찾아냈다. 그는 아편을 만들어주는 깡마르고 얼굴빛이 노란 젊은 여자를 떠올렸다. 그 여자는 늘 돈에 굶주려 있기 때문이다. 번 돈을 조금 떼서 그녀에게 주면 되리라. 그는 라디오를 트는 방법을 가르쳐주지 않을 것이며 단지 기계를 안전하게 보관해주는 대가로 약간의 돈을 주면 그만이었다.

팔촌은 여느 때와 마찬가지로 아편굴을 찾았고 여자가 담뱃대에 불을 붙이려고 허리를 굽히는 순간 나지막한 목소리로 물었다.

"지금보다 더 많은 돈을 벌고 싶은 생각 없어?"

"하지만 어떻게요?" 여자가 조심스레 되물었다. "저를 데려가고 싶으신가요?"

"아니, 아니야. 내 마누라 한 명만으로도 벅차." 그는 서둘러 대답했다.

"그럼 어떻게요?"

"잠깐 몇 모금만 빨고서 이야기하지. 견딜 수가 없어서 말이야. 하지만 잠들 정도로 피우지는 않을 거야. 아무도 듣는 사람이 없는 곳으로 데려가주게나. 그럼 방법을 알려주겠네."

여자는 팔촌이 시키는 대로 했고, 몽롱한 상태에서 깨어난 그는 처음 보는 방에 와 있었다. 초라한 방 안에는 판자로 만든 침대 하나와 부서진 탁자 한 개 그리고 기다란 의자 두 개가 놓여 있었다. 방 안은 깨끗했고, 자그마한 창문 앞에 있는 대나무로 만든 새장 안에는 작고 통통한 노란 새 한 마리가 들어 있었다. 잠에서 깨어난 팔촌의 귀에 가장 먼저 들려온 것은 바로 이 새소리였. 그는 잠시나마 그것이 라디오에서 들려오는 소리라고 생각했지만 손을 배 위에 올려보니 옷 아래로 여전히 네모지고 단단한 물건이 느껴졌다. 게다가 라디오의 모서리가 그의 배를 찌르고 있었다.

이윽고 그는 정신을 완전히 차렸고, 깡마른 여자는 그의 몸을 흔들며 깨우고 있었다.

"일어나세요. 그만 일어나요." 여자는 그의 귀에 대고 말했다. "벌써 자정이 한참 지났어요."

팔촌은 잠에서 깨어나 자신이 있는 곳이 어디인지를 물었고, 여자는 아편굴 뒤에 있는 자기 방이라고 대답했다. 그는 모든 상황을 확인한 뒤에야 옷 속에 감춰두었던 라디오를 꺼내 보이며 그녀에게 자신의 계획을 설명했다. 그녀는 손바닥처럼 길쭉한 얼굴로 그의 말에 귀를 기울였고, 그의 계획이 무엇을 의미하는지 이해하는 순간 기다란 얼굴이 더욱 길어졌다.

"책밖에 모르는 꽉 막힌 양반인 줄 알았더니 어쩌다 이런 생각을 다 하셨어요? 제가 운이 좋아서 영감님 같은 분을 만난 거예요. 얼마든지 제 방에 보관하세요. 여기라면 안전할 거예요. 제가 데려오지 않는 한 이곳에 오는 사람은 아무도 없거든요."

팔촌은 이제 완전히 정신을 차렸으며 그 어느 때보다도 정신이 맑았다. 그는 라디오를 보이지 않도록 침대 밑에 넣은 뒤 전구가 연결되어 있던 벽에 전선을 꽂았다. 그러고는 쇠 막대기를 찾았지만 아무데서도 보이지 않았다. 그는 당황했지만 잠시 후 두 사람은 회반죽을 바른 벽에 구멍이 나 있는 것을 발견했다. 여자가 사는 곳은 오래된 집이 아니라 최근에 급하게 지은 집이라서 벽 안에 철근이 들어 있었다. 팔촌은 구멍 속으로 보이는 철근에 안테나를 감고서 조심스레 라디오의 손잡이를 돌린 뒤 기다렸고, 전기가 흘러들어간 라디오에서는 목소리가 흘러나왔다.

"오늘은 적군의 세력이 미치지 않은 지역의 소식을 전해드리겠습니다." 라디오 속의 목소리는 이렇게 말하더니 적군이 폭격을 가하고 있다는 소식과 사람들이 산속 동굴에 몸을 피하고 있다는 소식을 전했다. 목소리는 계속해서 이어졌다. "그러나 우리 국민만 고통을 당하고 있는 것은 아닙니다. 서방 국가들에서도 주민들이 땅을 파고 피신하고 있으며 우리를 공격한 바로 그 적군이 이들에게 고통을 주고 있습니다. 우리는 결코 굴복하지 않을 것입니다……."

그 순간 팔촌의 귀에 이상한 소리가 들려왔다. 고개를 들어보니 깡마른 젊은 여자가 제 숨을 끊으려는 듯 두 손으로 목을 쥐고 있었다.

팔촌은 라디오를 끄면서 외쳤다. "대체 무슨 일이야?"

"우리나라가 아직도 저항하고 있나요?" 여자는 나지막한 목소리로 물었다. "저는 이제 적에게 맞서는 사람이 아무도 없는 줄 알았어요. 우리나라 어딜 가도 마찬가지인 줄 알았어요!"

"이 상자에서 나오는 소리는 모두 사실이야." 팔촌은 거드름을 피우며 말했다.

"그럼 우린 큰돈을 벌게 될 거예요. 여기서 나오는 소리는 바로 사람들이 듣고 싶어하는 이야기니까요."

그로부터 여러 날 동안, 팔촌은 아내에게 수없이 많은 거짓말을 꾸며댔다. 팔촌의 아내는 우리엔이 이제부터는 낮에 오지 말고 밤에만 오라고 했다는 남편의 거짓말을 한동안 그대로 믿었다. 남편이 전보다 두 배나 많은 돈을 가져다주면서 밤에 온 대가로 우리엔이 돈을 더 주더라고 둘러댔기 때문이었다. 팔촌은 손에 돈을 가득 쥐게 되면서부터 더 깊은 타락의 길로 접어들었다. 그는 아편 부스러기와 재를 피우는 대신 불순물이 없는 검고 끈적끈적한 아편을 담뱃대에 담아주는 고급스러운 아편집을 드나들기 시작했고, 상상도 하지 못했던 일들을 꿈꾸게 되었다. 그는 어쩌다 외박을 하게 되었고, 그렇게 하루 또 하루를 보내게 되었다. 마침내 겁이 나기 시작한 그는 '왜 꼭 집에 돌아가야 하지? 얼마든지 자유롭게 지낼 수 있는데 굳이 돌아가서 마누라한테 잔소리나 들으며 짓눌려 살 필요가 없잖아.' 라는 생각을 하게 되었다.

그는 왜 진작 이런 생각을 하지 못했는지 의아해하면서 그날부터 성안에 머물렀다. 그는 낮에는 잠만 잤으며 밤이 되면 깨어나 라디오에서 들은 소식을 사람들에게 전했다. 그는 자신의 이름을 아무에게도 말하지 않았기 때문에 그가 누구인지 아는 사람은 아무도 없었고, 심지어는 깡마른 젊은 여자마저도 그를 검은 상자를 가진 늙은 아편중독자로밖에는 몰랐다. 그는 하루 종일 아는 사람을 한 사람도 만나지 않았기에 비로소 완전한 자유를 느꼈다.

하늘은 이처럼 아무런 가치 없는 그마저도 유용하게 썼다. 적군의 지배 아래 고통을 받으며 하루하루를 보내고 있는 이 도시의 사람들은 그 어디에서도 외부의 소식을 들을 수 없었기에 아직 적에게 점령당하지 않은 곳에서 어떤 일이 벌어지고 있는지를 몰랐다. 그러나 이제 라디오에서 흘러나오는 소식은 은밀하게 입에서 입으로 전해졌고, 사람들은 다른 지역에서 자신들의 동포들이 여전히 적군에 맞서 싸우고 있으며 그들을 잘 막아내고 있다는 사실을 알게 되었다. 이제 성안의 사람들은 누군가 '우리는 저항하는가?' 라고 은밀하게 물으면 질문을 받은 사람이 '저항하지!' 라고 소리를 낮추어 대답하는 방법으로 '저항'이라는 암호를 갖게 되었다. 이윽고 사람들 사이에서는 사그라졌던 용기가 서서히 되살아나기 시작했다.

··· 왜군은 사람들이 정보를 주고받는 것을 금지했으며 외부에서 들려오는 소식도 없었기에 도시와 주변 시골 마을 사람들은 제대로 아는 것이 없었다. 결국 그들이 할 수 있는 일이라고는 자신

이 추측하거나 바라는 일을 은밀하게 서로에게 이야기하는 것뿐이었다. 그들은 누군가를 만나면 은밀하게 새로 들은 소식을 묻는 것으로 말문을 열었다. "우리 군대가 다른 지역에서 적군을 잘 막아내고 있나요?" 그들은 서로에게 이렇게 물었고, 때로는 "아직 희망을 가져도 될까요?"라고 묻기도 했다.

성안에 가면 새로운 소식을 들을 수 있다는 사실은 사람들의 입을 통해서 링탄네 마을에도 금세 전해졌지만 그 소식이 링탄의 팔촌에서 나온 것임을 아는 사람은 아무도 없었다.

링탄네 마을 사람들에게 이 소식을 가장 먼저 전한 사람은 둘째 아들 라오얼이었다. 라오얼은 성안과 도시 주변에서 저항운동을 하는 사람들과 빨치산 사이를 오가는 임무를 맡고 있었다. 성안 사람들은 사방을 두리번거리면서 입술을 거의 움직이지 않고 말하는 법을 익혔고, 바로 이런 방법으로 라오얼에게 전 세계의 절반이 전쟁에 참가하고 있으며 자신들이 받고 있는 고통은 전체의 일부분에 지나지 않는다고 이야기했다.

사람들은 이러한 소식에서 왜 그토록 큰 위안을 얻었을까? 그들은 자신들뿐만 아니라 헤아릴 수 없이 많은 사람들이 고통받고 있으며, 자신들이 당하는 고통은 전 세계 사람들이 겪고 있는 고통의 극히 일부분에 지나지 않는다는 사실과 자신들은 결코 혼자가 아니며 세상 사람들의 관심을 받고 있다는 사실에서 큰 힘을 얻었다. 사람들은 적에 맞서 자신들의 편이 되어 싸우고 있는 나라들의 이름을 열띤 목소리로 나열했고, 왜군의 편에 서 있는 나라들을 저주하면서 그 나라들도 적으로 간주했다. 또한 그들은 독일인, 이탈리아인, 프랑스인 등의 이름을 들어본 적도 없으며 캐나다나 브라질 같은 나라들이 존재하는지도 몰랐고 미국인이나 영국인을 한 번도 본 적이 없었지만 자신들의 적국인 일본과 같은 편인지 아닌지를 기준으로 이 나라들을 친구와 적으로 나누었다. 그들 앞에 놓인 것은 초라하기 그지없는 밥상이었지만 이 세상에는 자신들과 마찬가지로 끼니를 잇기가 어려운 사람들이 많다는 사실이 그들에게 큰 위로가 되었다.

라오얼은 이러한 소식들을 듣는 즉시 아버지에게 전했다. 그러던 어느 날 그는 채소도 팔고, 소식도 듣기 위해 변장을 하고서 성안으로 들어갔다. 그리고 그는 가지고 갔던 채소를 금세 다 팔아 치웠다. 성문을 지키는 왜군들은 성안을 드나드는 사람들이 가진 물건을 샅샅이 뒤져서 먹을 만한 것이 있으면 거의 빼앗다시피 했기 때문에 농부들의 바구니는 금세 텅 비기 마련이었다. 라오얼은 사람들 사이에 오가는 이야기를 들으려고 찻집 안으로 들어간 뒤 변장한 것이 들통나지 않도록 어두운 구석 자리에 놓여 있는 자그마한 탁자 앞에 앉았다. 라오얼은 그의 아내 옥만큼 영리하지 못했기 때문에 종종 변장했다는 사실을 잊고 젊고 튼튼한 다리를 드러내거나 소매를 걷어 올려서 젊은 팔을 내보이곤 했다. 그러면 철사로 엮어서 얼굴에 고정시킨 희끗희끗한 턱수염도 아무런 소용이 없는 셈이었다. 그러나 라오얼은 변장을 하지 않고서는 외출할 엄두를 내지 못했다. 혹시라도 왜군의 눈에 띄는 날에는 강제노동에 끌려갈 것이 뻔했기 때문이었다. 왜군은 도처에서 젊은이들을 강제노동에 동원시키고 있었으며 심지어는 노인들마저도 끌어갔다. 라오얼은 바로 며칠 전에 그가 알고 있던 나이 든 농부가 성안에서 무를 팔고 집으로 돌아가다가 거대한 외국 대포를 옮기고 있던 왜군들에게 잡혔다는 소식을 들었다. 그들은 노인에게 가장 무거운 부분을 끌게 한 뒤, 노인이 늙기도 했지만 겁에 질려서 빨리 움직이지 못하자 그의 오른쪽 팔을 부러뜨려서 뼈가 살 밖으로 튀어나오게 했다. 그 모습을 보고 왜군들은 소리 내어 웃으면서 노인에게 계속 대포를 끌도록 강요했다.

라오얼은 노인이 당한 일을 떠올리면서 오늘은 더욱 조심해야겠다고 생각했다. 그래서 그는 가장 구석진 곳에 자리를 잡은 뒤 이제 필요한 이야기를 골라 들을 수 있을 정도로 예리해진 귀로 두 노인이 주고받는 말에 귀를 기울였다. 그는 잠시 후 용기를 내서 두 노인에게 다가갔다.

"어르신들, 저는 일개 농사꾼에 지나지 않습니다. 하지만 시절이 어수선하다 보니 세상이 어떻게 돌아가고 있는지 궁금하군요. 혹시 좋은 소식이라도 있으면 들려주실 수 있겠습니까? 저희 마을 사람들에게 그 소식을 전한다면 이 어려운 시절을 버텨나가는 데에 도움이 될 것 같군요."

두 노인은 많은 이야기를 들려주기는 꺼렸지만 언젠가는 다른 나라들이 왜군에 맞서 싸울 수도 있으며, 그렇게 되면 이 땅의 사람들도 멍에를 벗어던지고 평화를 누릴 수 있게 될지도 모른다고 말했다. 라오얼은 가족들에게 전하기 위해 그들의 말을 하나도 빼놓지 않고 귀담아들었다.

라오얼은 저녁식사를 위해 가족들이 한자리에 모이자 성안에서 들은 소식을 전했다. "성안 사람들이 수군대는 말에 의하면 이번 전쟁에 세상 모든 나라들의 절반이 참가하고 있대요. 그리고 다른 나라에도 우리처럼 고통받고 있는 사람들이 많다는군요. 너무 약해서 이미 항복한 나라들도 있지만 강한 나라들은 우리와 마찬가지로 여전히 저항하고 있대요."

링탄은 입으로 가져가던 젓가락을 멈추었고, 아이를 지켜보고 있던 두 여인은 고개를 들었다. "그럼 다른 나라 사람들도 왜놈들한테 시달림을 받고 있는 게냐?" 링탄이 물었다.

"그건 아니지만 왜놈들과 똑같은 마음을 갖고 있는 자들한테 괴롭힘을 당하고 있는 거예요." 라오얼이 대답했다.

"거기서도 사람들이 저항을 하고 있는 게로구나!" 링탄이 소리를 높여 말했다.

"네, 그렇다고 들었습니다." 라오얼이 대답했다. "하지만 더 이상은 아는 게 없어요."

"그 정도면 충분하다." 링탄이 말했다.

링탄은 아들의 이야기를 듣고서 용기가 샘솟는 것 같았고 이제 어떤 어려움이 닥쳐도 끝까지 맞설 수 있을 것 같은 기분이 들었다. 그는 밖으로 나가 가을 밤하늘을 올려다보면서 발바닥에 와 닿는 땅의 기운을 느꼈다. 그리고 그는 난생처음으로 이런 생각을 했다. '이 계곡은 세상 전부가 아니라 단지 일부분일 뿐이야. 그리고 거기에는 한 번도 본 적이 없는 나 같은 사람들이 있다.'

링탄은 이런 생각을 하면서 큰 위로를 얻었다. 그는 더 이상 혼자가 아니었다. 이 세상 다른 곳에도 그와 마찬가지로 평화를 사랑하고 선하게 살기를 갈망하는 사람들이 있었던 것이다.

'그 사람들과 친구가 될 수 있다면! 그 사람들을 만날 수만 있다면!'

그러나 링탄은 그 사람들이 쓰는 말이 다르기 때문에 그들과 어떻게 대화를 나눌 것인지를 고민했다.

'하지만 말은 필요 없을 거야. 서로 바라는 것이 같다면 말을 안 해도 마음이 통하겠지.'

이윽고 그는 자신의 땅 반대편에 사는 사람들을 생각하기 시작했다. '그 사람들도 나와는 다르겠지만 인간일 테고, 내 집과 다르겠지만 집을 갖고 있을 거야. 그리고 내가 당하는 것과 같은 고통을 겪고 있다면 결국 우리와 다를 게 없는 거야.' 링탄은 자신의 발 아래, 지구 반대편에서 자신과 마찬가지로 적에 맞서 저항하고 있는 남자의 모습을 상상했다. 그러자 지구를 둥그렇게 둘러싼 힘이 온 세상을 휘몰면서 자신과 그 남자를 함께 휩쓸어갈 것만 같은 기분이 들었다.

그는 언젠가 옥이 이 세상에는 단 하나의 달과 해가 있을 뿐이라고 이야기한 것을 기억했다. 처음 며느리의 이야기를 들었을 때, 그는 놀람을 감추지 못했으며 도저히 그 말을 믿을 수 없었지만, 지금은 며느리가 한 말이 사실인지도 모른다는 생각이 들었다. 이 세상 반대편에서는 이곳이 밤일 때는 해가 뜨고, 낮일 때는 달이 뜰지도 몰랐다. 그렇다면 세상 사람들은 공평하게 하늘을 나누어 가진 셈이었다.

'그렇다면 땅도 나누어 갖는 게 마땅해.' 링탄은 이렇게 생각했지만 자신의 생각을 아무에게도 말하지 않았다. 사실 그것은 생각이라기보다는 그의 영혼이 잠시 활발하게 움직인 것에 지나지 않았기 때문이다. 그렇지만 링탄은 오랜만에 자신의 마음을 사로잡은 이러한 생각에서 위안을 얻었다. 그동안 그는 왜군의 압제 속에서 자신과 가족을 보호하면서 살아가는 방법과 발각돼서 죽임을 당하는 일이 없도록 식량을 감추는 방법에 온 신경을 쏟느라고 좀 더 큰 일에는 마음을 쓸 틈이 없었다. 그러나 그는 지금 모든 상황이 예전과 똑같고, 악한 무리는 여전히 기승을 부리고 있으며 앞날에 대한 희망이 전혀 없음에도 불구하고 이 좁은 골짜기에서 벗어나 세계로 향하고 있는 듯한 기분을 느꼈다.

* * *

한편 마을 사람들은 링탄의 팔촌이 어디에 있는지, 그리고 왜 집에 돌아오지 않는지 궁금해했다. 팔촌의 아내는 남편의 종적이 묘연한 것이 링탄의 탓이라고 원망했으며 날마다 그의 집을 찾아와 울면서 남편의 생사 여부만이라도 알아봐달라고 애원했다. 링탄은 팔촌이 본인의 뜻에 따라 집에 돌아오지 않는 것이 분명하다고 생각했지만 그의 아내 앞에서는 차마 그렇게 말할 수 없었다. 링탄은 머리를 긁적이면서 잠자코 그녀의 말을 들었고, 날마다 수없이 많은 남자들이 온데간데없이 사라지지만 물어볼 곳이라고는 아무데도 없는 성안에서 어떻게 팔촌을 찾을 수 있을지 고심했다.

팔촌의 아내는 남편이 우리엔의 집을 드나들다가 왜군에게 변을 당한 모양이라고 생각했다. 그래서 겁이 난 그녀는 제 발로 우리엔을 찾아갈 엄두를 내지 못했고, 자신과 남편이 우리엔의 첩자 노릇을 하고 있었다는 사실을 링탄에게 말하지도 못했다. 그녀는 링탄에게 우리엔을 직접 찾아가든지, 아니면 아들들 중 한 명을 보내서 윗사람에게 자신의 남편을 위해 무슨 말이라도 하도록 손을 써달라고 부탁했다.

"어쨌거나 서방님한테는 형님이잖아요. 집안의 예법을 지키기 위해서라도 서방님은 그 사람을 위해 최선을 다해야 해요."

그녀의 말에는 틀린 데가 없었기에 링탄은 둘째 아들과 이 문제를 상의했다. "제가 다녀오겠습니다. 사실 벌써부터 매제를 만나고 싶었어요. 얘기를 나누다 보면 도움을 얻을 수 있을지도 모르죠." 라오얼이 말했다.

"널 보내자니 걱정이 앞서는구나." 링탄은 이렇게 말했고, 링사오는 아들을 말리고 싶었지만 이제는 불가능한 일이었다. 라오얼과 옥은 언제부턴가 깍듯이 예를 갖추면서도 자신들이 원하는 대로 행동하기 시작했다.

9월에 접어든 어느 날, 라오얼은 대담하게도 처음으로 아무런 변장도 하지 않은 모습으로 우리엔의 거처를 찾아갔다. 그는 다행히 아무 일 없이 목적지에 도착한 뒤 자신을 우리엔의 형이라고 소개했다. 보초병은 그를 우리엔의 거처에 있는 방 안으로 들여보내면서 기다리라고 말했다. 라오얼은 우리엔을 기다리는 동안 주위를 둘러보면서 눈에 들어오는 물건들에 놀람을 금치 못했다.

'어떻게 이토록 값진 물건들이 즐비할까!' 라오얼은 바닥에 깔려 있는 양탄자와 공단을 씌운 의자들을 비롯해서 난생처음 보는 물건들에 어리둥절해하며 이렇게 생각했다. 그러나 그는 방 안에 들어서는 우리엔의 모습을 보면서 그에게는 이러한 물건들이 대수롭지 않으리라는 것을 알았다. 우리엔은 무늬를 도드라지게 짠 공단 옷을 입고, 머리에는 향유를 바르고, 살찐 집게손가락에는 금반지를 끼고 있었다.

라오얼은 우리엔에게 차갑게 인사했다. "잘 있었나, 매제. 아주 좋아 보이는군."

"네, 저는 잘 지내고 있습니다." 우리엔은 라오얼의 말에 담긴 속뜻을 이미 오래전부터 몸에 밴 대로 너그럽게 받아넘기면서 여느 때처럼 부드럽게 대답했다. 그러고는 의례적으로 처가 식구들의 안부를 물었고 라오얼이 자신에게 바라는 것이 무엇인지 말하기를 기다렸다.

라오얼은 팔촌이 실종되었으며 그 뒤로 팔촌의 아내가 얼마나 링탄을 괴롭히고 있는지를 이야기했고, 그를 찾기 위해 우리엔이 해줄 수 있는 일이 있는지를 물었다. 우리엔은 빙그레 웃더니 자리에서 일어섰고, 혹시라도 누가 엿듣고 있는 것은 아닌지 확인하려고 갑자기 문을 열었다. 그러나 문 밖에는 아무도 없었다. 우리엔은 다시 자리에 앉아 그동안 팔촌 내외가 마을에서 벌어지는 일들을 자신에게 알려주었던 것과 그러던 어느 날 팔촌이 찾아와서 외제 라디오를 훔쳐간 일을 목소리를 낮추어 이야기했다.

"성안에도 저한테 소식을 전해주는 사람들이 있습니다." 우리엔은 미소를 지으며 말했다. "그 사람들을 시켜 수소문한 끝에 백부님 계신 곳을 알아냈죠." 우리엔은 라오얼에게 팔촌이 있는 곳과 그가 어떻게 지내고 있는지를 설명했다.

라오얼은 우리엔의 영리한 행동에 감탄을 금치 못했다. 우리엔은 적의 심장부에서 이미 높은 자리를 차지하고 앉아 그들의 신임을 얻고 있으면서도 그들의 사람이 되지 않았으며 도처에 자신의 귀가 되어줄 만한 사람들을 심어놓았다.

"난 자네가 우리한테서 등을 돌린 줄 알았어. 한때는 자네가 죽기를 바라기도 했지."

"저는 누구한테도 등을 돌리지 않았습니다." 우리엔은 여전히 편안한 미소를 지으면서 말했다.

"그럼 우리 편인가?"

"필요한 때가 되면 그렇겠죠."

이윽고 우리엔은 라오얼에게 팔촌이 있는 곳을 말해주었다. "지금은 아편을 피운 뒤라서 죽은 사람처럼 축 늘어져 계실 겁니다. 더 있다가 '버드나무'라는 이름의 찻집을 찾아가보세요. 내실로 들어가면 백부님을 만날 수 있을 겁니다."

그리고서 우리엔은 가족들을 부를 테니 조금만 더 기다리라고 말했다. 잠시 후 라오얼은 이미 셋째를 낳은 누이를 만났다. 셋째는 통통하게 젖살이 오른 여자 아이였다. 라오얼은 터질 듯 살이 찐 누이와 조카들을 보면서 자신의 눈을 의심할 정도로 놀랐다.

"보이는 것처럼 잘 지내고 있는 거니?" 라오얼은 이렇게 물었고, 누이는 소리 내어 웃으면서 그렇다고 대답했다. 그러나 그녀는 금세 어두운 표정을 지으면서 이따금 부모님을 뵐 수만 있다면 더 바랄 것이 없겠다고 말했다.

"자네도 지금 생활에 만족하고 있나?" 라오얼이 우리엔에게 물었다.

"이런 세상에 만족하며 사는 사람이 어디 있겠습니까?" 우리엔은 이렇게 대답하면서 여느 때처럼 차분히 미소를 지었다.

아이들은 왜인들의 말과 제 나라 말을 섞어가며 재잘대고 있었다. 라오얼은 누이네 가족을 만난 뒤 이들도 자신의 혈육이라는 사실을 낯설어하면서 거리로 나섰다.

그러나 그는 버드나무 찻집으로 걸음을 옮기지 않았다. 대신 그는 아버지를 모셔 오는 게 좋겠다고 생각하면서 잘 알고 있는 한적한 골목길을 따라 집으로 돌아갔다. 집에 돌아온 라오얼은 우리엔에게서 들은 내용을 아버지에게 은밀히 이야기했고, 링탄은 처음 듣는 희귀한 이야기에 귀를 기울였다. 마침내 팔촌 내외가 우리엔의 첩자 노릇을 해왔다는 이야기를 듣더니 링탄은 심각한 표정으로 입술을 깨물며 아무 말 없이 한참 동안 생각에 잠겼다. 그는 이 이야기가 무엇을 의미하는지, 우리엔은 얼마나 많은 사실을 알고 있는지, 그리고 이렇게 많은 것을 알고 있어도 그의 신변에 위협이 없을지를 곰곰이 생각했다. 이윽고 링탄은 아들의 생각을 물었고, 라오얼은 단지 이렇게 대답할 뿐이었다.

"매제가 믿을 만한 사람인지 아닌지는 저도 잘 모르겠어요. 하지만 매제는 자기 자신한테만 충실한 사람 같아요. 그렇다면 우리도 안전할 겁니다. 왜군한테 너무 많은 것을 말할 리 없으니까요. 매제가 비밀을 지키는 이유는 언젠가 왜놈들이 쫓겨나면 자기는 반역자가 아니었다고 말하기 위해서죠. 그래야 목숨을 부지할 수 있을 테니까요."

"지하방에 대해서도 알고 있는 것 같더냐?" 링탄이 물었다.

"저도 모르겠어요. 그렇다고 물어볼 수도 없는 일이죠."

"만약 알고 있다면 우리 목숨은 네 매제 손에 달려 있는 셈이로구나." 링탄은 이렇게 말한 뒤 팔촌의 아내를 저주하면서 그녀의 목을 움켜잡고서 모든 사실을 털어놓게 해야겠다고 생각했다. 그러나 이내 더 현명한 생각이 떠올랐다. 그녀 역시 팔촌이 우리엔에게 무슨 말을 전했는지 알 턱이 없었다.

'형수한테는 아무 말도 안 하는 게 좋겠어. 그럼 내가 사실을 알고 있는지 모르고 있는지 두려워서라도 나를 어려워할 거야. 형님이 돌아가시는 날에는 내가 형수를 돌봐야 하는데 그때를 대비해서라도 형수가 나를 어려워하도록 만들어야 해.'

링탄은 이렇게 생각하면서 당분간 팔촌의 아내에게는 아무것도 묻지 않으리라 마음먹었다. 본래 링탄은 그녀를 싫어했지만 지금 이 순간 그녀에 대한 혐오감은 전보다 더 깊어졌다. 그러나 그는 일개 여자에 불과한 그녀에 대한 생각을 머릿속에서 떨쳐내며 라오얼에게 말했다.

"내일 너랑 같이 형님을 만나봐야겠구나."

이튿날 저녁 나절, 링탄과 라오얼은 링사오에게 성안에 볼일이 있다며 집을 나섰다. 이윽고 두 사람은 성문을 지나 버드나무 찻집을 향해 걸음을 옮겼다. 거리의 구석구석에서는 성안의 모습이 변한 것이 느껴졌다. 왜인들은 사방에서 자신들의 상품을 선전하고 있었는데, 약과 매춘부가 주를 이루고 있었다. 링탄은 왜인들이 팔 만한 것은 마약과 매춘부가 전부인 모양이라고 생각했다. 그들은 '자비정'慈悲錠 혹은 '대학안약'이라는 이름의 약을 선전하면서 이 약들이 모든 병을 고칠 수 있다고 말했다. 또한 성안에는 헤아릴 수 없이 많은 아편굴과 매음굴이 들어서 있었고, 왜인들이 경영하는 상점이 문을 열 준비를 하고 있었다. 링탄은 거리에 나와 있는 왜인들의 아내와 아이들을 보면서 작은 키에 잔인하고 야만적인 그들에게도 처자식이 있다는 사실에 새삼 놀랐고 이러한 사실은 그를 혼란스럽게 만들었다. 여자와 아이들은 군인들보다 더 위험한 존재가 될 수 있었기 때문이다. 군인들을 향한 증오심을 가슴속에 담아두는 것은 쉬운 일이었지만 그들의 가족이 이곳에 들어와서 보금자리를 꾸민다면 어떻게 증오심이 사그라지지 않도록 불태울 수 있겠는가.

이 무렵 성안에 있는 찻집에서는 추악한 일이 벌어지고 있었는데 버드나무 찻집도 예외는 아니었다. 찻집에서 일하던 점잖은 남자 종업원들은 일자리를 잃었고, 그 대신 대담한 젊은 여자들이 일을 하고 있었다. 링탄이 자리를 잡고 앉으려 할 때 여자 종업원 한 명이 다가오더니 주문을 받으려 했다. 링탄은 선량한 남자가 상대하기에는 너무 사악해 보이는 여자를 보면서 아무 말도 하지 않으려 했지만, 라오얼이 지금은 어느 찻집이나 마찬가지라고 귀에 대고 속삭이자 큰 소리로 말했다.

"그럼 내 대신 네가 주문을 해라. 그냥 차만 가져오라고 해."

여자는 깔보듯 웃더니 주방으로 가서 찻잔 두 개와 찻주전자 하나를 가져왔다. 링탄은 찻값을 보고는 소리를 지를 수밖에 없었으며 차마 차를 마실 수도 없었다.

"마시지 않고 아껴둘 수만 있다면 그렇게 하고 싶구나." 링탄은 아들에게 말했다.

여자는 그의 말에 좁은 어깨를 으쓱해 보이더니 새빨갛게 칠한 입술을 축 늘어뜨리며 말했다.

"찻값을 보고 놀라셨다면 이건 어때요?"

여자는 가슴팍에서 자그마한 은상자 하나를 꺼냈는데, 그 안에는 하얀 가루가 들어 있었다.

"한 냥에 은화 300닢이에요." 여자는 거드름을 피우며 말했다. "하루에 은화 한 닢이면 모든 시름을 다 잊고 기쁨을 맛볼 수 있죠."

여자는 두 사람에게 은밀하게 가루를 내밀어 보였다. 그러나 링탄은 애써 못 본 체했으며 그녀의 말을 이해하지도 못하는 시늉을 했다. 그러자 그녀는 상자를 다시 품 안에 넣었다.

"저건 아주 사악한 마약이에요." 여자가 멀어져간 뒤 라오얼이 속삭였다. "아편보다 더 지독하대요!"

"글쎄다. 내 눈에는 그렇게 안 보이더구나." 링탄은 눈앞에 보이는 것을 이해하기에는 너무 어수룩해 보이는 표정으로 주위를 둘러보았다. 그러나 그는 여자가 보여준 하얀 가루가 무엇인지 너무나 잘 알고 있었으며 성안에서 그걸 모르는 사람은 아무도 없었다. 심지어는 성안의 길가에서 노는 아이들마저도 왜인들이 만든 사탕 속에 숨겨져 있는 하얀 가루에 유혹을 느꼈다. 일단 그 가루를 맛본 사람은 혈관에 불이 붙은 듯 다시 그것을 복용하고 싶은 욕망을 견디기 어려웠다. 링탄은 그 하얀 가루가 무엇인지 잘 알면서도 그 생각을 머릿속에서 떨쳐버렸다. 그것은 이 어수선한 시절에 생겨난 극악무도한 해악 중 하나에 불과했다. 링탄은 마음을 가라앉히기 위해 애써 차를 마셨다. 입 안이 더 쓰게 느껴지는 것은 차를 가져온 사람이 왜인이 아니라 자신과 같은 나라의 여인이며, 그 여인이 이미 적에 의해서 완전히 망가져버렸기 때문이었다.

그들이 앉아 있는 찻집은 한때 고급스러운 장소였지만 지금은 왜군이 벽에 걸려 있던 그림들을 찢어버리고 벽에서 나무를 떼어간 뒤라서 예전의 모습을 찾아볼 수 없었다. 게다가 채색한 들보는 불이 나서 검게 그을려 있었다. 온전하게 남아 있는 것은 벽과 바닥 그리고 평범한 탁자와 의자들뿐이었다. 링탄과 라오얼은 구석 자리에 앉아서 주위를 둘러보았다. 전쟁이 일어나기 전이었다면 그들은 농부들이 출입하지 않는 고급스런 찻집에 발을 들여놓지 않았을 것이다. 그러나 전쟁은 모든 사람을 똑같은 가난 속으로 몰아넣었기에 찻집에 앉아 있는 사람들은 링탄과 그의 아들처럼 초라한 행색을 하고 있었다. 두 사람은 자신들이 치른 찻값 이상으로 차를 축내지 않도록 신경을 써가며 마셨다. 이윽고 그들이 지켜보고 있던 남자들이 하나둘 조용히 자리에서 일어서기 시작했다. 두 사람은 덩달아 자리에서 일어섰고, 여남은 명 정도 되는 남자들을 따라서 자그마한 내실로 들어갔다. 내실에는 창이 하나도 없었는데, 부서지긴 했지만 벽돌로 만든 요리용 화덕이 남아 있는 것으로 보아 예전에 부엌으로 쓰였던 듯했다. 부서진 화덕을 제외하고 방 안에 보이는 것이라고는 기다란 의자 몇 개와 뚝 떨어져 놓여 있는 평범한 의자 한 개뿐이었다.

링탄은 라오얼과 함께 다른 남자들 사이에 몸을 감추고는 아들에게 이렇게 말했다. "내가 온 것을 네 백부께 알려야 할지 말아야 할지 모르겠구나. 일단 네 백부님 모습을 보고 결정하마."

잠시 후, 좁다란 안쪽 문이 열렸고, 링탄은 선반에 놓인 촛불 아래로 팔촌이 방 안에 들어서는 것을 보면서 자신의 눈을 의심했다. 짧은 시간 동안 팔촌은 너무도 많이 변해 있었다. 그는 전당포에서 구입한 것으로 보이는 지저분한 짙은 보라색 공단 옷을 입고 커다란 뿔테 안경을 쓰고 있었다. 누렇게 뜬 얼굴에 몸이 바짝 마른 그에게 공단 옷은 너무 헐렁해 보였다. 링탄은 팔촌의 모습을 보는 순간, 그가 아편에 중독되어 있음을 단박에 알아차렸다. 그의 어머니 역시 살아생전에 똑같은 모습을 하고 있었기 때문이다. 그는 아들 쪽으로 몸을 기울이고서 나지막이 속삭였다.

"어디서 저런 배짱이 나왔는지 이제야 알겠구나!" 그러고서 링탄은 아편 피우는 시늉을 해 보였고, 라오얼은 고개를 끄덕였다.

두 사람은 더 이상 아무 말도 하지 않았다. 팔촌은 그들을 보지 못한 채, 나이 든 학자들이 즐겨 그러하듯 옷자락을 휘두르며 방 안으로 들어왔다. 그러고는 마치 스승이 제자들을 마주하는 듯한 모습으로 의자에 앉았다. 그는 인사를 하더니 숱이 적은 수염을 당기면서 낮은 목소리로 엄숙하게 말문을 열었다.

"제 이야기를 듣기 위해 이 자리에 오신 여러분, 오늘은 좋은 소식과 나쁜 소식이 있습니다. 먼저 나쁜 소식은 내륙 지방에 자리 잡고 있는 우리나라 수도에 관한 것입니다. 왜군의 전투기들이 올해가 다 가기 전에 우리나라 수도를 점령하려고 맹공을 펼치고 있답니다. 그곳에 살고 있는 우리 동포들은 지칠 대로 지쳐 있으며 가옥은 불길에 휩싸여 있습니다. 그러나 우리의 위대한 지도자는 불굴의 의지를 보이고 있습니다. 우리의 지도자는 백성들의 슬픔을 함께하고 있다고 말하면서 우리 모두가 끝까지 저항해야 한다고도 당부했습니다."

방 안에 모인 사람들은 웅성대기 시작했고, 누군가 큰 소리로 물었다.

"어떻게 저항해야 하는지 말한 건 없습니까? 우리 군대가 강해지고 있나요?"

"곧 그 소식도 듣게 될 겁니다." 팔촌은 이렇게 대답하더니 곁눈질을 해가면서 속삭였다. "바다 건너에서 들려온 소식에도 좋은 것과 나쁜 것이 있습니다. 아직 우리나라를 돕겠다고 확실하게 나선 나라가 없습니다. 그리고 우방국들은 아직 확실한 우리의 벗이라고 볼 수가 없습니다. 그들은 우리에게 식량을 마련할 돈과 부상자를 치료할 의약품을 보내주고 있지만 왜군에게도 우리나라를 파괴하는 전투기에 들어가는 기름과 연료를 보내고 있습니다. 서부지방에서는 서양 적들이 잉씨들이 모여 사는 대도시를 파괴하고 있습니다. 그곳 사람들은 땅 밑에 숨어서 지내고 있으며 대저택은 여지없이 허물어지고 있고, 시신은 하늘 높은 줄 모르고 쌓여가고 있습니다."

사람들은 팔촌의 이야기에 귀를 기울이면서 그가 어디서 이런 소식들을 들은 것인지 의아해하면서도 팔촌의 말을 모두 믿었으며 다음 이야기를 기다렸다. 팔촌은 기침을 하더니 말을 이었다. "그럼 이제 가장 끔찍한 소식을 전해드리겠습니다. 왜놈들은 바로 이 도시에서 백성들을 대표한다는 명목 아래 자신들이 시키는 대로 일을 하게 될 꼭두각시를 골랐습니다. 우리는 그를 우리가 직접 뽑은 사람인 양 생각하면서 그의 말에 복종해야 합니다. 그럼 그 꼭두각시는 누구일까요? 그건 다름 아닌 '눈물의 황제'*입니다. 과연 그에게 우리를 지킬 만한 기백이 있을까요? 그는 쉽게 눈물을 흘리는 사람입니다. 언젠가 서양에 있는 산에서 돌멩이를 모조리 가져다가 쏟아 붓는다고 해도 그가 흘린 회한의 눈물 바다를 다 채우지 못할 날이 반드시 올 겁니다."

팔촌의 말에 사람들은 웅성대기 시작했다. 그 순간 팔촌은 고개를 끄덕이며 말했다. "매우 끔찍한 소식이 또 있지만 그 이야기는 내일 이 시간에 계속해서 들려드리겠습니다."

팔촌은 알고 있는 소식을 모두 이야기한 뒤 가슴팍에서 자그마한

---

* 중국의 마지막 황제 푸이로 추정.

그릇를 꺼내 들고는 자리에서 일어섰다. 그러고는 그릇을 의자 위에 내려놓고는 수치심을 덜기 위해 등을 돌리고 섰다. 이야기를 들은 사람들은 이제 다른 이들이 들어올 수 있도록 방에서 나가야 할 때가 되었음을 깨달았다. 그들은 앞으로 나아가서 능력껏 동전 몇 닢씩을 그릇에 넣었고, 링탄도 자신과 아들의 몫으로 돈을 넣었다.

두 사람은 밖으로 나와서 집으로 향했다. 링탄은 찻집에서 보고 들은 것에 놀람을 금할 수 없었다. 그리고 그는 팔촌을 파렴치한 늙은이라고 욕하면서 비웃었다.

"떠돌이 이야기꾼처럼 호기심을 잔뜩 일으켜놓고서 말을 멈추더구나! 내일 다시 오게 하려고 말이다. 그래도 네 백부가 오늘처럼 행복해 보인 적은 없었어. 그냥 모른 체하는 게 좋을 것 같구나. 오늘 본 건 너랑 나, 둘만 알고 있도록 하자. 하늘은 아무리 하찮은 것이라도 유용하게 쓰는 법이란다."

링탄은 이제 팔촌 걱정은 접어둔 채 오늘 들은 소식에 대해 생각했다. 적군이 자리에 앉히려는 꼭두각시는 모르는 사람이 없을 정도로 유명한 인물이었다. 반반한 얼굴에 나약하기 그지없는 그가 이렇게 나라를 배신했다고 생각하니 링탄은 구역질이 날 것만 같아서 한참 동안 입을 다물고 있었다. 그는 정말로 나라를 배신한 것일까, 아니면 다른 속셈이 있는 것일까?

'하긴 이런 시절에 다른 이의 속을 알 수 있는 사람은 아무도 없지.' 링탄은 이렇게 생각했다.

집으로 돌아가는 내내 두 사람의 눈앞에는 광활하고 포근한 시골 풍경이 펼쳐져 있었다. 많은 마을이 파괴되고 불에 타 검게 변했지만 대지는 여전히 포근하게 사람들을 감싸주었다. 사람들이 뿔뿔이 흩어진 뒤라서 한때 성안으로 물건을 팔러 가는 농부들, 등에 쌀포대를 지고 가는 당나귀들, 성안에서 물건을 가지고 시골 마을로 팔러 가는 행상들, 손수레를 타고 가는 사람들로 붐비던 거리는 텅 비어 있었다. 이제 거리에서 먹을거리가 가득 담긴 바구니를 들고 다니는 농부의 모습은 보기 드문 광경이 되었다. 그러나 땅은 변함없이 그 자리를 지키고 있으므로 인간이 땅마저 배신하지 않는다면 땅은 과거에 이루었던 일들을 다시 인간에게 베풀 수 있으리라. 링탄은 짚신을 신은 발로 내딛고 있는 길 위에 시선을 멈추고 갈색 흙먼지를 내려다보았다.

"흙 위에서 사는 우리는 땅을 배신하면 안 된다. 저 위에서 우리를 통치하는 자들이 본래 그렇게 사악했다면 우리를 배신하도록 내버려두자. 하지만 우리는 땅을 배신하지 말자."

라오얼은 아버지가 무슨 생각으로 이런 말을 하는지 알 수 없었지만, 진지한 생각 끝에 나온 말임을 느낄 수 있었기에 기꺼이 이렇게 대답했다. "물론입니다, 아버지."

··· 이튿날 아침, 팔촌의 아내는 남편의 생사 여부를 묻기 위해 링탄을 찾아왔고, 그는 냉정하고 엄한 표정으로 거짓말을 했다.

"형수님이 걱정하시던 대로입니다. 형님은 돌아가셨어요. 다시는 볼 수 없을 겁니다. 형수님은 이제 미망인이 되신 거예요."

팔촌의 아내는 링탄의 말이 끝나기가 무섭게 큰 소리로 울기 시작했다.

"어쩌다 죽었대요? 그 양반 시신은 어디 있죠?" 그녀는 날카로운 목소리로 물었다.

"그건 묻지 마십시오. 절대로 말씀드릴 수 없습니다. 그리고 시신은 찾을 도리가 없었습니다."

팔촌의 아내는 입을 다물었고, 링탄은 난생처음으로 그녀가 뼈저린 비참함과 두려움에 사로잡혀 있는 것을 보았다. 그녀는 잠시 후 집으로 돌아갔고, 남편의 죽음을 슬퍼하면서 자신의 처지에 대해 곰곰이 생각해보았다. 여자에게 닥칠 수 있는 불행 중에 남자 없이 혼자 남겨지는 것보다 더 가혹한 것은 없었다. 그녀는 자신이 우리엔의 귀와 눈 역할을 해왔다는 사실을 혹시라도 링탄이 아는 것은 아닌지 두려움을 느꼈으며, 그가 아무런 내색을 하지 않았기 때문에 두려운 마음이 더 커지기만 했다. 이제 그녀의 목숨은 링탄의 손에 달려 있는 셈이었다. 그로부터 이틀 뒤 그녀는 자존심을 완전히 꺾고 링탄을 찾아가서 겸손하게 말했다.

"이제 이 세상에 제가 의지할 사람은 서방님뿐입니다."

링탄은 차가운 목소리로 대답했다. "제게 먹을 것이 있는 한 형수님이 끼니 걱정을 하지 않도록 살피겠습니다."

링탄은 라오얼과의 비밀을 지켰으며 아내에게조차 사실을 말하지 않았고 팔촌의 아내를 떠맡는 것도 결국은 적에 대한 복수라고 생각했다. 자신이 비밀을 지킴으로써 팔촌은 적으로부터 자유로울 수 있기 때문이었다.

그러나 라오얼은 여느 때와 다름없이 아무런 거리낌 없이 옥에게 모든 사실을 털어놓았다. 그들은 한 몸이나 마찬가지라고 할 정도로 라오얼은 그녀를 자기 자신과 다름없이 굳게 믿었다. 옥은 팔촌 소식에 웃었지만 꼭두각시에 대한 이야기를 듣더니 심각한 표정을 지었다. 그녀는 지금까지 한 번도 들어본 적이 없는 나쁜 소식에 한

동안 아무 말을 못하더니 마침내 입을 열었다. "이 꼭두각시 같은 사람들이야말로 우리가 가장 경계해야 할 적이에요. 그들은 스스로를 배신하면서 우리 모두에게 등을 돌린 거예요. 외부의 적을 질병이라고 한다면 꼭두각시 인간들은 우리 자신의 약점이에요. 우리가 힘없이 약하다면 어떻게 질병과 싸워 이길 수 있겠어요?"

"우리처럼 강한 사람들이 더 강해져야 해."

옥은 남편의 말에 고개를 들면서 맞장구쳤다.

"당신 말이 맞아요." 그녀는 이렇게 말했고, 그날 이후로 두 사람은 더욱 꿋꿋한 모습으로 적에게 맞섰다.

V
운명적인 사랑

 빨치산을 비롯해 나이를 불문하고 도처에서 적과 싸우고 있는 남자들이 언제까지 버텨낼 수 있을지는 아무도 모르는 일이었다. 그러나 이 전쟁이 다른 나라에서도 치러지고 있다는 것을 안 지금, 그들은 절대로 적 앞에 무릎을 꿇지 않으리라 결심했다. 물론 그들에게는 커다란 전투를 치를 만한 능력이 없었으며 죽은 적군의 숫자와 살아 있는 적군의 숫자를 비교하면 그들이 살해한 적은 보잘것없었다. 그러나 그들은 결코 무시할 수 없는 중요한 일을 해냈다. 그들은 하루하루 적에 맞서면서 생존하는 법을 배웠으며 이것은 저항하다가 죽는 것보다 훨씬 값진 일이었다.

 그러나 링탄의 영혼은 힘겨운 일상과 사그라질 줄 모르는 왜인들의 탐욕과 압제 속에서 이따금 기운을 잃곤 했다. 오로지 자신들의 이익만을 생각하는 사악한 왜인들은 어떻게 해서든 부를 축적하려고 더러운 권력을 마구 휘둘렀다. 세월이 흘러 마침내 수확기가 다시 다가왔고, 링탄은 올해도 왜인들이 정한 가격에 쌀을 넘겨야 했으며 그들은 막대한 이윤을 남기며 다른 곳에 쌀을 되팔았다. 그리고 링탄은 여전히 숨어서 고기를 먹어야 했으며 그동안에 두 차례나 돼지를 빼앗겼다. 한 번은 운 없게도 이제 막 새끼를 낳은 돼지가 발각되었는데, 링탄은 작달막한 왜인들이 새끼까지 모조리 가져가는 것을 보면서도 감히 목소리를 높여서 자기 돼지라고 말하지 못했다. 링탄은 남은 돼지를 잡아서 식구들과 먹을 수 있도록 소금을 뿌려 말렸다. 왜인들은 또한 토지와 아편, 씨앗과 농작물은 물론이고 판매하는 모든 물품에 엄청난 세금을 물렸다. 링탄은 전쟁 전에 내던 세금을 생각하면서 이제 다시는 그 당시에 내던 돈에 대해 불평하지 않으리라 생각했다. 이 모든 압제와 더불어 링탄을 끊임없이 분노하게 만드는 것은 그를 괴롭히고, 그의 땅에 세금을 부과하는 자들이 이곳에 있을 권리가 전혀 없는 외국인들이라는 사실이었다. 링탄은 같은 동포라는 사실 하나만으로도 산적들이 왜인들보다 덜 미웠다.

그러나 왜인들의 압제로 어려워질 대로 어려워진 삶을 더 힘들게 만드는 것은 난폭한 산적들이었다. 그들은 오로지 자신들만 생각하고 왜인들의 근처에는 얼씬도 하지 않으면서 누군가 비록 가난하지만 다른 이들보다는 가진 것이 많다는 소문이 돌면 밤새 그 사람의 물건을 빼앗기 위해 마을로 내려왔다. 결국 정직한 사람들은 단지 왜인들 때문만이 아니라 동포임에도 불구하고 사악한 짓을 일삼는 무리들 때문에 가진 것을 감추어야만 했다.

옥은 이렇게 힘든 시절을 둘째를 임신한 몸으로 견뎌야 했으며 라오얼은 여전히 성안과 산속을 오가면서 바쁘게 보냈다. 그는 생명의 위협을 무릅써야 할 때가 많았지만 그 정도 위험은 기꺼이 받아들일 준비가 되어 있었다. 그해 가을, 옥은 밤이면 밤마다 라오얼에게 작별 인사를 고했다. 두 사람은 매번 이제 헤어지고 나면 다시는 못 만날 수도 있으리라는 것을 알았지만 그런 말은 차마 입 밖에 내지 못했다.

"당신 몸부터 살피세요." 옥은 언제나 이렇게 말했다.

그때마다 라오얼은 "그럴게."라고 대답했지만 두 사람은 이것이 불가능한 일임을 누구보다 잘 알고 있었다. 자신의 몸부터 살핀다면 라오얼은 지금과 같은 일을 할 수 없었다.

라오얼은 이제 성안과 주변 시골 마을에서 낮에는 농사꾼의 모습으로 생활하는 유격대원들과 산속에 숨어 지내는 빨치산 사이를 오가면서 그들이 만나 함께 적을 공격할 수 있도록 조율하는 역할을 맡고 있었다. 그는 단순히 말을 전하는 것에 그치지 않고, 양쪽 모두에게 새로운 소식을 전해주었기에 그들은 라오얼을 믿고 의지했다. 그는 항상 행상인, 거지, 노인 등으로 변장을 해가면서 교묘하게 적의 눈을 속였는데, 변장에 필요한 소품과 화장은 언제나 옥이 도맡았다. 라오얼은 산속에 들어갈 때면 형 라오타와 동생 라오산을 만나곤 했으며 두 형제와 집에 남아 있는 가족들에게 서로의 소식을 전해주었다. 그는 소식을 전하는 것에 그치지 않고, 두 형제와 부모님 사이의 갈등을 풀기 위해 노력했다.

링탄이 목숨이 붙어 있는 한, 상대가 비록 적일지라도 더 이상 살인을 하지 않기로 마음먹은 날부터 그와 두 아들 사이에는 불화가 생겨난 터였다.

"다들 아버지처럼 마음을 먹는다면 우리나라 꼴이 어떻게 되겠어?" 라오산은 라오얼로부터 아버지에 대한 소식을 듣고는 화가 난 목소리로 말했다. "왜놈들은 우리를 마음껏 죽이게 놔두고, 우리는 놈들을 죽이지 말자고? 아버지도 이제 사리 판단을 하시기엔 너무 늙으신 모양이군."

라오산은 이제 군복과 비슷한 제복을 입고 있었고, 그의 머릿속은 온통 전쟁과 죽음에 대한 생각뿐이었다. 그는 여전히 글을 읽을 줄 몰랐으며, 책을 읽거나 공부를 하는 것을 죄악시했다. 그는 검을 들거나 총의 방아쇠를 당길 때 오른팔에 들어가는 힘을 제외하고는 모든 것을 사악한 것으로 여겼다. 그는 요즘 산사山寺 하나를 골라서 요새로 삼은 뒤 250명에 달하는 젊은 대원들을 거느리고 생활하고 있었으며, 도시에 주둔하고 있는 왜군이나 소대가 출격하거나 식량을 찾아 나오면 요새를 떠나서 그들을 공격했다. 그는 이 지역에 촘촘하게 첩자를 심어두었기 때문에 공격할 수 있는 거리에 적이 들어서면 한 시간 안에 연락을 받았고, 일단 연락을 받고 나면 무슨 일이 있어도 적을 치러 나갔다.

이제 라오산에게서는 한때 왜군이 무참히 짓밟았던 호리호리한 소년의 모습을 더 이상 찾아볼 수 없었다. 그는 이제 그 당시보다 키가 훌쩍 자랐으며 뼈대도 굵어졌고, 살집도 많이 붙어 있었다. 그리고 그의 피부는 황금빛으로 변했으며 쉴 새 없이 움직이는 사나운 눈은 호랑이의 그것을 닮아 있었다. 그에게 아내가 스무 명 이상 딸려 있지 않은 것은 그의 잘못이 아니었다. 라오산과 대원들이 목숨을 구해준 여자들은 라오산이 자신의 집에 머물면서 함께 식사를 하고 쉬었다 가기를 바랐다. 여성의 본능이 아직도 남아 있는 여자들은 어김없이 그에게 추파를 보냈고 심지어 정숙한 여인들도 자신도 모르는 사이에 이러한 행동을 했으며 부끄러움을 모르는 여자들은 의식적으로 그의 관심을 끌려고 했다.

라오산은 과거에 왜군에게 불행한 일을 당한 탓에 남자로서의 본능이 제때 나타나지 않았다. 그러나 그 역시 틀림없는 남자였고 열아홉 살이 된 지금, 그는 자신의 피 속에 자연스런 욕구가 끓기 시작하는 것을 느꼈다. 하지만 너무 많은 여자들의 유혹을 받다 보니 그는 모든 여자를 경멸하게 되었다. 게다가 그는 이성과 이따금 잠자리를 함께했지만 자신에게 걸맞는다고 생각되는 여자를 한 번도 만난 적이 없었다. 그의 마음속에는 막연하나마 이상형이 자리 잡고 있었으며 그가 원하는 상대는 단순히 잠자리나 함께하는 여자 이상이어야 했다.

어디에서 그런 여자를 찾는단 말인가?

라오산은 이따금 자신이 원하는 여자에 대한 욕망을 주체하지 못할 때가 있었고, 그럴 때면 걷잡을 수 없이 화를 냈기 때문에 대원들은 그를 두려워했다. 다행히 적을 공격할 기회가 생긴다면 모를까 그의 마음을 가라앉힐 만한 것은 아무것도 없었다. 가끔 운이 좋아서 왜군을 몇 명이라도 죽이고 나면 그는 한동안 기분 좋게 지냈지만 항상 이런 일만 생길 수는 없는 법이었다. 적을 공격하고 살해할 기회가 없이 여러 날이 지나갈 때면 라오산은 주변 사람들이 견디기 힘들 정도로 화를 냈다.

그해 11월이 끝나갈 무렵, 라오얼은 여느 때와 마찬가지로 외부에서 들은 소식을 전하기 위해 산속으로 들어갔다. 이윽고 산사에 도착하자 라오산의 직속 부하가 자비의 여신인 관세음보살을 모셔둔 법당으로 잠시 그를 안내했다. 관세음보살은 여자들이 숭배하는 신이었기에 여자들의 발길이 끊긴 지금, 이 법당을 찾는 사람은 거의 없었다. 라오얼은 동생의 직속 부하를 따라서 법당 안으로 들어갔고, 높은 곳에 자리를 잡고 있는 관음상 아래에서 라오산의 부하는 대장의 불같은 성격 때문에 자신들이 받고 있는 고통을 토로했다.

"저는 괜찮습니다. 화가 나서 그런 것뿐이지 대장님이 본래 악한 사람은 아니라는 걸 알고 있으니까요. 게다가 저는 몸을 피하는 법을 익혔습니다. 대장님이 발길질을 할 때면 펄쩍 뛰어오르고, 돌을 줍거나 칼을 뽑으려고 손을 올릴 때면 몸을 바짝 굽힌답니다."

"제 동생이 그렇게 고약하게 군단 말입니까?" 라오얼이 물었다.

"네, 이따금은요." 라오산의 부하는 차분하게 대답했다. "하지만 저희는 대장님을 이해합니다. 지금 대장님께 필요한 건 여자예요. 저는 250명의 대원들 중에 대장님의 아버님께 부탁을 드리도록 추첨으로 뽑혔습니다. 대장님의 화를 가라앉히고 완전한 남자로 만들어 줄 좋은 신붓감을 찾아달라고 아버님께 부탁드려 주십시오. 그래야 저희 모두가 지내기가 훨씬 수월할 것 같습니다."

라오얼은 얼굴에 웃음이 피어오르는 것을 참을 수 없었지만 동생의 부하에게 그렇게 하겠다고 약속한 뒤 이렇게 덧붙였다.

"하지만 동생에게 어떤 여자가 어울릴지 모르겠군요."

라오산의 부하는 그의 말에 심각한 표정을 지었다. "대장님 같은 남자한테 어울리는 신붓감을 찾기란 쉬운 일이 아니죠. 대장님이 강한 만큼 몸이 튼튼한 여자여야 할 겁니다. 그리고 대장님의 불같은 성격을 감당할 수 있을 만큼 성격이 강한 여자여야 해요. 하지만 대장님과 같은 성격을 가진 여자는 곤란합니다. 그 여자는 대장님이 뜨거울 때는 차갑고, 어두울 때는 환해야 하고 대장님이 막무가내로 고집을 부릴 때면 이치를 따져서 설명할 수 있어야 하죠."

"그렇게 지혜로운 여자는 찾기가 어려울 겁니다." 라오얼은 이렇게 말하면서 옥을 떠올렸지만 그녀도 이 정도로 지혜로운 여인은 못 되었다.

"저도 잘 압니다." 라오산의 부하는 서글픈 목소리로 말했다.

두 사람은 해결하기 어려운 숙제 앞에서 잠시 입을 다물었고, 이윽고 라오산의 부하가 말문을 열었다. "그런데 이상한 게 한 가지 있습니다. 대장님은 자주 이곳에 와서 관음상을 노려보다가 얼굴을 찡그리곤 합니다."

"그게 정말입니까?" 라오얼이 물었다.

"네, 저희가 두 눈으로 똑똑히 봤습니다. 그래서 대장님이 아내를 원하는 모양이라고 생각하게 된 겁니다."

"아버님께 들은 대로 말씀드리겠습니다. 앞으로 어떻게 될지는 두고 봅시다."

라오산의 부하는 인사를 한 뒤 밖으로 나갔고, 법당 안에 혼자 남은 라오얼은 관음상이 있는 곳으로 올라가서 난생처음으로 그 모습을 자세히 들여다보았다. 그는 링탄과 마찬가지로 절을 드나들며 치성을 드린 적이 없었다. 남자는 이런 일을 여자에게 맡기는 법이었기 때문이다. 그러나 링사오는 너무 바쁜 나머지 일 년에 한 번밖에는 절에 가지 못했으며 남부럽지 않을 만큼 아들을 두었기에 그렇지 못한 여자들처럼 치성을 드릴 필요도 없었다. 그래서 라오얼은 어릴 때에도 어머니를 따라서 절에 간 일이 거의 없었다. 링사오는 이따금 라오얼을 데리고 절에 갔을 때에도 아들을 점지해주는 관세음보살 앞에서는 치성을 드리지 않았다. 그녀는 자식 낳는 데 어려움이 없었기에 부와 비옥한 토지를 약속해주는 신 앞에서만 불공을 드렸다.

라오얼은 한동안 혼자서 관세음보살을 마주하고 있었다. 그녀는 자그마한 발로 똬리를 틀고 있는, 금박을 입힌 용을 밟고 서 있었다. 라오얼은 흙과 도료 그리고 금박으로 만들어진 너무나 우아하고 아름다운 관음상을 보면서 그녀가 살아 있는 듯한 착각을 느꼈다. 고대에 신상을 만들던 사람 역시 남자였기에 관음상 속에 여성스러운 모습을 숨겨두었던 것이다. 그는 여신상을 만들면서도 그 안에 비밀스럽고 교묘하게 여자의 모습을 담았다. 관세음보살의 고귀하면서도 부드러운 입술선과 지혜로워 보이는 기다란 눈가, 그리고 주름진 옷자락 속에 감춰져 있으면서도 살짝 드러나는 탐스럽게 살찐 팔다리와 가슴에서는 여성스런 모습이 그대로 드러났다. 라오얼은 관음상을 자세히 들여다보면 볼수록 그 안에서 여자의 모습을 느꼈다.

그 순간 라오산이 법당 안에 들어서면서 투덜거렸다. "사방으로 찾아다녔잖아. 조금 전에야 부하한테서 형이 여기에 있다는 말을 들었어. 대체 여기서 뭘 하고 있는 거야?"

라오얼은 턱으로 관음상을 가리켰다. "이렇게 가까이에서 보기는 처음이야."

"흙덩어리에 불과해. 다른 여자들과 마찬가지로 흙덩어리에 칠을 한 것뿐이야." 라오산은 젊은 혈기로 이렇게 말하면서 경멸하듯 관음상을 바라보았다.

"아니야, 여기에는 그 이상의 무언가가 있어." 라오얼은 동생의 마음을 떠보려고 꾀를 내어 말했다. "이 관음상을 만든 남자는 분명 관세음보살을 사랑했어."

라오산은 앞으로 다가오더니 얼굴을 찡그리며 관음상을 올려다보았다.

"이 세상에 이런 여자는 없어." 그는 마침내 이렇게 말했다.

"네가 세상의 모든 여자를 다 본 건 아니잖아?" 라오얼은 빙그레 웃으면서 물었다.

"이런 여자는 본 적이 없어."

"만약 이런 여자가 있다면 신부로 맞을 생각은 있는 거야?" 라오얼이 소리 내어 웃으며 물었다. "자, 나랑 약속하자. 이런 여자가 나타난다면 아내로 맞는 거다?"

라오얼은 이렇게 말하면서 고개를 돌렸고, 분노와 경멸이 뒤섞여 일그러져 있는 동생의 얼굴을 보고는 웃음을 터뜨렸다.

"난 결혼할 생각이 없어. 싸우러 나갈 때 아내는 어떻게 해?" 라오산이 말했다.

"집에 두고 가면 돼. 여자는 본래 집 안에 있어야 하는 법이야."

"그래? 징징대고 울면서 가지 말라고 애원하면 어쩌라고!"

"관세음보살은 울거나 징징대지 않아." 라오얼은 다시 관음상을 바라보면서 말했다.

"난 농담을 좋아하지 않아." 라오산은 잔뜩 화가 난 목소리로 말했다.

"내 말이 농담인지 아닌지는 두고 보면 알 거야."

라오얼은 이 정도면 충분하다고 생각하면서 동생을 데리고 법당에서 나갔다. 그리고 그는 전쟁에 관한 이야기를 빼고는 더 이상 아무 말도 하지 않았다.

이튿날 밤, 라오얼은 집에 돌아와서 동생의 부하에게서 들은 이야기를 아버지에게 전했다. 그 자리에 함께 있던 링사오와 옥 역시 라오얼의 이야기에 귀를 기울였다.

"너는 가볍게 이야기를 하고 있지만 내가 볼 때는 아주 심각한 문제로구나." 링탄은 자신이 그토록 걱정하는 이유를 설명하기 시작했다. 라오산은 언제부터인가 전쟁과 살인을 즐기게 되었으며 이런 사람들은 이 세상 그 어디에도 평화가 자리 잡는 것을 허락할 리 없었다. 그리고 이들은 눈에 띄지 않는 부싯깃이 불꽃을 일으키는 것처럼 언제라도 전쟁을 일으킬 수 있었다. 링탄은 가족들을 돌아보며 말했다. "나는 마음이 어찌나 괴로웠던지 언젠가 라오산이 죽었다는 소식을 듣더라도 슬퍼하지 않겠다고 마음먹기까지 했다. 라오산 같은 사람들은 다른 이들을 살해한 것과 마찬가지로 죽어 마땅해." 링탄은 잠시 말을 멈추더니 다시 입을 열었다. "나는 살면서 라오산 같은 사람들을 많이 봐왔다. 그런 사람들은 여자한테도 몹쓸 짓을 하지. 절대로 좋은 남편이나 아버지가 될 수 없단다." 그는 다시 말을 멈추었고, 잠시 후 이야기를 계속했다. "그래도 라오산은 내 아들이다. 나는 한 번도 그 사실을 잊은 적이 없어."

"하지만 어디서 관세음보살 같은 여자를 찾죠?" 링사오가 물었다. "게다가 관세음보살은 사람이 아니라 여신이에요." 라오산은 이미 그녀가 이해할 수 있는 범주를 한참 벗어나 있었기에 링사오는 놀랄 수조차 없었으며 단지 당황스러울 뿐이었다. "여신 같은 여자는 본 적이 없어요."

"물론 그런 여자는 없죠. 하지만 도련님 눈에 여신으로 비칠 만한 여자를 찾으면 돼요." 옥은 라오얼을 바라보면서 웃었고, 그는 미소를 담은 눈으로 그녀의 웃음을 받아주었다. 그러나 링사오는 아들의 신붓감과 관련된 심각한 문제 앞에서 좀처럼 웃을 수 없었다.

"지금은 여자가 귀한 때예요. 게다가 이 부근에 있는 젊은 처자 치고 왜놈이 건드리지 않은 사람은 없어요. 내 아들은 아무리 싼값에 얻을 수 있다고 해도 그런 여자를 받아들일 리 없어요."

"물론이지." 링탄은 엄한 얼굴로 말했다.

"그럼 왜군이 점령하지 않은 지역에서 신붓감을 구해야겠군요." 옥은 이렇게 말했고, 그들은 그녀가 현명한 생각을 했다고 인정하면서도 어떤 방법으로 그녀의 계획을 실현시킬 수 있을지는 막막하기만 했다.

한편, 그들은 이미 거의 일 년이 다 되도록 판샤오의 소식을 듣지 못했다.

그리고 링사오는 아무리 궁금해도 딸에게 가볼 수도 없고, 딸을 결혼시킬 수도 없으며 집으로 데려올 수도 없기 때문에 남몰래 걱정만 하고 있었다. "판샤오가 안전하게 지내고 있어서 참 다행이에요. 하지만 계속 이렇게 지낸다면 나중에 뭐가 되겠어요? 언제까지나 동굴에 틀어박혀 글을 읽고 쓰는 것만 배우고 있을 수는 없어요. 결혼도 생각해야 하고, 여자로서의 인생도 생각해야죠."

"판샤오가 왜놈들의 손이 닿지 않는 곳에 있는 것만도 고맙게 생각해야 해." 링탄은 어느 날 아내가 유난히 안절부절못하면서 화를 내는 이유를 알고는 이렇게 말했다. "큰아기가 당한 일을 벌써 잊은 게야?"

링사오는 남편의 말에 입을 다물고는 더 이상 아무 말도 하지 않았다. 그러나 그녀는 여전히 판샤오를 그리워하면서 비록 멀리 떨어져 있지만 막내딸을 안전하게 결혼시킬 수 있는 방법은 없을지 고민했다. 그녀는 그곳에 있는 사람에게 편지를 보내서 막내딸에게 좋은 혼처를 찾아줄 수 있는 방법은 없을지 물을 수만 있다면 좋겠다고 생각했다. 링사오는 결혼을 못한 여자는 차라리 죽는 편이 낫다고 생각했다. 결혼도 못한 처지에 살아서 무엇 한단 말인가?

링사오의 마음은 언제나 자식들을 결혼시켜야 한다는 생각으로 가득 차 있었다. 그녀는 자식들에게 짝을 맺어주는 것이 자신의 의무라고 믿었으며 자식들을 결혼시키기 전에는 편안하게 눈을 감을 수 없다고 생각했다. 지금 이 순간 그녀는 새삼스레 판샤오를 떠올리며 말했다.

"판샤오한테 편지를 보낼 수만 있다면 왜놈들로부터 자유로운 그곳에서 제 오라비한테 어울릴 만한 여자가 있는지 찾아보라고 할 텐데요. 학교에는 처녀가 많을 거예요. 그리고 판샤오는 제 오라비 성격을 잘 알고 있으니 이보다 더 좋은 방법은 없어요. 어디 그뿐인가요? 제 오라비 혼처를 알아보면서 결혼에 대해 생각하는 건 판샤오한테도 좋은 일이에요. 결혼에 관심을 갖다 보면 혼기가 닥쳤을 때를 대비해서 마음의 준비를 할 수 있을 거예요. 이제 슬슬 판샤오의 혼처도 알아봐야 해요."

링탄을 비롯한 가족들은 판샤오를 베틀 앞에 앉아 있는 어리고 조용한 소녀로밖에는 생각할 수 없었다. 그런 그녀가 어떻게 이렇게 큰일을 할 수 있단 말인가? 게다가 그들은 어디로 편지를 보내야 할지도 알지 못했다. 링사오는 그동안 남편에게 백인 여자를 찾아가서 판샤오가 어디에 있는지, 그리고 다니는 학교의 이름은 무엇인지를 알아보라고 벌써 여러 차례 이야기한 터였다. 그는 매번 그러겠다고 말했지만 적어도 막내딸이 안전하게 지내고 있다는 것을 알았기에 신경 쓸 것이 많은 나날을 보내면서 차일피일 미루고 있었다. 링사오는 지금 그 어느 때보다 목소리를 높여서 남편을 공격했다.

"백인 여자한테 가서 판샤오를 어디로 보냈는지 알아봐야 한다고 수도 없이 말했잖아요. 내 새끼가 어디 있는지도 모르다니 이보다 더 딱한 일이 어디 있어요?"

"내일 가볼 테니 그렇게 화내지 말구려."

링탄은 아내와의 약속을 지키기 위해 이튿날 구불구불한 시골길을 걸어서 오래된 수문을 지나 성안으로 들어갔다. 그러고서 그는 공터를 가로질러 백인 여자가 살고 있는 학교로 향했다. 높은 담장으로 둘러싸여 있는 건물 앞에 도착해보니 대문은 굳게 잠겨 있었다. 링탄은 힘껏 대문을 두드렸지만 아무런 대답이 없었다. 한참을 기다렸지만 여전히 아무런 소리도 들려오지 않았고, 무거운 침묵만이 흘렀다. 링탄은 돌을 하나 집어 들고는 대문이 열릴 때까지 쉬지 않고 두드렸다. 이윽고 예전에 보았던 나이 든 문지기가 나타났다. 그는 전과 달리 잔뜩 겁에 질리고 풀이 죽은 얼굴을 하고 있었다. 문지기는 얼굴을 내밀 수 있을 정도로만 문을 빠끔히 열었다.

"여긴 웬일이오?" 그는 링탄의 얼굴을 알아보고는 이렇게 물었다.

"백인 여자와 할 얘기가 있습니다." 링탄은 이렇게 대답하면서 혹시 필요할 경우를 생각해서 허리춤에 넣어두었던 동전을 만지작거렸다.

그 순간 문지기가 말했다. "돈으로 그분을 만날 수 있을 것 같소? 소식 못 들었나요?"

"무슨 소식 말씀입니까?" 링탄이 물었다.

"돌아가셨어요." 문지기가 말했다.

링탄은 너무 놀라서 입을 다물 수 없었다. 문지기는 대문을 조금 더 열더니 밖으로 나와서 높다란 문간에 앉았다. 그러고는 한숨을 쉬었고, 중절모를 벗은 뒤 머리를 긁고는 다시 모자를 썼다. "그것도 본인 뜻으로 세상을 떴죠." 문지기는 슬픈 목소리로 말했다. "시신은 내가 발견했습니다. 내가 여기서 돈을 받고 하는 일 중에 하나는 예배를 드리는 날 아침 일찍 예배당 창문을 열어두는 거였어요. 그날도 일찌감치 예배당 안으로 들어갔죠. 그런데 그분이 제단 앞에 숨겨 있었어요. 완전히 피바다였죠! 손목을 끊었더군요. 피가 통로를 따라 흐르고 있었어요. 지금도 핏자국이 남아 있답니다. 아무리 닦아도 완전히 지워지지가 않아요."

"왜 그런 거죠?" 링탄은 말을 더듬었다. "여긴 안전한 곳이잖습니까……? 먹을 것도 충분했고……."

문지기는 윗도리 자락으로 눈을 훔쳤다. "그러게 말입니다. 더 이상 바랄 게 없을 것 같은데, 그분한테는 아니었나 봅니다. 편지를 한 통 남겼다는군요. 나는 워낙 글을 읽을 줄도 모르지만 더구나 그 편지는 그분 나라 말로 쓰여 있었답니다. 이곳에서 지내고 있는 노처녀 한 명만 그분 나라 글을 읽을 수 있죠. 그 편지는 바다 건너 고향에 있는 가족들에게 보내려고 쓴 건데, '나는 실패했어요.'라고 적혀 있었다는군요."

"실패라니요?" 링탄은 이해할 수 없다는 듯 물었다. "뭘 실패했다는 거죠?"

"누가 그분의 뜻을 알겠습니까? 어쨌든 편지에 그렇게 쓰여 있었다는군요." 문지기는 서글픈 목소리로 대답했다.

링탄은 잠시 쉬려고 바닥에 쪼그리고 앉아 입을 다물고 있었다. 그는 스스로 목숨을 끊은 백인 여자에 대한 동정과 이제 어떻게 막내딸을 찾아야 할지 난감하기만 한 기분을 동시에 느꼈다. 이윽고 그는 자신의 고민을 털어놓았고, 문지기는 이렇게 말했다.

"그 노처녀를 데리고 오리다. 그 사람은 내가 모르는 것들을 알고 있죠. 안으로 들어가서 그 사람한테 물어보도록 해요."

링탄은 대문 안으로 들어가서 여자를 데리러 간 문지기가 나오기를 초조한 마음으로 기다렸다. 얼마 안 되어 바짝 마른 노처녀가 건물 밖으로 나왔다. 그녀는 남자 학자처럼 콧잔등에 안경을 걸쳐 쓰고 있었는데, 링탄의 이야기를 듣더니 이렇게 말했다.

"그 학교는 적의 손길이 미치지 않는 깊은 산속 동굴에 있습니다. 다들 안전하게 잘 지내고 있어요. 백인 여자분이 그곳에 있는 학생들을 관리하고 있습니다. 안심하셔도 돼요."

"그래도 딸아이한테 편지를 보내고 싶군요. 그곳 지명을 알려줄 수 있겠소?" 링탄이 물었다.

노처녀는 겨드랑이에 끼고 있던 공책에서 흰 종이를 찢어냈고, 링탄은 그녀가 남자 못지않게 능숙한 솜씨로 글씨를 써 내려가는 것을 보며 감탄을 금치 못했다. 그녀는 링탄에게 종이를 건넨 뒤 건물 안으로 되돌아갔다.

"이렇게 큰 건물 안에서 저 여자 혼자 지내고 있습니까?" 링탄은 종이를 접어서 허리춤에 꽂으며 물었다.

"하녀 서너 명이 더 있을 뿐입니다." 문지기가 대답했다. "돌아가신 그분이 이 학교를 세우고 각지에서 학생들을 모으느라고 얼마나 오랜 세월 동안 몸을 아끼지 않고 일했는지를 알고 나면 눈물이 절로 날 겁니다. 여긴 전국 방방곡곡에서 모여든 학생들이 공부하던 곳입니다. 한때는 아주 유명한 학교였죠."

"이것 역시 왜놈들이 저지른 짓이로군요." 링탄은 버려진 널따란 정원과 텅 빈 건물을 보면서 이렇게 말한 뒤 거리로 나섰다.

그는 집으로 돌아와 백인 여자의 소식을 전했고, 가족들은 그의 이야기에 귀를 기울였다. 링사오는 백인 여자 앞에서 충분히 감사하는 모습을 보이지 못한 것이 못내 마음에 걸렸다.

"그 사람이 제 목숨을 끊을 줄 알았다면 좀 더 공손하게 대했을 텐데……." 링사오는 슬픈 목소리로 말하더니 한숨을 쉬었다. 그러고는 머리끈에 꽂아두었던 귀이개를 뽑아서 귀를 후볐고, 좀 더 친절하게 백인 여자를 대하지 못한 것을 후회했다. "먼 타국에 와서 이렇게 불쌍하게 세상을 뜨다니! 선행을 베푸는 것도 좋지만 고향을 떠나서 이렇게 먼 곳까지 온 이유를 모르겠군요. 이제 고향 땅에 묻히지도 못하는 신세가 됐잖아요." 그러고서 링사오는 이렇게 덧붙여 말했다. "여자가 결혼도 안 하고 공부를 너무 많이 하는 건 안 좋아요. 그래봤자 여승밖에 더 되겠어요? 하루라도 빨리 판샤오한테 편지를 보내야 해요. 어서 결혼을 서두릅시다."

"네가 편지를 써줘야겠구나." 링탄은 옥에게 말했다. "사정을 설명하고 우리가 바라는 게 뭔지 적도록 해라. 어미랑 아비가 부탁하는 거라고 말해야 한다."

그러고서 링탄은 예전 같으면 입에도 담지 않았을 이야기를 꺼냈다. "라오산한테는 관세음 같은 여자가 필요하다고 적어라. 평범한 여자는 절대로 그 아이 눈에 차지 않을 게다. 어떤 여자가 어울릴지는 네가 더 잘 알 테니 네 마음대로 적도록 해라. 너는 책도 많이 읽었고, 이야기도 잘 만들고, 변장에도 능하지 않으냐. 나는 네가 훌륭한 여배우가 될 수 있었을 거라는 생각을 이따금 한단다. 도시가 왜놈들 손에 들어가기 전에 성안에는 곳곳에 외국 사진이 걸려 있곤 했었지. 그 사진 속에서 보았던 여배우들처럼 말이다."

링탄은 이렇게 말하는 동안 얼굴이 빨갛게 달아올랐다. 시아버지가 며느리에게 이렇게 말을 많이 하는 것은 도리에 어긋나는 일이었으며 더군다나 이런 내용의 이야기는 시아버지가 며느리에게 할 만한 말이 못 되었다. 링탄은 자리에서 일어서더니 위엄 있는 모습으로 방문을 나섰다. 라오얼과 옥은 그의 등 뒤에서 얼굴을 마주 보며 다시 한 번 비밀스런 미소를 주고받았다. 함께 웃는 가운데 두 사람의 사랑은 깊어만 갔다.

옥은 자신이 아는 모든 것과 남편에 대한 사랑 그리고 시동생을 이해하는 마음에서 우러난 글을 편지에 담았다.

> 얼굴이 예쁘다는 이유만으로 어리석은 여자를 고르지는 마세요. 언젠가 도련님은 그 여자의 우둔함에 화가 나서 아내를 죽이게 될지도 모르니까요. 이게 도련님의 오른팔은 잠깐 사이에 생명을 해친답니다. 그리고 도련님은 더 이상 꿈을 꾸지 않아요. 관세음보살은 어리석지 않다는 것을 잊지 마세요.

옥은 편지를 완성한 뒤 라오얼에게 읽어주었고, 그는 아내를 놀리느라고 이렇게 말했다. "편지를 얼마나 잘 썼는지 나도 관세음보살이 좋아지려고 하는걸. 당신도 이제는 질투를 하게 될 거야!"

옥은 눈을 내리깔고 한두 번 찡긋거리더니 남편 쪽으로 몸을 기울이며 새빨간 혀를 내밀었다.

"이 세상에 관세음 같은 여자는 없어요." 옥은 입을 삐죽 내밀며 말했다.

라오얼은 다시 한 번 그녀를 향한 진한 애정을 느끼면서 소리 내어 웃었다.

* * *

판샤오는 동굴 속에서 자신에게 주어진 좁다란 공간에서 다른 사람들을 등지고 앉아 옥이 보낸 편지를 읽었다. 그녀는 쉽게 편지를 읽었지만 글을 읽게 된 지 얼마 안 됐기에 가슴 벅찬 기분을 느끼면서 내용을 읽어 내려갔다.

옥이 4,000리가 넘게 떨어진 곳에서 쓴 편지는 허공을 가로지르며 땅과 물을 건너서 여러 사람의 손을 거쳐 이곳에 도착했다. 전쟁과 화염 그리고 물난리 속에서도 자신의 의무를 다하는 이들이 있다는 것은 기적이었다. 판샤오의 손에 편지가 도착했을 때는 다시 겨울이 시작되고 있었다. 돌바닥 한가운데에서 타오르고 있는 불이 없었다면 천장에서 떨어지는 물방울들이 그대로 바위 위에 방울져 얼어붙을 정도로 동굴 안은 싸늘했다. 천장에 뚫린 구멍으로 연기가 빠져나가기는 했지만 문을 열 때마다 밀려들어오는 찬 공기는 연기를 사방으로 흩어지게 했다. 그러나 판샤오는 그다지 신경을 쓰지 않았다. 그녀의 고향에서는 겨울이 되면 북서풍이 불 때가 많았으며 그때마다 굴뚝으로 빠져나갔던 연기가 다시 부엌 안으로 들어오곤 했다. 그들은 이런 일을 조상 때부터 늘 겪어왔으며 바람을 보내는 것은 하늘임을 잘 알고 있었기에 아무런 불평 없이 연기를 참아냈다.

판샤오는 다 읽은 편지를 정성스레 반듯하게 접었다. 편지지는 너무 얇아 쉽게 찢어질 것처럼 보였지만 지금은 질이 좋고 나쁨을 떠나서 종이를 구하기조차 어려운 때였으므로, 이렇듯 귀한 종이를 버리는 사람은 아무도 없었다. 게다가 이 편지지 안에는 그녀가 짊어져야 할 막중한 임무가 담겨 있었다.

'어떻게 하면 오빠에게 맞는 여자를 찾을 수 있을까? 그것도 다른 사람이 아닌 막내오빠한테 맞는 여자를 말이야.' 판샤오는 곰곰이 생각했다.

그녀는 누구보다도 가족 한 사람 한 사람을 떼어놓고 생각할 줄 알았으며 어머니인 링사오보다도 형제간의 드러나지 않은 차이점을 더 잘 알고 있었다. 그녀는 베틀 앞에 앉아서 기나긴 시간을 보내는 동안 머릿속으로 생각할 만한 일이 거의 없었다. 아는 것이라고는 집이 전부였기에 그녀는 일단 옷감의 모양이 잡히기 시작하면 가족들 생각 말고는 달리 시간을 보낼 만한 일이 없었다. 따라서 그녀는 가족들 한 사람 한 사람에 대해 깊이 생각할 수 있었고, 자신이 늘 아들이 아닌 딸로 태어난 것을 안타깝게 여겼기에 특히 오빠들 생각을 하면서 많은 시간을 보냈다. 그녀는 링탄네 집안의 딸로 태어났지만 세상 밖으로 나오던 순간부터 여자들은 사방이 벽으로 가로막힌 좁은 공간 안에 갇혀 있고 남자들은 활짝 열린 문 앞에 서 있다는 것을 알았다. 그러나 그녀는 전쟁이 가져다준 기회

덕분에 자유의 몸이 되어 지금 이곳에 있었다. 그녀는 가족 중 유일하게 적의 손길이 미치지 않았으며 그들의 폭격으로부터도 안전한 곳에서 생활하고 있었다. 그녀와 같이 생활하고 있는 여자들 중에 이런 자유를 포기할 사람이 과연 있을 것인가? 판샤오는 편지를 품에 넣은 뒤 주위를 둘러보았다. 이 동굴 안에는 그녀와 함께 생활하는 열두 명의 학생들이 있는데, 그녀들은 지금 자유 시간을 이용해서 자신들의 거처에 모여 책을 읽거나 잡담을 나누고 있었다. 동굴 안에는 즐거운 분위기와 웃음소리가 가득했다. 이 열두 명의 여자들 중에서 누가 라오산의 아내가 될 수 있을까?

개중에는 예쁜 여자가 있는가 하면 평범한 여자도 있었고, 성격이 털털한 여자가 있는가 하면 꼼꼼한 여자도 있었으며, 키가 작은 여자가 있는가 하면 큰 여자도 있었다. 그러나 그녀들 중 단 한 사람도 막내오빠의 신붓감으로 적당해 보이지 않았다. 판샤오가 잘 알고 있는 열두 명의 여자들 중에서 신붓감을 고를 수 없다면, 중앙 동굴에서 함께 수업을 듣거나 식사를 했을 뿐 전혀 알지 못하는 백여 명의 학생들 중에서 누군가를 고른다는 것은 더 어려운 일이었다. 아버지가 맡긴 임무는 그녀가 감당하기에는 너무 버거웠다. 여신이라! 판샤오는 이곳에서 여신을 닮은 여자를 본 적이 없었다.

그 순간 뗑그렁하는 소리가 들리자 학생들은 웅성거리며 자리에서 일어서더니 웃거나 소리를 지르기도 했고, 서로를 밀치기도 하면서 무질서하게 동굴 벽을 따라 밖으로 나갔다. 그러고는 선생님들이 기다리고 있는 다른 동굴로 들어갔다. 전체 112명의 학생들은 이렇게 한자리에 모였고, 따로 마련된 좌석이 없었기 때문에 스님들이 불공을 드릴 때 바닥의 습기로부터 무릎을 보호하기 위해 사용하는 거

적을 깔고서 그 위에 앉았다. 판샤오는 학생들의 얼굴을 하나하나 바라보았지만 여신의 모습은 발견할 수 없었고, 오늘따라 선생님의 이야기에도 집중할 수 없었다.

그로부터 며칠 동안 판샤오는 무엇을 하고 있든 마음속에서 자신이 해야 할 일에 대한 생각을 떨칠 수가 없었다. 그녀는 아버지의 말에 따를 수 없다는 편지를 감히 보낼 수 없었지만 그렇다고 아버지가 원하는 대로 하겠다고 답장을 쓸 수도 없었다. 한참을 걱정하고 고민한 끝에 그녀는 신붓감에 대해서 생각하는 것이 옳지 않다는 것을 깨달았다. 그보다 먼저 생각해야 할 것은 그녀의 오빠였다. 판샤오는 라오산과 관련된 모든 기억을 되짚어보리라 마음먹었다. 기억이 또렷해지고 나면 라오산은 그녀의 곁에 살아 있는 것처럼 느껴질 테고, 그때 가서 이곳에 있는 여자들을 다시 유심히 살펴본다면 오빠에게 걸맞은 사람이 보일지도 모를 일이었다.

그날 이후 판샤오는 틈이 날 때마다, 그리고 때로는 수업 시간 중에도 라오산에 대한 기억을 떠올렸다. 그러면 훤칠한 키에 호리호리한 몸매의 라오산이 아름다운 얼굴로 그녀 앞에 나타나곤 했다. 그녀는 식구들 중에 라오산보다 유일하게 어렸기 때문에 다른 가족들이 모르는, 그에 대한 사실들을 알고 있었다. 라오산은 어린 시절에 아무도 모르게 판샤오에게 잔인한 짓을 하거나 분풀이를 하곤 했다. 그는 잘못을 저질러 아버지에게 꾸지람을 들었지만 자식이기 때문에 말대꾸를 하지 못할 때가 종종 있었는데 그럴 때면 어린 판샤오는 오빠에게서 멀찌감치 떨어져 있어야 한다는 것을 알았다. 오빠가 아무런 이유 없이 그녀의 여린 겨드랑이 밑 살을 엄지와 검지로 꼬집어 비틀고는 그녀를 바라보며 얼굴을 찡그리곤 했기 때문이다.

"내가 뭘 잘못했는데?" 어린 판샤오는 이렇게 울부짖었지만 그는 단 한 번도 대답해주지 않았다.

'오빠도 그때는 어렸어.' 심성이 고운 판샤오는 이렇게 생각했지만 또 다른 생각이 뒤를 이었다. '어쨌든 오빠는 너무 온순한 여자를 아내로 맞으면 안 돼······. 나 같은 여자는 안 돼. 나도 오빠 같은 남편을 원하지 않아.'

또한 판샤오는 라오산이 이따금 한마디 말없이 깊은 침묵에 빠져들곤 하던 것을 놓치지 않고 지켜보았다. 그러나 아랫사람이 손윗사람 앞에서 조용히 있는 것은 당연한 일이었기에 어른들은 이런 사실을 눈치 채지 못했다. 판샤오는 여느 누이가 오빠에게 그러하듯 라오산에게 말을 걸었지만 그는 아무런 대꾸도 하지 않거나 그녀에게 침을 뱉기도 했다. 그럴 때면 그녀는 "왜 화가 난 거야?"라고 물었고, 그는 여전히 아무런 대답도 하지 않았다.

'웃을 줄 아는 여자라야 해.' 판샤오는 생각을 계속했다. '나 같은 여자는 곤란해. 나는 주위에 있는 사람이 슬퍼하면 덩달아 슬퍼지거든.'

물론 라오산도 마냥 친절하고 착할 때도 있었다. 그는 언젠가 반나절이 걸려서 판샤오에게 버드나무 가지로 자그마한 피리를 만들어준 적이 있었다. 그는 능숙한 솜씨로 나무껍질만 남겨둔 채 속을 빼냈고, 온전하게 남은 껍질로 가락을 불 수 있도록 섬세하게 주둥이 부분을 다듬어주었다. 라오산은 아무런 대가를 바라지 않고 판샤오에게 피리를 만들어주었으며 단지 그녀가 기뻐하는 모습을 보면서 행복해했다. 이렇게 기분 좋은 날이면 터울이 적게 나는 두 사람은 다른 형제들과 함께 있을 때와는 달리 서로 많은 대화를 나누었으며 판샤오는 라오산이 집을 떠나서 미지의 세계로 가고 싶어하는 마음을 알게 되었다.

"하지만 그렇게 낯선 곳에서 뭘 할려고?" 그녀는 늘 이렇게 물었다. "밤이 되면 어디에서 잘 거야? 그리고 누가 먹을 걸 주겠어?"

"잠은 아무 데서나 자면 돼. 그리고 배가 고프면 구걸을 하거나 훔치면 그만이야."

"훔친다고!" 판샤오는 깜짝 놀라며 목소리를 낮추어 말했다. "정말로 훔칠 생각은 아니겠지?"

"마음이 내키면 못할 것도 없어!" 라오산은 고집스럽게 말했다.

판샤오는 지금 이 순간까지도 라오산이 그런 말을 한 것이 동생 앞에서 우쭐대고 싶은 마음 때문이었는지, 아니면 그의 본심이었는지 알 수 없었다.

'오빠의 아내가 될 여자는 영리한 사람이어야 해. 오빠가 하는 말이 거짓말인지 아닌지를 구별할 수 있어야 하니까. 나는 단 한 번도 오빠의 진심을 알 수 없었어.'

또한 라오산의 아내는 아름다운 여자라야 했다. 누구나 알다시피 여자가 자기보다 아름다운 남자와 결혼하는 것은 바람직하지 못했다. 따라서 남자가 얼굴이 고우면 고울수록 여자는 더욱 아름다워야 했다.

판샤오는 라오산에 대한 여러 가지 기억을 떠올리면서 자신이 과연 오빠를 좋아하는지 아니면 싫어하는지를 생각해보았다. 대답은 둘 다였다. 라오산은 모든 사람의 사랑을 받을 만한 사람인 동시에 증오를 받을 만한 사람이었다. 어떤 여자라도, 심지어 그의 아내가 된 여자마저도 그를 사랑하는 동시에 증오하게 될 것이므로 라오산의 아내는 자신의 마음속에서 사랑과 증오가 갈등을 일으키지 않도록 다스릴 줄 아는 여자라야 했다. 그녀는 증오심이 생겨나더라도 이로 인해 사랑이 사라지게 해서는 안 되며, 사랑이 너무 커지더라도 스스로를 지키기 위해 증오심을 간직할 줄 알아야 하리라.

판샤오가 생각할 수 있는 것은 이 정도였다. 그녀는 라오산의 아내가 될 여자는 그보다 강해야 한다는 결론을 내렸다.

그러나 이렇게 생각을 정리하고 난 뒤 다시 주위를 둘러보았지만 112명의 학생들 가운데 그녀가 찾고 있는 여자는 한 명도 없었다.

··· 판샤오가 오빠의 신붓감을 마음속으로 물색하고 있는 동안 이름조차 들어본 적 없는 여인이 그녀가 피신하고 있는 산속을 향해 조금씩 다가오고 있었다. 이 여인은 수천 킬로미터나 떨어진 타국에서 기억조차 못하는 고국으로 돌아오고 있었다. 그녀는 아주 오래전에 아버지의 손에 이끌려 먼 나라로 떠났으며 어머니가 세상을 뜬 뒤였기 때문에 아버지와 단둘이 살면서 어느새 숙녀로 자라났다. 아직 열아홉 살이 채 안 된 그녀는 종종 아버지와 말다툼을 했지만 아버지가 용납할 만한 선을 넘으면서까지 말대꾸를 하지는 않았다. 그는 자신의 딸이 외국 생활을 시작한 뒤로 오랜 세월 동안 안전하게 지내온 학교와 집을 떠나서 이렇게 어수선한 시절에 고국으로 돌아가려는 것을 허락하고 싶지 않았다.

그는 단 한 번도 고향으로 돌아가고 싶다는 생각을 해본 적이 없었다. 고향을 떠나던 순간을 떠올리면 젊고 아름다운 아내가 첫아이를 낳다가 죽은 뒤 그가 맛보아야 했던 처절한 슬픔이 되살아났기 때문이다. 그의 아내는 회교도 집안의 여인이었다. 몸속에 아랍인의 피가 흐르던 그녀는 활처럼 둥근 눈썹과 고상해 보이는 높은 코 그리고 짙은 광채가 흐르는 눈망울이 돋보였으며 보통 여자들보다 키가 훨씬 컸다. 그는 보통 여자들과 다른 아내를 무척 사랑했지만 한 시간 남짓한 짧은 시간에 그녀를 잃고 말았다. 그녀가 세상에 남긴 것이라고는 힘차게 우는 자그마한 딸이 전부였다. 그는 아내를 위해 딸아이의 이름을 메이리라고 지었고, 지난 2년간 고향 집을 떠나기 싫어하는 아내 때문에 완강하게 거부해왔던 해외 발령을 기꺼이 받아들였다. 이제 그녀는 자신의 조상들과 함께 성문 밖에 묻혔기 때문에 고향을 떠날 일이 없었다. 하지만 그는 하루라도 빨리 그곳을 떠나고 싶었으며 다시 돌아온다는 것은 생각하기조차 괴로웠다. 그는 해외에서 이미 오랜 세월을 보낸 뒤라서 이곳에서 생을 마감하게 되리라는 것을 알고 있었다. 단지 그의 유골만 고향으로 돌아가서 아내 곁에 묻히게 되리라. 아내가 눈을 감았을 때, 그는 자신도 죽으면 그녀 곁에 나란히 누우리라 마음을 먹은 터였다.

"하지만 일본군이 우리나라를 빼앗고 있는데, 저 혼자만 여기서 안전하고 행복하게 지낼 수는 없어요." 메이리는 지금 머나먼 이국 땅에서 아버지에게 자신의 생각을 말하고 있었다.

그녀는 서툴긴 했지만 얼마 전부터 모국어로 말하리라 마음먹었고, 그녀의 아버지는 이 또한 고국으로 돌아가려는 그녀의 굳은 의지에서 비롯된 행동임을 알고 있었다. 언제부터인가 메이리는 몸에 익숙한 서양 옷을 벗어던지고 이제 신식 중국 여성복인 폭이 좁고 기다란 치파오를 입고 있었다. 그녀의 아버지는 아무 말도 안 했지만 이 모든 변화를 지켜보고 있었다.

그러던 어느 날 아침, 그는 딸의 질문에 대답하기 전에 식탁 위에 놓인 물이 담긴 은 사발에 나이 든 가냘픈 손가락을 담그고 있었다. 두 사람은 이제 막 아침 식사를 마쳤고 때마침 방 안에는 하인이 모두 나가고 없었다.

"고향에 돌아가서 뭘 하겠다는 건지 모르겠구나." 그는 영어로 이렇게 말했다. "지금 그 사람들한테 필요한 건 기술자나 군사전문가 같은 남자다. 아직 공부도 끝내지 않은 젊은 여자는 아무 소용이 없어."

그는 예전에는 딸이 죽은 아내를 닮았다고 생각했다. 그러나 외국 생활을 하면서 딸은 아내와 전혀 다른 모습으로 자랐고, 그는 이러한 사실을 다행스럽게 여겼다. 그는 이미 오래전에 아내를 땅에 묻었지만 그녀는 여전히 그의 가슴속에 살아 있었다. 다시 결혼을 해서 아들을 낳아야겠다고 생각하면서도 막상 그렇게 하지 못한 것도 바로 이런 이유 때문이었다. 게다가 이곳에서는 고향에서와는 달리 재혼을 하거나 아들을 낳는 것이 그다지 중요하지 않았다.

"할 일을 찾을 거예요." 메이리는 단호한 목소리로 말했다.

그녀는 커다란 검은 눈을 반짝이면서 아버지를 바라보았고, 그는 너무나 익숙한 이 눈빛 앞에서 더 이상 아무 말도 하지 않았다. 그는 딸과 말씨름을 하는 것은 공연히 기운만 낭비하는 것임을 일찍이 깨달았기에 그녀가 열네 살이 되던 해부터는 아예 딸과의 논쟁을 포기했다. 그때부터 메이리는 자기가 원하는 일은 꼭 하고야 말았고, 머나먼 타국 땅의 수도에서 대사의 수석 비서관으로 일하고 있는 그의 아버지 위명영은 한 남자의 아내로 부족함이 없도록 딸을 키우지 못한 것을 자책하면서 밤새 뒤척이곤 했다. 그의 눈에 비친 메이리는 좋은 신붓감으로서의 면모는 전혀 갖추지 못하고 있었다. 위명영은 미래의 사위가 자신을 매몰차게 원망하는 상상을 하면서 몸서리를 쳤다.

"나도 어쩔 수 없는 일이네." 그는 상상 속의 사위에게 이렇게 중얼거리곤 했다. "난 나름대로 최선을 다했어. 그런데 메이리가 나도 감당하기가 힘들 정도로 너무 일찍 강해져버렸지. 쓸데없이 딸아이랑 실랑이를 하면서 내 인생을 허비할 수는 없었어. 게다가 나는 딸아이를 부양하고, 그 아이의 학비를 벌어야 했지. 그러다 보니 다른 일에 신경을 쓸 틈이 없었다네."

그러나 위명영의 눈앞에는 그의 하소연을 들어줄 사위가 나타나지 않았다. 물론 메이리를 사랑한 청년들이 있었지만 그녀는 매번 그들의 마음을 뿌리쳤고, 그녀의 아버지는 아무런 간섭도 할 수 없었다.

"그럼 가거라." 위명영은 한숨을 쉬면서 마지못해 허락하는 듯하더니 부드러운 갈색 눈을 들어 딸을 바라보면서 마지막 애원을 했다. "하지만 난 어쩌란 말이냐? 이 타국 땅에서 혼자 살라는 게냐?"

메이리는 중국 여자답지 않게 큰 소리로 웃었다. "혼자 계시는 건 아버지 잘못이에요." 그녀는 이렇게 말하면서 의자에서 몸을 일으켰다. "아버지를 위로하고 싶어서 안달이 난 여자가 적어도 세 명은 되잖아요." 메이리는 어머니를 기억하지 못했기에 아버지에게 거리낌 없이 농담을 했다. 그는 매우 잘생긴 외모에 예의바른 태도가 몸에 밴 탓에 자신도 모르는 사이에 여자들에게 지나치게 친절한 모습을 보이곤 했다. 짓궂은 데가 있는 메이리는 아버지가 뜻하지 않게 유혹한 여자들이 당황하는 모습을 보면서 기쁨을 느꼈다.

"그럼 언제 떠날지만이라도 말해다오." 그는 작은 소리로 서둘러 말했다. 메이리는 언제나 자신이 알아야 할 것 이상으로 너무나 많은 것을 알았다.

그로부터 몇 주가 지나지 않아 그녀는 바다를 가로지르고 있었다. 메이리가 본국으로 돌아가고 싶어한다는 사실이 일단 중국 대사관에 알려진 뒤로 그녀가 갈 만한 자리를 찾는 데에는 아무런 문제가 없었다. 그러나 위명영은 딸이 위험한 지역에 가지 못하도록 그녀 몰래 손을 써두었으며, 가능하면 딸을 선교 단체가 운영하는 학교에 교사로 보내고 싶어했다. 그곳만큼 주변 사람들이 엄격하고 구식인 곳도 없을 터이기 때문이었다. 다행히 메이리는 중국 내륙 지방의 서부 고산지대에 있는 동굴 속 여학교를 낭만적일 것이라고 생각했으며, 자신은 무엇이든 잘 가르칠 수 있다고 믿었다.

메이리는 이렇게 해서 싸늘하고 맑은 어느 날 아침, 판샤오가 공부하고 있는 학교에 도착했다. 그녀를 이곳까지 데려다준, 낡고 자그마한 비행기는 얼음으로 덮여 있었다. 그녀를 태우고 갈 비행기 편을 마련해둔 사람 역시 머나먼 타국의 수도에 있는 그녀의 아버지였다. 그러나 그녀에게는 이 모든 일이 간단하게만 보였다. 배에서 내리자 비행기 조종사가 그녀를 기다리고 있었다. 그는 비행기를 평지에 착륙시킨 뒤 산속 동굴로 메이리를 안내하면서 자신은 그녀가 원할 때면 언제라도 집으로 돌려보내도록 지시를 받았다면서 비밀 주소를 건넸다.

"집으로 돌아가는 일은 없을 거예요." 메이리는 건방지게 말했다.

"그래도 받아두세요. 그래야 제가 임무를 다한 게 됩니다." 조종사는 허둥대며 말했다. 그는 키가 크고 고집스럽게 생긴 그녀 앞에서 겁을 먹고 있었다. 그녀는 언제나 자신이 할 일과 하지 않을 일을 분명하게 알고 있었고, 그는 그런 그녀에게서 되도록 빨리 벗어나고 싶었다. 그녀가 직접 비행기를 조종하겠다고 나선다면 어떻게 하겠는가? 그러나 다행히 그녀는 그런 요구는 하지 않았다. 그녀는 입을 다문 채 꼼짝 않고 앉아 있었고, 서쪽에서 불어오는 바람은 그녀의 짧고 검은 머리칼을 뒤쪽으로 흩날리게 했다. 그녀는 동굴 학교로 가는 중간에 미리 넉넉하게 준비해 온 빵과 고기 그리고 과일을 먹으면서도 조종사에게는 단 한 조각도 권하지 않았기에 그는 자기가 가져온 차가운 밥과 생선을 먹었다.

그러나 조종사와 헤어질 시간이 되자 그녀는 손에 들고 있던 외제 가죽 가방을 열더니 그가 기대했던 것의 세 배나 되는 돈을 꺼내서 건넸다. 그는 갑자기 그녀가 마음에 들었고, 고마운 마음에 머리를 숙여 인사한 뒤 올라갈 때와 마찬가지로 걸어서 산을 내려갔다. 그리고 그는 다시는 그녀를 만나지 않기를 바랐다.

메이리는 남쪽으로 창문이 하나 나 있는, 동굴 속 자신의 방이 너무나 마음에 들었다. 그녀의 방으로 이어지는 동굴 속 통로들은 모두 판자로 막혀 있었으며 판자마다 문과 창이 달려 있었다. 그리고 자그마한 창밖으로 보이는 바깥 풍경은 그녀의 상상을 초월할 정도로 야성적이었다. 민둥산들은 적막을 뚫고 우레 같이 울려 퍼지는 장엄한 음악처럼 물결치듯 겹겹이 늘어서 있었다.

메이리는 살을 에는 듯한 날씨에도 불구하고 창문을 활짝 열더니 과장된 몸짓으로 두 팔을 쭉 뻗었다. 그녀에게 그것은 전혀 가식적이지 않은 자연스런 행동이었다.

"내 거야!" 그녀는 이렇게 중얼거렸다. "다 내 거야. 산들아, 내가 고향으로 돌아왔다!"

메이리는 잠시 이렇게 서 있었지만 이내 허기를 느꼈다. 입구에서부터 방까지 그녀를 안내해준 나이 든 하녀는 곧 수업이 끝날 거라고 말했다. 메이리는 잠시 후 사무실로 가서 지금은 수업 중인 외국인 교장을 만나야 했다. 그러고 나면 드디어 식사를 할 수 있었다. 메이리는 몸을 돌려 탁자 위에 놓여 있는 작고 얄팍한 거울을 들여다보면서 힘 있는 검은 머리를 빗질했고, 젖은 수건으로 얼굴을 닦은 후에 분칠을 한 다음 연지를 조금 발랐다. 그러고는 자신에게 어울리는 색으로 입술을 빨갛게 칠했다. 그러나 옷은 갈아입지 않았다. 지금 입고 있는 짙은 빨간색 모직 원피스는 그녀의 옷 중에서 가장 따뜻한 것이었다.

메이리는 구불구불하고 캄캄한 통로를 지나서 하녀가 사무실이라고 일러준 곳으로 가서 아무런 거리낌 없이 문을 열고 안으로 들어갔다. 책상 앞에는 체격이 좋은 백인 여자가 근엄한 모습으로 앉아 있었다. 그녀는 다소 못생긴 얼굴이었지만 불친절해 보이지는 않았다.

"프림 교장선생님이신가요?"

프림 교장은 자신에게 질문을 던진 사람이 외국인인 모양이라고 생각하며 놀라서 고개를 들었다. 수백 킬로미터 반경 안에 외국인이라고는 그녀 한 사람뿐이었으며 학생들 중에도 외국어 단어를 네 개 이상 연결해서 말할 수 있는 사람은 아무도 없었기 때문이다. 그러나 그녀는 고개를 드는 순간 눈앞에 서 있는 여자가 누구인지를 알았다.

'교장선생님을 좋아하게 될 것 같지가 않아.' 메이리는 마음속으로 생각했다.

'대담해 보이는 여자로군. 방심했다가는 속 꽤나 썩게 생겼어.'

프림 교장 역시 이렇게 생각했다.

이런 분위기 속에서 두 사람의 동거가 시작되었다.

··· 판샤오는 다른 학생들과 함께 중앙 동굴에서 식사를 하다가 고개를 드는 순간 새로 온 교사를 보았고, 단박에 그녀를 좋아하게 되었다. 새로 온 교사는 외국인 교장과 함께 식당에 들어섰는데, 어려워서 말 한번 제대로 붙여보지 못한 판샤오와는 달리 마치 어렸을 때부터 잘 알고 지내던 사람을 대하듯 거리낌 없이 교장에게 이야기를 하고 있었다. 판샤오는 젓가락을 내려놓은 채 메이리를 지켜보았다.

학생들은 웅성대기 시작했다. "새로 온 선생님이야 ······ 새 선생님." 학생들은 교장이 들어오자 평소와 마찬가지로 자리에서 일어나 그녀가 자리에 앉을 때까지 그대로 서 있었다. 그러나 판샤오는 오직 새 선생님을 위해서 자리에서 일어섰다. 학생들은 너나없이 새 교사의 자연스런 행동과 외국인다운 빠른 몸동작을 지켜보았으며 그녀의 피부색과 키 그리고 그녀가 입고 있는 외제 옷을 바라보았다. 학생들은 새 교사가 자신들과 같은 나라 사람임을 깨달았다. 그녀는 검은 머리칼에 살결이 유난히 희긴 했지만 학생들과 같은 피부를 갖고 있었다. 판샤오는 메이리의 아름다운 모습을 넋을 잃고 바라보았다. 그리고 그녀는 널빤지로 만든 식탁 밑에서 동상에 걸린 자그마한 두 손을 모아 쥐면서, 이유는 알 수 없지만 뜨거운 사랑으로 가슴이 가득 차오르는 것을 느꼈다.

이윽고 판샤오는 그녀처럼 순진한 사람만 할 수 있는 단순한 생각을 했다. '드디어 하늘이 오빠한테 맞는 여자를 보내주셨어!'

··· 돌아온 고국은 모든 것이 낯설기만 했다. 메이리는 매일 아침 잠자리에서 일어나자마자 창을 열고 거칠고 사나운 풍경을 바라보았다. 창밖으로 보이는 풍경은 끝없이 펼쳐져 있는 산이 전부였고, 인간의 체취가 느껴지는 것이라고는 골짜기 사이에 매달려 있는 듯 보이는 마을 하나뿐이었다. 멀리 떨어져 있는 마을은 손바닥 위에 올려놓을 수 있을 것처럼 작게 보였다.

메이리는 이토록 광활한 바깥세상에서 날마다 반복되는 일상으로 눈을 돌렸다. 이곳에서의 생활은 현실을 완전히 외면한 채 자질구레한 일정에 따라 기계적으로 움직이고 있었고, 메이리는 거미줄처럼 자신을 얽어매고 있는 무의미한 일상에서 벗어나고 싶었다. '우리나라가 이렇게 위태로운 상황에 처해 있는 지금, 여기서 한가로이 학생들이나 가르치고 있다니! 그럼 미국의 자그마한 마을에 머물고 있는 것과 다를 게 없잖아.' 메이리는 이곳에 도착한 뒤로 항상 초조해하는 모습이었다. 그러던 어느 날 아침, 여느 때보다 일찍 교실에 들어선 그녀는 판샤오가 책 위로 머리를 숙이고 있는 모습을 보았다. 판샤오는 자그마한 얼굴을 찡그린 채 혼잣말로 중얼거리며 애써 책을 읽고 있었다.

"무슨 공부를 하고 있지?" 메이리는 건성으로 물었다. 그녀는 아직 학생들의 얼굴을 구별하지 못했지만 판샤오를 보면서 가장 어린 학생 중 한 명일 것이라고 생각했다.

판샤오는 이날 아침 의도적으로 일찌감치 교실에 와 있었다. 자신이 흠모하는 선생님이 수수께끼 같은 숫자에 대해 가르칠 시간이었기에 일찍 교실에 와 있으면 가장 먼저 그녀의 모습을 볼 수 있으리라 기대했던 것이다. 그러나 판샤오는 그녀와 이렇게 단둘이 있을 수 있는 기회가 오리라고는 상상도 하지 못했다. 일찌감치 교실에 도착한 판샤오는 프림 교장선생님이 가르치는 영어를 공부하고 있었지만, 메이리가 아름다운 얼굴로 내려다보면서 질문을 하는 순간 말문이 막히고 말았다. 그녀는 대답 대신 메이리에게 책을 들어 올려 보였다.

"《폴 리베어의 기병대》*로군!" 메이리는 비웃듯 말했다. "말도 안 돼!" 그녀는 책을 집어 들었다. "그래, 이걸 외워야 하는 모양이지?"

판샤오는 고개를 끄덕이면서 기어들어가는 목소리로 말했다. "네, 아주 어려워요." 그리고 그녀는 마음속으로 흠모하는 선생님이 갑자기 책을 바닥에 집어던지는 것을 보고 당황했다.

"이런 쓰레기 같은 걸 읽고 있다니! 말도 안 돼!" 메이리는 소리를 질렀다. "《폴 리베어의 기병대》라고? 우리 유격대원들은 날마다 영웅처럼 싸우고 있어!"

판샤오는 그녀가 격한 말투로 쏟아내는 영어를 한마디도 이해하지 못한 채 책을 주우려고 몸을 굽혔다. 그러나 메이리는 판샤오의 손을 막더니 그다지 작지 않은 발로 책을 짓밟았다. 그러고는 허리를 굽혀 책을 집어 들고는 교실 안을 성큼성큼 걸어 다녔다.

판샤오는 메이리의 뒤에서 몸을 떨면서 혼잣말로 속삭였다. "나때문에 화가 난 모양이야." 그녀는 가슴이 메어 울고만 싶었다. '선생님을 화나게 할 생각은 없었는데.' 판샤오는 자신의 무지함이 그녀를 화나게 한 것 같아서 당황스러울 따름이었다.

---

* 〈Paul Revere's Ride〉. Paul-Revere는 미국 독립혁명의 영웅이다.

메이리는 곧장 교장실로 간 뒤 문을 두드리지도 않은 채 안으로 들어갔다. 프림 교장은 평상시와 다름없이 성경을 읽고 있었지만 메이리는 전혀 개의치 않았다. 그녀는 성경 위에 판샤오가 읽고 있던 책을 내려놓았다. 동굴 바닥은 늘 축축했기 때문에 《폴 리베어의 기병대》 위에는 그녀의 발자국이 아직도 마르지 않고 남아 있었다. 프림 교장은 의자에 등을 기대면서 메이리를 바라보았다. 두 사람은 만난 지 한 달도 안 되는 시간 동안 벌써 열 번 이상 논쟁을 벌였으며 둘 다 솔직한 성격이어서 서로 반대되는 의견을 거침없이 밝혔다.

"이것 좀 보세요!" 메이리는 교장선생님에 대한 예우 따위는 아랑곳하지 않고 거침없이 말했다. "학생 한 명이 이걸 외우고 있더군요!"

프림 교장은 안경을 고쳐 쓰더니 무슨 책인지 보려고 허리를 굽혔다. "오늘 영어 시간에 공부할 내용이로군요. 2주 전부터 다루기 시작했죠. 오늘이면 끝날 겁니다."

"지금 같은 시절에 왜 이런 어리석은 공부를 해야 하죠?" 메이리가 물었다. "그 학생의 조국인 이 나라에서는 자유를 되찾기 위해 그 어느 때보다도 치열한 전쟁이 벌어지고 있어요. 그런데 왜 어린 중국 학생들이 《폴 리베어의 기병대》를 외워야 하나요?"

프림 교장은 당돌한 메이리의 태도에 놀라기도 했지만 동시에 두려움을 느꼈다. 그녀는 이따금 메이리의 정신이 이상한 것은 아닌지 의심하곤 했다.

"이건 교육 과정에 들어가 있어요." 프림 교장은 단호하게 말했다.

메이리는 어이없다는 듯 웃음을 터뜨리더니 좀 더 조리 있게 설명하리라 마음먹었다. "교장선생님, 이 산속에서 학생들한테 미국 초등학교에서 배우는 내용을 꼭 가르쳐야 하나요? 우리가 지금 어디에 있는지 생각을 좀 해보세요! 우리는 해안 지방에서 3,000킬로미터가 넘게 떨어져 있는 중국 내륙 지방에 있어요. 게다가 침략자들의 폭격을 피해 동굴 속에서 숨어 지내고 있죠. 비록 많지는 않지만 이곳에 모여 있는 학생들은 모두 장차 무언가에 도움이 되기를 기대하면서 공부를 하고 있어요. 하지만 이건 아니에요!"

메이리는 책을 집어 들더니 반으로 찢어서 책상 옆에 놓여 있는 휴지통에 던져버렸다.

프림 교장은 꼼짝 않고 앉아 있었다. 아주 오래전 어린 소녀였을 때, 프림 교장의 아버지는 그녀의 불같은 성격을 걱정하면서 경고한 적이 있었다. "엘렌, 조심하지 않으면 넌 언젠가 사람을 죽이게 될지도 몰라. 주님께 죄악으로부터 널 지켜주십사고 기도드려야 한다."

그녀는 아버지의 말이 사실이라는 것을 알았기에 그날 이후로 평생을 두려움 속에서 살아왔으며 화를 다스릴 수 있도록 도와달라고 날마다 주님께 기도를 드렸다. 아버지가 주신 성경을 항상 책상 위에 올려 두는 것도 바로 이런 이유 때문이었다. 그녀는 뜨거운 분노가 치밀 때면 손을 뻗어서 성경 위에 내려놓곤 했다. 프림 교장은 지금 이 순간에도 보이지 않는 신에게 도움을 구하면서 손으로 성경을 힘주어 눌렀다. 이윽고 말을 할 수 있을 정도로 마음이 진정되었다고 생각되는 순간, 그녀는 목이 멘 듯한 거친 목소리로 이야기했다.

"나는 이 학교의 교장입니다. 학생들에게 가르칠 내용을 결정하는 건 내 권한입니다."

'난 정말 바보야.' 메이리는 이렇게 생각하면서 프림 교장과 마주 앉았고, 책상 위로 허리를 굽히면서 사나운 표정을 짓고 있는 아름다운 얼굴을 교장의 얼굴 앞에 바짝 들이댔다. 그녀는 자신의 얼굴처럼 아름다운 얼굴이 프림 교장에게 얼마나 큰 두려움과 혐오감을 주는지 모르고 있었다.

"교장선생님, 제가 드리고 싶은 말씀은 우리가 가진 위대함을 앗아가지 말라는 것뿐입니다! 이건 자유를 되찾기 위한 우리 민족의 전쟁이에요! 미국인들도 스스로 전쟁을 통해서 자유를 얻었죠. 우리는 학생들에게 우리나라의 시와 노래를 가르쳐야 해요. 왜 날마다 찬송가만 불러야 하죠? 우리는 우리 민족의 노래를 불러야 해요. 새로운 노래 말예요. 조국에 돌아왔다고 생각했는데 결국 이런 곳에 있는 제 심정이 어떨지 생각해보셨나요?" 메이리는 보이는 것이라고는 험준한 산밖에 없는 창문을 향해 기다란 팔을 힘차게 휘저었다. "게다가 들리는 노래라고는 '제게 머무소서(Abide with Me)', '저 북방 얼음산과(From Greenland's Icy Mountains)' 같은 찬송가뿐이죠." 그녀는 큰 소리로 웃기 시작했다. "제가 무슨 말을 하려는 건지 이해하시겠어요?"

프림 교장은 강하면서도 너무나 아름다운 얼굴로부터 벗어나기 위해 자리에서 일어섰다. 메이리의 얼굴에는 열정이 넘쳐흐르고 있었고, 프림 교장은 그 열정 앞에서 두려움을 느꼈다. "나는 이곳을 피난처로 생각합니다." 프림 교장은 엄숙하게 말했다. "주님은 우리에게 피난처를 마련해주신 겁니다."

"우리는 피난처를 원하지 않아요!" 메이리가 소리쳤다. "우리는 전쟁의 한복판에 있습니다!"

메이리는 자리에서 일어섰고, 아무도 말하지 않았지만 두 사람 사이에는 높은 벽이 솟아올랐다. 메이리가 돌아서서 밖으로 나간 뒤 프림 교장은 허리를 굽혀서 휴지통에 버려져 있던 찢어진 책을 주웠다. 지금은 책이 매우 귀한 때였고, 이 정도 찢어진 것은 다시 붙일 수 있었다.

메이리는 잔뜩 화가 난 채 쿵쾅거리면서 교실로 돌아갔다. "여기에는 못 있겠어. 억지로 머무는 대가로 돈을 받지는 않을 거야. 여기서 나가야 해." 그녀는 이렇게 투덜거렸다.

메이리는 학생을 남겨두었다는 것을 까맣게 잊은 채 찡그린 얼굴로 혼잣말을 하면서 불쑥 교실로 들어섰다. 그 순간 그녀가 교실을 나설 때와 똑같은 자세로 앉아 있는 어린 소녀의 모습이 눈에 들어왔다. 학생의 얼굴은 백지장 같았고, 갈색 눈은 겁에 질려 있었다.

"왜, 무슨 문제라도 있어?" 메이리가 물었다.

"제가 선생님을 화나게 했어요." 판샤오가 눈물을 글썽이면서 기어들어가는 목소리로 말했다. "선생님을 화나게 하는 건 죽기보다 싫어요!" 눈물 사이로 메이리를 흠모하는 그녀의 마음이 촛불처럼 빛났다. 판샤오는 수줍게 손을 내밀더니 메이리의 옷자락을 잡았.

"이제 보니 아직 어린애구나. 어쩌다 이렇게 먼 곳까지 온 거야?" 메이리가 다정하게 물었다.

"조금만 있으면 열여섯 살이 돼요. 그러니까 어린애는 아니에요. 이곳에 오기 전에 3년 동안 길쌈을 했어요. 그러다가 왜군이 쳐들어왔고, 그래서 아버지가 저를 집 밖으로 피신시키신 거예요."

판샤오는 고향집에 생긴 일을 간략하게 이야기했고, 자신의 고향이 어느 도시 근처에 있는지를 설명했다. 그녀는 심지어 자신의 형부인 우리엔에 대한 이야기까지 했는데, 그가 적의 편이 되어 왜군이 그토록 사악한 모습을 드러낸 성안으로 들어가서 부잣집에서 살고 있다고 말했다. 그녀가 이야기를 마치기 전에 다른 학생들이 교실로 들어오자 메이리는 이렇게 말했다. "네 고향은 바로 내 어머니가 태어나신 곳이야. 네 이야기를 마저 들어야겠다. 오늘 밤 자기 전에 내 방으로 와주겠어?"

판샤오는 존경심이 가득 담긴 눈빛으로 메이리를 바라보며 고개를 끄덕였다. 그녀는 그날 정신이 멍한 상태에서 하루를 보냈고, 메이리는 한두 차례 그녀와 눈이 마주칠 때마다 미소를 지어 보였다. 판샤오는 메이리의 웃는 얼굴에 감격해 자기도 모르는 사이에 거의 질식할 정도로 숨을 멈추었다.

'저 어린 아이가 그토록 많은 고통을 당했다니!' 메이리는 이렇게 생각했다.

판샤오가 들려준 이야기는 하루 종일 그녀의 머릿속에서 떠나지 않았다. 메이리는 교장선생님과 논쟁을 벌인 일마저도 까맣게 잊고 그녀와 마주쳤을 때 상냥하게 말을 건넸다. 프림 교장은 자신의 기도가 응답을 받아서 하나님이 메이리의 마음을 바꾸신 모양이라고 생각하면서 평화를 되찾은 것에 감사하는 마음으로 하루를 보냈다. 프림 교장은 하나님이 해야 할 일을 보여주시면 그 즉시 그대로 따랐다. "오, 주여. 메이리를 이곳에서 내보낼 수 있도록 길을 열어주시옵소서!" 그날 밤, 그녀는 침대 옆에 앉아서 조용히 기도를 드렸다.

··· 메이리는 애타는 마음으로 판샤오를 기다리고 있었다. 그녀

는 언제나 구할 수 있는 신문은 모조리 읽었으며 매일 밤마다 미국에서 가져온 라디오를 들었다. 그녀는 외교여권을 가지고 있었기 때문에 반입금지된 라디오를 검색을 피해 들여올 수 있었다. 그러나 판샤오가 들려준 이야기는 그녀가 여태껏 접하지 못한 소식이었다. 그녀는 문 밖에서 가냘픈 기침 소리가 들리자 "들어와!"라고 소리쳤다. 그리고 그녀는 문이 열리면서 판샤오의 얼굴이 보이자 그녀만의 함박웃음을 지어 보이면서 반갑게 맞았다.

"여기 앉아." 메이리는 숯이 가득 들어 있는 화로 앞으로 의자를 당겨 놓으며 말했다. "많이 춥지? 바다 건너 먼 곳에서 가져온 사탕을 줄게. 특별한 순간을 위해서 아껴두었던 거야. 그런데 지금이 바로 그 순간인 것 같아."

판샤오는 일찍이 본 적이 없는 듯한, 활활 타오르는 화롯불 앞에 앉아서 의자 위에 깔려 있는 푹신한 방석을 몸으로 느꼈으며 손바닥에 놓여 있는, 황설탕으로 만든 것처럼 보이는 네모진 사탕을 내려다보았다.

"아주 먼 곳에서 자라는 나무 열매로 만든 거야. 먹어봐. 맛있을 거야." 메이리가 말했다.

판샤오는 혀끝으로 핥아서 사탕을 맛보았고, 메이리는 소리 내어 웃었다. "아기 고양이가 자그마한 혀를 날름대는 것 같다."

판샤오도 덩달아서 소리 내어 웃었다. 그녀의 귀에 메이리의 목소리는 아득하게만 들렸고, 그녀는 너무 행복한 나머지 정신이 아찔할 정도였다. 판샤오는 메이리를 향한 가슴 벅찬 애정을 느끼면서 그녀의 머리가 희뿌연 구름에 둘러싸여 있는 듯한 기분을 느꼈다.

"선생님은 관세음보살처럼 보여요." 판샤오가 속삭였다.

메이리는 눈을 휘둥그레 뜨면서 말했다. "내가? 그건 나를 몰라서 하는 말이야. 우리 아버지가 들으시면 웃으시겠구나! 난 성격이 못됐어. 아주 고약하지!"

"믿을 수 없어요." 판샤오가 나지막한 목소리로 말했다. 그녀는 손에 사탕을 쥐고 있는 것도 잊은 채 화롯불에 붉게 빛나는 메이리의 아름다운 얼굴을 가만히 바라보았다.

"제발 부탁이에요." 판샤오는 메이리를 향한 애정에서 용기를 얻어 머뭇거리며 말했다. "이렇게 빌게요. 제 오빠랑 결혼해주세요."

메이리는 판샤오로부터 이런 이야기를 듣게 되리라고는 상상도 하지 못했기 때문에 너무 놀라 입을 떡 벌린 채 판샤오를 뚫어져라 바라보았다.

"내가 잘못 들은 거겠지?"

판샤오는 사탕을 내려놓더니 무릎을 꿇고 앉았다. "셋째 오빠는 ……." 그녀는 말을 더듬었다. "오빠는 지금 고향에서 빨치산을 이끌고 있어요. 그리고 선생님 같은 아내를 찾고 있죠. 얼마 전에 아버지한테서 편지가 왔는데, 왜군의 손길이 닿지 않은 이곳에서 오빠한테 어울리는 여자를 찾아달라고 하셨어요. 왜군이 차지하고 있는 곳에는 오빠한테 걸맞은 여자가 없기 때문이에요. 하지만 아무리 둘러봐도 오빠한테 어울리는 여자를 찾을 수 없었어요. 선생님이 오시기 전까지는 말예요."

판샤오는 자신의 무례한 행동에 몸을 떨면서 품에서 편지를 꺼냈다. 그녀는 메이리를 만나러 오기 전에, 혹시라도 입이 떨어지지 않으면 글이 대신해주리라 생각하면서 옥이 보내온 편지를 안주머니에 넣어둔 터였다.

메이리는 여전히 믿을 수 없다는 눈빛으로 편지를 받아들더니 내용을 읽어 내려갔다. 그리고 판샤오는 자리에서 일어나 무릎을 털고는 사탕을 먹으면서 메이리의 얼굴을 지켜보았다. 메이리는 처음에는 웃더니 곧 놀란 표정을 지었고, 곧이어 그녀의 도톰하고 아름다운 빨간 입술과 곧고 새까만 속눈썹에까지 진지한 마음이 드러나 보였다.

메이리는 편지를 다 읽은 뒤 속눈썹을 치켜 올렸고, 편지를 다시 접어서 아무 말없이 판샤오에게 돌려주었다.

'이 세상 또 어디에서 이런 일이 일어날 수 있을까?' 메이리는 마음속으로 생각했다. '직접 눈으로 보지 않으면 아무도 믿지 못할 거야. 이 아이한테 뭐라고 하면 좋지?'

판샤오는 다시 사탕을 내려놓더니 메이리의 대답을 기다렸다.

"아주 잘 쓴 편지야. 내용도 분명하고, 간결한 문체도 좋아. 네 오빠도 글을 잘 쓰니?"

"오빠요? 오빠는 글을 쓸 줄도, 읽을 줄도 몰라요."

"그것 봐." 메이리는 간단하게 말했다. "나는 글을 모르는 남자랑은 결혼할 수 없어."

"하지만 오빠는 아주 똑똑해요." 판샤오가 큰 소리로 말했다. "오빠는 필요 없다고 생각했기 때문에 글을 배우지 않은 것뿐이에요. 아버지의 삼종형제 되시는 분 말고는 저희 마을에서 글을 아는 사람은 아무도 없어요. 게다가 마을 사람들은 모두 그분을 바보로 생각해요."

판샤오는 메이리의 얼굴을 걱정스런 표정으로 찬찬히 살폈다. "선생님이 원하신다면 오빠도 글을 배울 거예요. 그리고 선생님이 가르쳐주신다면 오빠는 아주 빨리 배울 거예요!"

메이리는 다정한 목소리로 말했다. "어떻게 한 번도 본 적이 없는 남자랑 결혼을 하지?"

"결혼할 남자를 미리 보는 여자도 있나요?" 판샤오가 어리둥절한 얼굴로 물었다.

'여긴 완전히 딴 세상이로군.' 메이리는 이렇게 생각했다. '하지만 그래도 내 조국이야. 나 역시 어려서 이 땅을 떠나지 않았다면 이 아이와 같은 생각을 하고 있을 거야.'

"네 오빠에 대해서 더 말해주겠니?" 메이리는 큰 소리로 물었다. 그녀는 판샤오의 오빠에게 전혀 관심이 없었고, 판샤오가 들려주는 이야기는 모두 터무니없는 소리였지만 그래도 이곳은 그녀가 살아가야 할 세상이자 그녀의 조국이었다.

판샤오는 어려서부터 지금까지 자신이 기억하고 있는 오빠에 대한 모든 것을 이야기했다. 성품이 올곧은 그녀는 오빠의 성마르고 잔인한 성격까지도 숨김 없이 이야기했지만 메이리는 그저 웃기만 할 뿐이었다. 이윽고 판샤오는 오빠의 용감한 행동에 대해 말했고, 메이리는 진지한 표정으로 귀를 기울였다. 그녀의 이야기가 어찌나 길었던지 빨갛게 타오르던 숯은 어느새 부드러운 회색 재로 변했고, 두 사람 다 모르는 사이에 밤은 절반이나 지나가버렸다. 이야기가 계속되는 동안, 판샤오와 메이리는 아주 먼 곳을 여행하면서 각각 지금까지와는 다른 삶을 경험했고, 고집스럽고 용감한 굳센 청년을 만났다. 그는 비록 무지하긴 했지만 의지가 강한 남자였다.

"오빠는 그런 사람이에요." 판샤오는 마침내 이렇게 말했다.

"네가 설명을 너무 잘해서 오빠가 어떤 사람인지 안 봐도 알겠구나."

메이리는 자신을 바라보는 판샤오의 간절한 눈빛에서 그녀가 더 구체적인 대답을 원하고 있다는 것을 알았다.

"판샤오." 메이리는 고개를 저으며 말했다. "이건 너무 갑작스러워. 이야기책에나 나올 법한 일이지. 이제 그만 자러 가는 게 좋겠다. 훌륭하신 교장선생님께서 네가 없어진 걸 아시게 될지도 몰라. 네가 여기 있는 걸 아신다면 엄청 화를 내실 거야!"

메이리는 판샤오의 뺨을 어루만지더니 자리에서 일어나 그녀를 문 앞으로 데리고 갔다. 판샤오는 아무 말도 하면 안 될 것 같은 기분이 들었기에 오로지 두 눈으로 메이리에게 애원했다.

"잘 자." 메이리가 말했다. "오늘 밤에는 꿈을 많이 꿀 것 같구나!"

판샤오가 돌아가고 나자, 메이리는 모든 것이 달라졌음을 느꼈다. 지금까지 이 방은 그녀의 것이었으며 그녀가 떠나온 나라의 일부분이었다. 그녀는 여기저기에 방석을 늘어놓고, 액자에 넣지는 않았지만 아버지가 살고 계신 집의 사진을 걸어놓는 등 이 방을 이국적으로 꾸몄다. 그러나 이곳은 더 이상 그녀의 방이 아니었으며 정복당한 나라의 산속 절벽에 뚫려 있는 동굴에 지나지 않았다. 그리고 지금 이곳에는 젊은 빨치산 대장이 서 있었고, 메이리는 환영이라고 하기에는 너무나 또렷하고, 유령이라고 하기에는 너무 강인해 보이는 그의 모습을 방에서 내몰 수가 없었다. 그녀는 이미 재가 되어버린 숯을 앞에 두고 앉아서 그에 대해서, 그에 대해 들은 모든 것을 다시 한 번 생각했다.

'그런 남자한테 배움의 기회가 주어지지 않은 건 정말 안타까운 일이야! 글을 읽을 줄 안다면 더 용감한 남자가 될까? 적군에게 더 용감히 맞설 수 있을까?' 그녀는 아침에 있었던 일을 떠올리면서 작은 소리로 웃었다. '어쩌면 폴 리베어도 무지한 남자였는지 몰라.'

이윽고 그녀는 자리에서 일어섰고, 한 번도 본 적이 없는 남자가 자신에게 걸어버린 주문을 떨쳐내려는 듯 강하게 몸을 흔들었다. '감상에 빠져들어서는 안 돼.'

메이리는 이렇게 마음을 다지면서 창 앞으로 다가가 문을 활짝 열고는 그 앞에 한참을 서 있었다. 하늘 높이 떠 있는 달은 헐벗은 산봉우리 위를 환하게 비추고 있었고, 나무 한 그루 없이 사나워 보이는 잿빛 봉우리들은 서로에게 시커먼 그림자를 드리우고 있었다. 이것은 세상 어디에서도 찾아볼 수 없을 만큼 아름다운 풍경이었지만 강한 정신력 없이는 두려움이 앞서서 똑바로 마주하기 힘든 모습이기도 했다. 그러나 메이리는 조금도 두려워하지 않았고 거의 한 시간가량을 꼼짝 않고 선 채 창밖을 뚫어져라 바라보았다.

'현명한 판단을 내려야 해.' 이윽고 그녀는 이렇게 생각하면서 잠자리에 들었다.

* * *

메이리는 그 후로 며칠 동안 판샤오를 피했고, 대답을 기다리는 그녀의 눈과 뜻하지 않게 마주칠 때면 재빨리 미소를 짓고는 고개를 돌렸다. 판샤오의 눈빛이 요구하는 것은 이루어질 수 없는 일이었다.

그러나 불가능할 것 같았던 그 일에 눈에 보이지 않는 어떤 힘이 작용했다. 메이리는 산의 정기에 둘러싸여 있었고, 날마다 반복되는 순종적인 일상에서 벗어나라고 밤낮으로 그녀를 충동질하는 거친 산의 힘을 느꼈다.

'나는 교사가 되려고 태어난 게 아니야.' 메이리는 북받치는 감정을 애써 억누르며 이렇게 생각했다. '난 찬송가를 부를 수 없어!'

'나는 무엇이 되기 위해 태어난 걸까?' 메이리는 요즘 똑같은 질문을 계속해서 반복하면서 상상의 날개를 펼치곤 했다. 여자가 혼자서 할 수 있는 일이 무엇일까? 이곳까지 태워다준 조종사에게 연락을 해서 아무 데고 데려다달라고 하면 어떨까?

그러나 어디로 간단 말인가? 어머니의 가족들에게 갈 수 있을까? 그들이 살던 도시는 적에게 점령당했고, 가족들은 이미 뿔뿔이 흩어진 뒤였다. 결국 그녀는 혼자서는 아무것도 할 수 없는 처지였으며 누군가와 힘을 합쳐야만 했다. 그러나 누구와 힘을 합친단 말인가? 그녀는 가장 먼저 군대를 떠올렸다. 북서쪽에는 아군이 버티고 있었으며 그곳에서는 여자들도 남자들과 어깨를 나란히 하고 전투에 참가했다. 그러나 그녀는 자존심이 너무나 강했기에 수많은 사람들 속에 섞여서 싸우고 싶은 생각이 없었고 그보다는 권력을 행사하거나 힘을 창출해낼 수 있는 위치를 차지하고 싶었다. 그녀는 전 세계가 알고 있는 한 여인을 떠올렸다. 메이리와 같은 민족이며 그녀와 마찬가지로 해외에서 공부를 한 그 여인은 부유하고, 아름다웠으며 고집이 셌다. 그 여인은 메이리가 상상하는 판샤오의 오빠와 같은 장군과 결혼을 했다. 강인하지만 거칠고 무지한 남자의 아내가 된 여인은 자신의 남편을 전 세계에 이름을 떨친 통치자로 만들었다. 메이리는 자신도 그 여인처럼 되지 말라는 법은 없다고 생각했다.

··· '무슨 조치를 취해야 해.' 프림 교장은 두꺼운 안경알 너머로 메이리를 바라보면서 날마다 이렇게 생각했다. '메이리는 날이 갈수록 호랑이로 변하고 있어. 오, 주여. 제발 저 여인을 내보낼 수 있는 길을 찾아주시옵소서!'

··· 메이리는 자신의 방에 혼자 있는 밤이면 라디오를 틀었고, 육성은 매일 밤 두 시에서 세 시 사이에 흘러나왔다. 조국의 심장부에서 들려오는 그 목소리는 승리와 안타까운 패배에 대한 소식을 들려주었다. 그녀는 새장 속에 갇힌 듯한 일상 속에서 밤이 오기만을 애타게 기다렸고, 라디오를 듣고 난 뒤면 언제나 산을 향해 몸을 돌렸다. 그러고는 아무리 추위가 매서워도 창문을 활짝 열고 그 앞에 서 있었다. 그러면 산은 알아서 제 할 일을 했다.
'여기서 나가야만 해.' 메이리는 이렇게 생각했다.

··· 그녀를 해방시켜준 사람은 다름 아닌 프림 교장이었다.
"주님이 내게 힘을 주셨습니다." 프림 교장은 메이리가 떠나고 난 뒤 다른 교사들에게 이렇게 말했다. "벌써 몇 주 전부터 주님께 제 짐을 덜어달라고 기도를 드려왔죠. 처음에는 아무런 응답을 안 하시더군요. 그러던 어느 날 내 귀로 위 선생의 목소리를 똑똑히 들었습니다. 학생들한테 여기서 도망가라고 부추기고 있더군요. 내 보호와 보살핌을 받고 있는 이 소중한 학생들한테 말입니다! 그때 나는 위 선생이 수업을 하고 있는 교실 앞을 우연히 지나가던 참이었죠.

때마침 미국 역사 수업을 하고 있더군요. 위 선생의 목소리가 들려왔어요. '이 동굴 안에 머물면서 다른 나라의 역사나 공부하는 건 비겁한 짓이에요. 우리 모두 밖으로 나가서 우리나라를 위해 싸워야 합니다. 자, 내가 여기서 나간다면 따라올 사람 있나요?'라고 말하더군요. 나는 문을 활짝 열었어요. 주님이 용기를 주셨거든요. '위 선생님, 선생님과의 계약은 이걸로 끝입니다.'라고 말했죠."

온순한 교사들은 놀람을 감추지 못하며 술렁거렸다. 그녀들은 대부분 한때 프림 교장이 가르친 학생이었기에 그녀의 기분을 이해할 수 있었다.

메이리는 나중에 몇몇 교사에게서 프림 교장이 하나님으로부터 응답을 받았다는 이야기를 전해 듣고는 지나치다 싶을 정도로 크게 웃었다. "하나님이 나를 위해서 교장선생님을 어떻게 이용하셨는지는 몰랐나 보죠? 하나님은 교장선생님을 이용해서 제게 자유를 주셨어요!"

메이리는 프림 교장을 깔보는 듯한 태도로 월급을 고스란히 요구했으며, 문지기에게 산악지대에서 우편물 배달을 맡아 하고 있는 사람을 불러달라고 부탁했다. 그리고 그녀는 우편배달원 편에 가까운 도시로 전보를 보냈다. 비행기 조종사 앞으로 보내는 그 전보에는 와서 자신을 데려가달라는 내용이 담겨 있었다. 이윽고 메이리는 판샤오를 다시 만나지도 않은 채 동굴을 떠났다.

판샤오는 자신이 숭배하던 여신이 떠난 사실을 알고는 남몰래 한참 동안 눈물을 흘렸다. 그녀는 어디로 갔을까? 셋째 오빠처럼 신과는 너무나 다른 인간과 결혼해달라고 부탁해서 떠나간 것일까? 그녀의 질문에 대답해줄 사람은 아무도 없었다.

··· 메이리는 비행기의 좁은 좌석에 앉았다.

"해안 지방으로 가겠어요." 그녀는 조종사에게 말했다.

두 사람은 산기슭에 있는 마을에서 만났다. 그는 오늘 아침 그녀를 태운 가마가 여관 앞에 도착했을 때 이미 마을에 와 있었다. 그는 메이리를 두려워했기 때문에 미소를 지으면서 그녀 앞으로 다가갔다. 그는 낡은 모자를 손에 들고 있었고, 전보다 색이 더 바랜 푸른 무명 제복을 입고 있었다. 그는 며칠 전에 이곳으로 와달라는 그녀의 전보를 받고서 그다지 놀라지 않았다. 메이리를 동굴에 남겨두고 내려올 때, 그녀 같은 여자는 산속에서 오래 견디지 못하리라는 것을 이미 알았기 때문이다.

"30분만 기다려주세요." 메이리가 조종사에게 건넨 인사라고는 이것이 전부였다.

그녀는 여관 안으로 들어가더니 주인에게 이렇게 지저분한 여관은 세상에 하나밖에 없을 것이라고 쏘아붙이고 나서 국수 한 그릇을 비운 뒤 모피로 만든 옷을 입고서 밖으로 나와 비행기에 올랐다.

비행기가 날아오르기 시작하자 메이리는 자리에 앉은 채 몸을 비틀어 마지막으로 산을 바라보았다. 그러고는 바다가 있는 쪽으로 고개를 돌려 자신이 계획하고 있는 일들을 생각했다. 메이리는 판샤오가 아버지와 고향집 이야기를 들려주는 동안 그녀의 말에 귀를 기울이면서 자신이 무슨 생각을 하는지 단 한 번도 내비치지 않았다. 그리고 판샤오가 수줍은 얼굴로 질문을 할 때면 웃음으로 대답을 대신했다. 메이리는 한 번도 본 적이 없는 무지한 남자에 대해 생각하는 것은 미친 짓이라고 누구에게라도 말했을 것이다. 그러나 판샤오가 들려준 이야기는 어느새 그녀의 생각과 상상을 지배하기 시작했다. 그녀는 세상 어디라도 갈 수 있고 그 누구도 그녀가 어디에 있는지를 모르는 지금, 바람에 떠가는 구름처럼 자유로운 기분을 느꼈다. 그녀는 지금까지 살아오는 동안 이토록 완전한 자유를 느껴 본 적이 없었다. 지금 함께 비행기에 타고 있는 남자는 기계의 일부분일 뿐이었으며 그녀에게는 아무런 의미도 없었다. 그녀는 단 한 번도 조종사에게 말을 걸지 않았고 조종사가 바라본 그녀는 꼼짝 않고 앉아서 하늘로 고개를 치켜든 채 앞을 응시하고 있었다.

메이리는 이 자유를 어떻게 사용해야 할 것인지 머릿속으로 계획을 세우고 있었다. 판샤오가 말한 것처럼 그녀의 오빠가 정말 미남인지 직접 가서 확인해보는 것도 좋으리라. 판샤오는 여자들 특유의 꾀를 내서 메이리에게 몇 번이고 되풀이해가며 라오산의 수려한 외모를 자랑했다. 그녀는 "선생님보다 훨씬 더 커요."라는 말로 그의 키가 크다는 사실을 알렸으며 그가 기다란 눈매를 가졌다는 말도 덧붙였다. 또 그녀는 라오산의 눈동자는 더할 나위 없이 새카맣고, 흰자위는 너무나 새하얗기 때문에 그를 보는 사람은 누구라도 신의 모습을 떠올리게 된다고 말했다.

메이리는 자신에게 어울린다고 생각되는 남자를 한 번도 만나지 못한 여자들 중 한 명이었다. 그녀는 남자를 경멸하면서도 관심이 많았고, 열세 살이 되던 해부터는 업신여기지 않아도 좋을 만한 남자를 만나기를 꿈꾸었다. 그녀는 가까이 다가오는 모든 남자를 업신여겼으며 심지어는 아버지마저도 경멸했다. 그리고 그녀는 남자가 학식이 있는 것을 그다지 중요하게 생각하지 않았다. 판샤오가 입에 침이 마르도록 이야기한 그녀의 오빠가 글을 읽을 줄도 쓸 줄도 모른다는 사실은 오히려 호감을 느끼게 했다. 배움이 없어도 지금 같은 지배력을 행사할 수 있는데 공부를 한다면 어떻게 되겠는가? 메이리는 라오산을 자신보다 강하지만 배우기 위해 자신에게 의지할 수밖에 없는 용이라고 상상했다. 그녀는 라오산이 길들여지지 않았으며 길들일 수도 없는 남자이기를 바라면서도 자신이 뜻한 대로 그의 모습을 바꿀 수 있기를 원했다. 부드러운 남자들이 한자리에 모이는 대저택이나 도회지 그리고 정부 관료들의 모임에서는 볼 수 없었던 거칠고 강한 남자를 마음대로 조종하는 것은 기분 좋은 일이리라.

메이리는 하늘 높은 곳에서 기나긴 하루를 보내는 동안, 판샤오의 오빠에게 가까이 다가가서 그가 정말로 자신이 늘 꿈꾸어왔지만 한 번도 본 적이 없는 그런 남자인지를 살펴볼 수 있는 방법을 궁리했다.

그녀의 계획을 이루는 것은 어려운 일이 아니었다. 원하기만 한다면 얼마든지 방법은 있었다. 판샤오는 성안에서 왜군의 하수인으로 일하고 있는 형부 우리엔에 대해서 이야기한 적이 있었다. 메이리는 해안 지방에 도착한 뒤 자신의 어머니가 태어난 곳인 그 도시의 꼭두각시 통치자에게 어머니의 생가와 산소를 방문하고 싶으니 자신이 성안으로 안전하게 들어갈 수 있도록 보호해달라고 요청하는 편지를 보내기만 하면 그만이었다. 꼭두각시 통치자는 한때 그녀의 아버지와 친구였으며 그녀는 조국이 평화롭던 시절에 그와 만난 적이 있었다. 이제 꼭두각시가 되어버린 그는 강인하지 못하고 나약했으며 단 한 번도 원하는 것을 다 얻지 못했기 때문에 늘 모반을 꾀했었다. 마침내 그는 정부와 마찰을 빚은 뒤 해외에서 수년간 망명생활을 했지만 권력과 부를 갖춘 집안의 도움으로 간신히 체면을 유지할 수 있었다. 메이리는 아버지를 만나러 자신의 집에 온 그를 몇 차례 본 적이 있었다. 그는 이곳저곳을 찾아다니면서 조국에서 벌어지고 있는 일들을 은밀히 불평했으며 한 번도 자신의 의견은 받아들여진 적이 없고, 결국 이렇게 배척을 당하게 되었다고 푸념하곤 했다. 또한 그는 해외 각국의 수도를 찾아다니면서 힘이 있다고 생각되는 사람들을 만나 음모를 꾸몄다. 그러나 메이리의 아버지는 이러한 사실을 알면서도 고향 사람이며 어린 시절 함께 학교를 다녔던 그를 완전히 모른 체할 수 없었다. 조국을 점령한 적의 눈에 불만으로 가득 찬 이 남자보다 더 좋은 꼭두각시는 없었으리라.

그는 한때 자신의 친구였던 사람들에게 자신의 결백을 증명하고 싶어할 것이 분명했다. 따라서 메이리가 이제 적에게 점령당한 도시인 어머니의 고향을 방문할 수 있도록 보호해달라고 요청만 한다면 그는 부탁을 들어주는 것은 물론이고 그녀에게 자신의 집에서 머물라고 권할 것이 분명했다. 그는 적에게 자신의 친구가 어떤 사람인지를 과시하고, 존경받을 만한 인물의 딸이 자신의 보호를 바란다는 것을 증명해 보이기 위해서 그녀에게 융숭한 대접을 하리라. 그녀는 아버지가 이런 사실을 알면 얼마나 화를 낼지 충분히 짐작할 수 있었다. 그러나 그녀는 이미 아버지가 싫어할 것을 알지만 원하는 일이 있을 때면 언제나 허락 없이 자신의 뜻대로 해오지 않았던가.

메이리는 좀 더 구체적으로 계획을 세웠다. 일단 꼭두각시의 집으로 들어가고 나면 판샤오의 형부 우리엔을 찾아달라고 부탁하는 것은 간단한 일이었다. 그리고 판샤오가 살던 시골 마을로 가서 어머니의 묘지를 찾으면 그만이었다. 메이리는 판샤오에게 들어서 링탄의 마을과 집이 어디에 있는지를 알고 있었다. 직접 그의 집을 찾아간다면 가족들을 모두 볼 수 있는 것은 물론이고 그녀가 가장 궁금해하는 사람을 만나게 될지도 몰랐다. 메이리는 이 간단한 계획을 아무도 모르게 실행에 옮기리라 마음먹었다. 라오산이 판샤오가 이야기한 것과 같은 사람이라면 앞으로 무슨 일이 생길지 누가 알겠는가? 그러나 반대로 그가 한낱 시골뜨기에 불과하다면, 재미난 모험을 한 셈 치면서 마을을 떠나면 그만이었다. 일이 어떻게 되건 그녀에게 위험할 것은 하나도 없었다.

메이리가 모든 계획을 머릿속에 그리고 있는 동안 비행기는 땅에 내려앉았다. 그리고 그녀는 주경州境에 있는 자그마한 마을의 여인숙에서 밤을 보냈다. 그녀가 묵은 여인숙은 여느 여관과 마찬가지로 지저분했으며 그녀는 빈대에게 물리기까지 했다. 화가 난 메이리가 아침에 여인숙을 떠나기 전에 주인에게 불만을 이야기하자 주인 남자는 그저 히죽거리기만 했고 괄괄한 그의 아내는 이국적으로 보이는 키 큰 여자손님에게 악담을 퍼부었다.

"안된 건 댁이 아니라 빈대예요! 댁의 시커먼 피를 빨았으니 빈대가 독을 먹은 거나 다름없겠군요. 선하고 정직한 시골 사람이 사는 집치고 빈대랑 이가 없는 경우가 어디 있나요? 빈대랑 이가 집에서 나가면 복도 따라서 나가는 법이에요."

"정말 무식한 사람이로군요." 메이리도 질세라 말했다. "당신 같은 사람은 적도 반갑게 맞았을 거예요. 당신 같이 늙어빠진 사람은 나라에 아무런 도움도 안 돼요."

보다 못한 조종사는 메이리에게 그만 가자고 애원을 했고, 주인 남자는 손으로 아내의 입을 막았다. 이렇게 해서 두 남자는 여자들의 싸움을 말렸다. 그리고 조종사는 해가 지기 전에 짐을 덜어버리고 싶은 마음에 서둘러 그녀를 해안 지방으로 데리고 갔다.

메이리는 계획했던 대로 꼭두각시에게 전보를 보냈고, 몇 시간도 채 안 되어 그녀가 예상한 대로 답장이 왔다. 편지에는 기차에 특별석을 마련해둘 것이며 역으로 차를 가지고 마중을 나갈 테니 부디 자기가 있는 곳으로 와달라는 내용이 적혀 있었다. 그는 자신이 직접 그녀를 보호해주겠다는 말을 덧붙인 뒤 그 지역의 통치자임을 드러내놓고 서명했다. 메이리는 꼭두각시의 서명을 보는 순간, 그의 얼굴을 떠올리면서 입술을 비뚤어뜨리며 웃었다.

그녀는 아름답고 거만한 돈 많은 젊은 여자처럼 행동하면서 이틀을 기다렸다. 그녀는 혼자 거리를 오가면서 새 옷 몇 벌과 아름다운 진주목걸이를 샀으며 이 해안 도시에서 마음에 들지 않는 것이 눈에 띄여도 주위의 낯선 사람들에게 아무런 말도 하지 않았다. 그러나 그녀가 보기에 몹시 불쾌한 모습들이 너무나 많이 눈에 들어왔다. 사방에 폐허가 널려 있었으며 시내는 거지와 부랑자들로 붐볐다. 게다가 그 무리 속에는 그녀와 같은 민족뿐만 아니라 다른 나라에서 온 사람들도 섞여 있었다. 유대교도처럼 보이는 백인들이 굶주린 얼굴로 폐허가 된 도시에서 절박하게 은신처를 찾고 있었다. 눈앞에 보이는 세상의 절반은 폐허였으며 그곳에 있는 사람들의 절반은 갈 곳을 잃고 헤매고 있었다. 한때 아름답고 부유했던 이 도시는 그녀와 같은 민족의 것이었다. 이 도시가 왜 무너져야만 했을까? 메이리는 아는 사람이라고는 한 명도 없는 이곳에서, 그녀가 누구인지 알고 싶어하는 이들의 다정한 눈빛을 외면하면서 혼자 거리를 걸었다. 그리고 눈앞에 보이는 광경에 대해 곰곰이 생각하는 동안, 그녀 안의 열정은 적에 대한 분노로 옮아갔다.

메이리는 가슴에 분노를 가득 품은 채 기차에 올랐고, 자신을 위해 준비된 자리에 앉았다. 그리고 그녀는 아무런 이유 없이 무작정 화를 내는 공주처럼 어머니의 고향을 향해 달렸으며 땅거미가 진 뒤에 목적지에 도착했다.

···"난 너무 외롭다." 꼭두각시 통치자는 이렇게 말했고, 메이리는 그가 몸을 더 기울여서 그녀의 손을 잡아도 좋을지 생각하고 있다는 것을 알았다. 그가 마지막으로 본 뒤로 그녀는 어느새 숙녀로 자라 있었다. 그녀는 그의 얼굴을 빤히 바라보았고, 그는 그녀의 손을 잡으면 안 된다는 것을 깨닫고는 허리를 편 뒤 탁자 위에 잔을 내려놓았다.

"당연히 외로우시겠죠." 메이리는 차분한 목소리로 말했다. "아저씨가 하신 일은 주위 사람들을 떨어져나가게 했으니까요."

그들은 두 사람 모두에게 익숙한 영어로 대화를 나누었다.

"하지만 너는 나를 이해하겠지?" 그는 잘생겼지만 나약해 보이는 얼굴로 그녀를 바라보면서 간절히 이해를 구했다. "나는 반역자가 아니다. 단지 현실주의자일 뿐이지. 현실을 직시해야 해. 일본은 벌써 우리나라의 절반을 차지했다. 남은 희망은 그들과 힘을 합하는 것뿐이다. 게다가 내가 하고 있는 일은 어디까지나 중국을 위한 거야. 역사 속에서 우리 민족은 수도 없이 정복자 앞에 굴복하는 것처럼 보였지만 결국 정복자들은 죽어 없어졌고, 이 땅을 다스린 건 우리들이었다."

"하지만 그때는 우리가 정복자보다 강했어요. 과연 지금도 그럴까요?"

메이리는 일본 고위장교들과 식사를 하면서 느낀 점에 대해서는 아무 말도 하지 않았다. 그녀는 그들의 얼굴에 가득 찬 음침하고 강렬한 힘과 꼭두각시의 얼굴에서 배어나던 나약하고 회유적인 성격 앞에서 공포심에 가까운 놀람을 느꼈다.

꼭두각시는 그녀의 질문에 대답하지 않았다. 그 순간 누군가 방 안에 들어왔고, 그는 손님과 함께 있는 동안 절대로 방해하지 말라고 일러둔 터였기에 순식간에 언짢은 표정을 지었다. 그러나 문 앞에 서 있는 사람의 얼굴을 보는 순간, 그는 얼굴을 환하게 폈다.

"아, 우리엔" 꼭두각시는 반갑게 그의 이름을 부르더니 메이리에게 그를 소개했다. "이쪽은 내 비서다. 아주 충실한 직원일 뿐만 아니라 나를 이해해주는 사람이기도 하지."

메이리는 판샤오의 형부가 적의 소굴에서 이렇게 높은 자리까지 오른 것을 보면서 자신의 계획을 실행에 옮기는 것이 예상보다 더 쉬워지리라 생각했다.

우리엔은 그녀의 아름다운 얼굴을 똑바로 바라보지 않도록 조심하면서 고개를 숙여 정중하게 인사했다. 그는 부잣집 여자들에게 물건을 팔던 아버지로부터 배운 예절이 몸에 배어 있는 사람이었다. 우리엔은 이윽고 자신의 상관에게 말을 했다.

"이렇게 방해해서 죄송합니다만 안 좋은 소식이 있습니다."

꼭두각시는 즉시 자리에서 일어서더니 우리엔과 함께 밖으로 나갔고, 메이리는 혼자 탁자 앞에 앉아서 판샤오의 형부에 대해 생각했다.

잠시 후, 꼭두각시는 걱정스런 얼굴로 되돌아왔다. "잠깐 일을 좀 처리하고 와야겠다. 끔찍한 일이 벌어졌어. 산속에서 빨치산이 내려와 산기슭에 주둔하고 있던 군대를 공격했다는구나. 살아남은 사람이 한 명도 없어."

"이 일도 아저씨가 책임을 져야 하나요?"

"물론 어느 정도는 내 책임이지. 아무리 같은 민족이지만 나 역시 이런 야만적인 일을 막을 수 없다는 건 일본군도 알고 있다. 그래도 이런 사건이 터지고 나면 원망을 듣기 마련이지."

우리엔은 꼭두각시를 따라서 방 안에 들어오더니 그녀가 자리를 비켜주기를 바라면서 등을 돌렸다.

"손님을 방으로 안내해드리게." 꼭두각시가 말했다.

우리엔은 고개를 숙인 채 메이리가 따라오기를 기다렸다.

"잘 자거라. 내일은 네가 즐거워할 만한 일을 찾아보마."

"신경 쓰실 것 없어요. 저는 혼자서도 재미있게 지낼 수 있어요."

메이리는 우리엔과 단둘이 있게 되었을 때 이렇게 물었다. "내일 성안을 구경할 수 있을까요?"

"호위병이 같이 간다면 안 될 것도 없습니다." 우리엔이 대답했다.

"성밖으로도 갈 수 있나요?"

"호위병과 함께라면요."

메이리는 잠시 말을 멈추었다. "꼭 군인과 같이 가야 하나요?"

잔뜩 굳어 있는 그의 얼굴은 돌처럼 아무런 표정의 변화가 없었다.

"이해하시겠지만 적군과 같이 다니는 건 너무 불편해요. 이곳은 제 어머니와 제가 태어난 곳이에요."

그녀는 이렇게 그를 설득하려 했지만 그의 표정은 조금도 변하지 않았다. "어머니의 산소를 찾아가보고 싶어요. 어머니한테 자식이라고는 저밖에 없거든요."

메이리는 우리엔이 자신의 심정을 이해하리라 생각했다.

이윽고 그는 고개를 끄덕였다. "제가 같이 갈 수 있을지 알아보겠습니다. 그럼 호위병과 어느 정도 거리를 두고 다니실 수 있을 겁니다."

메이리의 말은 모두 사실이었다. 그녀의 어머니는 당신이 믿던 종교의 묘지에 묻혀 있었으며 그녀는 단지 그 묘지가 어디에 있는지를 모를 뿐이었다. 그러나 그녀는 마을 이름을 듣는다면 그곳이 어머니의 산소가 있는 곳인지 아닌지를 구별할 수 있을 것 같았다.

"어떻게 감사드려야 하죠?" 그녀는 나지막한 목소리로 말했다.

"신경 쓰실 것 없습니다." 우리엔은 고개를 숙이며 말했다.

"아니오. 어떻게든 감사드릴 방법을 찾아보겠어요." 그녀는 이렇게 말하면서 미소를 지었다.

어느새 그녀의 방 앞에 도착한 두 사람은 서로에게 인사를 한 뒤 헤어졌고, 그녀는 방 안으로 들어갔다. 비록 적이 소유한 것이기는 했지만 그녀는 고급스럽고 안락하게 꾸며진 방을 보면서 기분이 좋아졌고, 편안하게 단잠을 잤다.

••• 계획을 따르는 것은 어려운 일이 아니었다. 메이리는 이튿날 아침 꼭두각시를 만나러 갔고, 그는 어머니의 산소를 찾아가보고 싶어하는 그녀의 마음을 충분히 이해했다. 게다가 그는 그녀에게 묘지가 있는 마을의 이름을 기억시켜주려고 애를 썼다. 꼭두각시의 부름을 받고 온 우리엔은 그가 원하는 것이 무엇인지를 알고는 이렇게 말했다.

"제 처를 불러오겠습니다. 그 사람은 성밖에 있는 시골 마을에서 자랐기 때문에 주변 마을들의 이름을 저보다 훨씬 잘 압니다. 게다가 처갓집 식구들은 아직도 그곳에 살고 있습니다."

이렇게 해서 메이리는 아무런 노력 없이 우리엔의 아내를 만나게 되었고, 그녀가 방 안에 들어서자 판샤오의 언니라는 것을 한눈에 알아보았다. 판샤오보다 더 우둔해 보이고 덜 예쁠 뿐, 그녀는 동생과 꼭 닮은 얼굴을 갖고 있었기 때문이다. 우리엔의 아내는 자신을 부른 이유를 듣더니 잠시 생각에 잠겨 있다가 입을 열었다.

"그건 제 친정 마을 서쪽에 있는 묘지가 틀림없습니다. 이 근처에서 회교 묘지라고는 그곳 하나뿐이거든요."

그녀는 이렇게 말하더니 남편을 향해 고개를 돌렸다. "저도 아이들을 데리고 따라가겠어요. 그 길에 친정에 들를 수 있잖아요. 벌써 오래전부터 부모님을 뵙고 싶었어요. 당신이 이분을 안내하는 동안, 저는 두 분이 별일 없이 잘 지내고 계신지 찾아뵙겠어요."

VI
대지를 적시는 단비

 그날 링탄은 타작마당에 놓여 있는 기다란 의자에 앉아서 물소의 멍에를 고치고 있었다. 그는 왜군으로부터 물소의 목숨을 벌써 여러 차례 구했기 때문에 이제는 이 짐승이 자신의 아버지처럼 여겨졌다. 왜군은 링탄의 물소에 여러 차례 눈독을 들이면서 잡아먹고 싶어했고, 링탄은 그때마다 자신의 물소가 얼마나 늙었는지를 설명했다. 그리고 그는 물소의 뼈가 거무스름한 가죽을 뚫고 나올 정도라고 강조하면서 등에 난 짓무른 상처를 보라고 말했다. 그는 물소 등에 난 상처가 시뻘겋게 살갗이 벗어지도록 남몰래 석회수를 발라서 문지르곤 했다. 그러나 그는 매번 물소에게 용서를 구하는 것을 잊지 않았다.
 "이게 다 네 목숨을 구하기 위해서란다." 링탄은 털이 잔뜩 난 물소의 귀에 대고 속삭였고, 물소는 앓는 소리를 내면서도 링탄에게 몸을 내맡긴 채 고통을 참아냈다.

오늘 아침 물소를 몰고서 밭을 갈다가 멍에가 부러지는 바람에 링탄은 일손을 놓고서 망가진 멍에를 고치고 있었다. 그는 지난밤에 잠을 설쳤기 때문에 몹시 피곤했다. 지난 이틀은 밤낮을 가릴 것 없이 위험한 상황이 계속됐다. 링탄은 일주일쯤 전에 장남으로부터 이곳에서 얼마 떨어지지 않은 산기슭 마을을 공격해서 그곳에 주둔하고 있는 적군을 소탕할 것이라는 이야기를 들었다. 빨치산은 이미 세 차례나 주둔군을 공격했고, 왜군은 그때마다 병력을 강화했기 때문에 이제 예전과 같은 공격을 한다는 것은 대단한 용기를 필요로 하는 일이 되었으며 빨치산이 과연 승리를 할 것인지는 아무도 장담할 수 없었다.

빨치산은 이번에도 다행히 승리를 거두었고, 지금 이 순간 링탄의 두 아들은 집으로 돌아와 잠을 자고 있었다. 그들은 지난 며칠간의 전투로 지칠 대로 지쳐 있었으며 라오산은 자그마한 상처가 난 팔을 구부린 채 가슴 앞에 고정시켜 두어야 했다.

이런 사정이 있었기에 링탄은 오늘 아침 겉으로는 아무 걱정 없는 늙은 농부처럼 보였지만 마음이 매우 불안한 상태였으며 가까이 지나가는 사람들을 눈여겨보고 있었다. 그는 두 아들이 발각되면 어쩌나 걱정을 했는데, 그의 불안한 마음이 더 커진 이유는 고집스런 셋째 아들이 공기가 탁해서 지하방에서는 잘 수 없다며 대담하게 다른 방에서 잠을 잤기 때문이다. 누군가 집을 찾아온다면 지하방으로 피신하기 위해 서둘러 부엌으로 가다가 눈에 띄게 될지도 몰랐다. 그러나 라오산은 이제 아버지가 무슨 말을 해도 순종하지 않았다.

'이 전쟁이 끝나면 라오산을 어찌하면 좋을까?' 링탄은 이런 생각에 젖어 얼굴을 찡그린 채 멍에를 고쳤다. '다시 평화로운 시절이 찾아온다면 더 이상 라오산 같은 영웅은 필요하지 않을 거야. 그럼 라오산을 어떻게 해야 할까?' 링탄은 다시 한 번 스스로에게 질문을 던졌지만 대답을 찾을 수 없었다.

그 순간, 쉴 새 없이 길을 살피던 그의 눈에 우리엔과 큰딸이 아이들을 데리고 걸어오는 모습이 보였다. 큰딸 내외는 그를 보자마자 타고 있던 마차에서 내린 뒤 잰걸음으로 다가오고 있었다. 높은 자리에 오른 우리엔은 더 이상 호위병을 두려워하지 않았기에 마차 옆에서 기다리라고 명령했고, 호위병들은 그의 말에 복종했다. 그들의 모습이 또렷하게 보일 만큼 가까워졌을 때, 링탄은 딸 내외가 낯선 여인과 함께 왔다는 것을 알았다. 링탄은 보기 드물게 큰 키에 여태껏 보아온 여자들과 너무나 다른 모습을 하고 있는 젊은 여인을 보면서 일본 여자가 틀림없다고 생각했다.

링탄은 기분이 언짢아져서 큰딸 내외가 가까이 와도 자리에서 일어나지 않았고, 하던 일을 계속 하면서 건성으로 말했다. "왔구나."

"안녕하십니까, 장인어른." 우리엔은 반갑게 인사했다. "장모님이랑 모두들 건강하시죠?"

"이런 시절에 건강한 사람이 몇이나 되겠나? 그럭저럭 지내고 있네." 링탄은 투덜대듯 말했다. 그는 우리엔에게 다정한 모습을 보이고 싶지 않았지만 적개심을 드러내는 것 또한 어리석은 짓임을 알고 있었다.

"아버지, 아이들도 데리고 왔어요." 큰딸이 말했다. "그리고 이분은 아범이 모시고 있는 윗사람을 찾아온 손님이에요. 회교 묘지에 있는 어머니 산소를 찾아왔어요."

링탄은 딸의 말을 듣고서 낯선 여인이 적국에서 온 여자가 아니라는 것을 알았다. 그는 자리에서 일어나며 메이리에게 말했다. "외국 사람처럼 생겨서 일본 사람인 줄만 알았습니다. 하지만 회교도이시라니 이해가 가는군요."

메이리는 미소를 지으면서 공손하게 대답했다. "이렇게 갑자기 찾아와서 공연히 폐를 끼치는군요."

"아닙니다." 링탄은 이렇게 말했지만 집 안에 숨어 있는 아들들을 생각하니 마음이 불안했다. 링탄은 다른 날도 아니고 하필이면 오늘 같은 날 우리엔이 찾아온 것을 의아히 생각하면서 그가 혹시 무언가 알고 있는 것은 아닌지 더럭 겁이 났다. 링탄은 그들을 잠깐 세워둔 채 안으로 들어가서 아들들에게 위험을 알릴 방법이 없을지 생각해보았다. 여느 때 같으면 얼마든지 가능한 일이었지만 손님 앞에서 무례한 모습을 보일 수는 없었다. 링탄은 눈앞에 서 있는 손님이 어디에서 왔는지는 모르지만 지체 높은 집안의 여인이라는 것을 한눈에 알아보았다.

링탄은 어떻게 해야 할지 망설이다가 셋째 아들이 대문 쪽으로 걸어오는 것을 보고는 기겁을 했다. 라오산은 대부분의 남자들이 그러하듯 집 안을 더럽히지 않기 위해 밖에서 소변을 보려고 허리끈을 풀면서 걸어오고 있었다.

"그만두지 못하겠니! 여기 낯선 여자분이 오셨다!" 링탄은 고함을 질렀다.

그러나 라오산은 벌써 대문 밖까지 나온 뒤였고, 메이리는 그의 얼굴에 갑자기 부끄러운 기색이 어리는 것과 링탄이 허둥대는 모습을 보고는 소리 내어 웃었다. 그녀처럼 자유분방하고 매사에 거침없는 여자가 아니라면 할 수 없는 행동이었다. 라오산이 처음 본 그녀는 환한 햇빛 아래에서 밝게 웃고 있었으며, 그녀의 검은 머리칼은 햇빛을 받아 반짝이고 있었다. 그는 고개를 뒤로 젖힌 채 웃고 있는 그녀의 빨간 두 뺨과 입술, 그리고 새하얀 이를 보면서 칼에 심장을 찔린 듯한 충격을 받았고, 더할 수 없는 수치심을 느꼈다. 그는 골이 난 어린애처럼 고개를 숙인 채 찡그린 얼굴로 돌아서더니 집 안으로 들어갔다.

"라오산 아니에요?" 큰딸이 소리쳤다.

그 순간 링탄은 자신이 그럴 수 있으리라고 꿈에도 상상하지 못했던 행동을 했다. 그는 가족의 목숨이 우리엔의 손에 달려 있다는 것을 알았기에 사위 앞에 무릎을 꿇고 흙바닥에 이마가 닿도록 머리를 숙였다. 우리엔은 장인이 이 같은 행동을 하는 이유를 잘 알고 있었기 때문에 서둘러 링탄을 일으켜 세우고 아내를 바라보면서 말했다. "난 아무도 못 봤어."

링탄은 자신의 아들들을 배신하지 않겠다는 약속으로 사위가 이렇게 말했음을 잘 알고 있었다. 링탄은 자리에서 일어선 뒤 사위를 향한 감정이 한순간에 변하는 것을 느끼면서 겸손하게 말했다.

"이제 다시는 내 마음대로 사람을 판단하지 않겠네. 오직 하늘만이 사람을 판단할 수 있다는 걸 알았어."

링탄은 그제야 그들을 집 안으로 데리고 들어갈 용기를 냈다. 그는 서둘러 큰딸 내외와 메이리를 대문 안으로 안내한 뒤 아내에게 차를 내오라고 말했다.

메이리의 눈앞에 판샤오가 이야기했던 가족들이 모여 앉았고, 그녀는 가족들 한 명 한 명을 알게 되었다. 메이리는 잠자코 미소를 지으면서 그들을 바라보았으며 만삭의 몸으로 걸어 나오는 옥을 보면서 조금도 부끄러워하지 않는 그녀의 모습에 호감을 느꼈다. 그녀는 가족들 모두가 마음에 들었다. 그러나 숨어 있는 두 아들은 나오지를 않았다.

잠시 후 링탄은 대문을 걸어 잠갔다. 온 가족이 안뜰에 모여 있는 지금 더 이상 위험할 것은 없었기에 그는 둘째 아들 라오얼에게 말했다.

"가서 형과 동생을 불러오너라. 경계할 사람은 아무도 없다고 말해주거라."

얼마 지나지 않아 장남이 안뜰에 들어섰고 메이리는 그의 평범한 얼굴을 보면서 말이 없고 수줍음을 타는 성격의 남자일 것이라고 생각했다. 그러나 셋째는 고집을 부리며 끝내 밖으로 나오지 않았다. 그는 조금 전까지 자고 있던 방에 앉아서 얼간이처럼 행동한 자신을 나무라고 있었다. 하필이면 저런 여자가 서 있을 때, 여느 남자와 다름없이 잠에서 깨자마자 소변을 참지 못하고 밖으로 뛰어나가다니! 그는 많은 대원들을 거느리고 명령하면서 지내는 생활에 익숙해졌기 때문에 그 어느 때보다도 강한 자부심을 느끼고 있던 터였다. 그런데 하찮은 행동으로 낯선 여자로부터 비웃음을 당하고 나니 자존심에 큰 상처를 받았다. 그는 얼굴을 찡그린 채 침대 위에 앉아서 무서운 눈초리로 앞을 노려보면서 빨간 입술을 깨물었다. 잠시 후 라오얼이 데리러 왔을 때, 그는 대답 대신 침대 위에 놓여 있던 나무 베개를 들어서 던졌고, 라오얼은 몸을 피하기 위해 급히 허리를 굽히면서 문을 닫았다.

"라오산은 안 나오겠대요." 라오얼은 웃으면서 아버지에게 이야기했다.

"아니, 왜?" 링사오가 소리쳤다. "지난 몇 달 동안 내 아들들이 한자리에 모여 있는 걸 본 적이 없다. 오랜만에 이렇게 다 모였는데 왜 안 나오겠다는 게냐?"

그녀는 의자에서 펄쩍 뛰어내리더니 방 안으로 들어가서 막내아들의 귀를 잡고는 밖으로 데리고 나왔다. 라오산은 몸을 뒤로 빼면서 반항을 했지만 그는 본래 아버지보다는 어머니의 말을 잘 듣는 아들인지라 문 앞에서 어머니의 손을 끌어내리며 투덜댔다.

"제 발로 갈게요. 난 어린애가 아니에요."

"쓸데없이 고집을 부리기는!" 링사오는 웃으면서 말했다.

라오산은 가족들이 모두 모여 있는 안뜰로 나와 자존심을 지키려는 듯 메이리를 똑바로 쳐다보았다. 그녀 역시 라오산을 바라보았다.

'저런 여자가 있으리라고는 상상도 못했어.' 라오산은 이렇게 생각했다.

그리고 메이리는 '판샤오가 이야기한 그대로야.'라고 생각했다.

"그만 가야겠습니다." 그녀는 서둘러 우리엔에게 이야기했고 우리엔은 그녀의 말이 떨어지기가 무섭게 자리에서 일어나 아내를 바라보며 말했다. "당신은 여기 있어. 돌아가는 길에 데리고 갈 테니."

링탄의 큰딸은 남편의 말에 자리에서 일어섰고, 메이리도 몸을 일으킨 뒤 살며시 미소를 머금은 얼굴로 고개를 숙여서 모두에게 인사를 했다. 링탄의 식구들은 그녀가 망토를 걸치는 것을 지켜보았고, 그녀가 대문을 향해 걸어가는 동안 예의상 모두 일어서 있었다. 그리고 링탄과 링사오는 그녀를 문 앞까지 배웅했다.

자리로 되돌아온 링탄은 라오산이 머리로 안방을 가리키더니 그 안으로 성큼성큼 걸어들어가는 것을 보고는 막내아들이 자신과 이야기를 하고 싶어한다는 것을 알아챘다. 링탄은 손에 찻잔을 들고 아들을 따라서 방 안으로 들어갔다. 라오산은 메이리가 다녀가기 전까지 자고 있던 침대 위에 걸터앉더니 두 손을 무릎 위에 내려놓았고, 아버지가 의자에 앉는 동안 몸을 앞으로 숙였다.

"무슨 일이냐?" 링탄은 막내아들의 얼굴이 시뻘겋게 달아 있는 것을 보고 놀라며 물었다. 게다가 라오산은 얼굴을 잔뜩 찌푸리고 있었다.

"저 여자 말이에요······." 라오산은 이를 악물고서 말끝을 흐렸다.

"어떤 여자 말이냐?"

"방금 소매 없는 외투를 입고 나간 여자 말입니다." 라오산은 대문 쪽으로 손을 불쑥 내밀면서 말했다.

"그 여자가 왜?" 링탄은 라오산이 그녀는 첩자가 분명하며 집안에 들여놓아서는 안 되었다고 말하리라 생각하며 물었다. 사실 그도 그녀가 첩자인지 모른다는 두려움을 느꼈지만 우리엔의 호의에 감동한 나머지 현명한 판단을 내리지 못했다.

"그 여자랑 결혼시켜주세요." 라오산이 말했다.

링탄은 이 세상 그 누구보다도 물건을 소중히 여겼고 조심성 있는 남자였기 때문에 그의 집안에서는 자그마한 접시 하나라도 깨지는 것을 큰일로 알았다. 그러나 라오산의 말을 듣는 순간 너무나 놀란 나머지 링탄의 손은 저절로 펴졌고, 그 바람에 아버지로부터 물려받아 애지중지하던 찻잔이 바닥에 떨어져서 이제 아무 쓸모없는 조각이 되어버렸다.

링탄은 너무나 화가 나서 아들에게 분풀이를 했다. "이것 좀 봐라!" 그는 깨진 찻잔을 주우려고 허리를 굽혔지만 너무 작은 조각들이 사방에 흩어져 있었다. 제아무리 솜씨 좋은 접시수선공이라 해도 깨진 조각들을 다시 맞추지는 못할 듯했다. 링탄은 대놓고 라오산에게 욕을 했다.

"이런 멍청한 놈! 이렇게 어리석은 놈이 또 있을까!"

링사오는 시끄러운 소리를 듣고서 무슨 일인지 알아보려고 뛰어들어왔고, 좋은 찻잔이 깨진 것을 보고는 덩달아 소리를 질렀다. 링탄은 이제 아내에게 고함을 쳤다. "이런 멍청한 놈을 낳은 게 누구야?"

"뭐가 어때서요?" 링사오는 질세라 소리를 지르면서 남편에게 맞서서 아들의 편을 들 준비를 했다. 그녀는 아들 문제로 다툴 때는 언제나 남편의 말에 강하게 반박했으며 딸이 잘못을 저질렀을 때에만 공정한 판단을 내렸다.

"내 화를 돋우잖아!" 링탄이 말했다.

"찻잔이요?"

"빌어먹을 찻잔 말고, 저기 있는 당신 아들 말이야! 해랑 달을 삼켜버리고 싶다는군. 자기가 사람이라는 걸 잊은 모양이야. 당신 막내아들은 자기가 하늘이랑 땅을 만든 줄 알아!"

"멍청한 사람. 대체 무슨 말을 하는 거예요? 꽥꽥대는 오리 소리가 차라리 알아듣기 쉽겠어요. 그럼 라오산이 당신 아들이 아니란 말이에요?"

이제 링탄과 링사오는 모두 화가 나 있었고, 장남과 큰딸은 두 사람을 진정시키려고 방 안에 들어왔다.

"아버지, 말씀을 안 하시면 왜 화가 나셨는지 알 수 없잖아요. 아버지가 진정하시고 말씀을 하실 수 있을 때까지 저희 모두 조용히 기다릴게요." 큰딸이 말했다.

가족들은 링탄이 분을 가라앉힐 때까지 기다렸고, 큰딸은 새로 차를 끓여왔다. 큰아들이 아버지의 담뱃대에 불을 붙여주는 동안에도 라오산은 침대 위에 가만히 앉아 아무 말도 하지 않았다.

이윽고 조금이나마 마음을 가라앉힌 링탄은 담배를 한 모금 피운 뒤 입에서 연기를 내뿜으며 말했다.

"저기 앉아 있는 내 셋째 아들이 아무하고나 결혼하지 않겠다는구나. 그러면서 대뜸 한다는 말이 '그 여자랑 결혼시켜주세요.'지 뭐냐." 링탄은 연기를 삼키고는 기침을 했다.

"어떤 여자요?" 링사오는 깜짝 놀란 얼굴로 이렇게 물으면서 기쁨을 감추지 못했다. 결혼 이야기는 그녀에게 언제나 코끝에 와 닿는 향수이자 주린 배를 채워주는 음식과 같았다. 하물며 아들의 결혼과 관련된 이야기가 오가는 지금, 그녀의 기쁨은 두말할 필요가 없었다.

"어떤 여자냐고? 망토를 입고 간 그 여자 말이야!" 링탄이 말했다.

그의 말을 들더니 가족들도 모두 놀라서 아무 말도 하지 못했다. 라오산은 침묵이 흐르는 가운데 부루퉁한 표정을 짓더니 잘생긴 눈썹을 찡그리며 가족들의 얼굴을 번갈아 쳐다보았고, 가족들의 표정을 보면 볼수록 더욱 화가 치밀었다. 이윽고 그는 고개를 치켜들더니 자리에서 벌떡 일어섰다.

"다들 내가 어떤 사람인지 몰라요! 마냥 어린애로만 보이겠죠. 하지만 난 어린애가 아니에요. 어머니, 이젠 어머니의 젖을 먹고 컸다는 사실조차 기억나지 않아요. 아버지, 더 이상은 아버지가 주시는 음식을 먹지 않겠습니다. 나머지 사람들은 뭐죠? 이제 나한테는 부모도, 형제자매도 없어요. 이제 이 집에서 나가겠습니다!"

라오산은 대문을 향해 성큼성큼 걸어갔다. 그러나 링사오가 달려가더니 억센 손으로 그의 옷자락을 움켜잡았다.

"어딜 가는 게냐?" 그녀는 큰 소리로 물었다. "이게 뭐하는 짓이야?"

라오산은 어머니의 손을 뿌리치려 했지만 그녀의 아귀힘이 어찌나 세던지 옷이 찢어지고 말았다. 그러나 그는 아랑곳하지 않았고, 맨 어깨를 드러낸 채 찢어진 옷자락을 나풀거리면서 걸어갔다.

"그럼 옷이라도 꿰매 입고 가거라!" 링사오는 아들의 등에 대고 소리를 질렀지만 그는 들은 체도 하지 않고 걸음을 재촉했다.

"제가 원하는 걸 주신다면, 그땐 집으로 돌아오겠습니다." 라오산은 고개를 돌려 어깨 너머로 이렇게 말하고서 온갖 위험이 도사리고 있는 환한 거리로 발을 내딛었다. 가족들은 대문 앞으로 달려간 뒤 라오산이 날렵한 걸음으로 산을 향해 걸어가는 모습을 지켜볼 수밖에 없었다.

링탄은 바닥에 주저앉더니 두 손에 머리를 파묻었고, 아내에게 신음하듯 말했다. "어떻게 저런 놈이 당신 배에서 나왔지?"

"저런 씨앗을 심은 게 누군데요!" 링사오가 질세라 소리를 질렀다.

"라오산을 낳은 건 당신도 아니고, 나도 아니야." 링탄은 힘에

겨운 듯 말했다. "이 시대가 라오산을 낳은 거야. 이 시절이 지나고 나면 저 아이를 어떻게 해야 하지?"

그는 자리에 앉은 채 커다랗게 않는 소리를 내면서 마음을 가라앉히려고 애썼다. 그러나 아들을 결혼시키는 것은 아버지가 당연히 해야 할 일이며 선대는 물론이고 후대에 대한 의무이기도 했기에 그의 마음은 조금도 편안해지지 않았다. 어떻게 이 결혼을 성사시킨단 말인가? 링탄은 아무리 곰곰이 생각해보아도 라오산이 원하는 결혼을 성사시킬 방법을 찾을 수 없었다. 아무것도 내세울 게 없는 한낱 농사꾼에 불과한 그가 어떻게 그런 여인에게 농사꾼의 자식일 뿐인 라오산과 결혼해달라고 말할 수 있겠는가? 그는 그렇게 뻔뻔스럽거나 대담한 사람이 아니었다.

그러나 링사오는 자신의 아들들은 어디에 내놓아도 손색이 없다고 믿었다. 그녀는 잠시 생각에 잠겨 있더니 손짓으로 큰딸을 불렀고, 두 사람은 부엌으로 들어갔다.

"이번 일은 네 손에 달려 있다. 무슨 방법을 써서라도 그 여자에 대해 알아봐라. 먼저 결혼을 했는지부터 알아봐야 한다. 만약 결혼을 안 했다면…… 남자는 다 똑같은 법이야. 아무리 눈을 씻고 찾아봐도 내 아들만한 남자는 없을 게다!"

"그 여자는 배운 게 많아요." 큰딸은 미심쩍은 얼굴로 말했다.

"잠자리에서 배운 게 다 무슨 소용 있냐? 누가 잠자리에서 글을 읽고 쓰는 걸 따지던?"

큰딸은 어머니의 말에 얼굴을 붉히고 아무런 말도 하지 않았으며 웃음으로 대답을 대신하지도 않았다. 그녀는 도시에서 어느 정도 오랜 기간을 살아온 터라서 어머니보다는 고상한 행동이 몸에 밴 터였다.

"아범한테 말해볼게요." 큰딸이 말했다.

링사오는 큰딸 쪽으로 몸을 숙이면서 진지한 얼굴로 속삭였다. "네 동생을 위해서 이번 일을 꼭 성사시켜다오. 그럼 너희 내외한테 섭섭했던 일을 모두 잊으마. 그리고 앞으로 무슨 일이 생기더라도 너는 자식 된 도리를 다했다고 자신 있게 말하겠다. 그러니 이번 일을 꼭 성사시켜다오."

"제 힘이 닿는 일이 있다면 뭐든지 할게요." 큰딸은 이렇게 말했지만 여전히 미심쩍은 얼굴을 하고 있었다.

링사오는 큰딸과 이야기를 마친 뒤 남편에게 자신이 일을 어떻게 처리했는지를 말했다. 그러나 링탄은 여전히 비통한 얼굴로 고개를 내저었다.

"맘대로 하구려." 링탄이 말했다. "하지만 이건 사람의 힘으로 될 일이 아니야. 당신이 남녀간에 짝을 맺어주는 데에 능하다는 건 나도 알아. 당신은 독수리랑 까마귀도 짝 지을 사람이지. 하지만 라오산과 그 여자는 호랑이랑 독수리야. 하나는 하늘을 날고, 다른 하나는 땅 위를 걸어 다니지."

"나한테 맡겨요." 링사오는 자신 있게 말했다.

링탄은 한숨을 쉬면서 아내의 뜻에 맡기리라 마음먹었다.

・・・ 라오산은 꺼드럭거리며 집을 떠났지만 곧장 산속으로 들어가지 않았다. 그는 자신의 성난 모습에 놀란 가족들이 지켜보고 있다는 것을 알았기에 산을 향해 곧장 걸어가는 시늉을 했을 뿐이었다. 그는 가족들의 시야를 벗어나는 순간 서쪽으로 몸을 돌려서 회

교 묘지를 향해 걸음을 재촉했다. 그리고 묘지가 가까워지자 새로 자란 기다란 풀밭에 엎드린 뒤 산사람이 호랑이에게 배운 방법대로 소리 없이 바닥을 기어갔다. 이윽고 더부룩하게 자란 풀을 헤치고서 밖을 내다보니 그가 이토록 갑작스럽고 강렬하게 사랑하게 된 여인이 눈에 들어왔다. 그녀는 망토로 몸을 감싼 채 어머니의 무덤 앞에 서서 고개를 숙이고 있었다. 라오산은 메이리가 무릎을 꿇지 않고 있는 것을 보고는 그녀에게 더욱 마음이 끌렸다.

'키가 굉장히 큰걸.' 그는 이렇게 생각하면서 그녀의 큰 키에 더욱 호감을 느꼈다. 그는 독수리처럼 날카로우면서도 아름다운 그녀의 얼굴과 부드러운 호박색 피부 그리고 망토를 감싸 쥐고 있는 기다란 손가락이 마음에 들었다.

라오산은 맏형처럼 단순한 남자가 아니었으며, 심지어는 둘째 라오얼도 라오산에 비하면 단순하게 보일 정도였다. 라오산의 몸에 흐르는 조상들의 피는 아주 오래된 역사 속의 사건을 그에게 기억시켜주고 있었다. 아주 오래전에 그를 닮은 남자가 한 명 있었는데, 그는 적국의 황제에 맞서 싸우는 동안 계속 승리를 거두었다. 라오산은 지금 이 순간, 자신이 원하는 여인을 바라보면서 가슴속에 타오르는 욕망이 결코 단순한 것이 아님을 깨달았다. 그는 자신의 부족한 부분을 채우기 위해서 그녀를 원했기에 그녀가 자신과 달리 배운 것이 많다는 사실이 매우 만족스러웠다. 그리고 그는 강한 자부심을 갖고 있었기에 그녀가 자신보다 나은 점이 있다는 사실이 조금도 두렵지 않았다. 라오산은 깊은 속을 들여다보면 그녀가 자신과 닮았을 것이라고 믿었다.

라오산이 메이리를 뚫어져라 바라보는 동안, 그녀는 단 한 번도 고개를 들지 않았으며 그와 눈이 마주치지도 않았다. 그러나 라오산은 젊은 혈기에 오히려 잘된 일이라고 생각했다. '다음에는 제대로 된 모습으로 그녀 앞에 나타나야지. 새 옷을 장만해서 입고, 허리에는 칼을 찰 거야. 그리고 머리도 자른 다음 기름을 발라야겠어.'

라오산은 시선을 메이리에게 고정한 채 그녀를 생각하면서 꼼짝 않고 있었다. 이윽고 메이리는 돌아서더니 우리엔과 함께 링탄의 집으로 걸음을 옮겼다. 라오산은 시야에서 사라질 때까지 그녀의 모습을 바라보다가 풀을 가르고 있던 손을 내려놓은 뒤 산을 향해 출발했다.

··· 라오얼과 옥은 라오산과 링탄 사이에 오간 대화를 듣지 못했다. 우리엔이 떠나자마자 옥이 남편의 소매를 잡아끌고서 지하방으로 내려갔기 때문이다. 옥은 의기양양한 표정으로 남편을 바라보면서 말했다.

"봤죠?"

"뭘?" 라오얼은 그녀의 말을 전혀 이해하지 못한 듯 되물었다.

"바로 저 여자예요!"

"저 여자가 왜?"

"당신은 정말 답답한 사람이에요! 내 신발 바닥에 붙은 진흙도 당신보단 낫겠어요! 당신처럼 똑똑한 사람이 왜 이런 것 하나 이해하지 못하죠? 저 여자가 바로 여신이에요, 도련님의 여신 말예요!"

라오얼은 그제야 아내의 말을 알아듣고는 입을 떡 벌렸다. "하지만 그 여자는 신분이 너무 높아. 그런 여자가 우리 같은 사람을 내려다나 보겠어? 게다가 그 여자가 왜군과 어떤 관계가 있는지도 모르잖아."

옥은 남편의 말에 심각한 표정을 지었다. "하긴 그렇군요. 그 생각은 못했어요. 당신도 그렇게 바보는 아니네요."

옥은 코를 킁킁대며 냄새를 맡는 사냥개처럼 여자의 직관력으로 판단을 내렸다. "내 생각에는 그 여자도 왜군한테는 관심이 없을 것 같아요. 여자는 원하는 남자가 곁에 있으면 누가 통치를 하고, 누가 높은 자리에 있는지 따위는 중요하게 생각하지 않아요."

"하지만 라오산은 그 여자 곁에 있지 않아. 아주 멀리 떨어져 있지. 남자는 여자 같지 않아."

"당신 생각은 틀려요. 남자들은 여자를 하찮은 존재로 여기죠. 자기들만 강한 줄 알아요. 그래서 모든 여자가 다 똑같다고 생각하는 거예요."

라오얼은 소리 내어 웃었다. "당신과 내가 남녀의 차이점을 두고 다툴 필요는 없어."

그러나 옥은 정색을 하고 고집스럽게 말했다. "그래요. 하지만 이건 중요한 문제예요."

"그 낯선 여자가 아무리 관세음처럼 보여도 이건 우리가 마음대로 결정할 수 있는 문제가 아니야." 라오얼이 말했다.

잠시 후 두 사람은 위로 올라갔다. 라오얼은 둘째아이를 낳을 때가 거의 다 된 아내가 사다리를 밟고 올라가는 것이 걱정스러워 다정하게 도와주었다. 라오얼과 옥이 밖으로 나왔을 때 라오산은 이미 떠난 뒤였고 두 사람은 자신들이 지하방에서 이야기를 나누는 동안, 땅 위에서는 불가능하다고 여겼던 일이 이미 벌어졌음을 알았다.

"하지만 어떻게 두 사람을 만나게 하죠?" 옥이 물었다.

그러나 그녀의 질문에 답할 수 있는 사람은 아무도 없었다.

··· 메이리는 꼭두각시의 대저택에 도착해 곧장 자신이 머무르고 있는 방으로 갔다. 그녀는 망토를 벗어서 정성껏 접은 뒤 세수를 하고 머리를 빗었다. 그러고는 자그마한 탁자 앞에 앉아서 거울에 비친 자신의 모습을 한참 동안 바라보았다. 아침에 있었던 일들은 그녀의 대담한 가슴을 이상하리만치 부드럽게 바꾸어놓았다. 그녀는 어머니의 산소에 다녀온 뒤, 기억할 수 없는 일들로 마음이 뒤숭숭하면서도 그 일들을 기억해낼 수 있을 것만 같았다. 어머니는 그녀를 낳다가 돌아가셨지만 오늘 아침, 여름 풀이 무성하게 자라 있는 산소 앞에서 메이리는 어머니의 아름다운 얼굴을 기억할 수 있을 것 같은 기분을 느꼈다. 어머니는 남편을 따라가지 않겠다고 말할 정도로 고집이 센 여자였지만 동시에 너무나 사랑스런 여자였기에 아버지는 어머니의 고향에 기꺼이 머물렀다. 메이리는 어렸을 때 아버지로부터 어머니에 대한 이야기를 자주 들었기 때문에 부모님이 서로를 얼마나 사랑했는지 잘 알고 있었다. 그리고 그녀는 부모님이 나누었던 것과 같은 사랑이라면 이 세상에서 사랑만큼 아름다운 것은 없으리라 생각했다.

그녀의 온화해진 가슴 위로 문득 젊은 남자의 얼굴이 떠올랐다. 그는 배운 것이 있고 없고를 떠나서 용감한 남자였으며 지나치게 아름다웠다. 그리고 그녀는 그에게서 넘치는 힘을 느낄 수 있었다. 이것만으로도 충분하지 않을까? 그녀는 지금까지 이 세 가지 요소를 모두 갖춘 남자를 본 적이 없었다. 그러나 그녀가 어떻게 링탄의 가족이 될 수 있을까? 링탄의 집은 그녀에게 너무나도 낯설었다. 그녀는 그런 집에 들어가본 적이 한 번도 없었으며 앞으로도 그런 곳에서 산다는 것은 불가능한 일이었다.

'집을 떠나야 해.' 메이리는 이렇게 생각했다. '그는 가족을 등지고 오로지 나만 바라봐야 해. 나 역시 여태껏 알아왔던 모든 것을 버리고 그 사람만 바라볼 거야. 그럼 우리 둘 모두에게 공평한 일 아닐까? 우리 둘만의 세상을 만드는 거야.'

그러나 어디에서 그런 세상을 만들 수 있을까? 메이리는 어찌할 바를 모르고 자리에서 일어선 뒤 방 안을 서성였다. 이제 다시는 돌아올 리 없는 시간이지만 예전이었다면 그녀가 꿈꾸는 세상은 불가능했을 것이며 그녀와 라오산 같은 남녀가 그들만의 세상을 만들 수 있는 곳은 그 어디에도 없었으리라. 과거의 세상은 정해진 틀에 따라 만들어져 그 누구도 바꿀 수 없었고, 그 안에 속하지 않은 사람은 버림을 받기 마련이었다. 그러나 그런 세상은 이제 지나간 유물이 되었으며 과거의 규율과 관습 또한 생명을 잃었다. 이제 젊은이들은 자신들이 원하는 대로 행동할 수 있으며, 전통은 더 이상 존재하지 않는 세상이 되었다.

'우리 둘이서 자유로운 세상으로 가면 그만이야.' 메이리는 이렇게 생각했다. '우리가 원하는 곳이라면 어디든 갈 수 있어. 그의 힘과 내 힘을 하나로 합치지 못할 이유가 없지. 내가 아는 것은 그에게 알려주고, 그 역시 자기가 아는 것을 나한테 알려주면 돼. 배운 것만 많고 나약하기 짝이 없는 남자들은 생각만 해도 신물이 나! 그의 손은 정말 강해 보였어! 전투를 하다가 부상을 당했더군. 광장한 승리였어.'

메이리는 라오산의 표정과 자신감에 찬 걸음걸이를 떠올렸고, 그 순간 그의 가족이 불만스럽게만 느껴졌다. 그들은 라오산에 비하면 하찮은 존재에 불과했다.

'그는 가족을 떠나야 해. 그 사람은 우연히 그렇게 신분이 낮은 집안에서 태어났을 뿐이야. 그 같은 사람은 그 어떤 집안에도 속하지 않아야 해.'

메이리는 이런 생각에 잠긴 채, 저녁 식탁을 사이에 두고 꼭두각시와 마주 앉았을 때에도 입을 열지 않았다.

"나 때문에 화가 난 거니?" 꼭두각시가 물었다. 그는 가차없는 왜군 앞에 불려가서 호되게 당하고 나온 터라 의기소침해 있었다. "화내지 마라." 그는 애써 웃음을 지으면서 말했다. "나한테는 지금 위로가 필요하단다. 어제 주둔군을 몰살한 일당의 두목을 체포하라는구나. 하지만 무슨 수로 그자를 잡는단 말이냐?"

"무슨 수로 잡으시죠?" 메이리는 냉담하게 그의 말을 되풀이하면서 라오산의 젊고 대담한 얼굴을 떠올렸다. "그건 불가능한 일이에요."

··· 하늘은 뜻한 바를 향해 움직이고 있었다. 링탄 부부는 잠을 이루지 못하고 있었으며 라오얼과 옥은 어떻게 해야 여신을 땅으로 내려오게 할 수 있을지 방법을 몰라 고민하고 있었다. 그리고 우리 엔은 아내의 말에 고개를 내저으면서 그건 불가능한 일이며 라오산이 술을 너무 많이 마셔서 제정신이 아니었던 모양이라고 말했다. 그러나 메이리는 오로지 하늘의 뜻에 따라 링탄의 집으로 다시 향하고 있었다.

그녀는 이틀 동안 곰곰이 생각한 뒤 자신의 감정을 무시할 수 없다는 것을 깨닫고는 갑작스레 찾아온 사랑을 받아들이기로 마음먹었다. 그러나 그녀는 자신의 행동이 터무니없다는 것을 잘 알고 있었기에 스스로의 감정을 사랑이라고 부르지는 않았다. 그녀는 링탄의 집을 찾아가서 구차한 핑계를 댈 것 없이 옥을 만나러 왔다고 말하리라 마음먹었다. 옥에게 판샤오를 알고 있다고 말할 것이며 그 다음 일은 흘러가는 대로 내버려둘 작정이었다.

메이리는 어머니의 산소에 다녀온 날로부터 이틀 뒤 오후, 두려움이라고는 손톱만큼도 없이 꼭두각시의 집을 나섰다. 그러고는 왜군의 공격으로 무너진 건물이나 젊은 여자를 두렵게 할 만한 것이라고는 전혀 눈에 보이지 않는 듯 차분하게 마차를 불렀다. 이미 말이란 말은 왜인들이 모조리 먹어 치운 뒤였기 때문에 마차를 잡기가 쉽지 않았다. 메이리는 어렵사리 늙은 말이 끄는 마차에 오른 뒤 마부에게 목적지를 말했고, 이윽고 마차는 출발했다.

옥은 몸이 너무 무거워서 제대로 움직일 수 없었기에 오늘은 일을 쉬고 있었다. 그녀는 지금 두 돌이 지난 아들과 단둘이 안뜰에 앉아 만삭이 된 배를 어루만지면서 어떻게 이 정도로 배가 나올 수 있는 것인지 의아해했다. 그 순간 누군가 힘차게 대문을 두드리는 소리가 들렸다. 그녀는 귀를 기울였고, 대문을 두드리는 소리가 다시 들려왔다. 지금 들리는 소리는 왜군이 총으로 대문을 두드리는 소리와는 사뭇 달랐다. 옥은 대문을 열어야 할지 말아야 할지 잠시 망설였다. 링사오는 링탄과 함께 밭에 나갔고, 라오얼은 아버지의 심부름으로 집을 비운 터였다. 링탄은 화를 내면서 집을 떠난 막내아들이 내내 마음에 걸렸기 때문에 라오얼에게 그가 안전하게 산속으로 들어갔는지 확인하고 오라고 시켰다. 아이와 단둘이 집에 남아 있던 옥은 갈라지는 목소리로 노인 흉내를 내면서 물었다. "누구세요?"

"접니다!" 메이리가 대문 밖에서 소리쳤다. 자신의 이름을 밝히지도 않은 채 상대방이 당연히 자기가 누구인지 알 거라고 생각하는 것은 그녀다운 행동이었다.

그러나 예민한 옥은 그녀의 목소리를 대번에 알아차렸고, 자리에서 일어선 뒤 대문을 열었다.

"여긴 웬일이시죠?" 옥은 갑작스런 그녀의 방문에 놀라 이렇게 묻고는 서둘러 친절한 모습을 보이려 애썼다. "이렇게 예의 없이 맞아서 죄송합니다 …… 하지만 저는 …… 이렇게 오실 줄 몰랐어요 ……."

"당연히 그러셨겠죠." 메이리가 말했다.

그녀는 대문 안으로 들어갔고, 옥은 문을 걸어 잠근 뒤 손님을 자리로 안내했다. 메이리는 그녀의 속마음이 얼마나 혼란스러운지를 아무도 짐작할 수 없을 만큼 편안하고 차분해 보였다. 옥 역시 그 당시는 그녀의 마음을 알지 못했지만 나중에 라오얼에게 이렇게 말했다. "그냥 평범한 날이 아니었어요. 어떤 운명에 이르는 길로 나도 모르게 끌려가는 기분이 들었죠."

그러나 메이리와 옥은 누가 보아도 그저 평범한 이야기를 나누고 있는 두 여인처럼 보였으리라. 옥은 차를 따른 뒤 낯을 가리는 어린 아들을 안아 달랬고, 메이리는 아기를 칭찬한 뒤 차를 마셨다. 잠시 잡담이 오간 뒤 메이리는 이윽고 이렇게 말했다.

"이틀 전에 왔을 때는 생각과 달리 머릿속에 있는 말을 다하지 못했어요. 아마도 어머니에 대한 도리가 먼저라는 생각 때문이었나

봐요. 하지만 오늘은 남편분의 여동생을 알고 있다는 말씀을 드리러 왔어요. 잠시 판샤오를 가르친 적이 있거든요."

옥은 가족들이 애타게 기다리고 있던 소식을 듣고서도 차마 믿을 수가 없었다. 그러나 메이리는 그간 있었던 일을 설명했고, 옥은 그녀의 이야기를 들으면서 모든 것이 우연히 생긴 일 같지만 어쩌면 하늘이 미리 정해둔 것인지도 모른다는 생각을 했다.

"그래서 이틀 전에 여기에 왔을 때, 모든 것이 익숙하게만 느껴졌어요." 메이리는 주위를 둘러보면서 말했다. "벌써 판샤오한테 모든 이야기를 들었거든요. 판샤오는 유난히 저를 잘 따랐어요. 판샤오는 많은 이야기를 했고, 저는 그 아이의 이야기를 듣는 게 즐거웠어요. 아주 오랫동안 머나먼 타국에서 살아온 저에게 제 고향 이야기를 해주었으니까요."

"우리 모두에 대해 이야기하던가요?" 그 순간 옥의 머릿속에 한 가지 생각이 번득였고, 그녀는 고양이가 생쥐에게 살금살금 다가가듯 그 생각을 향해 조심스레 다가갔다.

"네, 가족 모두에 대해 이야기했어요. 그래서 가족분들을 뵙는 순간 누가 누구인지 알 수 있었죠."

옥은 갑자기 허둥대며 아이를 살폈다. 그녀는 아이를 무릎에 앉히더니 머리를 매만졌고, 먼지가 앉아 있기라도 한 듯 눈썹을 털어주었다. "제가 보낸 편지도 보여주던가요?" 그녀는 이렇게 물으면서 메이리의 눈을 들여다보았고, 메이리는 그녀의 시선을 피하지 않았다.

"네, 그 편지를 봤어요." 메이리는 옥을 똑바로 쳐다보면서 분명히 대답했다.

아무것도 두려워하지 않는 듯한 그녀의 태도는 옥까지 대담하게 만들었다. 두 여인은 어디에서 어떻게 살아왔는가만 다를 뿐 너무나 비슷한 사람이었다.

"도련님은 당신을 보는 순간 사랑에 빠졌어요." 옥이 말했다.

"그런 남자들도 있는 법이죠." 메이리는 이렇게 말하면서 애써 미소를 지어 보였고, 입술이 굳은 듯 제대로 움직이지 않는 것에 놀랐다.

"도련님은 보통 남자들하고는 달라요." 옥은 이렇게 말하면서 아이를 내려놓았다. "이번 일은 아무래도 하늘의 뜻 같으니 저도 할 말은 해야겠군요. 도련님에게 뭐라고 전할까요?"

두 여인은 이제 같은 파도에 휩쓸려 물마루에 올라간 듯한 기분을 느꼈다. 메이리는 옥의 기다란 눈매를 바라보면서 참으로 아름다운 눈이라고 생각했고, 옥도 메이리의 새카만 눈동자를 들여다보면서 참으로 맑고 용감해 보인다고 생각했다. 보잘것없는 여자들이었다면 불가능한 일이었지만 두 여인은 이렇게 서로를 보면서 감탄했다.

"정말 키가 크시군요. 저보다 더 크시네요." 옥이 말했다.

"너무 크죠." 메이리는 미소를 지으면서 말했다.

"도련님은 키 큰 여자를 좋아해요." 옥은 손가락 끝으로 메이리의 손을 어루만졌다. "도련님한테 뭐라고 말할까요?" 옥은 부드러운 목소리로 다시 한 번 물었다.

메이리는 강하면서도 부드러운 옥의 손길에 감동해서 고개를 돌렸다.

그녀는 안주머니에 손을 넣더니 자그맣게 접혀 있는, 윤이 나는 비단 천을 꺼내서 흔들었다. 옥은 푸른색과 붉은 색이 어우러진 바탕 위에 순백의 태양이 그려져 있는, 자유로운 한漢민족의 깃발을 보았다. 왜군한테 발각되어 목숨을 잃게 될까 두려워 아무도 갖고 있지 못했지만 간혹 남몰래 국기를 보관하고 있는 사람들이 있었다.

"아! 국기로군요! 당신은 정말 용감한 사람이에요!" 옥이 속삭였다.

메이리는 옥의 손에 깃발을 쥐어주면서 말했다. "저는 아직까지 왜군이 점령하지 못한 지역으로 갈 거예요. 그 사람한테 제가 쿤밍*으로 갈 거라고 전해주세요."

* * *

옥은 메이리가 떠나고 난 뒤 한참 동안 멍하니 앉아 있었다. 그녀는 발치에서 놀고 있는 아들을 바라보면서 뱃속에서 아기가 움직이는 것을 느꼈다. 그녀는 두 아이를 통해서 기쁨을 느끼면서도 자유로운 메이리를 만난 뒤 질투심이 생겨나는 것을 느꼈다. 그녀는 메이리가 준 작은 국기를 품에 숨기고 있었다.

'나도 남편과 함께 비점령지에 남아 있었다면 큰일을 할 수 있지 않았을까? 하지만 남편은 제 발로 이 구속된 삶 속으로 돌아오는 길을 택했어.'

옥은 사방으로 둘러쳐진 담장 안에서 자신이 얼마나 옹색하게 살고 있는지를 돌아보았다. 집안일을 하고 아들을 돌보다 보면 다른

---

* 昆明, 중국 서남부, 윈난성雲南省의 성도省都

일을 할 시간이 거의 없었기에 그녀는 더 이상 책을 읽을 수 없었으며 새 책을 살 만한 돈도 없었다. 물론 지금은 새 책이 없는 시절이기도 했지만 그나마 새로 발간되는 것들은 왜인들이 저술한 거짓말로 가득 찬 책들뿐이었다. 조상들로부터 글자가 찍힌 종이는 항상 소중히 여겨야 한다고 배운 사람들도 이제 책을 불사르는 모습을 심심찮게 볼 수 있었다. 그들은 왜인들의 거짓말에 질려서 책을 태웠으며 학문을 숭배하던 마음도 거의 잃어가고 있었다.

'내가 하는 일이라고는 여기에 앉아서 아이를 낳는 것뿐이야.' 옥은 서글픈 마음이 들면서 가슴에 품고 있는 국기가 타는 듯한 기분을 느꼈다.

하지만 그녀는 이내 마음을 추스렸고 점심때가 되어 돌아올 가족들을 위해 따뜻한 식사를 준비했다. 요즘에는 요리를 할 만한 재료가 거의 없었지만 그녀는 부실한 찬거리에 적은 양의 소금과 기름만으로도 훌륭하게 식사를 준비했다. 가족들에게 알릴 좋은 소식을 갖고 있으면서도 그녀의 얼굴에는 수심이 드리워져 있었고, 라오얼은 그녀의 기분을 알아채고는 단둘이 있게 될 때까지 기다렸다가 이유를 물어보리라 마음먹었다.

이윽고 옥은 기쁜 마음으로 판샤오의 소식과 메이리의 뜻을 알렸고, 가족들은 식사를 하면서 오늘 일이 현재와 미래에 어떤 의미를 가질 것인지를 분명히 알기 위해 대화를 나누었다. 잠시 후 옥은 품에서 국기를 꺼내어 보였다. 가족들은 기쁜 마음으로 깃발을 바라보았지만 감히 집 안에 둘 엄두를 내지 못했다.

"지하방에 보관해 두거라." 링탄이 둘째 아들에게 말했다. "지하방이 발각되는 날이면 우리는 어차피 죽은 목숨이다."

라오얼은 국기를 지하방에 숨긴 뒤 안뜰로 돌아왔다. 그가 자리를 비운 사이에 링사오는 마음에 걸리는 일을 곱씹어 생각했다.

"그 처녀가 라오산이 따라오기를 바라던?" 그녀는 화를 내면서 옥에게 물었다. "그게 어디 며느리가 할 짓이냐? 내 여태까지 여자를 따라가는 남자 이야기는 들어본 적이 없다. 마땅히 여자가 남자한테로 와야지."

"그 처녀가 며느리이길 바라는 건 헛된 꿈이야." 링탄은 얼굴 앞에 들고 있던 그릇을 내려놓은 뒤 입 안에 든 음식을 씹으면서 말했다. 예전에는 곡식과 채소를 팔러 성안에 들어가면 언제든지 좋은 고기 한 덩어리를 살 수 있었지만 이제 그것은 불가능한 일이 되었다. 링탄은 요즘 들어 예전처럼 맛있는 고기와 바꿀 수만 있다면 엄지손가락이라도 자를 수 있을 것 같은 기분을 느낄 때가 있었다. 그러나 그는 지금 몹시 배가 고팠고, 아무것도 안 먹는 것보다는 옥이 솜씨 좋게 차려준 음식을 먹는 편이 나았다.

"내 아들과 결혼했는데 어떻게 내 며느리가 아니란 말이에요?" 링사오는 남편의 말을 반박하며 물었다.

"라오산이 그 처녀와 결혼하게 된다면 내 말이 무슨 뜻이었는지 알게 될 거야." 링탄은 이렇게 말한 뒤 이를 드러내고 웃었다. 그러고는 다시 그릇을 얼굴 앞에 들어 올려 옥이 정성껏 준비한 토끼풀을 넣어 끓인 국수를 홀짝이며 먹었다.

"그렇다면 그 처녀는 여자가 아니에요." 링사오는 차가운 목소리로 말했다. "아이를 낳지도 못할 거예요. 내가 늘 말하는 것처럼 그렇게 커다란 발로 사방을 돌아다니면서 학교란 학교는 죄다 들락거린 사람은 더 이상 여자가 아니에요."

"그래도 라오산이 꼭 그 처녀여야만 결혼을 하겠다고 고집을 부리게 만들었잖아. 그러니 그 처녀한테도 어딘가 여자다운 면이 있는 게 분명해." 링탄이 말했다.

"젊은 남자치고 자기가 뭘 원하는지 제대로 아는 경우가 있던가요? 그 처녀는 우리 집안에 발을 들여놓지 말았어야 했어요. 악마가 그 처녀를 여기로 보내서 우리 아들을 홀린 거예요. 라오산이 그때 집에 없었어야 했는데. 둘이 결혼하면 좋을 게 하나도 없어요." 링사오는 언짢은 목소리로 말했다.

"그만둬. 당신이 화를 내는 건 며느리들을 당신 곁에 두고서 맘대로 부릴 수 없기 때문이야. 우리 같은 사람들이 고향을 지키면서 싸우는 것처럼 아직 적군이 점령하지 못한 곳으로 가서 싸울 사람도 필요해. 라오산은 그곳으로 가야 할 사람이야. 그 아이가 원하는 곳으로 가서 왜군에 맞서 싸우게 합시다."

링탄은 비록 몇 마디 안 되는 말을 했을 뿐이지만 그가 심각한 목소리로 말할 때면 집안 식구 중에 말대답을 할 수 있는 사람은 아무도 없었다. 심지어는 언제나 제멋대로 말하고 내키는 대로 행동하는 링사오마저도 남편이 가장으로서 입을 열 때면 아내 된 도리를 기억했다.

"아범아, 너는 라오산한테 가서 말을 전하거라." 링탄이 라오얼에게 말했다. "나는 그 처녀가 있는 곳으로 갈 수가 없다. 땅에 대한 애정 때문이기도 하지만 다른 여러 가지 이유가 있기 때문이야. 하지만 라오산의 발은 어디에도 묶여 있지 않고 자유롭게 떠날 수 있으니 원하는 대로 하라고 전해라. 단, 떠나려거든 그 전에 반드시 소식을 전해야 한다고 말해라. 그리고 그 처녀가 있는 곳으로 간 뒤에도 오랫동안 소식을 끊으면 안 된다고 전해라."

라오얼은 고개를 숙여 대답했고, 가족들은 식사를 마쳤다. 라오얼은 옥이 설거지를 마칠 때까지 기다렸다가 방으로 따라 들어가서 그녀가 울적해 보이는 이유를 묻고 싶었지만 낮에 그런 행동을 했다가는 어머니가 꼬치꼬치 캐물을 것이 분명했기에 차마 그러지를 못했다. 그가 할 수 있는 일이라고는 남몰래 아내에게 미소를 지어 보이면서 몸은 괜찮은지, 혹시 아기가 나오려는 건 아닌지 묻는 것뿐이었다. 그러나 옥은 말없이 고개를 저을 뿐이었다.

"라오산한테는 내일 갈 거야. 오늘은 아버지랑 밀밭에서 일을 끝내야 해." 라오얼이 말했다.

옥은 고개를 끄덕이면서 애써 미소를 지었고, 그는 밭으로 나갔다. 그날 오후 내내 옥은 아무 말이 없었지만 링사오는 물레로 무명실을 뽑으면서 별다른 신경을 쓰지 않았다. 그녀는 며느리가 조용한 것이 뱃속의 아기 때문에 힘들어서라고 생각했다. 왜인들의 약탈로 목화솜을 구하기가 힘들었기 때문에 링사오는 가족들의 겨울옷과 머지않아 태어날 아기를 위해 집에서 키운 목화솜을 팔지 않고 모두 모아두었다. 링사오는 실을 매끄럽고 단단하게 뽑으려고 엄지와 검지에 침을 묻혀가면서 물레를 돌렸고, 이따금 옥에게 자신이 아기를 낳을 때의 경험을 들려주었다. 옥은 그녀의 이야기에 귀를 기울였지만 거의 아무 말도 하지 않았다.

· · · 링탄은 둘째 아들과 함께 밭일을 했다. 이제 전에 비하면 농부들에게 그나마 나은 세상이 되었다. 너무나 많은 농부들이 사망했거나 비점령지로 떠났기 때문에 왜군은 늘 식량이 부족했고, 결국

농부들을 사살하거나 강제노동에 동원하는 것을 자제하게 되었다. 그러나 링탄은 여전히 경계의 끈을 늦추지 않고 길을 지켜보았으며 왜군이 보이는 즉시 라오얼에게 알렸다. 그러면 라오얼은 재빨리 집안으로 들어가서 아내와 아이를 데리고 지하방으로 내려갔고, 위험이 사라진 뒤에야 밖으로 나왔다. 왜군이 언제 무슨 짓을 저지를지 아무도 몰랐기 때문이다.

왜인들의 횡포는 잦아들 줄을 몰랐다. 링탄은 수확한 농작물의 삼분의 일도 갖지 못했으며 엄청난 세금에 시달려야 했다. 링탄은 마음속으로 온갖 저주를 퍼부었다. 그는 자신이 세금으로 빼앗긴 돈이 일본 고위 관리들의 손에 들어가는 것이 아니라 가장 지위가 낮은 하급 관리들의 주머니를 채우고 있음을 잘 알고 있었다. 탐욕스런 왜인들이 그 어느 나라에서도 환영받지 못하고 있다는 것은 입에서 입으로 전해져 이제 누구나 다 알고 있는 사실이었다. 그들은 돈이 되는 일이라면 물불을 가리지 않고 달려들었다. 왜인의 손에 일단 두둑이 돈을 쥐어 주고 나면 어떤 물건이라도 사고팔 수 있었고, 밀수도 마음대로 할 수 있었다. 심지어 빨치산이 사용하는 총기도 오로지 자신의 이익만을 생각하는 일본 하급 관리들이 외국에서 몰래 들여온 것들이었다. 일본의 입장에서 본다면 그들은 반역자가 틀림없었다. 왜인들이 내밀고 있는 손은 헤아릴 수 없을 정도로 많았고, 그 손에 돈만 쥐어 준다면 심지어는 비점령지에서 왜군과 싸우고 있는 군 역시도 밀수입된 무기를 구할 수 있었다.

링탄도 이러한 반가운 소식을 알고 있었다. 지금 당장은 모두가 이를 악물고 하루하루를 살아야 했지만, 적의 내부가 이처럼 곳곳에서 썩어 들어가고 있다면 언젠가는 완전히 부패해서 무너질 것이며 바다에 던져질 것이 분명했다.

"그날까지 잘 참고 견뎌야 한다." 링탄은 아들에게 이렇게 말하곤 했다. "그날까지 땅을 지켜야 해."

· · · "아무 일도 아니에요." 옥은 라오얼의 시선을 외면한 채 잠자리에 들기 전에 남편에게 따뜻한 물 한 잔을 따라주었다. 이제 찻주전자 안에 차가 담겨 있는 일은 드물었으며 대신 따뜻한 물이 그 안을 채우고 있는 경우가 대부분이었다.

라오얼은 옥의 손목을 잡더니 그녀가 들고 있던 찻주전자를 받아서 내려놓았다. "무슨 일이 있는 게 분명해. 당신 숨소리가 달라진 걸 내가 모를 것 같아?"

"그렇게 마음 쓰면서 지켜보지 말아요." 옥은 팔을 빼려고 했지만 라오얼은 그녀를 놓아주지 않았다.

"당신을 지켜보는 게 아니야. 난 당신을 보지 않아도 알 수 있어. 당신이 달라진 걸 내 안에서 느낄 수 있거든."

라오얼은 옥을 달래는 동시에 남편으로서 대답을 강요했고, 그녀는 아름다운 아랫입술을 깨물면서 웃기만 했다. 그러고는 재차 아무 일도 아니라고 말했지만 결국 소맷자락으로 눈물을 훔치고 말았다. 그녀는 뱃속의 아기 때문인지 너무 쉽게 눈물을 흘리는 스스로에게 화가 났고 마침내 남편 앞에 무너지고 말았다.

"오늘 갑자기 내가 여느 시골 아낙네와 다를 게 없다는 생각이 들었어요. 그리고 집으로 돌아오지 않았더라면 우리도 무언가 큰일을 했을지 모른다는 생각도 들었어요. 나도 무언가 쓸모 있는 일을 할 수 있었을 거예요 …… 만약 당신과 내가 ……."

"그 여자를 만났기 때문이야."

"그래요. 그 사람 때문에 내가 집 안에 들어앉아서 아기나 낳는 것보다 무언가 더 중요한 일을 원하게 되었다고 쳐요. 그렇다고 그 여자나 내가 무슨 큰 죄라도 짓는 건가요?" 옥은 격한 목소리로 물으면서 팔을 빼려 했고, 라오얼은 손을 놓았다.

"내 아이를 낳는 게 그렇게 하찮은 일로 여겨진단 말이야?" 라오얼이 물었다.

그러나 옥은 아무런 대답도 하지 않았고, 라오얼도 잠시 동안 아무 말도 하지 않았다. 그는 아내의 말에 상처를 받기도 했지만 무슨 이야기를 해야 할지 생각이 떠오르지 않았다. 그는 평소에 생각을 정리한 뒤에 아내에게 말을 하곤 했는데 지금 그의 머릿속은 절대 굽힐 수 없는 고집스런 생각으로 꽉 차 있었다. 그는 아내의 생각이 틀렸다는 것을 알고 있었지만 아내를 설득할 방법이 좀처럼 떠오르지 않았다. 지금 옥의 마음은 뒤죽박죽 혼란스런 상태였기 때문에 그는 아내에게서 올바른 생각을 끌어내야만 했다. 그러나 그는 자신의 단순한 생각으로 무슨 말을 해야 할지 몰랐다.

"나도 배운 사람이라면 좋을 텐데!" 라오얼이 이렇게 중얼거렸다.

그리고 이것은 그 어느 말보다도 옥의 마음을 움직였다. 그녀는 본래 가족의 결점을 받아들이지 못하는 사람이었다.

"당신은 이대로도 훌륭해요." 그녀는 한결 누그러진 목소리로 말했고, 라오얼은 그 말을 꺼낸 것은 잘한 일이라고 생각하면서 이야기를 계속했다.

"나는 우리가 그 누구보다도 용감한 일을 하고 있다고 생각해." 그는 진심을 전하려고 애쓰면서 천천히 이야기했다. "적군이 점령하지 못한 곳으로 가는 건 쉬운 일이야! 게다가 그곳에 가면 안전하게 지낼 수 있어! 총을 구해서 다른 남자들과 함께 이곳에 있는 일본 주둔군을 공격한 다음 다시 돌아가면 그만이지. 그건 목숨을 걸고 할 수 있는 가장 쉬운 일이야. 지금은 적을 증오하는 사람이라면 누구나 목숨을 내놓을 준비가 돼 있어. 그리고 라오산처럼 우두머리가 되어 일을 하는 사람들은 명예를 얻을 수 있지. 그보다 더 쉽게 명예를 얻을 수 있는 방법도 없을 거야. 하지만 우리가 하는 일을 명예롭게 생각하는 사람은 아무도 없어. 우리는 단지 고향에 머물면서 예전과 다름없이 살아갈 뿐이지. 하지만 이게 바로 우리가 싸우는 방법이야. 아무리 현실이 고통스러워도 고향을 떠나지 않고 지키는 것 말이야. 물론 우리의 싸움에는 아무런 명예도 따르지 않아."

라오얼은 잠시 말을 멈추더니 생각에 잠겼다. "어쩌면 우리도 언젠가는 우리가 한 일에 대해 사람들의 칭찬을 받게 될지 몰라. 하지만 땅을 지킬 수만 있다면 명예 따위는 중요하지 않아."

"하지만 왜군이 이곳을 점령한 이상, 이 땅도 그들 거예요." 옥은 슬픈 목소리로 말했다.

"땅은 그 땅에서 일하는 사람들의 거야. 왜놈들이 우리 땅을 다 빼앗고, 자기 나라 사람들을 불러서 땅을 갈고, 씨를 뿌리고, 수확을 하게 한다면 그때는 우리도 싸울 거야."

옥은 아무 말도 하지 않았고, 라오얼은 이야기를 계속했다. "당신이 아기를 낳는 건 이 땅을 지킬 사람을 한 명 더 만드는 거야. 당신 같은 여자가 아니라면 다른 누가 그 일을 할 수 있겠어? 남자들은 농사를 지을 수는 있지만 우리의 자리를 지켜갈 사람을 만들 수는 없어. 그 일을 하는 건 당신이야. 당신은 우리 민족이 살아남는 데에 꼭 필요한 일을 하는 거야. 여자들이 아이를 낳지 않는다면 우리가 존재할 수 있겠어?"

옥은 미동도 않고 앉아서 남편이 칼을 벼리듯 힘겹게 한 마디 한 마디 뱉어내고 있는 말에 귀를 기울였다.

"당신이 우리 아기를 낳으면 그 아이를 통해서 우리의 땅을 지키는 거야."

라오얼은 더 이상 아무 말도 할 수 없었고, 전장에서 싸우기라도 한 듯 몹시 피곤했다. 그는 싸움을 했으며 그 싸움에서 승리했다. 옥은 남편의 말이 옳다는 것을 깨달았던 것이다.

··· 집 안에서 이런 일이 벌어지고 있는 동안, 큰아들에게 신경을 쓰는 사람은 아무도 없었다. 그는 산속에서 단순한 일과로 나날을 보내고 있었다. 여기저기에 함정을 파두고 한 달에 서너 번 한두 명씩 왜군을 잡았다. 왜인들이 함정을 조심하기 시작했기 때문에 전에 비하면 구덩이에 빠지는 사람이 크게 줄어들었다. 라오타는 이제 함정을 위장할 새로운 방법을 찾기 위해 머리를 쥐어짜야 했다. 그는 점점 더 성안 가까이에 구덩이를 파면서 나름대로 스스로를 용감한 사람이라고 생각했다. 그가 어찌나 성문 가까이에 구덩이를 팠던지 이따금 왜군이 아닌 사람들도 그 안에 빠지곤 했다. 아침에 구덩이 안에서 욕을 하고 있는 선량한 농부나 걸인 혹은 행상을 발견할 때면 라오타는 언제나 그들을 구해주었고, 함정에 빠졌던 이들은 함정을 파놓은 이유를 듣고는 모두들 라오타를 용서했다.

라오타는 변함없이 하던 일을 했지만 요즘 들어 기분이 언짢았다.

아무에게도 이유를 말하지 않았지만 그는 가족들이 라오산의 결혼 문제에 신경 쓰느라 자신을 무시한 채 잊고 있다고 생각했다. 그리고 그는 동생이 자기보다 먼저 아내를 맞는 것은 도리에 어긋난 일이며, 부모님이 자식에 대한 의무를 다하지 않고 있다고 느꼈다.

어느 날 라오얼이 찾아와서 메이리의 말을 전하자, 라오산은 비점령지로 떠날 준비를 하느라고 한바탕 수선을 떨었다. 라오산은 원한다면 누구라도 따라와도 좋다고 말했고, 딸린 가족이 많지 않은 대원들은 너나없이 함께 가겠다고 나섰다. 라오산은 거만한 태도로 라오타에게 말했다.

"형도 같이 가겠어? 가고 싶으면 어머니랑 아버지께 내가 같이 가자더라고 말씀드려. 그곳에 가면 형한테도 좋을 거야."

라오타는 동생이 말하는 태도가 마음에 들지 않았다. 라오산은 그에게 맏형 대접을 하지 않았다. 게다가 어떻게 손아랫사람 밑에서 일한단 말인가? 라오타는 동생의 처가 될 여자를 보고 싶지도 않았고, 동생과 같이 일하고 싶은 생각도 없었다.

"내가 잘하는 일은 함정을 파는 거야. 적군이 없는 곳에 가서 내가 할 일이 뭐 있겠니?" 라오타가 말했다.

라오산은 형의 말을 듣더니 눈썹을 찡그리면서 당장이라도 화를 낼 것처럼 말했다. "내가 적을 피해서 그곳에 간다는 거야?"

라오타는 희미하게 웃으며 말했다. "여자 때문에 간다고 들었다. 그 여자가 적의 하수인인지 아닌지는 모르지만 말이야."

"형의 말처럼 적의 하수인이라면 그곳에 가겠어?" 라오산은 화가 난 목소리로 물었다.

라오얼은 메이리가 증표로 가져온 국기에 대해 이미 이야기를 한 터였다. 도중에 왜군에게 검문을 당해 몸에 지니고 있던 국기가 발각되면 안 되기 때문에 링탄의 반대로 국기를 가져올 수는 없었다. 그러나 라오산은 라오얼의 이야기만 듣고도 사랑하는 여인의 결백을 믿었다.

"그 여자가 어떤 사람인지 어리석은 내가 어떻게 알겠니?"

라오타는 동생의 제안을 매몰차게 뿌리치고는 그가 대꾸를 하기도 전에 그 자리를 떠났고, 그 뒤로 가슴속에 맺힌 분을 이기지 못해서 여러 주 동안 집에 가지 않았다. 그러나 가족들은 그가 오지 않는 이유를 묻기 위해 사람을 보내지 않았고, 이로 인해 그는 더욱 화가 났다.

'내가 죽든 살든 신경 쓰는 사람은 아무도 없어.' 라오타는 이렇게 생각하면서 자신의 인생에서 좋은 시절은 다 지나간 듯한 기분을 느꼈다. 그는 어린 나이에 세상을 떠난 두 아들과 란을 떠올렸고, 그녀가 얼마나 좋은 아내였는지를 기억했다. 그녀는 언제나 그의 곁에서 시중들 준비가 되어 있었으며 항상 따뜻하고 다정했다. 그는 그러한 여인이 곁에 없는 지금 더할 수 없는 외로움을 느꼈다.

라오타는 이런 생각을 하다가 변화를 갈망하기 시작했다. 그러나 어디에서 란을 대신할 수 있는 여자를 찾을 수 있을까?

'아버지나 어머니께 도움을 청하지는 않을 거야. 맏아들에 대한 의무를 다하실 생각이 없는 두 분께 구차하게 애원할 필요는 없어.'

라오타는 이제 새로운 인생을 시작하기로 마음먹었고, 다시 아내와 자식을 갖고 싶었기에 자기도 모르는 사이에 여자를 찾기 시작했다. 그러나 이 시골바닥에서는 원하는 여자를 찾을 수 없었다. 이곳에 남아 있는 여자라고는 하나같이 늙거나 병든 사람들뿐이었으며 그것도 아니면 왜군에게 겁탈당한 여자들뿐이었다. 그리고 라오타는 매춘부를 아내로 맞을 생각은 없었다.

그러던 어느 날, 그의 눈앞에 여자가 나타났다. 그녀는 예전 같았으면 거들떠보지도 않았겠지만 라오타는 지금 애타게 여자를 찾고 있었기 때문에 그런 그의 눈에는 깨끗하고 건강한 여자이기만 하다면 무조건 좋아 보였다. 그가 여자를 만난 것은 완전히 우연이었다. 그는 한 번도 함정을 놓아본 적이 없는 새로 난 길에 깊이 구덩이를 판 뒤 돌멩이의 무게를 이길 정도로 단단한 판자로 덮었다. 그러나 그는 아주 가벼운 무게에도 모두 바닥으로 떨어지도록 교묘하게 판자를 겹쳐 놓았다. 새로 난 길에 함정을 판 까닭은 하루나 이틀 안에 왜인들이 세금을 걷을 사람을 이곳으로 보낼 것이라는 정보를 얻었기 때문이었다. 라오타는 함정을 감쪽같이 덮은 뒤 여느 때와 마찬가지로 인근 주민들에게 왜인이 다녀가기 전까지는 그 길로 다니지 말라고 경고했고, 마을 사람들은 그에게 고맙다는 인사를 잊지 않았다.

이튿날, 라오타는 함정 안에 누가 빠져 있는지 들여다본 순간 울고 있는 여자를 발견했다. 그녀는 밤새 함정 안에 갇혀 있었고, 주변 마을 사람들은 그 앞을 지나지 않았기 때문에 그녀가 도와달라고 외치는 소리를 듣지 못했다. 라오타는 희미한 새벽빛이 스며드는 함정 안에 빠져 있는 사람이 적이 아니라는 것을 한눈에 알아보았다.

"제가 꺼내드리죠." 라오타는 이렇게 말하고서 그녀가 밖으로 나가는 것을 돕기 위해 구덩이 안으로 펄쩍 뛰어내렸다. 그 순간 그는 젊지는 않지만 부드러운 그녀의 얼굴과 어린애 같은 입술을 보았다. 얼마나 울었는지 눈까지 빨개진 그녀는 언짢은 표정으로 투덜거렸다. "너무 무서워서 숨이 멎을 것 같았어요."

"하필이면 이쪽으로 지나시다니 운이 없으셨군요. 저 역시 죄 없는 사람이 빠질 줄은 몰랐습니다."

라오타는 여자를 밖으로 밀어냈고, 그녀는 고맙다고 말하면서 옷매무새를 매만졌다. 이윽고 그녀는 푸른 무명옷자락으로 얼굴을 닦으면서 말했다.

"제가 있는 곳이 어딘지 알려주시겠어요? 저는 이곳 사람이 아니랍니다. 제 남편은 왜놈들 손에 죽었어요. 생전에 남편은 혹시라도 자기가 죽거든 고향으로 가서 시부모님을 찾으라고 했어요. 그분들이 저를 거두어주실지 모른다면서요." 그러고는 라오타가 한 번도 들어본 적이 없는 마을의 이름을 댔다.

"길을 한참 잘못 드신 것 같군요. 그런 이름은 들어본 적이 없습니다."

여자는 그의 말을 듣더니 슬픔에 젖어 다시 눈물을 흘리기 시작했다. "그럼 거기까지 어떻게 가죠? 가진 돈은 이미 다 썼는데 어쩌면 좋아요? 왜놈들이 여자한테 몹쓸 짓을 한다는 이야기를 들었습니다. 혹시라도 왜놈들을 만나면 어쩌죠?" 여자는 가엾은 얼굴로 라오타를 바라보면서 말했다. "당신은 정말 정직하고 좋으신 분이로군요. 얼굴만 봐도 알 수 있어요."

라오타는 그녀의 말을 듣고서 잠시 생각에 잠겼다. '여자들은 어차피 다 똑같지 않을까? 이 여자는 마음씨가 곱고 다정한 사람처럼 보이는군. 과부가 된 건 이 여자 잘못이 아니야.'

그는 여자에게 말했다. "먹을 건 있습니까?" 여자는 아무것도 없다고 대답했고, 라오타는 다시 함정을 만들기 위해 잠시 시간을 보낸 뒤 그녀를 가까운 여인숙으로 데리고 갔다. 그곳에서 그는 음식을 시켰고, 여자가 식사를 하는 동안 생각에 잠겼다. 그는 여자와 같은 식탁에 앉지 않았다. 그것은 그처럼 점잖은 남자가 할 행동이 아니었으며 여자에게도 불편할 것 같았기 때문이었다. 그러나 그는 다른 탁자에 앉아 곁눈질로 그녀를 바라보면서 생각했다. '하늘이 보낸 여자가 아닐까? 내가 판 함정에 빠졌잖아.'

이윽고 여자는 식사를 마쳤고, 라오타는 그녀에게 따라오라고 말했다. 그러고는 용기를 내서 말을 이었다. 그녀의 처지가 너무나 딱했고, 그의 친절을 진심으로 고마워하는 그녀의 마음을 알았기에 라오타는 용기를 낼 수 있었다.

"저희 부모님은 여기서 그다지 멀지 않은 곳에 사십니다. 하루 만에 도착할 수 있는 거리죠. 그리고 저희 어머니는 좋으신 분입니다. 그러니 일단 그곳으로 모셔가겠습니다."

라오타는 그녀가 기꺼이 자신의 집에 가려 하는지 마음을 떠보려고 이렇게 말했다. 당장 몸을 쉴 집이 없고 자신을 먹여 살릴 남자도 없는 그녀의 입장에서는 거절할 이유가 없었다. 그녀는 몹시도 감사한 표정으로 말했다.

"하늘이 제게 손을 내밀도록 해준 사람을 어떻게 거절하겠습니까?"

라오타는 더 이상 아무 말없이 집을 향해 앞장섰고, 그녀는 거친 푸른 보자기로 싼 짐을 들고서 그의 뒤를 따랐다.

그는 한참을 걷는 동안 입을 굳게 다물고 있었다. 그녀 역시 아무 말이 없었지만 라오타는 흙길 위를 걷고 있는 그녀의 발자국 소리를 들으면서 생각했다. '이것이 옳은 일이라면 집에 도착하기 전에 다시 말을 해봐야지. 아무 이유 없이 집에 여자를 데리고 갈 수는 없어.'

이윽고 마을이 보이기 시작할 무렵, 그는 침이 바짝 마르는 것을 느끼면서도 있는 용기를 다 내서 여자를 돌아보며 말했다.

"댁이 남편을 잃은 것처럼 저 역시 처와 두 아이를 잃었습니다. 우리가 어울리는 짝이라고 생각하지 않습니까? 우리가 같이 산다면 비로소 온전한 하나가 될 수 있지 않을까요?"

여자는 이미 지칠 대로 지친 상태였으며 어디든 쉴 곳을 찾고 싶었기 때문에 어떤 남자건 받아들일 준비가 되어 있었다. "저를 받아들여만 주신다면요!"

라오타는 고개를 끄덕인 뒤 더 이상 아무 말없이 앞으로 나아갔고, 이윽고 두 사람은 링탄의 집에 도착했다.

그러나 하필이면 두 사람은 가장 안 좋은 때를 골라서 도착하고 말았다. 그날 아침 일찍, 옥은 진통을 느끼기 시작했고 온종일 산고를 치렀지만 무슨 이유인지 아기는 자궁에 걸려서 내려오지를 않았다. 링사오는 어찌할 바를 몰랐고, 라오얼은 겁에 질려 있었으며 마을 여자들은 모두 링탄의 집에 모여서 조언을 했다. 링사오는 마을 여자들의 말대로 온갖 방법을 다 써보았지만 아기는 여전히 나오지를 않았다. 이제 옥은 서서히 용기를 잃어가고 있었다.

"아기가 너무 큰가 봐요……." 옥은 이렇게 속삭이면서 자신이 과연 아기를 세상 밖으로 내놓을 수 있을지 의심하기 시작했다.

상황이 이러하다 보니, 링사오는 큰아들이 낯선 여자를 데리고 들어오는 것을 보면서도 그의 이야기를 들을 여유가 없었다. 그녀는 힘겨운 하루를 보낸 데다가 불길한 예감까지 들었기 때문에 기분이 더할 수 없이 나쁜 상태였다. 그러나 자신의 문제 이외에는 아무것도 생각할 수 없을 정도로 단순한 큰아들은 어머니를 보자마자 불쑥 이야기를 꺼냈다.

"어머니, 새 며느리를 데려왔습니다."

"며느리라는 말은 꺼내지도 마라." 링사오가 소리쳤다. "이제 며느리라면 신물이 난다. 네 제수 좀 봐라. 애 하나도 제대로 못 낳잖니. 이를 어쩜 좋단 말이냐? 자식이랑 손자가 있어 봤자 걱정거리만 쌓이는구나. 난 평생 편안하게 살 팔자가 못 되나 보다."

라오타를 따라온 여인은 자신에게 무엇이 가장 잘 맞는지를 판단할 수 있을 정도로 오랜 세월을 살아온 터였기에 마을에 들어서는 순간 마음이 끌리는 것을 느꼈다. 게다가 그녀는 비옥한 토지와 어디에 내놓아도 손색없을 링탄의 집을 보면서 이보다 더 나은 것을 바랄 수는 없다고 생각했다. 그녀는 자신을 함정에 빠뜨린 행운을 이대로 놓칠 수 없었으며, 비록 자기보다 적어도 열 살은 어리지만 이토록 강한 남자를 만나게 해준 이 시절에게 감사했다. 그녀는 라오타를 얻기 위해서라면 더 많은 노력을 해야 한다고 생각하면서 비록 몸은 피곤했지만 짐을 내려놓은 뒤 머리를 뒤로 넘기면서 부드럽고 듣기 좋은 목소리로 말했다.

"이렇게 불쑥 말씀드리는 게 예의에 어긋난다는 건 압니다. 그리고 제가 얼마나 쓸모없는 사람인지도 알고 있습니다. 하지만 저는 아기를 여러 번 받아봤습니다. 어쩌면 제가 도움이 될지도 모르겠군요. 이 일 때문이 아니라면 하늘이 왜 저를 이 집으로 보냈겠습니까? 제가 길을 잘못 들어서 가려던 곳에서 수십 리 떨어진 곳을 헤매게 한 것도, 아드님이 파놓은 함정에 빠져서 아드님 손으로 구해줄 때까지 밖으로 못 나온 것도 다 하늘의 뜻이었나 봅니다."

"따라와요." 링사오는 그녀의 말 중에서 당장 필요한 것 외에는 아무것도 알아듣지 못한 채 이렇게 소리쳤다. 그러고는 여자의 손목을 잡고서 옥이 누워 있는 침대 곁으로 가서 말했다. "여기 하늘이 널 도우려고 보낸 사람이 왔다. 자, 다시 힘을 내자꾸나."

여자는 소매를 걷어붙이며 옥을 향해 미소를 지었다. 그러고는 옥의 치마를 올린 뒤 배와 허리를 부드럽게 문지르기 시작했다. 새 얼굴을 보고 용기를 얻은 것인지, 아니면 배와 허리를 문질러준 것이 잠시나마 고통을 잊게 했는지는 모르지만 옥은 확실히 기운이 나는 것을 느꼈고, 다시 용기를 내어 힘을 주었다. 여자는 끊임없는 인내심으로 옥을 달래면서 바쁘게 움직였다. 그리고 링탄네 집에 모여 있는 사람들은 과연 어떤 결과가 나올지 애타게 기다렸다.

"아기가 조금 움직였어요." 옥이 숨을 헐떡이며 말하더니 다시 시작된 진통으로 괴로워했다. 여자는 옥의 말이 떨어지기가 무섭게 손과 팔을 그녀의 몸속으로 집어넣더니 소리쳤다.

"남자 아이의 머리가 느껴져요!" 여자의 말에 모두들 다시 용기를 냈고, 링사오는 뱃속에 든 아기가 아들인 만큼 끝까지 힘을 내야 한다고 옥에게 말했다. 여자는 이제 손으로 조심스레 아기를 당겼고, 옥은 힘을 주었다. 끝내 나오지 않으려고 고집을 부리던 아기도 결국 두 사람의 힘 앞에 양보하는 수밖에 없었다. 두 시간쯤 지났을 무렵, 링사오는 이제 막 태어난 아기를 품에 안았다.

그러나 여자는 옥을 바라보더니 소리를 질렀다. "아기가 한 명 더 있어요!"

여자는 다시 분만을 돕기 위해 지친 몸으로 바닥에 앉았고, 잠시 후 옥의 몸에서 쏟아져 나오는 새빨간 피와 함께 또 다른 아기가 태어났다.

"아, 하늘이 우리를 살피셨구나!" 링사오는 두 번째로 태어난 아기를 안기 위해 팔을 뻗었다. 두 아기 모두 어찌나 건강한지 태어난 지 일주일은 지난 것처럼 힘차게 울었다.

이 여인을 하늘이 보냈다는 사실을 이제 누가 의심할 수 있겠는가?

"뭘 좀 먹은 다음 푹 쉬구려. 댁이 원하는 대로 어떻게든 답례를 하리다." 링사오가 말했다.

그녀는 마치 제 손으로 아기를 받기라도 한 것처럼 의기양양한 얼굴로, 기다리고 있던 마을 여자들에게 아기를 건넨 뒤 부엌으로 갔다. 그러고는 옥이 기운을 차리도록 돕기 위해 끓는 물에 적설탕을 탔고, 라오얼을 불러서 옥에게 설탕물을 가져다주라고 시키면서 정말 수고했다는 말을 잊지 말라고 당부했다.

링사오는 부엌에 있는 내내 고민에 빠져 있었다. '저 여자는 라오타의 처가 되기에는 너무 늙었어. 하지만 이제 저 여자의 청을 어떻게 거절하면 좋지? 그렇다고 저렇게 늙은 여자를 며느리로 들일 수도 없고······.'

라오얼이 설탕물을 가지고 간 사이, 링사오는 라오타와 함께 온 여자를 어떻게 대해야 할지 남편을 불러서 의논했다. 링사오는 그녀를 며느리로 대해야 할지, 아니면 낯선 여자로 대해야 할지 당최 갈피를 잡지 못했다. 링탄은 이미 라오타로부터 원하는 바를 들었기 때문에 마음의 준비가 되어 있었다.

"요즘에는 하늘이 우리에게 장난을 치는 모양이에요." 링사오는 큰아들을 따라온 여자에게 대접할 음식을 준비하려고 불을 지피면서 말했다. "저런 여자를 며느리로 맞게 되리라고는 정말이지 상상도 못했어요. 세상이 왜 이 모양이죠?"

"하지만 이제 큰애의 뜻을 막을 수는 없어." 링탄이 말했다.

링사오는 그의 말에 남편이 그 여자를 며느리로 받아들일 마음이 있다는 것을 알았다. 그러나 그녀는 한 가지 조건을 내걸었다. "그렇긴 하지만 아이를 낳을 수 없을 정도로 나이 든 여자라면 큰애의 처가 될 수 없어요. 아이 하나 못 낳는 여자가 집안에 무슨 필요 있어요?"

"그 여자는 우리 집안에 큰 도움을 줬어." 링탄이 말했다.

"하지만 날마다 오늘 같으라는 법은 없어요. 오늘 일은 평생 겪을까 말까 한 드문 일이죠." 링사오는 언제나 제 고집대로 하는 여자였다. 그녀는 음식을 가지고 여자가 있는 곳으로 간 뒤 낯선 이에 대한 예를 갖추면서 나이를 물었다. 여자는 서글픈 목소리로 대답했다. "제 나이가 너무 많다는 건 압니다. 올해 서른여섯이 됐습니다."

링사오는 여자의 솔직한 태도가 마음에 들었지만 서른여섯이라니 나이가 정말 많다고 생각했다. 그러나 아이가 잘 들어서는 체질이라면 아직 자식을 서너 명은 더 낳을 수 있는 나이였다. 링사오는 공손하게 또 다른 질문을 했다.

"아이는 있소?"

여자는 갑자기 눈물을 흘리면서 말했다. "저는 아이를 쉽게 낳는 편이라서 자식을 여럿 두었었습니다. 모두 다섯 명이었죠. 하지만 하늘에서 쏟아지는 폭격으로 모두 세상을 뜨고 말았습니다. 살아남은 건 저와 남편뿐이었죠. 결국 남편 역시 저세상으로 가고 말았지만요. 남편은 군에 끌려가서 전투를 하다가 죽었어요. 그이는 신발을 고치는 일을 했기 때문에 늘 길에 나가 있어야 했죠. 다른 남자들처럼 집 안에 숨어 있을 수 없었어요. 그러던 어느 날, 저희가 살던 지역에서 남자 천 명을 골라 비점령지에서 싸우고 있는 군대로 보내야 한다는 명령이 내려왔어요. 남편은 군에 끌려가기가 쉬웠어요. 워낙 건강하기도 했지만 늘 짐을 지고 걸어 다녔기 때문에 다리가 유난히 튼튼했거든요. 남편이 여러 날 동안 돌아오지 않아서 저는 혹시 그이가 끌려간 건 아닌지 걱정하기 시작했어요. 그러던 어느 날 그이가 어떤 사람 편에 자기가 있는 곳을 전해왔어요. 그래서 저는 남편이 있다는 곳을 찾아갔죠. 하지만 수천 명이 넘는 군인들 속에서 남편을 찾을 수 없었어요. 그리고 남편을 찾기도 전에 사망 소식을 먼저 듣게 됐답니다."

"이렇게 딱할 데가!" 링사오는 이렇게 중얼거리면서 가엾은 마음에 큰아들의 뜻을 받아들이기로, 그리고 하늘이 보낸 사람을 받아들이기로 마음먹었다.

* * *

이렇게 해서 링탄의 집에는 다시 식구가 늘어났고, 그들은 누그러질 줄 모르는 적의 압제 속에서 고달픈 삶을 이어갔다. 링탄은 적의 기세가 약해지리라는 희망을 버린 채 다른 사람들과 마찬가지로 혹독한 세금과 왜인들의 탐욕스런 횡포를 견뎌냈다. 게다가 봄만 되면 아편을 두고서 왜인들과 한바탕 씨름을 해야 했으며 결국 그들은 싸움에서 지고 말았다. 이제 성안에서는 누구나 은화 스물한 닢을 주면 아편 한 냥을 살 수 있었다. 남자 한 명이 먹을 것 대신 아편에 의지해 산다면 하루에 은화 한 닢이면 충분했다. 음식 대신 아편을 선택하는 사람들의 숫자는 점점 더 늘어만 갔다. 사람들은 이제 아편을 담아 태우는 등과 담뱃대를 버젓이 길가에 내놓고 팔았다. 왜인들은 일찍이 상상도 할 수 없었던 엄청난 일을 벌이면서 등과 담뱃대 하나하나에 세금을 매겼고, 아편에 중독돼 자포자기한 사람들의 약점을 이용해서 부를 축적했다. 그러나 왜인들이 아편을 피우는 것은 금지된 일이었다. 이제 성안에서는 옷감을 파는 가게도 찾아보기 힘들었다. 왜인들은 비단을 비롯한 모든 천을 약탈했으며 비단을 만드는 공장은 물론이고 밀가루와 생선 그리고 쌀과 양회마저도 자신들의 손아귀에 넣었다.

링탄은 동족이 약탈당하는 모습과 왜인들이 민가와 상점에서 빼앗은 물건들을 자신들의 나라로 보내는 것을 보면서 분노가 치밀었다. 왜인들은 못, 자물쇠, 칼, 쇠스랑, 괭이, 삽 등을 가릴 것 없이 눈에 보이는 쇠붙이는 모조리 빼앗아 갔고, 링탄은 그 앞에서 비통한 마음으로 수없이 같은 생각을 되풀이했다.

'빌어먹을 왜놈들의 나라로 가져갈 수 없는 건 이 땅밖에 없군.'
그러나 땅도 반란을 일으키는 것인지 수확량은 예전에 비해 반으로 줄었다.

"왜놈들은 전쟁을 선포하지도 않고서 우리나라에 쳐들어오더니 이번엔 평화를 선포해놓고도 어떻게 해야 하는지를 모르는 모양이군."

링탄은 이렇게 말했다.

링탄은 평생 자부심을 느끼면서 자유롭게 살아왔지만 이제 적 앞에서 침묵을 지켜야만 했다. 그는 작달막한 키에 나약하고 사악하기 그지없는 다리가 휜 왜인들의 말을 들으면서 아무런 대꾸도 할 수 없는 것을 참기 힘들었으며 이런 이유로 왜인들을 더욱 더 증오했다. 링탄이 그들 앞에서 침묵을 지킬 수 있는 유일한 이유는 지켜야 할 땅이 있기 때문이었다.

그러나 이따금 끓어오르는 울분을 참기 어려울 때면 그는 아무것도 먹지 못했으며 아내의 위로나 손자들의 모습도 그의 마음을 달래주지 못했다.

"내 땅에서 다시 한 번 왜놈들과 맞닥뜨린다면 그때는 가만있지 않을 거야." 그는 링사오에게 이렇게 말했고, 그녀는 그 무엇도 남편에게 위로가 될 수 없다는 것을 알았기에 아무 말도 하지 않았다.

"손톱만큼이라도 희망이 보인다면 좋으련만!" 링탄은 계속해서 아내에게 이야기했다. "아무리 멀어도 끝이 보인다면 좋겠어. 언젠가 우리나라가 다시 일어서서 왜놈들을 바다 속에 집어던질 수 있다면 얼마나 좋을까! 하지만 우리가 할 수 있는 일이라곤 참는 것밖에 없으니. 이렇게 참기만 한다고 전쟁에서 이기는 건 아니잖아."

이번에도 링사오는 아무 말도 하지 못했다. 그녀는 링탄과 살면서 이런 순간을 가장 두려워했다. 링탄은 풀이 죽어 있었고, 그의 침울한 기분은 온 집안 공기를 무겁게 했다. 심지어는 그의 아들들마저도 어찌할 바를 몰랐다.

그해 늦여름, 링탄은 자신의 생일을 시작으로 그 어느 때보다도 우울한 기분에 빠져들었다. 전쟁이 일어나기 전까지만 해도 링탄의 생일은 마을 전체의 축제날과 다름없었다. 그는 한마을에 사는 모든 친지를 불러 모아 풍성한 연회를 베풀었으며 해가 거듭될수록 예순 번째 생일이 다가오기를 손꼽아 기다렸다. 선량하게 살아왔으며 아들을 여럿 둔 남자에게 예순 번째 생일만큼 성대한 잔칫날은 없었다. 어수선한 시절만 아니었다면 그는 아들들에 둘러싸여 기쁜 하루를 보냈으리라. 그는 새 옷을 입고 많은 선물을 받았을 것이며 가족들에게 돈을 나누어주었을 것이다. 그리고 모두들 즐겁고 기쁜 얼굴로 축하해주었으리라.

그러나 지금 같은 시절에 생일 잔치를 하는 것은 불가능한 일이었다. 셋째 아들은 머나먼 비점령지에 있었고, 맏아들은 산속과 집을 드나들었다. 링탄은 자신의 생일이 다가오고 있지만 집에 고기 한 덩어리 없는 현실과 고기를 살 만한 돈이 없는 형편을 잘 알고 있었다. 그들은 목숨을 부지하기 위해 빈약한 음식이나마 먹어야 했고, 그러기 위해서는 돈을 한 푼이라도 아껴야 했다. 게다가 올여름은 유난히 길고도 무더웠던 터라서 링탄은 지칠 대로 지쳐 있었으며 하루하루 살아가는 것이 힘겹게만 느껴지는 까닭은 자신이 너무 늙었기 때문이라고 생각했다.

'이제는 내 땅을 봐도 기쁘지가 않아.' 어느 날 링탄은 논에 나가서 벼가 이제 거두어들여도 좋을 만큼 단단하게 여물어가는 것을 보면서 이렇게 생각했다. '농사가 잘돼도 걱정이야. 왜놈들 배만 채워줄 테니 말이야. 반대로 농사를 망치면 내가 제대로 돌보지 않아서 땅이 화가 난 것만 같아. 사악한 왜놈들이 우리 앞에 도사리고 있는 한, 세상에 기쁜 일이란 아무것도 없어.'

링탄은 고향에 남아서 땅을 지키기로 한 것이 과연 옳은 결정이었는지 처음으로 회의를 느꼈다. 해를 거듭할수록 왜인들의 배를 채워주는 일이 참기 힘들어졌다.

"저 하늘 어디에라도 희망이 보이면 좋으련만." 링탄은 어느 날 라오얼에게 말했다. "누군가 우리를 도와줄 거라는 손바닥만한 희망이라도 보이면 좋겠구나. 하지만 이건 부질없는 바람이지. 이 세상 어딜 가나 마찬가지겠지만 사람들은 오직 제 생각만 하는 법이란다."

이제 링탄 같은 평범한 농부들까지도 이 처절한 전쟁 속에서 그들의 편이 되거나 도움을 주겠다고 나서는 나라가 하나도 없다는 사실을 알고 있었다. 링탄을 비롯한 마을 사람들은 여태껏 자신들을 우방이라고 부르던 나라들마저도 무기와 군수용품을 돈을 받고 왜군들에게 팔아넘기고 있다는 소식을 들었고, 이제 인간에게서 정의를 기대하기란 불가능한 세상이 되었다는 사실에 가슴이 아렸다. 따지고 보면 인간은 모두 마찬가지였다. 설령 제 손으로 전쟁을 일으키지는 않더라도 돈을 벌기 위해 전쟁광들에게 물건을 판다면 그들과 다를 게 전혀 없었다. 무기를 만들기는 했지만 이미 그 무기를 죄 없는 사람들에게 들이대는 자들에게 팔아넘겼기 때문에 더 이상 제 손에 들려 있지 않다는 이유로 자신은 떳떳하다고 말할 수 있을까? 링탄은 이 모든 사실을 알고 있었으며 이제 도움의 손길을 기다리는 것에 지쳐버렸다. 그는 그 누구에게도 도움을 기대할 수 없는 현실 앞에서 서서히 희망을 잃어갔다. 어느새 전쟁이 시작된 지 다섯 번째 가을로 접어들고 있었다.

"인간은 모두 사악한 법이다." 링탄은 아들에게 말했다. "이 하늘 아래에 옳고 그른 것을 가리는 사람은 더 이상 없어. 이런 때가 되면 세상은 망하기 마련이다."

링탄은 하루가 다르게 식욕을 잃어갔으며 예전처럼 열심히 일하지도 않았다. 그는 자신을 젊고 활기 있게 해주었던, 씨를 뿌리거나 곡식을 거두어들이는 농사일에서 더 이상 즐거움을 찾을 수 없었다.

링사오는 그 누구보다도 남편을 소중하게 여겼기에 무기력한 링탄의 모습을 보면서 두려움을 느꼈다. 이윽고 그녀는 라오얼을 부엌으로 불러 말했다. "아버지가 다시 희망을 가질 수 있도록 어떻게 좀 해보거라. 네 아버지는 평생 희망을 잃지 않았던 분이시다."

"어머니, 저한테 정말 어려운 일을 시키시는군요." 라오얼이 서글픈 목소리로 말했다. "이런 시절에 어디에서 희망을 찾을 수 있죠? 돈을 주고 살 수도 없고, 바닥에 떨어져 있는 보석처럼 주울 수 있는 것도 아니잖아요. 희망은 우리가 가진 것에서 찾아야 해요. 그렇지 않다면 그건 희망이 아니라 헛된 꿈일 뿐이에요."

"그럼 아버지는 이제 다 사신 거나 마찬가지다." 링사오는 눈물을 흘리면서 말했다. "그리고 이 오랜 전쟁에서도 지고 마는 거야. 왜놈들한테 완전히 정복당하고 마는 거지." 그녀는 자기 방으로 들어가서 문을 잠그고는 서럽게 눈물을 흘렸다.

라오얼은 어머니의 말을 매우 심각하게 받아들였고, 어떻게 하면 좋은 소식이 될 만한 이야기를 찾아서 아버지에게 전할 수 있을지 곰곰이 생각에 잠겼다. 어디에서 좋은 소식을 찾을 수 있단 말인가?

사악한 인간들이 기승을 부리는 시절에는 하늘도 덩달아 사악해질 수 있는 모양이었다. 폭우가 쏟아져 농사를 망치는 바람에 지난해에는 너나없이 궁핍한 생활을 했다. 게다가 북부지방에 다시 한 번

기근이 들어서 굶주린 사람들이 남쪽으로 밀려 내려왔다. 그러나 재난을 피해 고향을 떠나온 그들을 맞는 것은 또 다른 불행일 뿐이었다. 전쟁이 일어나기 전까지만 해도 링탄을 비롯한 마을 사람들은 먼 길을 헤맨 끝에 마을에 도착한 그들을 기꺼이 도왔다. 그러나 마을의 절반이 불에 타서 없어진 지금, 무슨 도움을 줄 수 있겠는가?

성안에서는 꼭두각시가 여전히 자리를 지키고 앉아서 하찮은 명령을 내리고 있었으며 일본의 편에 선 나라들은 그를 통치자라고 불렀다. 한편 이곳 사람들은 대규모 군대가 비점령지 내에 집결하고 있다는 소문을 들었다. 그러나 이곳에서 굴종의 나날을 보내고 있는 그들은 그 군대를 직접 눈으로 본 적이 없기 때문에 틀림없는 사실임에도 불구하고 뜬소문으로만 여겼다. 적군은 그 어떤 소식도 점령지 안으로 전해지지 못하도록 했으며 그 안에 사는 사람들은 바깥세상과 완전히 격리된 채 침묵 속에서 하루하루를 보냈다. 그리고 무자비한 적군은 이러한 침묵 속에서 권력을 휘두르며 아무것도 아닌 일로 사람들을 죽였다. 그들은 사소한 잘못을 저지른 이들을 가차없이 처단했으며 아무런 이유 없이 기분이 내키는 대로 사람들을 죽이기도 했다. 이렇게 참담한 현실 속에서 사람들은 마음껏 숨조차 쉬지 못했고, 서서히 희망을 잃어갔다. 그들은 물에 빠져 죽으려면 일단 물에 뛰어들어야 하며 그 후에는 숨이 끊어질 때까지 살려고 발버둥치지 말아야 하는 것처럼 모든 것을 포기해버렸다. 결국 아편을 피울 생각이 전혀 없던 수많은 사람들이 아편쟁이가 되고 말았다.

라오얼은 온갖 방법을 궁리하던 끝에 벌써 여러 달째 잊고 지내온 팔촌을 떠올렸다. 적의 감시에도 불구하고 이따금 그가 사는 시골 마을까지 짤막한 소식들이 전해졌기 때문에 라오얼은 팔촌이 아직 살아 있는 것이 분명하다고 믿었다. 팔촌에게서 흘러나온 소식들은 여러 사람의 입을 거치는 동안 내용이 빠지거나 보태져 시골 마을에 도착할 즈음에는 완전히 다른 이야기가 되어 있곤 했다. '백부님께 가봐야겠군. 혹시 좋은 소식이 있을지도 몰라.' 라오얼은 이렇게 생각했다. '아버지께 같이 가시자고 하는 거야. 좋은 소식이 있다면 당신 귀로 직접 들으실 테고, 그럼 내가 아버지를 위로할 생각으로 없는 이야기를 꾸며댄다고 생각하지 않으시겠지.'

이윽고 링탄의 생일이 되었고, 그들은 비록 연회는 열지 못했지만 남몰래 잡은 물고기를 식사 때까지 숨겨 두었다가 대문을 걸어 잠근 뒤 먹었다. 식사가 끝나갈 무렵 라오얼이 아버지에게 말했다. "오늘 밤에 바람도 쐴 겸 성안에 다녀오면 어떨까요? 예전에 갔던 그 찻집에 들러 백부님도 뵙고, 무슨 소식이 있는지 들어보면 좋을 것 같군요."

링탄은 몸이 피곤하기도 했지만 좋은 소식이 있을 리 없다고 생각했기에 처음에는 가려고 하지 않았다. 그러나 그는 아들의 간곡한 부탁 앞에서 마음을 바꾸었다.

"그다지 가고 싶은 마음은 없지만 오늘은 내 생일이고, 또 네가 이토록 원하니 네 뜻대로 하마."

이렇게 해서 링탄과 라오얼은 다시 한 번 찻집에 모여든 사람들 사이에 몸을 숨겼고, 전과 마찬가지로 안쪽에 있는 방으로 들어갔다. 잠시 후 팔촌이 모습을 드러냈다. 그는 전보다 더 바짝 말라 있었으며 이제는 정신까지 흐릿해 보였다. 링탄이 다가가서 자신의 이름을 말하더라도 팔촌은 정신이 너무나 몽롱한 나머지 그를 알아보지 못할 것이 분명했다. 그러나 팔촌은 자신이 날마다 반복하고 있는 이 한 가지 일을 할 때는 정신을 또렷하게 차렸다. 이 일이 아니면 아편을 피울 수 없기 때문이었다. 그러나 사람들은 팔촌이 앞으로 얼마 못 살 것이기에 이 일에 그다지 매달릴 필요가 없으리라는 것을 한눈에 알아보았다.

팔촌은 방 안으로 들어와 의자에 앉은 뒤 이야기를 시작했다. 그러나 턱수염 사이로 흘러나오는 그의 목소리가 너무 낮아 모두들 귀를 곤두세워야 했다.

"어제 여러분에게 말씀드린 바와 같이, 두 명의 위대한 백인이 해상에서 만나 이야기를 나누었습니다. 한 명은 미국 사람이고 또 한 명은 영국 사람입니다. 오늘은 영국 사람이 무슨 말을 했는지 전해드리겠습니다."

팔촌은 윗도리 안주머니를 더듬더니 지저분한 갈색 종이조각과 뿔테 안경을 꺼냈다. 그러고는 안경을 애써 콧잔등에 걸쳐 놓으려 했지만 손이 떨리는 바람에 떨어뜨리고 말았다. 그는 몇 번이고 다시 안경을 쓰려고 했지만 손이 말을 듣지 않았고, 방 안에 모인 사람들은 조바심을 억누르며 침착하게 기다렸다. 팔촌은 다시 한 번 시도했고, 마침내 콧잔등에 안경을 걸쳐 놓는 것에 성공했다. 그는 종이를 들어 올리더니 큰 소리로 읽기 시작했다.

"점령지 주민들은 끔찍한 시련을 겪고 있을 겁니다. 우리는 그들에게 희망을 전해야 하며 그들의 고통과 투쟁이 헛되지 않으리라는 믿음을 주어야 합니다. 그들이 통과하고 있는 굴은 길고 어두울 수도 있습니다. 그러나 그 끝에는 환한 빛이 기다리고 있습니다."

링탄은 오랜 세월을 지나는 동안 지저분해지기도 했지만 이제 허물어지기까지 한 이 어두운 방에 앉아서 힘이 넘치는 이야기를 들었다. 그의 가슴은 묵힌 땅과 마찬가지로 굶주려 있었고, 팔촌의 입에서 나오는 말 한 마디 한 마디는 그의 가슴을 씨앗처럼 파고들었다.

"그 말을 한 게 누굽니까?" 링탄은 큰 소리로 물었다. "저는 어제는 여기에 없었습니다. 그러니 지금 다시 알려주세요!" 링탄의 말이 끝나기가 무섭게 방 안에 모인 사람들이 앞을 다투어 자기들이 알고 있는 것을 이야기했기 때문에 팔촌은 아무 말도 할 필요가 없었다. 그들은 너무나 오랫동안 기다려왔기에 회의를 느끼면서도 희망이 넘치는 모습으로 마침내 미국인들과 영국인들이 나섰다고 힘주어 말했다. 링탄은 이 사람 저 사람의 이야기에 귀를 기울이면서 그들의 말 한 마디 한 마디를 들이마셨고, 그의 가슴을 파고든 씨앗은 뿌리를 내렸다.

"미국이랑 영국 사람들이 왜놈들에게 맞서고 있다면 결국 우리 편이라는 뜻 아닙니까?" 링탄이 물었다.

"그렇겠죠!" 모두들 기쁨에 젖어 들뜬 목소리로 입을 모아 외쳤다.

링탄은 기나긴 세월 동안 지친 몸에서 천천히 눈물이 솟아오르는 것을 느꼈다. 그는 힘겨운 시간을 보내면서도 단 한 번도 눈물을 보이지 않았다. 집과 마을이 폐허가 되고, 사방에 시체가 널려 있는 것을 보았을 때도 그는 울지 않았다. 그런 그였기에 링탄은 4년이 넘는 세월 동안 들어보지 못했던 이 반가운 소식 앞에서 왜 눈물이 흘러나오는 것인지 이해할 수 없었다.

"그만 가자." 그는 아들에게 말했다.

라오얼은 아버지를 따라서 성문을 향해 걸었고, 링탄은 입을 굳게 다물고 있었다.

두 사람은 이내 황폐한 성안을 벗어났으며 골짜기를 따라 나 있는 좁고 구불구불한 자갈길로 접어들었다. 달도 뜨지 않은 어두운 밤하늘을 배경으로 시커먼 산이 우뚝 서 있었다.

라오얼은 찻집에서 들은 이야기를 좀처럼 믿을 수 없었으며 아버지에게 이렇게 말하고 싶었다. '그 누구의 도움도 기대하지 않는 편이 나아요. 아무런 대가 없이 남을 돕는 사람이 있던가요?' 그러나 그는 아무 말없이 아버지의 말을 기다렸다.

하지만 두 사람 사이에는 여전히 침묵이 흐를 뿐이었다. 이윽고 그는 아버지가 희망을 갖도록 잠자코 있는 편이 낫겠다고 결론을 내렸다. '나는 젊어. 그러니까 희망 따위가 없어도 살 수 있어.' 라오얼은 이렇게 생각했다.

그리고 그는 냉정하면서도 쓰라린 가슴을 안은 채 아버지의 뒤를 따라 걸었다. 링탄은 고개를 들어서 하늘의 별을 바라보더니 바람을 느끼려는 듯 손을 들어 올렸다.

"비가 올 것 같구나!" 어둠을 가르며 링탄의 목소리가 들려왔다. 대지를 적셔야 할 단비는 벌써 며칠째 내리지 않고 있었다.

"그러길 바라야겠죠." 라오얼이 말했다.

〈끝〉

나폴레옹 전기

666 인간 '나폴레옹'
그는 알면 알수록 점점 커져만 간다(괴테)

역사상 그 누가 모스크바를 점령하여 아침 햇살에 빛나는 모스크바의 둥근 지붕들을 바라보았던가? 이 책은 너무나 잘 알려진 이름임에도 그동안 감추어져 있었던 영웅 나폴레옹의 진면목을 강렬하고 빈틈없이 요약했다. - 동아일보

펠릭스 마크햄 지음 / 값 13,000원

이야기 성서

기쁨과 슬픔을 집대성한 인류역사 소설
왜 인간은 에덴의 동쪽으로 돌아갈 수 없는가

노벨문학상 수상 작가 펄 벅 여사의 '성서 이야기'는 경건한 종교세계는 물론 인류역사의 시작과 그 과정을 특유의 유려한 필치로 흥미롭게 풀어낸다. - 조선일보

펄 S. 벅 지음 / 값 35,000원

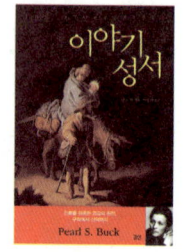

베토벤 평전

진실한 삶 속에서 울리는 풍요로운 음악 소리
베토벤, 자신을 버린 세상을 끊임없이 사랑하다

악성 베토벤의 인간적 삶에 초점을 맞춘 전기. 알코올중독자 아버지에게 혹독한 훈련을 받던 어린시절부터, 청각을 상실하는 말년에 이르기까지 베토벤의 삶과 예술을 풍성하게 되짚는다.
- 조선일보

앤 핌로트 베이커 지음 / 값 8,000원

상형문자의 비밀

고대 이집트의 눈부신 현장이 펼쳐진다

고대 이집트의 멸망과 함께 영원히 비밀 속으로 사라질 뻔했던 상형문자. 어느 날 로제타라는 작은 마을에서 회색빛 돌 하나를 발견하고, 돌 위에 씌어진 상형문자의 해독을 위해 모든 것을 비쳤던 사람들, 바로 그 정열적인 사람들의 신비로운 이야기.

캐롤 도나휴 지음 / 값 12,000원

두 개의 한국

**한국 현대사를 정평한 제3자의 객관적 시각
한반도 현대사는 진정한 핵의 현대사다**

전 워싱턴포스트지 기자 돈 오버더퍼의 눈을 통해 한반도 문제의 핵심인 청와대, 평양, 백악관 사이에서 비밀스럽게 진행됐던 수많은 사건들과 핵 협상의 숨막히는 담판 승부를 생생히 목도할 수 있다.

돈 오버더퍼 지음 / 값 22,000원

절대권력(전2권)

'돈 對 사상' 현대 중국의 고민

경제 발전에 따른 중국의 부패상을 담아낸 장편소설로 '사회주의적 인간의 건전성'을 찬미하는 데 목적을 두고 있다. 그러나 현대 중국의 갈등과 고민을 당성黨性과 자본주의적 배금주의와의 충돌로 이해하는 데 도움을 준다. - 중앙일보

저우메이선 지음

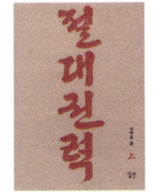

연인 서태후

꽃과 칼날의 여인, 서태후!

지금껏 수없이 오르내렸던 서태후란 이름은 각각의 입장에 따라 다른 해석이 나오게 마련이다. 환란의 청조 말기, 그녀의 이름은 어떤 사람에게는 시대를 밝히는 등불이었으며, 또 어떤 사람에게는 무시무시한 독재자의 이름이기도 했다. 중국에 대해 남다른 애정을 보였던 저자에게 '서태후'란 이름은 특히 매력적이었을 것이다. 이미 대작 『대지』로 친숙한 저자의 필치를 통해 '서태후'의 또 다른 모습을 볼 수 있다. 희대의 악녀로 불렸던 그녀를 순수하고 열정적인 여인으로 재탄생시키고 있는 것이다.

펄 S. 벅 지음 / 값 16,000원

매독

매독, 그리고 어둠 속의 신사들

콜럼버스가 신대륙 학살 끝에 얻어온 '창백한 범죄자' 매독은 근 5백 년간 천재들의 영혼을 지배하며 복수의 칼날을 휘둘러왔다. 링컨의 알 수 없는 광증, 베토벤의 청력 상실, 히틀러의 유대인 학살, 니체의 폭발적인 사유, 이 모두가 만일 매독이 불러일으킨 불가해한 현상이라면, 과연 유럽의 역사는 어떻게 달라져야 하는가?

데버러 헤이든 지음 / 값 20,000원

해외 부동산투자 20국+영주권

해외투자는 새로운 미래다!

이 책은 투자 천국인 미국, EU 영주권을 제공하는 몰타, 최저비용으로 고품격 삶을 누릴 수 있는 멕시코 등 20국가를 선별해, 금전적 이익과 생활의 자유를 한꺼번에 잡을 수 있는 새로운 차원의 투자 방법을 제시하고 있다. 새로운 경제 돌파구를 마련하고자 하는 소규모 투자자, 세계를 익히고자 하는 의욕적인 사업가, 새로운 문화 속에서 제2의 인생을 꿈꾸는 퇴직자라면, 이 책에서 해외투자에 대한 많은 정보를 얻을 수 있을 것이다.

헨리 G. 리브먼 지음 / 값 15,000원

누구를 위한 통일인가

전직 주한미군 그린베레 장교가 바라본 한국의 분단과 통일관

한국 격변기 때 중요한 역사의 현장을 온몸으로 체험한 주한 미군 장교가 수기 형식으로 써내려간 이 책에서 우리는 흔히 접할 수 있는 딱딱한 이론이나 주관주의에 매몰된 자기 주장 따위는 찾아볼 수 없다. 마치 한 편의 소설을 읽는 듯한 착각에 빠지게 만드는 저자 특유의 생생감 넘치는 대화체 등의 현장 묘사와 그동안 배후에 가려져 왔던 숨겨진 일화들을 공개함으로써 읽는 재미를 배가시키며, 나무와 더불어 숲을 아우르는 객관적이고 심도 있는 분석을 통해 남북 분단의 근거와 실체, 주요 리더들의 특징과 그 역학적 관계에 대한 정확한 이해, 그에 따른 통일의 함정과 지향점 등을 설득력 있게 제시한 역작이다.

고든 쿠굴루 지음 / 값 17,000원

톨스토이 공원의 시인

톨스토이, 그리고 영혼의 집 짓기

1년밖에 살지 못한다는 시한부 인생을 선고받고 숲으로 들어와 20여 년을 더 살아낸 20세기 마지막 시인 헨리 스튜어트. 이 책은 삶과 죽음 사이를 흔들흔들 오가며 둥근 지붕의 집을 지은 헨리의 특별한 이야기이자, 세월 속에서 잃어버린 우리 영혼에 대한 기록이다. 마치 눈으로 보듯 세밀하게 그려진 집 짓기 과정은 부나 명예와 같은 껍데기가 아닌, 내면의 뼈대를 구축하는 일이 얼마나 중요한가를 역설하고 있으며, 곳곳에 녹아 있는 레오 톨스토이의 사상은 매순간 삶에 대한 뜨거운 애정으로 되살아난다.

소니 브루어 지음 / 값 15,000원

Dear Leader Mr. 김정일

김정일은 악마인가? 체제의 희생양인가?

2005년 타임지 선정 '세계에서 가장 영향력 있는 100인(지도자&혁명가 부문)' 중 한 사람. 세계 최초로 핵확산금지조약을 탈퇴한 지도자. 예술적 면모와 열정을 지닌 북한 최대의 영화 제작자. 개인 최대 코냑 수입자. 주민의 10%가 굶어 죽어가는 나라의 지도자. 이 책에서는 이처럼 아이러니 그 자체인 김정일을 정확하고 심도 있게 분석하고 있다.
김정일을 둘러싼 분분한 소문보다는 그의 행동과 북한 체제, 과거부터 현재까지 북한의 역사와 한국과의 관계를 정확히 분석하여 가정을 세우고, 그 가정을 증명한 이 책은 그간 어디서도 찾아볼 수 없던 북한 정밀 보고서이며, 김정일 정신분석 보고서다. 북한의 핵문제가 전 세계적으로 파급되고 있는 이때, 북한과 김정일을 정확하게 파악하지 못한다면 세계의 미래 역시 예측불가능할 것이다. 저자는 이 책을 통해, 김정일을 사악한 미치광이로 매도하는 것은 지나친 단순화의 오류며, 김정일 또한 냉전이라는 덫에 사로잡힌 역사의 제물이고, 북한 공산주의라는 체제의 피해자임을 지적한다.

마이클 브린 지음 / 값 14,000원

통제하의 북한예술

'북한예술'을 발가벗긴 책

우리의 관심을 벗어날 수 없는 북한예술은 이 책을 통해 북한의 정치, 사회사를 통합적으로 관통한 저자의 서술에서 그 희미한 실체가 윤곽을 드러내게 된다. 또한 풍부한 자료를 통해 생생하게 전달되는 북한의 미술 세계에서 우리는 이제껏 품어온 궁금증을 하나씩 벗겨내며 저자의 훌륭한 안내를 받게 될 것이다.

제인 포털 지음 / 값 18,000원

독재자의 최후

한 권으로 읽는 지상 최고 악당들의 세계사

역사의 굵직굵직한 사건 뒤에는 늘 독재자들이 그 모습을 감추고 있었다. 그리고 사건이 표면화되면 그들은 서서히 모습을 드러내고 자신의 나라와 국민들을 피의 전쟁으로 몰아넣었다. 예수 그리스도의 탄생 후 자행되었던 헤롯의 유아 대학살, 칭기스칸의 공포적인 영토 확장, 전 세계를 전쟁의 소용돌이로 몰아넣은 히틀러, 그리고 최근 비참한 말로를 맞은 후세인에 이르기까지…. 이 책은 역사상 가장 잔혹하고 무자비한 독재 정권을 통해 피의 향연을 펼치고, 아울러 역사를 바꾸기까지 한 독재자들에 대해 조명하고 있다. 어떻게 해서 그들이 독재적인 성격을 띠게 되었는지, 그리고 어떤 최후를 맞게 되었는지를 알아보고, 국가와 국민들에게 행한 잔인한 실상들을 낱낱이 파헤치고 있다.

셸리 클라인 지음 / 값 18,000원

사요나라 BAR

일본 신사이바시 골목 어딘가의 '사요나라 바'를 무대로 펼쳐지는 이 소설은 사랑과 폭력, 그리고 상처와 연민을, 젊음과 중년세대를 아우르며 매우 실감나게 묘사하고 있다.
(야쿠자 조직원과 눈먼 사랑에 빠진) 영국인 호스티스 메리, (소설 '황금비늘'과 '캐리'의 주인공을 연상케 하는) 영험한 정신적 능력을 지닌 4차원적 인물 와타나베, (죽은 아내의 환상 속에서 살아가는) 외로운 일벌레 사토, 이들의 이야기가 탄탄한 구성과 함께 저자 특유의 현란한 문체에 힘입어 독자들은 어느새 '사요나라 바'에 앉아 삶의 진한 페이소스로 혼합한 위스키 한 잔을 맛보는 듯한 착각에 빠질 것이다.

수잔 바커 지음 / 값 14,800원

북경의 세 딸

소리 없이 찾아드는 대반점의 밤

이 소설은 거대한 중국 본토에 피의 강을 범람케 했던 '문화대혁명'의 물결 속에서 영혼의 갈등을 겪는 한 가족의 이야기다. 상하이 최고 대반점의 여주인으로 언제 무너질지 모르는 아슬아슬한 삶을 사는 어머니와, 조국의 부름과 자유 사이에서 번뇌하는 세 딸들…. 온갖 영화의 시기를 구름처럼 흘려보내고 대혁명의 습격으로 인해 문을 닫게 되는 대반점과 양 마담의 비참한 최후는, 인간이 역사에게가 아니라, 역사가 인간에게 가져야 할 도의적 책임은 무엇인가라는 엄중한 물음을 던지고 있다.

펄 S. 벅 지음 / 값 14,000원

사탄은 잠들지 않는다

장개석과 모택동의 내전으로 넓은 중국 대륙이 온통 피로 물들던 시대, 두 명의 아일랜드인 신부가 중국 광동성의 시골 마을에 갇히고 만다.
강인한 신의 사자이자 인간적 위트로 넘치는 피치본 대신부와, 무한한 애정 속에서 영혼의 치료사로 거듭나는 젊은 신부 오배논, 그리고 오배논에 대한 금지된 사랑으로 가슴 아파하는 아름다운 소녀 수란과 부모에게 버림받았다는 상처 속에서 삐뚤어진 공산당원이 되는 호산…….
이 네 사람 사이에서 벌어지는 사랑에 대한 숭고하고도 슬픈 이 대서사시는, 수많은 극적인 사건이 숨겨진 한 편의 연극처럼, 읽는 이를 거대한 감정의 파도 속으로 몰고 간다.

펄 S. 벅 지음 / 값 9,800원

골든혼의 여인

황금빛 물결 속에 피어난 인연의 꽃

이스탄불에 석양이 질 무렵 황금빛 물결을 출렁이는 골든혼. 그곳에서 운명 지어진 아시아데와 존 롤랜드, 그리고 망명지에서의 새로운 연인 하싸. 어디로 흐를지 알 수 없는 세 남녀의 조국, 미래, 사랑의 물결을 따라 새 희망을 꿈꾸며 떠나는 인생 항로의 여정…….

쿠르반 사이드 지음 / 값 12,900원

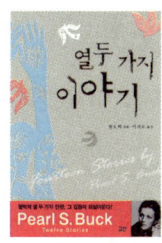

열두 가지 이야기

삶을 어루만지는 모성적 따뜻함의 정수(精髓)

일상적 소재에서 신선한 감동과 삶을 이끌어낸 펄 벅의 열두 가지 단편이 담겨 있다. 단절과 소외, 의혹과 불안의 시대를 살아가는 현대인의 가슴속에 따뜻한 온기를 불어넣어 삶에 대한 긍정적인 감정을 일깨워주는 작품.

펄 S. 벅 지음 / 값 12,900원

만다라

**리얼한 구성과 섬세한 내면 묘사
인도의 근현대사 안에서 펼쳐지는 대서사 로망스!**

《대지》, 《북경의 세 딸》 등을 통해 전통과 현대가 충돌하는 지점에서 역동적으로 삶을 헤쳐 나가는 인물들을 보여주었던 펄 벅이 또 한 번 따뜻한 리얼리스트로 돌아왔다. 《만다라》는 그녀의 완숙한 통찰력이 돋보이는 후기작으로, 인도의 격동기를 살아가는 네 주인공의 인생과 사랑, 갈등과 번민을 그린다. 왕족의 권위를 벗어던지고 시대정신에 따르려는 라지푸트족의 위대한 왕 자가트, 체제순응자인 고결한 왕비 모티, 정체성을 찾아 방랑하다 오래된 나라 인도를 찾아온 미국여자 부룩 그리고 가난한 소수민족에게 영적 자비와 실질적 도움을 주려 애쓰는 영국인 신부 폴 등을 통해 시대와의 불화와 극복, 인종과 신분을 뛰어넘은 세기의 사랑, 주변국과의 전쟁과 영토분쟁의 현실, 환생으로 이어지는 인간의 끈질긴 관계 등을 생생히 보여준다.

펄 S. 벅 지음 / 값 12,000원

카불미용학교

눈물과 웃음, 그것이 우리들의 신입니다

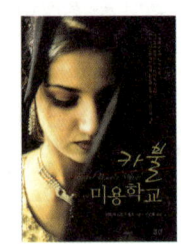

아프간 여인들의 삶 속으로 들어간 데보라 로드리게즈의 다큐멘터리 기록 《카불미용학교》는 전쟁의 그늘 속에서 재기를 꿈꾸는 아프간 여성들을 위해 건설된 미용학교에서 벌어진 일들을 그린 논픽션 작품이다. 애절한 사랑을 가슴에 묻고 계약과 다름없는 결혼을 해야 했던 로산나, 그 외에도 미용학교 수업을 듣기 위해 탈레반 남편의 잔인한 폭력에 맞서야 했던 수많은 아내들처럼, 이 미용학교는 가슴 아픈 사연을 한 자락씩 품은 여성들의 이야기로 넘쳐흐른다. 이들은 미용기술과 더불어 우정, 그리고 자유가 무엇인지를 배워나가는 동시에, 전쟁의 포화 속에서도 인간적 삶을 놓치지 않으려 했던 아프간 사람들의 역사를 눈물과 웃음으로 털어놓는다.

데보라 로드리게즈 지음 / 값 10,000원

Miss 디거의 황금 사냥

부유한 왕자님을 만나고 싶은가? 그렇다면 당신은 먼저 공주가 되어야 한다! 결과가 존재를 규명하는 것이 아니라, 존재가 결과를 불러온다. 공주처럼 생각하고 공주처럼 행동하고 공주처럼 존재하라! 이 책은 저자의 수많은 시행착오와 심리학적인 고찰을 통해 부유한 남자들의 본질을 해부하고, 그 위에 당당한 여성만의 깃발을 꽂았다. 생생한 에피소드와 저자 특유의 재치 있는 입담, 명쾌한 해법은, 저자가 직접 실천해서 성공한 '공주의 공식'과 '공주의 법칙'을 살아있는 것으로 만들고, 당신이 이를 적용하느냐 안 하느냐에 따라 관계의 재앙을 불러오거나, 관계의 열매를 맺을 수도 있다는 저자의 주장에 강한 힘을 실어준다.

도나 스팽글러 지음 / 값 9,800원

새해

남편의 숨겨진 아이를 찾아 떠나는 길고 긴 여행

이 책의 이야기는 단순하지만 가혹한 질문에서 시작된다. "만일 당신의 남편에게 숨겨진 아이가 있다면 당신은 어떻게 하겠는가?" 어느 날 사랑하는 남편과 평온한 생활을 꾸려오던 로라의 집에 편지 한 통이 도착한다. '그리운 아버지께'로 시작하는 편지는 평온했던 로라의 행복을 송두리째 앗아간다. 배신감을 느끼면서도 남편을 사랑할 수밖에 없는 로라는 남편의 숨겨진 아이를 만나기 위해 긴 여행을 떠나고, 고통 끝에 그 아이를 자신의 세계로 받아들임으로써, 인간의 삶은 노력을 통해서는 결코 완벽해질 수 없으며, 상실과 슬픔을 메울 수 있는 것은 결국 또 다른 사랑뿐이라는 오래된 진실을 들려준다.

펄 S. 벅 지음 / 값 9,500원

피오니

**유대인 남자를 사랑해 비구니가 될 수밖에 없었던
한 중국 소녀의 가슴아픈 사랑 이야기!**

소설 《피오니》는 유대인 가정에 팔려간 어린 중국 소녀 피오니의 삶과 사랑을 다룬 이야기로, 펄 벅 특유의 인생에 대한 통찰과 인간에 대한 따스한 시선을 물씬 느낄 수 있는 아름다운 소설이다. 주인공 피오니는 주인집 아들 데이빗을 어린 시절부터 가슴깊이 연모한다. 하지만, 신분과 종교의 벽은 번번히 그녀의 사랑을 가로막는다. 게다가 데이빗은 어머니가 선택한 랍비의 딸 리아와 자신이 반한 중국 여인 쿠에일란 사이에서 갈등하는데…….

펄 S. 벅 지음 / 값 13,500원

동풍서풍

동양과 서양이 맞닿는 그곳에 당신이 있다

외국에서 서양식 교육을 받고 돌아온 의학자를 남편으로 맞은 중국 여인, 퀘이란이 전통적인 동양의 방식과 자유로운 서양의 방식 사이에서 갈등하다, 조금씩 조금씩 변화해가며 균형점을 찾아가는 과정을 그린 서간체 소설. 서양 여자를 아내로 맞으려는 퀘이란의 오빠와 전통을 고수하려는 기성세대 사이의 갈등, 또 변화에 직면한 20세기 초 중국인들의 사고방식과 생활풍습을 엿보는 묘미가 쏠쏠하다.

펄 S. 벅 지음 / 값 9,500원

여인의 저택

펄 벅의 수상受賞 소설들의 대부분은 중국의 평민들인 농부를 주로 다루고 있다. 그러나 이 작품은 부유하고 교양있으며 깨어 있는 정신으로 다양한 인간사를 경험하는 대지주 집안의 이야기를 다루고 있다. 소설은 중국의 모든 주택과 마찬가지로 단층짜리 방들로 둘러싸인 안뜰이 모여서 서로 좁은 길로 이어져 있는 대저택을 배경으로 하고 있다. 작품의 주인공인 우 씨 일가는 그 안에서 각 개인의 삶을 존중하는 가운데 삼대가 모여 산다. 독자들은 이 소설을 읽어가는 동안, 펄 벅이 중국에 대한 이야기뿐만 아니라 전 세계인 누구나 공감할 수 있는 남녀관계를 다루고 있음을 알게 될 것이다.

펄 S. 벅 지음 / 값 14,000원

싸우는 천사

작가 펄 벅이 쓴 선교사로서의 아버지의 삶을 회고한 글

넓고 광활한 중국대륙을 복음화 시키겠다는 소명을 갖고, 중국으로 건너간 펄벅의 아버지 선교사 앤드류는 혁명군의 총칼 아래에서도 자신의 선교의 소명을 결코 포기하지 않는 '투쟁하는 천사'였다. 그러나, 아내 캐리가 중병에 걸려 죽게 되고, 자신마저 젊은 선교사들에게 내몰려 강제 은퇴를 당할 위기에 놓이고 마는데……

펄 S. 벅 지음 / 값 14,000원

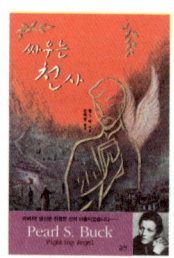

리앙家

중국과 미국을 배경으로 이어지는 전통과 진보 사이의 갈등

20세기 초, 미국에서 자라 성인이 된 리앙가의 4형제. 첫째와 둘째는 미국에서 태어났지만 본국인 중국으로 돌아가 살고 싶어 하고, 미국인으로서의 삶이 익숙한 셋째와 넷째는 공산주의화된 중국의 현실을 보고 이에 반대한다. 결국 이들은 중국으로 건너가게 되면서 변화에 대한 욕구, 전통을 지키고자 하는 과정에서 겪게 되는 좌절, 그 갈등 사이에서 정체성을 찾아가는 여정을 엿볼 수 있다.

펄 S. 벅 지음 / 값 18,000원

세 남매의 어머니

외딴 시골 마을에 사는 한 가난한 중국 여인네의 초상화. 20세기 초 중국의 어머니를 대변하는 이 여인네는 어느 날 갑자기 남편이 떠난 이후, 여자로서의 삶을 포기하고 어머니로서의 소박한 낙을 즐기며 살아가기로 하는데……. 이어지는 불행과 비극과 가난을 겪는 가운데에도 세 남매의 어머니로 꿋꿋이 삶을 헤쳐 나가는 모습에서 우리네 어머니의 모습을 엿볼 수 있다.

펄 S. 벅 지음 / 값 12,000원

여신 (2010년 12월 출간 예정)

"하나의 사랑이 또 다른 사랑의 자리를 대신할 수는 없어. 각각의 사랑이 나름대로 풍요로워질 뿐이지."

한 남자의 아내로, 아이들의 엄마로 살아온 중년 여인 에디스. 평범했던 결혼 생활이 끝나자 갑작스런 외로움과 혼란에 빠져 지내던 중노년의 철학자와 매혹적인 청년을 만나게 되면서 한 여성으로서의 삶과 진정한 사랑을 추구하는 여정을 시작하게 된다. 여성 내면의 심리묘사가 돋보이는 자서전적이고도 철학적인 사랑에 대한 탐구.

펄 S. 벅 지음

어머니의 초상 (2010년 12월 출간 예정)

척박한 땅에 울려 퍼진 희망과 승리의 노래

이 소설은 선교를 위하여 조국을 떠난 이민자 가정에서 자란 딸의 시선으로 바라본 어머니의 삶을 그리고 있다. 가난과 굶주림, 질병과 무지로 점철된 척박한 중국 땅에서 소외된 이들을 사랑으로 어루만지고 치유하려 했던 어머니의 헌신적인 일생을 담담히 그려내고 있다.

펄 S. 벅 지음

성의 죽음 (2010년 12월 출간 예정)

영국의 고성(古城)을 뒤흔들어놓은 신대륙의 사랑!

왕의 후손으로 5백 년 넘은 스타보로 성을 상속받은 리처드 경은 전통과 영속성이라는 영국적 가치를 소중히 여기는 늙은 성주다. 그러나 바다 건너 신대륙에서 현대화의 활기찬 물결이 밀어닥치면서 성을 유지할 수 있는 수입원을 잃고 몰락하게 된다. 어느 날, 평등과 합리라는 새 가치를 추구하는 미국 청년 블레인이 이곳을 찾아든다. 얼마 안 가 그는 이 성의 비밀을 간직한 아름다운 하녀 케이트와 사랑에 빠지게 되는데……. 영국의 고성(古城)이라는 특별한 공간 안에서 풀어낸 이 소설은 수천 년간 얽혀온 성의 슬픈 비밀과 젊은 남녀의 희망적 사랑을 통해 새로운 미국적 가치와 깊은 영국적 가치의 합일에 대한 염원을 드라마틱하게 풀어가고 있다.

펄 S. 벅 지음

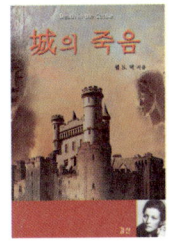

중국을 변화시킨 청년, 쑨원 (2010년 12월 출간 예정)

삼민주의를 꿈꿨던 중국 최고의 모던보이

이 소설은 중국 근대화의 아버지이자 '삼민주의'로 널리 알려진 손문의 격동기를 재현한 작품으로서 펄 벅의 중국 역사에 대한 농후한 통찰력을 엿볼 수 있다. 19세기 말, 외국 열강의 식민지와 다름없었던 중국에서 손문은 조국의 근대화와 통일이라는 거대한 목적을 이루고자 했고 일생을 바쳐 자신의 과업에 충실했다. 이 책은 손문의 발자취를 연대순으로 세심하게 따라가면서, 중국의 영웅으로 추앙받을 수 있었던 높은 이상과 참된 정신, 나아가 그의 인간적 고뇌를 충실하게 그려냈다.

펄 S. 벅 지음

세상의 비밀스러운 역사 (2011년 7월 출간 예정)

우주가 생겨나고 모든 것이 시작되는 것을 우리는 과학적으로도 알고 있고, 성경에서 하나님이 7일 동안 만드신 과정에 대해서도 알고 있다. 이 책도 만물이 생겨난 이치에 대해서부터 시작하고 있다. 고대 신화, 동양의 신비주의, 철학과 다른 종교들에서는 어떻게 이야기하는지를 설명해준다. 작가는 과학보다는 이런 신화나 종교 쪽에 더욱 무게를 두고 있다. 그는 세계 최고의 종교 서적들에 비밀스러운 가르침이 담겨 있다고 생각하고 있다. 그리고 역사의 비밀은 창세기에 암호화되어 있다고 한다.

마크 부스 지음

펄 벅 시리즈

노벨문학수상작가
펄 벅이 돌아오다!

따뜻한 사랑과 화해를 향한 갈구, 역사와 인간에 대한 깊이 있는 시선으로
20세기의 고전을 빚어낸 "꿈의 스토리텔러 펄 벅"

기쁨과 슬픔을 집대성한 인류역사 소설
이야기 성서

여자의 눈물은 사탄이 소유한 최고의 무기
사탄은 잠들지 않는다

꽃과 칼날의 여인, 서태후!
연인 서태후

삶을 어루만지는 모성적 따뜻함의 정수(精髓)
열두 가지 이야기

소리 없이 찾아드는 대반전의 밤
북경의 세 딸

가늠할 수 없는 억겁의 사랑 그리고 꿈
만다라

새해

피오니

동풍서풍

여인의 저택

싸우는 천사

리앙家

세 남매의 어머니

용의 자손

2012년까지 펄 벅의 전집이 도서출판 길산에서 출간됩니다.

펄벅문화원 Pearl S. Buck Literary Institute

펄 S. 벅 1892~1973

인간의 삶과 숙명적 굴레를 리얼리즘 서사로 길어올린 작가 펄 벅은 미국 웨스트 버지니아에서 태어났다. 생후 3개월 만에 장로교 선교사인 아버지를 따라 중국으로 건너간 그녀는 어머니와 중국인 왕노파의 보살핌 속에서 영어와 중국어를 동시에 깨우치며 동서양의 감수성을 자연스럽게 체득한다. 이후 미국의 랜돌프 메이컨대학교를 우수한 성적으로 졸업한 뒤 다시 중국으로 돌아와 남경대학교의 교수가 되었다.

1917년 농업기술박사인 존 로싱 벅과 중국에서 결혼하여 정신지체아 딸 캐롤을 낳았는데, 그 딸에 대한 깊은 죄의식과 연민의 감정은 창작에 커다란 동기가 되었다. 《대지大地》(1931)로 1938년 미국 여류작가로는 처음으로 노벨문학상을 수상했다.

1967년 한국 경기도 부천 소사에 전쟁고아와 혼혈아동을 위한 복지시설인 '소사 희망원'을 건립하였다. 이를 모태로 2006년 펄 벅 기념관이 부천시에 개관되었다.

옮긴이 이 선 혜

고려대학교 불어불문학과를 졸업하고 프랑스 국립 루앙 대학교에서 2년간 수학했다. 한국외대 통역대학원 한불과를 졸업한 후, MBC 프로덕션 교양제작국, 프랑스 대사관 상무관실 등을 거쳐 현재는 영어, 불어 전문 번역가로 활동하고 있다.

옮긴 책으로 《카불미용학교》, 《골든혼의 여인》, 《여인의 저택》, 《세 남매의 어머니》, 《우리는 멋진 남자 : 멋진 남자가 되기 위한 가이드 북!》, 《배반의 자화상》, 《누가 체리를 먹을까!》, 《시티즌 빈스》, 《우리는 예비숙녀! : 아름다운 예비숙녀들을 위한 가이드 북!》, 《25시 (상)》, 《25시 (하)》, 《애벌레 키스》, 《행복한 임신 10개월》, 《키스 : 인간이 터득한 신의 숨결》 등 다수가 있다.

● 《용의 자손》를 보는 시선

《용의 자손》은 비극으로 얼룩져 있지만 펄 S. 벅이 저술한 주옥같은 작품답게 작품 전체에 걸쳐서 생명력이 넘쳐흐르고 있다. 이 작품 속에는 비록 억눌려 있지만 여전히 유머와 열정이 살아 숨쉬고 있다. 작품의 주인공들은 땅에 터전을 잡고 사는 사람들이며 땅으로부터 용기와 넉넉함, 그리고 인내와 영원한 자기재생력을 배운다. 여느 작품에서와 마찬가지로 펄 S. 벅은 얽히고설킨 복잡한 내용을 단순한 필치로 유감없이 풀어가고 있다.
- **북스** (Books)

펄 S. 벅은 《용의 자손》을 집필하면서 이 책이 미래에 얼마나 강한 호소력을 갖게 될 것인지 상상도 못했을 것이다. 독자들이 이 책을 펼쳐들고 있는 지금, 작품에 담겨 있는 반전 메시지는 그 어느 때보다도 우리의 마음을 끌어당긴다.
- **크리스천 사이언스 모니터** (Christian Science Monitor)

펄 S. 벅은 아무런 준비 없이 일제의 침략을 당한 중국인들이 감내해야 했던 고통을 잔인할 정도로 생생하게 묘사하고 있다. 그녀는 작품의 배경인 중국에 대한 해박한 지식으로 독자로 하여금 주인공들이 느끼는 두려움과 그들의 나약함 속에 숨어 있는 인간으로서의 존엄성과 용기를 공감하게 해준다.
- **더 스펙테이터** (The Spectator)

용의 자손 / 펄 S. 벅 ; 이선혜 옮김 고양 : 갈산, 2010

544P. ; 125×187mm

영어서명 : DRAGON SEED
원저자명 : Buck, Pearl Sydenstricker
ISBN   978-89-91291-24-9 03820 : \15000

843.5-KDC5   813.52-DDC21   CIP2010004325